# LE CHUCHOTEUR

DONATO CARRISI

# LE CHUCHOTEUR

*Traduit de l'italien par Anaïs Bokobza*

calmann-lévy

*Titre original italien :*
IL SUGGERITORE
*Première publication :* Longanesi & C,
Gruppo Editoriale Mauri Spagnol, Milan, 2009

© Donato Carrisi, 2009

*Pour la traduction française :*
© Calmann-Lévy, 2010

ISBN 978-2-7021-4104-5

Prison de haute sécurité de XXXX
Quartier pénitentiaire n° 45.

Rapport du directeur, M. Alphonse Bérenger
23 nov. de l'année en cours

À l'attention du bureau du procureur
général J.B. Marin

Objet : <u>CONFIDENTIEL</u>

Cher Monsieur Marin,

Je me permets de vous écrire pour vous signaler le cas étrange d'un détenu.

Le sujet en question est le matricule n°RK-357/9. Désormais nous ne nous référons plus à lui que de cette manière, vu qu'il n'a jamais voulu décliner son identité.
L'arrestation par la police judiciaire a eu lieu le 22 octobre. L'homme errait de nuit – seul et sans vêtements – sur une route de campagne dans la région de XXXX.
La comparaison de ses empreintes digitales avec celles de nos archives a exclu son implication dans de précédents délits ou dans des crimes non élucidés. Cependant, son refus réitéré de décliner son identité, même devant le juge, lui a valu une condamnation à quatre mois et dix-huit jours d'emprisonnement.

Depuis qu'il est entré au pénitencier, le détenu RK-357/9 n'a jamais fait preuve d'indiscipline, il s'est toujours montré respectueux du règlement carcéral. En outre, l'individu est de nature solitaire et peu enclin à sociabiliser.

Peut-être est-ce également pour cette raison que personne n'a remarqué le comportement singulier que l'un de nos geôliers a constaté récemment.

Le détenu RK-357/9 essuie avec un chiffon en feutre chaque objet avec lequel il entre en contact, ramasse tous les poils et cheveux qu'il perd quotidiennement, astique à la perfection les couverts et les WC à chaque fois qu'il les utilise.

Nous avons donc affaire soit à un maniaque de l'hygiène, soit, beaucoup plus probable, à un individu qui veut à tout prix éviter de laisser du « matériel organique ».

Nous soupçonnons donc sérieusement que le détenu RK-357/9 a commis un crime particulièrement grave et veut nous empêcher de prélever son ADN pour l'identifier.

Jusqu'à aujourd'hui, le sujet partageait sa cellule avec un autre détenu, ce qui l'a certainement aidé à faire disparaître ses propres traces biologiques. Cependant, je vous informe que comme première mesure nous l'avons retiré de cette condition de promiscuité et mis en isolement.

Je le signale à votre bureau, afin que vous lanciez une enquête et que vous demandiez, si nécessaire, une mesure d'urgence du tribunal pour contraindre le détenu RK-357/9 à effectuer un test ADN.

Tout cela en tenant également compte du fait que dans environ cent neuf jours (le 12 mars), le sujet finira de purger sa peine.


Avec ma considération,

Le directeur
Alphonse Bérenger

# 1

*Quelque part dans les alentours de W., 5 février.*

Le grand papillon l'emportait, se fiant à sa mémoire pour se déplacer dans la nuit. Il faisait vibrer ses larges ailes poussiéreuses, évitant les pièges des montagnes, aussi calmes que des géants endormis épaule contre épaule.

Au-dessus d'eux, un ciel de velours. En dessous, le bois. Très dense.

Le pilote se tourna vers le passager et indiqua devant lui un énorme trou blanc au sol, semblable au cratère lumineux d'un volcan.

L'hélicoptère vira dans cette direction.

Ils atterrirent au bout de sept minutes sur l'accotement de la nationale. La route était fermée et la zone occupée par la police. Un homme en costume bleu vint accueillir le passager jusque sous les hélices, retenant avec peine sa cravate.

– Bienvenue, professeur, nous vous attendions, dit-il à haute voix pour couvrir le bruit des rotors.

Goran Gavila ne répondit pas.

L'agent spécial Stern continua :

– Venez, je vous expliquerai en chemin.

Ils s'engagèrent sur un sentier accidenté, laissant derrière eux le bruit de l'hélicoptère qui reprenait de l'altitude, aspiré par le ciel d'encre.

La brume glissait comme un suaire, dévoilant le profil des collines. Autour, les parfums mélangés du bois étaient adoucis par l'humidité de la nuit qui remontait le long des vêtements, glissait froidement sur la peau.

– Cela n'a pas été simple, je vous assure : il faut que vous voyiez de vos propres yeux.

L'agent Stern précédait Goran de quelques pas, en se frayant un chemin parmi les arbustes, tout en lui parlant sans le regarder.

– Tout a commencé ce matin, vers onze heures. Deux jeunes garçons parcourent le sentier avec leur chien. Ils entrent dans le bois, escaladent la colline et débouchent dans la clairière. Le chien est un labrador et, vous savez, ils aiment creuser, ces chiens-là… Bref, l'animal devient comme fou parce qu'il a flairé quelque chose. Il creuse un trou. Et voilà qu'apparaît le premier.

Goran se concentrait pour le suivre, tandis qu'ils s'enfonçaient dans la végétation de plus en plus touffue le long de la pente progressivement plus raide. Il remarqua que le pantalon de Stern était légèrement déchiré à la hauteur du genou, signe qu'il avait déjà fait le trajet plusieurs fois cette nuit-là.

– Évidemment, les jeunes garçons s'enfuient immédiatement et préviennent la police locale, continua l'agent. Ils arrivent, examinent les lieux, les reliefs, ils cherchent des indices. Bref : la routine. Puis quelqu'un a l'idée de continuer à creuser, pour voir s'il y a autre chose… et voilà que le deuxième apparaît ! Là, ils nous ont appelés : on est ici depuis trois heures du matin. Nous ne savons pas encore combien il y en a, là-dessous. Voilà, nous sommes arrivés…

Devant eux s'ouvrit une petite clairière éclairée par des projecteurs – la gorge de feu du volcan. Soudain, les parfums du bois s'évanouirent et tous deux furent assaillis par une odeur âcre caractéristique. Goran leva la tête, se laissant envahir : acide phénique.

Et il vit.

*Un cercle de petites fosses.* Et une trentaine d'hommes en combinaison blanche qui creusaient dans cette lumière halogène et martienne, munis de petites pelles et de pinceaux pour enlever délicatement la terre. Certains passaient l'herbe au crible, d'autres photographiaient et cataloguaient chaque pièce avec soin. Leurs gestes étaient précis, calibrés, hypnotiques, enveloppés dans un silence sacré, violé de temps à autre par les petites explosions des flashes.

Goran identifia les agents spéciaux Sarah Rosa et Klaus Boris. Il y avait aussi Roche, l'inspecteur chef, qui le reconnut et vint tout de suite vers lui à grands pas. Avant qu'il puisse ouvrir la bouche, le professeur le questionna :

— Combien?

— Cinq. Toutes de cinquante centimètres sur vingt, et de cinquante de profondeur… D'après toi, qu'est-ce qu'on enterre dans des trous comme ça?

*Une chose dans chaque fosse. La même chose.*

Le criminologue le fixa, interrogateur.

La réponse arriva :

— Un bras gauche.

Goran regarda les hommes en combinaison blanche qui s'affairaient dans cet absurde cimetière à ciel ouvert. La terre ne rendait que des restes en décomposition, mais l'origine du mal se trouvait avant ce temps suspendu et irréel.

— Ce sont elles? demanda Goran.

Mais cette fois, il connaissait la réponse.

— D'après l'analyse des PCR, ce sont des filles, blanches, entre neuf et treize ans…

*Des petites filles.*

Roche avait prononcé la phrase sans aucune inflexion dans la voix. Comme un crachat, qui rend la bouche amère si on le retient trop longtemps.

*Debby. Anneke. Sabine. Melissa. Caroline.*

Tout avait commencé vingt-cinq jours plus tôt, comme un fait divers de journal de province, avec la disparition d'une élève d'un prestigieux collège pour enfants de riches. Tout le monde avait pensé à une fugue. La protagoniste avait douze ans et se nommait Debby. Ses camarades se souvenaient de l'avoir vue sortir après les cours. Dans le dortoir des filles, on ne s'était aperçu de son absence que pendant l'appel du soir. Ça avait tout l'air d'une de ces histoires auxquelles on consacre un demi-article en troisième page, et dont le dénouement attendu et heureux n'a droit qu'à un entrefilet.

Ensuite, Anneke avait disparu.

Cela était survenu dans une petite bourgade avec des maisons en bois et une église blanche. Anneke avait dix ans. Au début, on avait pensé qu'elle s'était perdue dans les bois, où elle s'aventurait souvent avec son VTT. Toute la population locale avait participé aux recherches. Mais sans succès.

Avant qu'on puisse comprendre ce qu'il se passait réellement, cela s'était produit à nouveau.

La troisième s'appelait Sabine, c'était la plus jeune. Sept ans. Cela avait eu lieu en ville, un samedi soir. Ses parents l'avaient emmenée à la fête foraine, comme tant d'autres familles. Elle était montée sur l'un des chevaux d'un manège plein d'enfants. Sa mère l'avait vue passer la première fois, elle lui avait fait un signe de la main. La deuxième, et elle avait répété son signe. La troisième fois, Sabine avait disparu.

À ce moment-là, on avait commencé à penser que trois petites filles qui disparaissent en l'espace de trois jours, ce n'était pas normal.

Les recherches avaient démarré en grande pompe. On avait lancé des appels à la télévision, parlant d'un ou plusieurs maniaques, peut-être d'une bande. En réalité, il n'y avait aucun élément pour formuler une hypothèse de recherche plus poussée. La police avait installé une ligne téléphonique spéciale pour recueillir des informations, même anonymes. On avait reçu des centaines de signalements, il aurait fallu des mois pour tous les vérifier. Pour couronner le tout, les disparitions ayant eu lieu dans des lieux différents, les polices locales n'arrivaient pas à se mettre d'accord sur la juridiction.

L'unité d'investigation pour les crimes violents, dirigée par l'inspecteur chef Roche, était alors intervenue. Les affaires de disparition ne relevaient pas de sa compétence, mais la psychose montante avait conduit à l'exception.

Roche et son équipe étudiaient déjà le cas quand la quatrième fillette avait disparu.

Melissa était la plus âgée : treize ans. Comme à toutes les filles de son âge, ses parents lui avaient imposé un couvre-feu, craignant qu'elle ne puisse être victime du maniaque qui terrorisait le pays. Mais l'interdiction de sortie avait coïncidé avec le jour de son anniversaire, et Melissa avait d'autres projets pour ce soir-là. Avec ses amies, elle avait mis sur pied un petit plan pour faire le mur et aller s'amuser dans une salle de bowling. Toutes ses amies y étaient arrivées. Seule Melissa ne s'était pas présentée.

À partir de là, une chasse au monstre confuse et improvisée avait débuté. Les citoyens s'étaient mobilisés, prêts à faire justice eux-mêmes. La police avait posté des barrages sur les routes. On avait renforcé les contrôles des individus déjà condamnés ou soupçonnés de crimes sur des mineurs. Les parents n'osaient plus laisser sortir leurs enfants, même pas pour aller à l'école. De nombreux établissements avaient dû fermer pour cause de manque d'élèves. Les gens ne quittaient leur domicile qu'en cas de stricte nécessité. À partir d'une certaine heure, villages et villes étaient déserts.

Pendant quelques jours, il n'y avait pas eu de nouvelle disparition. Beaucoup pensaient que toutes les mesures de précaution mises en place avaient eu l'effet escompté, décourager le maniaque. Mais ils se trompaient.

Le rapt de la cinquième fillette fut le plus spectaculaire.

Caroline, onze ans. Elle avait été enlevée dans son lit, alors qu'elle dormait dans sa chambre à côté de celle de ses parents, qui ne s'étaient rendu compte de rien.

Cinq fillettes enlevées en une semaine. Ensuite, dix-sept longs jours de silence.

Jusqu'à ce moment.

Jusqu'à ces cinq bras enterrés.

*Debby. Anneke. Sabine. Melissa. Caroline.*

Goran regarda le cercle formé par les petites fosses. Une ronde macabre de mains. On aurait presque pu les entendre chanter une comptine.

– À partir de maintenant, il est clair qu'il ne s'agit plus d'affaires de disparition, dit Roche en faisant un geste de la main autour de lui.

C'était une habitude. Rosa, Boris et Stern vinrent le rejoindre et écoutèrent, le regard rivé au sol et les mains croisées derrière leur dos.

Roche commença :

– Je pense à celui qui nous a conduits jusqu'ici, ce soir. À celui qui a prévu tout ceci. Nous sommes ici parce qu'il l'a voulu, parce qu'il l'a imaginé. Et il a construit tout ceci pour nous. Parce que le spectacle est pour nous, messieurs. Rien que pour nous. Il l'a soigneusement préparé. Savourant d'avance le moment, notre réaction. Pour nous étonner. Pour nous faire savoir qu'il est grand, et puissant.

Ils acquiescèrent.

L'auteur, quel qu'il soit, avait agi en toute sérénité.

Roche, qui avait depuis longtemps pleinement intégré Gavila à l'équipe, s'aperçut que le criminologue était distrait : les yeux immobiles, il suivait une pensée.

– Et toi, professeur, qu'est-ce que tu en penses ?

Goran émergea de son silence et dit seulement :

— Les oiseaux.

Au début, personne ne comprit.

Il continua, impassible :

— Je ne m'en étais pas aperçu en arrivant, je viens de le remarquer. C'est bizarre. Écoutez…

Des milliers de voix d'oiseaux s'élevaient du bois.

— Ils chantent, dit Rosa, étonnée.

Goran se tourna vers elle et fit un signe d'assentiment.

— Ce sont les projecteurs… Ils croient que c'est l'aube. Et ils chantent, commenta Boris.

— Vous pensez que cela a un sens ? reprit Goran en les regardant, cette fois-ci. Eh bien, oui… Cinq bras enterrés. Des morceaux. Sans corps. Si nous le décidons, personne ne verra de cruauté dans tout cela. Sans les visages, pas de corps. Sans les visages, pas d'individus, pas de personnes. Nous devons seulement nous demander où sont ces fillettes. Parce qu'elles ne sont pas là, dans ces trous. Nous ne pouvons pas les regarder dans les yeux. Nous ne pouvons pas percevoir qu'elles sont comme nous. En réalité, il n'y a rien d'humain dans tout cela. Ce ne sont que des *morceaux*… Pas de compassion. Il ne nous y a pas autorisés. Il ne nous a laissé que la peur. On ne peut pas avoir pitié pour ces petites victimes. Il veut *seulement* nous faire savoir qu'elles sont mortes… Vous trouvez que cela a un sens ? Des milliers d'oiseaux dans le noir, contraints à crier autour d'une lumière improbable. Nous ne pouvons pas les voir, mais eux, ils nous observent — des milliers d'oiseaux. Que sont-ils ? C'est simple. Mais c'est aussi très illusoire. Et il faut se méfier des illusionnistes : parfois, le mal nous trompe en revêtant la forme la plus *simple* des choses.

Silence. Une fois encore, le criminologue avait saisi un sens symbolique, à la fois petit et important. Ce que les autres n'arrivaient souvent pas à voir ou — comme dans ce cas — à sentir. Les détails, les contours, les nuances. L'ombre autour des choses, l'aura sombre dans laquelle se cache le mal.

Tous les assassins ont un « dessein », une forme précise qui leur procure de la satisfaction, de l'orgueil. Le plus difficile est de comprendre leur vision. C'est pour cela que Goran était là. C'est pour cela qu'ils l'avaient appelé. Pour qu'il repousse ce mal inexplicable à l'intérieur des notions rassurantes de la science.

14

À ce moment-là, un technicien en combinaison blanche s'approcha d'eux et s'adressa directement à l'inspecteur chef avec une expression confuse sur le visage.

– Monsieur Roche, il y a un problème... *Nous avons six bras, maintenant.*

## 2

Le maître de musique avait parlé.

Mais ce n'est pas ça qui la frappa. Ce n'était pas la première fois. Grand nombre d'individus solitaires expriment leurs pensées à voix haute quand ils sont enfermés chez eux. Cela arrivait même à Mila, de parler toute seule.

Non. La nouveauté, c'était autre chose. Qui la récompensait d'une semaine entière de guet, passée dans le froid glacial de sa voiture, garée devant la maison marron, à scruter l'intérieur avec des petites jumelles, les déplacements de l'homme d'une quarantaine d'années, gros et laiteux, qui évoluait tranquillement dans son petit univers ordonné, en répétant toujours les mêmes gestes, comme s'ils étaient la trame d'une toile qu'il était le seul à connaître.

Le maître de musique avait parlé. Mais la nouveauté, c'était que cette fois, il avait prononcé un nom.

Mila l'avait vu se former, lettre par lettre, sur ses lèvres. Pablo. C'était la confirmation, la clé pour accéder à ce monde mystérieux. Maintenant, elle le savait.

Le maître de musique avait un invité.

Jusqu'à à peine dix jours plus tôt, Pablo n'était qu'un enfant de huit ans, les cheveux châtains et les yeux vifs, qui aimait se balader dans le quartier sur son skateboard. Et une chose était certaine : si Pablo devait aller faire une course pour sa mère ou sa grand-mère, il y allait en skate. Il passait des heures sur cette planche, allers et retours dans la rue. Pour les voisins qui le voyaient passer devant leurs fenêtres, Pablito – comme tout le monde l'appelait – faisait partie du paysage.

C'est peut-être pour cette raison que personne n'avait rien vu, ce matin de février, dans le petit quartier résidentiel où tout le monde se

16

connaissait par son nom et où les maisons et les vies se ressemblaient. Une Volvo break verte – le maître de musique l'avait sans doute choisie exprès parce qu'elle était semblable à tant d'autres garées dans les petites rues – apparut sur la route. Le silence d'un samedi matin tout ce qu'il y avait de plus normal ne fut brisé que par le lent grésillement de l'asphalte sous les pneus et de la griffure grise d'un skate-board qui gagnait peu à peu de la vitesse... Il fallut six longues heures avant que quelqu'un ne s'aperçoive que parmi les sons du samedi matin il manquait quelque chose. Cette griffure. Et que le petit Pablo, en cette matinée ensoleillée et glaciale, avait été englouti par une ombre rampante qui ne voulait plus le rendre, et qui l'avait séparé de son skate adoré.

Cette planche à quatre roues s'était retrouvée immobile au milieu du fourmillement des agents de police qui, juste après la déposition de la plainte, avaient pris possession du quartier.

Cela s'était passé à peine dix jours plus tôt.

Et il était peut-être déjà trop tard pour Pablo. Trop tard pour sa psyché d'enfant. Trop tard pour se réveiller sans traumatismes de ce mauvais rêve.

Maintenant, le skate était dans le coffre de la voiture de la policière, avec d'autres objets, des jeux, des vêtements. Des pièces à conviction parmi lesquelles Mila avait fouillé en quête d'une piste à suivre, et qui l'avaient conduite jusqu'à cette tanière marron. Jusqu'au maître de musique, qui enseignait dans un institut supérieur et jouait de l'orgue à l'église le dimanche matin. Le vice-président de l'association musicale qui organisait tous les ans un petit festival consacré à Mozart. Le célibataire anonyme et timide, avec ses lunettes, sa calvitie naissante et ses mains moites et molles.

Mila l'avait bien observé. Parce que c'était ça, son talent.

Elle était entrée dans la police avec un but précis et, après l'école, elle s'y était entièrement consacrée. Les criminels ne l'intéressaient pas, la loi encore moins. Ce n'était pas pour ça qu'elle fouillait incessamment chaque recoin où l'ombre se tapissait, où l'existence pourrissait en paix.

Quand elle lut le nom de Pablo sur les lèvres de son geôlier, Mila sentit une douleur dans sa jambe droite. Peut-être à cause des heures trop nombreuses passées dans la voiture, à attendre ce signe. Peut-être aussi à cause de sa blessure à la cuisse, qu'elle avait recousue de deux points de suture.

« Après, je la soignerai à nouveau », se promit-elle. Mais seulement après. Et à ce moment-là, en formulant cette pensée, Mila avait déjà décidé d'entrer immédiatement dans cette maison, pour rompre l'enchantement et faire cesser le cauchemar.

– Agent Mila Vasquez à la centrale : ravisseur présumé du petit Pablo Ramos identifié. Le bâtiment est une maison marron au numéro 27 du Viale Alberas. Possible situation de danger.

– D'accord, agent Vasquez, nous envoyons deux patrouilles vers ta position, il faudra au moins trente minutes.

Trop.

Mila ne les avait pas. Pablo ne les avait pas.

La terreur de devoir faire les comptes avec les mots « trop tard » la poussa à se diriger vers la maison.

La voix à la radio était un écho lointain et elle – pistolet au poing, arme baissée, au barycentre de son corps, regard alerte, pas brefs et rapides – atteignit rapidement la palissade couleur crème qui entourait l'arrière de la petite villa.

Un énorme platane blanc se détachait sur la maison. Les feuilles changeaient de couleur selon le vent, montrant leur profil argenté. Mila arriva au portail en bois, sur l'arrière. Elle s'aplatit contre la barrière et écouta attentivement. De temps à autre lui arrivaient de quelque part dans le voisinage des volées de notes d'une chanson rock, portées par le vent. Mila se pencha par-dessus le portail et vit un jardin bien entretenu, avec une cabane à outils et un tuyau en caoutchouc rouge qui serpentait dans l'herbe jusqu'à un pulvérisateur. Des meubles en plastique et un barbecue à gaz. Tout était tranquille. Une porte aux vitres dépolies de couleur mauve. Mila tendit le bras par-dessus le petit portail et souleva délicatement le loquet. Les gonds grinçaient et elle s'ouvrit juste assez pour franchir le seuil du jardin.

Elle referma pour que personne à l'intérieur, en regardant dehors, ne s'aperçoive d'un changement. Tout devait rester tel quel. Puis elle avança comme on le lui avait appris à l'école de police, en pesant attentivement ses pas dans l'herbe – uniquement sur la pointe, pour ne pas laisser de traces –, prête à bondir en cas de nécessité. Quelques instants plus tard, elle se retrouva à côté de la porte de service, du côté où elle ne risquait pas de faire de l'ombre si elle se penchait pour regarder à l'intérieur de la maison. Ce qu'elle fit. Les vitres en verre dépoli ne lui permettaient pas de voir nettement mais, à la forme des meubles, elle comprit qu'il devait s'agir d'une salle à manger. Mila fit glisser sa main vers la poignée qui se trouvait de l'autre côté de la porte. Elle l'attrapa et la poussa vers le bas. Elle sentit un déclic dans la serrure.

Elle était ouverte.

Le maître de musique devait se sentir en sécurité dans la tanière qu'il avait préparée pour lui-même et pour son prisonnier. D'ici peu, Mila comprendrait pourquoi.

Le sol en lino gémissait à chaque pas sous la gomme de ses semelles. Elle se força à contrôler son allure pour ne pas faire trop de bruit, mais ensuite elle décida d'enlever ses baskets et de les laisser près d'un meuble. Nu-pieds, elle arriva au bout du couloir, et elle l'entendit parler…

– Je voudrais aussi un paquet d'essuie-tout. Et de produit pour nettoyer la céramique… Oui, celui-là… Ensuite, apportez-moi aussi six boîtes de bouillon de poule, du sucre, un exemplaire du programme télé et un paquet de cigarettes légères, la marque habituelle…

La voix venait du salon. Le maître de musique faisait ses courses par téléphone. Trop occupé pour sortir de chez lui ? Ou bien il ne voulait pas s'éloigner, il voulait pouvoir contrôler chaque mouvement de son invité ?

– Oui, 27, Viale Alberas, merci. Et prenez la monnaie sur cinquante, parce que je n'ai que ça.

Mila suivit la voix, passant devant un miroir qui lui renvoya son image déformée. Comme à la fête foraine. Quand elle atteignit l'entrée de la pièce, elle tendit les bras avec le pistolet, prit sa respiration et fit irruption sur le seuil. Elle s'attendait à le surprendre, peut-être de dos, le téléphone encore à la main, près de la fenêtre. Une parfaite cible de chair.

Dont elle ne voyait pas trace.

Le salon était vide, le combiné bien en place sur l'appareil.

Elle comprit que personne n'avait téléphoné de cette pièce quand elle sentit les lèvres glacées d'un pistolet se poser comme un baiser sur sa nuque.

Il était derrière elle.

Mila pesta intérieurement, se traitant d'imbécile. Le maître de musique avait bien préparé sa tanière. Le petit portail du jardin qui grinçait et le sol en lino qui gémissait étaient des alarmes pour signaler la présence d'intrus. D'où le faux coup de fil, comme un hameçon pour attirer la proie. Le miroir déformant pour se placer derrière elle sans être vu. Tout cela faisait partie du piège.

Elle sentit le bras de l'homme se tendre jusqu'à elle pour lui prendre son pistolet. Mila se laissa faire.

– Tu peux me tirer dessus, mais tu n'as plus aucune chance de salut. Mes collègues seront bientôt ici. Tu ne peux pas t'en sortir, il vaut mieux te rendre.

Il ne répondit pas. Du coin de l'œil, elle eut l'impression de l'apercevoir. Était-ce bien un sourire ?

Le maître de musique recula. Le canon de l'arme s'écarta de Mila, mais elle pouvait encore sentir l'attraction magnétique entre sa tête et la balle dans l'obturateur. Puis l'homme lui tourna autour et entra enfin dans son champ de vision. Il la fixa longuement. Mais sans la regarder. Il y avait quelque chose au fond de ses yeux, qui sembla à Mila être l'antichambre des ténèbres.

Le maître de musique lui tourna le dos sans aucune crainte. Mila le vit se diriger, sûr de lui, vers le piano placé contre le mur. Une fois devant l'instrument, l'homme s'assit sur le tabouret et observa le clavier. Il y posa les deux pistolets, complètement sur la gauche.

Il souleva les mains et, un instant plus tard, les laissa retomber sur le clavier.

Le *Nocturne n° 20 en do dièse mineur* envahit la pièce. Mila respira fort, la tension se diffusait à travers les tendons et les muscles de son cou. Les doigts du maître de musique glissaient avec grâce et légèreté sur le clavier. La douceur des notes contraignait Mila à être spectatrice de cette exécution, comme hypnotisée.

Elle se força à retrouver sa lucidité et fit glisser vers l'arrière ses talons nus, lentement, jusqu'à se retrouver à nouveau dans le couloir. Elle reprit son souffle, en essayant de ralentir les battements de son cœur. Puis elle chercha à toute allure dans les chambres, suivie par la mélodie. Elle les passa en revue, l'une après l'autre. Un bureau. Une salle de bains. Un garde-manger. Jusqu'à la porte fermée.

Elle poussa le battant contre le mur. Sa blessure à la cuisse lui faisait mal et elle concentra le poids sur son deltoïde. Le bois céda.

La lumière faible du couloir fit irruption la première dans la chambre dont les fenêtres semblaient murées. Mila suivit le reflet dans l'obscurité, et finit par croiser deux yeux humides qui lui rendaient son regard, pétrifiés. Pablito était sur le lit, les jambes repliées contre son maigre torse. Il ne portait qu'un slip et un débardeur. Il essayait de comprendre s'il devait avoir peur, si Mila faisait partie ou non de son cauchemar. Elle dit ce qu'elle disait toujours quand elle retrouvait un enfant.

– Il faut y aller.

Il acquiesça, tendit les bras et grimpa dans les siens. Mila surveillait toujours la musique, qui continuait, menaçante. Elle craignait que le morceau ne dure pas assez longtemps, qu'ils n'aient pas le temps de sortir de la maison. Elle fut prise d'une nouvelle angoisse. Elle avait risqué sa vie et celle de l'otage. Et maintenant, elle avait peur. Peur de se tromper encore. Peur de rater la dernière étape, celle qui la sortirait de cette maudite tanière. Ou de découvrir que la maison se refermerait sur elle comme un nid de bave, l'emprisonnant pour toujours.

Mais la porte s'ouvrit, et ils se retrouvèrent dehors, à la lumière faible mais rassurante du jour.

Quand son cœur battit un peu moins vite, qu'elle put se désintéresser du pistolet qu'elle avait laissé à l'intérieur et serrer Pablo contre elle, en faisant bouclier avec son corps chaud pour le rassurer, l'enfant se pencha vers son oreille et lui chuchota :

– Et elle, elle ne vient pas ?

Les pieds de Mila s'enfoncèrent dans le terrain, soudain très lourds. Elle vacilla, mais ne perdit pas l'équilibre.

– Où elle est, *elle* ?

L'enfant leva le bras et indiqua le deuxième étage avec son bras. La maison les regardait par ses fenêtres et riait, moqueuse, par la porte grande ouverte qui venait de les laisser sortir.

C'est à ce moment-là que sa peur se dissipa totalement. Mila parcourut les derniers mètres qui la séparaient de sa voiture. Elle installa le petit Pablo sur le siège, et lui dit sur le ton solennel d'une promesse :

– Je reviens tout de suite.

Puis elle retourna se faire engloutir par la maison.


Elle se retrouva en bas de l'escalier. Elle regarda vers le haut, sans savoir ce qu'elle allait y trouver. Elle monta en se tenant à la rampe. Les notes de Chopin continuaient, imperturbables, l'accompagnant dans son exploration. Ses pieds s'enfonçaient dans les marches, ses mains étaient collées à la balustrade qui semblait à chaque pas vouloir la retenir.

La musique cessa d'un coup.

Mila s'immobilisa, les sens en alerte. Ensuite, la percussion sèche d'un coup de feu, un bruit sourd et les notes désarticulées du piano, sous le poids du corps du maître de musique s'écroulant sur le clavier. Mila accéléra jusqu'à l'étage du dessus. Elle ne pouvait pas être sûre qu'il ne s'agissait pas d'un autre piège. L'escalier tournait et le palier se prolongeait en un étroit couloir couvert d'une épaisse moquette. Au fond, une fenêtre. Devant, un corps humain. Fragile, fin, à contre-jour : les pieds posés sur une chaise, le cou et les bras tendus vers un nœud coulant qui pendait du plafond. Mila vit qu'elle essayait de passer la tête dans la corde et hurla. L'autre la vit à son tour et tenta d'accélérer l'opération. Parce que c'est ce qu'il lui avait dit, c'est ce qu'elle avait appris.

« S'ils arrivent, tu dois te tuer. »

« Ils », c'étaient les autres, le monde extérieur, ceux qui ne pouvaient pas comprendre, qui ne pardonneraient jamais.

Mila se précipita vers la jeune fille pour tenter désespérément de l'arrêter. Plus elle approchait, plus elle avait l'impression de revenir en arrière dans le temps.

Bien des années plus tôt, dans une autre vie, cette jeune fille avait été une enfant.

Mila se rappelait parfaitement sa photo. Elle l'avait étudiée attentivement, trait par trait, en parcourant mentalement chaque pli d'expression, en cataloguant et en se répétant tous les signes particuliers, même la plus petite imperfection de la peau.

Et ces yeux. D'un bleu bigarré, vivant. Capables de conserver intacte la lumière du flash. Les yeux d'une fillette de dix ans, Elisa Gomes. La photo avait été prise par son père. Une image volée, un jour de fête, alors qu'elle s'apprêtait à ouvrir un cadeau. Mila avait même imaginé la scène, son père qui l'appelait pour qu'elle le regarde, pour la prendre par surprise. Et Elisa se tournant vers lui, sans même avoir le temps d'être étonnée. Un instant était immortalisé dans son expression, quelque chose d'imperceptible à l'œil nu. L'origine miraculeuse d'un sourire, avant qu'il ne s'ouvre, éclose sur les lèvres et éclaire son regard comme une étoile naissante.

C'est pour cette raison que Mila n'avait pas été surprise quand les parents d'Elisa Gomes lui avaient donné cette photo-là lorsqu'elle leur avait demandé une image récente. Ce n'était pas la photo la plus appropriée, parce que l'expression d'Elisa n'était pas naturelle, ce qui la rendait plus ou moins inutilisable pour imaginer les modulations, les changements de ce visage dans le temps. Les autres collègues chargés de l'enquête s'étaient plaints. Mais pour Mila, cela n'avait pas d'importance, parce qu'il y avait quelque chose dans cette photo, une énergie. Et c'était cela qu'ils devaient chercher. Pas un visage parmi d'autres, une enfant parmi d'autres. Mais cette enfant, avec cette lumière dans les yeux. En espérant que personne n'ait réussi à l'éteindre entre-temps…

Mila l'arrêta juste à temps, elle lui attrapa les jambes avant qu'elle se laisse aller avec tout son poids sous la corde. La jeune fille se débattit, se démena, hurla.

— Elisa, dit Mila avec une douceur infinie.

Et elle se reconnut.

Elle avait oublié qui elle était. Les années de captivité lui avaient extirpé son identité, un petit morceau chaque jour. Jusqu'à se convaincre que cet homme était sa famille, parce que le reste du monde l'avait oubliée. Le reste du monde ne la sauverait jamais.

Elisa regarda Mila dans les yeux, avec stupeur. Elle se calma, et se laissa sauver.

# 3

*Six bras. Cinq noms.*

Avec cette énigme, l'équipe avait quitté la clairière au milieu des bois pour se rendre dans une unité mobile postée sur la nationale. La présence de café et de petits sandwiches sonnait un peu faux, dans cette situation, mais aidait à garder un semblant de contrôle. Quoi qu'il en soit, personne ne toucha au buffet, par cette matinée froide de février.

Stern sortit de sa poche une boîte de pastilles à la menthe. Il l'agita et en fit glisser deux ou trois dans sa main, avant de les mettre dans sa bouche. Il disait que cela l'aidait à penser.

— Comment est-ce possible ? demanda-t-il ensuite, plus à lui-même qu'aux autres.

— Merde... laissa échapper Boris.

Mais il le dit tellement bas que personne n'entendit.

Rosa cherchait un point à l'intérieur du camping-car sur lequel fixer son attention. Goran s'en aperçut. Il la comprenait, elle avait une fille de l'âge de ces fillettes. C'est la première chose à laquelle on pense devant un crime sur des mineurs. Ses enfants. Et on se demande ce qui serait arrivé si... Mais on ne peut pas finir la phrase, tant cette pensée est douloureuse.

— Il va nous les apporter en morceaux, dit l'inspecteur chef Roche.

— Alors c'est ça, notre rôle ? Ramasser les cadavres ? demanda Boris d'un ton irrité.

En bon homme d'action, il ne supportait pas de se voir relégué à un rôle de fossoyeur. Il voulait chercher le coupable. Les autres aussi ; d'ailleurs ils acquiescèrent.

24

Roche les rassura :

— La priorité est toujours l'arrestation. Mais nous ne pouvons pas nous soustraire à la douloureuse recherche des restes.

— C'était intentionnel.

Ils regardèrent tous Goran, suspendus à ses mots.

— Le labrador qui flaire le bras et creuse le trou : ça faisait partie du « dessein ». Notre homme surveillait les deux garçons au chien. Il savait qu'ils l'emmenaient dans les bois. C'est pour cela qu'il a placé son petit cimetière à cet endroit précis. Une idée simple. Il a complété son « œuvre », et il nous l'a montrée. C'est tout.

— Tu veux dire que nous ne l'attraperons pas? demanda Boris, furieux et incapable d'y croire.

— Vous savez mieux que moi comment se passent ces choses…

— Mais il va le faire, pas vrai? Il va recommencer à tuer… dit Rosa, qui ne voulait pas se résigner non plus. Ça lui a bien réussi, il va recommencer.

Elle voulait qu'on la contredise, mais Goran n'avait pas de réponse. Et, même s'il avait eu une opinion sur le sujet, il n'aurait pas su traduire en termes humainement acceptables la cruauté de devoir se partager entre la pensée de ces morts atroces et le désir cynique que l'assassin frappe à nouveau. Parce que — et tout le monde le savait — la seule possibilité pour le prendre était qu'il ne s'arrête pas.

L'inspecteur chef Roche reprit la parole.

— Si nous retrouvons les corps de ces fillettes, au moins leurs familles pourront avoir un enterrement et une tombe sur laquelle pleurer.

Comme à son habitude, Roche avait renversé les termes du problème, en le présentant de façon beaucoup plus politiquement correcte. C'était la répétition générale de ce qu'il allait dire à la presse, pour adoucir l'histoire au bénéfice de sa propre image. D'abord le deuil, la douleur, pour gagner du temps. Ensuite, l'enquête et les coupables.

Mais Goran savait bien que l'opération ne réussirait pas, que les journalistes allaient dépecer l'histoire en l'agrémentant de tous les détails les plus sordides. Et surtout, qu'à partir de ce moment-là, plus rien ne leur serait pardonné. Tous leurs gestes, toutes leurs paroles prendraient la valeur d'une promesse, d'un engagement solennel. Roche était convaincu de pouvoir tenir les médias en respect, en leur lâchant petit à petit ce qu'ils voulaient entendre. Et Goran laissa à l'inspecteur chef sa fragile illusion de contrôle.

– Je crois qu'on devrait donner un nom à ce type… Avant que la presse ne s'en charge, dit Roche.

Goran était d'accord, mais pas pour la même raison que l'inspecteur chef. Comme tous les criminologues qui travaillaient pour la police, il avait ses méthodes. Avant tout, attribuer des traits au criminel, afin d'humaniser une figure encore abstraite et indéfinie. En effet, devant un mal aussi féroce et gratuit, on tend à oublier que l'auteur, tout comme la victime, est une personne, avec une existence souvent normale, un travail et parfois aussi une famille. Pour appuyer sa thèse, le professeur Gavila faisait remarquer à ses étudiants de l'université que, pratiquement toutes les fois où on arrêtait un criminel en série, ses voisins et ses proches tombaient des nues.

« Nous les appelons "monstres" parce que nous les sentons loin de nous, et donc nous les voulons "différents", disait Goran dans ses séminaires. Au contraire, ils nous ressemblent en tout et pour tout. Mais nous préférons balayer l'idée qu'un de nos semblables est capable de telles atrocités. En partie pour absoudre notre nature. Les anthropologues appellent ça la "dépersonnalisation du coupable", et cela constitue souvent le principal obstacle à l'identification d'un tueur en série. Car un homme a des points faibles et peut être capturé. Pas un monstre. »

Pour cette raison, Goran avait accroché dans sa salle de cours la photo en noir et blanc d'un enfant. Un petit d'homme dodu et sans défense. Ses étudiants la voyaient tous les jours et finissaient par se prendre d'affection pour cette image. Quand – plus ou moins au milieu du semestre – quelqu'un avait le courage de lui demander de qui il s'agissait, il les mettait au défi de deviner. Les réponses étaient variées et pleines de fantaisie. Et il s'amusait de leurs expressions quand il leur révélait que cet enfant était Adolf Hitler.

Après la guerre, le chef nazi était devenu un monstre dans l'imaginaire collectif, et pendant des années les nations qui étaient sorties victorieuses du conflit s'étaient opposées à toute autre vision. Ainsi, personne ne connaissait les photos de l'enfance du Führer. Un monstre ne pouvait pas avoir été un enfant, il ne pouvait pas avoir ressenti autre chose que de la haine, avoir vécu une existence similaire à tant d'autres enfants de son âge, qui étaient par la suite devenus ses victimes.

« Pour beaucoup de gens, humaniser Hitler revient à l'"expliquer", en quelque sorte, disait alors Goran à sa classe. Mais la société prétend que le mal extrême ne peut pas être expliqué, ni compris. Essayer de le faire, cela reviendrait à chercher une justification. »

Dans le camping-car de l'unité mobile, Boris proposa le nom « Albert » pour l'auteur du cimetière de bras, en souvenir d'une vieille affaire. L'idée ayant été accueillie par les présents avec un sourire, la décision fut prise.

Jour après jour, Albert allait prendre une physionomie. Un nez, deux yeux, un visage, une vie à lui. Chacun allait en avoir sa propre vision, il ne serait plus une ombre fuyante.

– Albert, hein ?

À la fin de la réunion, Roche s'interrogeait encore sur la valeur médiatique de ce nom. Il le répétait, en cherchant la saveur. Cela pouvait fonctionner.

Mais quelque chose tourmentait l'inspecteur chef. Il en parla à Goran.

– Si tu veux savoir la vérité, je suis d'accord avec Boris. Grands dieux ! Je ne peux pas forcer mes hommes à ramasser des cadavres pendant qu'un fou psychopathe nous fait passer pour des imbéciles !

Goran savait que quand Roche parlait de « ses » hommes, en réalité il se référait surtout à lui-même. C'était lui qui avait peur de ne pouvoir se vanter d'aucun résultat. Et c'était également lui qui craignait que quelqu'un n'évoque l'inefficacité de la police fédérale, s'ils n'arrêtaient pas le coupable.

Et puis, il y avait aussi la question du bras numéro six.

– Je crois que nous n'allons pas diffuser la nouvelle de l'existence d'une sixième victime.

Goran était déconcerté.

– Mais alors, comment on va savoir qui c'est ?

– J'ai pensé à tout, ne t'inquiète pas…


Dans sa carrière, Mila Vasquez avait résolu quatre-vingt-neuf cas de disparition. Elle avait reçu trois médailles et toute une série d'éloges. Elle était considérée comme experte dans son domaine et on l'appelait souvent pour avoir son avis, y compris à l'étranger.

L'opération de ce matin-là, qui avait permis la libération de Pablo et d'Elisa, pouvait passer pour un franc succès. Mila n'avait rien dit.

Mais cela la dérangeait. Elle aurait voulu admettre ses erreurs. S'être introduite dans la maison marron sans attendre les renforts. Avoir sous-évalué la situation et les possibles pièges. Avoir risqué sa vie et celle des otages en laissant le suspect la désarmer et lui pointer un pistolet sur la nuque. Et enfin, n'avoir pas empêché le suicide du maître de musique.

Mais tout cela avait été éludé par ses supérieurs, qui avaient au contraire gonflé ses mérites tout en se laissant immortaliser par la presse lors des photos rituelles.

Mila n'apparaissait jamais sur les clichés. La raison officielle était qu'elle préférait préserver son anonymat pour les enquêtes futures. La vérité était qu'elle détestait être prise en photo. Elle ne supportait même pas son image réfléchie dans le miroir. Non qu'elle ne fût pas belle, au contraire. Mais, à trente-deux ans, des heures et des heures de salle de sport avaient éradiqué toute trace de féminité. Toutes les courbes, toute la douceur. Comme si être une femme était un mal à combattre. Elle portait souvent des vêtements d'hommes, sans être pour autant masculine. Simplement, elle n'avait rien qui puisse souligner une identité sexuelle. Et c'était comme ça qu'elle voulait apparaître. Ses vêtements étaient neutres. Des jeans pas trop moulants, des chaussures de sport confortables, des vestes en cuir. C'étaient des vêtements, un point c'est tout. Leur fonction était de lui tenir chaud et de la couvrir. Elle ne perdait pas de temps à les choisir, elle les achetait, les emportait. Souvent plusieurs fois le même article. Cela n'avait pas d'importance. Ainsi voulait-elle être.

Invisible parmi les invisibles.

C'est peut-être pour cela qu'elle arrivait à partager le vestiaire des hommes.

Depuis dix minutes, Mila fixait son casier ouvert, tout en se repassant les événements de la journée. Elle avait quelque chose à faire, mais son esprit était ailleurs. Puis une douleur lancinante à la cuisse la ramena au présent. La blessure s'était rouverte, elle avait tenté d'arrêter le sang avec du coton et du ruban adhésif, mais inutilement. Les bouts de peau autour de la coupure étaient trop courts, et elle n'avait pas fait un bon travail avec l'aiguille et le fil. Peut-être qu'elle allait vraiment devoir consulter un médecin, cette fois, mais elle ne se sentait pas d'aller à l'hôpital. Trop de questions. Elle décida de se faire un pansement plus serré, dans l'espoir d'arrêter l'hémorragie, puis de tenter une nouvelle suture. Mais elle allait quand même devoir prendre des antibiotiques pour éviter l'infection. Elle se procurerait une fausse ordonnance, grâce à un type qui lui fournissait de temps à autre des informations sur les nouveaux arrivants parmi les SDF de la gare ferroviaire…

*Les gares.*

Lieu de passage pour les uns, but pour les autres qui s'arrêtent là et n'en repartent plus. Les gares sont une sorte d'antichambre de l'enfer, où les âmes perdues s'amassent en attendant que quelqu'un vienne les chercher.

Chaque jour disparaissent en moyenne entre vingt et vingt-cinq individus. Mila connaissait bien les statistiques. Soudain, ces gens ne donnent plus de leurs nouvelles. Ils s'évanouissent sans préavis, sans bagages. Comme ça, comme s'ils s'étaient évaporés dans le néant.

Mila savait que, pour la plupart, il s'agissait de marginaux, de gens vivant de drogue, d'expédients, toujours prêts à se laisser impliquer dans tel ou tel délit, des individus faisant de constants allers-retours avec la prison. Mais il y avait aussi ceux qui – drôle de minorité –, à un moment de leur vie, décidaient de tout quitter. Comme la mère de famille qui sortait faire les courses au supermarché et ne revenait plus jamais, ou le fils ou le frère qui montaient dans un train sans jamais arriver à destination.

Mila pensait que chacun de nous a un chemin. Un chemin qui nous mène chez nous, vers nos proches, les gens à qui nous sommes le plus liés. D'habitude, c'est toujours le même chemin, on l'apprend dès l'enfance et on le suit pour la vie. Mais il arrive que ce chemin se brise, qu'il reprenne ailleurs. Ou bien, après avoir suivi un parcours sinueux, il revient au point de rupture. Ou encore, il reste comme suspendu.

Mais parfois, il se perd dans l'obscurité.

Mila savait que plus de la moitié des gens qui disparaissent reviennent et racontent une histoire. Certains n'ont rien à raconter, ils reprennent leur vie d'avant. D'autres ont moins de chance, il ne reste plus d'eux qu'un corps muet. Et puis, il y a ceux dont on ne saura jamais rien.

Parmi ceux-là, il y a toujours un enfant.

Il y a des parents qui donneraient leur vie pour savoir ce qu'il s'est passé. Quelle erreur ils ont commise. Quelle distraction a conduit à ce drame du silence. Ce qui est arrivé à leur petit. Qui l'a pris, et pourquoi. Il y a ceux qui interrogent Dieu pour savoir de quelle faute ils ont été punis. Ceux qui se tourmentent pendant le reste de leurs jours à la recherche de réponses, ou bien qui se laissent mourir en tentant de répondre aux questions. « Faites-moi au moins savoir s'il est mort », disaient-ils. Certains en arrivaient à le souhaiter, parce qu'ils voulaient pleurer, et c'est tout. Leur seul désir n'était pas de se résigner, mais de pouvoir arrêter d'espérer. Parce que l'espoir tue plus lentement.

Mais Mila ne croyait pas à l'histoire de la « vérité libératoire ». Elle en avait eu la conviction la première fois qu'elle avait retrouvé quelqu'un. Elle l'avait senti à nouveau cet après-midi-là, après avoir raccompagné chez eux Pablo et Elisa.

Pour le petit garçon, il y avait eu des cris de joie dans le quartier, Klaxon et carrousels de voitures.

Mais pour Elisa, trop de temps avait passé.

Après l'avoir sauvée, Mila l'avait emmenée dans un centre spécialisé où des assistantes sociales avaient pris soin d'elle. Elles lui avaient donné à manger et des vêtements propres. Mila se demanda pourquoi ils avaient toujours l'air trop grands d'une ou deux tailles. Peut-être parce que les individus à qui ils étaient destinés s'étaient consumés, pendant les années d'oubli, et ils avaient été retrouvés juste avant de disparaître complètement.

Elisa n'avait pas prononcé un mot. Elle s'était laissé assister, acceptant tout ce qu'on lui faisait. Puis Mila lui avait annoncé qu'elle allait la ramener chez elle. Là non plus, elle n'avait rien dit.

En fixant son casier, la jeune policière ne pouvait s'enlever de la tête les visages des parents d'Elisa Gomes quand elle avait sonné à leur porte avec elle. Ils avaient eu l'air désarçonnés, et même un peu gênés. Peut-être pensaient-ils qu'on allait leur ramener une fillette de dix ans, pas cette jeune fille avec qui ils n'avaient plus rien en commun.

Elisa avait été une enfant intelligente et très précoce. Elle avait parlé tôt. Le premier mot qu'elle avait prononcé était « May », le nom de son ours en peluche. Mais sa mère se rappelait aussi le dernier, « demain », qui concluait la phrase « à demain », prononcée sur le seuil de la maison, avant de partir dormir chez une amie. Mais il n'y avait pas eu de lendemain. Le « demain » d'Elisa Gomez n'était pas encore arrivé. En revanche, son « hier » était une très longue journée qui n'avait pas l'air de vouloir se terminer.

Dans ce laps de temps, pour ses parents Elisa avait continué à vivre comme une fillette de dix ans, sa chambre pleine de poupées et de cadeaux de Noël s'accumulant près de la cheminée. Elle devait rester pour toujours comme ils se la rappelaient. Immortalisée sur une photo dans leur mémoire, comme prisonnière d'un enchantement.

Et, bien que Mila l'ait retrouvée, ils allaient continuer à attendre la petite fille qu'ils avaient perdue. Sans jamais trouver la paix.

Après une étreinte accompagnée de larmes et une émotion un peu trop convenue, Mme Gomes les avait fait entrer dans la maison et leur avait offert du thé et des biscuits. Elle s'était comportée avec sa fille comme avec une invitée. Peut-être nourrissait-elle l'espoir secret que cette étrangère repartirait après la visite, les laissant, elle, son mari et cette confortable absence.

Mila comparait la tristesse à ces vieilles armoires dont on voudrait se défaire mais qui restent toujours à leur place, et dont finit par émaner une odeur typique qui imprègne la pièce. Avec le temps, on s'y habitue, et on finit par appartenir nous aussi à cette odeur.

Elisa était revenue, et ses parents allaient devoir interrompre leur deuil, et rendre toute la compassion dont ils avaient été l'objet pendant ces années. Ils n'auraient plus de raison d'être tristes. Il leur faudrait plus que du courage pour raconter au monde leur nouveau malheur, celui d'avoir une étrangère chez eux !

Après une heure de civilités, Mila avait pris congé et il lui avait semblé lire dans les yeux de la mère d'Elisa un appel à l'aide. « Et maintenant, qu'est-ce que je fais ? », hurlait en silence cette femme.

Mila aussi avait une vérité à affronter : le fait qu'Elisa Gomes ait été retrouvée totalement par hasard. Si le kidnappeur, après toutes ces années, n'avait pas eu l'idée d'agrandir la « famille » en prenant aussi Pablito, personne n'aurait jamais su ce qu'il s'était effectivement passé. Et Elisa serait restée enfermée dans ce monde créé exprès pour elle et pour l'obsession de son geôlier. D'abord comme fille, puis comme épouse fidèle.

Sur ces pensées, Mila referma son casier. « Oublie, oublie, se dit-elle. C'est le seul remède. »

Le bâtiment se vidait, et elle avait envie de rentrer chez elle. Elle allait prendre une douche, ouvrir une bouteille de porto et faire griller des marrons. Puis elle regarderait l'arbre devant la fenêtre du salon. Et peut-être, avec un peu de chance, s'endormirait-elle tôt sur le canapé.

Cependant, tandis qu'elle s'apprêtait à s'offrir cette soirée solitaire en guise de récompense, un collègue passa sa tête par la porte du vestiaire.

Le sergent Morexu voulait la voir.


En ce soir de février, un voile brillant d'humidité recouvrait les rues. Goran descendit du taxi. Il n'avait pas de voiture, il n'avait pas son permis, il laissait les autres s'occuper de l'emmener là où il devait aller. Non qu'il n'ait pas essayé de conduire, d'ailleurs il s'en sortait plutôt bien. Mais, pour quelqu'un qui souvent se perd dans la profondeur de ses propres pensées, il n'est pas conseillé de prendre le volant. Aussi Goran avait-il renoncé.

Après avoir payé le chauffeur et posé sa pointure quarante-quatre sur le trottoir, il commença par sortir de sa veste la troisième cigarette de la journée. Il l'alluma, tira deux bouffées et la jeta. Il avait pris cette habitude depuis qu'il avait décidé d'arrêter. Une sorte de compromis avec lui-même, pour tromper le besoin de nicotine.

Il aperçut son image reflétée dans une vitrine. Il passa quelques instants à l'examiner. La barbe qui encadrait son visage de plus en plus fatigué. Ses cernes et ses cheveux hirsutes. Il avait conscience de ne pas beaucoup s'occuper de lui. Mais celui qui prenait soin de lui d'habitude manquait depuis longtemps à son devoir.

Le plus frappant chez Goran – tout le monde le disait –, c'étaient ses longs et mystérieux silences.

Et ses yeux, immenses et attentifs.

Il était presque l'heure du dîner. Il monta lentement l'escalier de chez lui. Il entra dans son appartement et écouta. Plusieurs secondes passèrent et, quand il s'habitua à ce nouveau silence, il reconnut le son familier et accueillant de Tommy qui jouait dans sa chambre. Il alla le retrouver, mais l'observa sur le seuil de la porte, sans avoir le courage de l'interrompre.

Tommy avait neuf ans et aucun souci en tête. Ses cheveux étaient châtains et il aimait la couleur rouge, le basket et la glace, même l'hiver. Son meilleur ami était Bastian, et avec lui il organisait de fantastiques « safaris » dans le jardin de l'école. Ils étaient tous deux scouts, et l'été prochain ils partiraient ensemble en camping. Dernièrement, ils ne parlaient que de ça.

Tommy ressemblait incroyablement à sa mère, mais il tenait de son père deux yeux immenses et attentifs.

Quand il s'aperçut de la présence de Goran, il se tourna et sourit.

— Il est tard, lui reprocha-t-il.

— Je sais. Je suis désolé, se défendit Goran. Madame Runa est partie depuis longtemps ?

— Son fils est venu la chercher il y a une demi-heure.

Cela agaça Goran : Mme Runa était leur gouvernante depuis maintenant quelques années. Elle devait donc savoir qu'il n'aimait pas que Tommy reste seul à la maison. Ce désagrément, parmi d'autres, vous coupe parfois l'envie de vivre. Seul, Goran n'arrivait pas à tout résoudre. Comme si la seule personne qui possédait ce mystérieux pouvoir avait oublié de lui laisser le manuel avec la formule magique avant de s'en aller.

Il devait mettre les choses au clair avec Mme Runa et peut-être aussi se montrer un peu plus dur avec elle. Il lui dirait de toujours rester le soir jusqu'à ce qu'il rentre. Tommy perçut quelque chose de ces pensées, et il s'assombrit. Alors Goran essaya tout de suite de le distraire, et lui demanda :

— Tu as faim ?

— J'ai mangé une pomme, des crackers et j'ai bu un verre d'eau.

Goran secoua la tête, amusé.

— Ce n'est pas terrible, comme dîner.

— C'était mon goûter. Maintenant, je voudrais autre chose...

— Des spaghettis ?

Tommy applaudit à la proposition. Goran lui fit une caresse.

Ils préparèrent les pâtes ensemble et mirent la table, comme un couple bien rodé, où chacun faisait son travail sans consulter l'autre. Son fils apprenait vite, et Goran en était fier.

Ces derniers mois n'avaient pas été faciles.

Leur vie risquait de s'effilocher. Et il essayait de garder un semblant d'unité, de recoller patiemment les morceaux. À l'absence il opposait l'ordre. Repas réguliers, horaires précis, habitudes consolidées. De ce point de vue, rien n'avait changé par rapport à *avant*. Tout se répétait à l'identique, ce qui était rassurant pour Tommy.

Ils avaient fini par apprendre ensemble, l'un de l'autre, à vivre avec ce vide, sans pour autant nier la réalité. Au contraire, quand l'un des deux avait envie d'en parler, ils en parlaient.

La seule chose qu'ils ne faisaient jamais, c'était appeler ce vide par son nom. Ce nom était sorti de leur vocabulaire. Ils utilisaient d'autres moyens, d'autres expressions. C'était étrange. L'homme qui se souciait de baptiser tous les tueurs en série qu'il rencontrait ne savait plus comment appeler celle qui avait été sa femme et laissait son fils « dépersonnaliser » sa mère. Comme si elle était un personnage des fables qu'il lui lisait chaque soir.

Tommy était le seul contrepoids qui reliait encore Goran au monde. Sans son fils, il ne lui aurait fallu qu'un instant pour glisser dans l'abysse qu'il explorait chaque jour.

Après le dîner, Goran alla se terrer dans son bureau. Tommy le suivit. C'était leur rituel du soir. Il s'asseyait sur le vieux fauteuil grinçant et son fils s'installait à plat ventre sur le tapis, reprenant ses dialogues imaginaires.

Goran observa sa bibliothèque. Les livres de criminologie, d'anthropologie criminelle et de médecine légale s'offraient à la vue dans les rayons. Certains avaient la tranche damassée avec des gravures dorées. D'autres étaient très simplement reliés. Là-dedans se trouvaient les réponses. Mais le plus difficile – comme il le disait toujours à ses élèves – était de trouver les questions. Ces textes étaient pleins de photos angoissantes. Des corps blessés, meurtris, torturés, brûlés, coupés en morceaux. Le tout rigoureusement scellé sur des pages brillantes, avec des légendes précises. La vie humaine réduite à un froid objet d'étude.

Pour cette raison, il y a peu de temps encore, Goran n'autorisait pas Tommy à entrer dans cette sorte de sanctuaire. Il craignait que sa curiosité ne l'emporte et qu'en ouvrant un livre il ne découvre à quel point l'existence pouvait être violente. Pourtant, une fois, Tommy avait désobéi. Il l'avait trouvé allongé comme aujourd'hui, en train de feuilleter un de ces volumes. Goran s'en souvenait encore, il s'était arrêté sur l'image d'une jeune femme repêchée dans un fleuve, en plein hiver. Elle était nue, la peau violette, les yeux immobiles.

Mais Tommy n'avait pas l'air troublé et, plutôt que de le disputer, Goran s'était assis en tailleur à côté de lui.

– Tu sais ce que c'est ?

Tommy, impassible, avait attendu un long moment. Puis il avait répondu en faisant soigneusement l'inventaire de tout ce qu'il voyait. Les mains effilées, les cheveux dans lesquels s'était formé du givre, le regard perdu dans ses pensées. Enfin, il s'était mis à divaguer sur ce qu'elle faisait dans la vie, sur ses amis et l'endroit où elle habitait. Goran se rendit compte à ce moment-là que Tommy voyait tout sur cette photo, sauf une chose. La mort.

Les enfants ne voient pas la mort. *Parce que leur vie dure une journée, du réveil au coucher.*

Cette fois-là, Goran comprit que, malgré tous ses efforts, il ne pourrait jamais protéger son fils du mal du monde. Tout comme, des années plus tard, il n'avait pas pu le soustraire à ce que sa mère leur avait fait.

Le sergent Morexu n'était pas comme les autres supérieurs de Mila. Il se moquait de la gloire et des photos dans les journaux. Pour cette raison, Mila s'attendait à ce qu'il lui passe un savon à propos de la façon dont elle avait mené l'opération chez le maître de musique.

Morexu était expéditif dans ses manières et dans ses humeurs. Il ne pouvait pas contenir une émotion plus de quelques secondes. À un moment il était en colère et revêche, et juste après souriant et incroyablement gentil. En plus, pour ne pas perdre de temps, il combinait les gestes. Par exemple, pour consoler quelqu'un, il lui posait une main sur l'épaule tout en l'accompagnant à la porte. Ou alors, quand il téléphonait, il se grattait le front avec le combiné.

Mais cette fois, il n'était pas pressé.

Il laissa Mila debout devant son bureau, sans l'inviter à s'asseoir. Puis il la regarda fixement, les jambes allongées sous la table et les bras écartés.

— Je ne sais pas si tu te rends compte de ce qu'il s'est passé aujourd'hui…

— Je sais, j'ai fait une erreur, dit-elle, le précédant.

— Mais non, tu as sauvé trois personnes.

Cette affirmation la paralysa pendant un long instant.

— Trois?

Morexu se redressa dans son fauteuil et posa les yeux sur une feuille posée devant lui.

— Ils ont trouvé des notes chez le maître de musique. Apparemment, il avait l'intention d'en prendre une autre…

Le sergent passa à Mila la photocopie d'une page d'agenda. En dessous du jour et du mois, il y avait un prénom.

— Priscilla? demanda-t-elle.

— Priscilla, répéta Morexu.

— Qui est-ce ?

— Une petite fille qui a de la chance.

Il n'ajouta rien. Parce qu'il ne savait rien de plus. Il n'y avait pas de nom de famille, pas d'adresse, pas de photo. Rien. Juste ce prénom. Priscilla.

— Alors arrête de te jeter la pierre. Je t'ai vue, aujourd'hui, à la conférence de presse : tu avais l'air de t'en ficher complètement, ajouta Morexu avant que Mila ne puisse répliquer.

— En effet, je m'en fiche.

— Merde, Vasquez ! Mais tu te rends compte à quel point les gens que tu as sauvés te sont reconnaissants ? Sans parler de leurs familles !

« Vous n'avez pas vu la mère d'Elisa Gomes », avait envie de dire Mila. Mais elle se contenta d'acquiescer. Morexu la dévisagea en secouant la tête.

— Depuis que tu es ici, je n'ai pas entendu la moindre plainte à ton sujet.

— Et c'est un bien ou un mal ?

— Si tu ne le comprends pas toute seule, alors tu as un problème, jeune fille… Pour cette raison, j'ai décidé qu'un peu de travail d'équipe te ferait du bien.

Mais Mila n'était pas d'accord.

— Pourquoi ? Moi, je fais mon travail, et c'est la seule chose qui m'intéresse. Maintenant, je suis habituée à me débrouiller comme ça. Il faudrait que j'adapte mes méthodes à quelqu'un d'autre. Comment je pourrais expliquer que…

— Va faire ta valise, l'interrompit Morexu en liquidant sa plainte.

— Pourquoi tant de hâte ?

— Parce que tu pars ce soir.

— C'est une sorte de punition ?

— Ce n'est pas une punition, et ce ne sont pas non plus des vacances : on a besoin de l'avis d'un expert. Et toi, tu es très célèbre.

La policière prit un air sérieux.

— De quoi s'agit-il ?

— De l'affaire des cinq fillettes enlevées.

Mila en avait brièvement entendu parler au journal télévisé.

— Pourquoi moi ? demanda-t-elle.

— Parce qu'apparemment il y en a une sixième, mais ils ne savent pas encore qui c'est…

Elle aurait voulu d'autres explications, mais Morexu avait décidé que leur conversation était terminée. Il redevint expéditif et se limita à lui tendre une chemise tout en lui indiquant la porte.

— Là-dedans, il y a aussi ton billet de train.

Mila prit le dossier et se dirigea vers la sortie. Mais, avant de quitter la pièce, elle se tourna à nouveau vers le sergent.

— Priscilla, hein?

— C'est ça…

# 4

*The Piper at the Gates of Dawn*, 1967. *A Saucerful of Secrets*, 1968. *Ummagumma* était de 1969, comme la bande originale du film *More*. En 1971, il y avait eu *Meddle*. Mais avant, il y en avait un autre… En 1970, il en était certain. Il ne se rappelait pas le titre. Sur la pochette, il y avait une vache. Zut, comment il s'appelait, déjà ?

« Il faut que je prenne de l'essence », pensa-t-il.

La jauge était au minimum, le voyant avait cessé de clignoter et affichait un rouge péremptoire.

Mais il ne voulait pas s'arrêter.

Cela faisait maintenant cinq bonnes heures qu'il conduisait et il avait fait presque six cents kilomètres. Mais bien qu'ayant mis une certaine distance entre lui et ce qu'il s'était passé la nuit dernière il ne se sentait pas mieux. Ses bras étaient tout raides sur le volant. Les muscles de son cou, tendus, lui faisaient mal.

*Il se tourna un instant.*

« Ne pas y penser… ne pas y penser… »

Il s'occupait l'esprit en récupérant dans sa mémoire des notions familières, rassurantes. Pendant les dix dernières minutes, il s'était concentré sur toute la discographie des Pink Floyd. Et pendant les quatre heures précédentes, il y avait eu les titres de ses films préférés, les joueurs des trois dernières saisons de l'équipe de hockey qu'il soutenait, les noms de ses anciens camarades de classe, et aussi des enseignants. Il était remonté jusqu'à Mme Berger. Qu'avait-elle pu devenir ? Il aurait bien aimé la revoir. Tout était bon pour repousser *cette pensée*. Et maintenant, son esprit était bloqué sur ce maudit album avec la vache sur la pochette !

Et la pensée était revenue.

Il fallait la chasser de nouveau. La renvoyer dans le coin de sa tête où il avait réussi à la confiner plusieurs fois cette nuit-là. Autrement, il recommençait à transpirer, et de temps à autre il éclatait en sanglots, se désespérant de cette situation, même si ça ne durait pas longtemps. La peur revenait lui nouer l'estomac, mais il s'imposait de rester lucide.

« *Atom Heart Mother!* »

C'était ça, le titre du disque. Pendant un instant, il se sentit heureux. Mais cette sensation ne dura pas. Dans sa situation, pas de quoi être heureux.

*Il se tourna à nouveau pour regarder derrière lui.*

De temps à autre, une bouffée rance d'ammoniaque lui arrivait du petit tapis en dessous de lui, lui rappelant qu'il s'était fait dessus. Les muscles de ses jambes étaient endoloris, il ne sentait plus son mollet.

L'orage qui avait frappé l'autoroute pendant presque toute la nuit s'éloignait au-delà des montagnes. Il pouvait en voir les lueurs verdâtres à l'horizon, tandis qu'à la radio un speaker fournissait le énième bulletin météorologique. L'aube allait bientôt se lever. Une heure plus tôt, il était sorti et avait pris la nationale. Il ne s'était même pas arrêté pour payer le péage. Pour l'instant, son but était d'aller loin, toujours plus loin.

*En suivant à la lettre les instructions reçues.*

Pendant quelques minutes, il laissa son esprit divaguer ailleurs. Mais, inévitablement, il revint au souvenir de la nuit.

Il était arrivé à l'hôtel Modigliani la veille, vers onze heures du matin. Il avait fait son travail de représentant dans la ville pendant tout l'après-midi puis le soir, comme prévu, il avait dîné avec des clients au restaurant de l'hôtel. Peu après vingt-deux heures, il s'était retiré dans sa chambre.

Une fois la porte fermée, il avait commencé par desserrer sa cravate devant le miroir et, à ce moment-là, le reflet lui avait renvoyé, en même temps que son aspect moite et ses yeux injectés de sang, le vrai visage de son obsession. Il prenait cette apparence quand son désir prenait le dessus.

En se regardant, il avait continué à se demander, étonné, comment il avait pu si bien cacher la vraie nature de ses pensées à ses convives pendant toute la soirée. Il avait parlé avec eux, écouté leurs discours insipides sur le golf et sur leurs femmes trop exigeantes, ri à leurs blagues salaces gênantes. Mais il était ailleurs. Il savourait d'avance le moment où, de retour dans sa chambre, sa cravate desserrée, il allait permettre à ce bol acide qui lui serrait la gorge de remonter et d'exploser sur son visage, sous forme de sueur, respiration essoufflée et regard traître.

Son vrai visage sous le masque.

Dans l'intimité de sa chambre, il avait enfin pu donner libre cours à l'envie qu'il avait contenue dans son torse et dans son pantalon, avec la peur d'exploser. Mais non. Il avait réussi à se contrôler.

Parce qu'il allait bientôt sortir.

Comme toujours, il s'était juré que ça serait la dernière fois. Comme toujours, cette promesse serait répétée *avant* et *après*. Et, comme toujours, elle serait démentie puis renouvelée la fois suivante.

Il avait quitté l'hôtel vers minuit, au comble de l'excitation. Il avait tourné en rond : il était en avance. Cet après-midi-là, entre deux rendez-vous, il avait fait des repérages pour s'assurer que tout se déroulât selon son plan, pour qu'il n'y ait pas d'obstacle. Cela faisait deux mois qu'il se préparait, qu'il courtisait soigneusement son « papillon ». L'attente était le juste acompte du plaisir. Et il l'avait savourée. Il avait soigné les détails, parce que c'étaient toujours les détails qui trahissaient les autres. Mais pas lui, non, ça ne lui arriverait pas. Cela ne lui arrivait jamais. Même si maintenant, après la découverte du cimetière des bras, il allait devoir prendre quelques précautions supplémentaires. Il y avait beaucoup de policiers dans les rues, tous en alerte. Mais il était fort pour se rendre invisible. Il n'avait rien à craindre. Il n'avait qu'à se détendre. Bientôt, il allait apercevoir son papillon sur le boulevard, à l'endroit décidé la veille. Il craignait toujours qu'ils ne se ravisent. Que quelque chose, dans le rôle qu'ils devaient tenir, se passe mal. Dans ce cas, il aurait été triste, de cette tristesse amère dont l'on met des jours à se débarrasser. Et, pire, qu'on ne peut pas cacher. Mais il continuait à se répéter que cette fois aussi tout allait bien se passer.

Le papillon allait venir.

Il le ferait monter en vitesse, en l'accueillant avec les politesses habituelles. Celles qui non seulement font plaisir, mais surtout chassent les doutes générés par la peur. Il le conduirait à l'endroit qu'il avait choisi pour eux cet après-midi-là, à l'écart d'une petite route d'où on voyait le lac.

Les papillons avaient toujours un parfum très pénétrant. Chewing-gum, chaussures de sport. Et sueur. Il aimait ça. Désormais, cette odeur faisait partie de sa voiture.

Là aussi, il la sentait, mélangée à celle de l'urine. Il pleura à nouveau. Que de choses s'étaient passées depuis ce moment. Qu'il avait été brusque, le passage de l'excitation et du bonheur à ce qui était venu après.

*Il regarda derrière lui.*

« Il faut que je prenne de l'essence. »

Mais ensuite il oublia et, inspirant une bouffée de cet air vicié, il se replongea dans le souvenir de ce qu'il s'était passé par la suite…

Il avait arrêté sa voiture, pour attendre le papillon. La lune opaque perçait parfois parmi les nuages. Pour tromper l'angoisse, il révisait son plan. Au début, ils parleraient. Mais lui, il écouterait, surtout. Parce qu'il savait que les papillons ont toujours besoin de recevoir ce qu'ils ne trouvent pas ailleurs : de l'attention. Ce rôle lui réussissait bien. Écouter patiemment la petite proie qui, en lui ouvrant son cœur, s'affaiblissait toute seule. Elle baissait la garde, et le laissait entrer sans encombres dans des territoires profonds.

Près du sillon de l'âme.

Il disait toujours quelque chose de tout à fait approprié. Il le faisait à chaque fois. C'était ainsi qu'il devenait leur maître. Il était bon d'instruire quelqu'un sur ses propres désirs. Lui expliquer par le menu ce qu'on veut, lui montrer comment faire. C'était important. Devenir leur école, leur terrain d'entraînement. Édifier sur ce qui est agréable.

Mais tout en composant cette leçon magique qui allait ouvrir grand les portes de l'intimité, il avait distraitement posé son regard sur le rétroviseur de la voiture.

C'est à ce moment-là qu'il l'avait vu.

Quelque chose de moins consistant qu'une ombre. Quelque chose qu'on pourrait tout aussi bien ne pas vraiment voir, parce que cela sort tout droit de son imagination. Et il avait tout de suite pensé à un mirage, à une illusion.

Jusqu'à ce poing sur la vitre de la voiture.

Le bruit sec de la portière qui s'ouvrait. La main qui s'insinuait dans cet espace et l'attrapait à la gorge, puis serrait. Aucune possibilité de réagir. Une bouffée d'air froid avait envahi l'habitacle, et il se rappelait avoir pensé : « J'ai oublié la sécurité. » La sécurité ! Comme si cela aurait suffi à l'arrêter.

L'homme avait une force incroyable et il avait réussi à le tirer hors de la voiture en l'agrippant d'un seul bras. Un passe-montagne noir lui couvrait le visage. Pendant que l'autre le tenait, il avait pensé au papillon : la précieuse proie qu'il s'était donné tant de mal pour attirer et qui était désormais perdue.

Indubitablement, maintenant c'était lui la proie.

L'homme avait relâché l'étau sur le cou, le jetant à terre. Puis il s'était désintéressé de lui pour retourner vers la voiture : « Ça y est, il est allé prendre l'arme avec laquelle il va m'achever. » Alors, mû par un instinct désespéré de survie, il avait tenté de se traîner sur le sol humide et froid, bien qu'il ait suffi de quelques pas à l'homme au passe-montagne pour le rejoindre et mettre fin à ce qu'il avait commencé.

« Que de choses inutiles font les gens quand ils veulent échapper à la mort, pensait-il maintenant, seul dans sa voiture. Certains tendent la main devant le canon du pistolet, avec pour résultat de se faire perforer la main par la balle. D'autres se jettent des fenêtres des immeubles pour échapper à un incendie… Tout le monde veut éviter l'inévitable, et se rend ridicule. »

Il ne pensait pas faire partie de cette catégorie de gens. Il avait toujours été sûr de pouvoir affronter dignement la mort. Au moins jusqu'à cette nuit-là, quand il s'était retrouvé à ramper comme un ver en implorant ingénument son salut. En se traînant péniblement, il avait à peine fait deux mètres.

Puis il avait perdu connaissance.

Deux coups secs sur le visage l'avaient ramené à lui. L'homme au passe-montagne était revenu. Il se détachait au-dessus de lui et le fixait de ses yeux éteints, brumeux. Il n'avait pas d'arme sur lui. D'un signe de tête, il avait indiqué la voiture et lui avait simplement dit :

— Pars et ne t'arrête pas, Alexander.

L'homme au passe-montagne connaissait son nom.

Au début, il avait trouvé que cela avait du sens. Puis, en y réfléchissant, c'était ce qui le terrorisait le plus.

Partir. À ce moment-là, il n'y avait pas cru. Il s'était relevé et avait rejoint la voiture en titubant, en essayant de faire le plus vite possible dans la crainte que l'autre ne puisse changer d'avis. Il s'était mis au volant, la vue encore trouble et les mains tremblantes au point de ne pas réussir à mettre le contact. Quand il avait enfin réussi, sa longue nuit sur la route avait démarré. Loin de là, le plus loin possible…

« Il faut que je prenne de l'essence », pensa-t-il pour retrouver un peu le sens de la réalité.

Le réservoir était presque vide. Il chercha les panneaux indiquant une station-service, en se demandant si cela faisait partie ou non de la mission qu'il avait reçue cette nuit-là.

Ne pas s'arrêter.

Jusqu'à une heure du matin, deux questions avaient occupé ses pensées. Pourquoi l'homme au passe-montagne l'avait-il laissé partir ? Que s'était-il passé pendant qu'il s'était évanoui ?

Il avait eu la réponse quand il avait récupéré une partie de sa lucidité, et qu'il avait entendu *le bruit*.

Un frottement sur la carrosserie, accompagné d'un battement rythmique et métallique – toum, toum, toum – sourd et incessant. « Il a trafiqué quelque chose sur la voiture : tôt ou tard, une des roues va se détacher de l'essieu, je vais perdre le contrôle et m'écraser contre la glissière de sécurité ! » Mais rien de tout ça ne s'était passé. Parce que ce bruit n'était pas de nature mécanique. Mais ça, il ne l'avait compris qu'après… Bien qu'il ne soit pas en mesure de l'admettre.

À ce moment-là, il vit un panneau indicateur : la station-service la plus proche était à moins de huit kilomètres. Il pouvait l'atteindre, mais ensuite il allait devoir faire en vitesse.

*À cette pensée, il regarda derrière lui pour la énième fois.*

Mais il ne faisait pas attention à la route nationale qu'il laissait derrière lui, ni aux voitures qui le suivaient.

Non, son regard s'arrêtait avant, bien avant.

Ce qui le suivait n'était pas là, sur cette route. C'était bien plus proche. C'était la source de ce bruit. C'était quelque chose auquel il ne pouvait pas échapper.

Cette chose était dans son coffre.

C'était cela, qu'il regardait avec insistance. Même s'il tentait de ne pas penser à ce que cela pouvait contenir. Mais quand Alexander Bermann regarda à nouveau devant lui, il était trop tard. Le policier au bord de la chaussée lui faisait signe de s'arrêter.

# 5

Mila descendit du train, le visage luisant et les yeux gonflés par sa nuit sans sommeil. Elle s'achemina sous l'auvent de la gare. Le bâtiment était composé d'un magnifique corps principal, datant du XIXe siècle, et d'un immense centre commercial. Tout était propre et en ordre. Et pourtant, au bout d'à peine quelques minutes, Mila en connaissait déjà tous les recoins obscurs. Les endroits où elle aurait cherché ses enfants disparus. Où la vie se vend et s'achète, se niche ou se cache.

Mais elle n'était pas là pour ça.

Bientôt, quelqu'un allait l'emmener loin de cet endroit. Deux collègues l'attendaient au bureau de la police ferroviaire. Une femme trapue, d'une quarantaine d'années, au teint olivâtre, les cheveux courts et les hanches larges, trop pour son jean. Et un homme d'environ trente-huit ans, très grand et robuste. Il lui rappela les jeunes gaillards costauds du village de campagne où elle avait grandi. Au collège, elle était sortie avec deux ou trois d'entre eux. Elle repensa à leur approche très maladroite.

L'homme lui sourit, tandis que la collègue se limita à la dévisager en levant un sourcil. Mila s'approcha pour les présentations d'usage. Sarah Rosa annonça son nom et son grade. L'autre, en revanche, lui tendit la main :

— Agent spécial Klaus Boris, articula-t-il avant de s'offrir de lui porter son sac en toile. Laissez, je m'en charge.

— Non, merci, je peux le porter moi-même, répondit Mila.

Mais il insista.

— Il n'y a pas de problème.

Le ton sur lequel il dit ces mots, tout comme son sourire obstiné, lui firent comprendre que l'agent Boris était une sorte de Don Juan, convaincu de pouvoir exercer son charme sur toutes les femmes qu'il rencontrait. Mila était certaine qu'au moment même où il l'avait vue de loin, il avait décidé de tenter sa chance.

Boris proposa de prendre un café avant de partir, mais Sarah Rosa le foudroya du regard.

— Qu'est-ce qu'il y a? Qu'est-ce que j'ai dit? se défendit-il.

— Nous n'avons pas le temps, tu te rappelles? répondit la femme sur un ton décidé.

— La collègue a fait un long voyage et je pensais que…

— Ce n'est pas la peine, intervint Mila. Je suis bien comme ça, merci.

Mila n'avait pas l'intention de se mettre à dos Sarah Rosa, qui ne sembla pas pour autant apprécier son dévouement.

Ils allèrent à la voiture garée sur le parking et Boris prit le volant. Rosa occupa la place à côté de lui. Mila s'installa derrière, avec son sac en toile. Ils s'insérèrent dans la circulation, sur la route qui longeait le fleuve.

Sarah Rosa avait l'air plutôt fâchée d'avoir dû servir d'escorte à une collègue. En revanche, la chose ne déplaisait pas à Boris.

— Où allons-nous? demanda timidement Mila.

Boris la regarda dans le rétroviseur.

— Au commandement. L'inspecteur chef Roche veut te parler. C'est lui qui te donnera les instructions.

— Je n'ai jamais eu affaire à un cas de tueur en série, avant aujourd'hui, tint à spécifier Mila.

— On ne te demande pas de capturer qui que ce soit, répondit sèchement Rosa. Ça, on s'en charge. Ton travail est seulement de trouver le nom de la sixième fillette. J'espère que tu as étudié le dossier…

Mila ne prêta pas attention à la note de suffisance dans la voix de sa collègue, parce que cette phrase la ramena à la nuit blanche qu'elle venait de passer. Les photos des bras enterrés. Les maigres données médico-légales sur l'âge des victimes et la chronologie de leur mort.

— Que s'est-il passé, dans ce bois? demanda-t-elle.

— C'est la plus grosse affaire de ces derniers temps! lui dit Boris en se distrayant un instant de sa conduite, en proie à l'excitation, comme un petit garçon. Je n'ai jamais rien vu de semblable. À mon

45

avis, ça va faire sauter plein de culs chez les gros bonnets. C'est pour ça que Roche se chie dessus.

Mila n'avait pas encore fait la connaissance de l'inspecteur chef mais il était clair que ses hommes n'avaient pas beaucoup d'estime pour lui. Et si Boris s'exprimait aussi grossièrement devant Sarah Rosa cela impliquait qu'elle était sans doute d'accord, même si elle ne le montrait pas. Mila se dit que quelque chose clochait. Indépendamment des commentaires qu'elle entendrait, elle comptait juger seule Roche et ses méthodes.

Rosa répéta sa question, et ce n'est qu'alors que Mila se rendit compte que c'était à elle qu'elle parlait.

— Il est à toi, ce sang ?

Sarah Rosa était retournée sur son siège et indiquait un point vers le bas. Mila regarda sa cuisse. Son pantalon était taché, la cicatrice s'était rouverte. Elle mit immédiatement la main dessus et sentit le besoin de se justifier.

— Je suis tombée en faisant un footing, mentit-elle.

— Occupe-toi de la soigner, ta blessure. On ne veut pas que ton sang vienne se mélanger avec une pièce à conviction.

Mila se sentit soudain embarrassée par ce reproche, et aussi par le fait que Boris la fixait dans le rétroviseur. Elle espérait qu'on n'en parle plus, mais Rosa n'avait pas terminé sa leçon.

— Une fois, un blanc-bec censé surveiller la scène d'un crime à caractère sexuel est allé pisser dans les toilettes de la victime. Pendant six mois, on a poursuivi un fantôme en croyant que l'assassin avait oublié de tirer la chasse.

Boris rit à ce souvenir. Mila essaya de changer de sujet :

— Pourquoi vous m'avez appelée ? Vous ne pouviez pas jeter un coup d'œil aux signalements de disparition dans le dernier mois, pour remonter jusqu'à la fillette ?

— Ne nous le demande pas à nous… dit Rosa sur un ton polémique.

« Le sale boulot », pensa Mila. Il était trop clair que c'était pour cela qu'ils l'avaient appelée. Roche avait voulu confier la chose à quelqu'un d'extérieur à l'équipe, pas trop proche, pour pouvoir salir son nom si on ne trouvait pas le sixième cadavre.

*Debby. Anneke. Sabine. Melissa. Caroline.*

— Les familles des cinq autres ? demanda Mila.

— Elles viennent au commandement, elles aussi, pour l'analyse de l'ADN.

Mila pensa à ces pauvres parents, contraints de se soumettre à la loterie de l'ADN pour avoir la certitude que le sang de leur sang a été tué et sectionné avec barbarie. Bientôt, leur existence allait changer pour toujours.

— Et qu'est-ce qu'on sait du monstre ? demanda-t-elle, pour se distraire de cette pensée.

— Ici, on ne dit pas « monstre », lui fit remarquer Boris. C'est une manière de le dépersonnaliser. (Ce disant, Boris échangea un regard entendu avec Rosa.) Cela ne plaît pas au professeur Gavila.

— Le professeur Gavila ? répéta Mila.

— Tu vas faire sa connaissance.

Le malaise de Mila augmenta. Il était clair que sa piètre connaissance de l'affaire la désavantageait par rapport à ses collègues, qui pouvaient se jouer d'elle. Mais cette fois non plus, elle ne dit rien pour se défendre.

Rosa, elle, n'avait aucune intention de la laisser en paix, et elle la menaça d'un ton indulgent :

— Tu sais, ma chère, ne sois pas étonnée de ne pas réussir à comprendre ce qu'il en est. Tu es certainement très bonne dans ton domaine mais là c'est une autre histoire, parce que les crimes en série ont d'autres règles. Et cela vaut aussi pour les victimes. Elles n'ont rien fait pour le devenir. Leur seule faute, en général, c'est de s'être trouvées au mauvais endroit au mauvais moment. Ou alors d'être sorties de chez elles habillées d'une certaine couleur et pas d'une autre. Ou encore, comme c'est le cas ici, leur faute est d'être des filles, blanches, entre neuf et treize ans… Ne te vexe pas, mais ça, tu ne peux pas le savoir. Rien de personnel là-dedans.

« C'est ça, comme si c'était vrai », pensa Mila. Depuis la seconde exacte où elles s'étaient rencontrées, Rosa avait fait de chaque sujet une question personnelle.

— J'apprends vite, répondit Mila.

Rosa se tourna pour la regarder, plus dure.

— Tu as des enfants ?

Mila fut déconcertée, l'espace d'un instant.

— Non, pourquoi ? Quel rapport ?

– Parce que quand tu trouveras les parents de la sixième fillette, il faudra que tu leur expliques la « raison » pour laquelle leur superbe fille a été traitée de cette façon. Mais toi tu ne sauras rien d'eux, des sacrifices qu'ils ont faits pour l'élever et l'éduquer, des nuits blanches quand elle avait de la fièvre, de l'argent économisé pour lui payer des études, lui assurer un avenir, des heures passées avec elle à jouer ou à faire ses devoirs.

Le ton de Rosa était de plus en plus altéré.

– Et tu ne sauras pas non plus pourquoi trois de ces fillettes avaient du vernis brillant sur les ongles, ou pourquoi l'une d'elles avait une vieille cicatrice sur le coude, qui datait peut-être d'une chute à vélo quand elle avait cinq ans, ou encore combien elles étaient petites et mignonnes, avec les rêves et les désirs propres à cet âge innocent qui a été souillé ! Toi, ces choses-là, tu ne les sais pas, parce que tu n'es pas mère.

– Hollie, répondit sèchement Mila.

– Quoi ? la dévisagea Sarah Rosa sans comprendre.

– La marque du vernis est Hollie. Il est brillant, la couleur est poudre de corail. C'était un gadget distribué il y a un mois avec une revue pour ados. C'est pour ça qu'elles étaient trois à l'avoir : il a eu un gros succès… Et puis : une des victimes portait un bracelet de la chance.

– Mais nous n'avons trouvé aucun bracelet, dit Boris qui commençait à s'intéresser à la chose.

Mila sortit une des photos du dossier.

– C'est la numéro deux, Anneke. La peau près du poignet est plus claire. Signe qu'elle portait quelque chose à cet endroit. Peut-être que c'est le tueur qui le lui a retiré, peut-être qu'elle l'a perdu quand elle a été enlevée, ou pendant qu'elle se débattait. Elles étaient toutes droitières sauf une, la troisième : elle avait des taches d'encre sur le côté de l'index, elle était gauchère.

Boris était admiratif, Rosa abasourdie. Mila ne s'arrêtait plus.

– Une dernière chose : la numéro six, celle dont on ne sait pas le nom, connaissait celle qui a disparu la première, Debby.

– Et comment tu peux savoir ça ? demanda Rosa.

Mila sortit du dossier les photos des bras un et six.

– Le petit point rouge sur le bout de chaque index… Elles sont sœurs de sang.

Le département des sciences comportementales de la police fédérale s'occupait surtout de crimes atroces. Roche était à sa tête depuis huit ans et il en avait révolutionné le style et les méthodes. En effet, c'était lui qui avait ouvert les portes à des civils comme le professeur Gavila qui, grâce à ses écrits et à ses recherches, était unanimement considéré comme le criminologue le plus novateur du moment.

Dans l'unité d'investigation, Stern était l'agent informatif. Il était le plus ancien et le plus gradé. Son travail consistait à rassembler les informations qui servaient ensuite à construire les profils et à tracer des parallèles avec d'autres cas. Il tenait lieu de « mémoire » du groupe.

Sarah Rosa s'occupait de la logistique et était l'experte en informatique. Elle passait une grande partie de son temps à se tenir au courant des nouvelles technologies, et elle avait reçu une formation spécifique sur la planification des opérations de police.

Enfin, Klaus Boris était l'agent examinateur. Sa tâche était d'interroger les personnes impliquées à différents titres, ainsi que d'amener le coupable présumé à avouer. Il était spécialiste de multiples techniques pour atteindre ce but. Et en général, il l'atteignait.

Si Roche donnait les ordres, il ne dirigeait pas vraiment l'équipe : c'étaient les intuitions du professeur Gavila qui orientaient les recherches. L'inspecteur chef était avant tout un politicien, et ses choix étaient souvent motivés par des raisons attenantes à sa carrière. Il aimait se montrer et s'attribuer le mérite des enquêtes qui finissaient bien. Quand elles n'aboutissaient pas, en revanche, il répartissait les responsabilités entre les membres du groupe ou, comme il se plaisait à le qualifier, « l'équipe de Roche ». Une formule qui lui avait valu l'antipathie, et souvent aussi le mépris, de ses subordonnés.

Tous étaient rassemblés dans une salle de réunion au sixième étage du bâtiment qui accueillait le siège du département, au centre de la ville.

Mila se plaça au dernier rang. Aux toilettes, elle avait à nouveau soigné sa blessure à la jambe, la comprimant entre deux pansements. Ensuite elle avait changé de jean, pour un autre identique.

Elle s'assit et posa son sac par terre. Elle identifia tout de suite l'homme efflanqué comme étant Roche. Il était en pleine conversation animée avec un type à l'aspect négligé, qui avait une drôle d'aura autour de lui. Une lumière grise. Mila était sûre qu'hors de la pièce, dans le monde réel, cet homme aurait disparu comme un fantôme.

Mais là, sa présence avait un sens. C'était sans doute le professeur Gavila, dont lui avaient parlé Rosa et Boris dans la voiture.

Toutefois, l'homme avait quelque chose qui faisait immédiatement oublier ses vêtements froissés et ses cheveux décoiffés.

C'étaient ses yeux, immenses et attentifs.

Tout en continuant à discuter avec Roche, il les posa sur elle, la prenant sur le fait. Mila détourna le regard, gênée et, au bout d'un moment, il fit de même, avant d'aller s'asseoir non loin d'elle. Ensuite, il l'ignora complètement et, après quelques minutes, la réunion démarra officiellement.

Roche monta sur l'estrade et prit la parole en faisant de la main un geste solennel, comme s'il parlait à un public nombreux, et non pas à un auditoire de cinq personnes.

— Je viens d'avoir la scientifique : notre Albert n'a laissé aucun indice. Il est vraiment fort. Pas une trace, pas une empreinte, dans le petit cimetière de bras. Il ne nous a laissé que six fillettes à retrouver. Six corps… et un nom.

Puis l'inspecteur passa la parole à Goran, qui ne monta pas sur l'estrade. Il resta à sa place, les bras croisés et les jambes étendues sous la rangée de chaises devant lui.

— Albert savait depuis le début comment les choses allaient se passer. Il a tout prévu dans les moindres détails. C'est lui qui mène le jeu. Et puis, six est déjà un chiffre complet, dans la mystique d'un tueur en série.

— Six cent soixante-six, le nombre du diable, intervint Mila.

Ils se tournèrent tous pour la regarder, avec des expressions de reproche.

— Nous n'avons pas recours à ce genre de banalités, dit Goran à l'attention de Mila, qui se sentit couler. Quand nous parlons d'un chiffre complet, nous nous référons au fait que le sujet a déjà complété une ou plusieurs séries.

Mila plissa imperceptiblement les yeux et Goran sentit qu'elle n'avait pas compris, alors il s'expliqua :

— Nous appelons « tueur en série » un individu ayant tué au moins trois fois avec un mode opératoire similaire.

— Deux cadavres constituent un pluri-homicides, ajouta Boris.

— Donc six victimes font deux séries.

— C'est une sorte de convention ? demanda Mila.

— Non. Ça veut dire que quand tu tues pour la troisième fois, ensuite tu ne t'arrêtes plus, intervint Rosa, mettant fin à la discussion.

— Les freins inhibiteurs se relâchent, le sentiment de culpabilité s'apaise, et à partir de là ils tuent mécaniquement, conclut Goran, avant de s'adresser à nouveau à tout le monde. Mais pourquoi ne connaît-on encore rien du cadavre numéro six ?

Roche intervint.

— Il y a une chose que nous savons. D'après ce qu'on m'a dit, notre collègue alerte nous a fourni un indice que moi je considère comme important. Elle a relié la victime sans nom à Debby Gordon, la première, dit Roche comme si le mérite de l'idée de Mila lui revenait, en réalité. Je vous en prie, agent Vasquez : dites-nous en quoi consiste votre intuition.

Mila se retrouva à nouveau au centre de l'attention. Elle baissa les yeux sur ses notes, afin d'organiser ses pensées avant de parler. En attendant, Roche lui fit signe de se mettre debout.

Mila se leva.

— Debby Gordon et la fillette numéro six se connaissaient. Naturellement, il ne s'agit encore que d'une supposition, mais cela expliquerait le fait qu'elles ont le même signe sur l'index…

— De quoi s'agit-il exactement ? demanda Goran, curieux.

— Bah… du rituel de se piquer la pointe d'un doigt avec une épingle à nourrice et de mélanger son sang en unissant les doigts : une version adolescente du pacte de sang. En général, cela se fait pour sceller une amitié.

Mila aussi l'avait fait, avec son amie Graciela, elles avaient utilisé un clou rouillé parce qu'elles trouvaient que l'épingle à nourrice était un truc de femmelettes. Ce souvenir lui revint soudain à l'esprit. Graciela avait été sa camarade de jeux. Chacune connaissait les secrets de l'autre, et une fois elles avaient même partagé un garçon, sans qu'il le sache. Elles lui avaient laissé croire que c'était lui, le malin, qui arrivait à sortir avec les deux amies sans qu'elles s'en aperçoivent. Qu'était devenue Graciela ? Cela faisait des années qu'elle n'avait pas de nouvelles. Elles s'étaient perdues de vue trop tôt, et ne s'étaient jamais retrouvées. Et pourtant, elles s'étaient promis une amitié éternelle. Pourquoi avait-il été si simple de l'oublier ?

— S'il en est ainsi, la fillette numéro six doit avoir le même âge que Debby.

— L'analyse de la calcification osseuse du sixième membre confirme cette thèse : la victime avait douze ans, intervint Boris qui avait hâte de marquer des points auprès de Mila.

— Debby Gordon était pensionnaire dans un collège huppé. Il n'est pas plausible que sa sœur de sang soit l'une de ses camarades, parce qu'il ne manque personne parmi les élèves.

— Elle devait donc la fréquenter en dehors de l'école, intervint à nouveau Boris.

Mila acquiesça.

— Debby allait à ce collège depuis huit mois. Elle devait se sentir très seule loin de chez elle. Je jurerais qu'elle avait du mal à se faire des amies. Je suppose donc qu'elle avait fait la connaissance de sa sœur de sang dans d'autres circonstances.

— Je veux que vous alliez jeter un coup d'œil à la chambre de la jeune fille au collège, intervint Roche. Il en sortira peut-être quelque chose.

— Je voudrais aussi parler aux parents de Debby, si c'est possible.

— Bien sûr, faites comme bon vous semble.

Avant que l'inspecteur chef n'ajoute un mot, on frappa à la porte. Trois coups rapides. Ils virent débouler un petit homme en blouse blanche, que personne n'avait invité à entrer. Il avait les cheveux hirsutes et de drôles d'yeux en amande.

— Ah, Chang, l'accueillit Roche.

C'était le médecin légiste chargé de l'affaire. Mila découvrit très vite qu'en fait il n'était pas asiatique. Pour une raison génétique mystérieuse, il s'était retrouvé avec ces traits caractéristiques. Il s'appelait Leonard Vross, mais depuis toujours tout le monde l'appelait Chang.

Le type se posta à côté de Roche. Il avait apporté un dossier, qu'il ouvrit immédiatement, bien qu'il n'eût pas besoin d'en lire le contenu, qu'il connaissait par cœur.

— Je voudrais que vous écoutiez avec attention le rapport du docteur Chang, dit l'inspecteur chef. Même si je sais que certains points pourront être difficiles à comprendre pour certains d'entre vous.

Il parlait pour elle, Mila en était sûre.

Chang chaussa les petites lunettes qu'il gardait dans la poche de sa chemise et prit la parole en s'éclaircissant la voix.

— L'état de conservation des restes, malgré la sépulture, était optimal.

Cela confirmait la thèse selon laquelle peu de temps s'était écoulé entre la réalisation du cimetière de bras et sa découverte. Ensuite, le pathologiste s'étendit sur quelques détails. Puis il passa à l'illustration de la mort des six fillettes sans préambule.

– Il les a tuées en leur coupant le bras.

Les lésions ont leur langage. Mila le savait bien. Quand le médecin légiste souleva le dossier ouvert sur un agrandissement de la photo de l'un des bras, la policière remarqua tout de suite l'auréole rougeâtre autour de la coupe et à la fracture de l'os. L'infiltration du sang dans les tissus est le premier signe que l'on cherche pour établir si la lésion est ou non létale. Si elle a été pratiquée sur un cadavre, la pompe cardiaque n'est plus en activité, et donc le sang coule progressivement des vaisseaux arrachés, sans se fixer dans les tissus autour. Si, au contraire, le coup est porté quand la victime est encore en vie, la pression sanguine dans les artères et dans les capillaires continue à se propager parce que le cœur pousse le sang dans les tissus lésés, dans un effort désespéré de les cicatriser.

Chang continua :

– La lésion a eu lieu au milieu du biceps brachial. L'os n'est pas cassé, la fracture est nette. Il doit avoir utilisé une scie très précise : nous n'avons pas trouvé de limaille de fer sur les bords de la blessure. La section uniforme des vaisseaux sanguins et des tendons nous indique que l'amputation a été réalisée avec une adresse que je qualifierais de chirurgicale. Le décès a eu lieu par hémorragie. Ça a été une mort horrible.

À cette phrase, Mila eut l'impulsion de baisser les yeux en signe de respect. Mais elle se rendit tout de suite compte qu'elle aurait été la seule.

Chang continua.

– Je dirais qu'il les a tuées tout de suite : il n'avait aucun intérêt à les garder en vie plus que nécessaire, et il n'a pas hésité. Les modalités du meurtre sont les mêmes pour toutes les victimes. Sauf pour une…

Ses paroles restèrent un moment suspendues dans l'air, avant de retomber sur les présents comme une douche glacée.

– Ce qui signifie ? demanda Goran.

Chang remonta ses lunettes qui avaient glissé sur la pointe de son nez, puis il regarda fixement le criminologue.

— Pour l'une d'elles, cela a été encore pire.

Un silence total tomba sur la pièce.

— Les examens toxicologiques révèlent des traces d'un cocktail de médicaments dans le sang et les tissus. Précisément : antiarythmiques comme la disopyramide, inhibiteurs ACE et Atenololo, qui est un bêtabloquant...

— Il a diminué son rythme cardiaque tout en faisant baisser sa tension, ajouta Goran Gavila, qui avait déjà tout compris.

— Pourquoi ? demanda Stern, pour qui en revanche rien n'était clair.

Sur les lèvres de Chang se forma une grimace qui ressemblait à un sourire amer.

— Il a ralenti l'hémorragie pour la faire mourir plus lentement... Il a voulu profiter du spectacle.

— De quelle fillette s'agit-il ? demanda Roche, bien que tous connussent déjà la réponse.

— De la numéro six.

Cette fois, Mila n'avait pas besoin d'être une experte des crimes en série pour comprendre. Le médecin légiste venait en gros d'affirmer que le tueur avait modifié son *modus operandi*. Autrement dit, il était plus sûr de ce qu'il faisait. Il expérimentait un nouveau jeu. Et cela lui plaisait.

— Il a changé parce qu'il est content du résultat. Cela marche de mieux en mieux, conclut Goran. À ce qu'il semble, il y a pris goût.

Mila fut traversée par une sensation. C'était ce frisson à la base du cou qu'elle sentait chaque fois qu'elle s'approchait de la solution pour un de ses cas de disparition. Quelque chose de difficile à expliquer. D'habitude, cette perception durait plus longtemps, mais cette fois elle disparut avant qu'elle puisse la saisir, balayée par une phrase de Chang.

— Encore une chose... ajouta-t-il en s'adressant directement à Mila. (Il ne la connaissait pas, mais elle était le seul visage étranger dans la salle, et il devait déjà être au courant des raisons de sa présence.) À côté, il y a les parents des fillettes disparues.

De la fenêtre du poste de police de la route, perdu dans les montagnes, Alexander Bermann jouissait d'une vue dégagée sur le parking. Sa voiture était au fond, dans la cinquième rangée. De son point de vue, elle semblait très loin.

Le soleil déjà haut faisait briller la tôle. Après la tempête de la nuit, il n'aurait jamais pu imaginer une telle journée. On se serait cru au printemps, il faisait presque chaud. Une légère brise entrait par la fenêtre ouverte, apportant un sentiment de paix. Il était bizarrement content.

Quand, à l'aube, il avait été arrêté au barrage pour un contrôle, il ne s'était pas démonté, ni laissé gagner par la panique. Il était resté à l'intérieur de l'habitacle, avec une sensation gênante d'humidité entre les jambes.

De sa place, il voyait bien les agents à côté de leur voiture de service. L'un deux tenait à la main la pochette avec ses papiers et les parcourait en dictant à l'autre les détails pour qu'il les transmette par radio.

« Bientôt, il vont venir ouvrir mon coffre », pensait-il.

L'agent qui l'avait arrêté avait été très poli. Il lui avait parlé du violent orage et avait été compatissant : il ne l'enviait pas d'avoir dû conduire toute la nuit par ce temps.

— Vous n'êtes pas d'ici, avait-il déclaré en regardant sa plaque.

— Non, en effet, avait-il répondu, je ne suis pas d'ici.

La conversation s'était arrêtée là. Pendant un instant, il avait eu l'idée de tout lui raconter, mais il avait changé d'avis. Ce n'était pas encore le moment. Puis l'agent s'était dirigé vers son collègue. Alexander Bermann ne savait pas ce qui allait se passer, mais pour la première fois il avait serré le volant un peu moins fort. Le sang avait recommencé à circuler dans ses mains, qui avaient repris des couleurs.

Et il s'était retrouvé à penser à ses papillons.

Si fragiles, si ignorants de leur enchantement. Lui, il arrêtait le temps pour eux, leur faisant prendre conscience des secrets de leur charme. Les autres se limitaient à les dépouiller de leur beauté. Lui, il en prenait soin. De quoi pouvait-on l'accuser, au fond ?

Quand il avait vu le policier se diriger à nouveau vers sa voiture, ces pensées s'étaient évanouies d'un coup et la tension, qui s'était momentanément relâchée, était montée d'un cran. Ils avaient mis trop de temps, avait-il pensé. En s'approchant, l'agent avait une main à la hauteur de sa hanche, près de la ceinture. Il savait ce que signifiait ce geste : il était prêt à sortir son pistolet. Quand il fut enfin près de lui, il prononça une phrase à laquelle Alexander ne s'attendait pas.

— Vous devez nous suivre au poste, monsieur Bermann. Dans vos papiers, il manque la carte grise.

« Bizarre, avait-il pensé. J'étais sûr de l'avoir mise là. » Mais ensuite il avait compris : c'était l'homme au passe-montagne qui la lui avait prise quand il avait perdu connaissance... Et maintenant il se retrouvait là, dans cette petite salle d'attente, à profiter de la chaleur non méritée de cette petite brise. Ils l'avaient enfermé là, après lui avoir pris sa voiture. Sans savoir que la menace d'une sanction administrative était la dernière de ses préoccupations. Il réfléchit sur cette étrange condition : comment l'ordre des priorités change pour un homme qui n'a plus rien à perdre. Parce que, ce qui lui importait le plus, au moment présent, était que la caresse de ce petit vent ne cesse pas.

En attendant, il gardait les yeux rivés sur le parking et sur le va-et-vient des agents. Sa voiture était toujours là, aux yeux de tous. Avec son secret enfermé dans le coffre. Et personne ne s'apercevait de rien.

Tandis qu'il réfléchissait à la singularité de la situation, il aperçut un groupe d'agents qui revenaient de leur pause café du matin. Trois hommes et trois femmes, en uniforme. L'un d'eux racontait vraisemblablement une anecdote, il marchait en gesticulant. Quand il finit, les autres rirent. Il n'avait pas entendu un mot de ce récit, mais le son des rires était contagieux et il se surprit à sourire. L'un d'eux, le plus grand, s'arrêta d'un coup, laissant les autres continuer. Il s'était rendu compte de quelque chose.

Alexander Bermann remarqua immédiatement l'expression de son visage.

« L'odeur, pensa-t-il. Il a dû sentir l'odeur. »

Sans rien dire à ses collègues, l'agent regarda autour de lui. Il reniflait l'air, comme s'il cherchait encore la faible traînée qui avait mis l'espace d'un instant ses sens en alerte. Quand il la retrouva, il se tourna vers la voiture près de lui. Il fit quelques pas dans cette direction, puis s'immobilisa devant le coffre fermé.

Alexander Bermann, en voyant la scène, poussa un soupir de soulagement. Il était *reconnaissant*. Reconnaissant pour la coïncidence qui l'avait amené ici, pour la brise reçue en cadeau et pour le fait que ce n'était pas lui qui allait devoir ouvrir ce maudit coffre.

La caresse du vent cessa. Alexander Bermann se leva de sa place devant la fenêtre et sortit son portable de sa poche.

*Le moment était venu de passer un coup de téléphone.*

# 6

« Debby. Anneke. Sabine. Melissa. Caroline. »

Mila se répétait les noms dans sa tête tout en observant à travers une vitre les parents des cinq victimes identifiées, qui avaient été réunis pour l'occasion à la morgue de l'Institut médico-légal. C'était un édifice gothique, avec de grandes fenêtres, entouré d'un parc dépouillé.

Mila remarqua qu'il en manquait deux. Un père et une mère qu'on n'avait pas encore réussi à trouver.

Elle devait coûte que coûte donner un nom au bras gauche numéro six. La fillette sur laquelle Albert s'était le plus acharné, avec ce cocktail de médicaments pour ralentir la mort.

« Il a voulu *profiter du spectacle.* »

Elle repensa à l'affaire du maître de musique, quand elle avait libéré Pablo et Elisa. « Tu as sauvé trois personnes », avait dit le sergent Morexu en se référant à la mention trouvée dans l'agenda de l'homme. Ce prénom…

*Priscilla.*

Son chef avait raison : la petite fille avait eu de la chance. Mila nota un rapport cruel entre elle et les six victimes.

Priscilla avait été choisie par son bourreau. Si elle n'était pas devenue une proie, c'était uniquement le fruit du hasard. Où était-elle, maintenant ? Comment était sa vie ? Peut-être une partie d'elle, profonde et secrète, était-elle consciente d'avoir échappé à une telle horreur.

En mettant les pieds chez le maître de musique, Mila l'avait sauvée. Et elle ne le saurait jamais. Elle ne pourrait jamais apprécier le don de la seconde vie qui lui avait été concédée.

Priscilla comme Debby, Anneke, Sabine, Melissa, Caroline. Prédestinée, mais sans leur destin.

Priscilla comme la numéro six. Une victime sans visage. Mais au moins, elle, elle avait un prénom.

Chang soutenait que ce n'était qu'une question de temps, que tôt ou tard on connaîtrait aussi l'identité de la sixième victime. Cependant, Mila avait peu d'espoir, et l'idée qu'elle ait disparu pour toujours l'empêchait de considérer toute autre option.

Mais pour l'instant, elle devait être lucide. « C'est à moi de jouer », pensa-t-elle en regardant par la vitre qui la séparait des parents des fillettes qui avaient déjà un nom. Elle observait cette espèce d'aquarium humain, la chorégraphie de ces créatures affligées et silencieuses. Bientôt, elle allait devoir entrer pour transmettre au père et à la mère de Debby Gordon la nouvelle qui porterait leur douleur à son paroxysme.

Le couloir de la morgue était long et sombre. Il se trouvait au rez-de-chaussée du bâtiment. On y accédait par un escalier ou un petit ascenseur qui d'habitude ne fonctionnait pas. Il y avait des fenêtres étroites sur les côtés du plafond, qui ne laissaient passer que très peu de lumière. Les carreaux blancs vernissés qui recouvraient les murs n'arrivaient pas à la refléter, comme c'était probablement l'intention de celui qui les avait posés. Le résultat était que les locaux étaient sombres même le jour, et que les néons du plafond étaient toujours allumés, remplissant le silence spectral de leur ronflement incessant.

« Quel affreux endroit pour affronter la nouvelle de la perte d'un enfant », réfléchit Mila tout en observant les proches en peine. Pour les conforter, il n'y avait que deux chaises en plastique anonymes et une table où étaient posées de vieilles revues souriantes.

Debby. Anneke. Sabine. Melissa. Caroline.

— Regarde, dit Goran dans son dos. Que vois-tu ?

Tout à l'heure, en présence des autres, il l'avait humiliée. Et maintenant il la tutoyait ?

Mila continua à observer pendant un long moment.

— Je vois leur souffrance.

— Regarde mieux. Il n'y a pas que ça.

— Je vois des fillettes mortes. Même si elles n'y sont pas. Leurs visages sont la somme des visages de leurs parents. Aussi je peux voir les victimes.

– Moi, je vois cinq cellules familiales. Chacune d'origine sociale différente. Avec différents revenus et niveaux de vie. Je vois des couples qui, pour une raison ou pour une autre, n'ont eu qu'un enfant. Je vois des femmes qui ont largement passé la quarantaine et qui ne peuvent donc plus biologiquement espérer une autre grossesse… C'est ce que je vois, dit Goran en se tournant pour la regarder. Ce sont eux, ses vraies victimes. Il les a étudiés, il les a choisis. Une fille unique. Il a voulu leur enlever tout espoir de faire le deuil, de tenter d'oublier la perte. Ils devront se rappeler ce qu'il a fait pendant le reste de leurs jours. Il a amplifié leur douleur en leur enlevant leur futur. Il les a privés de la possibilité de transmettre un souvenir d'eux-mêmes dans les années à venir, de survivre à leur mort… Et il s'est nourri de ça. C'est cela, la rétribution de son sadisme, la source de son plaisir.

Mila détourna le regard. Le criminologue avait raison : il y avait une symétrie dans le mal perpétré à ces personnes.

– Un dessein, affirma Goran, corrigeant ses pensées.

Mila pensa à nouveau à la fillette numéro six. Pour elle, personne encore ne pleurait. Elle aurait droit aux larmes, comme toutes les autres. La souffrance a un rôle. Elle sert à recomposer les liens entre les choses des vivants et celles des morts. C'est un langage qui remplace la parole. Qui change les termes du problème. C'était ça, que faisaient les parents de l'autre côté de la vitre. Reconstruire minutieusement, avec la douleur, un morceau de cette existence qui n'était plus. En entremêlant leurs souvenirs fragiles, en tissant les fils blancs du passé avec ceux, tout fins, du présent.

Mila prit son courage à deux mains et franchit le seuil. Immédiatement, les regards des parents se posèrent sur elle, et il n'y eut plus un bruit.

La policière se dirigea vers la mère de Debby Gordon, assise à côté de son mari, qui avait posé une main sur son épaule. Ses pas résonnèrent sinistrement, pendant qu'elle passait devant les autres.

– Monsieur et madame Gordon, j'aurais besoin de vous parler un moment…

D'un geste, Mila leur indiqua le chemin. Puis elle les laissa avancer les premiers vers une autre petite salle, où il y avait une machine à café et un distributeur de confiseries, un canapé élimé contre le mur, une table avec des chaises en plastique bleu ciel et une corbeille remplie de gobelets en plastique.

Mila guida les Gordon vers le canapé et alla prendre une chaise. Elle croisa les jambes, et sentit la douleur de sa blessure à la cuisse. Mais elle n'était plus aussi forte : cela guérissait.

La policière prit son courage à deux mains et se présenta. Elle parla de l'enquête, sans ajouter aucun détail qu'ils ne sachent déjà. Son intention était de les mettre à l'aise, avant de leur poser des questions.

Les Gordon ne l'avaient pas lâchée du regard, comme si elle avait le pouvoir de mettre fin à leur cauchemar. Mari et femme présentaient bien, ils étaient raffinés. Tous deux avocats. De ceux qu'on paye à l'heure. Mila se les imaginait dans leur maison parfaite, entourés d'amis triés sur le volet, une existence dorée. Au point de pouvoir envoyer leur fille unique dans une école privée prestigieuse. Mila le savait : le mari et la femme devaient être deux sacrés requins, dans leur métier. Des gens qui, dans leur domaine, savent gérer les situations les plus critiques, habitués à ne rien passer à leurs adversaires et à ne pas se laisser décourager dans l'adversité. Mais là, ils avaient l'air complètement pris de court.

Quand elle eut terminé d'exposer les faits, elle passa à ce qui l'intéressait :

— Monsieur et madame Gordon, savez-vous par hasard si Debby avait noué une amitié particulière avec une jeune fille en dehors de son collège ?

Les époux se regardèrent comme si, avant de répondre, ils cherchaient une raison plausible à cette question. Mais ils ne la trouvèrent pas.

— Pas que nous sachions.

Mais Mila ne pouvait pas se contenter de cette réponse abrupte.

— Vous êtes certains que Debby ne vous a jamais parlé au téléphone de quelqu'un qui n'était pas une de ses camarades de classe ?

Tandis que Mme Gordon essayait de se rappeler, Mila en observa la silhouette : ce ventre si plat, ces jambes si musclées. Elle comprit immédiatement que le choix de n'avoir qu'un enfant avait été attentivement pondéré. Cette femme n'aurait pas surchargé son physique d'une seconde grossesse. Mais de toute façon, maintenant il était trop tard : son âge, proche de la cinquantaine, ne lui permettait plus d'avoir d'enfants. Goran avait raison : Albert ne les avait pas choisis par hasard…

— Non… Mais dernièrement, elle avait l'air plus sereine, au téléphone, dit la femme.

– J'imagine qu'elle vous a demandé de la faire rentrer à la maison…

Elle avait touché un point sensible, mais elle ne pouvait pas faire autrement si elle voulait découvrir la vérité. La voix pleine de culpabilité, le père de Debby admit :

– C'est vrai : elle était dépaysée, elle disait qu'on lui manquait, et aussi Sting… Son chien, précisa l'homme à Mila qui le regardait sans comprendre. Debby voulait revenir à la maison, à son ancienne école. Bon, en vérité, ça, elle ne l'a jamais dit. Elle avait peut-être peur de nous décevoir, mais… C'était évident, au ton de sa voix.

Mila savait ce qui allait se passer : ces parents allaient se reprocher pour toujours de ne pas avoir écouté le cœur de leur fille qui les implorait de rentrer. Mais les Gordon avaient fait passer leur ambition avant le reste, comme si l'ambition pouvait se transmettre génétiquement. En regardant bien, leur comportement était compréhensible. Ils avaient voulu le meilleur pour leur fille unique. Dans le fond, ils s'étaient simplement comportés en parents. Et si les choses ne s'étaient pas passées de la sorte, peut-être qu'un jour Debby leur en aurait été reconnaissante. Mais ce jour, malheureusement pour eux, n'arriverait jamais.

– Monsieur et madame Gordon, je suis désolée de devoir insister, j'imagine à quel point c'est douloureux, mais je dois vous demander de repenser à vos conversations avec Debby : ses fréquentations hors du collège pourraient se révéler très importantes pour la résolution de l'affaire. Je vous en prie, repensez-y, et si quelque chose vous revenait à l'esprit…

Ils acquiescèrent en même temps, en promettant de se forcer à se souvenir. C'est alors que Mila entrevit une silhouette qui se découpait sur la vitre de la porte. C'était Sarah Rosa qui essayait d'attirer son attention. Mila s'excusa auprès des Gordon et sortit. Quand elles se retrouvèrent face à face dans le couloir, la femme ne dit que quelques mots.

– Prépare-toi, il faut y aller. On a trouvé le cadavre d'une fillette.


L'agent spécial Stern portait toujours un costume cravate. De préférence marron, beige, ou bleu foncé, avec des chemises à fines rayures. Mila déduisit que sa femme devait tenir au fait qu'il sorte avec des vêtements bien repassés. Son apparence était soignée. Les cheveux coiffés en arrière avec un peu de brillantine. Il se rasait tous les matins, et en plus d'être lisse la peau de son visage avait l'air douce, elle sentait bon. C'était un type précis, Stern. De ceux qui ne changent jamais leurs habitudes, et pour qui il est bien plus important d'avoir l'air en ordre que d'être à la mode.

Et puis, il devait être très bon, pour recueillir des informations.

Pendant le trajet en voiture jusqu'au lieu où on avait retrouvé le corps, Stern commença par sucer une pastille à la menthe, avant d'exposer rapidement les faits dont ils avaient connaissance pour le moment.

– L'individu arrêté s'appelle Alexander Bermann. Il a quarante ans et il est agent commercial : machinerie pour l'industrie textile, très bon représentant. Marié, il a toujours eu une vie tranquille. Il est très estimé et connu dans sa ville. Son activité est plutôt prospère : Bermann n'est pas riche, mais il s'en sort bien.

– Un type bien sous tous rapports, en gros, ajouta Rosa. Insoupçonnable.

Quand ils arrivèrent au poste de la police de la route, l'agent qui avait trouvé le corps était assis sur un vieux canapé de l'un des bureaux. Il était sous le choc.

Les autorités locales avaient cédé la place à l'unité pour les crimes violents. Qui se mit immédiatement au travail, avec l'aide de Goran et sous le regard de Mila, dont le rôle consistait simplement à vérifier la présence ou non d'éléments utiles pour accomplir au mieux son devoir, sans pouvoir intervenir activement. Roche était resté au bureau, laissant ses hommes reconstituer les événements.

Mila remarqua que Sarah Rosa gardait ses distances avec elle. Ce qui ne pouvait que lui faire plaisir, même si l'autre la tenait à l'œil, prête à la prendre en faute, elle en était sûre.

Un jeune lieutenant s'offrit de les accompagner à l'endroit précis. En essayant de se montrer sûr de lui, il tint à clarifier que rien n'avait été déplacé. Mais tous les membres de l'équipe savaient bien que c'était probablement la première fois qu'il se trouvait devant une scène du genre. Cela n'arrive pas souvent, dans la carrière d'un policier de province, d'avoir affaire à un crime aussi atroce.

Sur le chemin, le lieutenant exposa les faits avec moult détails. Peut-être avait-il préparé son discours à l'avance, pour ne pas faire piètre figure. En effet, il parlait comme un procès-verbal.

— Nous avons vérifié que le suspect Alexander Bermann est arrivé hier matin dans un hôtel dans une petite ville très loin d'ici.

— Six cents kilomètres de distance, précisa Stern.

— Apparemment, il a conduit toute la nuit. La voiture était presque à sec, précisa le lieutenant.

— A-t-il rencontré quelqu'un, à l'hôtel ? demanda Boris.

— Il a dîné avec des clients. Puis il s'est retiré dans sa chambre… C'est ce qu'affirment les personnes qui étaient avec lui. Mais nous sommes encore en train de vérifier leur version des faits.

Rosa nota cela dans un carnet, avec un commentaire que Mila lorgna par-dessus son épaule. « Prendre version clients hôtel sur horaires. »

Goran intervint :

— Bermann n'a encore rien dit, je suppose.

— Le suspect Alexander Bermann refuse de parler sans la présence d'un avocat.

Ils arrivèrent sur le parking. Goran remarqua que des toiles blanches avaient été disposées autour de la voiture de Bermann pour cacher ce spectacle de mort. Mais ce n'était qu'une énième hypocrite précaution. Devant certains crimes atroces, le trouble n'est qu'un masque. C'est quelque chose que Goran Gavila avait appris très vite. La mort, surtout si elle est violente, exerce une drôle de fascination sur les vivants. Devant un cadavre, nous sommes tous curieux. La mort est une dame très séduisante.

Avant d'accéder à la scène du crime, ils mirent des protections en plastique sur leurs chaussures et des bonnets pour retenir leurs cheveux, en plus des inévitables gants stériles. Puis ils firent passer un petit récipient contenant de la pâte de camphre. Chacun en prit un peu et se l'étala sous les narines pour inhiber les odeurs.

C'était un rituel bien rodé, qui se passait de mots. Mais aussi un moyen pour trouver la bonne concentration. Quand elle reçut le récipient des mains de Boris, Mila eut la sensation de faire partie de cette étrange communion.

Le lieutenant de la police de la route, invité à les précéder, perdit soudain toute sa confiance en lui et hésita pendant un long moment. Puis il leur ouvrit la route.

Avant de franchir le seuil de ce nouveau monde, Goran adressa un regard à Mila, qui acquiesça, et il eut l'air plus tranquille.

Le premier pas était toujours le plus difficile. Mila n'allait pas oublier si facilement le sien.

Ce fut comme entrer dans une autre dimension. Ces quelques mètres carrés où la lumière du soleil était altérée par celle, artificielle et froide, des lampes halogènes, constituaient un autre univers, avec des règles et des lois physiques totalement différentes de celles de notre monde. Aux trois dimensions, la hauteur, la largeur et la profondeur, s'en ajoutait une quatrième : le vide. Tous les criminologues savent que c'est justement dans les « vides » d'une scène de crime que se trouvent les réponses. En remplissant ces espaces avec la présence de la victime et du bourreau, on reconstruit le crime, on donne un sens à la violence, on éclaire l'inconnu. On dilate le temps, en essayant de l'étirer vers l'arrière, dans une tension qui dure toujours trop peu et qui ne se répétera plus jamais. C'est pour cela que la première impression sur une scène de crime est toujours la plus importante.

Celle de Mila fut avant tout olfactive.

Malgré le camphre, l'odeur était pénétrante. Le parfum de la mort est à la fois nauséabond et doux. C'est un contresens. D'abord, elle nous saisit comme un coup de poing dans le ventre, ensuite on découvre qu'il y a autre chose, un fond, à cette odeur, qu'on ne peut pas faire autrement que d'apprécier.

En un instant, les membres de l'équipe prirent place autour de la voiture de Bermann. Chacun occupa un poste d'observation, dessinant de nouveaux points cardinaux. C'était comme si de leurs yeux partaient les coordonnées d'une grille qui couvrait chaque centimètre carré, sans rien laisser de côté.

Mila suivit Goran derrière le véhicule.

Le coffre était ouvert, exactement comme l'avait laissé l'agent qui avait découvert le corps. Goran se pencha sur l'antre, et Mila fit de même.

Elle ne vit pas le cadavre, parce que dans le coffre il n'y avait qu'un grand sac en plastique noir dans lequel on devinait la silhouette d'un corps.

Celui d'une fillette ?

Le sac avait parfaitement adhéré au corps, s'adaptant aux traits du visage, en prenant la forme. La bouche était grande ouverte dans un cri muet. Comme si l'air avait été aspiré par ce gouffre sombre.

Comme un suaire blasphématoire.

Debby, Anneke, Sabine, Melissa, Caroline… Ou bien était-ce la numéro six ?

On pouvait distinguer les cavités oculaires et le visage penché vers l'arrière. Le corps n'était pas mollement abandonné ; au contraire, la position des membres était rigide, comme s'il avait été foudroyé dans un mouvement soudain. Dans cette statue de chair, quelque chose sautait aux yeux : l'absence d'un bras. Le gauche.

— Allez, on commence l'analyse, dit Goran.

La méthode du criminologue consistait à se poser des questions. Même les plus simples et, en apparence, insignifiantes. Des questions auxquelles ils cherchaient tous ensemble des réponses. Même dans ce cas, toute opinion était acceptée.

— Avant tout, l'orientation, démarra-t-il. Alors, dites-moi : pourquoi sommes-nous ici ?

— Je commence, s'offrit Boris, qui se trouvait du côté du conducteur. Nous sommes ici à cause d'une carte grise égarée.

— Qu'en pensez-vous ? Ça suffit, comme explication, d'après vous ? demanda Goran en regardant les présents.

— Le barrage, dit Sarah Rosa. Depuis que les fillettes ont disparu, il y en a des dizaines, disséminés partout. Ça pouvait arriver, et c'est arrivé… on a eu de la chance.

Goran secoua la tête : il ne croyait pas à la chance.

— Pourquoi aurait-il couru le risque de se balader avec ce colis compromettant ?

— Peut-être qu'il voulait seulement s'en défaire, supposa Stern. Ou peut-être qu'il craignait qu'on ne le trouve, et il essayait de déplacer les traces le plus loin possible de lui.

— Moi aussi, je pense qu'il pouvait s'agir d'une tentative de brouiller les pistes, fit Boris en écho. Mais qui ne lui a pas réussi.

Mila comprit qu'ils avaient déjà décidé : Alexander Bermann était Albert. Seul Goran semblait conserver une certaine perplexité.

— Il nous faut encore comprendre son plan. Pour l'instant, nous n'avons qu'un cadavre dans un coffre. Mais la question initiale était une autre, et nous n'avons pas encore de réponse : pourquoi sommes-nous ici ? Qu'est-ce qui nous a conduits autour de cette voiture, devant ce corps ? Depuis le début, nous supposons que notre homme est malin. Peut-être même plus que nous. Au fond, il s'est déjà joué de nous plusieurs fois, en réussissant à enlever les fillettes malgré l'état d'alerte générale… Alors est-il pensable qu'il ait pu se laisser trahir par une stupide carte grise ?

Tout le monde réfléchit en silence à cette considération.

Puis le criminologue s'adressa à nouveau au lieutenant de la police de la route, qui entre-temps était resté à l'écart, silencieux et aussi pâle que la chemise qu'il portait sous son uniforme.

– Lieutenant, vous nous avez dit que Bermann a demandé l'assistance d'un avocat, n'est-ce pas ?

– Exactement.

– Peut-être un avocat commis d'office suffirait-il, parce que nous voudrions nous entretenir avec le suspect, pour lui donner l'occasion de réfuter les résultats de nos analyses, quand nous aurons terminé ici.

– Vous voulez que je m'en occupe maintenant ?

L'homme espérait que Gavila le congédiât. Et Goran était sur le point de lui faire ce plaisir.

– Bermann aura probablement déjà préparé une version des faits. Mieux vaut le prendre par surprise et tenter de le faire se contredire avant qu'il ne l'apprenne trop bien par cœur, ajouta Boris.

– J'ose espérer qu'il a aussi eu le temps de se faire un bel examen de conscience, enfermé là-dedans.

À ces mots du lieutenant, les membres de l'équipe se regardèrent, incrédules.

– Vous voulez dire que vous l'avez laissé seul ? demanda Goran.

Le lieutenant était déboussolé.

– Nous l'avons mis en isolement, selon la pratique. Pourquoi, qu'est-ce…

Il n'eut pas le temps de terminer sa phrase. Boris fut le premier à réagir, en un bond il fut hors de l'enceinte, suivi de près par Stern et Sarah Rosa, qui s'éloignèrent en enlevant en vitesse les protections de leurs chaussures pour ne pas glisser en courant.

Mila, de même que le jeune lieutenant de la police de la route, semblait ne pas comprendre ce qu'il se passait. Goran se précipita derrière les autres en disant seulement :

– C'est un sujet à risque : il devait être gardé sous surveillance !

À ce moment-là, Mila et le lieutenant comprirent quel était le risque dont parlait le criminologue.

Quelques instants plus tard, ils se retrouvèrent tous devant la porte de la cellule où l'homme avait été enfermé. Un agent de surveillance s'empressa d'ouvrir le judas, quand Boris lui montra sa carte. Mais par la petite fente, Alexander Bermann était invisible.

« Il a choisi le coin aveugle de la pièce », pensa Goran.

Tandis que l'agent ouvrait les grosses serrures, le lieutenant tentait encore de rassurer les membres de l'équipe – mais surtout de se rassurer lui-même – en assurant encore une fois que la procédure avait été suivie à la lettre. On avait retiré à Bermann sa montre, sa ceinture, sa cravate, et même ses lacets. Il n'avait plus rien avec quoi se faire du mal.

Mais dès que la porte en fer fut ouverte, le policier fut démenti.

L'homme gisait dans le coin aveugle de la cellule.

Le dos contre le mur, les bras abandonnés sur ses genoux, les jambes écartées. La bouche imprégnée de sang. Un puits noir entourait le corps.

Pour se tuer, il avait utilisé le moyen le moins traditionnel.

Alexander s'était arraché la chair des poignets à coups de dents, et il avait attendu de mourir par hémorragie.

# 7

Ils allaient la ramener chez elle.

Avec cette promesse non formulée, ils avaient pris le corps de la fillette pour l'emmener.

Ils allaient lui rendre justice.

Après le suicide de Bermann, il était difficile de tenir cet engagement, mais ils allaient quand même essayer.

C'est pourquoi maintenant le cadavre était là, à l'Institut médico-légal.

Le docteur Chang arrangea le micro qui pendait du plafond de façon à ce qu'il soit parfaitement perpendiculaire à la table d'acier de la morgue. Puis il alluma le magnétophone.

Avant tout, il s'arma d'un bistouri et le fit glisser sur le sac en plastique d'un geste rapide, en traçant une ligne droite très précise. Il déposa l'instrument et attrapa délicatement les deux morceaux qu'il avait coupés.

La seule lumière dans la salle obscure venait de l'ampoule qui surplombait la table d'opérations. Tout autour, l'abîme de l'obscurité. Et, en équilibre instable sur ce gouffre, Goran et Mila. Aucun des autres membres de l'équipe n'avait considéré devoir participer à cette cérémonie.

Le médecin légiste et ses deux hôtes portaient des chemises stériles, des gants et des masques pour ne pas contaminer les preuves.

En s'aidant d'une solution saline, Chang écarta lentement les bords du sac et détacha le plastique du corps, auquel il avait parfaitement adhéré. Un peu à la fois, avec beaucoup de patience.

Mila vit apparaître la jupe verte de velours côtelé. Le chemisier blanc et le gilet en laine. Ensuite, la flanelle d'un blazer.

Chang arriva peu à peu à la partie du thorax où manquait le bras. La veste à cet endroit n'était pas du tout tachée de sang. Elle était simplement coupée à la hauteur de l'épaule gauche, d'où sortait un moignon.

– Il ne l'a pas tuée avec ces vêtements sur le dos. Il a recomposé la dépouille après, dit le pathologiste.

Cet « après » se perdit dans l'écho de la pièce, dans le gouffre sombre qui les entourait, comme un caillou qui rebondit sur les parois d'un puits sans fond.

Chang dégagea le bras droit. Au poignet, la fillette portait un bracelet avec un pendentif en forme de clé.

Arrivé à la hauteur du cou, le médecin légiste s'arrêta un instant pour s'essuyer le front avec une petite serviette. C'est alors que Mila s'aperçut qu'il transpirait. Il était arrivé au point le plus délicat. La crainte était qu'en détachant le plastique du visage l'épiderme ne vienne aussi.

Mila avait déjà assisté à d'autres autopsies. D'habitude, les médecins légistes ne témoignaient pas tant de scrupules envers les corps qu'ils devaient examiner. Ils les coupaient et les recousaient sans aucun soin. Mais Chang souhaitait que les parents revoient une dernière fois leur fille dans le meilleur état possible. Elle eut un mouvement de respect pour cet homme.

Enfin, après d'interminables minutes, le médecin réussit à enlever complètement le sac noir du visage de la fille. Mila la reconnut immédiatement.

Debby Gordon. Douze ans. La première disparue.

Ses yeux étaient écarquillés. La bouche encore grande ouverte. Comme si elle tentait désespérément de dire quelque chose.

Elle portait une barrette avec un lys blanc. *Il avait coiffé ses cheveux.* Quelle absurdité. Il avait eu moins de mal à avoir de la compassion devant un cadavre que devant une fillette encore en vie ! Mais, en y réfléchissant, Mila se dit que s'il avait pris soin d'elle, c'était pour une tout autre raison.

« Il l'a faite belle pour nous ! »

Cette intuition la mit en rage. Mais elle comprit aussi qu'à ce moment-là ces émotions ne lui appartenaient pas. Elles revenaient à quelqu'un d'autre. Bientôt, elle allait devoir sortir, oublier l'obscurité profonde et communiquer à deux parents déjà détruits que leur vie était bel et bien finie.

Le docteur Chang échangea un regard avec Goran. Le moment était venu d'établir à quel type d'assassin ils avaient affaire. Si son intérêt pour cette fille avait été générique, ou bien terriblement ciblé. En d'autres termes, si oui ou non elle avait subi des violences sexuelles.

Toutes les personnes dans la salle étaient partagées entre le désir que ce énième supplice lui ait été épargné, et l'espoir du contraire. Parce que, dans ce cas, il y aurait eu plus de possibilités pour que l'assassin ait laissé des traces organiques qui auraient permis de l'identifier.

Il existait une procédure précise pour les cas de violence sexuelle. Et Chang, qui n'avait pas de raison de s'en écarter, commença l'anamnèse visant à reconstituer les circonstances et les modalités de l'agression. Mais dans la pratique, vu l'impossibilité de demander des informations à la victime, il n'y avait pas moyen de remonter aux faits.

La phase suivante était l'examen objectif. Une évaluation physique, accompagnée d'une documentation photographique, qui débutait par la description de l'aspect général et se terminait par l'individuation de lésions externes pouvant signaler que la victime s'était opposée ou avait lutté.

D'habitude, on commençait par noter et répertorier les vêtements portés. Ensuite, on passait à la recherche de taches suspectes sur ces mêmes vêtements, de filaments, de cheveux, de feuilles. On pouvait alors passer au raclage sous unguéal, qui consistait à recueillir des ongles de la victime, avec une sorte de cure-dent, d'éventuels résidus de peau de l'assassin – dans le cas où elle se soit défendue – ou de terre ou de fibres variées, pour remonter au lieu de l'homicide.

Cette fois encore, le résultat fut négatif. L'état du cadavre – mise à part l'amputation du membre – était parfait, ses habits propres.

Comme si quelqu'un s'était occupé de la laver avant de la mettre dans le sac.

La troisième phase était la plus intrusive, elle prévoyait un examen gynécologique.

Chang se munit d'un colposcope et examina d'abord la superficie médiale des cuisses, dans l'espoir de trouver des taches de sang, de matériel spermatique ou d'autres sécrétions. Puis il prit sur un plateau en métal le kit pour l'examen vaginal, qui comprenait un tampon pour la peau et un autre pour la muqueuse. Avec les substances prélevées, il prépara deux lamelles, fixa la bande de la première avec une solution spéciale et laissa la seconde sécher à l'air.

Mila savait que cela servait à une éventuelle caractérisation génétique de l'assassin.

La dernière phase était la plus crue. Le docteur Chang pencha la table en acier en arrière, plaçant les jambes de la fillette sur deux cales. Puis il s'assit sur un tabouret et, avec une lentille grossissante équipée d'une lampe spéciale à ultraviolets, il passa à l'individuation de possibles lésions internes.

Au bout de quelques minutes, il leva la tête vers Goran et Mila, avant de prononcer froidement la sentence :

– Il ne l'a pas touchée.

Mila acquiesça et, avant de sortir de la salle, elle se pencha sur le cadavre de Debby pour lui enlever du poignet le bracelet avec la petite clé. Cet objet, avec l'information que la fillette n'avait pas été violée, allait constituer tout ce que les Gordon pourraient emporter avec eux.

Dès qu'elle eut pris congé de Chang et de Goran, Mila sentit le besoin urgent d'enlever sa blouse propre. Parce que, à ce moment-là, elle se sentait sale. En passant dans le vestiaire, elle s'arrêta devant le grand lavabo en céramique. Elle ouvrit l'eau chaude et mit ses mains dessous, les frottant fort l'une contre l'autre.

Tout en les lavant frénétiquement, elle leva les yeux vers le miroir qu'elle avait devant elle. Elle imagina dans le reflet que la petite Debby entrait dans le vestiaire, avec sa jupe verte, son blazer bleu et sa barrette dans les cheveux. Et que, s'appuyant sur son seul bras restant, elle s'asseyait sur le banc collé au mur. Et qu'elle la regardait, en balançant les pieds. Debby ouvrait grand la porte puis la refermait, comme si elle cherchait à communiquer avec elle. Mais en réalité elle ne disait rien. Et Mila aurait bien voulu lui demander qui était sa sœur de sang. Celle que désormais tout le monde appelait la fillette numéro six.

Puis elle se réveilla de son hallucination.

L'eau coulait du robinet. La vapeur montait en larges volutes et avait recouvert presque toute la surface du miroir.

C'est alors que Mila sentit la douleur.

Elle baissa les yeux et enleva vivement ses mains du jet d'eau bouillante. La peau du dos était rouge, et il y avait déjà des cloques sur les doigts. Mila les enveloppa dans une serviette, puis se dirigea vers l'armoire à pharmacie, à la recherche d'une bande.

Personne ne devait apprendre ce qui lui était arrivé.


Quand elle ouvrit les yeux, elle se souvint d'abord de la brûlure aux mains. Elle s'assit d'un bond, reprenant brusquement contact avec la réalité de la chambre à coucher qui l'entourait. L'armoire qui était devant elle, avec le miroir fêlé, la commode sur la gauche et la fenêtre avec le volet baissé qui laissait quand même filtrer quelques lignes de lumière bleutée. Mila s'était endormie tout habillée, parce que les couvertures et les draps de cette chambre de motel sordide étaient tachés.

Pourquoi s'était-elle réveillée ? Peut-être avait-on frappé. Ou peut-être l'avait-elle seulement rêvé.

On frappa à nouveau. Elle se leva, alla vers la porte, ne l'ouvrit que de quelques centimètres.

— Qui est là ? demanda-t-elle inutilement en voyant le visage souriant de Boris.

— Je suis venu te chercher. Dans une heure, on perquisitionne la maison de Bermann. Les autres nous attendent là-bas… Et puis, je t'ai apporté ton petit déjeuner.

Il lui agita sous le nez un sachet en papier qui contenait vraisemblablement café et croissants.

Mila s'examina rapidement. Elle n'était pas présentable, mais ce n'était pas plus mal : cela découragerait les hormones de son collègue. Elle l'invita à entrer.

Boris fit quelques pas à l'intérieur de la chambre, regarda autour de lui d'un air perplexe, tandis que Mila se dirigeait vers un lavabo situé dans un coin pour se rincer le visage mais, surtout, pour cacher ses mains bandées.

— Cet endroit est encore pire que dans mon souvenir, dit-il en reniflant l'air. Et il y a toujours la même odeur.

— Je crois que c'est un répulsif pour insectes.

— Quand je suis entré dans l'équipe, j'y ai passé presque un mois avant de me trouver un appartement… Tu sais que chaque clé ouvre toutes les chambres ? Les clients partent souvent sans payer et le propriétaire s'est fatigué de devoir remplacer les serrures. La nuit, tu ferais mieux de barricader ta porte avec la commode.

Mila le regarda dans le miroir au-dessus du lavabo.

— Merci du conseil.

— Je suis sérieux. Si tu cherches un endroit plus décent où habiter, je peux t'aider.

Mila lui jeta un coup d'œil interrogateur.

— Tu ne serais pas en train de m'inviter à loger chez toi, par hasard ?

Boris, gêné, s'empressa de préciser :

— Non, ce n'est pas ce que je voulais dire. C'est que je pourrais demander s'il n'y a pas une collègue qui voudrait partager son appartement, c'est tout.

— J'espère que je ne resterai pas assez longtemps pour en avoir besoin, observa-t-elle en haussant les épaules.

Après s'être séché le visage, elle indiqua le sachet qu'il lui avait apporté. Elle le lui arracha presque des mains, et alla s'asseoir en tailleur sur le lit pour en examiner le contenu.

Croissants et café, comme elle avait espéré.

Boris fut un peu étonné de son geste, et encore plus de découvrir ses mains bandées. Mais il ne dit rien.

— Tu as faim ? demanda-t-il timidement.

Elle répondit la bouche pleine.

— Ça fait deux jours que je n'ai rien avalé. Si tu n'étais pas arrivé, je ne suis pas sûre que j'aurais trouvé la force de sortir d'ici.

Mila savait bien qu'elle n'aurait pas dû prononcer ces mots, qui s'apparentaient à un encouragement. Mais elle ne trouva pas d'autre manière de le remercier, et puis elle avait vraiment faim. Boris lui sourit, satisfait de lui.

— Alors, comment tu te sens ici ? lui demanda-t-il.

— Je m'adapte facilement, donc : bien.

« À part ton amie Sarah Rosa qui me déteste. »

— Pas mal, ton intuition des sœurs de sang…

— Un coup de chance : il m'a suffi d'aller fouiller dans mes propres expériences adolescentes. Toi aussi tu as fait des trucs stupides à douze ans, non ?

Quand elle remarqua l'air égaré de son collègue qui cherchait inutilement une réponse, elle laissa échapper un sourire.

— Je plaisantais, Boris…

— Ah, bien sûr, dit-il en rougissant.

74

Mila avala la dernière bouchée, se lécha les doigts et se jeta sur le deuxième croissant du sachet, celui de Boris, qui devant tant d'appétit n'eut le courage de rien dire.

— Boris, tu peux m'expliquer une chose? Pourquoi vous l'avez appelé Albert?

— C'est une histoire très intéressante, commença-t-il en venant s'asseoir près d'elle avec désinvolture. Il y a cinq ans, nous avons travaillé sur une affaire très étrange. Un tueur en série qui enlevait des femmes, les violait, les étranglait et nous livrait leurs cadavres dépourvus de pied droit.

— Le pied droit?

— Exactement. Personne n'y comprenait rien, parce que le type par ailleurs était très précis et propre, il ne laissait aucune trace derrière lui. Juste ce truc de l'amputation. Et il frappait complètement au hasard... Bref, nous en étions déjà au cinquième cadavre et nous n'arrivions pas à l'arrêter. Alors le professeur Gavila a eu une idée...

Mila avait fini le deuxième croissant et était passée au café.

— Quel genre d'idée?

— Il nous a demandé de nous intéresser à toutes les affaires qui concernaient les pieds, même les plus simples et banales.

Mila prit un air plus que perplexe.

En attendant, elle versa trois sachets de sucre dans le gobelet en polystyrène. Boris eut l'air dégoûté, mais il préféra continuer son récit.

— Moi aussi, au départ, ça me semblait un peu absurde. Mais bon, on a cherché, et on a découvert que depuis quelque temps un voleur agissait dans la région en dérobant des chaussures de femme sur les présentoirs à l'extérieur des magasins. Où il n'y a qu'une chaussure par pointure et par modèle — tu sais, pour éviter le vol — et en général c'est la droite, pour faciliter l'essayage pour les clients.

Mila se bloqua, son verre de café suspendu dans les airs, et contempla, extasiée, l'originalité de cette intuition.

— Vous avez surveillé les magasins de chaussures et vous avez capturé le voleur...

— Albert Finley. Un ingénieur de trente-huit ans, marié, deux enfants en bas âge. Une maison à la campagne et un camping-car pour les vacances.

— Un type normal.

– Dans le garage de son domicile, nous avons trouvé un congélateur et à l'intérieur, soigneusement emballés dans de la Cellophane, cinq pieds droits de femmes. Le type s'amusait à leur faire porter les chaussures qu'il volait. C'était une sorte d'obsession fétichiste.

– Pied droit, bras gauche. D'où Albert !

– Exact ! dit Boris en lui mettant une main sur l'épaule en signe d'approbation.

Mila s'écarta brusquement en sautant du lit. Le jeune policier eut l'air vexé.

– Excuse-moi, dit-elle.

– Il n'y a pas de problème.

Ce n'était pas vrai, et en effet Mila ne le crut pas. Mais elle décida de faire semblant de le croire. Elle lui tourna le dos et retourna vers le lavabo.

– Je me prépare, j'en ai pour une minute, comme ça on peut y aller.

Boris se leva et alla vers la porte.

– Prends ton temps. Je t'attends dehors.

Mila le vit sortir de la chambre. Puis elle regarda le miroir. « Mon dieu, se demanda-t-elle, quand tout ceci finira-t-il ? Quand pourrai-je à nouveau laisser quelqu'un me toucher ? »

Pendant tout le trajet vers la maison de Bermann, ils n'avaient pas échangé un mot. En montant dans la voiture, Mila avait trouvé la radio allumée, et elle avait compris qu'il s'agissait d'une déclaration d'intention sur le déroulement du voyage. Boris était vexé, et peut-être avait-elle maintenant un nouvel ennemi au sein de l'équipe.

Ils arrivèrent en un peu moins d'une heure et demie. L'habitation d'Alexander Bermann était une petite villa entourée de verdure, dans une zone résidentielle tranquille.

La route avait été barrée. Au-delà de cette frontière s'amassaient des curieux, des voisins et des journalistes. En les voyant, Mila se dit que ce n'était que le début. En arrivant, ils avaient écouté un journal radio qui annonçait la découverte du cadavre de la petite Debby, où on avait même cité le nom de Bermann.

La raison de tant d'euphorie médiatique était simple. Le cimetière de bras avait été un coup dur pour l'opinion publique, et maintenant le cauchemar avait enfin un nom.

Elle avait vu cela se produire d'autres fois. La presse allait se jeter voracement sur l'histoire et, en peu de temps, elle piétinerait tous les aspects de la vie de Bermann, sans faire de distinction. Son suicide avait valeur d'aveu. Les médias allaient donner leur propre version des faits. Ils avaient désigné l'homme pour jouer le rôle du monstre, sans contradiction possible, ne se fiant qu'à la force de leur unanimité. Ils allaient le tailler en pièces, comme on supposait qu'il l'avait fait avec ses petites victimes, sans pour autant cueillir l'ironie de ce parallèle. Ils allaient tirer des litres de sang de toute cette histoire, pour pimenter leurs premières pages, les rendre plus appétissantes. Sans respect, sans équité. Et si quelqu'un se permettait de le faire remarquer, ils se retrancheraient derrière un « droit à l'information », pratique et toujours d'actualité.

Mila descendit de voiture et se fraya un chemin parmi la foule de journalistes et de gens ordinaires, pour entrer dans le périmètre circonscrit par les forces de l'ordre et se diriger à grands pas vers le chemin d'accès, jusqu'à la porte de la maison, éblouie par quelques flashes. À ce moment-là, elle croisa le regard de Goran par la fenêtre. De façon absurde, elle se sentit coupable parce qu'il l'avait vue arriver avec Boris. Puis stupide d'avoir eu une telle pensée.

Goran reporta son attention vers l'intérieur de la maison. Peu après, Mila en franchit le seuil.

Stern et Sarah Rosa, en collaboration avec d'autres détectives, étaient déjà au travail depuis un moment et se déplaçaient comme des insectes laborieux. Tout était sens dessus dessous. Les agents passaient au crible les meubles, les murs et tout ce qui pouvait contenir un indice susceptible de donner un sens à l'affaire.

Encore une fois, Mila ne pouvait pas participer à cette exploration. D'ailleurs, Sarah Rosa lui avait aboyé à la figure qu'elle n'avait que le droit d'observer. Alors elle regarda autour d'elle, en gardant les mains dans ses poches pour ne pas avoir à justifier ses bandages.

Ce furent les photos qui attirèrent son attention.

Il y en avait des dizaines sur les meubles, dans des cadres élégants en bois ou en argent. Elles représentaient Bermann et sa femme dans des moments heureux. Une vie qui aujourd'hui semblait lointaine, presque impossible. Elle remarqua qu'ils avaient beaucoup voyagé. Les photos avaient été prises aux quatre coins du monde. Cependant, plus les photos étaient récentes et leurs visages marqués par le temps, plus leurs expressions étaient voilées. Il y avait quelque chose dans ces photos, Mila en était certaine, mais elle ne savait pas dire quoi. Elle avait eu une drôle de sensation en entrant dans cette maison. Maintenant, elle la sentait plus précisément.

Une présence.

Parmi ce va-et-vient d'agents, Mila aperçut une autre spectatrice : la femme des photos, Veronica Bermann, l'épouse de l'assassin présumé. Elle comprit tout de suite qu'elle devait avoir un caractère orgueilleux. Elle affichait un détachement digne, pendant que ces inconnus fouillaient ses affaires sans autorisation, violant l'intimité de ces objets, de ces souvenirs, par leur présence envahissante. Elle n'avait pas l'air résignée, mais au contraire consentante. Elle avait offert sa collaboration à l'inspecteur chef Roche, en lui assurant avec aplomb que son mari était étranger à de telles accusations.

Mila était encore occupée à l'observer quand, en se retournant, elle se trouva face à un spectacle inattendu.

Il y avait un mur entier recouvert de papillons naturalisés.

Ils étaient placés dans des cadres en verre. Il y en avait d'étranges et de superbes. Certains avaient un nom exotique, inscrit avec leur lieu d'origine sur une plaque en laiton. Les plus fascinants provenaient d'Afrique et du Japon.

— Ils sont magnifiques parce qu'ils sont morts.

La remarque venait de Goran. Le criminologue portait un pull noir et un pantalon en vigogne. Le col de sa chemise dépassait en partie de son pull. Il se plaça à côté d'elle pour mieux regarder le mur de papillons.

— Devant à un tel spectacle, nous oublions la chose la plus importante et la plus évidente… Ces papillons ne voleront plus.

— C'est contre-nature, convint Mila. Et pourtant, c'est si séduisant…

— C'est exactement l'effet que la mort fait sur les gens. C'est pour cela que les tueurs en série existent.

Goran fit un petit geste de la main. Cela suffit pour que tous les membres de l'équipe se rassemblent immédiatement autour de lui. Signe que, même s'ils avaient l'air absorbés par leur tâche, en réalité ils avaient toujours un œil sur lui et surveillaient ses faits et gestes.

Mila eut la confirmation de l'immense confiance qu'ils faisaient à son instinct. Goran les guidait. C'était très étrange, parce qu'il n'était pas de la police, et les « flics » – du moins ceux qu'elle connaissait – étaient toujours rétifs à faire confiance à un civil. De façon plus juste, ce groupe aurait dû s'appeler « l'équipe de Gavila », plutôt que « l'équipe de Roche », lequel, comme à son habitude, n'était pas présent. Il ne se montrerait que si on trouvait une preuve accablante et définitive contre Bermann.

Stern, Boris et Rosa prirent place autour du professeur selon leur schéma habituel, où chacun avait sa position. Mila resta un pas en arrière : craignant de se sentir exclue, elle s'exclut toute seule.

Goran parla à voix basse, fixant tout de suite et pour tout le monde le ton sur lequel il souhaitait que la conversation se déroulât. Il désirait probablement ne pas déranger Veronica Bermann.

– Alors, qu'avons-nous ?

Stern fut le premier à répondre, en secouant la tête :

– Dans la maison, il n'y a rien qui puisse relier Bermann aux six fillettes.

– La femme semble tout ignorer. Je lui ai posé quelques questions et je n'ai pas eu l'impression qu'elle mentait, ajouta Boris.

– Nos hommes sont en train de passer le jardin au crible avec les chiens, dit Rosa. Mais pour l'instant, rien.

– Nous allons reconstituer tous les déplacements de Bermann dans les six dernières semaines, observa Goran, et tout le monde acquiesça, bien que sachant que c'était un travail quasi impossible.

– Stern, on a autre chose ?

– Aucun mouvement d'argent bizarre sur son compte. La dépense la plus importante que Bermann a faite l'année dernière concerne un protocole d'insémination artificielle.

En écoutant les paroles de Stern, Mila comprit la sensation qu'elle avait éprouvée un peu avant d'entrer, puis en regardant les photos. Ce n'était pas une présence, comme elle avait d'abord pensé. Elle s'était trompée.

C'était plutôt une *absence*.

On sentait l'absence d'un enfant, dans cette maison au mobilier coûteux et impersonnel, agencée pour deux individus qui se savent destinés à rester seuls. L'insémination artificielle dont parlait l'agent Stern semblait un contresens, parce qu'il n'émanait pas de ce lieu l'angoisse d'un couple qui attend l'arrivée d'un enfant.

Stern conclut son exposition par un bref portrait de la vie privée de Bermann :

— Il ne faisait pas usage de drogues, ne buvait pas, ne fumait pas. Il était inscrit dans une salle de sport et dans un vidéo-club, où il ne louait que des documentaires sur les insectes. Il fréquentait l'église luthérienne du quartier et, deux fois par mois, il était bénévole dans une maison de retraite.

— Un saint homme, ironisa Boris.

Goran se tourna vers Veronica Bermann pour s'assurer qu'elle n'avait pas entendu ce dernier commentaire. Puis il regarda Rosa.

— Autre chose ?

— J'ai analysé le disque dur de l'ordinateur de la maison et de celui de son bureau. J'ai aussi lancé une procédure de récupération de tous les fichiers éliminés. Mais il n'y avait rien d'intéressant. Travail, travail, travail. Ce type était obsédé par son travail.

Mila s'aperçut que Goran s'était soudain distrait. Cela dura quelques instants, puis il se concentra à nouveau sur la conversation.

— Au sujet d'Internet, que sait-on ?

— J'ai appelé son fournisseur d'accès et on m'a fourni une liste des pages Web visitées pendant les six derniers mois. Là non plus, rien… Apparemment, il était passionné par les sites sur la nature, les voyages et les animaux. Et puis, il achetait en ligne des objets d'antiquité et des papillons de collection, surtout sur eBay.

Quand Rosa eut terminé son exposé, Goran croisa à nouveau les bras et regarda ses collaborateurs un par un. Y compris Mila, qui se sentit enfin impliquée.

— Alors, qu'en pensez-vous ? demanda le professeur.

— Je suis comme ébloui, dit immédiatement Boris en se couvrant les yeux de la main, pour souligner ses mots avec emphase. Tout est trop propre.

Les autres acquiescèrent.

Mila ne savait pas à quoi il faisait référence, mais elle ne voulait pas le demander. Goran fit glisser une main sur son front et frotta ses yeux fatigués. À nouveau, sur son visage passa cette distraction… Une pensée l'emmenait ailleurs pendant une seconde ou deux, mais de toute évidence le criminologue l'archivait, pour une raison ou pour une autre.

— Quelle est la première règle d'une enquête sur un suspect ?

— Nous avons tous des secrets, dit Boris, toujours prompt.

— Justement, dit Goran. Nous avons tous eu une faiblesse, au moins une fois dans notre vie. Chacun de nous a son secret, petit ou grand, inavouable… Regardez autour de vous : cet homme est le prototype du bon mari, du bon croyant, du gros travailleur, affirma-t-il en levant un doigt à chaque point. C'est un philanthrope, il prend soin de sa santé, il ne loue que des documentaires, il n'a aucun vice, il collectionne les papillons… ça vous semble crédible, un homme comme ça ?

Cette fois, la réponse était évidente. Non, ce n'était pas crédible.

— Alors, que fait un homme comme ça avec le cadavre d'une fillette dans sa voiture ?

Stern intervint :

— Il a tout nettoyé…

Goran convint :

— Il nous enchante avec toute cette perfection pour que nous ne regardions pas ailleurs… Et où ne sommes-nous pas en train de regarder, en ce moment ?

— Alors, que faut-il faire ? demanda Rosa.

— Recommencez depuis le début. La réponse est là, dans ces choses que vous avez déjà examinées. Repassez-les au crible. Il faut enlever la croûte brillante qui les entoure. Ne vous laissez pas berner par l'éclat de cette existence parfaite : ce miroitement ne sert qu'à nous distraire et à nous embrouiller les idées. Et puis, il faut…

Goran se perdit à nouveau. Son attention était ailleurs. Cette fois, tout le monde s'en aperçut. Quelque chose prenait corps dans sa tête, et grandissait.

Mila décida de suivre le regard du criminologue qui se déplaçait dans la pièce. Il n'était pas simplement perdu dans le vide. Il regardait quelque chose.

La petite ampoule rouge clignotait par intermittence, en scandant un rythme tout à elle pour attirer l'attention.

Goran demanda à haute voix :

— Quelqu'un a écouté les messages sur le répondeur ?

En un instant, toutes les personnes présentes dans la pièce se figèrent. Elles posèrent les yeux sur l'appareil qui leur adressait ce clin d'œil rouge et se sentirent coupables, prises en flagrant délit d'oubli. Goran n'y prêta pas attention, il alla simplement appuyer sur le bouton qui actionnait le petit enregistreur numérique.

Peu après, les paroles d'un mort jaillirent dans l'obscurité.

Et Alexander Bermann entra pour la dernière fois chez lui.

81

« *Hum… C'est moi… Hum… Je n'ai pas beaucoup de temps… Mais je voulais quand même te dire que je suis désolé… Je suis désolé, pour tout… J'aurais dû le faire plus tôt, mais je n'ai pas pu… Essaye de me pardonner. Tout a été de ma faute…* »

La communication s'interrompit et un silence de pierre s'abattit sur la salle. Inévitablement, tous les regards se posèrent sur Veronica Bermann, aussi impassible qu'une statue.

Goran Gavila fut le seul à bouger. Il alla vers elle et la prit par les épaules, la confiant à une policière qui la conduisit dans une autre pièce.

Stern brisa le silence :

– Bon, eh bien à ce qu'il semble nous avons des aveux.

# 8

Elle l'appellerait Priscilla.

Elle adopterait la méthode de Goran Gavila, qui attribuait une identité aux assassins qu'il recherchait. Pour les humaniser, pour les rendre plus réels à ses yeux, pas seulement des ombres fuyantes. C'est ainsi que Mila baptisa la victime numéro six, en lui donnant le nom d'une fillette plus chanceuse qui – quelque part, elle ne savait pas où – continuait d'être une fillette comme tant d'autres, ignorant ce à quoi elle avait échappé.

Mila prit cette décision sur la route qui la ramenait au motel. Un agent avait été chargé de la raccompagner. Cette fois, Boris ne s'était pas proposé, et Mila ne pouvait pas lui en vouloir, après l'avoir brusquement repoussé le matin même.

Le choix d'appeler la sixième fillette Priscilla n'était pas seulement dû à la nécessité de lui attribuer une consistance humaine. Il y avait aussi une autre raison : Mila n'en pouvait plus de se référer à elle par un numéro. Désormais, la policière sentait bien qu'elle était la seule qui avait encore à cœur de découvrir son identité parce que, après avoir entendu le message de Bermann, ce n'était plus la priorité.

Ils avaient un cadavre dans une voiture et, imprimée sur la bande enregistreuse d'un répondeur, ce qui ressemblait très fort à des aveux. Pas besoin de se tourmenter outre mesure. Maintenant, il s'agissait de relier l'agent commercial aux autres victimes. Puis de trouver le mobile. Mais ça, peut-être qu'on le connaissait déjà…

*Les victimes ne sont pas les fillettes. Ce sont leurs familles.*

C'est Goran qui lui avait fourni cette explication pendant qu'ils observaient les parents des défuntes derrière la vitre de la morgue. Des parents qui, pour des raisons différentes, n'avaient eu qu'un enfant.

Une mère qui avait largement passé la quarantaine et qui n'était donc plus en mesure, biologiquement, d'espérer une autre grossesse... « Ce sont *eux*, ses vraies victimes. Il les a étudiés, il les a choisis. » Puis : « Une fille unique. Il a voulu leur enlever tout espoir de faire le deuil, de tenter d'oublier la perte. Ils devront se rappeler ce qu'ils ont fait pendant le reste de leurs jours. Il a amplifié leur douleur en leur enlevant leur futur. Ils les a privés de la possibilité de transmettre un souvenir d'eux-mêmes dans les années à venir, de survivre à leur mort... Et il s'est nourri de ça. C'est la rétribution de son sadisme, la source de son plaisir. »

Alexander Bermann n'avait pas d'enfants. Il avait essayé d'en avoir, avait eu recours à l'insémination artificielle. Cela n'avait servi à rien. C'était peut-être pour cette raison qu'il avait voulu défouler sa rage sur ces pauvres familles. Peut-être s'était-il vengé sur eux de son infertilité.

« Non, ce n'est pas une vengeance. Il y a autre chose... » Mila ne se faisait pas à l'idée, mais elle ne savait pas d'où provenait cette sensation.

L'auto arriva au motel et elle en descendit en saluant l'agent qui lui avait servi de chauffeur. Il répondit par un signe de tête et fit demi-tour pour repartir, la laissant seule au milieu de la grande place graveleuse, avec derrière elle les bois sur lesquels donnaient les différents bungalows. Il faisait froid, et la seule lumière était celle de l'enseigne au néon qui annonçait « Chambres libres » et « TV à la demande ». Mila se dirigea vers sa chambre. Toutes les fenêtres étaient sombres.

Elle était la seule cliente.

Elle passa devant le bureau du gardien, plongé dans la pénombre bleutée d'un téléviseur allumé. Le son était coupé et l'homme n'était pas là. Peut-être était-il allé aux toilettes, pensa Mila, et elle continua. Heureusement, elle avait gardé les clés, autrement elle aurait dû attendre son retour.

Elle portait un sachet en papier contenant une boisson gazeuse et deux sandwiches au fromage – son dîner pour ce soir-là –, ainsi qu'un pot d'onguent à appliquer sur ses petites brûlures aux mains. Son souffle se condensait dans l'air gelé. Mila se dépêcha, elle mourait de froid. Ses pas sur les graviers étaient le seul bruit dans la nuit. Son bungalow était le dernier de la file.

« Priscilla ». Elle repensa à ce qu'avait dit Chang, le médecin légiste : « Je dirais qu'il les a tuées tout de suite : il n'avait aucun intérêt à les garder en vie plus que nécessaire, et il n'a pas hésité. Les modalités de meurtre sont les mêmes pour toutes les victimes. Sauf pour une… » Le professeur Gavila avait demandé : « Ce qui signifie ? » Et Chang avait répondu, en le regardant fixement, que pour la sixième ça avait été encore pire…

C'était cette phrase qui obsédait Mila.

Pas seulement l'idée que la sixième fillette ait dû payer un prix plus élevé que les autres – « Il a ralenti l'hémorragie pour la faire mourir plus lentement… Il a voulu profiter du spectacle… » – non, il y avait autre chose. Pourquoi l'assassin aurait-il changé son *modus operandi* ? Comme pendant le compte-rendu de Chang, Mila sentit un frisson à la base du cou.

Sa chambre n'était plus qu'à quelques mètres, et elle était concentrée sur cette sensation, convaincue que cette fois elle allait réussir à en trouver la cause. Elle manqua de trébucher à cause d'un petit trou dans le sol.

C'est alors qu'elle l'entendit.

Le petit bruit derrière elle balaya ses réflexions en un instant. Un piétinement sur le gravier. Quelqu'un était en train de « copier » sa démarche. Il coordonnait ses pas avec les siens pour s'approcher à son insu. Quand elle avait trébuché, le suiveur avait perdu le rythme, révélant ainsi sa présence.

Mila ne se démonta pas, ne ralentit pas. Les pas du suiveur se perdirent à nouveau dans les siens. Elle calcula qu'il ne devait être qu'à une dizaine de mètres d'elle. Elle se mit à envisager différentes solutions. Inutile de sortir le pistolet qu'elle avait à l'arrière de sa ceinture, parce que si celui qui la suivait était armé il aurait tout le temps d'ouvrir le feu le premier. « Le gardien, pensa-t-elle. La télévision allumée dans le bureau vide. Il s'est déjà débarrassé de lui. Maintenant, c'est mon tour. » Elle était très proche de la porte du bungalow. Il fallait décider. Et elle se lança. Elle n'avait pas d'autre choix.

Elle fouilla dans sa poche pour chercher les clés et monta rapidement les trois marches qui menaient sous le porche. Elle donna deux tours, ouvrit la porte et se glissa dans la chambre. Son cœur battait la chamade. Elle sortit son pistolet et tendit l'autre main vers l'interrupteur. La lampe près du lit s'alluma. Mila ne bougea pas, rigide, les épaules collées à la porte et l'oreille tendue. Il ne l'avait pas agressée. Mais il lui sembla entendre des pas sur les planches du porche.

Boris lui avait dit que les clés du motel étaient des passe-partout, depuis que le propriétaire en avait eu assez de les changer, vu que les clients les emportaient quand ils ne payaient pas. Celui qui la suivait le savait-il ? Il avait probablement une clé comme la sienne. Elle se dit que, s'il essayait d'entrer, elle pouvait le surprendre de dos.

Elle se mit à genoux et glissa sur la moquette tachée, jusqu'à la fenêtre. Elle se colla au mur et leva la main pour l'ouvrir. Le froid avait bloqué les gonds. Elle eut du mal mais réussit quand même à dégager l'un des battants. Elle se remit debout, fit un bond et se retrouva dehors, à nouveau dans l'obscurité.

Devant elle, le bois. Les hautes cimes des arbres se balançaient ensemble, en rythme. L'arrière du motel était traversé par une passerelle en ciment qui reliaient les bungalows entre eux. Mila la longea en restant penchée et en essayant de percevoir les mouvements, les bruits autour d'elle. Elle dépassa très vite la chambre à côté de la sienne, puis la suivante. Puis elle s'arrêta et se glissa dans l'interstice qui séparait les chambres les unes des autres.

De là, il fallait qu'elle se penche pour voir le porche du bunga-low. Mais c'était risqué. Les doigts des deux mains enroulés autour de son pistolet pour avoir une meilleure prise, la douleur des brûlures oubliée, elle compta rapidement jusqu'à trois, inspira trois fois profondément, et surgit dans l'angle, son arme levée. Personne. Cela ne pouvait pas avoir été son imagination. Elle était convaincue que quelqu'un l'avait suivie. Quelqu'un qui était tout à fait capable de se mouvoir derrière sa cible, en calquant l'ombre sonore de ses pas.

Un prédateur.

Mila chercha du regard une trace de son ennemi sur la place. Il avait comme disparu dans le vent, accompagné par le concert répétitif des arbres conciliants qui entouraient le motel.

— Excusez-moi…

Mila fit un bond en arrière et regarda l'homme sans lever son pistolet, paralysée par ces deux simples mots. Il lui fallut quelques secondes pour comprendre qu'il s'agissait du gardien. Il se rendit compte qu'il lui avait fait peur et répéta, cette fois pour se dédouaner :

— Excusez-moi.

— Que se passe-t-il ? demanda Mila dont le cœur n'avait pas encore repris un rythme normal.

— On vous demande au téléphone…

L'homme indiqua le poste dans son bureau et Mila s'y dirigea sans attendre qu'il la précède.

— Mila Vasquez, dit-elle dans le combiné.

— Bonsoir, c'est Stern… Le professeur Gavila veut vous voir.

— Moi? demanda-t-elle, surprise mais aussi un peu flattée.

— Oui. Nous avons appelé l'agent qui vous a raccompagnée, il va passer vous chercher.

— D'accord. Il y a du nouveau? se hasarda à demander Mila, étonnée du silence de Stern.

— Alexander Bermann nous a caché quelque chose.


Boris essayait de régler le GPS sans quitter la route des yeux. Mila regardait devant elle sans rien dire. Gavila était assis à l'arrière, blotti dans son grand manteau élimé, les yeux fermés. Ils allaient chez la sœur de Veronica Bermann, où cette dernière s'était réfugiée pour échapper aux journalistes.

Goran était arrivé à la conclusion que Bermann avait essayé de couvrir quelque chose sur la base de ce message laissé sur le répondeur : « Hum… C'est moi… Hum… Je n'ai pas beaucoup de temps… Mais je voulais quand même te dire que je suis désolé… Je suis désolé, pour tout… J'aurais dû le faire plus tôt, mais je n'ai pas pu… Essaye de me pardonner. Tout a été de ma faute… »

Grâce aux listings, ils avaient établi que Bermann avait passé ce coup de fil quand il se trouvait au poste de la police de la route, plus ou moins au moment où on découvrait le cadavre de la petite Debby Gordon.

Goran s'était soudain demandé pourquoi un homme dans la situation d'Alexander Bermann – avec un cadavre dans son coffre et l'intention de s'ôter la vie à la première occasion – avait passé un tel coup de fil à sa femme.

Les tueurs en série ne s'excusent pas. Et quand ils s'excusent, c'est pour fournir une image différente d'eux-mêmes, parce que cela fait partie de leur nature mensongère. Leur but est de troubler la vérité, d'alimenter le rideau de fumée dont ils se sont entourés. Mais, pour Bermann, cela avait l'air différent. Il y avait une urgence dans sa voix. Il devait terminer quelque chose, avant qu'il ne soit trop tard.

De quoi Alexander Bermann voulait-il être pardonné?

Goran était persuadé que cela avait un rapport avec sa femme, avec leur relation de couple.

— Répétez-le encore une fois, s'il vous plaît, professeur Gavila...

Goran ouvrit les yeux et vit Mila tournée sur le siège, qui le fixait en attendant une réponse.

— Peut-être que Veronica Bermann a découvert quelque chose. Ce qui a probablement été un sujet de dispute entre elle et son mari. Il a voulu lui demander pardon pour ça, d'après moi.

— Et pourquoi cette information devrait-elle être aussi importante pour nous ?

— Je ne sais pas si elle l'est vraiment... Mais un homme dans sa situation ne perd pas de temps à régler un simple conflit conjugal.

— Alors ?

— Peut-être que sa femme n'est pas totalement consciente de ce qu'elle sait.

— Et lui, avec ce coup de fil, il a voulu maîtriser la situation, pour l'empêcher d'aller jusqu'au bout. Ou de nous rapporter ce détail...

— Oui, c'est ce que je pense... Veronica Bermann a été très coopérative jusqu'ici, elle n'aurait aucun intérêt à nous cacher quelque chose si elle ne pensait pas que cette information n'a rien à voir avec ce dont on accuse son mari, mais ne concerne que leur couple.

Pour Mila, tout était maintenant plus limpide. L'intuition du criminologue ne constituait pas exactement un revirement dans l'enquête. Il fallait d'abord la vérifier. Pour cette raison, Goran n'en avait pas encore parlé à Roche.

Ils espéraient glaner des informations significatives de la rencontre avec Veronica Bermann. En qualité d'expert en interrogatoires de témoins, Boris aurait dû s'occuper de diriger cette espèce de conversation informelle. Mais Goran avait décidé que seuls lui et Mila rencontreraient la femme de Bermann. Boris avait accepté comme si l'ordre venait d'un supérieur, et non pas d'un consultant civil. Mais son hostilité envers Mila s'était accrue. Il ne comprenait pas pourquoi elle devait être présente.

Mila sentait la tension et, en réalité, elle non plus ne comprenait pas les raisons qui avaient poussé Gavila à la choisir. La seule tâche qui restait à Boris était d'instruire Mila sur la façon de gérer la conversation. Et c'était ce qu'il avait fait jusqu'à ce moment, avant de se battre avec le GPS pour tenter de les mener à bon port.

Mila repensa au commentaire de Boris pendant que Stern et Rosa faisaient le portrait d'Alexander Bermann : « Je suis comme ébloui. Tout est trop "propre". »

Cette perfection était peu crédible. Elle semblait mise en scène.

« On a tous un secret, se répéta Mila. Moi aussi. »

On a toujours quelque chose à cacher. Son père le lui disait quand elle était petite : « Nous nous mettons tous les doigts dans le nez. Souvent, nous le faisons quand personne ne peut nous voir, mais nous le faisons. »

Alors, quel était le secret d'Alexander Bermann ?

Que savait sa femme ?

Quel était le nom de la fillette numéro six ?

Quand ils arrivèrent, l'aube pointait déjà. Le village, surplombé par un petit dôme, était situé à un endroit où la berge faisait une courbe et où les maisons lorgnaient le fleuve.

La sœur de Veronica Bermann habitait un appartement au-dessus d'une brasserie. Sarah Rosa l'avait prévenue au téléphone de la visite qu'elle allait recevoir. De façon prévisible, elle ne s'était pas opposée, n'avait manifesté aucune réticence. La décision de l'avertir visait à la rassurer sur le fait qu'il ne s'agissait pas d'un interrogatoire. Mais Veronica Bermann n'avait pas prêté attention aux précautions de l'agent spéciale Rosa, elle aurait probablement même accepté la torture.

Quand la femme accueillit Mila et Goran, il était presque sept heures du matin. Elle était parfaitement à l'aise, en robe de chambre et pantoufles. Elle les fit installer dans le séjour, qui avait des poutres apparentes au plafond et abritait des meubles marquetés, et leur offrit du café chaud. Mila et Goran s'assirent sur le canapé, Veronica Bermann sur le bord d'un fauteuil, le regard éteint de qui n'arrive ni à dormir ni à pleurer. À ses mains jointes sur ses genoux, Goran comprit qu'elle était tendue.

La pièce était éclairée par la lumière chaude et jaune d'une lampe recouverte d'un vieux foulard, et le parfum des plantes ornementales sur l'appui de la fenêtre ajoutait une touche accueillante.

La sœur de Veronica Bermann servit le café, avant de repartir avec le plateau rouge. Ensuite, Goran laissa Mila parler la première. Les questions qu'ils étaient venus poser requéraient beaucoup de tact. Mila prit le temps de savourer son café. Elle n'était pas pressée, elle voulait que la femme baisse complètement la garde avant de commencer. Boris l'avait prévenue : dans certains cas, il suffit d'une phrase maladroite pour que l'autre se referme sur lui-même et décide de ne plus collaborer.

— Madame Bermann, tout ceci doit être extrêmement pénible, et nous sommes désolés de débarquer ici à cette heure matinale.

— Ne vous inquiétez pas, je me lève toujours tôt.

— Nous avons besoin de mieux connaître votre mari, notamment pour comprendre à quel point il était réellement impliqué. Et cette affaire, croyez-moi, comporte encore de nombreux aspects obscurs. Parlez-nous de lui...

L'expression du visage de Veronica ne changea pas d'un millimètre, mais son regard s'intensifia. Puis elle commença :

— Alexander et moi nous connaissions depuis le lycée. Il avait deux ans de plus que moi et faisait partie de l'équipe de hockey. Ce n'était pas un grand joueur, mais tout le monde l'aimait bien. Il fréquentait une de mes amies, c'est comme ça que j'ai fait sa connaissance. Nous nous sommes mis à sortir ensemble, mais en groupe, comme de simples amis : il n'y avait encore rien entre nous, et nous ne pensions même pas que quelque chose d'autre puisse nous unir. En vérité, je ne crois pas qu'il m'ait jamais « envisagée » de cette manière... Comme une fiancée éventuelle, je veux dire. Et moi non plus...

— Ça s'est passé après...

— Oui, c'est bizarre, n'est-ce pas ? Après le lycée, j'ai perdu sa trace, nous ne nous sommes pas vus pendant plusieurs années. Par des amis communs, je savais qu'il allait à l'université. Un jour, il a réapparu dans ma vie : il m'a appelée en disant qu'il avait trouvé mon numéro par hasard dans l'annuaire. En fait, j'ai appris après, toujours par ces mêmes amis, que quand il était rentré, après ses études, il avait demandé ce que je devenais...

En l'écoutant, Goran eut l'impression que Veronica Bermann ne s'abandonnait pas simplement à la nostalgie des souvenirs, mais que d'une certaine façon son récit avait un but précis. Comme si elle les amenait volontairement quelque part, loin dans le temps, où ils pourraient trouver ce qu'ils étaient venus chercher.

— À partir de là, vous vous êtes fréquentés à nouveau... dit Mila.

Goran remarqua avec satisfaction que la policière, en suivant les indications de Boris, avait décidé de ne pas poser de questions à Veronica Bermann, mais de commencer des phrases dans le but que celle-ci les termine, pour que cela ressemble plus à une conversation qu'à un interrogatoire.

— À partir de là, nous nous sommes fréquentés à nouveau, répéta Mme Bermann. Alexander m'a fait une cour très pressante pour me convaincre de l'épouser. Et j'ai fini par accepter.

Goran se concentra sur cette dernière phrase. Elle sonnait mal, comme un mensonge d'orgueil inséré en hâte au discours en espérant qu'il passe inaperçu. Et il repensa à ce qu'il avait remarqué la première fois qu'il avait vu la femme : Veronica n'était pas belle, elle ne l'avait probablement jamais été. Une féminité médiocre, dépourvue de pathos. Alexander Bermann, en revanche, était bel homme. Les yeux bleu clair, le sourire confiant d'un homme conscient de son charme. Le criminologue avait du mal à croire qu'il ait dû insister autant pour la convaincre de l'épouser.

À ce moment-là, Mila décida de reprendre les rennes de la conversation :

— Dernièrement, cela n'allait pas très bien entre vous…

Veronica s'autorisa une pause. Plutôt longue, d'après Goran, qui se dit que Mila avait lancé l'hameçon trop tôt.

— Nous avions des problèmes, finit-elle par admettre.

— Vous avez tenté d'avoir des enfants, dans le passé…

— J'ai pris un traitement hormonal pendant quelque temps. Puis nous avons aussi essayé l'insémination.

— J'imagine que vous désiriez vraiment un enfant…

— C'était surtout Alexander qui insistait.

Elle le dit sur un ton défensif, signe que cela avait sans doute été le plus grand sujet de discorde entre les époux.

Ils approchaient du but. Goran était satisfait. Il avait choisi Mila pour faire parler Veronica Bermann parce qu'il pensait qu'une femme était l'idéal pour instaurer un lien de solidarité, et donc vaincre d'éventuelles résistances. Certes, il aurait pu faire venir Sarah Rosa, ce qui lui aurait peut-être évité de heurter la susceptibilité de Boris. Mais Mila lui avait semblé plus indiquée, et il ne s'était pas trompé.

Afin de croiser le regard de Goran sans se faire remarquer, la policière reposa sa tasse de café sur la table basse qui séparait le canapé du fauteuil où était assise Veronica Bermann en se penchant ostensiblement. Il acquiesça légèrement : le moment était venu de mettre fin aux politesses et d'aller au cœur du sujet.

– Madame Bermann, pourquoi dans son message sur le répondeur votre mari vous a-t-il demandé de lui pardonner? demanda Mila.

Veronica tourna la tête, tentant de cacher une larme qui forçait la rive imposée par ses propres émotions.

– Madame Bermann, vous pouvez nous faire confiance. Je vais être franche avec vous : aucun policier, ni procureur, ni juge, ne pourra jamais vous imposer de répondre à cette question, parce que cela n'a pas de rapport direct avec l'enquête. Mais il est important pour nous de le savoir, parce que votre mari pourrait tout aussi bien être innocent…

Quand elle entendit ce mot, Veronica Bermann regarda à nouveau vers Mila.

– Innocent? Alexander n'a tué personne… mais ça ne veut pas dire qu'il n'était coupable de rien!

Une rage sombre, qui était montée sans prévenir, lui déformait la voix. Goran eut la confirmation qu'il souhaitait. Mila aussi comprit : Veronica Bermann les attendait. Elle avait espéré leur visite, leurs questions dissimulées dans d'innocentes phrases prononcées çà et là. Ils croyaient mener la barque, mais la femme avait préparé son récit de manière à les conduire là où ils en étaient. Il fallait qu'elle le dise à quelqu'un.

– Je soupçonnais Alexander d'avoir une maîtresse. Une femme prend toujours en compte une telle éventualité, et à ce moment-là elle décide aussi si elle pourra pardonner ou non. Mais, tôt ou tard, une femme veut aussi savoir. C'est pour cette raison qu'un jour j'ai fouillé dans ses affaires. Je ne savais pas exactement quoi chercher, et je ne savais pas comment j'allais réagir devant une preuve.

– Qu'avez-vous trouvé?

– La confirmation : Alexander cachait un agenda électronique identique à celui qu'il utilisait pour son travail. Pourquoi acheter deux fois le même, sinon pour se servir du premier pour occulter le second? C'est comme ça que j'ai appris le nom de sa maîtresse : il notait tous leurs rendez-vous! Je l'ai mis devant le fait accompli : il a nié, faisant immédiatement disparaître le second agenda. Mais je n'ai pas abandonné : je l'ai suivi jusqu'à chez cette femme, dans cet endroit sordide. Cependant, je n'ai pas eu le courage d'aller plus loin. Je me suis arrêtée devant la porte. En fait, je ne voulais pas la voir.

Était-ce là le secret inavouable d'Alexander Bermann ? se demanda Goran. Une maîtresse ? Ils s'étaient dérangés pour si peu ?

Heureusement qu'il n'avait pas informé Roche de son initiative, autrement il aurait aussi eu à affronter les railleries de l'inspecteur chef qui considérait désormais l'affaire comme résolue. En attendant, Veronica Bermann bouillonnait, et elle n'avait aucune intention de les laisser partir avant d'avoir défoulé toute sa rancœur envers son mari. De toute évidence, sa défense vaillante de son conjoint après la découverte du cadavre dans le coffre n'était qu'une façade. Un moyen pour se soustraire au poids de l'accusation, d'éviter d'être éclaboussée par la boue. Maintenant qu'elle avait trouvé la force de se libérer du pacte de solidarité conjugale, elle était occupée, tout autant que les autres, à creuser autour de lui une fosse dont Alexander Bermann ne pourrait plus jamais sortir.

Goran cherscha le regard de Mila pour qu'elle mette fin à la conversation au plus vite. À ce moment le criminologue nota un changement net sur le visage de la policière, dont l'expression oscillait entre l'étonnement et l'incertitude.

En toutes ces années de carrière, Goran avait appris à reconnaître sur les visages les effets de la peur. Quelque chose avait profondément bouleversé Mila.

C'était un nom.

Il l'entendit demander à Veronica Bermann :

— Comment, dites-vous, s'appelait la maîtresse de votre mari ?

— Je vous le répète : le prénom de cette garce est Priscilla.

# 9

Il ne pouvait pas s'agir d'une simple coïncidence.

Mila exposa à nouveau, au bénéfice des présents, les aspects les plus saillants de la dernière affaire dont elle s'était occupée, celle du maître de musique. Tandis qu'elle rapportait les paroles du sergent Morexu sur la découverte de ce prénom – Priscilla – dans l'agenda du « monstre », Sarah Rosa leva les yeux au ciel, et Stern fit écho à son geste en secouant la tête.

Ils ne la croyaient pas. Mais c'était compréhensible. Et pourtant, Mila ne se résignait pas à l'idée qu'il n'y avait pas de lien. Seul Goran la laissait faire. Impossible de dire où il espérait en arriver. Mila voulait à tout prix approfondir ce coup du hasard. Mais elle n'avait obtenu qu'un résultat du compte-rendu de sa conversation avec Veronica Bermann : la femme avait dit avoir suivi son mari jusqu'à chez sa maîtresse, où ils se dirigeaient actuellement. Il était possible que ce lieu cache d'autres horreurs. Peut-être même les corps des fillettes manquantes.

Et la réponse à la question concernant la numéro six.

Mila aurait voulu dire aux autres qu'elle l'avait appelée Priscilla, mais elle n'en fit rien. Cela lui semblait presque une insulte, maintenant. Comme si ce nom avait été choisi par Bermann en personne, son bourreau.

La structure du petit immeuble était typique d'un faubourg de banlieue. Un quartier ghetto classique, construit dans les années 1960, corollaire naturel d'une zone industrielle naissante. Il était composé d'immeubles gris, qui avec le temps avaient été recouverts par la poussière rougeâtre d'une aciérie des environs. Des bâtiments à faible valeur commerciale, avec un besoin pressant d'entretien. Une humanité précaire y vivait, composée principalement d'immigrés, de chômeurs et de familles subsistant grâce aux aides de l'État.

Goran s'était aperçu que personne n'osait regarder Mila. Ils gardaient leurs distances parce que la policière, en fournissant une idée inattendue, avait comme franchi une limite.

— Pourquoi choisit-on de venir habiter dans un endroit pareil ? se demanda Boris en regardant autour de lui d'un air dégoûté.

Le numéro qu'ils cherchaient se trouvait au bout du pâté de maisons. Il correspondait à un entresol auquel on ne pouvait accéder que par un escalier extérieur. La porte était en fer. Les trois seules fenêtres, qui donnaient au niveau de la rue, étaient protégées par des grilles et blindées à l'intérieur par des planches de bois.

Stern tenta de regarder au travers, penché dans une position ridicule, les mains en coupe autour des yeux et le bassin en arrière pour ne pas salir son pantalon.

— On ne voit rien, d'ici.

Boris, Stern et Rosa se firent un signe de tête et se placèrent autour de l'entrée. Stern invita Mila et Goran à rester en arrière.

Boris s'approcha. Il n'y avait pas de sonnette, il frappa donc, énergiquement, avec la paume de la main. Le bruit servait à intimider, mais Boris parlait d'une voix volontairement calme.

— Madame, c'est la police. Ouvrez, s'il vous plaît...

C'était une technique de pression psychologique pour désorienter l'interlocuteur : s'adresser à lui en se feignant patient, tout en mettant la pression. Mais cela ne fonctionna pas, parce que l'appartement était vide, de toute apparence.

— On entre, proposa Rosa, qui était la plus impatiente d'entre eux.

— Il faut attendre que Roche nous appelle pour nous dire qu'il a obtenu le mandat, répondit Boris en regardant l'heure. Il ne devrait plus tarder...

— Qu'ils aillent se faire foutre, lui et son mandat ! s'opposa Rosa. Il peut y avoir n'importe quoi, là-dedans !

Goran intervint :

— Elle a raison : entrons.

À la façon dont sa décision fut accueillie, Mila eut la confirmation que Goran comptait plus que Roche, dans le groupe.

Ils se placèrent devant la porte. Boris sortit un jeu de tournevis et entreprit de trafiquer la serrure. Le mécanisme céda assez vite.

Tenant fermement son pistolet dans une main, il poussa la porte en fer de l'autre.

À première vue, le lieu ne semblait pas habité.

Un couloir, étroit et nu. La lumière du jour ne suffisait pas à l'éclairer. Rosa pointa sa lampe torche et trois portes apparurent. Les deux premières sur la gauche, la troisième au fond.

La troisième était fermée.

Ils pénétrèrent lentement les lieux. Boris devant, suivi de Rosa, puis Stern et Goran. Mila fermait le rang. À part le criminologue, ils avaient tous une arme à la main. Mila n'était qu'« agrégée » à l'équipe et en théorie elle ne pouvait pas s'en servir, mais elle l'avait laissée dans la poche arrière de son jean, les doigts serrés autour de la crosse, prête à la sortir. C'est pour cette raison qu'elle était entrée la dernière.

Boris essaya l'interrupteur qui se trouvait sur l'un des murs.

– Il n'y a pas d'électricité.

Il leva sa torche pour regarder dans la première des trois chambres. Elle était vide. Sur le mur, une tache d'humidité, qui venait des fondations et qui s'étendait à tout le plâtre, comme un cancer. Les tuyaux du chauffage et des eaux usées se croisaient au niveau du plafond. Un puits de purin s'était formé sur le sol.

– Quelle puanteur ! dit Stern.

Personne n'aurait pu vivre dans ces conditions.

– Il me semble évident qu'il n'y a pas de maîtresse, dit Rosa.

– Alors c'est quoi, cet endroit ? demanda Boris.

Ils se dirigèrent vers la seconde pièce. La porte était rigide, légèrement détachée du mur, les gonds rouillés : ce recoin offrait un refuge facile à un éventuel agresseur. Boris l'ouvrit d'un coup de pied, mais il n'y avait personne derrière. La pièce était en tout point identique à la première. Le carrelage au sol avait sauté par endroits, rendant visible le ciment qui recouvrait les fondations. Il n'y avait pas de meubles, à part le squelette d'acier d'un canapé. Ils continuèrent leur visite.

Il ne restait qu'une pièce, celle au fond du couloir, dont la porte était fermée.

Boris leva le pouce et l'index de la main gauche, les portant à ses yeux. Stern et Rosa comprirent le signal et se placèrent chacun d'un côté de la porte. Puis le jeune policier recula d'un pas et envoya un coup de pied exactement à l'endroit de la poignée. La porte s'ouvrit et les trois agents se mirent immédiatement en position de tir, éclairant partout à la fois avec leurs torches. Il n'y avait personne.

Goran se glissa entre eux, laissant courir sa main gantée de latex sur le mur. Il trouva l'interrupteur. Après deux clignotements, un néon s'alluma au plafond, faisant retomber sur la pièce sa lumière poussiéreuse. La pièce était très différente des autres. D'abord, elle était propre. Les murs ne présentaient aucun signe d'humidité, parce qu'ils étaient recouverts de papier plastifié imperméable. Le carrelage du sol était encore en place, et il était sain. Il n'y avait pas de fenêtre, mais un climatiseur se mit en marche au bout de quelques secondes. L'installation électrique n'était pas encastrée dans les murs, signe qu'elle avait été ajoutée après. De petites gaines en plastique conduisaient les câbles à l'interrupteur qui avait permis à Goran d'allumer la lumière, mais aussi à une prise de courant du côté droit de la pièce où, appuyé contre le mur, il y avait une petite table et une chaise de bureau. Et, sur la table, un ordinateur éteint.

C'était le seul mobilier, à l'exception d'un vieux fauteuil en cuir placé contre le mur opposé, à gauche.

– Apparemment, c'est la seule pièce qui intéressait Alexander Bermann, dit Stern en s'adressant à Goran.

Rosa avança vers l'ordinateur.

– Je suis sûre que les réponses que nous cherchons sont là-dedans.

Mais Goran l'arrêta en l'attrapant par un bras.

– Non, mieux vaut procéder avec ordre. Nous allons tous sortir d'ici pour ne pas altérer l'humidité de l'air. (Puis, s'adressant à Stern.) Appelle Krepp pour qu'il vienne avec son équipe relever les empreintes. Moi, je préviens Roche.

À la lumière particulière qui brillait dans les yeux du criminologue, Mila déduisit qu'il était sûr d'être tout proche de quelque chose de très important.


Il se passa les doigts sur la tête, comme pour se recoiffer, bien qu'il n'ait plus de cheveux. Il ne lui restait plus qu'un collet sur la nuque, d'où sortait une queue-de-cheval qui descendait dans son dos. Un serpent vert et rouge s'étendait sur son avant-bras droit, dont la gueule s'ouvrait sur sa main. Il avait un tatouage similaire sur l'autre bras, tout comme sur la partie de son thorax qu'on entrevoyait sous sa chemise. Derrière les piercings qui lui recouvraient le visage, on pouvait reconnaître Krepp, l'expert de la police scientifique.

Mila était fascinée par l'allure de ce sexagénaire peu classique. Elle se dit que c'était ce que devenaient les punks en vieillissant. Et pourtant, jusqu'à quelques années plus tôt, Krepp était un monsieur tout à fait normal, entre deux âges, assez austère et d'apparence plutôt grise. Cependant, après avoir vérifié qu'il n'avait pas perdu la raison, personne n'avait plus rien dit sur son nouveau look, parce que Krepp était le meilleur dans son domaine.

Après avoir remercié Goran d'avoir préservé l'humidité originelle de la scène, Krepp s'était immédiatement mis au travail. Il avait passé une heure dans la pièce avec son équipe, tous équipés de blouses et de masques sur le visage afin de se protéger des substances qu'ils utilisaient pour relever les empreintes, puis il était sorti de l'entresol et s'était approché du criminologue et de Roche, qui entre-temps les avait rejoints.

— Comment ça va, Krepp ? l'avait salué l'inspecteur chef.

— Cette histoire du cimetière de bras va me faire perdre la boule, commença l'expert. Nous étions encore en train d'analyser ces membres à la recherche d'une empreinte utile quand vous nous avez appelés.

Goran savait que relever une empreinte sur de la peau humaine était la chose la plus difficile dans l'absolu, à cause de la possible contamination, ou de la sueur du sujet à examiner, ou encore, s'il s'agissait des tissus d'un cadavre, comme dans le cas des bras, à cause des phénomènes de putréfaction.

— J'ai essayé la fumée d'iode, le Kromekote et même l'électronographie.

— Qu'est-ce donc ?

— C'est la méthode la plus moderne pour relever les empreintes laissées sur la peau : une radiographie à émission électronique… Ce maudit Albert est très habile pour ne pas laisser de traces, dit Krepp.

Et Mila remarqua qu'il était le seul à se référer encore à l'assassin par ce nom, parce que pour les autres il avait désormais pris l'identité d'Alexander Bermann.

— Alors, qu'a-t-on ici, Krepp ? demanda Roche, qui était las d'entendre des choses qu'il jugeait inutiles.

Le technicien enleva ses gants et, le regard toujours rivé au sol, décrivit ce qu'ils avaient fait :

— Nous avons utilisé la ninidrine, l'effet n'était pas tout à fait net au laser alors je l'ai amélioré avec du chlorure de zinc. Nous avons relevé plusieurs séries d'empreintes sur le papier adhésif de murs, à côté de l'interrupteur et sur le revêtement poreux de la table. Pour l'ordinateur, cela a été plus difficile : les empreintes se superposaient, nous aurions besoin de cyanoacrylate, mais il faudrait emporter le clavier en chambre barytique et…

— Plus tard. Nous n'avons pas le temps de nous procurer un clavier de remplacement et il nous faut analyser l'ordinateur tout de suite, l'interrompit Roche qui avait hâte de savoir. En bref : les empreintes relevées appartiennent à une seule et même personne ?

— Oui, ce sont toutes celles d'Alexander Bermann.

Ces mots frappèrent tout le monde, sauf celui qui connaissait déjà la réponse. Et qui la connaissait depuis le moment où ils avaient mis les pieds dans l'entresol.

— Apparemment, Priscilla n'a jamais existé, dit en effet Gavila.

Il l'affirma sans regarder Mila, qui fut piquée dans son orgueil, quand il la priva de ce réconfort.

Krepp reprit la parole :

— Il y a autre chose… Le fauteuil en cuir.

— Quoi ? demanda Mila, sortant de son silence.

Krepp la regarda comme quand on remarque quelqu'un pour la première fois, puis posa les yeux sur ses mains bandées, laissant échapper une expression étonnée. Mila ne put s'empêcher de penser qu'il était vraiment absurde que Krepp, accoutré comme il l'était, la regarde, *elle*, de cette façon. Mais elle ne se démonta pas.

— Il n'y a pas d'empreintes sur le fauteuil.

— Et c'est bizarre ? demanda Mila.

— Je ne sais pas, se limita à affirmer Krepp. Je dis juste qu'il y en a partout, mais pas là.

— Mais nous avons les empreintes de Bermann sur tout le reste : qu'est-ce que ça peut nous faire ? intervint Roche. Cela nous suffit pour le coincer comme il se doit… Et, si vous voulez savoir, ce type me plaît de moins en moins.

Mila se dit qu'il devait plutôt lui plaire beaucoup, vu qu'il était la solution à tous ses ennuis.

— Alors je fais quoi avec le fauteuil, je continue à l'analyser ?

— On s'en fiche, de ce fauteuil, laisse mes hommes jeter un coup d'œil à l'ordinateur.

En s'entendant appeler de cette manière, les membres de l'équipe essayèrent de ne pas se regarder pour éviter d'éclater de rire. Parfois, le ton de petit soldat que prenait Roche était encore plus paradoxal que l'aspect de Krepp.

L'inspecteur chef se dirigea vers la voiture qui l'attendait au bout du pâté de maisons, non sans avoir d'abord encouragé ses hommes d'un « Les enfants, je compte sur vous ».

Quand il fut assez loin, Goran s'adressa au groupe.

— Allez, dit-il, voyons ce qu'il y a dans cet ordinateur.


Ils reprirent possession de la pièce, que les murs recouverts de plastique faisaient ressembler à un gros embryon. Le repaire d'Alexander Bermann allait enfin s'ouvrir à eux. Du moins, c'était ce qu'ils espéraient. Ils portaient des gants en latex. Sarah Rosa s'assit au poste de travail : c'était à elle de jouer.

Avant d'allumer le PC, elle brancha un petit dispositif à l'un des ports USB. Stern alluma un magnétophone qu'il plaça près du clavier. Rosa décrivit l'opération :

— J'ai connecté une mémoire externe à l'ordinateur de Bermann : si le PC plante, le dispositif transférera toute la mémoire instantanément.

Les autres étaient debout derrière elle, ils se taisaient.

Elle alluma l'ordinateur.

Le premier signal électrique fut suivi du bruit typique d'un disque qui démarre. Tout semblait normal. Avec une certaine lenteur, le PC se réveilla de sa léthargie. C'était un vieux modèle qui n'était plus commercialisé. Sur l'écran apparaissaient dans l'ordre les données du système d'exploitation, qui cédèrent ensuite la place à l'image du bureau. Rien d'important : un écran bleu ciel avec des icônes de programmes tout à fait banals.

— On dirait l'ordinateur de chez moi, hasarda Boris.

Mais la blague ne fit rire personne.

— Bon… maintenant, voyons ce qu'il y a dans les Documents de M. Bermann…

Rosa cliqua sur le dossier. Vide. Comme celui des Images et des Éléments récents.

– Il n'y a aucun fichier texte… C'est très bizarre, remarqua Goran.

– Peut-être qu'il jetait tout à la fin de chaque session, suggéra Stern.

– Si c'est le cas, je peux tenter de les récupérer, affirma Rosa, sûre d'elle.

Elle inséra un disque dans le lecteur et chargea rapidement un programme capable de récupérer n'importe quel fichier effacé.

La mémoire de l'ordinateur ne se vide jamais complètement et il est presque impossible d'effacer certaines données, qui sont comme imprimées de façon indélébile. Mila se rappelait avoir entendu dire que le composé en silicium présent dans chaque ordinateur fonctionne un peu comme le cerveau humain. Même quand on pense avoir oublié quelque chose, en réalité quelque part dans notre tête un groupe de cellules retient cette information, et nous la fournira peut-être un jour, sinon sous forme d'image, sous forme d'instinct. Il n'est pas essentiel de se rappeler la première fois que nous nous sommes brûlés avec le feu quand nous étions petits. Ce qui compte est que cette connaissance, épurée de toutes les circonstances biographiques dans lesquelles elle s'est formée, reste imprimée dans notre mémoire et resurgira toutes les fois où nous approcherons de quelque chose de chaud. C'est ce que pensa Mila, en regardant une fois encore ses mains bandées… Apparemment, quelque part en elle était conservée une mauvaise information.

– Il n'y a rien, là-dedans.

Ce fut ce constat désolé de Rosa qui ramena Mila à la réalité. L'ordinateur était complètement vide.

Mais Goran n'était pas convaincu.

– Il y a un navigateur Internet.

– Mais l'ordinateur n'est pas connecté à Internet, fit remarquer Boris.

Mais cette fois, Sarah Rosa comprit où le criminologue voulait en venir. Elle prit son portable et contrôla les taquets sur l'écran.

– Il y a du réseau… Il peut s'être connecté avec son portable.

Rosa ouvrit le navigateur et contrôla la liste des adresses dans l'historique. Il n'y en avait qu'une.

– Voilà ce que faisait Bermann ici!

C'était une séquence de chiffres. L'adresse était un code.
http://4589278497.89474525.com

— C'est probablement l'adresse d'un serveur privé, supposa Rosa.

— Ce qui signifie ? demanda Boris.

— Que tu ne peux pas y arriver par un moteur de recherche, et que pour entrer il faut une clé. Il est probable qu'elle soit directement contenue dans l'ordinateur. Mais si ce n'est pas le cas, nous risquons de nous faire définitivement refuser l'accès.

— Alors il faut être prudents et faire exactement comme faisait Bermann… dit Goran avant de se tourner vers Stern : nous avons son portable ?

— Oui, je l'ai dans la voiture, avec l'ordinateur de chez lui.

— Alors va le chercher…

Le retour de Stern fut accueilli en silence. Ils l'attendaient avec une impatience manifeste. L'agent passa le portable de Bermann à Rosa, et elle le connecta à l'ordinateur. Juste après, elle envoya la connexion. Le serveur mit un peu de temps à reconnaître l'appel. Il élabora des données, puis se chargea très rapidement.

— Apparemment, il nous laisse entrer sans problème…

Ils attendirent, les yeux rivés sur l'écran, l'image qui allait apparaître d'un instant à l'autre. Il pouvait s'agir de n'importe quoi, pensa Mila. Une forte tension unissait les membres de l'équipe, comme une charge d'énergie qui courait d'un corps à l'autre. On pouvait la sentir dans l'air.

L'écran se composa de pixels qui s'organisèrent comme les petites pièces d'un puzzle. Mais ils ne s'attendaient pas à ce qu'ils virent. L'énergie qui avait rempli l'atmosphère jusque-là retomba en un instant, l'enthousiasme s'évanouit.

L'écran était noir.

— Il doit y avoir un système de protection, annonça Rosa, qui a interprété notre tentative comme une intrusion.

— Il a caché le signal ? demanda Boris, inquiet.

— Bien sûr qu'il l'a caché ! s'énerva la femme. Tu me prends pour une imbécile ? Il y avait probablement un code, ou quelque chose…

— Quelque chose genre « login » et « mot de passe » ? demanda Goran, qui voulait comprendre.

— Quelque chose dans le genre, lui répondit distraitement Rosa. Ce que nous avions était une adresse pour une connexion directe.

Login et mot de passe sont des mécanismes de sécurité dépassés : ils laissent des traces et peuvent toujours permettre de remonter à quelqu'un. Ceux qui entrent ici veulent rester anonymes.

Mila n'avait pas dit un mot et tout cela la rendait nerveuse. Elle inspirait profondément et serrait les poings en faisant craquer ses doigts. Il y avait quelque chose qui ne collait pas, mais elle n'arrivait pas à comprendre quoi. Goran se tourna un instant vers elle, comme s'il avait été piqué par son regard. Mila fit semblant de ne pas s'en apercevoir.

En attendant, le climat dans la pièce se réchauffait. Boris avait décidé de défouler sur Sarah Rosa sa frustration pour ce coup d'épée dans l'eau.

— Si tu pensais qu'il pouvait y avoir une barrière à l'entrée, pourquoi tu n'as pas suivi une procédure de connexion parallèle ?

— Pourquoi tu ne l'as pas suggéré, toi ?

— Pourquoi, que se passe-t-il, dans ce cas-là ? demanda Goran.

— Il se passe que quand un système comme celui-ci se protège, il n'y a plus aucun moyen pour le pénétrer !

— Nous allons essayer de formuler un nouveau code et de faire une autre tentative, proposa Sarah Rosa.

— Vraiment ? Mais il doit y avoir des millions de combinaisons ! se moqua Boris.

— Va te faire foutre ! Tu veux vraiment me faire porter la faute ?

Mila assistait en silence à ce drôle de règlement de comptes.

— Si quelqu'un avait une idée à proposer ou un conseil à donner, il n'avait qu'à le faire avant !

— Mais tu bondis à chaque fois que quelqu'un prononce un mot !

— Écoute, Boris, fiche-moi la paix ! Je pourrais te faire remarquer que...

— C'est quoi, ça ?

Les mots de Goran tombèrent entre les adversaires comme un barrage. Son ton n'était pas alarmé, ni impatient, comme Mila s'y serait attendue, mais il eut tout de même pour effet de les faire enfin se taire.

Le criminologue indiquait quelque chose devant lui. En suivant la ligne de son bras droit, ils se retrouvèrent à examiner à nouveau l'écran de l'ordinateur.

Il n'était plus noir.

Tout en haut à gauche, une inscription était apparue.

`« tu es là? »`

— Merde ! s'exclama Boris.

— Alors, que se passe-t-il ? Quelqu'un peut m'expliquer ? demanda à nouveau Goran.

Rosa prit à nouveau place devant l'écran, les mains dirigées vers le clavier.

— Nous sommes entrés, annonça-t-elle.

Les autres se réunirent autour d'elle pour mieux voir.

Le tiret sous la phrase continuait à clignoter, comme en attente d'une réponse. Qui pour l'instant n'arriva pas.

`« C toi? »`

— Bref, quelqu'un peut m'expliquer ce qu'il se passe ? dit Goran qui perdait patience.

Rosa élabora rapidement une explication.

— C'est une *door*.

— C'est-à-dire ?

— Une porte d'accès. Nous sommes sans doute à l'intérieur d'un système complexe. Et ça, c'est une fenêtre de dialogue : une sorte de *chat*... Il y a quelqu'un de l'autre côté, professeur.

— Et qui veut parler avec nous... ajouta Boris.

— Ou avec Alexander Bermann, le corrigea Mila.

— Alors, qu'attend-on ? Répondons ! dit Stern sur le ton de l'urgence.

Gavila regarda Boris : c'était lui, l'expert en communication. Le jeune agent acquiesça et prit place derrière Sarah Rosa, pour mieux lui suggérer quoi écrire.

`« Oui, je suis là. »`

Ils attendirent quelques instants, puis une autre phrase se composa sur l'écran.

`« + de nouvelles Gtais inquiet »`

— OK, « inquiet », donc c'est un homme, dit Boris satisfait.

Puis il dicta la réponse suivante à Sarah Rosa. Mais il lui recommanda de n'utiliser que des minuscules, comme le faisait son interlocuteur, puis il expliqua que certaines personnes sont intimidées par les majuscules. Et ils voulaient que celui qui était de l'autre côté se sente à l'aise.

« j'ai été très occupé, toi comment ça va?

— on m'a poser plein de question mais G rien dit »

Quelqu'un avait posé des questions? À propos de quoi?

L'impression de tout le monde, et en particulier de Goran, fut immédiatement que l'homme avec qui ils parlaient était impliqué dans quelque chose de louche.

— Peut-être qu'il a été interrogé par la police, mais ils n'ont pas jugé utile de l'arrêter, suggéra Rosa.

— Ou peut-être qu'ils n'avaient pas assez de preuves, la soutint Stern.

Dans leurs esprits commençait à se dessiner l'image d'un complice de Bermann. Mila repensa à ce qu'il s'était passé au motel, quand elle avait eu l'impression que quelqu'un la suivait sur la place graveleuse. Elle n'en avait parlé à personne, de crainte qu'il ne se soit agi que d'une illusion.

Boris décida de demander au mystérieux interlocuteur :

« qui t'a posé des questions? »

Pause.

« eux

— eux qui? »

Il n'y eut pas de réponse. Boris décida d'ignorer ce silence et tenta de contourner l'obstacle en posant une autre question.

« qu'est-ce que tu leur as dit?

— je leur et raconté l'histoire que tu m'avai dit et ça a marcher »

Plus que l'obscurité de ces mots, c'était la présence de fréquentes fautes de grammaire qui inquiétait Goran.

— Ça pourrait être une sorte de code de reconnaissance, expliqua-t-il. Peut-être s'attend-il à ce que nous commettions nous aussi des erreurs. Et si nous ne le faisons pas, il pourrait mettre fin à la conversation.

— Tu as raison. Alors copie son langage et fais les mêmes erreurs, suggéra Boris à Rosa.

En attendant, une autre inscription apparut sur l'écran :

« G tou préparé come tu voulai G hate tu me dira quand? »

Cette conversation ne les menait nulle part. Alors Boris demanda à Sarah Rosa de répondre qu'il saurait bientôt « quand », mais que pour le moment mieux valait récapituler tout le plan, pour être certains qu'il fonctionne.

Mila trouva que c'était une excellente idée, ainsi ils pourraient récupérer leur désavantage de connaissance par rapport à leur interlocuteur. Un peu après, celui-ci répondit :

```
« le plan et : sortir la nuit come ça persone me
voit. Quand il sera 2 heures aller au bout de la
rue. me caché dans les buisson. attendre. les fares
de la voiture s'alumeront 3 fois. alors je pourai
me montré. »
```

Personne n'y comprenait rien. Boris regarda autour de lui, à la recherche de suggestions. Il croisa le regard de Gavila.

— Qu'en pensez-vous, professeur?

Le criminologue réfléchissait.

— Je ne sais pas… Quelque chose m'échappe. Je n'arrive pas à le cerner.

— Moi aussi, j'ai la même sensation, dit Boris. Le type qui parle semble… on dirait un handicapé mental ou quelqu'un à fort déficit psychologique.

Goran s'approcha encore plus de Boris.

— Il faut que tu le fasses venir à découvert.

— Et comment?

— Je ne sais pas… Dis-lui que tu n'es plus sûr et que tu te demandes si tu ne vas pas tout laisser tomber. Dis-lui qu'« ils » sont sur ton dos à toi aussi, et ensuite demande-lui de te donner une preuve… Voilà : demande-lui de te téléphoner à un numéro sûr!

Rosa se dépêcha de taper la question. Mais, dans l'espace pour la réponse, pendant un bon moment il n'y eut que le tiret clignotant.

Enfin, quelque chose se forma sur l'écran.

```
« je ne peux pas parlé au téléfone. ils
m'écoute. »
```

C'était évident : soit il était très malin, soit il avait peur d'être espionné.

— Insiste. Tourne autour. Je veux savoir qui sont ces « eux », dit Goran. Demande-lui où ils sont, en ce moment.

La réponse ne tarda pas.

```
« ils sont proche. »
```

— Demande-lui : proches à quel point? insista Goran.

```
« ils sont juste à coté de moi. »
```

— Mais ça veut dire quoi, merde? explosa Boris en mettant ses mains sur sa nuque en signe d'exaspération.

Rosa se laissa aller contre le dossier de la chaise et secoua la tête, découragée.

— Si « ils » sont si proches de lui et qu'ils l'ont à l'œil, pourquoi ils ne peuvent pas voir ce qu'il écrit?

— Parce qu'ils ne voient pas ce que nous voyons nous.

C'était Mila qui l'avait dit. Et elle remarqua avec plaisir qu'ils ne s'étaient pas retournés pour la regarder comme si un fantôme venait de parler. Au contraire, sa considération raviva l'intérêt du groupe.

— Que veux-tu dire? demanda Gavila.

— Nous avons supposé que lui, comme nous, est devant un écran noir. Mais, à mon avis, sa fenêtre de dialogue est insérée dans une page Web où il y a d'autres éléments : peut-être des animations graphiques, des inscriptions ou des images... Voilà pourquoi « eux », bien que très proches, ne peuvent pas se rendre compte qu'il communique avec nous.

— Elle a raison! dit Stern.

Une drôle d'euphorie emplit à nouveau la pièce. Goran s'adressa à Sarah Rosa :

— On peut voir ce qu'il voit, lui?

— Bien sûr, dit-elle. Je lui envoie un signe de reconnaissance et, quand son ordinateur me le retournera, nous aurons l'adresse Internet à laquelle il est connecté.

Tout en parlant, elle était déjà en train d'ouvrir son portable pour créer une seconde connexion au réseau.

Un peu plus tard, apparut sur l'écran principal :

« tu es encore là? »

Boris regarda Goran :

— On répond quoi?

— Prends ton temps. Mais n'éveille pas ses soupçons.

Boris lui écrivit d'attendre un moment, parce qu'on avait sonné à la porte et qu'il devait aller ouvrir.

En attendant, sur son portable, Sarah Rosa avait réussi à copier l'adresse Internet depuis laquelle l'homme communiquait.

— Voilà, on y est... annonça-t-elle.

Elle inséra les données dans la fenêtre et appuya sur envoi.

Après quelques secondes, une page Web apparut.

Personne n'aurait pu dire si c'était la stupeur ou l'horreur qui les rendit tous muets.

Sur l'écran, des ours dansaient avec des girafes, des hippopotames frappaient en rythme sur des bongos et un chimpanzé jouait de l'ukulélé. La musique envahit la pièce. Et tandis que la forêt s'animait tout autour, un papillon multicolore leur souhaitait la bienvenue.

*Il s'appelait Priscilla.*

Ils étaient tous incrédules et sans voix. Boris leva les yeux sur l'écran principal où la question clignotait encore :

« tu es encore là ? »

C'est seulement à ce moment-là que l'agent réussit à prononcer ces cinq mots insupportables :

– Merde… C'est un enfant.

# 10

Le mot le plus demandé dans les moteurs de recherche est « sexe ». Le second est « Dieu ». Et chaque fois que Goran y pensait, il se demandait pourquoi on allait chercher Dieu sur Internet. En troisième position, il y a deux mots : « Britney Spears ». À égalité avec « mort ».

*Sexe, Dieu, Mort* et *Britney Spears.*

En revanche, la première fois que Goran avait inscrit le nom de sa femme dans un moteur de recherche, c'était à peine trois mois plus tôt. Il ne savait pas pourquoi il l'avait fait. Ça lui était venu comme ça, instinctivement. Il ne s'attendait pas à la trouver, et en effet il ne l'avait pas trouvée. Mais c'était officiellement le dernier endroit où il avait eu l'idée de la chercher. Était-il possible qu'il sache aussi peu de choses d'elle ? À ce moment-là, quelque chose avait changé à l'intérieur de lui.

Il avait compris pourquoi il la poursuivait.

En réalité, il ne voulait pas savoir où elle se trouvait. Au plus profond de lui, il s'en fichait complètement. Il voulait seulement savoir si elle était *heureuse*. Parce que, au fond, c'était cela qui le mettait en rage : qu'elle se soit débarrassée de lui et de Tommy pour pouvoir être heureuse ailleurs. Peut-on blesser quelqu'un aussi profondément pour suivre un désir égoïste de bonheur ? Apparemment, oui. Elle l'avait fait, et, pire, elle n'était pas revenue en arrière pour réparer, pour remédier à cette lésion, à cette déchirure dans la chair de l'homme avec qui elle avait choisi elle-même de partager son existence, et dans la chair de sa propre chair. Parce qu'on peut, et on doit, revenir en arrière. Il y a toujours un moment où, à force de ne regarder que vers l'avant, on perçoit quelque chose – un rappel – et on se retourne un instant pour voir si là-bas tout est resté tel quel, ou si quelque chose a changé en ceux qu'on a laissés derrière soi, et en nous. Ce moment arrive, pour tout le monde. Pourquoi pas pour elle ? Pourquoi n'avait-elle même pas essayé ? Pas un coup de fil muet au cœur de la nuit. Pas une carte postale vierge. Combien de fois Goran s'était-il posté près de l'école de Tommy en espérant la surprendre en train d'épier son fils en cachette. Mais rien. Elle n'y était pas allée, même pas pour s'assurer qu'il allait bien. Alors Goran avait commencé à s'interroger : qui était la femme qu'il avait cru pouvoir garder à ses côtés pour toute la vie ?

Et alors en quoi, réellement, était-il si différent de Veronica Bermann ?

Cette femme avait été trompée, elle aussi. Son mari s'était servi d'elle pour se créer une façade respectable, pour qu'elle prenne soin de ce qu'il possédait : son nom, sa maison, ses biens, tout. Parce que, de toute façon, ce qu'il voulait était ailleurs. Mais, à la différence de Goran, cette femme avait soupçonné le gouffre qui s'ouvrait sous sa vie parfaite, elle en avait flairé le parfum pourri. Et elle s'était tue. Elle s'était prêtée à la tromperie, sans pour autant y prendre part. Elle avait été complice dans le silence, compagne dans la représentation, épouse dans le bien et le mal.

Goran n'avait jamais soupçonné sa femme de vouloir le quitter. Pas un indice, pas un signe, même pas un petit grincement sinistre auquel pouvoir repenser en se disant que c'était tellement évident et que lui, stupide, ne s'en était pas rendu compte. Parce qu'il aurait pré-féré découvrir qu'il était un très mauvais mari, pour pouvoir ensuite s'accuser lui-même, accuser sa négligence, son manque d'attention. Il aurait voulu trouver en lui les raisons : au moins, il en aurait eu. Mais non, rien que du silence. Et des doutes. Au reste du monde, il avait offert la version la plus crue des faits : elle était partie, un point c'est tout. Parce que Goran savait que, de toute façon, chacun y ver-rait ce qu'il voudrait. Qui le pauvre mari. Qui l'homme qui lui avait forcément fait quelque chose, pour qu'elle s'enfuie. Et il s'était tout de suite identifié à ces rôles, en passant de l'un à l'autre avec désinvol-ture. Parce que toute douleur a sa prose, qui doit être respectée.

Et elle ? Combien de temps avait-elle fait semblant, elle ? Depuis combien de temps cette idée mûrissait-elle en elle ? Combien de temps lui avait-il fallu pour la féconder avec des rêves inavouables, des pensées cachées chaque soir sous l'oreiller, tandis qu'il dormait à ses côtés. En tissant ce désir avec des gestes quotidien de mère, de femme.

Jusqu'à transformer ces fantasmes en projet, en plan. En *dessein*. Quand s'était-elle convaincue ou avait-elle compris que ce qu'elle imaginait était réalisable ? La poupée gardait en elle le secret de cette métamorphose, et en attendant elle continuait à vivre à leurs côtés, à lui et à Tommy. Et elle se préparait, en silence, au changement.

Où était-elle, maintenant ? Parce qu'elle continuait à vivre, mais ailleurs, dans un univers parallèle, fait d'hommes et de femmes comme Goran en rencontrait chaque jour, fait de maisons à tenir, de maris à supporter, d'enfants dont prendre soin. Un monde égal et banal, mais loin de lui et de Tommy, avec de nouvelles couleurs, de nouveaux amis, de nouveaux visages, de nouveaux noms. Que cherchait-elle, dans ce monde ? Quelle était cette chose dont elle avait tant besoin et qu'elle n'arrivait plus à trouver ici ? « Au fond, nous sommes tous à la recherche de réponses dans un univers parallèle », pensait Goran. Comme ceux qui cherchent sur le Web *Sexe, Dieu, Mort* et *Britney Spears.*

Alexander Bermann, lui, allait à la chasse aux enfants, sur le Web.

Tout s'était éclairci aussitôt. De l'ouverture du site de *Priscilla le papillon* sur l'ordinateur de Bermann à l'identification du serveur international qui gérait ce système, tout avait pris forme.

C'était un réseau de pédophiles avec des ramifications dans plusieurs États.

Mila avait raison : il y avait aussi « son » maître de musique.

L'unité spéciale pour la répression de la cybercriminalité avait identifié presque une centaine d'abonnés. Les premières arrestations avaient eu lieu, d'autres allaient suivre dans les heures à venir. Peu d'adeptes, mais triés sur le volet. Tous insoupçonnables, aisés, exerçant une profession libérale, et donc disposés à débourser de grosses sommes pour préserver leur anonymat.

Parmi eux, Alexander Bermann.

En rentrant chez lui ce soir-là, Goran repensa à l'homme doux, toujours souriant et moralement intègre qui ressortait des descriptions des amis et connaissances de Bermann. Un masque parfait. Pourquoi avait-il fait le parallèle entre Bermann et sa femme ? Peut-être le savait-il, mais ne voulait-il pas l'admettre. En tout cas, une fois à la maison, il mettrait de côté ces réflexions et se consacrerait entièrement à Tommy, comme il le lui avait promis au téléphone, quand il lui avait annoncé qu'il rentrerait plus tôt. Son fils avait accueilli la nouvelle avec enthousiasme et lui avait demandé s'ils pouvaient commander une pizza. Goran avait accepté sans se faire prier, sachant que cette petite concession suffirait à lui faire plaisir. Les enfants prennent le bonheur partout où il se trouve.

Ainsi, Goran s'était retrouvé à commander une pizza aux poivrons pour lui et une avec double mozzarella pour Tommy. Ils avaient téléphoné ensemble, parce que le rituel de la pizza devait être partagé. Tommy avait fait le numéro et Goran avait passé la commande. Puis ils avaient dressé la table avec de grandes assiettes, achetées exprès. Tommy avait bu un jus de fruits, Goran s'était autorisé une bière. Avant de les apporter à table, ils avaient mis leurs verres au freezer, jusqu'à ce qu'ils soient opaques de givre et assez froids pour accueillir les boissons.

Mais Goran était tout sauf serein. Ses pensées allaient encore à cette organisation parfaite. Les agents de l'unité spéciale pour la répression de la cybercriminalité avaient découvert une base de données avec plus de trois mille noms d'enfants, accompagnés de leurs adresses et photos. Le réseau se servait de faux domaines consacrés à l'enfance pour attirer les victimes dans le piège. *Priscilla le papillon*. Des animaux, des jeux vidéo colorés, des petites musiques innocentes faisaient le reste… Si semblables aux dessins animés que Goran et Tommy avaient regardés ensemble après le dîner sur une chaîne satellitaire. Le tigre bleu et le lion blanc. Goran avait observé son fils recroquevillé sur lui-même, complètement concentré sur les aventures des deux amis de la forêt.

Il s'était dit qu'il devait le protéger.

Il l'avait pensé avec une drôle de peur dans la poitrine, un nœud obscur et collant. La crainte de ne pas faire assez, de ne pas être assez. Parce qu'un seul parent ne peut pas suffire. Même si, au fond, ils s'en sortaient, tous les deux. Mais que se serait-il passé si derrière l'écran noir de l'ordinateur de Bermann, au lieu de cet enfant inconnu, il y avait eu son Tommy ? Se serait-il aperçu que quelqu'un tentait de pénétrer l'esprit et la vie de son fils ?

Pendant que Tommy finissait ses devoirs, Goran s'était réfugié dans son bureau. Il n'était même pas sept heures du soir, alors il avait feuilleté à nouveau le dossier de Bermann, trouvant plusieurs pistes de réflexion qui pouvaient être utiles à l'enquête.

Avant tout, ce fauteuil en cuir qui était dans l'entresol et sur lequel Krepp n'avait relevé aucune empreinte.

« Sur tout le reste, oui, mais là-dessus, non… Pourquoi ? »

Il était sûr qu'il y avait une raison. Et pourtant, chaque fois qu'il lui semblait avoir saisi un concept, son esprit glissait ailleurs. Vers les dangers qui entouraient la vie de son fils.

Goran était criminologue, il savait de quelle matière était fait le mal. Mais il l'avait toujours observé à distance, en tant que chercheur. Il ne s'était jamais laissé corrompre par l'idée que ce même mal puisse tendre sa main osseuse assez loin pour le toucher. Cependant, aujourd'hui, il y pensait.

Quand devient-on un « monstre » ?

Cette définition, qu'il avait officiellement bannie, revenait maintenant dans le secret de son esprit. Parce qu'il voulait savoir comment cela arrive. Quand on s'aperçoit qu'on a franchi cette limite.

Bermann appartenait à une organisation parfaitement structurée, avec une hiérarchie et des statuts y afférant. L'agent commercial y était entré quand il était à l'université. À l'époque, Internet n'était pas encore considéré comme un terrain de chasse, et il était difficile de rester dans l'ombre sans éveiller les soupçons. C'est pour cette raison qu'il était conseillé aux adeptes de se créer une vie exemplaire et sûre dans laquelle occulter sa véritable nature et contrôler ses pulsions. Se camoufler, se fondre et disparaître : tels étaient les mots clés de cette stratégie.

Après ses études, Bermann avait déjà clairement en tête ce qu'il allait faire. D'abord, il avait renoué avec une vieille amie qu'il n'avait pas vue depuis des années. Cette Veronica qui n'avait jamais été assez mignonne pour que les garçons – y compris lui – s'intéressent à elle. Il lui avait fait croire qu'il l'aimait en secret depuis longtemps et qu'il l'avait caché par timidité. Et elle, comme prévu, avait immédiatement accepté de l'épouser. Les premières années de mariage s'étaient passées comme pour tous les couples, avec des hauts et des bas. Il s'absentait souvent pour son travail. En réalité, il profitait souvent de ses voyages pour rencontrer d'autres types comme lui ou pour attirer ses petites proies.

Avec l'avènement d'Internet, tout était devenu plus facile. Les pédophiles s'étaient immédiatement emparés de cet incroyable réseau qui leur permettait non seulement d'agir anonymement, mais aussi de manipuler leurs victimes à travers des pièges ingénieux.

Mais Alexander Bermann ne pouvait pas encore compléter son plan de parfait camouflage, parce que Veronica n'arrivait pas à lui donner un héritier. C'était la pièce manquante, le détail qui devait le rendre véritablement insoupçonnable : un père de famille ne s'intéresse pas aux enfants des autres.

Le criminologue chassa la rage qui lui était montée jusqu'à la gorge et referma le dossier qui avait bien grossi pendant les dernières heures. Il ne voulait plus le lire. Il voulait aller se coucher, se réfugier dans le sommeil.

Qui pouvait être Albert, sinon Bermann ? Même s'il fallait encore le connecter au cimetière de bras et à la disparition des six fillettes, et retrouver les cadavres manquants, personne plus que lui n'aurait mérité de revêtir l'habit du bourreau.

Mais plus il y pensait, moins il en était convaincu.

À vingt heures, Roche allait annoncer officiellement la capture du coupable lors d'une énorme conférence de presse. Goran se rendit compte qu'en réalité l'idée qui le tourmentait avait commencé à lui trotter dans la tête juste après avoir découvert le secret de Bermann. Hésitante, aussi vague que le brouillard, elle était restée blottie tout l'après-midi dans un coin de sa tête. Cependant, tapie dans l'ombre, elle continuait à pulser, pour lui montrer qu'elle était toujours là, vivante. Ce n'est que maintenant, dans le calme de son appartement, que Goran avait décidé de lui conférer la consistance d'une pensée aboutie.

« Quelque chose ne colle pas dans cette histoire... Tu penses que Bermann n'est pas le coupable ? Oh, bien sûr que si, il était coupable : cet homme était un pédophile. Mais ce n'est pas lui qui a tué les six fillettes. Il n'a rien à voir là-dedans... Comment tu peux en être aussi sûr ?

« *Parce que si Alexander Bermann était vraiment notre Albert, nous aurions trouvé la dernière fillette dans son coffre – la numéro six – et non Debby Gordon, la première. Il aurait dû s'en être débarrassé depuis belle lurette...* »

Au moment où il formulait cette déduction, le criminologue regarda l'heure : la conférence de presse de vingt heures allait démarrer dans quelques minutes.

Il fallait arrêter Roche.


L'inspecteur chef avait convoqué les principaux journaux dès que les informations sur l'évolution de l'affaire Bermann avaient commencé à circuler. Le prétexte officiel était qu'il ne voulait pas que les journalistes se retrouvent avec des nouvelles de seconde main, des fuites malheureuses de sources officielles. En réalité, il redoutait que l'histoire puisse intégralement filtrer par d'autres voies, ce qui aurait éloigné de lui les feux de la rampe.

Roche était bon pour gérer ces événements, il savait calibrer l'attente et prenait un certain plaisir à laisser la presse sur la corde raide. C'était pour cela qu'il arrivait toujours avec quelques minutes de retard, afin de signifier qu'en tant que chef de l'unité il était toujours à la merci des développements de dernière minute.

L'inspecteur se délectait du bourdonnement qui venait de la salle de presse contiguë à son bureau : c'était comme de l'énergie qui alimentait son ego. En attendant, il restait tranquillement assis, les pieds sur le bureau qu'il avait hérité de son prédécesseur, dont il avait long-temps – trop, d'après lui – été le second et qu'il avait torpillé sans scrupules huit ans plus tôt.

Toutes les lignes de son téléphone sonnaient sans relâche. Mais il n'avait pas l'intention de répondre : il voulait faire monter la tension.

On frappa à la porte.

– Entrez, dit Roche.

Dès qu'elle franchit le seuil, Mila perçut un sourire sarcastique sur le visage de l'inspecteur. Elle s'était demandé pourquoi diable il voulait la voir.

– Agent Vasquez, je voulais personnellement vous remercier pour votre précieuse contribution à cette enquête.

Mila aurait rougi si elle n'avait pas compris qu'il s'agissait uniquement d'un prélude calculé pour se débarrasser d'elle.

– Il ne me semble pas avoir fait grand-chose, monsieur.

Roche saisit un coupe-papier et se nettoya les ongles avec la pointe. Puis il poursuivit sur un ton distrait :

– En revanche, vous avez été très utile.

– Nous ne connaissons pas encore l'identité de la sixième fillette.

– Nous le saurons bien assez tôt, comme tout le reste.

– Monsieur, je demande l'autorisation de terminer mon travail, au moins pour un jour ou deux. Je suis sûre que je parviendrai à un résultat...

Roche posa le coupe-papier, ôta ses pieds du bureau et se leva pour se diriger vers Mila. Avec le plus scintillant des sourires, il lui prit la main droite, encore bandée, et la lui serra, sans s'apercevoir qu'il lui faisait mal.

– J'ai parlé à votre supérieur : le sergent Morexu m'a assuré que vous serez félicitée pour cette histoire.

Puis il l'accompagna vers la sortie.

– Faites bon voyage, agent. Et rappelez-vous de nous, de temps en temps.

Mila acquiesça, parce qu'il n'y avait rien d'autre à dire. En quelques secondes, elle se retrouva dans le couloir à observer la porte du bureau qui se refermait.

Elle aurait voulu en discuter avec Goran Gavila, parce qu'elle était certaine qu'il n'était pas au courant de son congé inattendu. Mais il était déjà rentré chez lui. Quelques heures plus tôt, elle l'avait entendu au téléphone conclure un accord au sujet du dîner. Au ton de sa voix, la personne à l'autre bout du fil ne devait pas avoir plus de huit ou neuf ans. Ils allaient commander une pizza.

Goran avait donc un fils. Elle se demandait s'il y avait aussi une femme dans sa vie, et si elle allait elle aussi participer à l'agréable soirée que le père et le fils préparaient. Elle avait ressenti une pointe d'envie, sans savoir pourquoi.

Elle rendit le badge à l'entrée et on lui remit une enveloppe avec un billet de train pour rentrer chez elle. Cette fois, personne ne l'accompagnait à la gare. Elle allait devoir appeler un taxi, avec l'espoir que le commandement lui remboursât la course, et passer par le motel pour prendre ses affaires.

Une fois sur la route, Mila se rendit compte qu'elle n'était pas pressée. Elle regarda autour d'elle, respira cet air qui lui sembla soudain limpide et calme. La ville semblait immergée dans une bulle de froid peu naturelle, au bord d'un événement météorologique imminent. Un degré de plus ou de moins et tout pouvait changer. Cet air raréfié pouvait être la promesse d'une chute de neige. Ou bien tout pouvait rester comme maintenant, immobile.

Elle prit le billet dans l'enveloppe : le train n'était que dans trois heures. Mais c'est à autre chose qu'elle pensait. Ce laps de temps lui suffirait-il pour accomplir ce qu'elle avait en tête ? Dans le fond, si c'était un coup d'épée dans l'eau, personne ne le saurait. Et elle ne pouvait pas partir avec ce doute.

Trois heures. Il faudrait que cela lui suffise.

Elle avait loué une voiture et roulait depuis environ une heure. Les sommets des montagnes se découpaient sur le ciel devant elle. Des maisons en bois, au toit incliné. De la fumée grise, qui sentait la résine, sortait des cheminées. Le bois rangé dans les cours. À travers les fenêtres, une lumière ocre et confortable.

Sur la route nationale 115, Mila avait pris la sortie 25. Elle se dirigeait vers le collège de Debby Gordon. Elle voulait voir sa chambre. Elle était convaincue d'y trouver un élément qui la relie à la fillette numéro six, à son nom. Même si, selon l'inspecteur chef Roche, c'était désormais totalement inutile, Mila ne pouvait pas laisser derrière elle cette identité non dévoilée. C'était un petit geste de pitié. La disparition de la sixième fillette n'avait pas encore été diffusée, aussi personne n'avait encore eu la possibilité de pleurer la sixième victime. Et personne ne le ferait sans un nom, Mila le savait. Sinon, elle deviendrait une tache blanche sur une pierre tombale, une pause silencieuse à la fin d'une brève liste de noms, un simple numéro à ajouter à la froide comptabilité de la mort. Et elle ne pouvait pas laisser faire ça.

En réalité, une autre idée l'obsédait, pour laquelle elle avait fait tous ces kilomètres. C'était à cause de son frisson à la base du cou…

Quand la policière arriva à destination, il était vingt et une heures passées. Le collège se trouvait dans une jolie petite bourgade à mille deux cents mètres d'altitude. À cette heure-là, les routes étaient désertes. Le bâtiment scolaire se trouvait un peu en dehors du village, sur une colline entourée d'un beau parc, avec un manège équestre et des terrains de tennis et de basket. Pour y arriver, il fallait parcourir une longue allée, où s'attardaient les élèves qui revenaient des activités sportives. Leurs rires cristallins enfreignaient la consigne de silence.

Mila les dépassa et se gara sur la place. Puis elle se présenta au secrétariat et demanda à visiter la chambre de Debby, en espérant que personne ne fasse d'histoires. Après s'être entretenue avec son supérieur, l'employée revint lui dire qu'elle pouvait y aller. Heureusement, après leur conversation téléphonique la mère de Debby avait téléphoné pour annoncer sa visite. L'employée lui remit un badge où était inscrit « Visiteur » et lui indiqua le chemin.

Mila avança dans les couloirs, jusqu'à l'aile qui abritait les chambres des pensionnaires filles. Elle n'eut aucun mal à trouver celle de Debby. Ses camarades avaient recouvert la porte d'autocollants et de petits mots colorés disant qu'elle allait beaucoup leur manquer, qu'elles ne l'oublieraient jamais. Y compris le très prévisible *Tu resteras pour toujours dans nos cœurs.*

Elle repensa à Debby, aux coups de fils passés à ses parents pour qu'ils la ramènent chez elle, à la solitude qu'une fillette de son âge, timide et un peu gauche, peut ressentir dans un endroit comme celui-là. Pour cette raison, elle trouva que les billets étaient de mauvais goût, manifestation hypocrite d'une affection tardive. *Vous auriez pu faire attention à elle quand elle était là. Ou quand quelqu'un l'a enlevée sous vos yeux.*

Au fond du couloir, on entendait des cris et un joyeux chahut. Mila enjamba les restes de bougies désormais éteintes que quelqu'un avait disposées le long de la porte en guise de souvenir et s'introduisit dans le refuge de Debby.

Quand elle referma la porte derrière elle, le silence se fit. Elle tendit la main vers une lampe et l'alluma. La chambre était petite. Face à la porte, une fenêtre donnait directement sur le parc. Contre le mur, des étagères pleines de livres surplombaient un bureau très bien rangé. Debby aimait lire. Sur la droite il y avait la porte de la salle de bains, fermée, et Mila décida qu'elle y jetterait un coup d'œil en dernier. Sur le lit, plusieurs peluches regardaient la policière de leurs yeux froids et inutiles, et elle se sentit de trop. La pièce était entièrement tapissée de posters et de photos de Debby chez elle, avec les camarades de son ancienne école, ses amies et son chien Sting. Tout ce à quoi elle s'était arrachée pour fréquenter ce collège très sélect.

Debby, malgré son jeune âge, cachait en elle les traits d'une très belle femme, observa Mila. Ses camarades s'en seraient rendu compte trop tard, et se seraient repentis de ne pas avoir su voir plus tôt le cygne dissimulé dans ce vilain petit canard perdu. Mais, à ce moment-là, elle les aurait sciemment ignorés.

Elle repensa à l'autopsie à laquelle elle avait assisté, au moment où Chang avait libéré le visage du plastique et que la barrette avec le cygne blanc était apparue dans les cheveux. Son assassin l'avait peignée, et Mila se rappela s'être dit qu'il l'avait faite belle pour eux.

« En fait non, elle était belle pour Alexander Bermann… »

Son regard fut attiré par une portion de mur qui était bizarrement restée vide. Elle s'en approcha et découvrit que le plâtre était écaillé à plusieurs endroits. Comme si quelque chose avait été accroché mais n'y était plus. D'autres photos ? Mila eut la sensation que ce lieu avait été violé. D'autres mains, d'autres yeux avaient parcouru le monde de Debby, ses objets, ses souvenirs. Peut-être était-ce sa mère qui avait pris les photos sur le mur, elle allait devoir le vérifier.

Elle réfléchissait encore à tout cela quand un bruit la fit sursauter. Il venait de dehors. Pas du couloir, mais de derrière la porte de la salle de bains.

Elle porta instinctivement sa main à sa ceinture, à la recherche de son pistolet. Quand elle l'eut fermement en main, elle se risqua à se lever de là où elle était, pour se mettre juste en face de la salle de bains, l'arme en joue. Encore un bruit. Plus net, cette fois. Oui, il y avait quelqu'un là-dedans. Quelqu'un qui ne s'était pas aperçu de sa présence. Quelqu'un qui, comme elle, avait pensé que c'était la meilleure heure pour s'introduire dans la chambre de Debby et voler quelque chose... Des preuves ? Son cœur battait la chamade. Elle n'allait pas entrer, elle allait attendre.

La porte s'ouvrit d'un coup. Mila bougea son doigt du cran de sûreté à la détente. Puis, heureusement, elle s'arrêta. La jeune fille, effrayée, écarta les bras, laissant tomber ce qu'elle avait à la main.

— Qui es-tu ? lui demanda Mila.

— Je suis une amie de Debby, balbutia-t-elle.

Elle mentait, Mila en était parfaitement consciente. Elle remit son pistolet dans sa ceinture et regarda les objets qui étaient tombés par terre. Il y avait un petit flacon de parfum, des bouteilles de shampoing et un chapeau rouge à larges bords.

— Je suis venue reprendre des affaires que je lui avais prêtées. (Mais cela sonnait comme une excuse.) Les autres aussi sont passées, avant moi...

Mila reconnut le chapeau rouge sur l'une des photos accrochées au mur. C'était Debby qui le portait. Et elle comprit qu'elle était témoin d'une activité de pillage auxquelles les camarades de Debby se consacraient probablement depuis quelques jours. Il n'aurait pas été étrange que l'une d'elles ait même pris les photos accrochées au mur.

— D'accord, dit-elle sèchement. Mais maintenant, file.

La fillette hésita un instant, puis elle ramassa ce qui était tombé à terre et sortit de la pièce. Mila la laissa faire. C'est ce que Debby aurait voulu. Ces objets ne pouvaient pas servir à sa mère, qui allait se sentir coupable toute sa vie de l'avoir envoyée là. Dans le fond, elle trouvait que Mme Gordon avait en quelque sorte « de la chance » – si on pouvait parler de chance, dans ces cas-là – d'avoir au moins le corps de sa fille sur lequel pleurer.

Mila entreprit donc de fouiller parmi les cahiers et les livres. Elle voulait un nom, elle allait le découvrir. Certes, cela aurait été plus simple si elle avait trouvé le journal intime de Debby. Elle était sûre qu'elle en avait un, à qui elle confiait ses tristesses. Et, comme toutes les jeunes filles de son âge, elle le gardait dans un endroit secret, pas trop loin du cœur, où elle pouvait le prendre dès qu'elle en avait besoin. « Et quand avons-nous le plus besoin de nous réfugier dans ce que nous avons de plus cher ? La nuit. » Elle se pencha sur le lit, passa la main sous le matelas et tâtonna jusqu'à trouver quelque chose.

C'était une boîte en fer-blanc avec des petits lapins argentés, fermée par un petit cadenas.

Elle la posa sur le lit et regarda autour d'elle, à la recherche de l'endroit où pouvait être cachée la clé. Mais elle se rappela soudain l'avoir vue, pendant l'autopsie du cadavre de Debby. Elle était accrochée au bracelet qu'elle portait au poignet.

Elle l'avait rendue à sa mère, et maintenant elle n'avait plus le temps de la récupérer. Alors elle décida de profaner la boîte. En faisant levier avec un stylo à bille, elle réussit à faire sauter les anneaux autour desquels était fermé le cadenas. Puis elle souleva le couvercle. À l'intérieur, il y avait un pot-pourri d'épices, de fleurs séchées et de bois parfumés. Une épingle à nourrice tachée de rouge dont elle avait dû se servir pour le rituel avec sa sœur de sang. Un mouchoir en soie brodé. Un ours en plastique avec les oreilles mordillées. Les bougies d'un gâteau d'anniversaire. Le trésor de souvenirs d'une adolescente.

Mais pas de journal.

Bizarre. Les dimensions de la boîte et le peu de place occupée par le reste laissaient imaginer qu'il y avait autre chose dedans. Et justifiaient aussi le fait que Debby sente le besoin de préserver le tout avec un cadenas. Ou peut-être n'y avait-il simplement pas de journal.

Déçue, Mila regarda sa montre : elle avait raté son train. Autant rester là et chercher quelque chose pouvant la conduire à la mystérieuse amie de Debby. Un peu plus tôt déjà, tandis qu'elle observait les affaires de la jeune fille, elle avait éprouvé à nouveau cette sensation indéfinissable.

*Ce frisson à la base du cou.*

Elle ne pouvait pas partir avant d'avoir compris de quoi il s'agissait. Mais elle avait besoin de quelqu'un ou de quelque chose auquel ses pensées fuyantes puissent s'accrocher, qui puisse les orienter. Malgré l'heure tardive, Mila prit une décision difficile mais nécessaire.

Elle composa le numéro de téléphone de Goran Gavila.

— Professeur Gavila, c'est Mila…

Le criminologue, très étonné, ne dit rien pendant quelques secondes.

— Que puis-je faire pour toi, Mila ?

Son ton était-il agacé ? Non, c'était juste une impression. La policière lui expliqua qu'elle aurait dû être dans le train, mais qu'elle se trouvait dans la chambre de Debby Gordon au collège. Elle préféra lui dire toute la vérité, et Goran l'écouta. Quand elle eut terminé, il y eut un long silence à l'autre bout du fil.

Mila ne pouvait pas le savoir, mais Goran, une tasse de café fumant à la main, regardait fixement les placards de sa cuisine. Il était encore debout parce qu'il avait à plusieurs reprises tenté de contacter Roche pour empêcher son suicide médiatique, sans succès.

— Peut-être y sommes-nous allés un peu vite, avec Alexander Bermann.

Mila se rendit compte que Goran avait parlé d'une toute petite voix, comme si cette phrase avait du mal à sortir de sa bouche.

— Je le crois aussi, admit-elle. Et vous, comment y êtes-vous arrivé ?

— Dans son coffre, il y avait Debby Gordon. Et pourquoi pas plutôt la dernière fillette ?

Mila reprit l'explication de Stern à ce fait étrange :

— Peut-être que Bermann avait fait des erreurs en dissimulant le cadavre, des faux pas qui auraient pu le faire découvrir, alors il le déplaçait dans une meilleure cachette.

Goran écouta, perplexe. Sa respiration se fit cadencée.

— Que se passe-t-il, j'ai dit quelque chose qui ne va pas ?

— Non. Mais tu n'avais pas l'air très convaincue, en le disant.

— Non, en effet, convint-elle après avoir réfléchi.

— Il manque quelque chose. Ou plutôt, il y a quelque chose qui n'est pas en harmonie avec le reste.

Mila savait qu'un bon policier vit de perceptions. On n'en parle jamais dans les rapports officiels : pour eux, seule vaut la comptabilité des « faits ». Mais, vu que c'était Goran qui avait abordé le sujet, Mila se hasarda à lui parler de ses sensations.

— La première fois, c'est arrivé pendant le rapport du médecin légiste. Comme une fausse note. Mais je n'ai pas pu la retenir, je l'ai perdue tout de suite.

*Ce frisson à la base du cou.*

Elle entendit Goran déplacer une chaise, et elle s'assit elle aussi. Puis c'est lui qui parla :

— Essayons, par hypothèses, d'exclure Bermann...

— D'accord.

— Imaginons que l'auteur de tout ceci soit quelqu'un d'autre. Disons que ce type est sorti de nulle part et a mis une fillette avec un bras en moins dans le coffre de Bermann...

— Bermann nous l'aurait dit, pour écarter les soupçons de lui, affirma Mila.

— Je ne crois pas, répliqua Goran, sûr de lui. Bermann était un pédophile : il n'aurait rien détourné du tout. Il savait bien qu'il était coincé. Il s'est tué parce qu'il n'avait plus de planche de salut, et pour couvrir l'organisation dont il faisait partie.

Mila se rappela que le maître de musique s'était tué, lui aussi.

— Alors, que devons-nous faire ?

— Repartir d'Albert, le profil neutre et impersonnel que nous avons élaboré au départ.

Pour la première fois, Mila se sentit vraiment impliquée dans l'affaire. Le travail d'équipe était une expérience nouvelle, pour elle. Et collaborer avec le professeur Gavila n'avait rien pour lui déplaire. Elle le connaissait depuis peu, mais elle avait déjà appris à lui faire confiance.

— Le présupposé est que l'enlèvement des jeunes filles et le cimetière de bras ont une raison. Peut-être absurde, mais une raison. Et, pour l'expliquer, il nous faut connaître notre homme. Plus nous le connaîtrons, plus nous réussirons à le comprendre. Plus nous le comprendrons, plus nous pourrons nous approcher de lui. C'est clair, ça ?

— Oui... Mais quel est mon rôle, exactement ? demanda-t-elle.

Goran parla plus bas, la voix chargée d'énergie :

— C'est un prédateur, non ? Alors apprends-moi à chasser...

Mila ouvrit le bloc-notes qu'elle avait sur elle. À l'autre bout du fil, il l'entendit feuilleter les pages. La policière se mit à lire ses notes sur les victimes.

— Debby, douze ans. Disparue au collège. Ses camarades se rappellent l'avoir vue sortir après les cours. Au collège, on ne s'est aperçu de son absence que pendant l'appel du soir.

Goran prit une gorgée de café et demanda :

— Maintenant, parle-moi de la seconde.

— Anneke, dix ans. Au début, tout le monde pensait qu'elle s'était perdue dans les bois... La numéro trois s'appelait Sabine, c'était la plus petite : sept ans. Cela s'est passé un samedi soir, alors qu'elle était avec ses parents à la fête foraine.

— Celle-ci, il l'a enlevée sur un manège, sous les yeux de ses parents. Et cela a alarmé tout le pays. Nous, l'équipe, nous sommes intervenus, et c'est alors qu'a disparu la quatrième.

— Melissa. La plus âgée : treize ans. Ses parents lui avaient imposé un couvre-feu, mais le jour de son anniversaire elle a fait le mur pour aller fêter ça au bowling avec ses amies.

— Elles s'y sont toutes retrouvées, sauf Melissa, rappela le criminologue.

— Caroline, il s'est introduit chez elle pour l'enlever dans son lit... Et puis, il y a la numéro six.

— Celle-là, plus tard. Restons sur les autres, pour l'instant.

Goran se sentait incroyablement en harmonie avec cette policière. Il n'avait pas ressenti ça depuis longtemps.

— Maintenant, j'ai besoin que tu réfléchisses avec moi, Mila. Dis-moi : comment se comporte notre Albert ?

— D'abord, il enlève une jeune fille qui est loin de chez elle et qui sociabilise peu. Comme ça, personne ne s'aperçoit de rien, ce qui lui laisse du temps...

— Du temps pour faire quoi ?

— C'est un test : il veut être sûr de réussir dans ce qu'il fait. Et, avec du temps devant lui, il peut toujours se débarrasser de la victime et disparaître.

— Pour Anneke, il est déjà plus détendu, mais il décide quand même de l'enlever dans les bois, loin des témoins... Et avec Sabine, comment se comporte-t-il ?

— Il l'enlève devant tout le monde : à la fête foraine.

— Pourquoi ? insista Goran.

— Pour la même raison que quand il enlève Melissa alors que tout le monde est sur ses gardes chez elle.

— Et quelle est cette raison ?

— Il se sent fort, il a pris confiance en lui.

— Bien, dit Goran. Continue… Maintenant, raconte-moi depuis le début l'histoire des sœurs de sang…

— Cela se fait quand on est jeune. On se pique le bout du doigt avec une épingle à nourrice et on unit ses doigts en récitant ensemble une comptine.

— Qui sont les deux fillettes?

— Debby et la numéro six.

— Pourquoi Albert la choisit-il? demanda Goran. C'est absurde. Les autorités sont alarmées, tout le monde cherche déjà Debby, et lui il revient pour enlever sa meilleure amie! Pourquoi courir un tel risque? Pourquoi?

Mila savait où le criminologue voulait en arriver mais, même si c'est elle qui le dit, c'était lui qui l'y avait amenée.

— Je crois que c'est une question de défi…

Ce dernier mot prononcé par Mila eut pour effet d'ouvrir une porte fermée dans la tête du criminologue, qui se leva de sa chaise et se mit à déambuler dans la cuisine.

— Continue…

— Il a voulu prouver quelque chose. Qu'il est le plus malin, par exemple.

— Le meilleur de tous. Il est évident qu'il s'agit d'un égocentrique, d'un homme souffrant d'un trouble narcissique de la personnalité… Maintenant, parle-moi de la numéro six.

Elle se sentit un peu perdue.

— Nous ne savons rien.

— Parle-m'en quand même. Fais avec ce que nous avons…

Mila reposa son bloc, maintenant elle était bien obligée d'improviser.

— D'accord, voyons voir… Elle a approximativement l'âge de Debby, parce qu'elles étaient amies. Donc, environ douze ans. L'analyse de la calcification osseuse le confirme, d'ailleurs.

— D'accord… Et ensuite?

— D'après l'expertise médico-légale, elle est morte de façon différente.

— C'est-à-dire? Rappelle-le-moi…

Elle chercha la réponse sur son bloc.

— Il lui a coupé un bras, comme aux autres. Mais dans son sang et dans ses tissus, il y avait des traces d'un cocktail de médicaments.

Goran se fit répéter les noms des médicaments répertoriés par Chang. Antiarythmiques comme la disopyramide, inhibiteurs ACE et Atenololo, qui est un bêtabloquant...

C'était ça, qui ne le convainquait pas.

– C'est ça qui ne me convainc pas, dit Mila. (Pendant un instant, Goran Gavila se demanda si cette femme lisait dans ses pensées.) Pendant la réunion, vous avez dit qu'ainsi Albert a ralenti le rythme cardiaque en faisant baisser sa tension. Et le docteur Chang a ajouté que son but était de ralentir l'hémorragie, pour la tuer plus lentement.

*Ralentir l'hémorragie. La tuer plus lentement.*

– Oui, c'est vrai, mais maintenant parle-moi de ses parents...

– Quels parents ? dit Mila qui ne comprenait pas.

– Je m'en fiche, s'il n'y a rien dans tes notes ! Ce sont tes pensées que je veux !

Comment savait-il pour ses notes ? se demanda-t-elle, secouée par cette réaction. Mais elle reprit son raisonnement.

– Les parents de la sixième fillette ne se sont pas présentés comme les autres pour le test ADN. Nous ne savons pas qui ils sont, parce qu'ils n'ont pas signalé la disparition.

– Pourquoi ne l'ont-ils pas signalée ? Peut-être qu'ils ne le savent pas encore ?

– Improbable.

*Ralentir l'hémorragie.*

– Peut-être qu'elle n'avait pas de parents ! Peut-être qu'elle était seule au monde ! Peut-être que tout le monde se fichait d'elle ! s'énerva Goran.

– Non, elle a une famille. Elle est comme toutes les autres, rappelez-vous. Fille unique, mère de plus de quarante ans, parents qui ont choisi de n'avoir qu'un enfant. Il ne change pas, parce que ce sont eux, ses vraies victimes : il est probable qu'ils n'auront plus jamais d'enfant. *Il a choisi les familles, pas les fillettes.*

– Tout à fait, dit Goran. Et alors, quoi ?

Mila y réfléchit un peu.

– Il aime nous défier. Il cherche le défi. Comme les deux sœurs de sang. C'est une énigme... Il nous met à l'épreuve.

*La tuer plus lentement.*

– Si les parents existent, et le savent, alors pourquoi n'ont-ils pas signalé la disparition ? insista Goran en laissant son regard flotter sur le sol de la cuisine. Il avait la sensation qu'ils étaient proches de quelque chose. Peut-être d'une réponse.

— Parce qu'ils ont peur.

La phrase de Mila éclaira tous les coins obscurs de la pièce. Et lui fit venir un prurit à la base du cou, une sorte de frisson...

— Peur de quoi?

La réponse découlait directement de ce que Mila venait de dire. En réalité, il n'y en avait pas besoin, mais ils voulaient quand même que cette idée soit transformée en mots, pour la capturer et éviter qu'elle ne s'évapore.

— Ses parents ont peur qu'Albert ne lui fasse du mal...

— Mais comment pourrait-il, si elle est déjà morte?

*Ralentir l'hémorragie. La tuer plus lentement.*

Goran s'arrêta, plia les genoux. Mila, elle, se leva.

— Il n'a pas ralenti l'hémorragie... Il l'a arrêtée.

Ils y arrivèrent ensemble.

— Oh, mon Dieu... dit-elle.

— Oui... elle est encore vivante.

# 11

*La fillette ouvre les yeux.*

*Elle respire profondément, comme si elle émergeait d'un abîme liquide, tandis que des petites mains invisibles la tirent encore vers le bas. Mais elle s'efforce de rester en équilibre dans son état de veille.*

*Une douleur soudaine à l'épaule gauche la fait revenir à elle.*

*La douleur est très forte, mais elle lui rend un peu de lucidité. Elle essaye de se rappeler où elle est. Elle a perdu le sens de l'orientation. Elle sait qu'elle est allongée sur le dos. La tête lui tourne et elle est entourée d'un rideau d'obscurité. Elle a certainement de la fièvre, et elle ne peut pas bouger : elle se sent comme écrasée vers le bas. Seules deux sensations percent le brouillard de son état de demi-sommeil. L'odeur d'urine et de roche, semblable à celle d'une caverne. Et l'écho répété et agaçant d'une goutte qui tombe.*

*Que s'est-il passé ?*

*Les souvenirs remontent un à un. Elle a envie de pleurer. Les larmes descendent le long de ses joues, mouillant ses lèvres sèches. Elle découvre qu'elle a soif.*

*Ils devaient aller au lac, ce week-end-là. Son papa, sa maman et elle. Cela faisait des jours qu'elle ne pensait qu'à cela. À cette sortie pendant laquelle son père devait lui apprendre à pêcher. Elle avait ramassé des vers de terre dans le jardin, qu'elle avait mis dans un bocal. Ils bougeaient, ils étaient vivants. Mais elle n'y avait pas fait attention. Ou mieux, elle n'avait pas considéré ce détail comme important. Parce qu'elle supposait que les vers de terre n'ont pas de sentiments. Aussi elle ne s'était pas demandé ce qu'ils ressentaient, enfermés là-dedans. Mais maintenant, elle se posait la question. Parce que c'était comme ça qu'elle se sentait. Elle avait de la peine pour eux, et pour elle-même. Et elle avait honte d'avoir été méchante. Elle espérait de tout son cœur que celui qui l'avait enlevée, arrachée à sa vie, était meilleur qu'elle.*

*Elle ne se rappelait pas bien ce qu'il s'était passé.*

*Elle s'était réveillée tôt pour aller à l'école, plus tôt que d'habitude, parce que c'était jeudi, et comme chaque jeudi son père ne pouvait pas l'accompagner parce qu'il faisait le tour de ses clients. Il vendait des produits pour coiffeurs, et en prévision de l'afflux de clients du week-end il les fournissait en laque pour les cheveux, en shampoing, et aussi en cosmétiques. Pour cette raison, elle devait aller à l'école toute seule. Elle le faisait depuis qu'elle avait neuf ans. Elle se rappelait encore la première fois qu'il l'avait accompagnée pendant le bref trajet jusqu'à l'arrêt de bus. Elle lui tenait la main en écoutant attentivement ses recommandations : par exemple, regarder des deux côtés avant de traverser, ou ne pas être en retard parce que le chauffeur ne l'attendrait pas, ou encore ne pas parler à des inconnus parce que cela peut être dangereux. Avec le temps, elle avait tellement intériorisé ces conseils qu'elle n'avait plus l'impression d'entendre la voix de son père les lui dire. Elle était devenue experte.*

*Ce jeudi matin-là, elle s'était levée avec une nouvelle joie au cœur. En plus de la sortie prochaine au lac, elle avait une autre raison d'être contente. Le pansement qu'elle avait sur le doigt. Dans la salle de bains, elle en avait enlevé une partie avec de l'eau chaude et elle avait regardé son doigt avec une sensation de fierté mêlée de douleur.*

*Elle avait une sœur de sang.*

*Elle avait hâte de la revoir. Mais cela ne serait que le soir, vu qu'elles n'allaient pas à la même école. Elles avaient rendez-vous à l'endroit habituel pour se raconter les nouveautés, parce que cela faisait quelques jours qu'elles ne s'étaient pas vues. Elles allaient jouer, faire des projets, et avant de se séparer elles se feraient à nouveau la promesse solennelle d'être amies pour toujours.*

*Oui, la journée allait être bonne.*

*Elle avait mis son livre d'algèbre dans son sac. C'était sa matière préférée, et ses notes en témoignaient. À onze heures, elle avait éducation physique, alors elle avait pris un justaucorps dans un des tiroirs de l'armoire et mis ses chaussures de sport et des chaussettes en éponge dans un sac en papier. Pendant qu'elle faisait son lit, sa mère l'avait appelée pour le petit déjeuner. À table, tout le monde était toujours très pressé. Ce matin-là n'avait pas été différent des autres. Son père, qui ne prenait qu'un café, était resté debout pour lire le journal. Il le tenait d'une seule main devant son visage, tandis que de l'autre il portait régulièrement sa tasse à ses lèvres. Sa mère était déjà au téléphone avec un collègue et elle lui avait servi ses œufs sans perdre un mot de son interlocuteur. Houdini était lové dans son panier et ne lui avait pas accordé un regard, depuis qu'elle était descendue. Son grand-père disait que, comme lui, ce chat avait la tension basse et donc qu'il était lent à démarrer le matin.*

Elle, ça faisait longtemps qu'elle ne souffrait plus de l'indifférence d'Houdini, ils avaient un pacte tacite de partage de l'espace et cela suffisait.

Quand elle eut terminé son petit déjeuner, elle mit son assiette sale dans l'évier et fit le tour de la cuisine pour embrasser ses parents. Et elle était partie.

Dehors, elle sentait encore sur sa joue les lèvres de son père humides de café. La journée était limpide. Les quelques nuages qui salissaient le ciel n'avaient rien de menaçant. Les prévisions disaient que le temps allait rester ainsi pendant tout le week-end. « Parfait, pour une partie de pêche », avait commenté son père. Cette promesse dans le cœur, elle s'était engagée sur le trottoir, en direction de l'arrêt de bus. En tout, cela faisait trente-neuf pas. Elle les avait comptés. Avec les années, ce nombre s'était progressivement réduit. Signe qu'elle grandissait. Elle recomptait périodiquement. Et alors qu'elle faisait le trente-neuvième pas, quelqu'un l'avait appelée.

Elle n'oublierait plus jamais ce nombre. Le point précis où sa vie avait été brisée.

Elle s'était tournée et l'avait vu. Cet homme souriant qui venait à sa rencontre n'avait pas un visage familier. Mais il l'avait appelée par son nom, et elle avait pensé que s'il la connaissait, il ne pouvait pas être dangereux. Pendant qu'il avançait vers elle, elle avait essayé de comprendre qui il était. Il avait accéléré le pas pour la rejoindre, elle l'avait attendu. Ses cheveux… ils étaient bizarres. Ils ressemblaient à ceux d'une poupée qu'elle avait petite. On aurait dit un postiche. Quand elle avait compris que l'homme portait une perruque, il était déjà trop tard. Elle n'avait même pas remarqué la camionnette blanche garée juste devant. Il l'avait attrapée, et en même temps il avait ouvert la porte du véhicule et y était entré avec elle. Elle avait essayé d'hurler, mais il avait une main sur sa bouche. La perruque avait glissé de sa tête et il lui avait collé un mouchoir mouillé sur le visage. Ensuite, les larmes soudaines et incontrôlables, des petits points noirs et des taches rouges devant les yeux qui brouillaient le monde. Et enfin, le noir.

Qui est cet homme ? Que lui veut-il ? Pourquoi l'a-t-il emmenée ici ? Où est-il, maintenant ?

Les questions fusent, mais restent sans réponses. Les images de sa dernière matinée de fillette s'évanouissent, et elle se retrouve à nouveau dans cette caverne – le ventre humide du monstre qui l'a engloutie. En compensation, cette confortable sensation de torpeur revient. N'importe quoi pourvu qu'elle ne pense pas à tout ça. Elle ferme les yeux, sombrant à nouveau dans la mer d'ombres qui l'entoure.

Elle ne s'est même pas aperçue que l'une de ces ombres est en train de l'observer.

# 12

Une neige abondante était tombée toute la nuit, se posant comme un silence sur le monde.

La température s'était adoucie et les routes étaient balayées par une brise légère. Tandis que l'événement météorologique tant attendu ralentissait tout, les membres de l'équipe avaient été pris d'une frénésie nouvelle.

Enfin, ils avaient un but. Une façon de remédier, même si c'était en partie seulement, à tout ce mal. Trouver la sixième fillette, la sauver. Et se sauver ainsi eux-mêmes.

– En espérant qu'elle soit toujours en vie, aimait à répéter Goran, désamorçant un peu l'enthousiasme des autres.

Chang avait été sermonné par Roche pour ne pas avoir atteint cette conclusion plus tôt. La presse n'avait pas encore été mise au courant de l'enlèvement d'une sixième fillette, mais en prévision l'inspecteur chef se préparait un alibi médiatique, et il avait besoin d'un bouc émissaire.

Entre-temps, il avait convoqué une équipe de médecins – chacun avec une spécialité différente – pour répondre à une seule question, fondamentale.

Combien de temps peut survivre une fillette dans ces conditions ?

La réponse n'avait pas été univoque. Les plus optimistes soutenaient que, avec les soins médicaux appropriés et sans infection, elle pouvait résister entre dix et vingt jours. Les pessimistes affirmaient que, malgré son jeune âge, avec une telle amputation l'espérance de vie réduisait au fil des heures, et qu'il était très probable que la fillette soit déjà morte.

Roche ne fut pas satisfait et décida de continuer quand même à soutenir publiquement qu'Alexander Bermann était le principal suspect. Bien que convaincu que l'agent commercial n'ait rien à voir avec la disparition des fillettes, Goran ne démentait pas la version officielle de son chef. Ce n'était pas une question de vérité. Roche ne pouvait pas perdre la face en revenant sur ses précédentes déclarations sur la culpabilité de Bermann. Cela aurait nui à son image, mais aussi à la crédibilité de leurs méthodes.

Au contraire, le criminologue était convaincu que cet homme avait en quelque sorte été « choisi » par le vrai responsable.

Albert était revenu au centre de leurs préoccupations.

— Il savait que Bermann était pédophile, dit Goran quand ils furent réunis. Pendant un moment, nous l'avons sous-évalué.

Un élément nouveau s'était inséré dans le profil d'Albert. Ils en avaient eu l'intuition pour la première fois quand Chang avait décrit les lésions sur les bras retrouvés, en définissant comme « chirurgicale » la précision avec laquelle le meurtrier avait porté le coup fatal. L'utilisation de médicaments pour ralentir la pression sanguine de la sixième fillette confirmait les capacités cliniques de leur homme. Enfin, le fait que probablement il la maintienne encore en vie laissait penser que l'homme connaissait très bien les techniques de réanimation et les indications de soins intensifs.

— Il pourrait être médecin, ou l'avoir été dans le passé, réfléchit Goran.

— Je m'occuperai d'effectuer une recherche dans les tableaux de l'ordre des médecins : peut-être qu'il a été radié, réagit Stern.

C'était un bon départ.

— Comment se procure-t-il les médicaments pour la maintenir en vie ?

— Excellente question, Boris. Nous vérifierons les pharmacies privées et celles des hôpitaux, pour savoir qui a demandé ces médicaments.

— Il a peut-être fait des réserves il y a des mois, fit remarquer Rosa.

— Surtout les antibiotiques : il en a besoin pour éviter les infections. Quoi d'autre ?

Apparemment, il n'y avait rien d'autre. Maintenant, il s'agissait seulement de découvrir où était la fille, vivante ou morte.

Dans la salle de réunion, tout le monde regarda Mila. C'était elle l'experte, la personne à consulter pour atteindre l'objectif qui donnerait un sens à leur travail.

— Il faut trouver un moyen pour communiquer avec la famille.

Les présents se regardèrent, jusqu'à ce que Stern demande :

— Pourquoi ? Maintenant, nous avons un avantage sur Albert : il ne sait pas encore que nous savons.

— Vous croyez vraiment qu'un esprit capable d'imaginer tout ceci n'a pas prévu tous nos mouvements à l'avance ?

— Si notre hypothèse est correcte, il la maintient en vie pour nous.

Gavila était intervenu pour défendre Mila, en soutenant sa nouvelle théorie.

— C'est lui qui mène le jeu, et la fillette est le prix final. C'est à qui sera le plus malin.

— Alors il ne va pas la tuer ? demanda Boris.

— Ce n'est pas lui qui la tuera. C'est nous.

Ce constat était dur à avaler, mais il constituait l'existence de ce défi.

— Si nous mettons trop de temps pour la trouver, la fillette mourra. Si nous l'énervons, d'une façon ou d'une autre, la fillette mourra. Si nous ne respectons pas les règles, la fillette mourra.

— Les règles ? Quelles règles ? demanda Rosa, cachant mal son angoisse.

— Celles qu'il a fixées, et que malheureusement nous ne connaissons pas. Les méandres de sa pensée sont obscurs pour nous, mais très clairs pour lui. Dans cette perspective, toute action de notre part peut être interprétée comme une violation des règles du jeu.

Stern acquiesça, pensif :

— Dans ce cas, s'adresser directement à la famille de la sixième fillette, c'est un peu comme favoriser son jeu.

— Oui, dit Mila. C'est ce qu'Albert attend de nous, en ce moment. Il compte dessus. Mais il est convaincu que nous échouerons, parce que ces parents ont trop peur pour se dévoiler, autrement ils l'auraient déjà fait. Il veut nous prouver que sa force de persuasion est plus puissante que toute tentative possible de notre part. Paradoxalement, il tente de se faire passer à leurs yeux pour le « héros » de cette histoire. C'est comme s'ils leur disaient qu'il est en mesure de sauver leur fille, qu'ils ne peuvent se fier qu'à lui… Vous vous rendez compte de la pression psychologique qu'il arrive à exercer ? Mais si nous arrivons à convaincre les parents de nous contacter, nous marquerons un point.

— Il y a quand même le danger de heurter sa sensibilité, protesta Sarah Rosa, qui n'avait pas l'air d'accord.

— C'est un risque à courir. Mais je ne crois pas qu'il ferait de mal à la fillette pour ça. Il nous punira, peut-être en nous enlevant du temps. Il ne la tuera pas tout de suite : il doit d'abord nous montrer l'ensemble de son œuvre.

Goran pensa que la vitesse avec laquelle Mila s'était appropriée les mécanismes de l'enquête était extraordinaire. Elle arrivait à tracer avec précision des lignes de conduite. Cependant, même si les autres l'écoutaient enfin, il ne serait pas facile pour elle de se faire définitivement accepter par ses collègues. Ils l'avaient tout de suite cataloguée comme présence étrangère, dont ils n'avaient pas besoin. Et leur opinion ne changerait pas de sitôt.

À ce moment-là, Roche décida qu'il en avait assez entendu et il décida d'intervenir :

— Nous ferons ce que suggère l'agent Vasquez : nous diffuserons rapidement la nouvelle de l'existence d'une sixième fillette et, en même temps, nous nous adresserons directement à sa famille. Grands dieux ! Montrons que nous avons des couilles ! Je suis fatigué d'attendre les événements, comme si ce monstre décidait vraiment de tout.

Certains furent étonnés de cette nouvelle attitude de l'inspecteur chef. Pas Goran. Sans s'en apercevoir, Roche ne faisait qu'utiliser la technique du tueur en série d'intervertir les rôles et, par conséquent, les responsabilités : s'ils ne trouvaient pas la fillette, ça ne serait que parce que les parents ne s'étaient pas fiés aux enquêteurs, et étaient restés dans l'ombre.

Cela dit, il y avait un fond de vérité dans ses paroles : le moment était venu d'essayer de provoquer les événements.

— Vous avez entendu ces charlatans, non ? D'après eux, il reste au maximum dix jours à cette jeune fille, dit Roche en regardant un à un les membres de l'équipe, très sérieux. J'ai décidé : on rouvre le Bureau.

À l'heure du dîner, pendant le journal télévisé, le visage d'un acteur célèbre apparut sur les écrans. Ils l'avaient choisi pour lancer l'appel aux parents de la sixième fillette. C'était un visage familier, et il conférerait la juste dose d'émotion à l'histoire. Évidemment, l'idée était de Roche. Mila la trouvait bonne : elle découragerait un certain nombre de personnes malintentionnées et de mythomanes d'appeler le numéro qui apparaissait sur l'écran.

Plus ou moins à l'heure où les téléspectateurs apprenaient, avec horreur et espoir, l'existence d'une sixième fillette encore en vie, ils prenaient possession de leur « Bureau ».

Il s'agissait d'un appartement situé au quatrième étage d'un immeuble anonyme proche du centre. Le bâtiment abritait surtout des bureaux secondaires de la police fédérale, pour la plupart administratifs et comptables, ainsi que les archives papier, aujourd'hui un peu désuètes, qui n'avaient pas encore été numérisées dans les nouvelles bases de données.

Autrefois, l'appartement faisait partie des logements sécurisés du Programme de protection des témoins et était utilisé pour accueillir ceux qui avaient besoin d'une couverture. Le Bureau était encastré entre deux appartements similaires. Pour cette raison, il était dépourvu de fenêtres. Le climatiseur était toujours en marche et le seul accès était la porte principale. Les murs étaient très épais et il y avait plusieurs systèmes de sécurité. Vu que désormais le logement n'était plus utilisé, ces dispositifs avaient été désactivés. Seule restait une lourde porte blindée.

Goran avait réclamé ce lieu, à l'époque où l'unité d'investigations pour les crimes violents avait été constituée. Il avait été simple pour Roche de le contenter : il s'était souvenu de cet appartement sûr, vide depuis des années. Le criminologue soutenait qu'il était nécessaire de vivre en huis clos le temps de l'enquête. Les idées pouvaient circuler plus facilement, et être partagées et élaborées sur le moment, sans médiation. La cohabitation forcée générait une certaine correspondance, qui servait à alimenter un seul cerveau en action. Le professeur Gavila avait emprunté à la New Economy ses méthodes pour la constitution de l'ambiance de travail, fait d'espaces communs et avec une distribution « horizontale » des fonctions, opposée à la répartition verticale habituellement en vigueur dans la police, liée à la division hiérarchique, qui génère souvent conflits et compétition. Dans le Bureau, au contraire, les différences étaient annulées, les solutions évoluaient et la contribution de chacun était requise, écoutée et considérée.

Quand Mila entra, elle se dit tout de suite que c'était *là*, l'endroit où étaient capturés les tueurs en série. Cela ne se passait pas dans le monde réel mais ici, entre ces murs.

Au centre de tout ceci, il n'y avait pas une simple chasse à l'homme, mais l'effort pour comprendre le dessein qui se cachait derrière une séquence apparemment incompréhensible de crimes atroces. La vision difforme d'un esprit malade.

Au moment précis où elle franchit le seuil, Mila comprit que ce pas marquait le début d'une nouvelle phase de l'enquête.

Stern portait un sac marron en faux cuir que sa femme lui avait préparé, il ouvrit le chemin. Boris, son sac à dos sur l'épaule. Puis Rosa et, en dernier, Mila.

Outre la porte blindée, il y avait une sorte de cage entourée de vitres antiprojectiles, qui accueillait autrefois les agents chargés de la surveillance. À l'intérieur, les écrans éteints du système vidéo, quelques chaises de bureau et un râtelier pour les armes, vide. Un deuxième seuil de sécurité, avec une grille électrique, séparait ce vestibule du reste de l'appartement. Autrefois, elle était actionnée par les gardiens, mais là elle était grande ouverte.

Mila remarqua une odeur de renfermé, d'humidité et de cigarette froide, et le ronflement incessant des ventilateurs du système de climatisation. Il n'allait pas être facile de dormir, il fallait qu'elle se procure des boules Quies.

Un long couloir séparait l'appartement en deux. Sur les murs, des feuilles de notes et des photos d'une ancienne affaire.

Le visage d'une belle jeune fille.

Aux coups d'œil que se lancèrent les autres, Mila comprit que l'affaire ne s'était pas conclue de la meilleure façon, et qu'ils n'étaient probablement plus revenus depuis.

Personne ne parla, personne ne lui expliqua quoi que ce soit. Seul Boris laissa échapper :

— Merde, ils auraient au moins pu enlever son visage des murs !

Les pièces étaient remplies de vieux meubles de bureau transformés, avec beaucoup de fantaisie, en armoires et commodes. Dans la cuisine, un bureau servait de table à manger. Le réfrigérateur était un vieux modèle, de ceux avec le gaz qui abîme la couche d'ozone. Quelqu'un avait pris la peine de le dégivrer et de le laisser ouvert, mais ne l'avait pas libéré des restes noircis d'un repas chinois. Il y avait une salle commune avec deux canapés, une télé et un endroit pour brancher les ordinateurs portables et les périphériques. Dans un coin, une machine à café. Çà et là, des cendriers sales et des déchets en tous genres, surtout des verres en carton d'un fast-food bien connu. Il n'y avait qu'une salle de bains, petite et malodorante. À côté de la douche, on avait posé un vieux trieur sur lequel traînaient des flacons de savon liquide et de shampoing à moitié vides, et un paquet avec cinq rouleaux de papier toilette. Deux pièces fermées étaient réservées aux interrogatoires.

Au fond de l'appartement se trouvait la chambre. Trois lits superposés et deux lits pliants posés contre le mur. Une chaise par lit, pour poser sa valise ou ses effets personnels. On dormait tous ensemble. Mila attendit que les autres prennent possession de leurs lits, imaginant que chacun avait le sien. En tant que dernière arrivée, elle prendrait celui qui resterait. Finalement, elle opta pour un des lits pliants. Le plus éloigné de Rosa.

Boris avait été le seul à se mettre en haut d'un lit superposé. « Stern ronfle », lui dit-il à voix basse en passant à côté d'elle. Le ton amusé et le sourire qui accompagnaient cette confidence laissèrent penser à Mila qu'il n'était plus fâché contre elle : tant mieux, cela faciliterait la cohabitation. Elle avait déjà partagé le même espace que des collègues à deux occasions, mais elle avait toujours eu assez de mal à entrer en contact avec eux. Même avec les représentantes du même sexe qu'elle. Tandis qu'au bout d'un moment une certaine camaraderie s'installait entre les autres, elle restait toujours à part, incapable de réduire la distance. Au début, elle en souffrait. Puis elle avait appris à se créer une « bulle de survie », une portion d'espace où ne pouvait entrer que ce qu'elle décidait, y compris les bruits et les sons, ainsi que les commentaires de ceux avec qui elle gardait ses distances.

Goran avait déjà mis ses affaires sur l'autre lit pliant. Il les attendait dans la salle principale. Celle que Boris, de sa propre initiative, avait baptisé « le Pensoir ».

Ils entrèrent en silence et le virent de dos, occupé à écrire sur le tableau la phrase : « Versé dans les techniques de réanimation et d'indications de soins intensifs : probablement médecin. »

Sur les murs étaient accrochées les photos des cinq fillettes, celles du cimetière de bras et de l'auto de Bermann, ainsi que les copies de tous les rapports concernant l'affaire. Dans une boîte à l'écart, Mila reconnut le visage de la belle jeune fille : le professeur avait sans doute décroché ces images du mur, pour les remplacer par les nouvelles.

Au centre de la pièce, cinq chaises disposées en cercle.

*Le Pensoir.*

Goran remarqua que Mila regardait le mobilier minimaliste et précisa :

— Cela nous sert pour focaliser. Il faut nous concentrer sur ce que nous avons. J'ai tout disposé selon une méthode qui me semble bonne mais, comme je le dis toujours, si quelque chose ne vous plaît pas, vous pouvez le changer. Déplacez ce que vous voulez. Dans cette pièce, nous sommes libres de faire ce qui nous passe par la tête. Les chaises sont une petite concession, mais le café et la douche seront des récompenses, nous devons les mériter.

— Parfait, dit Mila. Que devons-nous faire ?

Goran frappa une fois dans ses mains et indiqua le tableau où il avait commencé à marquer les caractéristiques de leur tueur en série.

— Il nous faut comprendre la personnalité d'Albert. Chaque fois que nous découvrirons un nouveau détail sur lui, nous le noterons ici... Tu connais ce truc d'entrer dans la tête des tueurs en série et d'essayer de penser comme eux ?

— Oui, bien sûr.

— Eh bien, oublie-le : c'est une bêtise. Ça ne marche pas. Notre Albert possède une justification intime pour tout ce qu'il fait, parfaitement structurée dans sa psyché. C'est un processus construit pendant des années d'expérience, de traumatismes ou de fantasmes. C'est pourquoi nous ne devons pas tenter d'imaginer ce qu'il va faire, mais nous efforcer de comprendre *comment* il en est arrivé à faire ce qu'il a fait. En espérant ainsi remonter à lui.

Mila se dit que la route d'indices tracée par le tueur s'était arrêtée après Bermann.

— Il va nous faire découvrir un autre cadavre.

— Je suis d'accord avec toi, Stern, mais pour le moment il manque quelque chose, tu ne crois pas ?

— Quoi donc ? demanda Boris, qui comme les autres n'avait pas encore compris où voulait en venir le criminologue.

Mais Goran Gavila n'était pas amateur de réponses faciles et directes. Il préférait les guider jusqu'à un certain point du raisonnement, en les laissant construire le reste tout seuls.

137

— Un tueur en série évolue dans un univers de symboles. Il suit un chemin ésotérique, démarré des années plus tôt dans l'intimité de son cœur, et qu'il continue maintenant dans le monde réel. Les fillettes enlevées ne sont qu'un moyen pour atteindre un objectif, un but.

— C'est une recherche du bonheur, ajouta Mila.

Goran la regarda.

— Exactement. Albert cherche une forme d'assouvissement, une rétribution non seulement pour ce qu'il fait, mais aussi pour ce qu'il est. Sa nature lui suggère une impulsion, il ne fait que la suivre. Et, ce faisant, il essaye de nous communiquer quelque chose…

Voilà ce qu'il manquait. Il manquait un signe. Quelque chose qui les conduise *au-delà* de l'exploration du monde intime d'Albert.

Sarah Rosa prit la parole.

— Sur le cadavre de la première fillette, il n'y avait aucune trace.

— C'est un constat raisonnable, approuva Goran. Dans la littérature sur les tueurs en série, y compris l'élaboration cinématographique de la figure, on sait bien que le tueur en série a tendance à « tracer » son parcours, à laisser aux enquêteurs des pistes à suivre… mais Albert ne l'a pas fait.

— Ou bien il l'a fait et nous ne nous en sommes pas rendu compte.

— Peut-être parce que nous ne sommes pas en mesure de lire ce signe, accorda Goran. Probablement parce que nous ne le connaissons pas encore assez. Voilà pourquoi le moment est venu de reconstruire les stades…

Ils étaient au nombre de cinq. Ils se référaient au *modus operandi*. Dans les manuels de criminologie, il était utilisé pour articuler l'action des tueurs en série, en la sectionnant en des moments empiriques précis qui pouvaient ensuite être analysés séparément.

On part de l'hypothèse que personne ne naît tueur en série, mais qu'on accumule passivement des expériences et des stimuli, comme une sorte d'incubation de la personnalité meurtrière, qui débouche ensuite sur la violence.

Le premier stade de ce procédé est celui de l'« imagination ».

— Avant de le chercher dans la réalité, l'objet du désir est longtemps fantasmé, dit Goran. Nous savons que le monde intérieur d'un tueur en série est un entrecroisement de stimuli et de tensions, mais quand cette intériorité n'est plus capable de les contenir, le passage à l'acte est inévitable. La vie intérieure, celle de l'imagination, finit par supplanter la vie réelle. C'est alors que le tueur en série modèle la réalité qui l'entoure selon son imagination.

– Quel est le fantasme d'Albert? demanda Stern en portant à sa bouche une énième pastille à la menthe. Qu'est-ce qui le fascine?

– Le défi le fascine, dit Mila.

– Peut-être qu'il a longtemps été, ou s'est senti, sous-évalué. Maintenant, il veut nous prouver qu'il est meilleur que les autres… et meilleur que nous.

– Mais ça, il ne l'a pas seulement « fantasmé », n'est-ce pas? demanda Goran, pas pour avoir une confirmation, mais parce qu'il considérait cette phase comme dépassée. Albert est déjà allé plus loin : il a planifié tous ses mouvements en prévoyant notre réaction. C'est lui qui a le contrôle. Et c'est ce qu'il nous dit : il se connaît bien lui-même, mais il nous connaît bien, aussi.

Le deuxième stade est l'« organisation », ou la « planification ». L'imagination mûrit et passe à la phase exécutive, qui débute immanquablement par le choix de la victime.

– Nous savons déjà qu'il ne choisit pas les fillettes mais les familles. Sa véritable cible, ce sont les parents, ceux qui ont choisi de n'avoir qu'un enfant. Il veut les punir pour leur égoïsme… La symbolisation de la victime n'émerge pas, ici. Les fillettes sont différentes les unes des autres, et elles n'ont pas le même âge, même si la différence n'est pas grande. Physiquement, elles n'ont pas de trait commun comme des cheveux blonds ou des taches de rousseur, par exemple.

– C'est pour cela qu'il ne les touche pas, dit Boris. Elles ne l'intéressent pas de ce point de vue.

– Pourquoi seulement des filles, alors, et pas aussi des garçons? demanda Mila.

Personne n'avait de réponse à cette question. Goran acquiesça, réfléchissant à ce détail.

– J'y ai pensé, moi aussi. Mais le problème est que nous ne connaissons pas l'origine de ses fantasmes. Souvent, l'explication est bien plus banale que ce que l'on pense. Cela peut être parce qu'il a été humilié par une de ses camarades de classe, qui sait… Il serait intéressant de connaître la réponse. Mais il n'y a pas encore d'éléments, aussi nous nous contenterons de ce que nous avons.

La façon dont Goran avait stigmatisé son intervention froissa Mila, qui était cependant convaincue que le criminologue n'en avait pas après elle. C'était comme si, d'une certaine façon, il était frustré de ne pas connaître la réponse.

La troisième phase était celle de la « tromperie ».

— Comment les victimes ont-elles été approchées ? Quel artifice Albert a-t-il dû mettre en œuvre pour les kidnapper ?

— Debby, devant son collège. Anneke, dans les bois où elle s'était aventurée avec son VTT.

— Il a enlevé Sabine sur un manège, devant tout le monde, dit Stern.

— Mais en fait chacun regardait son propre enfant, ajouta Rosa, avec un soupçon d'aigreur. Les gens s'en fichent, c'est la réalité.

— En tout cas, il l'a fait devant plein de monde. Il est terriblement habile, ce fils de pute !

Goran lui fit signe de se calmer, il ne voulait pas que la rage d'avoir été aussi grossièrement bernés prenne le dessus.

— Les deux premières, il les a enlevées dans des lieux isolés. Cela constituait une sorte de répétition générale. Quand il a pris confiance, il a enlevé Sabine.

— Avec elle, il a relevé le niveau du défi.

— N'oublions pas que personne ne le cherchait, à ce moment-là : ce n'est qu'avec Sabine que les disparitions ont été reliées entre elles et que la peur est née…

— Oui, mais reste le fait qu'Albert a réussi à la prendre devant ses parents. Il l'a fait disparaître comme par magie. Et je ne suis pas convaincu, comme le dit Rosa, que ceux qui étaient là s'en fichaient… Non, il a berné *aussi* ces gens-là.

— Bravo, Stern, c'est là-dessus que nous devons travailler, dit Goran. Comment Albert a-t-il réussi ?

— J'y suis : il est invisible !

La blague de Boris arracha un bref sourire aux présents. Mais pour Gavila, elle contenait un fond de vérité.

— Cela nous fait penser qu'il ressemble à un homme ordinaire, et qu'il a d'excellentes qualités de mimétisme : il s'est fait passer pour un père de famille quand il a pris Sabine sur son cheval sur le manège. Le tout en ayant devant lui combien, quatre secondes ?

— Il s'est immédiatement enfui, il s'est fondu dans la foule.

— Et la petite fille n'a pas pleuré? Elle n'a pas protesté? explosa Boris, incrédule.

— Tu connais beaucoup d'enfants de sept ans qui ne font pas de caprices à la fête foraine? lui fit remarquer Mila.

— Même si elle a pleuré, c'était une scène normale, pour ceux qui y assistaient, dit Goran en reprenant le fil du discours. Puis ça a été le tour de Melissa…

— L'alarme avait déjà été donnée. Elle était privée de sortie mais elle a quand même voulu aller en cachette retrouver ses amies au bowling.

Stern se leva de sa chaise, s'approchant de la photo accrochée au mur où Melissa souriait. L'image avait été prise dans l'annuaire de son école. Elle était la plus âgée, mais son physique encore tout jeune conservait les traits de l'enfance, et en plus elle n'était pas très grande. Elle aurait bientôt atteint la puberté, son corps aurait révélé des douceurs inattendues et les garçons se seraient enfin intéressés à elle. Pour l'instant, la légende de la photo n'exaltait que ses dons d'athlète et sa participation au journal des élèves en qualité de rédactrice en chef. Son rêve, devenir reporter, ne se réaliserait jamais.

— Albert l'attendait. Quel bâtard…

Mila le regarda : l'agent avait l'air choqué par ses propres paroles.

— Caroline, en revanche, il l'a enlevée dans son lit, chez elle.

— Tout était calculé…

Goran alla vers le tableau, prit un stylo et nota rapidement plusieurs points.

— Les deux premières, il les fait simplement disparaître. À son avantage, des dizaines de mineurs fuguent de chez eux chaque jour parce qu'ils ont eu une mauvaise note ou qu'ils se sont disputés avec leurs parents. Aussi personne ne relie les deux disparitions… La troisième doit clairement avoir l'air d'un enlèvement, pour que l'alerte soit donnée… Dans le cas de la quatrième, il savait déjà que Melissa ne résisterait pas à l'envie d'aller fêter son anniversaire avec ses copines… Et, enfin, pour la cinquième, il avait longuement étudié l'habitation et les habitudes de la famille, pour pouvoir rentrer tranquillement chez eux… Que peut-on en déduire?

— Que son stratagème est sophistiqué. Et, plus que contre les victimes, dirigée contre leurs gardiens : les parents, ou les forces de l'ordre, dit Mila. Il n'a pas besoin de mise en scène particulière pour

141

obtenir la confiance des jeunes filles : il les emmène de force, un point c'est tout.

Mila se rappela en revanche un certain Ted Bundy, qui portait un faux plâtre pour inspirer confiance aux étudiantes en ayant l'air vulnérable. Il se faisait aider à transporter des objets lourds et il les convainquait de monter à bord de sa coccinelle. Elles se rendaient compte trop tard qu'il n'y avait pas de poignée de leur côté...

Quand Goran eut fini d'écrire, il annonça le quatrième stade. Celui du « meurtre ».

— Le tueur en série répète chaque fois un « rituel » pour donner la mort. Il peut le perfectionner avec le temps, mais il ne change pas dans les grandes lignes. C'est sa marque de fabrique. Et chaque rituel est accompagné d'un symbolisme particulier.

— Pour l'instant, nous avons six bras et un seul cadavre. Il tue ses victimes en leur tranchant le bras tout net, sauf la dernière, comme nous savons, ajouta Sarah Rosa.

Boris récupéra le rapport du criminologue et lut :

— Chang dit qu'il les a tuées tout de suite après les avoir enlevées.

— Pourquoi tant de hâte ? demanda Stern.

— Parce que les fillettes ne l'intéressent pas, il s'en fiche de les garder en vie.

— Il ne les voit pas comme des êtres humains, intervint Mila. Pour Albert, elles ne sont que des objets.

« Y compris la numéro six », pensèrent-ils tous, sans avoir le courage de le dire. Il était évident qu'Albert se moquait qu'elle souffre ou non. Il comptait la garder en vie le temps d'atteindre son but.

Le dernier stade était celui de la « disposition des restes ».

— D'abord le cimetière de bras, ensuite Albert place un cadavre dans le coffre d'un pédophile. S'agit-il d'un message ?

Goran interrogea les autres du regard.

— Il nous dit qu'il n'est pas comme Alexander Bermann, affirma Sarah Rosa. Et même, il veut nous suggérer qu'il a été victime d'abus quand il était petit. C'est comme s'il nous disait : « Voilà, moi je suis ce que je suis parce que quelqu'un a fait de moi un monstre ! »

Stern secoua la tête.

— Il aime nous défier, créer du spectacle. Mais aujourd'hui, les unes des journaux n'en avaient que pour Bermann. Je doute qu'il veuille partager sa gloire avec quelqu'un d'autre. Il n'a pas choisi un pédophile par vengeance, il doit avoir d'autres raisons...

– Il y a aussi autre chose que je trouve bizarre... dit Goran en repensant à l'autopsie à laquelle il avait assisté. Il a lavé et arrangé le corps de Debby Gordon en l'habillant avec ses propres vêtements.

« Il l'a faite belle pour Bermann », pensa Mila.

– Nous ne savons pas s'il a fait de même pour toutes, ni si ce comportement fait partie de son rituel. Mais c'est étrange...

L'étrangeté à laquelle le professeur Gavila faisait allusion – et Mila, bien que n'étant pas experte, le savait bien – était que souvent les tueurs en série gardent quelque chose de leurs victimes. Un fétiche, ou un souvenir, pour revivre en privé cette expérience.

Posséder l'objet équivaut pour eux à posséder cette personne.

– Il n'a rien pris à Debby Gordon.

À peine Goran eut-il prononcé cette phrase que Mila pensa à la clé accrochée au bracelet de Debby, qui ouvrait la boîte en fer-blanc où elle était convaincue que la fillette conservait son journal intime.

– Fils de pute! s'exclama-t-elle presque sans s'en rendre compte.

Encore une fois, elle se retrouva soudain au centre de l'attention.

– Tu veux bien nous expliquer, ou bien...

Mila leva les yeux vers Goran.

– Quand je suis allée dans la chambre de Debby au collège, cachée sous son matelas, j'ai trouvé une boîte en fer-blanc : je pensais qu'elle renfermait son journal, mais non.

– Et alors? demanda Rosa avec suffisance.

– La boîte était fermée avec un cadenas. La clé était au poignet de Debby, et il est donc naturel de penser que, si elle seule pouvait l'ouvrir, ce journal n'existait donc pas... Mais en fait je me trompais : il devait y avoir un journal!

Boris se leva d'un bond.

– Il a été là-bas! Ce bâtard est entré dans la chambre de la fille!

– Et pourquoi aurait-il pris un tel risque? objecta Sarah Rosa, qui ne voulait pas donner raison à Mila.

– Parce qu'il prend toujours des risques. Ça l'excite, expliqua Goran.

– Mais il y a aussi une autre raison, ajouta Mila qui se sentait de plus en plus sûre de sa théorie. J'ai remarqué que des photos avaient disparu du mur : probablement celles de Debby avec la fillette numéro six. Il veut empêcher à tout prix que nous découvrions qui c'est !

— C'est pour ça qu'il a emporté son journal… Et il a refermé la boîte à clé… Pourquoi ?

Stern ne comprenait pas. Pour Boris, en revanche, c'était clair.

— Tu ne vois pas ? Le journal a disparu mais la boîte est fermée, et la clé toujours au poignet de Debby… Il nous déclare ainsi qu'il était le seul à pouvoir le prendre.

— Et pourquoi veut-il que nous le sachions ?

— Parce qu'il a laissé quelque chose là-bas… Quelque chose pour nous !

Le « signe » qu'ils cherchaient.

Encore une fois, le Pensoir avait porté ses fruits, prouvant à Goran la validité de cette méthode inductive.

Le criminologue s'adressa à Mila :

— Tu es allée là-bas, tu as vu ce qu'il y avait dans la chambre…

Elle essaya de se concentrer, mais ne trouva rien qui lui évoquât quelque chose.

— Et pourtant, il doit y avoir un signe ! l'encouragea Goran. Nous sommes sur la bonne voie.

— J'ai fouillé chaque recoin de cette pièce sans que rien n'attire mon attention.

— Il doit s'agir de quelque chose d'évident, tu ne peux pas l'avoir laissé échapper !

Mais Mila ne se rappelait rien. Stern décida alors qu'ils retourneraient sur le lieu pour une perquisition plus approfondie. Boris téléphona au collège pour annoncer leur arrivée, tandis que Sarah Rosa prévenait Krepp de les rejoindre le plus vite possible pour relever les empreintes.

À ce moment-là, Mila eut une illumination.

— C'est inutile, annonça-t-elle, retrouvant toute la confiance qu'elle semblait avoir perdue. Ce n'est plus dans la pièce.


Quand ils arrivèrent au collège, les camarades de Debby étaient alignées dans le salon où elles se réunissaient généralement pour les assemblées et pour la remise officielle des diplômes. Les murs étaient recouverts d'acajou marqueté. Les visages sévères des enseignants qui, au fil des ans, avaient contribué à la notoriété de l'établissement, scrutaient la scène de haut, protégés par leurs cadres précieux, l'expression du visage immobile dans le portrait qui les emprisonnait.

C'est Mila qui parla. Elle essaya d'être le plus gentille possible parce que les jeunes filles étaient déjà assez apeurées. La directrice du collège leur avait assuré à toutes l'impunité la plus totale. Et pourtant, à la frayeur qu'on lisait sur leurs visages, il était évident qu'elles ne se fiaient pas vraiment à cette promesse.

— Nous savons que certaines d'entre vous se sont rendues dans la chambre de Debby après sa mort. Je suis convaincue que ce geste était motivé par le souhait de posséder un souvenir de votre amie tragiquement disparue.

En disant ces mots, Mila croisa le regard de la collégienne qu'elle avait surprise dans la salle de bains de la chambre, les mains pleines d'objets divers. Si ce petit incident ne s'était pas produit, elle se serait retrouvée dans une impasse.

Sarah Rosa l'observait d'un coin de la salle, certaine qu'elle n'arriverait à aucun résultat. En revanche, Boris et Stern semblaient confiants. Goran se contentait d'attendre.

— J'aimerais beaucoup ne pas avoir à vous le demander, mais je sais combien vous étiez attachées à Debby. C'est pourquoi j'ai besoin que vous rapportiez ces objets ici, tout de suite.

Mila tenta d'être ferme.

— Je vous prie de ne rien oublier, même l'objet le plus insignifiant pourrait se révéler utile. Nous sommes convaincus qu'un élément a échappé aux investigations. Je suis certaine que chacune d'entre vous veut que l'assassin de Debby soit capturé. Et comme je sais aussi qu'aucune d'entre vous ne voudrait être accusée de rétention de preuves, je suis sûre que vous ferez votre devoir.

Cette dernière menace, bien que creuse, vu le jeune âge des pensionnaires, avait servi à souligner la gravité de leur comportement. Et aussi à donner une petite revanche à Debby, si peu considérée quand elle était en vie, mais objet de tant d'attention une fois morte, pour un pillage féroce.

Mila attendit, calibrant bien la durée de cette pause pour permettre à chacune de réfléchir. Le silence serait son meilleur instrument de persuasion, et elle savait que pour les jeunes filles chaque seconde était de plus en plus pesante. Elle s'aperçut que certaines échangeaient des regards. Aucune ne voulait être la première, c'était normal. Puis deux d'entre elles se mirent d'accord pour sortir des rangs au même moment. Cinq autres les suivirent. Les autres restèrent à leurs places.

Mila laissa passer encore une minute, en scrutant leurs visages à la recherche de quelque brebis galeuse n'ayant pas jugé nécessaire de se fondre dans le troupeau. Mais elle n'en trouva pas. Elle espéra que les sept coupables étaient bien les seules.

— Bien, les autres peuvent s'en aller.

Les filles ne se firent pas prier, elles partirent en hâte. Mila se tourna vers ses collègues et croisa le regard de Goran, impassible. Mais il eut soudain une attitude qui la déstabilisa : il lui décocha un clin d'œil. Elle aurait voulu lui sourire mais elle se retint, parce que les regards étaient rivés sur elle.

Au bout d'environ quinze minutes, les sept jeunes filles revinrent dans la salle, chacune portant des objets. Elles les posèrent sur la longue table où prenaient généralement place les enseignants en robe pendant les cérémonies. Puis elles attendirent que Mila et les autres passent les objets en revue.

C'étaient surtout des vêtements et des accessoires, et des jouets de petite fille comme des poupées et des peluches. Il y avait un lecteur mp3 de couleur rose, une paire de lunettes de soleil, des parfums, des sels de bain, une trousse en forme de coccinelle, le chapeau rouge de Debby et une console de jeux vidéo.

— Ce n'est pas moi qui l'ai cassée…

Mila leva les yeux sur la fillette dodue qui avait parlé. C'était la plus jeune de toutes, elle était âgée de huit ans au plus. Elle avait une longue tresse blonde et ses yeux bleus avaient du mal à retenir les larmes. La policière lui sourit pour la rassurer avant de regarder l'appareil de plus près. Puis elle le prit et le passa à Boris.

— C'est quoi, ce truc ?

Il le tourna et le retourna entre ses mains.

— Ça ne ressemble pas à une console.

Il l'alluma.

Une petite lumière rouge se mit à clignoter sur l'écran, émettant un son bref à intervalles réguliers.

— Je vous l'ai dit, elle est cassée. La petite balle ne va nulle part, s'empressa de préciser la fillette dodue.

Mila remarqua que Boris était soudain devenu livide.

– Moi je sais ce que c'est… Merde !

En entendant le gros mot de Boris, la fillette dodue écarquilla les yeux, incrédule et amusée que quelqu'un ait profané ce lieu aussi austère.

Mais Boris ne lui prêta aucune attention, tellement il était absorbé par l'objet qu'il avait entre les mains.

– C'est le récepteur d'un GPS. Quelque part, quelqu'un est en train de nous envoyer un signal.

## 13

L'appel télévisé à la famille de la sixième fillette ne portait pas ses fruits.

La plupart des appels provenaient de gens qui exprimaient leur solidarité et qui, de fait, ne faisaient qu'encombrer les lignes. Une grand-mère anxieuse de cinq petits-enfants avaient appelé au moins sept fois pour « prendre des nouvelles de cette pauvre fillette ». Au énième coup de fil, un agent l'avait gentiment priée de ne pas rappeler et, pour toute réponse, il s'était fait envoyer au diable.

— Quand tu essayes de leur montrer l'inconvenance de leur comportement, ils te disent que tu es insensible, fut le commentaire de Goran quand Stern le mit au courant.

Ils se trouvaient à bord de l'unité mobile, occupés à suivre le signal GPS.

Devant eux, les voitures blindées des unités spéciales, qui cette fois allaient conduire le show, comme le lui avait clairement communiqué Roche un peu plus tôt.

Toute cette prudence était dictée par le fait qu'ils ne savaient pas encore où Albert allait les conduire. Il pouvait aussi bien s'agir d'un piège. Mais Goran n'était pas de cet avis.

— Au contraire, il veut nous montrer quelque chose. Quelque chose dont il est sans doute très fier.

Le signal GPS avait été perçu dans une zone vaste de plusieurs kilomètres carrés. À cette distance, il était impossible de localiser précisément l'émetteur. Il fallait y aller en personne.

Dans l'unité mobile, la tension était palpable. Goran échangeait quelques mots avec Stern. Boris vérifiait le bon état de marche de l'arme qu'on lui avait donnée, puis vérifiait que son blouson

148

pare-balles adhérait bien à ses côtes. Mila observait par la fenêtre l'embranchement de l'autoroute, où les ponts et les rampes d'asphalte se croisaient.

Le récepteur GPS avait été remis au capitaine de l'unité spéciale, mais Sarah Rosa pouvait suivre sur l'écran de l'ordinateur ce que voyaient les collègues qui les précédaient.

Une voix annonça par radio : « Nous approchons. Le signal semble venir d'un point à un kilomètre devant nous. »

Ils se penchèrent tous pour regarder.

— Qu'est-ce que c'est que cet endroit ? demanda Rosa.

Mila aperçut de loin un énorme édifice en briques rouges, composé de plusieurs pavillons reliés entre eux et disposés en forme de croix. Le style était du gothique revu façon années 1930, sévère et sombre, typique des bâtiments ecclésiastiques de l'époque. Sur l'un des côtés se détachait un clocher. Juste à côté, une église.

Les véhicules blindés empruntèrent le large chemin en terre qui menait au bâtiment central. Arrivés sur la place, les hommes se préparèrent à faire irruption à l'intérieur.

Mila descendit avec les autres et leva les yeux vers l'imposante façade noircie par le temps. Une inscription en bas-relief se détachait sur le portail.

*Visitare Pupillos In Tribulatione Eorum Et Immaculatum Se Custodire Ab Hoc Saeculo.*

— « Secourir les orphelins dans leurs tribulations et les préserver de la contamination de ce monde », traduisit Goran pour elle.

Autrefois, cela avait été un orphelinat. Aujourd'hui, il était fermé.

Le capitaine fit un signe et les équipes se séparèrent pour s'introduire dans le bâtiment par les entrées latérales. Vu qu'il n'y avait pas de plan logistique, ils étaient contraints d'improviser.

Ils attendirent environ une minute, puis Mila et les autres entrèrent avec le capitaine par la porte principale.

La première salle était immense. Devant eux s'entrecroisaient deux escaliers qui conduisaient aux étages supérieurs. Une lumière trouble filtrait par la haute verrière. Seules maîtresses du lieu, quelques colombes, effrayées par ces présences étrangères, s'agitaient en battant frénétiquement des ailes autour de la lucarne, leurs ombres fuyantes projetées au sol. Le son des grosses chaussures des hommes des équipes spéciales qui inspectaient les pièces à tour de rôle résonnait en écho.

– Vide ! se hurlaient-ils chaque fois qu'une pièce était mise en sécurité.

Dans cette atmosphère irréelle, Mila regarda autour d'elle. Encore un collège dans le dessein d'Albert, mais très différent de l'établissement sélect fréquenté par Debby Gordon.

– Un orphelinat. Ici, au moins, ils étaient assurés d'avoir un toit et une éducation, commenta Stern.

Mais Boris tint à préciser :

– Ici, on n'envoyait que ceux qui n'étaient jamais adoptés : les enfants de détenus, ou de parents s'étant suicidés.

Ils attendaient tous une révélation. N'importe quoi qui brise cet enchantement de l'horreur aurait été bienvenu. Du moment que cela éclaire la raison de leur venue jusqu'ici. L'écho des pas cessa d'un coup. Au bout de quelques secondes, une voix sortit de la radio.

– Monsieur, on a quelque chose…

L'émetteur GPS se trouvait au sous-sol. Mila se mit à courir avec les autres dans cette direction, traversant les cuisines du collège avec leurs grosses marmites en fer, puis un énorme réfectoire, avec des chaises et des tables en bois aggloméré, recouverts de Formica bleu ciel. Elle descendit un étroit escalier en colimaçon, pour se retrouver dans une grande pièce basse de plafond. La lumière entrait par une rangée de soupiraux. Le sol était en marbre et descendait vers un couloir central où se déversaient les eaux sales. Les cuves alignées le long des murs étaient également en marbre.

– Sans doute le lavoir, dit Stern.

Les hommes des équipes spéciales avaient délimité un périmètre autour de l'une des cuves, tout en gardant leurs distances pour ne pas contaminer la scène. L'un d'eux enleva son casque et s'agenouilla pour vomir. Personne ne voulait regarder.

Boris franchit le premier la formation placée comme une frontière autour de l'indescriptible, et s'arrêta immédiatement, portant une main à la bouche. Sarah Rosa détourna le regard. Stern s'exclama :

– Que Dieu nous pardonne…

Le professeur Gavila resta impassible. Puis ce fut le tour de Mila.
*Anneke.*

Le corps gisait dans deux centimètres de liquide trouble.

La peau était cireuse et présentait déjà les premiers signes de décomposition post mortem. Et elle était nue. Dans la main droite, elle tenait l'émetteur GPS, qui continuait à pulser, absurde lueur de vie artificielle dans ce tableau de mort.

Anneke avait elle aussi le bras gauche tranché, ce qui désarticulait la posture de son buste. Mais ce n'était pas ce détail qui troublait les présents, ni l'état de conservation du corps, ni le fait de se trouver devant une obscénité innocente. C'était autre chose, qui avait provoqué cette réaction.

*Le cadavre souriait.*

# 14

Il s'appelait père Timothy. Il devait avoir environ trente-cinq ans. Cheveux blonds et fins, avec une raie sur le côté. Et il tremblait.

C'était le seul habitant du lieu.

Il occupait la maison paroissiale qui se trouvait à côté de la petite église : les seuls bâtiments de l'énorme complexe qui étaient encore utilisés. Le reste était à l'abandon depuis des années.

— Je suis ici parce que l'église est toujours consacrée, expliqua le jeune prêtre qui, désormais, n'officiait plus la messe que pour lui-même. Personne ne vient jusqu'ici. La banlieue est trop loin, et l'autoroute nous a complètement isolés du reste.

Il était là depuis à peine six mois. Il avait remplacé un certain père Rolf quand celui-ci avait pris sa retraite et, évidemment, il ignorait totalement ce qu'il s'était passé dans l'institut.

— Je n'y mets presque jamais les pieds, confessa-t-il. Qu'irais-je y faire ?

C'est Sarah Rosa et Mila qui l'avaient informé des raisons de leur irruption. Et de la découverte. Quand il avait appris l'existence de père Timothy, Goran avait préféré envoyer les deux femmes pour lui parler. Rosa faisait semblant de prendre des notes dans son calepin, mais on voyait bien qu'elle n'avait pas grand-chose à faire des paroles du prêtre. Mila tentait de le rassurer en lui disant que personne n'attendait rien de lui, et qu'il n'était responsable en rien de ce qu'il s'était passé.

— Malheureuse fillette ! s'était exclamé s'était exclamé le prêtre, avant de fondre en larmes, bouleversé.

— Quand vous vous en sentirez capable, nous voudrions que vous veniez nous rejoindre au lavoir, lui dit Sarah Rosa en ravivant son effroi.

– Et pourquoi cela ?

– Parce que nous pourrions avoir besoin de vous poser quelques questions sur les lieux : cet endroit est un vrai labyrinthe.

– Mais je viens de vous dire que je n'y suis entré que quelques fois, et je ne crois pas que...

Mila l'interrompit :

– Cela ne prendra que quelques minutes, quand nous aurons enlevé le cadavre.

Elle avait habilement placé cette information dans la conversation. Parce qu'elle avait compris que père Timothy ne voulait pas que l'image du corps meurtri d'une fillette s'imprime dans sa mémoire. Au fond, il devait continuer à vivre dans cet endroit lugubre. Et cela serait déjà assez difficile comme cela.

– Comme vous voudrez, finit-il par accepter en baissant la tête.

Il les accompagna à la porte, répétant qu'il était à leur disposition.

En revenant, Rosa fit exprès de précéder Mila de quelques pas, histoire de bien marquer la distance qu'il y avait entre elles. À un autre moment, Mila aurait réagi à la provocation. Mais là elle faisait partie d'une équipe, et elle devait en respecter les règles, si elle voulait mener son travail à bien.

Elle se promit de lui régler son compte plus tard.

Cependant, tout en formulant cette pensée, elle se rendit compte qu'elle tenait pour sûr qu'il y aurait une fin. Que, d'une manière ou d'une autre, cette horreur ferait un jour partie du passé.

C'est inhérent à la nature humaine, pensa-t-elle. La vie continue. Les morts sont enterrés, et avec le temps tout est métabolisé. Il ne resterait qu'un vague mémento dans leur âme, relique d'un inévitable processus d'autoconservation.

Pour tous. Mais pas pour elle, parce que ce soir elle ferait en sorte de rendre ce souvenir indélébile.

On peut retirer de nombreuses informations d'une scène de crime, aussi bien sur la dynamique des événements que sur la personnalité du meurtrier.

Si on ne pouvait pas vraiment considérer la voiture de Bermann comme une scène de crime, en revanche ce deuxième cadavre permettait de nombreuses déductions concernant Albert.

Pour cette raison, une analyse approfondie des lieux était nécessaire. À travers cette sorte de training collectif qui constituait la véritable force de l'équipe, il fallait définir plus nettement la figure de l'assassin qu'ils pourchassaient.

Malgré les tentatives de Sarah Rosa pour l'exclure du groupe, Mila avait fini par trouver sa place dans la chaîne d'énergies – comme elle l'avait rebaptisée quand elle y avait assisté à l'occasion de la découverte du premier cadavre dans la voiture de Bermann – et maintenant même Boris et Stern considéraient qu'elle faisait partie des leurs.

Une fois les hommes des forces spéciales congédiés, Goran et les siens avaient occupé la laverie.

La scène avait été figée par les lampes halogènes posées sur des tréteaux et reliées à un générateur, vu qu'il n'y avait pas l'électricité dans le bâtiment.

Rien n'avait encore été touché. Cependant, le docteur Chang était déjà au travail autour du cadavre. Il avait apporté dans une valise un étrange matériel composé d'éprouvettes, de réactifs chimiques et d'un microscope. Là, il était occupé à prélever un échantillon de l'eau trouble où était partiellement immergé le cadavre. Krepp allait bientôt arriver pour les empreintes.

Ils avaient environ une demi-heure devant eux, avant de laisser la place à la police scientifique.

– De toute évidence, nous n'avons pas affaire à une scène de crime primaire, commença Goran, sous-entendant qu'il s'agissait d'une scène secondaire, parce que la fillette était sans aucun doute morte ailleurs.

Dans le cas des tueurs en série, le lieu où les victimes sont retrouvées prime sur celui où elles ont été tuées. En effet, alors que l'homicide est un acte que le meurtrier se réserve à lui-même, tout ce qui suit devient un moyen pour partager l'expérience. À travers le cadavre de la victime, l'assassin instaure une sorte de communication avec les enquêteurs.

De ce point de vue, Albert n'était pas en reste.

– Il faut lire la scène. Comprendre le message qu'elle contient, et à qui il est destiné. Qui veut commencer ? Je vous rappelle qu'aucune opinion n'est à écarter a priori, aussi sentez-vous libres de dire ce qui vous passera par la tête.

Personne ne voulait être le premier. Trop de doutes s'accumulaient dans les esprits.

— Peut-être que notre homme a passé son enfance dans cet institut. Peut-être que sa haine, sa rancœur viennent d'ici. Il faudrait regarder dans les archives.

— Franchement, Mila, je ne crois pas qu'Albert veuille nous fournir des informations sur sa personne.

— Pourquoi?

— Parce que je ne pense pas qu'il veuille se faire capturer… Du moins pour l'instant. Dans le fond, nous n'avons trouvé que le deuxième cadavre.

— Je me trompe, ou parfois les tueurs en série veulent être pris par la police parce qu'ils ne se sentent pas capables d'arrêter de tuer?

— C'est une connerie, dit Sarah Rosa avec son arrogance habituelle.

— Il est vrai qu'être arrêté est souvent l'aspiration ultime d'un tueur en série, ajouta Goran. Pas parce qu'il n'arrive pas à se contrôler, mais plutôt parce qu'avec la capture il peut enfin sortir à découvert. Souvent, s'il a une personnalité narcissique, il veut être reconnu pour la grandeur de son œuvre. Et tant que son identité reste mystérieuse, il n'atteint pas son but.

Mila acquiesça, mais elle n'était pas totalement convaincue. Goran s'en rendit compte et s'adressa aux autres.

— Nous devrions peut-être récapituler comment nous nous y prenons pour reconstruire la relation qui existe entre la scène du crime et la façon dont le tueur en série s'organise.

C'était une leçon au profit de Mila. Mais cela ne la gêna pas. Il s'agissait de la mettre au même niveau que les autres. Et, à la réaction de Boris et de Stern, elle eut vraiment l'impression qu'ils ne voulaient pas qu'elle reste à la traîne.

C'est l'agent le plus âgé qui prit la parole. Il le fit sans regarder directement Mila, il ne voulait pas la mettre dans l'embarras.

— Selon l'état des lieux, nous classons les tueurs en série en deux grandes catégories : « désorganisés » et « organisés ».

Boris continua.

— Ceux du premier groupe sont désorganisés dans tous les aspects de leur vie. Ils ont échoué dans les relations humaines. Ils sont solitaires. Ils ont une intelligence inférieure à la moyenne, une culture modeste, et leur travail ne leur demande pas d'habileté particulière. Ils ne sont pas compétents sexuellement. De ce point de vue, ils n'ont eu que des expériences rapides et maladroites.

Goran reprit :

— Ce sont souvent des gens qui ont subi une discipline sévère dans leur enfance. Pour cette raison, de nombreux criminologues soutiennent qu'ils tendent à infliger à leurs victimes la même quantité de douleur et de souffrance qu'ils ont endurée. Ils nourrissent un sentiment de rage et d'hostilité qui n'est pas forcément visible aux yeux des gens qui les fréquentent habituellement.

— Le désorganisé ne planifie pas : il agit spontanément, intervint Rosa, qui ne voulait pas être exclue.

— Le manque d'organisation du crime rend le tueur anxieux au moment de la consommation, précisa Goran. C'est pour cela qu'il tend à agir près de lieux qui lui sont familiers, où il se sent à l'aise. L'angoisse et le fait de ne pas trop s'éloigner le poussent à commettre des erreurs, par exemple laisser des traces qui souvent le trahissent.

— Ses victimes, en général, se sont simplement trouvées au mauvais endroit au mauvais moment. Le désorganisé tue parce que c'est la seule façon qu'il connaisse pour entrer en relation avec les autres, conclut Stern.

— Et l'organisé, comment se comporte-t-il ? demanda Mila.

— En premier lieu, il est très malin, dit Goran. Il peut être difficile à identifier à cause de son parfait mimétisme : il a l'air d'un individu normal, respectueux des lois. Il a un quotient intellectuel élevé. Il est habile dans son travail. Il occupe souvent une position importante au sein de la communauté dans laquelle il vit. Il n'a pas subi de traumatismes particuliers pendant l'enfance. Il a une famille qui l'aime. Il est sexuellement compétent et n'a pas de problèmes dans ses relations avec l'autre sexe. Il tue par pur plaisir.

Cette dernière affirmation fit frissonner Mila. Mais elle ne fut pas la seule : pour la première fois Chang se désintéressa de son travail pour lever les yeux vers eux. Peut-être lui aussi se demandait-il comment un être humain peut éprouver de la satisfaction dans le mal qu'il inflige à un de ses semblables.

— C'est un prédateur. Il sélectionne ses victimes avec soin, en les choisissant généralement loin de là où il vit. Il est rusé, prudent. Il est capable de prévoir l'évolution des recherches sur son compte, en anticipant les mouvements des enquêteurs. Il est donc difficile à capturer : il se sert de l'expérience pour apprendre. L'organisé suit, attend et tue. Les actions peuvent être programmées pendant des jours, ou des semaines. Il repère sa victime. Il l'observe. Il s'insère dans sa vie, en recueillant des informations et en notant bien ses habitudes. Il cherche toujours à établir un contact, en adoptant un certain comportement ou en prétendant une certaine affinité, pour gagner sa confiance. Pour en avoir raison, il préfère les mots à la force physique. Son œuvre est un travail de séduction.

Mila se tourna pour regarder le spectacle de mort qui avait été mis en scène dans cette salle. Puis elle dit :

— Sa scène du crime sera toujours propre. Parce que son mot d'ordre est « contrôle ».

Goran acquiesça.

— Tu as bien cerné Albert, apparemment.

Boris et Stern lui sourirent. Sarah Rosa évita soigneusement son regard et fit semblant de regarder l'heure sur sa montre, en pestant contre cette perte de temps inutile.

— Messieurs dames, nous avons du nouveau…

Le membre silencieux du petit groupe avait parlé : Chang se mit debout, tenant entre ses mains une petite lamelle qu'il venait d'examiner avec son microscope.

— Qu'y a-t-il, Chang ? demanda le professeur Gavila, impatient.

Mais le médecin légiste avait l'intention de savourer le moment. Il avait une petite lueur de triomphe dans le regard.

— Quand j'ai vu le corps, je me suis demandé pourquoi il était immergé dans cette d'eau…

— Nous sommes dans un lavoir, affirma Boris comme si c'était la chose la plus évidente du monde.

— Oui, mais de même que l'électricité, l'installation hydraulique ne fonctionne plus depuis des années.

La révélation prit tout le monde au dépourvu. Surtout Goran.

— Alors, c'est quoi, ce liquide ?

— Tenez-vous bien, professeur… Ce sont des larmes.

# 15

L'homme est le seul animal qui a la capacité de rire ou de pleurer.

Ça, Mila le savait. Ce qu'elle ignorait, en revanche, c'est que l'œil humain produit trois types de larmes. Les larmes basales, qui humidifient et nourrissent continuellement le globe oculaire. Les larmes réflexes, qui sont produites automatiquement quand un corps étranger pénètre l'œil. Et les larmes émotives, qui sont associées à la douleur. Ces dernières ont une composition chimique différente : elles contiennent un pourcentage très élevé de manganèse et d'une hormone, la prolactine.

Dans le monde des phénomènes naturels, toute chose peut être réduite à une formule, mais expliquer pourquoi les larmes de douleur sont physiologiquement différentes des autres est pratiquement impossible.

Les larmes de Mila ne contenaient pas de prolactine.

C'était ça, son secret inavouable.

Elle n'était pas capable de souffrir. De ressentir de l'*empathie*, nécessaire pour comprendre les autres, et donc pour ne pas se sentir isolée au milieu du genre humain.

Avait-elle toujours été ainsi ? Ou bien quelque chose ou quelqu'un lui avait-il fait perdre cette capacité ?

Elle s'en était aperçue à la mort de son père. Elle avait quatorze ans. C'était elle qui l'avait trouvé, un après-midi, sans vie, dans le fauteuil du salon. On aurait dit qu'il dormait. Du moins, c'est ce qu'elle avait raconté quand on lui avait demandé pourquoi elle n'avait pas immédiatement appelé à l'aide, mais avait passé presque une heure à le veiller. La vérité était que Mila avait tout de suite compris qu'il n'y avait plus rien à faire. Mais elle n'était pas émerveillée par cet événement tragique. Ce qui l'étonnait était plutôt son incapacité à comprendre émotionnellement ce qu'elle avait devant les yeux. Son père – l'homme le plus important de sa vie, celui qui lui avait tout enseigné, son modèle – s'en était allé. Pour toujours. Mais elle n'avait pas le cœur brisé.

À l'enterrement, elle avait pleuré. Non pas parce que l'idée de l'inéluctable avait enfin fait naître le désespoir dans son âme, mais seulement parce que c'était ce qu'on attendait d'elle, sa fille. Ces larmes salées avaient été le fruit d'un énorme effort.

Elle se disait que c'était un blocage, juste un blocage. Que c'était le stress. Qu'elle était choquée. Que cela avait bien dû arriver à d'autres. Elle avait tout essayé. Elle s'était torturée de souvenirs pour se sentir coupable, au moins. Rien.

Elle n'arrivait pas à se l'expliquer. Alors elle s'était murée dans un silence impénétrable, sans permettre à personne de rien lui demander sur ses états d'âme. Même sa mère, après quelques tentatives, s'était résignée à être exclue de son élaboration toute personnelle du deuil.

Le monde la croyait accablée, brisée. En fait Mila, enfermée dans sa chambre, se demandait pourquoi elle n'avait qu'une envie, reprendre la vie quotidienne, enterrant cet homme dans son cœur aussi.

Avec le temps, rien n'avait changé. La douleur de la perte n'était jamais arrivée. Il y avait eu d'autres deuils. Sa grand-mère, une camarade d'école, d'autres parents. Là non plus, Mila n'avait rien ressenti, sinon l'envie d'archiver le dossier de la mort le plus vite possible.

À qui le confier ? On l'aurait regardée comme un monstre, une insensible, indigne de faire partie du genre humain. Seule sa mère, sur son lit de mort, avait saisi l'espace d'un instant l'indifférence de son regard, et elle avait retiré sa main de celle de sa fille, comme si elle avait soudain eu froid.

Une fois les occasions de deuil dans sa famille épuisées, il avait été plus simple pour Mila de simuler avec les étrangers ce qu'elle ne ressentait pas. Arrivée à l'âge où on commence à avoir besoin de contacts humains, souvent avec l'autre sexe, elle s'en était fait un problème. Elle se répétait qu'elle ne pouvait pas commencer une histoire avec un garçon si elle n'était pas capable d'avoir de l'empathie pour lui. Parce que, entre-temps, Mila avait appris à définir son problème ainsi. Le terme « empathie » – elle l'avait bien compris – remplaçait la « capacité de projeter ses propres émotions sur un sujet pour s'identifier à lui ».

C'est alors qu'elle alla consulter ses premiers psychanalystes. Certains ne savaient pas quoi lui répondre, d'autres lui disaient que la thérapie allait être longue et difficile, qu'il fallait beaucoup creuser pour retrouver ses « racines émotionnelles » et comprendre où s'était interrompu le flux de ses sentiments.

Tous étaient d'accord sur un point : il fallait combattre ce blocage.

Pendant des années, elle avait été en analyse, sans résultat. Elle avait changé plusieurs fois de thérapeute et elle aurait continué à l'infini si l'un d'eux – le plus cynique, et elle lui en serait éternellement reconnaissante – ne lui avait pas dit clairement : « La douleur n'existe pas. Comme toute la gamme des émotions humaines, du reste. C'est juste une question de chimie. L'amour n'est qu'une question d'endorphines. Avec une piqûre de Pentothal, je peux vous débarrasser de toute exigence affective. Nous ne sommes que de la chair. »

Elle s'était enfin sentie soulagée. Satisfaite, non, mais soulagée, oui ! Elle ne pouvait rien y faire : son corps était entré en « protection », comme cela arrive à certains appareils électroniques quand il y a surcharge et qu'ils doivent protéger leurs propres circuits. Ce psy lui avait également dit que, à un moment donné de leur existence, certaines personnes ressentent beaucoup de douleur, trop, beaucoup plus que ce qu'un être humain peut tolérer sur l'ensemble de sa vie. Alors, soit ils cessent de vivre, soit ils s'habituent.

Mila ne savait pas si elle pouvait considérer qu'elle s'était habituée, mais en tout cas elle était devenue ce qu'elle était. Une chasseuse d'enfants disparus. Trouver un remède à la souffrance des autres compensait ce qu'elle n'avait jamais vécu. Sa malédiction était devenue son talent.

Elle les sauvait. Elle les ramenait chez eux. Ils la remerciaient. Certains s'attachaient à elle et, en grandissant, venaient la voir pour se faire raconter leur histoire.

Ils la remerciaient de s'être occupée d'eux.

Et elle ne pouvait certes pas leur révéler ce qu'était en réalité sa « pensée », toujours la même pour chaque enfant qu'elle cherchait. Elle pouvait ressentir de la rage pour ce qui leur était arrivé – comme pour la fillette numéro six – mais elle n'éprouvait jamais de « compassion ».

160

Elle avait accepté son destin. Mais elle se posait quand même une question : serait-elle jamais capable d'aimer quelqu'un ?

Ne sachant répondre, Mila avait depuis longtemps vidé son cœur et son esprit. Elle n'aurait jamais d'amour, de mari, de fiancé, ou d'enfant, même pas d'animal. Parce que le secret est de n'avoir rien à perdre. Rien qu'on puisse vous prendre. Pour entrer dans la tête des gens qu'elle cherchait, elle créait autour d'elle le vide qu'il y avait autour d'eux.

Mais un jour, un problème s'était posé. Cela s'était passé après avoir libéré un petit garçon des griffes d'un pédophile qui ne l'avait enlevé que pour se payer du bon temps avec lui pendant le week-end. Il pensait le libérer trois jours plus tard parce que, dans son esprit malade, il ne faisait que « l'emprunter ». L'état dans lequel il l'aurait rendu à sa famille et à la vie lui importait peu. Il se justifiait en disant qu'il ne lui aurait jamais fait de mal.

Et tout le reste, alors ? Comment définissait-il le choc de l'enlèvement ? La captivité ? La violence ?

Il ne s'agissait pas d'une tentative désespérée pour trouver une légitimation, même faible, à ce qu'il avait fait. Il y croyait vraiment ! Parce qu'il était incapable de s'identifier à sa victime. Au bout du compte, Mila le savait : cet homme était comme elle.

Depuis ce jour, elle avait décidé qu'elle ne laisserait plus son âme se priver de cette mesure fondamentale des autres et de la vie qu'est la compassion. Si elle ne la trouvait pas en elle-même, elle la provoquerait artificiellement.

Mila avait menti à l'équipe et au docteur Gavila. En réalité, elle connaissait déjà clairement les tueurs en série. Ou du moins, un aspect de leur comportement.

Le sadisme.

Presque toujours, à la base du mode d'action d'un tueur en série, il y a des composantes sadiques marquées et profondes. Les victimes sont considérées comme des « objets » dont la souffrance et l'utilisation peut apporter un avantage personnel.

Le tueur en série, à travers l'utilisation sadique de la victime, ressent du plaisir.

On reconnaît souvent en lui l'incapacité à atteindre une relation mature et complète avec les autres, qui sont donc considérés comme des choses plutôt que comme des personnes. La violence n'est alors que la découverte d'une possibilité de contact avec le reste du monde.

Mila ne voulait pas que ça lui arrive, à elle aussi. Elle avait quelque chose en commun avec ces assassins incapables de pitié, et cela la rendait malade.

Après la découverte du cadavre d'Anneke, en sortant avec Rosa de chez le père Timothy, elle s'était à nouveau promis que le soir même elle rendrait indélébile le souvenir de ce qui était arrivé à cette fillette. Ainsi, à la fin de la journée, tandis que les autres retournaient au Bureau pour récapituler et ordonner les résultats de l'enquête, elle avait pris congé pour deux ou trois heures.

Puis, comme elle l'avait fait tant d'autres fois, elle était allée à la pharmacie. Elle avait acheté tout le nécessaire. Désinfectant, pansements, coton hydrophile, rouleau de bande stérile, aiguilles, fil de suture.

Et une lame.

Elle était retournée au motel, dans son ancienne chambre, avec une idée bien claire dans la tête. Elle ne l'avait pas rendue, elle continuait à payer les nuits, justement pour cette éventualité. Elle ferma les rideaux. Elle n'alluma qu'une des lampes de chevet. Elle s'assit et renversa le contenu du petit sac en papier sur le matelas.

Elle enleva son jean.

Après s'être versé un peu de désinfectant sur les mains, elle les frotta énergiquement. Puis elle imprégna du même liquide un morceau de coton hydrophile, et elle tamponna la peau à l'intérieur de sa jambe droite. Plus haut, il y avait une blessure déjà cicatrisée, produit d'une précédente tentative, maladroite. Mais cette fois elle allait être forte, faire comme il fallait. Elle arracha avec la bouche l'emballage de la lame. Elle la prit bien entre ses doigts. Elle ferma les yeux et baissa la main. Elle compta jusqu'à trois, puis caressa la peau à l'intérieur de la jambe. Elle sentit le fil de la lame s'enfoncer dans sa chair, et courir sur sa peau, en s'ouvrant en une plaie chaude.

La douleur physique l'irradia dans tout son fracas silencieux. Elle remonta de la plaie le long du corps. Elle atteint le sommet de sa tête, la nettoyant des images de mort.

« Ceci est pour toi, Anneke », dit Mila au silence.

Puis, enfin, elle pleura.

*Un sourire entre les larmes.*

Telle était l'image symbolique de la scène du crime. Et puis, fait qu'on ne pouvait ignorer, le corps de la seconde fillette avait été retrouvé nu dans un lavoir.

– L'intention serait de nettoyer sa création avec les larmes ? avait demandé Roche.

Mais Goran Gavila, comme à son habitude, ne croyait pas à ces explications simplistes. Jusque-là, le cerveau homicide d'Albert s'était montré trop raffiné pour tomber dans de telles banalités. Il se considérait comme supérieur aux tueurs en série qui l'avaient précédé.

Au Bureau, la fatigue était maintenant palpable. Mila était revenue du motel vers neuf heures du soir, les yeux congestionnés, boitant légèrement de la jambe droite. Elle était tout de suite allée s'allonger dans la chambre pour se reposer un peu, sans défaire son lit ni enlever ses vêtements. Vers onze heures, elle fut réveillée par Goran qui parlait à voix basse au téléphone dans le couloir. Elle resta immobile, pour donner l'impression qu'elle dormait. En réalité, elle écoutait. Il ne parlait pas à sa femme, mais à une nourrice, ou peut-être une gouvernante, qu'il appela madame Runa. Il lui demanda des nouvelles de Tommy – alors c'était comme ça que s'appelait son fils –, s'il avait mangé et fait ses devoirs, et si par hasard il avait fait des caprices. Goran murmura plusieurs fois tandis que Mme Runa lui donnait son compte-rendu. À la fin de la conversation, le criminologue promit de rentrer chez lui le lendemain, pour passer quelques heures avec Tommy.

Mila, recroquevillée dos à la porte, ne bougeait pas. Quand Goran raccrocha, il lui sembla qu'il s'était arrêté sur le seuil de la porte, et qu'il regardait dans sa direction. Elle apercevait en partie son ombre projetée sur le mur devant elle. Que se serait-il passé si elle s'était tournée ? Leurs regards se seraient croisés dans la pénombre. Peut-être que la gêne initiale aurait laissé la place à autre chose. Un dialogue entre leurs yeux. Mais était-ce vraiment cela dont Mila avait besoin ? Parce que cet homme exerçait une drôle d'attraction sur elle. Elle ne savait pas dire de quoi cet attrait était fait, exactement. Finalement, elle décida de se tourner. Mais Goran avait disparu.

Elle se rendormit vite.

— Mila... Mila...

Comme un murmure, la voix de Boris s'était insinuée dans un rêve d'arbres noirs et de routes sans but. Mila ouvrit les yeux et le vit, penché sur son lit pliant. Il ne l'avait pas touchée pour la réveiller. Il s'était limité à l'appeler. Mais il souriait.

— Quelle heure est-il ? J'ai dormi trop longtemps ?

— Non, il est six heures... Je sors, Gavila veut que j'interroge plusieurs anciens pensionnaires de l'orphelinat. Je me demandais si tu aurais envie de venir avec moi...

Elle ne s'étonna pas de cette proposition. D'ailleurs, vu l'embarras de Boris, elle comprit que cette idée ne venait pas de lui.

— D'accord, je viens.

Le grand gaillard acquiesça, reconnaissant de lui avoir évité d'insister.

Cinq minutes plus tard, ils se retrouvèrent sur le parking devant le bâtiment. Le moteur de la voiture tournait déjà et Boris l'attendait à l'extérieur de l'habitacle, adossé au véhicule, une cigarette entre les lèvres. Il portait une parka doublée qui lui arrivait presque aux genoux. Mila avait sur le dos son habituel blouson en cuir. En faisant ses bagages, elle n'avait pas prévu qu'il ferait si froid. Un soleil craintif, qui perçait entre les immeubles, avait à peine commencé à tiédir un peu les monceaux de neige sale accumulés aux coins des rues, mais cela ne durerait pas : une tempête était prévue pour l'après-midi.

— Tu devrais te couvrir un peu plus, tu sais, dit Boris en lui lançant un regard inquiet. Ici, à cette période de l'année, il gèle.

L'habitacle était chaud et accueillant. Un verre en plastique et un sachet en papier étaient posés sur le tableau de bord.

— Café et croissants chauds ?

— Et ils sont tous pour toi ! répondit-il en se souvenant de sa gloutonnerie.

Une proposition de paix, que Mila accepta sans faire de commentaire. La bouche pleine, elle demanda :

— Nous allons où, exactement ?

— Je te l'ai dit : interroger certains des anciens pensionnaires de l'institut. Gavila est convaincu que la mise en scène préparée avec le cadavre dans le lavoir n'est pas seulement un spectacle à notre attention.

— Peut-être que cela rappelle quelque chose du passé.

— Très lointain, si c'est le cas. Heureusement, ce genre d'endroits n'existe plus depuis presque vingt-huit ans. Depuis qu'ils ont modifié la loi.

Il y avait quelque chose de douloureux dans le ton de Boris, qui confessa :

— Tu sais, je suis allé dans un endroit comme ça, moi. J'avais environ dix ans. Je n'ai jamais connu mon père, et toute seule ma mère ne s'en sortait pas pour m'élever. Alors elle m'a placé là pendant quelque temps.

Mila ne savait pas quoi dire, troublée par cette révélation aussi personnelle. Boris s'en rendit compte.

— Il n'y a rien à dire, ne t'inquiète pas. D'ailleurs, je ne sais même pas pourquoi je te l'ai raconté.

— Je suis désolée, je ne suis pas quelqu'un de très expansif. Souvent, on me trouve froide.

— Pas moi.

Boris regardait la route. La circulation était ralentie par le givre qui recouvrait encore l'asphalte. La fumée des pots d'échappement stagnait dans l'air. Sur les trottoirs, les gens marchaient vite.

— Stern, que Dieu le préserve comme il est, a réussi à retrouver une douzaine d'anciens pensionnaires de l'institut. Nous en avons la moitié, lui et Rosa s'occupent des autres.

— Seulement une douzaine ?

— Ceux qui habitent la région. Je ne sais pas exactement ce que le professeur a en tête, mais s'il pense qu'on peut en tirer quelque chose…

La vérité était qu'il n'y avait pas d'alternatives et que, parfois, il faut se raccrocher à quelque chose pour faire repartir l'enquête.

Ce matin-là, ils interrogèrent quatre des anciens pensionnaires. Ils avaient tous plus de vingt-huit ans, et plus ou moins le même profil criminel. Collège, maison de redressement, prison, liberté conditionnelle, à nouveau prison, placement à l'essai par les services sociaux. Un seul avait réussi à s'en sortir, grâce à son Église : il était devenu le pasteur de l'une des nombreuses communautés évangéliques de la région. Deux autres vivaient d'expédients. Le quatrième était assigné à résidence pour trafic. Mais quand ils évoquaient le temps passé à l'institut, Mila et Boris remarquaient un trouble soudain. Des gens qui avaient connu la prison, la vraie, mais qui n'oublieraient jamais cet endroit.

— Tu as vu leurs visages? demanda Mila à son collègue après la quatrième visite. Tu crois que quelque chose de terrible s'est passé dans cet institut, toi aussi?

— Cet endroit n'était pas différent des autres du même genre, crois-moi. Je crois plutôt qu'il y a quelque chose de lié à la jeunesse. En grandissant, tout nous glisse dessus, même les pires choses. Mais quand on a cet âge-là, les souvenirs s'impriment dans la chair, et ne partent plus.

Chaque fois que, avec toutes les précautions nécessaires, ils racontaient l'histoire de la découverte du cadavre dans la laverie, les personnes interrogées se limitaient à secouer la tête. Ce symbolisme obscur ne représentait rien pour elles.

À la mi-journée, Mila et Boris s'arrêtèrent dans un snack où ils avalèrent en vitesse un sandwich au thon et un cappuccino.

Le ciel était devenu menaçant. Les météorologues ne s'étaient pas trompés : il allait bientôt se mettre à neiger.

Ils en avaient encore deux à rencontrer avant que la tempête ne les surprenne, les empêchant de rebrousser chemin. Ils décidèrent de commencer par celui qui habitait le plus loin.

— Il s'appelle Feldher. Il habite à une trentaine de kilomètres.

Boris était de bonne humeur. Mila aurait voulu en profiter pour lui poser des questions sur Goran. Cet homme l'intriguait : il lui semblait impossible qu'il ait une vie privée, une compagne, un fils. Sa femme, en particulier, était un mystère. Surtout après la conversation téléphonique que Mila avait surprise la veille au soir. Où était cette femme? Pourquoi n'était-elle pas chez elle, à s'occuper du petit Tommy? Pourquoi y avait-il cette Mme Runa, à sa place? Peut-être Boris aurait-il pu répondre à ces questions. Mais Mila, ne sachant pas comment aborder le sujet, finit par renoncer.

Ils arrivèrent chez Feldher à presque deux heures de l'après-midi. Ils avaient essayé d'appeler pour annoncer leur visite, mais la voix préenregistrée d'une compagnie téléphonique les avait informés que le numéro n'était plus actif.

— Apparemment, notre ami a quelques difficultés, avait été le commentaire de Boris.

En voyant l'endroit où il habitait, ils en eurent la confirmation. La maison – si on pouvait appeler ça une maison – se trouvait au milieu d'une décharge, entourée de carcasses de voitures. Un chien au pelage roux, qui avait l'air de rouiller lentement, comme tout le reste, les accueillit avec un hurlement rauque. Un homme d'une quarantaine d'années fit son apparition à la porte. Il ne portait qu'un tee-shirt crasseux et un jean, malgré le froid.

– Vous êtes monsieur Feldher ?

– Oui… Et vous, vous êtes qui ?

Boris se contenta de présenter sa carte de la main droite.

– Nous pouvons parler ?

Feldher n'avait pas l'air d'apprécier la visite, mais il leur fit signe d'entrer.

Il avait un ventre énorme et les doigts jaunis par la nicotine. L'intérieur de la maison lui ressemblait : sale et désordonné. Il leur servit du thé froid dans des verres dépareillés, s'alluma une cigarette et alla s'asseoir sur une chaise longue qui grinçait, leur laissant le canapé.

– Vous avez eu de la chance de me trouver. Je travaille, normalement.

– Et pourquoi pas aujourd'hui ? demanda Mila.

L'homme regarda dehors.

– La neige. Personne ne prend de manœuvres par ce temps. Et moi je suis en train de perdre plein de journées.

Mila et Boris tenaient leur thé entre leurs mains, mais aucun des deux ne buvait. Feldher n'avait pas l'air de s'en formaliser.

– Pourquoi vous n'essayez pas de changer de travail, dans ce cas ? lança Mila pour avoir l'air intéressée et instaurer un contact.

Feldher soupira.

– J'ai bien essayé ! Vous croyez que je n'ai pas essayé ? Mais ça s'est mal passé, ça aussi, comme mon mariage. Cette pute voulait mieux. Chaque sainte journée, elle me répétait que je ne valais rien. Maintenant, elle est serveuse, pour un salaire de misère, et elle partage un appartement avec deux crétines comme elle. Je l'ai vu, vous savez ? C'est un endroit géré par l'Église dont elle fait partie, maintenant ! Ils l'ont convaincue que même pour une bonne à rien comme elle, il y a de la place au paradis ! Vous vous rendez compte ?

Mila se rappela avoir vu au moins une douzaine de ces nouvelles églises le long de la route. Elles avaient toutes une grande enseigne au néon où, en plus du nom de la congrégation, figurait aussi leur slogan. Depuis quelques années, elles proliféraient dans la région, rassemblant des prosélytes, essentiellement des chômeurs de la grande industrie, des mères célibataires et des gens déçus par les Églises traditionnelles. Même si les confessions tenaient à se distinguer les unes des autres, elles avaient en commun l'adhésion inconditionnelle aux théories créationnistes, à l'homophobie, à l'opposition à l'avortement, à l'affirmation du principe selon lequel tout individu a le droit de posséder une arme et à la défense de la peine de mort.

Mila se demanda comment Feldher aurait réagi s'ils lui avaient dit que l'un de ses anciens compagnons à l'institut était devenu pasteur dans l'une de ces Églises.

— Quand vous êtes arrivés, j'ai cru que vous étiez des leurs : ils viennent jusqu'ici, pour prêcher leur évangile ! Le mois dernier, mon ex, cette garce, en a envoyé deux pour me convertir !

Il rit en dévoilant deux rangées de dents cariées. Mila tenta d'abandonner le sujet de son mariage et lui demanda, désinvolte :

— Vous faisiez quoi avant d'être manœuvre, monsieur Feldher ?

— Vous n'allez pas me croire... (L'homme sourit, jetant un coup d'œil à la crasse qui l'entourait.) Je tenais une petite laverie.

Les deux agents se retinrent de se regarder, pour ne pas révéler à Feldher à quel point ce qu'il venait de dire était intéressant. Mila remarqua que Boris laissa glisser une main sur son flanc, libérant l'étui de son pistolet. Elle se rappela qu'en arrivant elle avait remarqué que les portables ne captaient pas, dans cet endroit. Ils ne savaient pas grand-chose sur l'homme qui se tenait devant eux, et ils devaient se montrer prudents.

— Vous avez déjà été en prison, monsieur Feldher ?

— Seulement pour des petits délits, rien qui puisse empêcher un honnête homme de dormir la nuit.

Boris montra qu'il notait mentalement cette information. En même temps, il regardait fixement Feldher, pour le mettre mal à l'aise.

— Alors : que puis-je faire pour vous ? dit l'homme sans dissimuler un certain agacement.

— Nous savons que vous avez passé votre enfance et une grande partie de votre adolescence dans une institution religieuse, reprit Boris en marchant sur des œufs.

Feldher le dévisagea, suspicieux : comme les autres, il ne s'attendait pas à ce que les deux policiers se soient dérangés uniquement pour cette raison.

— Les meilleures années de ma vie, dit-il méchamment.

Boris lui expliqua les raisons qui les avaient amenés jusque-là. Feldher avait l'air de se réjouir d'être mis au courant des faits avant que l'histoire n'ait été servie à la presse.

— Je pourrais me faire plein d'argent en racontant ce truc aux journaux, fut son unique commentaire.

— Essayez, et nous vous arrêterons tout de suite, répondit Boris en le regardant fixement.

Le sourire sur le visage de Feldher s'éteignit. L'agent se pencha vers lui. C'était une technique d'interrogatoire, même Mila la connaissait. À moins d'avoir des liens particuliers d'affection ou d'intimité, on tend toujours à respecter une limite invisible. L'interrogateur quant à lui s'approche de la personne interrogée pour envahir sa sphère et la mettre mal à l'aise.

— Monsieur Feldher, je suis certain que vous vous amusez bien à accueillir les policiers qui viennent vous voir et leur refiler du thé dans lequel vous avez peut-être pissé, pour ensuite profiter de leur tête tandis qu'ils se tiennent là comme des cons, le verre à la main, sans avoir le courage de boire.

Feldher ne dit pas un mot. Mila regarda Boris, en se demandant s'il avait bien fait, vu la situation. Ils seraient vite fixés. Ensuite, l'agent posa tranquillement le thé sur la table basse, sans y avoir goûté, et regarda à nouveau l'homme dans les yeux.

— Maintenant, je veux que vous nous parliez de votre séjour à l'orphelinat...

Feldher baissa les yeux, et dit dans un murmure :

— On peut dire que j'y suis né, dans cet endroit. Je n'ai jamais connu mes parents. Ils m'ont emmené là dès ma naissance. Mon nom, c'est le père Rolf qui me l'a donné, il disait qu'il appartenait à un type qu'il avait connu et qui était mort jeune à la guerre. Je me demande bien pourquoi ce fou de prêtre pensait que ce nom, qui avait porté la poisse à l'autre, pouvait me porter bonheur, à moi !

Dehors, le chien aboya à nouveau et Feldher détourna l'attention pour le faire taire.

— Tais-toi, Koch ! J'en avais plein d'autres, avant. Cet endroit était une décharge. Quand je l'ai achetée, on m'a assuré qu'elle avait été assainie. Mais de temps à autre, quelque chose ressort : purin et saletés diverses et variées, surtout quand il pleut. Les chiens boivent ce truc, leur ventre gonfle, et en quelques jours ils crèvent. Il ne me reste plus que Koch, mais je crois qu'il va bientôt y passer, lui aussi.

Feldher s'écartait du sujet. Il n'avait pas envie de retourner avec eux dans ces lieux qui avaient probablement marqué son destin. Avec l'histoire des chiens morts, il essayait de négocier avec ses interlocuteurs pour qu'ils le laissent en paix. Mais ils ne pouvaient pas lâcher leur prise.

— Je voudrais que vous fassiez un effort, monsieur Feldher... dit Mila en essayant d'être convaincante.

— D'accord, je vous écoute...

— Je voudrais que vous nous disiez à quoi vous fait penser l'image « un sourire entre les larmes »...

— C'est comme ce truc que font les psychiatres, c'est ça? Une sorte de jeu d'association d'idées?

— En quelque sorte, admit-elle.

Feldher y réfléchit de façon assez ostentatoire, les yeux vers le haut, en se grattant le menton. Il voulait donner l'impression de collaborer, ou peut-être avait-il compris qu'ils ne pouvaient pas l'inculper pour « rétention de souvenir », et il se moquait d'eux.

— Billy Moore, dit-il enfin.

— Qui était-ce, un de vos compagnons?

— Ah, cet enfant était extraordinaire! Il était arrivé à sept ans. Il était toujours gai, souriant. Il est tout de suite devenu notre mascotte... À l'époque, les portes étaient déjà sur le point de fermer : nous n'étions plus que seize.

— Tout cet énorme institut pour si peu d'enfants?

— Même les prêtres étaient partis! Seul le père Rolf était resté... Moi, j'étais parmi les plus âgés, j'avais quinze ans, plus ou moins... L'histoire de Billy était très triste : ses parents s'étaient pendus. Il avait retrouvé les corps. Il n'avait pas crié, ni demandé d'aide : il s'était mis debout sur une chaise et, en s'agrippant à eux, il les avait décrochés du plafond.

— Ce sont des expériences qui marquent.

— Pas Billy. Il était toujours gai. Il s'adaptait au pire. Pour lui, tout était un jeu. Nous n'avions rien vu de pareil. Pour nous autres, cet endroit était une prison, mais Billy s'en fichait. Il avait une énergie, je sais pas comment dire... Il avait deux obsessions : ces fichus patins à roulettes avec lesquels il circulait dans les couloirs vides, et les matches de foot! Mais il n'aimait pas jouer. Il préférait rester au bord du terrain pour faire le chroniqueur! « Ici Billy Moore, en direct du stade Aztèque de Mexico, pour la finale de la Coupe du monde... »

170

Pour son anniversaire, nous nous étions cotisés pour lui offrir un magnétophone à cassettes! C'était dingue : il enregistrait des heures et des heures de ce truc, et ensuite il réécoutait!

Feldher parlait à tort et à travers, la conversation déraillait. Mila essaya de le remettre sur les rails de départ.

— Parlez-nous de vos derniers mois à l'institut...

— Comme je vous l'ai dit, ça allait fermer, et nous n'avions que deux possibilités : être enfin adoptés, ou alors finir dans d'autres structures, genre maisons familiales. Mais nous étions des orphelins de série B, personne ne voulait de nous. Pour Billy, c'était différent : ils faisaient la queue! Tout le monde tombait amoureux de lui et le voulait!

— Et comment ça s'est terminé? Billy a trouvé une bonne famille?

— Billy est mort, madame.

Il le dit avec une telle déception qu'on aurait dit que c'était lui qui avait subi ce sort. Et c'était peut-être un peu le cas, comme si cet enfant avait représenté une sorte de rachat, y compris pour ses camarades. Enfin un qui aurait pu s'en sortir.

— Comment ça s'est passé? demanda Boris.

— Méningite.

L'homme renifla, les yeux brillants. Il se tourna vers la fenêtre, parce qu'il ne voulait pas se montrer fragile devant deux étrangers. Mila était certaine que, une fois qu'ils seraient partis, le souvenir de Billy allait continuer à flotter comme un vieux fantôme dans cette maison. Mais justement grâce à ses larmes, Feldher avait gagné leur confiance : Mila vit Boris éloigner la main de son étui. Il était inoffensif.

— La méningite n'emporta que Billy. Mais, dans la crainte d'une épidémie, on nous a virés en deux temps trois mouvements... Quelle putain de chance, hein? dit-il en se forçant à rire. Ils nous ont fait une remise de peine, en quelque sorte! Et ce cloaque a fermé six mois plus tôt que prévu.

Tandis qu'ils se levaient pour s'en aller, Boris demanda encore :

— Vous avez revu certains de vos compagnons?

— Non, mais il y a environ deux ans j'ai revu le père Rolf.

— Il est à la retraite, maintenant.

— J'espérais qu'il aurait cassé sa pipe.

— Pourquoi? demanda Mila en imaginant le pire. Il vous a fait du mal?

– Jamais. Mais quand on passe son enfance dans un endroit pareil, on apprend à détester tout ce qui nous le rappelle.

Une pensée pas si lointaine de celle de Boris, qui acquiesça involontairement.

Feldher ne les raccompagna pas à la porte. Il se pencha sur la table basse et ramassa le verre de thé froid que Boris n'avait pas bu. Il le porta à ses lèvres et le vida d'un trait.

Puis il les regarda à nouveau, fanfaron :

– Bonne journée.


Une vieille photo de groupe – les derniers enfants qui avaient vécu à l'orphelinat avant la fermeture – récupérée dans ce qui avait été le bureau du père Rolf.

Des seize enfants qui posaient avec l'ancien prêtre, un seul souriait à l'objectif.

*Un sourire entre les larmes.*

Les yeux vifs, les cheveux emmêlés, une dent de devant qui manquait, une tache de gras bien visible sur son pull vert, arborée comme une médaille.

Billy Moore reposait pour toujours sur cette photo et dans le petit cimetière à côté de l'église de l'institut. Il n'était pas le seul enfant à y être enterré, mais sa tombe était la plus belle. Un ange de pierre déployait ses ailes en un geste protecteur.

Après avoir écouté Mila et Boris leur raconter l'histoire, Gavila demanda à Stern de se procurer tous les documents relatifs à la mort de Billy. L'agent s'exécuta avec son zèle habituel et, en analysant ces papiers, il remarqua une étrange coïncidence.

– Dans le cas de maladies potentiellement infectieuses comme la méningite, le signalement aux autorités sanitaires est obligatoire. Le médecin qui a enregistré le signalement fait par le père Rolf est le même qui a ensuite rédigé le certificat de décès. Les deux documents portent la même date.

Goran réfléchit :

– L'hôpital le plus proche est à trente kilomètres. Il n'a probablement même pas pris la peine de venir vérifier en personne.

– Il s'est fié à la parole du prêtre, ajouta Boris. Parce que les prêtres, en général, ne disent pas de mensonges…

« Pas toujours », pensa Mila.

Gavila n'avait plus aucun doute :

— Il faut exhumer le corps.


La neige tombait en petits flocons, comme pour préparer le terrain à ce qui allait venir plus tard. Ils devaient donc se dépêcher.

Les fossoyeurs de Chang étaient au travail et, avec l'aide d'une petite pelle mécanique, ils creusaient la terre durcie par le gel. Personne ne parlait.

L'inspecteur chef Roche avait été informé des développements et tenait à distance les journalistes, qui étaient à nouveau en ébullition. Peut-être Feldher avait-il réellement essayé de spéculer sur ce que les deux agents lui avaient communiqué dans le secret. Du reste, Roch le disait toujours : « Quand les médias ne savent pas, ils inventent. »

Il fallait donc se dépêcher, avant que quelqu'un ne décide de combler ce silence par quelque histoire bien montée. Ensuite, il serait difficile de tout démentir.

Il y eut un bruit sourd. La pelle mécanique avait enfin touché quelque chose.

Les hommes de Chang descendirent dans la fosse et continuèrent à creuser à la main cette fois. Une bâche en plastique recouvrait le cercueil pour en ralentir la décomposition. Elle fut coupée. Par la fente, on pouvait entrevoir le couvercle d'un petit cercueil blanc.

— Tout est pourri, annonça le médecin légiste après un rapide coup d'œil. Si on le soulève, on risque de tout casser. Et puis, cette neige complique tout, ajouta-t-il à l'attention de Goran, à qui revenait la décision finale.

— D'accord... ouvrez-le.

Personne ne s'attendait à ce que le criminologue ne décide d'une exhumation sur place. Alors les hommes de Chang étendirent une toile cirée sur la fosse, la maintenant avec des piquets, comme un grand parapluie, pour protéger le site.

Le pathologiste enfila un gilet avec une lampe sur l'épaule, puis descendit dans la fosse sous le regard de l'ange de pierre. Un technicien avait entrepris de dissoudre les soudures en zinc du cercueil avec une flamme oxhydrique, et le couvercle bougea.

« Comment réveille-t-on un enfant mort depuis vingt ans ? » se demanda Mila. Billy Moore aurait probablement mérité une petite cérémonie, ou une prière. Mais personne n'avait ni l'envie ni le temps de le faire.

Quand Chang ouvrit le cercueil, ils découvrirent les restes du pauvre Billy, vêtu de ses habits de première communion. Élégant, avec une cravate à clip et un pantalon à revers. Dans un coin du cercueil, il y avait les patins rouillés et un vieux magnétophone.

Mila repensa au récit de Feldher : « Il avait deux obsessions : ces fichus patins à roulettes avec lesquels il circulait dans les couloirs vides, et les matches de foot ! Mais il n'aimait pas jouer. Il préférait rester au bord du terrain pour faire le chroniqueur. » C'était tout ce que Billy possédait.

Chang sectionna lentement les vêtements à certains endroits, en se servant d'un bistouri, et malgré la position inconfortable ses gestes étaient rapides et précis. Il vérifia l'état de conservation du squelette. Puis, s'adressant au reste de l'équipe, il déclara :

— Il y a plusieurs fractures. Je ne suis pas en mesure de dire comme ça, au pied levé, à quand elles remontent... Mais à mon avis, cet enfant n'est certainement pas mort d'une méningite.

# 16

Sarah Rosa introduisit le père Timothy dans la fourgonnette de l'unité mobile, où Goran l'attendait avec les autres. Le prêtre avait encore l'air anxieux.

— Nous avons besoin que vous nous rendiez un service, commença Stern. Nous souhaiterions parler d'urgence au père Rolf.

— Je vous l'ai dit : il a pris sa retraite. Je ne sais pas où il se trouve, maintenant. Quand je suis arrivé ici il y a six mois, je ne l'ai vu que quelques heures. Le temps qu'il me transmette les consignes. Il m'a expliqué deux ou trois choses, il m'a remis quelques documents, les clés, et il est parti.

Boris se tourna vers Stern :

— Nous devrions peut-être nous adresser directement à la curie. D'après toi, où envoient-ils les prêtres quand ils prennent leur retraite ?

— J'ai entendu dire qu'il existe une sorte de maison de repos.

— Peut-être…

Ils se tournèrent à nouveau vers le père Timothy.

— Quoi donc ? l'encouragea Stern.

— Je crois me rappeler que le père Rolf avait l'intention d'aller vivre avec sa sœur… Oui, il m'a dit qu'elle avait plus ou moins son âge et qu'elle n'était pas mariée.

Le curé avait l'air content d'avoir enfin contribué à l'enquête. À tel point qu'il leur offrit l'aide qu'il avait refusée auparavant.

— Moi, je peux parler avec la curie, si vous voulez. Maintenant que j'y pense, ça ne devrait pas être difficile de savoir où se trouve le père Rolf. Et j'aurai peut-être d'autres idées, aussi.

Le jeune prêtre semblait plus tranquille.

Goran intervint :

— Vous nous rendriez un énorme service, et nous éviterions une publicité inutile sur ce qui se passe ici. Je pense que cela plairait à la curie.

— Je pense aussi, admit le père Timothy, sérieux.

Quand le prêtre quitta la fourgonnette, Sarah Rosa s'adressa à Goran, visiblement contrariée.

— Si nous sommes tous d'accord sur le fait que la mort de Billy n'était pas un accident, pourquoi ne pas lancer un mandat d'arrêt contre le père Rolf ? Il est évident qu'il a quelque chose à voir là-dedans !

— Oui, mais il n'est pas responsable de l'homicide du jeune garçon.

Mila remarqua que Goran avait prononcé pour la première fois le mot « homicide ». Les fractures de Billy ne pouvaient signifier qu'une mort violente, mais il n'y avait pas de preuve que cela soit arrivé par la faute de quelqu'un d'autre.

— Comment pouvez-vous être certain que le curé n'est pas coupable ? continua Sarah Rosa.

— Le père Rolf a simplement découvert les faits. Il s'est inventé l'histoire de la méningite de Billy, comme ça personne ne s'est risqué à approfondir, dans la crainte de la contagion. Le reste, c'est le monde de dehors qui l'a fait : tout le monde s'en fichait, de ces orphelins, vous n'êtes pas d'accord là-dessus ?

— En plus, l'institut était déjà sur le point de fermer, l'aida Mila.

— Le père Rolf est le seul à connaître la vérité, et c'est pour cette raison que nous devons l'interroger. Mais j'ai peur que si nous le cherchons avec un mandat... eh bien, nous puissions tout aussi bien ne pas le trouver. Il est vieux, et il pourrait être déterminé à emporter cette histoire avec lui dans sa tombe.

— Alors, que devons-nous faire ? demanda Boris avec impatience. Attendre que le gentil curé nous donne de ses nouvelles ?

— Bien sûr que non, répondit le criminologue. (Puis il se pencha sur le plan de l'institut que Stern avait récupéré au bureau du cadastre. Il indiqua une zone à Boris et à Rosa.) Vous devez aller au pavillon est. Vous voyez ? Là, il y a les archives, avec tous les dossiers des enfants que l'orphelinat a hébergés jusqu'à sa fermeture. Évidemment, seuls les seize derniers nous intéressent.

Goran leur remit la photo de groupe éclairée par le sourire de Billy Moore. Il la retourna : au dos, les signatures de tous les enfants présents.

— Comparez les noms : nous avons besoin de celui du dossier manquant…

Boris et Rosa le regardèrent, étonnés.

— Comment savez-vous qu'il en manque un ?

— Parce que Billy Moore a été tué par un de ses camarades.


Sur cette même photo où Billy Moore souriait, Ronald Dermis était le troisième en partant de la gauche. Il avait huit ans. Ce qui voulait dire que c'était lui la mascotte, avant l'arrivée de Billy.

Pour un enfant, la jalousie peut être une raison suffisante pour souhaiter la mort de quelqu'un.

Il avait quitté l'institut en même temps que les autres, et la bureaucratie avait perdu ses traces. Avait-il été adopté ? Improbable. Peut-être avait-il fini dans une maison familiale. C'était un mystère. De façon presque certaine, une fois encore la main du père Rolf était quelque part, dans cette période floue.

Il fallait absolument trouver le prêtre.

Le père Timothy avait assuré que la curie s'en occupait :

— Sa sœur est morte et il a demandé à sortir des ordres.

En pratique, il avait renoncé à la soutane. Peut-être était-ce à cause du sentiment de culpabilité d'avoir couvert un homicide, peut-être l'insupportable découverte que le mal peut aussi revêtir l'apparence d'un enfant.

Ces hypothèses, et bien d'autres, agitaient l'équipe.

— Je n'ai pas encore compris si je dois lancer la chasse à l'homme du siècle, ou si au contraire je dois accepter que tu daignes nous fournir quelques réponses !

La voix de Roche fit trembler les murs en Placoplâtre de son bureau. Mais l'angoisse de l'inspecteur chef se heurtait au calme obstiné de Goran.

— Tout le monde me tombe dessus à cause de l'histoire de la sixième fillette : on dit que nous n'en faisons pas assez !

— Nous ne la trouverons pas tant qu'Albert ne décidera pas de nous fournir un indice. Je viens d'avoir Krepp au téléphone : il dit que la scène du crime est propre.

177

— Dis-moi au moins si tu penses que Ronald Dermis et Albert sont la même personne !

— Nous avons déjà commis cette erreur avec Alexander Bermann. Pour le moment, je me garderais bien de conclure quoi que ce soit.

C'était un conseil, et Roche n'était pas habitué à en recevoir sur la gestion politique des affaires. Cependant, cette fois, il l'accepta.

— Mais nous ne pouvons pas rester là à attendre que ce psychopathe nous emmène où il veut. Ce n'est pas comme ça que nous allons sauver cette fillette ! En admettant qu'elle soit encore en vie.

— Il n'y a qu'une personne qui puisse la sauver, c'est lui.

— Tu crois vraiment qu'il va nous la rendre spontanément ?

— Je dis seulement que, tôt ou tard, il pourrait bien avoir envie de commettre une erreur.

— Merde ! Mais tu crois que je peux vivre d'espoir, pendant que là-dehors ils veulent ma peau ? Je veux des résultats, professeur !

Goran était habitué aux sorties de Roche. Elles n'étaient pas dirigées contre lui en particulier. L'inspecteur chef en avait après le monde entier. C'était un effet collatéral de ses responsabilités : quand on est trop haut dans la hiérarchie, il y a toujours quelqu'un qui veut nous pousser vers le bas.

— J'ai évité bien des emmerdes, ces temps-ci, et pas toutes dirigées contre moi.

Goran savait être patient, mais il était conscient que cela ne fonctionnait pas toujours avec Roche. Alors il essaya de prendre une initiative, pour se débarrasser de lui.

— Tu veux que je te dise ce qui me rend dingue ?

— N'importe quoi qui me sorte de cette impasse, je t'en prie.

— Je ne l'ai dit à personne, jusqu'ici… Les larmes.

— Eh bien ?

— Il y en avait au moins cinq litres autour du cadavre de la seconde fillette ! Mais les larmes sont salines, donc elles ont tendance à sécher très vite. Celles-là, non. Je me suis demandé pourquoi…

— Et pourquoi ?

— Elles sont artificielles : elles reproduisent exactement la composition chimique des larmes humaines, mais elles sont une illusion. C'est pour ça qu'elles ne sèchent pas… Tu sais comment on fait pour recréer artificiellement des larmes ?

— Aucune idée.

— Nous y voilà : Albert le sait, lui. Et il l'a fait, il y a passé du temps. Tu sais ce que ça signifie ?

— Dis-le-moi.

— Qu'il a tout soigneusement organisé. Tout ce qu'il nous montre est le fruit d'un plan qu'il a mis des années à préparer ! Et nous, nous devons réagir très vite à tous ses gestes. Voilà ce que ça signifie.

Roche se laissa aller contre le dossier de son fauteuil, le regard perdu dans le vide.

— Qu'est-ce qui nous attend, d'après toi ?

— Franchement, je crains que le pire ne soit encore à venir.

Mila descendit dans les souterrains de l'Institut médico-légal. Elle avait acheté plusieurs autocollants de joueurs de foot célèbres – du moins c'est ce que le vendeur lui avait assuré. Ce petit geste faisait partie du rituel d'adieu. En effet, à la morgue, Chang allait recomposer la dépouille de Billy Moore pour l'ensevelir à nouveau sous l'ange de pierre.

Le pathologiste terminait l'autopsie, et il avait radiographié les fractures. Les clichés étaient exposés sur un panneau lumineux devant lequel se tenait Boris. Mila ne s'étonna pas de le trouver là.

Quand il s'aperçut de sa présence, l'agent sentit le besoin de se justifier.

— Je suis passé voir s'il y avait du nouveau.

— Et il y en a ? demanda Mila, entrant dans son jeu pour ne pas le mettre dans l'embarras.

Il était évident que Boris était là pour des raisons personnelles.

Chang interrompit son travail pour répondre lui-même à la question de Mila.

— Le corps est tombé d'une certaine hauteur. Vu la gravité et le nombre de fractures que j'ai relevées sur le squelette, on peut conclure que la mort a été quasi instantanée.

Derrière ce « quasi » se cachaient à la fois de l'espoir et de l'angoisse.

— Évidemment, personne ne peut dire si Billy s'est jeté ou s'il a été poussé…

— Évidemment.

Mila aperçut sur une chaise le dépliant d'une agence de pompes funèbres, ce qui n'était pas un service fourni par la police. Boris avait sans doute eu l'idée de payer de sa poche pour que Billy ait une sépulture digne de ce nom. Sur une étagère étaient posés les patins, tout luisants, et le magnétophone, cadeau d'anniversaire dont l'enfant ne se séparait jamais.

– Chang a peut-être compris où la mort pourrait avoir eu lieu, annonça Boris.

Le médecin légiste se dirigea vers des agrandissements de photos de l'institut.

– Les corps qui tombent dans le vide prennent du poids avec la vitesse : c'est un effet de la force de gravité. À la fin, c'est comme s'ils étaient écrasés au sol par une main invisible. Ainsi, en croisant les données relatives à la victime, en ce qui concerne le processus de calcification osseuse, et celles de l'importance des fractures, on obtient une estimation de la longueur de la chute. Dans ce cas, plus de quinze mètres. C'est pourquoi, vu la hauteur moyenne de l'édifice et l'inclinaison du sol, je peux affirmer presque avec certitude que l'enfant est tombé de la tour, ici, à cet endroit... Vous voyez?

Encore un « presque » sorti de la bouche de Chang, tandis qu'il montrait l'endroit exact sur la photo. À ce moment-là, un assistant passa la tête par la porte.

– Docteur Vross, on vous demande...

Pendant un instant, Mila ne fit pas le lien entre le visage du médecin légiste et son vrai nom. Apparemment, aucun de ses subordonnés n'osait s'adresser à lui en l'appelant Chang.

– Excusez-moi, prit-il congé en les laissant seuls.

– Moi aussi, je dois y aller, dit Mila.

Boris acquiesça.

En s'éloignant, elle passa près de l'étagère où étaient posés les patins et le magnétophone de Billy, et elle y déposa à côté les autocollants qu'elle avait achetés. Boris la vit.

– Là-dessus, il y a sa voix...

– Quoi? demanda-t-elle.

Boris indiqua le magnétophone d'un signe de tête, et répéta :

– La voix de Billy. Ses chroniques inventées.

Il sourit. Mais c'était un sourire triste.

– Tu as réussi à les écouter?

Il acquiesça.

– Oui. Juste le début, ensuite je n'ai pas pu...

– Je comprends, dit Mila sans rien ajouter.

– La bande est presque intacte, tu sais? Les acides de la… (Il n'arrivait pas à le dire.)… décomposition ne l'ont pas endommagée. Chang affirme que c'est assez rare. C'est sans doute dû à la nature du terrain où il a été enterré. Il n'y avait pas de piles, j'en ai mis.

Mila prit un air étonné, pour dissiper la tension de Boris.

– Alors comme ça le magnétophone fonctionne?

– Évidemment : c'est une marque japonaise!

Ils éclatèrent de rire.

– Tu aurais envie de l'écouter avec moi jusqu'au bout?

Mila réfléchit un peu avant de répondre. En réalité, elle n'en avait pas très envie. Elle était d'avis que certaines choses doivent reposer en paix. Mais, dans ce cas, c'était Boris qui en avait besoin, et elle ne se sentit pas de lui dire non.

– Allez, mets-le en marche.

Boris s'approcha du magnétophone, appuya sur play et, dans cette salle glaciale pour les autopsies, Billy Moore reprit vie.

« … Nous sommes au mythique stade de Wembley, amis sportifs qui m'écoutez! Ce match restera dans l'histoire de notre sport : Angleterre-Allemagne! »

Il avait un ton vif et prononçait chaque s avec un petit sifflement, sur lesquels la phrase butait inévitablement. On sentait dans ses mots qu'il souriait, on avait vraiment l'impression de le voir, Billy, avec l'insouciance de son jeune âge, tentant d'insuffler au monde un peu de l'allégresse qui le distinguait.

Mila et Boris souriaient avec lui.

« La température est douce et aucune pluie n'est prévue, bien que l'automne soit déjà entamé. Les équipes sont déjà alignées au centre du terrain pour écouter leurs hymnes nationaux… Les gradins sont bondés de supporters! Quel spectacle, mesdames et messieurs! Dans quelques instants, nous assisterons à un grand défi de football! Mais d'abord, la liste des joueurs qui descendront sur le terr… *Mon Dieu, je me repens et je regrette de tout cœur tous mes péchés, parce qu'en péchant j'ai mérité Tes châtiments, et bien plus, parce que je T'ai offensé, Toi, infiniment bon et digne d'être aimé plus que toute chose…* »

Mila et Boris se regardèrent sans comprendre. La voix qui s'était superposée à celle du premier enregistrement était beaucoup plus faible.

– C'est une prière.

– Mais ce n'est pas Billy…

« – *Je propose, avec Ta sainte aide, de ne plus jamais T'offenser, et de fuir les prochaines occasions de péché. Seigneur, miséricordieux, pardonne-moi.*

« – *Ça va comme ça.* »

La voix d'un homme.

« – *Qu'est-ce que tu as à me dire ?*

« – *J'ai dit beaucoup de gros mots, dernièrement. Et, il y a trois jours, j'ai volé des biscuits dans le placard, mais Jonathan les a mangés avec moi... Et puis... et puis, j'ai copié le devoir de mathématiques.*

« – *Rien d'autre ?* »

– Ça doit être le père Rolf, dit Mila.

« – ...

« – *Réfléchis-y bien, Ron.* »

Le nom prononcé fit tomber un silence glacial dans la salle. Et Ronald Dermis redevint enfant à son tour.

« – *En fait... il y a quelque chose...*

« – *Et tu veux m'en parler ?*

« – *... Non.*

« – *Si tu ne m'en parles pas, comment pourrai-je te donner l'absolution ?*

« – *... Je ne sais pas.*

« – *Tu sais ce qui est arrivé à Billy, pas vrai, Ron ?*

« – *Dieu l'a emporté.*

« – *Ce n'est pas Dieu, Ron. Tu sais qui c'est ?*

« – *Il est tombé. Il est tombé de la tour.*

« – *Mais tu étais avec lui...*

« – *... Oui.*

« – *Qui a eu l'idée d'aller là-haut ?*

« – *... Quelqu'un avait caché ses patins dans la tour.*

« – *C'était toi ?*

« – *... Oui.*

« – *Et tu l'as poussé ?*

« – ...

« – *Ronald, je t'en prie, réponds à la question.*

« – ...

« – *Personne ne te punira, si tu dis ce qui s'est passé. C'est une promesse.*

« – *C'est lui qui m'a dit de le faire.*

« – *Lui qui ? Billy ? Billy t'a demandé de le pousser ?*

« – Non.

« – Alors, un autre enfant ?

« – Non.

« – Alors qui ?

« – …

« – Ron ?

« – Oui.

« – Allez, réponds-moi. Cette personne dont tu parles n'existe pas, n'est-ce pas ? Elle n'est que le fruit de ton imagination…

« – Non.

« – Il n'y a personne d'autre, ici. Rien que toi et tes camarades.

« – Il ne vient que pour moi.

« – Écoute-moi, Ron : je voudrais que tu me dises que tu regrettes beaucoup ce qui est arrivé à Billy.

« – … Je regrette beaucoup ce qui est arrivé à Billy.

« – J'espère que tu es sincère… Quoi qu'il en soit, cela restera un secret entre toi, moi et le Seigneur.

« – D'accord.

« – Tu ne devras jamais en parler à personne.

« – D'accord.

« – Moi, je t'absous de tes péchés. Au nom du Père, du Fils et du Saint-Esprit. Amen.

« – Amen. »

# 17

— Nous cherchons un certain Ronald Dermis, annonça Roche à la foule de flashes et de micros. Il a environ trente-six ans. Cheveux châtains, yeux marron, teint pâle.

Il montra aux présents une photographie retouchée, extrapolée à partir de celle où il posait avec ses camarades, et qui représentait un hypothétique Ron adulte. Il tint l'image bien haute pendant que les flashes se déchaînaient.

— Nous avons des raisons de penser que cet homme est impliqué dans l'enlèvement des fillettes disparues. Quiconque le connaît, possède des informations ou a eu des contacts avec lui pendant les trente dernières années est prié de le faire savoir à la police. Merci.

Ces derniers mots donnèrent le coup d'envoi à un tonnerre de questions et de supplications de la part des journalistes : « Monsieur Roche !... Inspecteur chef !... Une question !... »

Roche les ignora, quittant la scène par une porte secondaire.

Cette décision avait été inévitable. Il fallait donner l'alerte.

La découverte de Mila et de Boris avait été suivie de deux heures fébriles. Maintenant, la situation était claire.

Le père Rolf avait enregistré la confession de Ron sur le magnétophone de Billy. Puis il l'avait enterré avec lui, comme quand on plante une graine en sachant que tôt ou tard elle portera ses fruits, avec l'espoir que la vérité, un jour, aurait racheté tout le monde. Celui qui, malgré l'innocence de son âge, avait commis cette abomination. Celui qui l'avait subie. Et celui qui avait agi pour l'ensevelir sous deux mètres de terre.

« ... Quoi qu'il en soit, cela restera un secret entre toi, moi et le Seigneur... »

— Comment Albert pouvait-il être au courant de cette histoire ? dit Goran. Le père Rolf et Ron étaient les seuls à connaître le secret. Donc, la seule explication possible est que Ron et Albert sont la même personne.

Il fallait également relire le choix d'impliquer Alexander Bermann dans cette optique. Le criminologue ne se rappelait pas qui avait dit que leur tueur en série avait visé un pédophile parce qu'il avait été abusé dans son enfance. Peut-être Sarah Rosa. Mais Stern avait immédiatement écarté cette hypothèse, et Gavila avait été d'accord avec lui. Maintenant, il lui fallait peut-être admettre qu'il s'était trompé.

— Les victimes préférées des pédophiles sont les orphelins et les enfants un peu marginaux, parce qu'il n'y a personne pour les défendre.

Goran s'en voulait de ne pas y être arrivé plus tôt. Pourtant, il avait toutes les pièces du puzzle devant les yeux depuis le début. Il s'était laissé séduire par l'idée qu'Albert était un subtil stratège.

— Le tueur en série, par son action, nous raconte une histoire : celle de son conflit intérieur, répétait-il en permanence à ses étudiants.

Pourquoi s'était-il laissé fourvoyer par une hypothèse différente ?

— Il m'a eu avec son orgueil. J'ai juste pensé qu'il voulait nous défier. Et j'aimais bien l'idée d'être face à un adversaire qui essayait d'être plus malin que moi.

Après avoir regardé à la télévision la conférence de presse de Roche, le criminologue avait à nouveau réuni l'équipe dans la laverie de l'institut, où avait été retrouvée Anneke. Cela lui semblait l'endroit le plus approprié pour redémarrer l'enquête. Ce bref mea culpa avait servi à dissiper tous ses doutes sur le fait qu'ils étaient encore une équipe, et pas seulement un laboratoire pour les expérimentations du professeur Gavila.

Le cadavre de la deuxième fillette avait été enlevé depuis longtemps, la cuve en marbre vidée de ses larmes. Il ne restait que les lampes halogènes et le ronflement du générateur. Bientôt, ceux-ci allaient également être emportés.

Goran avait demandé au père Timothy d'être présent. Le prêtre arriva, essoufflé et en état évident d'agitation : même si rien dans la

185

salle ne rappelait la scène du crime, il se sentait tout de même terriblement mal à l'aise.

— Le père Rolf est introuvable, commença le jeune prêtre. Et moi je pense que…

— Le père Rolf est certainement mort, l'interrompit brusquement Goran. Autrement, après les déclarations de Roche, on aurait déjà eu de ses nouvelles.

Le père Timothy eut l'air bouleversé.

— Alors, qu'est-ce que je peux faire pour vous?

Goran prit le temps de bien choisir ses mots. Puis, s'adressant à tous :

— Ça va vous sembler inhabituel, je le sais… Mais je voudrais que nous récitions une prière.

Rosa ne put dissimuler sa stupeur. Boris non plus, qui lui lança immédiatement un regard. Mila était désorientée. Mais pas Stern, qui était très croyant. Il accueillit le premier la proposition de Goran. Il se plaça au centre de la salle et tendit les bras sur les côtés pour prendre les mains des autres et former un cercle. Mila s'approcha la première. Rosa la suivit à contrecœur. Boris était le plus réticent, mais il ne réussit pas à refuser l'invitation du professeur Gavila. Le père Timothy acquiesça, enfin serein, avant de prendre place au milieu.

Goran ne savait pas prier, et peut-être n'y avait-il pas de prière adaptée à ce moment. Mais il essaya tout de même, d'une voix pleine de tristesse.

— Ces derniers temps, nous avons assisté à des choses terribles. Ce qui s'est passé ici est indicible. Je ne sais pas si Dieu existe. Même si je l'ai toujours désiré. Je sais avec certitude que le mal existe. Parce que le mal peut être prouvé. Le bien, jamais. Le mal laisse des traces sur son passage. Des corps d'enfants innocents, par exemple. Le bien, on peut seulement en témoigner. Mais ça ne nous suffit pas, à nous qui cherchons des preuves concrètes… (Goran fit une pause.) Si Dieu existait, j'aimerais lui demander… Pourquoi Billy Moore devait-il mourir? D'où venait la haine de Ronald Dermis? Que lui est-il arrivé pendant ces années? Comment a-t-il appris à tuer? Quelle raison l'a poussé à préférer le mal? Et pourquoi ne met-il pas fin à tant d'horreur?

Les questions de Goran restèrent suspendues dans le silence qui les entourait.

— Quand vous voulez, mon père… dit l'irréprochable Stern au bout d'un moment.

Le père Timothy prit le contrôle de la petite assemblée. Il unit les mains et entonna un hymne sacré. Sa voix — sûre et superbe — s'appropria l'écho des lieux, voltigeant autour d'eux. Mila ferma les yeux et se laissa transporter par ses paroles. Elles étaient en latin, mais leur sens aurait été évident même au plus sourd des hommes. Avec ce chant, le père Timothy rapportait la paix là où le chaos avait régné, purgeant chaque chose de l'excrément du mal.

La lettre était adressée au département des sciences comportementales. Elle aurait été classée comme missive d'un mythomane, si la calligraphie n'avait pas présenté des correspondances avec un devoir scolaire que Ronald Dermis avait écrit dans son enfance.

Elle avait été rédigée sur une page de cahier, avec un stylo à bille tout ce qu'il y avait de plus banal. L'expéditeur ne s'était pas inquiété des empreintes qu'il laissait sur la feuille.

Apparemment, Albert n'avait plus besoin de certaines précautions.

Le texte était resserré au centre de la feuille en une unique phrase, presque sans ponctuation.

*pour ceux qui me donnent la chasse*
*billy était un bâtard un BATARD ! et j'ai bien fait de le tuer je le détestais il*
*nous aurait fait du mal parce qu'il aurait eu une famille et pas nous ce qu'on*
*m'a fait était pire et PERSONNE n'est venu me sauver PERSONNE. j'ai*
*toujours été ici devant vos yeux et vous ne me voyiez pas et ensuite il est arrivé*
*LUI. il me comprenait LUI. il m'a appris c'est vous qui m'avez voulu comme*
*ça vous ne me voyiez pas maintenant vous me voyez ? tant pis pour vous, au*
*bout du compte ce n'est que de votre faute et moi je suis ce que je suis. PER-*
*SONNE ne peut empêcher tout ça PERSONNE.*
*RONALD*

Goran en emporta une copie, pour mieux l'étudier. Il allait passer la nuit chez lui, avec Tommy. Il avait vraiment envie d'une soirée avec son fils. Cela faisait des jours qu'il ne l'avait pas vu.

Il franchit le seuil de son appartement et l'entendit immédiatement arriver.

— Comment ça s'est passé, papa ?

Goran le prit dans ses bras pour une embrassade festive.

— Je ne peux pas me plaindre. Et toi ?

— Moi ça va.

C'étaient les trois mots magiques. Son fils avait appris à les utiliser quand ils s'étaient retrouvés tous les deux. Comme pour dire que Goran n'avait pas de raison de s'inquiéter, parce que son fils « allait bien ». Sa mère ne lui manquait pas. Il apprenait à ne pas sentir le manque.

Mais c'était également la limite. Avec ces trois mots, on concluait la discussion. Tout était apaisé. « Voilà, nous avons rappelé combien il est douloureux d'être sans elle. Maintenant, nous pouvons continuer. »

Et ainsi en était-il.

Goran avait apporté un sachet que Tommy explora, impatient.

— Ouaouh ! Un dîner chinois !

— Je me suis dit que ça te ferait plaisir de changer un peu de la cuisine de madame Runa.

Tommy prit un air dégoûté.

— Je déteste ses boulettes ! Elle met trop de menthe : ça a un goût de dentifrice.

Goran rit : il n'avait pas tort, en effet.

— Allez, va te laver les mains…

Tommy courut à la salle de bains, puis il mit la table. Goran avait déplacé une grande partie des objets de la cuisine des rayons du haut à ceux qui étaient à sa hauteur : il voulait l'associer clairement à leur nouveau ménage. Faire les choses ensemble signifiait que maintenant ils devaient s'occuper l'un de l'autre, et que donc aucun des deux ne pouvait « laisser tomber ». Aucun des deux n'avait le droit de se laisser aller à la tristesse.

Tommy prit un plat de service où il disposa les raviolis frits et la sauce aigre-douce, pendant que son père mettait le riz cantonnais dans des bols. Ils avaient même des baguettes et, en remplacement des beignets à la glace qu'on servait habituellement dans les restaurants chinois, Goran avait acheté un pot de glace marbrée à la vanille.

Ils mangèrent en se racontant leur journée. Tommy lui parla de l'organisation du camping estival avec les scouts. Son père l'interrogea sur l'école et découvrit, avec orgueil, qu'il avait eu une excellente note en gymnastique.

— Moi j'étais nul à presque tous les sports, admit Goran.

— Et tu étais bon auquel, alors ?

— Aux échecs.

— Mais ce n'est pas un sport !

— Bien sûr que si : il y en a aux Jeux olympiques !

Tommy n'avait pas l'air convaincu. Mais il avait appris que son père ne lui mentait jamais. La leçon avait été dure, en fait. Parce que la première fois qu'il l'avait interrogé sur sa mère, Goran lui avait raconté la vérité. Sans détour. « Sans petits jeux », comme disait Tommy quand il voulait que quelqu'un soit loyal. Et son père l'avait immédiatement satisfait. Pas par vengeance, ni pour punir sa mère. Les mensonges – ou pire, les demi-vérités – n'auraient fait qu'accroître l'angoisse de l'enfant. Il aurait dû faire face tout seul à deux grands mensonges : celui de sa mère qui était partie, et celui de son père qui n'avait pas le courage de le lui dire.

— Un jour, tu m'apprendras à jouer aux échecs ?

— Bien sûr.

Sur cette promesse solennelle, Goran le mit au lit, puis il alla s'enfermer dans son bureau. Il reprit la lettre de Ronald, la lut pour la énième fois. Depuis le début, quelque chose l'avait frappé. La phrase : « ensuite il est arrivé LUI. il me comprenait LUI. il m'a appris » où le mot « lui » était volontairement écrit en majuscules. Goran avait déjà entendu une fois cette drôle de référence. C'était sur la cassette de la confession de Ronald au père Rolf.

« Il ne vient que pour moi. »

C'était un exemple clair de dédoublement de la personnalité, où le *moi* négatif est toujours séparé du *moi* agent. Et devient *lui*. C'est *moi*. Mais c'est *lui* qui m'a dit de le faire. C'est *sa* faute si je suis ce que je suis. Dans ce contexte, tous les autres devenaient « personne ». Également écrit en majuscules.

« *PERSONNE n'est venu me sauver PERSONNE.* »

Ron voulait être sauvé. Mais tout le monde l'avait oublié, lui et le fait que, au fond, il n'était qu'un enfant.


Mila s'était éloignée pour acheter quelque chose à manger. Et, après un tour infructueux où elle avait trouvé les magasins et snacks fermés pour cause de mauvais temps, elle avait dû se contenter d'une soupe en sachet achetée dans une épicerie. Elle se dit qu'elle la réchaufferait dans le micro-ondes de la cuisine du Bureau, mais elle se rappela, trop tard, qu'elle n'était même pas sûre qu'il fonctionnât.

Elle retourna à l'appartement avant que le froid poignant ne lui paralyse les muscles et ne l'empêche de marcher. Elle aurait voulu avoir avec elle ses chaussures et sa tenue de jogging : elle n'avait pas couru depuis des jours, et l'acide lactique qui stagnait dans ses articulations rendait ses mouvements difficiles.

Alors qu'elle s'apprêtait à monter, elle vit Sarah Rosa sur le trottoir d'en face, en discussion animée avec un homme. Il tentait de la calmer, mais en vain. Mila pensa que cela devait être son mari, et elle eut un élan de compréhension envers lui. Avant que la harpie ne puisse s'apercevoir de sa présence, ce qui lui aurait fait une raison de plus pour la détester, Mila entra dans l'immeuble.

Dans l'escalier, elle croisa Boris et Stern qui descendaient.

— Vous allez où ?

— On passe au département pour contrôler comment va la chasse à l'homme, répondit Boris en mettant une cigarette entre ses lèvres. Tu veux venir ?

— Non, merci.

Boris remarqua la soupe.

— Alors bon appétit.

En montant, Mila l'entendit s'adresser à son collègue plus âgé :

— Tu devrais recommencer à fumer.

— C'est plutôt toi qui devrais passer à ça...

Mila reconnut le son de la boîte de pastilles de menthe de Stern, et elle laissa échapper un sourire.

Le micro-ondes fonctionnait. La soupe n'était pas si mauvaise. Ou peut-être que c'était la faim qui lui donnait bon goût. Mila se retira dans la chambre avec son bol et une cuillère, contente de se retrouver un peu toute seule.

Elle s'assit en tailleur sur son lit. Sa blessure à la cuisse gauche la tirait un peu, mais elle était en voie de guérison. Tout finit toujours par guérir. Entre deux bouchées, elle prit une photocopie de la lettre de Dermis et la plaça devant elle. Elle la contempla, tout en continuant à manger. En tout cas, Ronald avait choisi le bon moment pour réapparaître dans cette histoire. Mais il y avait quelque chose de discordant dans ses mots. Mila n'avait pas eu le courage d'en parler à Goran, parce qu'elle pensait n'avoir aucun conseil à lui offrir. Cependant, cette idée l'avait tourmentée tout l'après-midi.

La lettre avait également été donnée à la presse, ce qui était inhabituel. Gavila avait clairement choisi de flatter l'ego de leur tueur en série. C'était comme s'il lui disait : « Tu vois ? Notre attention est pour toi ! », alors que, en réalité, il cherchait seulement à le distraire de la fillette qu'il tenait prisonnière.

— Je ne sais pas combien de temps il pourra résister à l'envie de la tuer, avait-il laissé échapper quelques heures plus tôt.

Mila tenta de chasser cette pensée et se concentra à nouveau sur la lettre. Elle était gênée par la forme choisie par Ronald pour cette missive. C'était cela qu'elle trouvait discordant. Elle n'aurait pas su dire pourquoi, mais le texte centré sur la feuille, cette sorte de ligne unique sans interruption l'empêchait de saisir pleinement le contenu.

Elle décida de le décomposer. Elle posa son bol et saisit un bloc-notes et un crayon.

— *pour ceux qui me donnent la chasse*
— *billy était un bâtard un BATARD ! et j'ai bien fait de le tuer je le détestais il nous aurait fait du mal parce qu'il aurait eu une famille et pas nous*
— *ce qu'on m'a fait était pire et PERSONNE n'est venu me sauver PERSONNE.*
— *j'ai toujours été ici devant vos yeux et vous ne me voyiez pas*
— *et ensuite il est arrivé LUI. il me comprenait LUI. il m'a appris*
— *c'est vous qui m'avez voulu comme ça vous ne me voyiez pas maintenant vous me voyez ? tant pis pour vous, au bout du compte ce n'est que de votre faute*
— *et moi je suis ce que je suis. PERSONNE ne peut empêcher tout ça PERSONNE.*
— *RONALD*

Mila relut les passages un par un. C'était une éruption chargée de haine et de rancœur. Elle s'adressait à tout le monde, sans distinction. Parce que Billy, dans la tête de son assassin, représentait quelque chose de grand, de totalisant. Quelque chose que Ron ne pourrait jamais avoir.

Le bonheur.

Billy était gai, alors qu'il avait assisté au suicide de ses parents. Billy allait être adopté, alors qu'il n'était qu'un orphelin de série B. Billy était apprécié de tous, alors qu'il n'avait rien à offrir.

En le tuant, Ronald avait effacé pour toujours ce sourire sur le visage hypocrite du monde.

Cependant, plus elle relisait ses mots, plus Mila se rendait compte que les phrases qui composaient la lettre ressemblaient moins à une confession ou à un défi qu'à des réponses. Comme si quelqu'un interrogeait Ronald, et qu'il ait hâte de sortir du silence où il avait été emprisonné si longtemps, de se libérer du secret qui lui avait été imposé par le père Rolf.

Mais quelles étaient les questions? Et qui les lui posait?

Mila repensa à ce que Goran avait dit pendant la prière. Sur le fait que le bien ne peut pas être prouvé, tandis que nous avons constamment des exemples du mal sous les yeux. *Des preuves*. Ronald pensait avoir accompli un acte positif, nécessaire, en tuant son camarade. Pour lui, Billy représentait le mal. Et qui pouvait démontrer qu'il n'avait pas bien fait? Sa logique était parfaite. Parce que peut-être que Billy Moore, en grandissant, serait devenu un homme très mauvais. Qui pouvait réellement le dire?

Quand elle était petite et qu'elle allait au catéchisme, Mila s'était toujours posé une question. En grandissant, elle n'y avait toujours pas répondu. Pourquoi un Dieu que l'on présume bon permet-Il que les enfants meurent?

En regardant bien, c'était vraiment cela qui contrastait avec l'idéal d'amour et de justice qui imprégnait les Évangiles.

Cependant, mourir jeunes était peut-être le destin réservé par Dieu à Ses fils les plus mauvais. Alors, peut-être que les enfants qu'elle sauvait, elle, pouvaient se transformer en assassins, ou en tueurs en série. Probablement, ce qu'elle faisait n'était pas juste. Si quelqu'un avait tué Adolf Hitler, ou Jeffrey Dahmer, ou Charles Manson, tant qu'ils était encore dans les langes, aurait-il réalisé un acte bon ou mauvais? Leurs assassins auraient été punis et condamnés, certainement pas célébrés comme sauveurs de l'humanité!

Elle en conclut que le bien et le mal se confondent souvent. Que l'un est parfois l'instrument de l'autre, et vice versa.

Comment peut-on confondre les paroles d'une prière avec celles, délirantes, d'un tueur ?

D'abord, il y eut le frisson à la base du cou. Comme quelque chose qui venait d'un endroit secret derrière elle. Puis elle se répéta cette dernière pensée et, à ce moment-là, elle se rendit compte qu'elle connaissait bien les questions auxquelles Ronald avait tenté de répondre dans sa lettre.

*Elles étaient contenues dans la prière de Goran.*

Elle s'efforça de s'en souvenir, bien qu'elle ne les ait entendues qu'une seule fois. Elle fit plusieurs tentatives sur son bloc-notes. Elle se trompa dans l'ordre et dut recommencer, mais finalement elle réussit à les mettre noir sur blanc, devant ses yeux. Alors elle tenta de les combiner aux phrases de la lettre. De recomposer ce dialogue à distance.

À la fin, elle relut le tout...

Et tout était évident, dès la première phrase.

*« pour ceux qui me donnent la chasse »*

Ces mots s'adressaient à eux. Pour répondre aux questions que le criminologue avait posées au silence...

Pourquoi Billy Moore a-t-il dû mourir ?

*« billy était un bâtard un BATARD ! et j'ai bien fait de le tuer je le détestais il nous aurait fait du mal parce qu'il aurait eu une famille et pas nous »*

D'où venait la haine de Ronald Dermis ?

*« ce qu'on m'a fait était pire et PERSONNE n'est venu me sauver PERSONNE. »*

Que lui est-il arrivé pendant ces années ?

*« j'ai toujours été ici devant vos yeux et vous ne me voyiez pas »*

Comment a-t-il appris à tuer ?

*« et ensuite il est arrivé LUI. il me comprenait LUI. il m'a appris »*

Quelle raison l'a poussé à préférer le mal ?

*« c'est vous qui m'avez voulu comme ça vous ne me voyiez pas maintenant vous me voyez ? tant pis pour vous, au bout du compte ce n'est que de votre faute »*

Et pourquoi ne met-il pas fin à tant d'horreur ?

*« moi je suis ce que je suis. PERSONNE ne peut empêcher tout ça PERSONNE. »*

Mila ne savait pas quoi penser. Mais peut-être la réponse à sa question figurait-elle au bas de sa missive.

Un nom.

*« RONALD »*

Elle devait vérifier immédiatement sa supposition.

# 18

Le ciel chargé débarrassait lentement ses nuages violacés de leur neige.

Mila ne trouva un taxi qu'après avoir attendu sur la route pendant plus de quarante minutes. Quand elle lui indiqua leur destination, le chauffeur protesta. Il dit que c'était trop loin et que, de nuit et avec ce temps, il ne trouverait jamais de passager pour le retour. Quand Mila s'offrit de lui payer le double de la course, il se montra enfin convaincu.

Sur l'asphalte, plusieurs centimètres de neige s'étaient déjà accumulés, rendant le travail de salage des routes plus ou moins inutile. On ne pouvait circuler qu'avec des chaînes, ce qui limitait largement la vitesse. Dans le taxi, l'air était vicié, et Mila remarqua les restes d'un kebab à l'oignon sur le siège à côté du conducteur. L'odeur se mêlait à celle d'un déodorant au pin placé juste sur l'une des souffleries du chauffage. Ce n'était pas un bon accueil, pour les clients.

Tandis qu'ils traversaient la ville, Mila put tranquillement se clarifier les idées. Elle était sûre que sa théorie était juste et, au fur et à mesure qu'elle approchait de sa destination, sa conviction se renforçait. Elle eut l'idée d'appeler Gavila pour avoir confirmation, mais son portable n'avait presque plus de batterie. Elle reporta donc l'appel au moment où elle aurait trouvé ce qu'elle cherchait.

Ils passèrent la zone des échangeurs d'autoroute. Une patrouille de police arrêtait la circulation au péage, renvoyant les voitures d'où elles venaient.

— Il y a trop de neige, c'est dangereux! répétaient les agents aux conducteurs.

Plusieurs semi-remorques s'étaient arrêtés sur le bord de la route, dans l'espoir de reprendre leur voyage le lendemain matin.

Le taxi contourna le barrage en prenant une voie secondaire. On pouvait atteindre l'orphelinat sans passer par l'autoroute. Dans le passé, c'était probablement la seule route, et heureusement le chauffeur la connaissait.

Elle se fit déposer près du portail. Mila ne pensa même pas à lui demander de l'attendre, en lui offrant une somme d'argent supplémentaire. Elle était convaincue qu'elle ne se trompait pas, et que bientôt ses collègues envahiraient à nouveau le lieu.

— Vous ne voulez pas que je reste ici jusqu'à ce que vous ayez fini ce que vous avez à faire ? lui demanda tout de même l'homme quand il se rendit compte de l'état d'abandon des lieux.

— Non, merci, vous pouvez y aller.

Le chauffeur n'insista pas, il haussa les épaules et fit demi-tour, laissant dans l'air un bref sillage de kebab à l'oignon.

Mila escalada le portail et parcourut le chemin de terre en enfonçant ses pieds dans un mélange de neige et de boue. Elle savait que les policiers, sur ordre de Roche, avaient quitté les lieux. Même le camping-car de l'unité mobile était parti. Il n'y avait plus rien qui intéressât l'enquête, dans cet endroit.

« Jusqu'à cette nuit », pensa-t-elle.

Elle arriva à l'entrée principale mais la porte, forcée lors de l'irruption des unités spéciales, était fermée avec une nouvelle serrure. Elle se tourna vers la maison paroissiale, pour voir si le père Timothy était encore réveillé.

Elle était arrivée jusque-là, elle n'avait pas le choix.

Elle se dirigea vers la demeure du prêtre. Elle frappa plusieurs fois. Une fenêtre du deuxième étage finit par s'éclairer, à laquelle se pencha le père Timothy.

— Qui est là ?

— Père Timothy, je suis de la police. Nous nous sommes déjà vus, vous vous rappelez ?

Le prêtre fit un effort pour la reconnaître, entre les flocons de neige dense.

— Oui, bien sûr. Que voulez-vous, à cette heure-ci ? Je croyais que vous en aviez terminé, ici…

— Je sais, excusez-moi, mais j'aurais besoin de vérifier quelque chose dans le lavoir. Vous pourriez me donner les clés, s'il vous plaît ?

– D'accord, je descends.

Mila commençait déjà à se demander pourquoi il mettait aussi longtemps, mais quelques minutes plus tard elle l'entendit déverrouiller la porte d'entrée. Il apparut, emmitouflé dans un vieux cardigan usé aux coudes, son expression douce habituelle sur le visage.

– Mais vous tremblez.

– Ne vous inquiétez pas, mon père.

– Venez à l'intérieur vous réchauffer un instant, le temps que je trouve les clés. Vous savez, vous avez laissé un beau désordre, vous autres.

Mila le suivit dans la maison. La chaleur lui procura une sensation immédiate de bien-être.

– J'étais en train de me coucher.

– Je suis désolée.

– Ça ne fait rien. Ça vous dirait, une tasse de thé ? J'en fais toujours avant de m'endormir, cela me détend.

– Non, merci. Je voudrais rentrer le plus tôt possible.

– Prenez-en, ça vous fera du bien. Il est déjà prêt, vous n'avez qu'à vous servir. Entre-temps, je vais aller chercher les clés.

Il sortit de la pièce et elle se dirigea vers la petite cuisine que lui avait indiquée le prêtre. En effet, la théière était sur la table. L'odeur se répandait avec la vapeur, et Mila ne put résister. Elle s'en versa une tasse, dont elle sucra abondamment le contenu. Elle repensa à l'horrible thé glacé que Feldher avait essayé de leur refiler, à Boris et à elle, dans sa maison à la décharge. Elle se demanda où il prenait l'eau pour le préparer.

Le père Timothy revint avec un gros trousseau de clés. Il était encore occupé à trouver la bonne.

– Ça va mieux, maintenant, n'est-ce pas ? sourit le prêtre, satisfait d'avoir insisté.

Mila lui rendit son sourire.

– Oui, ça va mieux.

– Voilà : ça devrait être celle-ci, qui ouvre la grande porte principale… Vous voulez que je vienne avec vous ?

– Non, merci, répondit-elle au plus grand soulagement du prêtre. Mais je dois quand même vous demander un service…

– Je vous écoute.

Elle lui tendit une carte.

197

— Si dans une heure je ne suis pas revenue, appelez ce numéro et demandez de l'aide.

Le père Timothy pâlit.

— Je croyais qu'il n'y avait plus aucun danger.

— C'est une simple précaution. En réalité, je ne crois pas qu'il m'arrivera quoi que ce soit. C'est juste que je ne suis pas sûre de bien m'orienter dans le bâtiment : je pourrais avoir un accident... Et puis, il n'y a pas de lumière, à l'intérieur.

En prononçant cette dernière phrase, elle se rendit compte qu'elle n'avait pas envisagé ce problème. Comment faire ? Il n'y avait pas de courant, et le générateur utilisé pour les lampes halogènes avait sans aucun doute été démonté et emporté avec le reste.

— Zut ! laissa-t-elle échapper. Vous n'auriez pas une lampe torche, par hasard ?

— Je suis désolé... Mais si vous avez un téléphone portable, vous pouvez utiliser la lumière de l'écran.

Elle n'y avait pas pensé.

— Merci du conseil.

— Il n'y a pas de quoi.

Juste après, Mila sortit à nouveau dans la nuit froide, tandis que le prêtre, derrière elle, refermait un à un les verrous de la porte.

Elle monta la petite pente et se retrouva devant la porte de l'institut. Elle glissa la clé dans la serrure et entendit l'écho des tours qui se perdait dans la salle derrière. Elle poussa, puis referma l'énorme porte.

Elle était à l'intérieur.


Les pigeons rassemblés sur la lucarne saluèrent sa présence d'un battement d'ailes frénétique. L'écran de son portable émettait une pâle lueur verte, qui ne lui permettait d'apercevoir qu'une faible portion de ce qu'elle avait devant elle. Cette bulle de lumière était entourée d'une obscurité épaisse, prête à l'envahir d'un moment à l'autre.

Mila tenta de se rappeler le parcours pour aller à la laverie. Elle se lança.

Le bruit de ses pas violait le silence. Son souffle se condensait dans l'air froid. Très vite, elle se retrouva à la cuisine, et elle reconnut la silhouette des grandes chaudières en fer. Puis elle passa dans le réfectoire, où elle fit attention à éviter les tables en Formica. Elle en heurta une avec sa hanche, faisant tomber l'une des chaises qui étaient posées dessus. Le bruit, amplifié par l'écho, fut assourdissant. Pendant qu'elle remettait tout en place, Mila vit l'ouverture qui menait à l'étage inférieur par l'étroit escalier en colimaçon. Elle s'introduisit dans le boyau de pierre et descendit lentement les marches que l'usure du temps avait rendues glissantes.

Elle arriva au lavoir.

Elle bougea son portable pour regarder autour d'elle. Dans la cuve en marbre où avait été retrouvé le corps d'Anneke, quelqu'un avait déposé une fleur. Mila repensa à la prière récitée tous ensemble dans cette salle.

Et elle se mit à chercher.

Elle regarda d'abord le long des murs, puis passa ses doigts sur les plinthes. Rien. Elle évitait de se demander combien de temps la batterie de son portable allait encore résister. Moins pour la perspective de revenir en arrière dans le noir que pour l'idée que sans cette faible lueur il lui faudrait beaucoup plus de temps. Au bout d'une heure, le père Timothy appellerait à l'aide, et elle ferait vraiment piètre figure. Il fallait se dépêcher.

« Où est-ce? pensa-t-elle. Je sais que c'est ici, quelque part... »

Un bruit soudain et très fort, et son cœur fit un bond dans sa poitrine. Elle mit un moment à se rendre compte qu'il s'agissait de la sonnerie de son téléphone.

Elle regarda l'écran et lut : « Goran ».

Elle mit son oreillette et répondit.

– Il n'y a personne, au Bureau? J'ai appelé au moins dix fois, personne ne répond.

– Boris et Stern sont sortis, mais Sarah Rosa devrait y être.

– Et toi, tu es où?

Mila se dit que le moment était mal venu pour mentir. Bien qu'elle ne soit pas encore tout à fait certaine de sa supposition, elle décida de l'en informer.

– Je pense que Ronald nous écoutait, l'autre soir.

– Et qu'est-ce qui te fait penser ça?

– J'ai comparé sa lettre aux questions que vous avez posées pendant notre prière. On dirait des réponses...

– C'est une excellente déduction.

Le criminologue n'avait pas l'air étonné. Peut-être était-il arrivé à la même conclusion. Mila se sentit un peu stupide d'avoir imaginé le surprendre.

– Mais tu n'as pas répondu à ma question : où es-tu ?

– Je cherche le micro.

– Quel micro ?

– Celui que Ronald a caché dans le lavoir.

– Tu es à l'institut ?

Goran avait une voix très inquiète, maintenant.

– Oui.

– Sors tout de suite d'ici !

– Pourquoi ?

– Mila, il n'y a pas de micro !

– Mais je suis sûre que…

Goran l'interrompit :

– Écoute, ils ont passé toute la zone au crible, ils l'auraient trouvé !

À ce moment-là, elle se sentit vraiment stupide. Le criminologue avait raison : était-il possible d'être superficielle au point de ne pas y avoir pensé ? Qu'avait-elle dans la tête ?

– Alors comment il a fait pour…

Elle ne finit pas sa phrase. Une goutte glacée imaginaire lui glissa le long du dos.

« Il était ici. »

– La prière était un stratagème pour le faire sortir du bois !

« Pourquoi je n'y ai pas pensé avant ? »

– Mila, sors, pour l'amour de Dieu !

C'est alors qu'elle prit conscience du risque qu'elle courait. Elle sortit son pistolet et se dirigea rapidement vers la sortie, qui était au moins à deux cents mètres de là où elle se trouvait. Une distance énorme, avec cette « présence » dans l'institut.

« Qui ? », se demanda Mila en remontant l'escalier en colimaçon jusqu'au réfectoire.

Quand elle sentit ses jambes perdre force et se dérober sous elle, elle eut la réponse : « Le thé… »

*La ligne était mauvaise, il y avait des grésillements.* Dans son oreillette, elle entendit Goran lui demander :

– Quoi ?

– Le père Timothy est Ronald, pas vrai ?

*Grésillements. Bruit de fond. Grésillements.*

– Oui ! Après la mort de Billy Moore, le père Rolf a renvoyé tout le monde de l'institut avant la date réelle de fermeture. Sauf lui.

Il l'a gardé avec lui parce qu'il avait peur de sa nature, et il espérait réussir à le contrôler.

– Je pense qu'il m'a droguée.

*La voix de Goran était intermittente.*

–... tu as dit ? Je ne...omprends pas...

– Je crois que... essaya de répéter Mila, mais les mots restèrent collés dans sa bouche.

Elle tomba en avant.

L'oreillette glissa. Le téléphone lui échappa des mains et glissa sous une table. Les battements de son cœur accéléraient à cause de la peur, ce qui favorisait la diffusion de la drogue dans son organisme. Ses sens s'engourdissaient. Mais elle entendait encore Goran, dans l'oreillette qui gisait à quelques mètres d'elle, qui lui disait :

– Mila ! Mila !...onds-moi !...asse-t-il ?

Elle ferma les yeux, terrorisée à l'idée qu'elle pourrait ne jamais les rouvrir. Puis elle se dit qu'elle ne mourrait pas dans un endroit comme celui-là.

« Adrénaline... J'ai besoin d'adrénaline... »

Elle savait comment se la procurer. Elle tenait encore son pistolet bien fermement dans sa main droite. Elle le tourna de façon à ce que le canon frôle son deltoïde. Et elle tira. Le coup lacéra le cuir de sa veste et arracha la chair, résonnant puissamment dans l'abysse qui l'entourait. Elle hurla de douleur. Mais elle reprit connaissance.

Goran cria clairement son nom :

– Mila !

Elle rampa en direction de la lumière du portable. Elle l'attrapa et répondit à Gavila.

– Tout va bien.

Elle se releva et recommença à marcher. Elle fournissait un effort énorme pour faire un seul pas. Elle se sentait comme dans ces rêves où quelqu'un nous poursuit et où on n'arrive pas à courir, parce que nos jambes sont lourdes, comme si on était immergé jusqu'aux genoux dans un liquide dense.

Sa blessure pulsait, mais elle ne perdait pas beaucoup de sang. Elle avait bien mesuré son tir. Elle serra les dents et, pas après pas, il lui sembla que la sortie se rapprochait.

– Si vous saviez tout, pourquoi vous ne l'avez pas arrêté tout de suite, ce salaud ? hurla-t-elle dans le portable. Et pourquoi je n'ai pas été informée, moi ?

La voix du criminologue était à nouveau claire.

— Je suis désolée, Mila. Nous voulions que vous continuiez à vous comporter avec naturel avec lui, pour ne pas éveiller ses soupçons. Nous le contrôlons à distance. Nous avons placé des détecteurs dans sa voiture. Nous espérions qu'il nous conduise à la sixième fillette…

— Mais il ne l'a pas fait…

— Parce qu'il n'est pas Albert, Mila.

— Mais il est dangereux quand même, pas vrai ?

Goran marqua une pause un peu trop longue. Il l'était.

— J'ai donné l'alarme, une équipe arrive. Mais ça prendra du temps : le cordon de surveillance a un rayon de deux kilomètres.

« Quoi qu'ils fassent, pensa Mila, il sera trop tard. » Avec le mauvais temps et la drogue qui circulait dans son corps, épuisant ses forces, elle n'avait pas d'espoir. Elle le savait. Elle aurait dû écouter le chauffeur de taxi, quand il avait essayé de la décourager de venir ! Et – malédiction ! – pourquoi n'avait-elle pas accepté, quand il s'était offert de l'attendre ? Parce qu'elle était gênée par l'odeur de kebab à l'oignon dans sa voiture, voilà pourquoi ! Et maintenant, elle était prise au piège. Elle s'y était mise toute seule, peut-être parce que, inconsciemment, une partie d'elle le voulait. Elle aimait l'idée de prendre des risques. Et même de mourir !

« Non ! Je veux vivre. »

Ronald – alias père Timothy – n'avait pas encore bougé. Mais elle était certaine de n'avoir pas longtemps à attendre.

Trois bips la sortirent de ses pensées.

— Merde, dit-elle au moment où la batterie de son portable l'abandonnait définitivement.

L'obscurité se referma sur elle comme les doigts d'une main.


Combien de fois s'était-elle retrouvée dans le pétrin ? Cela lui était déjà arrivé. Chez le maître de musique, par exemple. Mais combien de fois s'était-elle retrouvée aussi mal en point que là ? La réponse qu'elle se donna à elle-même la déconcerta.

« Jamais. »

Droguée, blessée, sans force et sans portable. À propos de ce dernier manque, elle eut envie de rire : qu'aurait-elle pu faire avec son portable ? Appeler une vieille copine, peut-être. Graciela, par exemple. Et lui demander : « Comment ça va ? Moi, je suis sur le point de mourir ! »

Le pire, c'était l'obscurité. Mais elle pouvait aussi la considérer comme un avantage : si elle ne pouvait pas voir Ronald, il ne pouvait pas non plus la voir.

« Il s'attend à ce que j'aille vers la sortie… »

En effet, elle n'avait qu'une envie, sortir de cet endroit. Mais elle savait bien qu'elle ne devait pas suivre son instinct, autrement elle mourrait.

« Je dois me cacher et attendre l'arrivée des renforts. »

Elle décida que c'était la décision la plus sage. Parce qu'elle pouvait sombrer d'un instant à l'autre dans le sommeil. Elle avait encore son pistolet, ce qui la rassurait. Peut-être était-il armé, lui aussi. Mais Ronald ne lui semblait pas du genre doué avec les armes, du moins pas aussi doué qu'elle. Cependant, il avait bien interprété le rôle du timide et craintif père Timothy. Dans le fond, il pouvait cacher bien d'autres talents.

Elle se recroquevilla sous l'une des tables de l'énorme réfectoire et écouta. L'écho n'aidait pas : il amplifiait des sons inutiles, d'obscurs grincements, trompeurs et distants, qu'elle n'arrivait pas à interpréter. Ses paupières se fermaient inexorablement.

« Il ne peut pas me voir. Il ne peut pas me voir, se répétait-elle sans cesse. Il sait que je suis armée : s'il fait un bruit ou s'il utilise une torche pour me chercher, il est un homme mort. »

Des couleurs invraisemblables se mirent à danser devant ses yeux.

« Ça doit être la drogue », se dit-elle.

Les couleurs devenaient des figures qui s'animaient pour elle. Il était impossible que cela soit le fruit de son imagination. En réalité, c'était comme des éclairs soudains qui s'allumaient à différents endroits de la salle.

« Ce salaud est ici, et il utilise un flash ! »

Mila tenta de viser avec le pistolet. Mais en raison des lumières aveuglantes, altérées par l'effet hallucinogène de la drogue, il était impossible à localiser.

Elle était prisonnière d'un énorme kaléidoscope.

Elle secoua la tête, mais elle n'était plus maîtresse d'elle-même. Un peu après, elle sentit un frisson parcourir les muscles de ses bras et de ses jambes, comme une convulsion sur laquelle elle n'avait aucune prise. Quand elle tentait de l'arrêter, l'idée de la mort revenait la narguer, avec la promesse que, si elle fermait les yeux, tout finirait. Pour toujours.

Combien de temps avait passé? Une demi-heure? Dix minutes? Et combien de temps lui restait-il?

À ce moment-là, elle l'entendit.

Il était proche. Très proche. À quatre ou cinq mètres d'elle, tout au plus.

Elle le vit!

Cela ne dura qu'une fraction de seconde. Dans la couronne lumineuse qui l'entourait, elle entrevit le sourire sinistre sur son visage.

Mila savait qu'il la découvrirait d'un moment à l'autre, et elle n'avait plus assez d'énergie pour lui tirer dessus. Elle devait donc agir tout de suite, même au risque de révéler sa position.

Elle visa dans le noir, pointant l'arme vers l'endroit où elle pensait qu'il allait réapparaître dans le halo du flash. C'est-à-dire au hasard, mais elle n'avait pas d'alternative.

Elle allait appuyer sur la détente quand Ronald se mit à chanter.

La même voix magnifique que le père Timothy quand il avait entonné l'hymne devant toute l'équipe. C'était un contresens, une erreur de la nature, qu'un tel don soit enfermé dans le cœur sourd d'un assassin. C'était de là que venait ce chant de mort terrifiant.

Il aurait pu être doux et touchant. Mais ce que Mila ressentait, c'était de la peur. Ses jambes se dérobèrent définitivement, ainsi que les muscles de ses bras. Et elle se laissa glisser sur le sol.

*La lueur d'un flash.*

La torpeur l'enveloppa comme une couverture froide. Elle entendit beaucoup plus nettement les pas de Ronald qui s'approchait pour la débusquer.

*Encore un éclair.*

« C'est fini. Il va me voir. »

En réalité, la façon dont il allait la tuer lui importait peu. Elle s'abandonna aux flatteries de la mort avec une tranquillité inespérée. Sa dernière pensée alla à la fillette numéro six.

« Je ne saurai jamais qui tu étais... »

*Une lueur l'enveloppa complètement.*

La crosse du pistolet qu'on lui enlevait de la main. Deux mains qui la saisissaient. Elle sentit qu'on la soulevait. Elle tenta de dire quelque chose, mais les sons restèrent coincés dans sa gorge.

Elle perdit connaissance.

Elle se réveilla en percevant une démarche souple : Ronald la portait sur son dos, et ils montaient des marches.

Elle s'évanouit à nouveau.

Une très forte odeur d'ammoniaque la tira à nouveau de son sommeil artificiel. Ronald agitait un flacon sous son nez. Il lui avait attaché les mains, mais il voulait qu'elle soit consciente.

Un vent glacé lui giflait le visage. Ils étaient dehors. Mais où ? Mila se dit qu'ils devaient être en hauteur. Puis elle se rappela la photo agrandie de l'institut que Chang lui avait montrée pour indiquer l'endroit d'où était tombé Billy Moore.

« La tour. Nous sommes sur la tour ! »

Ronald se désintéressa d'elle pendant un moment. Elle le vit se diriger vers le parapet et regarder vers le bas.

« Il veut me jeter dans le vide ! »

Puis il revint, l'attrapa par les jambes et la traîna jusqu'à la corniche. Avec le peu de force qui lui restait, Mila tenta de ruer, mais sans succès.

Elle hurla. Se démena. Un désespoir aveugle lui inondait le cœur. Il lui souleva le buste sur le parapet. La tête penchée en arrière, Mila regarda le gouffre derrière elle. Puis, à travers le rideau de neige, elle aperçut au loin les lumières des voitures de police qui approchaient sur l'autoroute.

Ronald s'approcha de son oreille. Elle sentit son souffle chaud tandis qu'il lui chuchotait :

— C'est trop tard, ils n'auront pas le temps…

Puis il entreprit de la pousser. Malgré ses mains nouées derrière le dos, elle réussit quand même à attraper le bord glissant de la corniche. Elle s'opposa de toutes ses forces, mais elle savait qu'elle ne pourrait pas résister longtemps. Sa seule alliée était la glace qui recouvrait le sol de la tour, qui faisait glisser le pied sur lequel Ronald prenait appui chaque fois qu'il tentait de la pousser définitivement. Elle vit son visage déformé par l'effort, puis il perdit son calme, à cause de la résistance obstinée de sa victime. Il changea de technique : il décida de lui faire passer les jambes par-dessus le parapet. Il se mit juste devant elle. Et, à ce moment précis, un instinct désespéré de survie permit à Mila de concentrer toute la force qui lui restait dans son genou, qu'elle lui planta dans le bas-ventre.

Ronald recula, plié en deux, le souffle coupé, les mains croisées sur ses jambes. Mila comprit que c'était sa seule chance, avant qu'il ne se reprenne.

Sans énergie, sa seule alliée était la gravité.

Sa blessure au deltoïde la brûlait, mais elle n'écouta pas la douleur. Elle se redressa : maintenant, la glace était contre elle, mais elle prit tout de même son élan et s'élança vers lui. Elle lui tomba dessus à l'improviste, et Ronald perdit l'équilibre. Il agita les bras en cherchant un point d'appui, mais son corps était déjà à moitié au-dessus de la corniche.

Quand il comprit qu'il n'avait aucune chance de s'en sortir, Ronald tendit une main pour attraper Mila et l'entraîner avec elle dans l'abysse qui s'ouvrait sous lui. Elle vit ses doigts effleurer un pan de sa veste en cuir dans une dernière caresse, terrible. Elle le regarda tomber au ralenti, comme si les flocons candides en atténuaient la chute.

L'obscurité l'accueillit.

# 19

*Une obscurité profonde.*

*Cloison parfaite entre le sommeil et l'éveil. La fièvre avait monté. Elle la sentait sur ses joues rouges, sur ses jambes douloureuses, sur son estomac bouillant.*

*Elle ne sait pas quand commencent ni finissent ses journées. Si cela fait des heures ou des semaines qu'elle est étendue là. Le temps n'existe pas, dans le ventre du monstre qui l'a engloutie : il se dilate et se contracte, comme un estomac qui digère lentement son repas. Et il ne sert pas. Ici, le temps ne sert à rien. Parce qu'il ne peut pas répondre à la question la plus importante.*

*« Quand cela finira-t-il ? »*

*La privation du temps est la pire de ses punitions. Plus que la douleur au bras gauche, qui irradie parfois dans le cou et lui comprime les tempes, insoutenable. Parce que désormais, pour elle, une chose est évidente.*

*Tout ceci est une punition.*

*Cependant, elle ne sait pas exactement pour quel péché elle doit être punie.*

*« Peut-être que j'ai été méchante avec maman ou avec papa, que j'ai fait trop de caprices, je ne veux pas boire mon lait à table, et je le jette en cachette quand ils ne me regardent pas, j'ai voulu qu'ils m'achètent un chat avec la promesse que je m'occuperais de lui, mais une fois que j'ai eu Houdini j'ai demandé un chien et ils se sont beaucoup énervés, ils ont dit qu'ils ne pouvaient pas abandonner le chat, et moi j'ai essayé de leur faire comprendre qu'Houdini ne m'aime pas du tout, ou peut-être est-ce parce que je n'ai pas eu de bonnes notes à l'école, cette année mon premier bulletin était catastrophique, et je dois me rattraper en géographie et en dessin, ou peut-être que c'est à cause des trois cigarettes que j'ai fumées en cachette sur le toit de la salle de sport avec mon cousin, mais je n'ai pas avalé la fumée, non, ou alors à*

cause des barrettes en forme de coccinelle que j'ai volées au centre commercial, je jure que je ne l'ai fait qu'une fois, et je suis très têtue, surtout avec maman qui veut toujours choisir les vêtements que je dois porter, elle n'a pas compris que je suis grande et que ce qu'elle m'achète ne me plaît pas, parce que maintenant nous n'avons plus les mêmes goûts... »

Quand elle est éveillée, elle pense à une explication, elle cherche une raison qui justifie ce qui se passe. Elle en arrive à imaginer les choses les plus absurdes. Mais chaque fois qu'elle pense enfin avoir trouvé la raison, celle-ci s'écroule comme un château de cartes, parce que sa douleur est trop grande par rapport à sa faute.

D'autres fois, au contraire, elle s'énerve parce que sa maman et son papa ne sont pas encore venus la chercher.

« Ils attendent quoi, pour me libérer ? Ils ont déjà oublié qu'ils avaient une fille ? »

Mais ensuite, elle se repent. Et elle les appelle à nouveau par la pensée, dans l'espoir d'avoir un pouvoir télépathique. C'est la seule ressource qu'il lui reste.

Il y a aussi des moments où elle se convainc qu'elle est morte.

« Oui, je suis morte, et on m'a enterrée ici. En réalité, je n'arrive pas à bouger parce que je suis dans un cercueil. Je resterai comme ça pour toujours... »

Mais ensuite, la douleur lui rappelle qu'elle est vivante. Cette douleur qui est à la fois une condamnation et une libération. Qui l'arrache à son sommeil et la ramène à la réalité. Comme maintenant.

Un liquide chaud lui coule dans le bras droit. Elle le sent. C'est agréable. Ça sent le médicament. Quelqu'un s'occupe d'elle. Elle ne sait pas si elle doit s'en réjouir ou non. Parce que cela signifie deux choses. La première est qu'elle n'est pas seule. La seconde est qu'elle ne sait pas si cette présence est bonne ou mauvaise.

Elle a appris à l'attendre. Elle sait quand elle se manifestera. Par exemple, elle a compris que la fatigue qui l'envahit à chaque moment et le sommeil où elle sombre à l'improviste ne sont pas déterminés de façon autonome par son organisme. C'est une drogue, qui endort ses sens.

Cela n'arrive que quand elle agit.

La présence s'assied près d'elle et la nourrit patiemment avec une cuillère. Le goût est doux, et il n'y a pas besoin de mâcher. Puis elle lui donne à boire, de l'eau. Elle ne la touche jamais, ne lui donne jamais rien. Elle, elle voudrait parler, mais ses lèvres refusent de former les mots, et sa gorge d'émettre les sons. Parfois, elle sent la présence bouger à côté d'elle. Parfois, elle a l'impression que la présence la regarde, immobile.

Un nouvel élancement. Un cri étouffé qui résonne sur les murs de sa prison. Et qui la ramène à elle.

C'est alors qu'elle l'aperçoit.

Dans le noir, elle distingue une petite lumière, lointaine. Un point rouge apparu soudain, qui limite son horizon. Qu'est-ce donc ? Elle essaye de mieux voir, mais elle n'y arrive pas. Puis elle sent quelque chose sous sa main droite. Quelque chose qui n'était pas là avant. Un objet à la consistance rugueuse et irrégulière. On dirait de l'écaille. Ça la dégoûte. C'est rigide. C'est sûrement un animal mort. Elle voudrait le jeter, mais il est solidement attaché à la paume de sa main. Avec le peu de force dont elle dispose, elle tente de s'en débarrasser. Mais en secouant le poignet, elle commence à comprendre… Ce n'est pas un animal mort. L'objet est rigide parce qu'il est en plastique. Il n'est pas collé à sa main, simplement attaché à sa paume avec du Scotch. Et il n'est pas recouvert d'écailles, mais de boutons.

C'est une télécommande.

Soudain, tout est clair. Il lui suffit de soulever un peu le poignet, de pointer l'objet vers la petite lumière rouge et d'appuyer sur un bouton au hasard. La séquence de bruits qui s'ensuit lui communique qu'elle ne s'est pas trompée. D'abord, un déclic. Puis une bande qui se rembobine rapidement. Le son familier du mécanisme d'un magnétoscope. En même temps, un écran s'éclaire devant ses yeux.

Pour la première fois, une lueur dans la pièce.

Elle est entourée par de hautes parois en roche sombre. Et elle est allongée dans ce qui lui semble un lit d'hôpital, avec des poignées et un dossier en acier. À côté d'elle, un support avec une perfusion qui se termine par une aiguille plantée dans son bras droit. Le gauche est complètement caché par des bandes très serrées qui lui immobilisent tout le thorax. Sur une table sont posés des petits pots de nourriture pour enfants. Et beaucoup, énormément de médicaments. Mais derrière le téléviseur, l'obscurité est toujours impénétrable.

La cassette se rembobine enfin. Elle se bloque d'un coup. Puis elle repart, mais plus lentement. Un bruissement annonce le début d'un film. Ensuite, démarre une petite musique gaie et stridente – le son est un peu distordu. Puis l'écran s'emplit de couleurs brouillées. Un petit bonhomme en salopette bleue, un chapeau de cow-boy sur la tête, apparaît. Il a même un cheval, avec de très longues pattes. Le bonhomme essaye de monter dessus, mais il n'y arrive pas. Les tentatives se répètent et se concluent toujours de la même façon : il tombe par terre et le cheval se moque de lui. Ça continue pendant une dizaine de minutes. Puis le dessin animé se termine, sans générique de fin. En revanche, la cassette continue. Quand elle arrive au bout, la bande se rembobine automatiquement. Et recommence au début. Toujours le même bonhomme. Le même cheval sur lequel il n'arrivera jamais à monter. Mais elle continue à regarder. Même si elle sait déjà comment ça se passera, avec cet animal taquin.

Elle espère.

Parce que c'est la seule chose qu'il lui reste. L'espoir. La capacité de ne pas s'abandonner complètement à l'horreur. Peut-être que celui qui a choisi ce dessin animé pour elle l'a fait dans un but précis. Mais le fait que le bonhomme ne veuille pas se rendre et résiste, malgré les chutes et la douleur, lui donne du courage.

« Allez, remonte en selle ! », lui dit-elle chaque fois dans sa tête. Avant que le sommeil ne l'écrase à nouveau.

Parquet de XXXX
Bureau du procureur général
J.B. Marin

11 déc. de l'année en cours

À l'attention du directeur,
M. Alphonse Bérenger
c/o Prison de haute sécurité de XXXX
Quartier pénitentiaire n° 45.

Objet : <u>en réponse au Rapport « confidentiel » du
23 novembre.</u>

Cher Monsieur Bérenger,

Je fais suite à votre demande d'un supplément d'enquête
sur le compte du sujet détenu dans votre pénitencier et
jusqu'ici identifié uniquement par le numéro de matricule RK-357/9. Je suis désolé de devoir vous informer
que les recherches approfondies sur l'identité de
l'homme n'ont donné aucun résultat.

Je suis d'accord avec vous quand vous affirmez que le
soupçon fondamental persiste que le détenu RK-357/9
puisse avoir commis quelque chose de grave dans le
passé et fasse tout pour nous le cacher. Au point où
nous en sommes, l'examen de son ADN est le seul instrument dont nous disposons pour le confirmer ou le
démentir.

Cependant, comme vous le savez, nous ne pouvons pas contraindre le détenu RK-357/9 à effectuer le test. En effet, cela nous exposerait à une grave violation de ses droits, dans la mesure où le délit pour lequel il a été condamné (n'avoir pas voulu fournir ses papiers aux forces de l'ordre) ne le prévoit pas.

Il n'en serait pas ainsi s'il existait des preuves « substantielles » et « univoques » que le détenu RK-357/9 a été impliqué dans un délit grave ou si nous avions « des motifs sérieux de dangerosité sociale ».

Aujourd'hui, cela est à exclure.

À la lumière de ce qui précède, le seul moyen dont nous disposons pour nous emparer de son ADN est de le prélever directement sur du matériel organique, avec pour seule condition que celui-ci ait été perdu par hasard ou spontanément laissé traîner par le sujet au cours de ses activités quotidiennes normales.

Vu la manie hygiéniste du détenu RK-357/9, ce bureau autorise les gardiens de la prison à accéder sans préavis à sa cellule pour l'inspecter dans le but de repérer le susmentionné matériel organique.

Dans l'espoir que l'expédient soit adapté pour atteindre notre but, je vous envoie mes salutations distinguées.

Le vice-procureur
Matthew Sedris

# 20

— Qu'ils disent ce qu'ils veulent, laisse tomber! Tu es une bonne policière, c'est clair?

Le sergent Morexu avait sorti tout son esprit gitan pour lui exprimer sa solidarité. Il ne s'était jamais adressé à elle sur ce ton affligé. Quasi paternel. Pourtant, Mila sentait qu'elle ne méritait pas qu'il la défende ainsi. De façon inattendue, son supérieur l'avait appelée dès que la nouvelle de sa promenade nocturne à l'institut avait été diffusée. On allait lui coller la mort de Ronald Dermis sur le dos, elle en était certaine, bien qu'il se soit agi de légitime défense.

Elle se trouvait dans un hôpital militaire. Roche n'avait pas choisi une structure civile parce qu'il avait sagement eu l'idée de la soustraire à la curiosité de la presse. De ce fait, elle avait une chambre pour elle toute seule. Et quand elle demanda pourquoi il n'y avait pas d'autre malade, la réponse lapidaire fut que ce complexe avait été conçu pour héberger les personnes contaminées par une éventuelle attaque bactériologique.

Les lits étaient refaits tous les matins, les draps lavés et repassés. Dans la pharmacie, les médicaments qui périmaient étaient immédiatement remplacés. Et tout ce gâchis de ressources dans la seule éventualité que quelqu'un décide de libérer un virus ou une bactérie génétiquement modifiée qui ne laisserait de toute façon aucun survivant.

Mila pensa que tout ceci était insensé.

Sa lésion au bras avait été recousue, une quarantaine de points, par un gentil chirurgien qui, quand il lui avait rendu visite, n'avait fait aucune allusion à ses autres cicatrices.

– Vous ne pouvez pas tomber dans un meilleur endroit, pour une blessure par arme à feu, s'était-il limité à dire.

– Quel rapport ont les virus et les bactéries avec les balles ? avait-elle demandé sur un ton provocateur.

Il avait ri.

Ensuite, un autre médecin l'avait examinée deux ou trois fois, prenant sa tension et sa température. Les effets du puissant somnifère que lui avait administré le père Timothy s'étaient dissipés en quelques heures. Un diurétique avait fait le reste.

Mila avait eu beaucoup de temps pour réfléchir.

Elle ne pouvait pas s'empêcher de penser à la fillette numéro six. Elle n'avait pas tout un hôpital à sa disposition, elle. Le plus grand espoir de Mila était qu'Albert la mette constamment sous sédatifs. Les spécialistes à qui Roche avait demandé de se prononcer sur sa proba-bilité de survie, en manifestant leur pessimisme, avaient tenu compte non seulement de la gravité de son handicap physique, mais aussi du choc subi et du stress auquel elle était soumise.

Peut-être ne s'était-elle même pas rendu compte de n'avoir plus son bras. Cela arrivait souvent aux victimes d'amputation. Mila en avait entendu parler à propos de certains blessés de guerre qui, malgré la perte d'un membre, ont encore un résidu de sensibilité dans cette partie de leur corps, et réagissent même parfois aux chatouilles. Les médecins appellent cela « la perception du membre fantôme ».

Ces pensées la troublaient profondément, amplifiées par le silence opprimant de la chambre. Peut-être pour la première fois depuis des années, elle regretta de ne pas avoir de compagnie. Avant le coup de téléphone de Morexu, personne n'était venu. Ni Goran, ni Boris, ni Stern, et encore moins Rosa. Ce qui ne pouvait signifier qu'une chose : ils prenaient une décision à son sujet, à savoir s'ils la gardaient ou non dans l'équipe. Même si c'était de toute façon Roche qui aurait le dernier mot.

Elle était énervée d'avoir été aussi naïve. Peut-être méritait-elle vraiment qu'ils ne lui fassent plus confiance. La seule pensée qui la consolait était la certitude que Ronald Dermis ne puisse pas être Albert. Autrement, il n'y aurait plus rien à faire pour la sixième fillette.

Isolée dans sa chambre, elle ne savait rien des développements de l'enquête. Elle demanda des nouvelles à l'infirmière qui lui servit son petit déjeuner, et qui revint un peu plus tard avec un quotidien.

Jusqu'à la sixième page, on ne parlait de rien d'autre. Le peu de nouvelles qui avaient filtré figurait sous différentes versions, amplifiées à l'excès. Les gens étaient avides de nouveauté. Après que l'opinion eut été mise au courant de l'existence d'une sixième fillette, un sentiment de solidarité s'était réveillé dans le pays, poussant chacun à des gestes qu'il aurait cru impensables, comme organiser des soirées de prière ou des groupes de soutien. Une initiative avait été lancée : « Une bougie pour chaque fenêtre ». Ces petites flammes, visant à scander l'attente du « miracle », ne seraient éteintes que quand la sixième fillette rentrerait chez elle. Des gens qui s'ignoraient depuis toujours vivaient, grâce à cette tragédie, une nouvelle expérience : le contact humain. Ils n'avaient plus à chercher en vain des prétextes pour entrer en relations les uns avec les autres. Parce qu'il était évident qu'ils avaient désormais quelque chose en commun : la pitié pour cette créature. Et cela les aidait à communiquer. Ils le faisaient partout. Au supermarché, au bar, au travail, dans le métro. À la télévision, quel que soit le programme, on ne parlait que de cela.

Cependant, parmi toutes les initiatives, une avait particulièrement fait sensation, allant jusqu'à mettre les enquêteurs dans l'embarras.

La prime.

Dix millions à quiconque fournirait des informations susceptibles de sauver la sixième fillette. Une grosse somme, qui n'avait pas manqué de susciter une féroce polémique. Certains soutenaient que cela polluait la spontanéité des manifestations de solidarité. D'autres, en revanche, pensaient que c'était une bonne idée, qui ferait bouger les choses, parce que, derrière la façade altruiste, l'égoïsme régnait toujours, qui ne serait enrayé qu'avec la promesse d'un profit.

Ainsi, sans s'en apercevoir, le pays s'était à nouveau divisé.

L'initiative de la prime provenait de la fondation Rockford.


Quand Mila demanda à l'infirmière qui se cachait derrière cette institution de bienfaisance, la femme écarquilla les yeux, stupéfaite.

– Tout le monde sait qui est Joseph B. Rockford.

Cette réaction fit comprendre à Mila à quel point, absorbée dans sa chasse aux enfants disparus, elle s'était coupée du monde réel.

– Je suis désolée, moi je ne sais pas, répondit-elle. Et elle se dit qu'une situation où le destin d'un magnat s'entrecroisait fatalement avec celui d'une fillette inconnue était absurde : deux êtres humains qui, jusqu'à ce jour, avaient eu des existences lointaines et très différentes, et qui auraient probablement continué de la même manière jusqu'à la fin de leurs jours, si Albert ne s'était pas chargé de les rapprocher.

Sur ces pensées, elle s'endormit et profita enfin d'un sommeil sans rêves qui lui lava l'esprit de l'horreur de ces journées. Quand elle se réveilla, reposée, elle n'était pas seule.

Goran était assis à côté de son lit.

Mila se redressa, se demandant depuis combien de temps il était là. Il la rassura :

— J'ai préféré attendre, plutôt que de te réveiller. Tu avais l'air si sereine. Je n'aurais pas dû ?

— Si, mentit-elle.

En fait, c'était comme s'il l'avait surprise dans un moment où elle n'avait aucune défense. Avant qu'il ne s'aperçoive de sa gêne, elle se dépêcha de changer de sujet.

— Ils veulent me garder ici en observation. Mais je leur ai dit que je sortirai cet après-midi.

Goran regarda l'heure.

— Dépêche-toi, alors : c'est presque le soir.

Mila n'en revint pas d'avoir tant dormi.

— Il y a du nouveau ?

— Je sors d'une longue réunion avec l'inspecteur chef Roche.

« Voilà ce qu'il est venu faire, pensa-t-elle. Il a tenu à me communiquer personnellement que je ne fais plus partie de l'équipe. » Mais elle se trompait.

— Nous avons trouvé le père Rolf.

Mila sentit son estomac se contracter, elle imagina le pire.

— Il est mort il y a environ un an, de mort naturelle.

— Où l'a-t-on enterré ?

À cette question, Goran compris que Mila se doutait déjà de tout.

— Derrière l'église. Il y avait aussi d'autres fosses, avec des carcasses d'animaux.

— Le père Rolf lui tenait la bride.

— Apparemment, c'est ce qui s'est passé. Ronald souffrait d'un dérangement *borderline* de la personnalité. C'était un tueur en série en puissance, et le prêtre l'avait compris. Le fait de tuer des animaux est typique, dans ces cas-là. Ça commence toujours comme ça : quand le sujet n'arrive plus à en tirer de satisfaction, il reporte son attention sur ses semblables. Ronald aussi, tôt ou tard, aurait tué des humains. Dans le fond, cette expérience faisait partie de son bagage émotionnel depuis l'enfance.

— Nous l'avons arrêté, maintenant.

C'était une vérité paradoxale.

— Mais plutôt que de l'admettre, Roche préférerait avoir un infarctus !

Mila se dit que Goran cherchait seulement à repousser la nouvelle de son exclusion de l'enquête, et elle décida d'en venir au fait.

— Je suis exclue, pas vrai ?

Il eut l'air étonné.

— Pourquoi tu dis ça ?

— Parce que j'ai fait une connerie.

— Nous en faisons tous.

— J'ai provoqué la mort de Ronald Dermis : du coup, nous ne saurons jamais comment Albert a fait pour connaître son histoire...

— Avant tout, je crois que Ronald avait prévu sa propre mort : il voulait mettre fin au doute qui le tourmentait depuis des années. Le père Rolf l'avait transformé en faux prêtre, le convainquant qu'il pourrait vivre comme un homme dédié à son prochain et à Dieu. Mais lui, il ne voulait pas aimer son prochain, au contraire : il voulait le tuer pour son plaisir.

— Et Albert, comment l'a-t-il appris ?

Le visage de Goran s'assombrit.

— Il doit être entré en contact avec Ronald à un moment de sa vie. Je n'arrive pas à imaginer une autre explication. Il a compris ce que le père Rolf avait compris avant lui. Et il y est arrivé parce qu'ils sont semblables, lui et Ronald. En quelque sorte, ils se sont trouvés, et même reconnus.

Mila poussa un profond soupir en pensant au destin. Ronald Dermis avait été compris par seulement deux personnes, dans sa vie. Un prêtre qui n'avait pas trouvé de meilleure solution que de le cacher au monde. Et un homologue, qui lui avait probablement dévoilé sa vraie nature.

— Tu aurais été la deuxième...

Les mots de Goran la sortirent de ses pensées.

– Quoi?

– Si tu ne l'avais pas arrêté, Ronald t'aurait tuée, comme il a tué Billy Moore des années plus tôt.

À ce moment-là, il sortit une enveloppe de la poche intérieure de son manteau, et la lui passa.

– Je me suis dit que tu avais le droit de les voir…

Mila prit l'enveloppe et l'ouvrit. À l'intérieur, il y avait les photos que Ronald avait prises tandis qu'il la pourchassait dans le réfectoire. Dans un coin de l'une de ces images, elle. Recroquevillée sous la table, les yeux emplis de peur.

– Je ne suis pas très photogénique, tenta-t-elle de dédramatiser.

Mais Goran s'aperçut qu'elle était secouée.

– Ce matin, Roche a décrété la rupture des rangs pour vingt-quatre heures… Ou du moins jusqu'à l'arrivée du prochain cadavre.

– Je ne veux pas de vacances, je veux trouver la sixième fillette, dit Mila. Elle ne peut pas attendre, elle!

– Je crois que l'inspecteur chef en est conscient… Mais il essaye de jouer une autre carte, je le crains.

– La prime, dit immédiatement Mila.

– Cela pourrait bien porter des fruits inespérés.

– Et les recherches sur l'Ordre des médecins? Et la théorie qu'Albert puisse être un médecin radié?

– Une piste faible. Personne n'y croit vraiment, depuis le début. De même que je ne pense pas qu'on puisse tirer quoi que ce soit de l'enquête sur les médicaments grâce auxquels il maintient probablement en vie la fillette. Notre homme peut se les être procurés de mille manières. Il est malin et préparé, ne l'oublie pas.

– Beaucoup plus que nous, apparemment, répondit Mila sur un ton piqué.

Goran ne le prit pas mal.

– Je suis venu ici pour t'emmener, pas pour me disputer.

– M'emmener? Vous voulez m'emmener où?

– Je t'emmène dîner… Et, à propos, je voudrais que tu me tutoies.

Après avoir quitté l'hôpital, Mila avait insisté pour passer au Bureau : elle voulait se laver et changer de vêtements. Elle répétait que si son pull n'avait pas été lacéré par la balle et le reste de ses habits souillé du sang de sa blessure, elle aurait gardé ce qu'elle avait sur le dos. En réalité, cette invitation imprévue à dîner la perturbait, et elle ne voulait pas sentir la transpiration ni la teinture d'iode.

L'accord tacite avec le professeur Gavila – même si elle devait désormais s'habituer à l'appeler par son prénom – était que cela ne devait pas être considéré comme une sortie d'agrément et que, après le dîner, elle retournerait immédiatement au Bureau pour se remettre au travail. Toutefois – même si cela la faisait sentir coupable par rapport à la sixième fillette –, elle ne pouvait s'empêcher de se réjouir de l'invitation.

À cause de sa blessure, elle ne pouvait pas se doucher. Elle se lava donc par morceaux, soigneusement, au point d'épuiser les réserves du petit chauffe-eau.

Elle mit un pull à col roulé noir. Son seul jean de rechange lui semblait provoquant, tellement il était moulant, mais elle n'avait pas le choix. Sa veste en cuir était déchirée au niveau de l'épaule gauche, là où elle avait tiré avec le pistolet, aussi elle ne pouvait l'utiliser. Cependant, à sa grande surprise, elle trouva, étendue sur son lit, une parka vert militaire, avec dessus un petit mot : « Ici, le froid fait plus de morts que les balles. Bienvenue à nouveau parmi nous. Ton ami, Boris. »

Elle se sentit pleine d'affection et de reconnaissance. Surtout parce que Boris s'était présenté comme « ami ». Ce qui la rassurait totalement sur le fait qu'il tentât sa chance avec elle. Sur le blouson, il y avait aussi une boîte de pastilles à la menthe : la contribution de Stern à cette cordiale attention.

Cela faisait des années qu'elle n'avait pas porté autre chose que du noir. Cela dit, la parka verte lui allait bien. En plus, elle était à sa taille. Quand il la vit descendre du Bureau, Goran n'eut pas l'air de s'apercevoir de son nouveau look. Il était toujours assez négligé, et ne faisait probablement pas attention à l'aspect des autres.

Ils marchèrent jusqu'au restaurant. La promenade fut agréable et, grâce au cadeau de Boris, Mila n'eut pas froid.

L'enseigne du *steak house* promettait du bœuf argentin juteux. Ils s'assirent à une table pour deux, à côté de la baie vitrée. Dehors, la neige recouvrait tout, et le ciel rougeâtre et fumeux laissait prévoir d'autres chutes pour la nuit. À l'intérieur du restaurant, les gens conversaient et riaient, insouciants. Une musique jazz réchauffait l'atmosphère, sans pour autant couvrir les conversations innocentes.

Sur le menu, tout avait l'air bon, et Mila mit un moment à se décider. Finalement, elle choisit un bifteck bien cuit et des pommes de terre au four avec du romarin. Goran commanda une entrecôte et une salade de tomates. Comme boisson, ils ne prirent que de l'eau gazeuse.

Mila ne savait pas de quoi ils allaient parler : de travail ou de leurs vies. La deuxième option, bien que très intéressante, la mettait mal à l'aise. Mais d'abord, elle devait satisfaire une curiosité.

— Comment ça s'est vraiment passé ?

— Quoi donc ?

— Roche voulait m'exclure de l'enquête, mais ensuite il a changé d'avis… Pourquoi ?

Goran hésita, mais finit par se décider.

— Nous avons procédé à un vote.

— Un vote ? s'étonna-t-elle. Alors le oui l'a emporté.

— Il n'y avait pas beaucoup de non, en fait.

— Mais… comment ça ?

— Même Sarah Rosa a voté pour que tu restes, dit-il, pressentant les raisons de cette réaction.

Mila était abasourdie.

— Même elle, ma pire ennemie !

— Tu ne devrais pas être aussi dure avec elle.

— En fait, je pensais que c'était le contraire…

— Rosa traverse une sale période : elle se sépare de son mari.

Mila aurait voulu dire qu'elle les avait vus se disputer la veille au soir en bas du Bureau, mais elle se retint, pour ne pas sembler trop indiscrète.

— Je suis désolée.

— Quand il y a des enfants, ça n'est jamais facile.

Mila eut l'impression que la référence allait plus loin que Sarah Rosa, et qu'elle le concernait peut-être directement.

— La fille de Rosa, en réaction, s'est mise à souffrir de troubles alimentaires. Avec pour résultat que ses parents continuent à vivre sous le même toit, mais je te laisse imaginer les effets d'une telle co-habitation.

— Et cela l'autorise à m'en vouloir ?

— En tant que dernière arrivée, en plus d'être la seule autre femme du groupe, tu es la cible la plus facile pour elle. Elle ne peut pas se défouler sur Boris, ni sur Stern, elle les connaît depuis des années…

Mila se versa un peu d'eau minérale, puis sa curiosité alla à ses autres collègues.

— Je voudrais les connaître assez pour savoir comment me comporter avec eux, fut son excuse.

— Bah, à mon avis, avec Boris ce n'est pas difficile : il est exactement ce qu'il a l'air d'être.

— En effet, admit Mila.

— Je pourrais te dire qu'il était dans l'armée, où il est devenu spécialiste des techniques d'interrogatoire. Je l'ai souvent vu à l'œuvre, mais chaque fois j'en reste baba. Il sait entrer dans la tête de n'importe qui.

— Je ne pensais pas qu'il était aussi bon.

— Il l'est, il l'est… Il y a deux ans, un type a été arrêté parce qu'il était suspecté d'avoir tué et caché les cadavres de l'oncle et de la tante avec qui il vivait. Tu aurais dû le voir, ce type : il était froid, extrêmement calme. Après dix-huit heures d'interrogatoire soutenu, pendant lesquelles cinq agents s'étaient relayés pour le garder sous pression, il n'avait rien reconnu. Ensuite, Boris arrive, il reste vingt minutes avec lui dans la pièce et le type avoue tout.

— Ça alors ! Et Stern ?

— Stern est un brave homme. D'ailleurs, je pense que cette expression a été forgée exprès pour lui. Il est marié depuis trente-sept ans. Il a deux fils, des jumeaux, tous deux enrôlés dans la marine.

— Il a l'air de quelqu'un de tranquille. Je me suis aperçue qu'il est très croyant, aussi.

— Il va à la messe tous les dimanches, il chante même dans le chœur.

— Et puis, je trouve ses costumes incroyables. On dirait un acteur des années 1970 !

Goran rit, il était d'accord. Puis il reprit son sérieux :

— Sa femme Marie a été pendant cinq ans sous dialyse, dans l'attente d'un rein qui n'arrivait pas. Il y a deux ans, Stern lui a fait don d'un des siens.

Surprise et admirative, Mila ne trouva rien à dire. Goran poursuivit :

— Cet homme a renoncé à une bonne moitié du temps qui lui restait à vivre pour qu'elle ait au moins un espoir.

— Il doit être très amoureux.

— Oui, je pense que oui, dit Goran avec une pointe d'amertume qui n'échappa pas à Mila.

À ce moment-là, les plats arrivèrent. Ils mangèrent en silence, sans que cela pèse le moins du monde, comme deux personnes qui se connaissent tellement bien qu'elles n'ont pas besoin de meubler constamment les blancs pour ne pas se sentir gênées.

— Il faut que je te dise quelque chose, reprit-elle au bout d'un moment. Cela s'est passé quand je suis arrivée, le deuxième soir où je suis rentrée au motel où je dormais avant de déménager au Bureau.

— Je t'écoute...

— Cela pourrait aussi bien n'être rien du tout, ou peut-être seulement une sensation, mais... il m'a semblé que quelqu'un me suivait, pendant que je traversais la place.

— Que signifie qu'il t'a semblé ?

— Qu'il se calait sur mes pas.

— Et pourquoi quelqu'un t'aurait-il suivie ?

— C'est pour ça que je n'en ai parlé à personne. Moi aussi, ça me semble absurde. Peut-être que je l'ai imaginé...

Goran enregistra cette information et se tut.

Au moment du café, Mila regarda sa montre.

— Je voudrais aller quelque part, dit-elle.

— À cette heure-ci ?

— Oui.

— D'accord, alors je vais demander l'addition.

Mila s'offrit de partager, mais il revendiqua rigidement son devoir de payer, puisqu'il l'avait invitée. Avec son désordre typique – et quasi pittoresque –, en même temps que des billets, des pièces et des notes gribouillées, il sortit de sa poche des ballons de baudruche colorés.

— Ils sont à mon fils Tommy.

— Oh, je ne savais pas que tu étais... fit-elle semblant.

— Non, je ne le suis pas, s'empressa-t-il de dire en baissant les yeux. Plus maintenant.

Mila n'avait jamais assisté à un enterrement nocturne. Celui de Ronald Dermis fut le premier. Il en avait été décidé ainsi pour des raisons d'ordre public. Pour elle, l'idée que quelqu'un puisse se venger sur une dépouille était au moins aussi lugubre que l'enterrement en lui-même.

Les fossoyeurs étaient à l'œuvre autour de la fosse. Ils n'avaient pas de pelle mécanique. La terre était givrée, et ils peinaient à l'enlever. Ils étaient quatre et se relayaient toutes les cinq minutes, deux qui creusaient et deux qui éclairaient le site avec des torches. De temps à autre, quelqu'un pestait contre ce maudit froid et, pour se réchauffer, ils se passaient une bouteille de Wild Turkey.

Goran et Mila observaient la scène en silence. La caisse qui contenait le corps de Ronald était encore dans le fourgon. Un peu plus loin, la pierre qui serait posée à la fin : pas de nom, pas de date, juste un numéro. Et une petite croix.

À ce moment-là, Mila revit dans sa tête la scène de la chute de Ronald de la tour. Pendant qu'il tombait, elle n'avait perçu sur son visage aucune peur, aucune stupeur. C'était comme si, au fond, il n'était pas fâché de mourir. Peut-être que lui aussi, comme Alexander Bermann, avait préféré cette solution. Céder au désir de s'annuler pour toujours.

– Tout va bien ? lui demanda Goran, pénétrant son silence.

Mila se tourna vers lui.

– Tout va bien.

C'est alors qu'il lui sembla apercevoir quelqu'un derrière un arbre du cimetière. Elle regarda mieux et reconnut Feldher. Apparemment, l'enterrement de Ronald n'était pas si secret que ça.

Le manœuvre portait une grosse veste en laine à carreaux et tenait à la main une canette de bière, comme s'il trinquait pour la dernière fois avec son vieil ami d'enfance, bien qu'il ne l'ait probablement pas vu depuis des années. Mila trouva cela positif : même dans un lieu qui cache le mal, il peut y avoir de la place pour la pitié.

Sans Feldher, sans son aide involontaire, ils ne seraient pas là. Lui aussi avait le mérite d'avoir arrêté ce tueur en série en puissance – comme l'avait défini Goran. Qui pouvait dire combien de victimes potentielles ils avaient sauvées ?

Quand leurs regards se croisèrent, Feldher écrasa la canette et se dirigea vers son pick-up, garé non loin. Il allait retourner à la solitude de sa maison sur la décharge, au thé froid dans des verres dépareillés, au chien couleur rouille, à attendre que la même mort anonyme se présente un jour à sa porte.

La raison qui avait poussé Mila à vouloir assister à ce bref enterrement était probablement liée à ce que Goran lui avait dit à l'hôpital : « Si tu ne l'avais pas arrêté, Ronald t'aurait tuée, comme il a tué Billy Moore des années plus tôt. »

Et, qui sait, après elle il aurait peut-être continué.

— Les gens ne le savent pas, mais nos statistiques indiquent qu'entre six et huit tueurs en série agissent en ce moment dans le pays. Cependant, personne ne les a encore identifiés, dit Goran pendant que les fossoyeurs faisaient descendre la caisse en bois dans le trou.

Mila était choquée.

— Comment est-ce possible ?

— Parce qu'ils frappent au hasard, sans aucun schéma. Ou parce que personne n'a encore réussi à relier entre eux des crimes apparemment très différents. Ou encore, parce que les victimes ne méritent pas une enquête approfondie… Il arrive, par exemple, qu'une prostituée soit retrouvée dans un fossé. Dans la plupart des cas, il s'agit de racket, ou de son protecteur, ou bien d'un client. Vu les risques du métier, dix prostituées tuées constituent une moyenne acceptable, et on n'en fait pas toujours une casuistique de crimes en série. C'est difficile à accepter, je sais, pourtant c'est comme ça.

Une rafale de vent souleva des tourbillons de neige et de poussière. Mila frissonna, se blottissant encore plus dans sa parka.

— Quel sens a tout ceci ? demanda-t-elle.

En réalité, la question cachait une invocation. Elle n'avait rien à voir avec l'affaire dont ils s'occupaient, ni avec la profession qu'elle avait choisie. C'était une prière, une manière d'accepter l'incapacité à comprendre certaines dynamiques du mal, mais aussi une demande de bouée de sauvetage. En tout cas, elle ne s'attendait pas à une réponse.

Mais Goran parla.

— Dieu se tait. Le diable murmure.

Ils se turent tous deux.

Les fossoyeurs recouvrirent la fosse avec de la terre glacée. Dans le cimetière, seuls les coups de pelle résonnaient. Puis le téléphone portable de Goran sonna. Il n'eut pas le temps de le trouver, dans la poche de son manteau, que celui de Mila se mit également à sonner.

Il n'était pas nécessaire de répondre pour savoir que la troisième fillette avait été retrouvée.

## 21

La famille Kobashi – père, mère et deux enfants, un garçon de quinze ans et une fille de douze – habitait dans le prestigieux ensemble résidentiel de Capo Alto. Soixante hectares immergés dans la verdure, avec piscine, manège équestre, terrain de golf et un club-house réservé aux propriétaires des quarante villas qui le composaient. Un havre pour la grande bourgeoisie, composée pour la plupart de médecins spécialistes, d'architectes et d'avocats.

Un mur de deux mètres de haut, savamment dissimulé par une haie, séparait ce paradis très sélect du reste du monde. Un service de surveillance était en place vingt-quatre heures sur vingt-quatre. L'œil électronique de soixante-dix caméras veillait sur tout le périmètre et une police privée garantissait la sécurité des résidents.

Kobashi était dentiste. Revenus élevés, une Maserati et une Mercedes dans le garage, une résidence secondaire à la montagne, un bateau à voile et une collection enviable de vins à la cave. Sa femme s'occupait d'élever les enfants et de décorer la maison avec des objets uniques et très coûteux.

– Ils étaient sous les tropiques depuis trois semaines, ils sont rentrés hier soir, annonça Stern quand Goran et Mila arrivèrent à la villa. Ils sont justement partis en vacances à cause des fillettes enlevées. Leur fille a plus ou moins cet âge-là, alors ils ont préféré donner congé aux domestiques et changer d'air pendant quelque temps.

— Ils sont où, maintenant ?

— À l'hôtel. Nous les surveillons, par sécurité. La femme a eu besoin de deux Valium. Ils sont bouleversés, c'est le moins qu'on puisse dire.

Les derniers mots de Stern servirent aussi à les préparer à ce qu'ils allaient voir.

La maison n'était plus une maison. Elle était maintenant définie comme « nouveau site pour l'enquête ». Elle avait été entièrement entourée d'un ruban de sécurité pour tenir à distance les voisins, qui se pressaient pour savoir ce qu'il s'était passé.

— Au moins, la presse ne pourra pas arriver jusqu'ici, remarqua Goran.

Ils traversèrent le pré qui séparait la villa de la route. Le jardin était bien entretenu et de splendides plantes hivernales ornaient les parterres où, l'été, Mme Kobashi cultivait personnellement ses roses de compétition.

Un agent, sur le pas de la porte, ne laissait entrer que le personnel autorisé. Krepp et Chang étaient déjà au travail avec leurs équipes respectives. Au moment où Goran et Mila allaient passer la porte, ils croisèrent l'inspecteur chef Roche qui sortait.

— Vous ne pouvez pas imaginer… dit-il le visage livide, en se tenant un mouchoir sur la bouche. Cette histoire est de plus en plus horrible. J'aurais tant voulu que nous arrivions à éviter ce massacre… Ce ne sont que des fillettes, pour l'amour de Dieu ! ajouta-t-il avec une fureur qui avait l'air authentique. Et comme si ça ne suffisait pas, les résidents se sont déjà plaints de notre présence, et ils font pression sur leurs connaissances politiques pour nous chasser sur-le-champ ! Mais vous vous rendez compte ? Je vais devoir appeler un putain de sénateur pour le rassurer sur le fait que nous ferons au plus vite !

Mila parcourut du regard la petite foule de résidents regroupés devant la villa. C'était leur éden privé, et ils percevaient les enquêteurs comme des envahisseurs.

Cependant, inattendu, un voyage pour l'enfer avait commencé dans un coin de leur paradis.

Stern lui passa un plateau avec la pâte de camphre à mettre sous ses narines. Mila compléta le rituel de présentation à la mort en mettant des protège-chaussures en plastique et des gants en latex. L'agent posté devant la porte s'écarta pour les laisser passer.

Dans l'entrée étaient toujours posés les valises des vacances et les petits sacs de souvenirs. Le vol qui avait ramené les Kobashi du soleil des tropiques vers ce février glacial avait atterri vers vingt-deux heures. Ils s'étaient ensuite dépêchés de rentrer chez eux, pour retrouver leurs bonnes vieilles habitudes et le confort d'un lieu qui, pourtant, ne serait plus jamais le même. Les domestiques ne devaient rentrer que le lendemain, aussi avaient-ils été les premiers à franchir le seuil.

L'odeur infectait l'air.

— C'est ce qu'ont senti les Kobashi quand ils ont ouvert la porte, dit tout de suite Goran.

« Pendant un instant, ils ont dû se demander ce que c'était, pensa Mila. Puis ils ont allumé la lumière… »

Dans le vaste salon, les techniciens de la police scientifique et le staff du médecin légiste évoluaient en coordonnant leurs gestes, comme guidés par un mystérieux chorégraphe invisible. Le sol en marbre précieux reflétait sans pitié la lumière des lampes halogènes. Le mobilier mélangeait des meubles de design moderne et des pièces d'antiquité. Trois canapés en cuir souple couleur poussière délimitaient un carré, devant une énorme cheminée en pierre rose.

Sur le canapé du milieu était assis le cadavre de la troisième fillette.

*Elle avait les yeux ouverts* – d'un bleu bigarré. *Et elle les regardait.*

Ce regard fixe était le dernier élément humain de son visage dévasté. Le processus de détérioration était déjà à un stade avancé. L'absence de bras gauche la contraignait à une posture oblique. Comme si elle allait d'un moment à l'autre glisser sur le côté. Mais elle restait assise.

Elle portait une petite robe à fleurs bleues. Les coutures et la coupe révélaient qu'elle avait été faite main, probablement sur mesure. Mila remarqua aussi la frise au crochet sur les collants blancs, et la ceinture en satin attachée à la taille par un bouton nacré.

Elle était vêtue comme une poupée. Une poupée cassée.

La policière ne put la regarder plus de quelques secondes. Elle baissa les yeux et remarqua pour la première fois le tapis damassé entre les canapés. Des roses persanes et des ondes multicolores y étaient représentées. Or elle eut comme l'impression que ces images bougeaient. Elle regarda plus attentivement.

Le tapis était entièrement recouvert de petits insectes, qui grouillaient et s'amassaient les uns sur les autres.

Mila mit instinctivement la main sur sa blessure au bras, et elle appuya. N'importe qui autour d'elle aurait pensé que cela lui faisait mal, mais c'était le contraire.

Comme d'habitude, elle cherchait du réconfort dans la douleur.

L'élancement fut bref, mais lui donna la force d'être le témoin attentif de cette représentation obscène. Quand elle fut repue de douleur, elle cessa d'appuyer. Elle entendit le docteur Chang dire à Goran :

— Ce sont des larves de *Sarcophaga carnaria*. Leur cycle biologique est assez rapide si elles sont au chaud. Et elles sont très voraces.

Mila savait à quoi le médecin faisait référence, parce qu'il était fréquent que ses cas de disparitions se résolvent par la découverte d'un cadavre. Il fallait souvent procéder non seulement au rite pieux de l'identification, mais aussi à celui, plus prosaïque, de la datation des restes. Différents insectes participent aux phases qui suivent la mort, surtout quand les dépouilles sont exposées. Ce qu'on appelle « faune cadavérique » se divise en huit équipes. Chacune se manifeste à une étape différente de la modification que subit la substance organique après le décès. Ainsi, selon l'espèce qui est à l'œuvre, il est possible de remonter au moment de la mort.

La *Sarcophaga carnaria* était une mouche vivipare et devait faire partie de la deuxième équipe, parce que Mila entendit le pathologiste ajouter que le cadavre était sans doute là depuis au moins une semaine.

— Albert a eu tout le temps pour agir, pendant que les propriétaires étaient partis. Mais il y a quelque chose que je ne m'explique pas, ajouta Chang. Comment ce bâtard a-t-il fait pour apporter le corps ici, avec soixante-dix caméras de surveillance et une trentaine de vigiles qui contrôlent la zone vingt-quatre heures sur vingt-quatre ?

## 22

— Nous avons eu un problème de surcharge d'énergie dans l'installation, avait dit le commandant des vigiles de Capo Alto quand Sarah Rosa lui avait demandé des explications concernant le black-out de trois heures dans les enregistrements des caméras qui s'était produit une semaine plus tôt, au moment présumé où Albert avait apporté la sixième fillette chez les Kobashi.

— Et cela ne vous a pas alertés ?

— Non, madame…

— Je comprends.

Elle n'avait rien ajouté, posant pourtant son regard sur les galons de capitaine que l'homme arborait sur son uniforme. Un grade tout aussi fictif que sa fonction, du reste. Les vigiles étaient censés garantir la sécurité des résidents, en réalité ils n'étaient que des body-builders en uniforme. Leur seul entraînement consistait en une formation payante de trois mois dispensée par des policiers à la retraite au siège de la société qui les embauchait. Ils n'étaient équipés que d'une oreillette reliée à un talkie-walkie et d'un spray au poivre. Albert n'avait donc eu aucune difficulté à les contourner. En outre, on avait trouvé une brèche d'un mètre cinquante dans la barrière d'enceinte, bien cachée par la haie qui dissimulait le mur. Ce caprice esthétique avait fini par rendre vaine la seule véritable mesure de sécurité de Capo Alto.

Maintenant, il fallait comprendre pourquoi Albert avait choisi cet endroit et cette famille.

La crainte de se trouver face à un nouvel Alexander Bermann avait poussé Roche à autoriser tous les moyens d'enquête, même les plus intrusifs, sur le compte de Kobashi et de sa femme.

Boris avait été chargé de faire parler le dentiste.

L'homme n'avait probablement pas idée du traitement spécial qui allait lui être réservé dans les heures à venir. Subir l'interrogatoire d'un professionnel ne ressemble en rien à ce qui se passe normalement dans les postes de police du monde entier, où tout repose sur l'épuisement du sujet après des heures et des heures de pression psychologique et de veille forcée, passées à répondre encore et toujours aux mêmes questions.

Boris ne cherchait presque jamais à ce que les personnes qu'il interrogeait se contredisent, parce qu'il savait que le stress produit souvent des effets négatifs sur la déposition, qui devient ainsi passible d'attaques de la part d'un bon avocat, au tribunal. Il ne s'intéressait pas non plus aux demi-confessions, ni aux tentatives de pacte que les suspects mettaient en œuvre quand ils se sentaient au pied du mur.

Non. L'agent spécial Klaus Boris ne visait à obtenir que la confession totale.

Mila le vit, dans la cuisine du Bureau, qui se préparait à entrer en scène. Parce que c'était bien de cela qu'il s'agissait, dans le fond : d'une représentation où les rôles étaient inversés. En se servant du mensonge, Boris allait pénétrer les défenses de Kobashi.

Il avait replié les manches de sa chemise et, une bouteille d'eau à la main, faisait les cent pas pour s'entraîner les jambes : en effet, à la différence de Kobashi, Boris n'allait pas s'asseoir, mais sans cesse le dominer, avec sa large carrure.

En attendant, Stern lui faisait part de ce qu'il avait rapidement découvert sur le compte du suspect.

— Le dentiste détourne une partie de ses fonds. Il a un compte off-shore où il dépose les recettes au noir de son cabinet et les prix des tournois de golf auxquels il participe comme semi-professionnel presque tous les week-ends… Mme Kobashi, elle, a un autre passe-temps : tous les mercredis après-midi, elle retrouve un avocat célèbre dans un hôtel du centre. Inutile d'ajouter que l'avocat en question joue au golf tous les week-ends avec son mari…

Ces informations allaient constituer la trame de l'interrogatoire. Boris allait les doser savamment, les utiliser au moment opportun pour faire craquer le dentiste.

La pièce pour les interrogatoires avait été aménagée depuis bien longtemps dans le Bureau, près du dortoir. Elle était étroite, presque suffocante, sans fenêtre ; la seule entrée serait fermée à clé par Boris dès qu'ils arriveraient. Ensuite, il mettrait la clé dans sa poche, comme il faisait toujours : un geste qui montrait bien qui était en position de force.

La lumière du néon n'était pas forte, et le lampadaire émettait un ronflement agaçant : ce son faisait également partie des instruments de pression de Boris. Lui, de son côté, en atténuait l'effet en insérant des bouchons en coton dans ses oreilles.

Un miroir sans tain séparait la petite pièce d'une autre, avec une entrée indépendante, pour les membres de l'équipe qui assistaient à l'interrogatoire. Il était très important que la personne interrogée soit toujours de profil par rapport au miroir, jamais de face : il devait se sentir observé sans jamais pouvoir répondre à ce regard invisible.

La table et les murs étaient peints en blanc : la monochromie n'offrait aucun point sur lequel concentrer l'attention pour réfléchir aux réponses. La chaise avait un pied plus court que les autres, elle était bancale, ce qui devait le gêner.

Mila entra dans la salle attenante pendant que Sarah Rosa préparait le VSA *(Voice Stress Analyser)*, un appareil qui permettait de mesurer le stress à partir des variations de la voix. Des micro-tremblements, associés aux contractions musculaires, déterminaient des oscillations par minutes, à une fréquence entre 10 et 12 hertz. Quand une personne ment, la quantité de sang dans ses cordes vocales diminue à cause de la tension, faisant en conséquence réduire les vibrations. Un ordinateur allait analyser les micro-variations des paroles de Kobashi et dévoiler ses mensonges.

Mais la technique la plus importante que l'agent spécial Klaus Boris allait utiliser – et c'est à cela qu'il excellait – était l'observation du comportement.

Kobashi fut conduit en salle d'interrogation après avoir été poliment invité – mais sans aucun préavis – à fournir des éclaircissements. Les agents chargés de l'escorter de l'hôtel où il séjournait avec sa famille l'avaient fait asseoir seul sur le siège arrière de la voiture et avaient fait un trajet plus long pour l'emmener au Bureau, afin d'accroître son état de doute et d'incertitude.

Étant donné qu'il ne devait s'agir que d'un entretien informel, Kobashi n'avait pas demandé la présence d'un avocat. Il craignait que cette requête ne l'expose à des soupçons de culpabilité. C'était justement là-dessus que Boris comptait.

Dans la salle, le dentiste avait l'air éprouvé. Mila l'observa. Il portait un pantalon jaune, d'été, qui faisait probablement partie de l'une des tenues de golf qu'il avait emportées en vacances et qui constituaient désormais son unique garde-robe. Il avait un pull-over fuchsia en cachemire, et on apercevait un polo blanc en dessous.

On lui avait dit qu'un enquêteur allait bientôt arriver pour lui poser quelques questions. Kobashi avait acquiescé, mettant les mains sur ses genoux, en position de défense.

Entre-temps, Boris l'observait de l'autre côté du miroir, il le faisait attendre pour mieux l'étudier.

Kobashi remarqua sur la table un dossier à son nom. C'était Boris qui l'avait mis là. Le dentiste ne le toucherait jamais, de même qu'il ne regarderait jamais en direction du miroir, sachant très bien qu'il était observé.

En réalité, le dossier était vide.

— On dirait une salle d'attente de dentiste, non? ironisa Sarah Rosa en fixant le malheureux à travers la vitre.

Puis Boris annonça :

— Bon, on commence.

Peu après, il franchit le seuil de la salle d'interrogatoire. Il salua Kobashi, ferma la porte à clé et s'excusa pour le retard. Il précisa encore une fois que les questions qu'il allait lui poser n'étaient que des demandes d'éclaircissement, puis il prit le dossier sur la table et l'ouvrit, en faisant semblant de lire quelque chose.

— Docteur Kobashi, vous avez quarante ans, n'est-ce pas?

— Exact.

— Depuis combien de temps exercez-vous la profession de dentiste?

— Je suis chirurgien orthodontiste, spécifia l'autre. Cela fait quinze ans que j'exerce.

Boris prit un moment pour examiner ses documents invisibles.

— Je peux vous demander le montant de vos revenus l'an dernier?

L'homme sursauta légèrement. Boris avait marqué le premier point : la référence aux revenus sous-entendait une allusion aux impôts.

Comme prévu, le dentiste mentit effrontément sur l'état de ses finances, et Mila ne put s'empêcher de penser qu'il était bien naïf.

Cet entretien concernait un homicide, et les informations fiscales qui en ressortiraient n'avaient aucun poids, ni ne pouvaient être transmises aux impôts.

L'homme mentit sur d'autres détails, croyant pouvoir manipuler facilement les réponses. Et Boris le laissa faire pendant un moment.

Mila connaissait le jeu de Boris. Elle avait vu d'autres collègues de la vieille école le faire, même si l'agent spécial le pratiquait à un niveau indubitablement supérieur.

Quand un individu ment, il doit effectuer une activité psychologique intense pour compenser toute une série de tensions. Pour rendre ses réponses plus crédibles, il est contraint d'atténuer des informations véridiques, déjà sédimentées dans sa mémoire, et à recourir à des mécanismes d'élaboration logique pour les amalgamer au mensonge qu'il raconte.

Cela requiert un effort énorme, ainsi qu'une certaine imagination.

Chaque fois qu'on profère un mensonge, il faut se rappeler de tous les faits qui le font tenir sur pied. Quand les mensonges sont nombreux, le jeu devient complexe. Un peu comme le jongleur de cirque qui tente de faire tourner des assiettes sur des bâtons. Chaque fois qu'il en ajoute une, l'exercice devient plus difficile, et il est contraint de courir d'un côté à l'autre, sans répit.

C'est à ce moment-là qu'on faiblit, qu'on s'expose.

Si Kobashi avait usé de son imagination, Boris l'aurait tout de suite compris. L'angoisse génère des micro-actions anormales, comme courber le dos, se frotter les mains, se masser les tempes ou les poignets. Souvent, celles-ci s'accompagnent d'altérations physiologiques, comme une augmentation de la transpiration, une élévation de la tonalité de la voix ou des mouvements oculaires incontrôlés.

Mais un spécialiste bien entraîné comme Boris savait aussi que ce ne sont que des indices de mensonge, et qu'ils doivent être traités comme tels. Pour prouver que le sujet ment, il faut le pousser à admettre ses propres responsabilités.

Quand Boris considéra que Kobashi se sentait assez sûr de lui, il contre-attaqua en introduisant dans ses questions des éléments qui avaient à voir avec Albert et la disparition des six fillettes.

Deux heures plus tard, Kobashi était épuisé par une série de questions brûlantes, de plus en plus intimes et insistantes. Boris avait resserré le cercle autour du dentiste, en réduisant son espace de défense. Désormais, ce dernier ne pensait plus à appeler un avocat, il voulait seulement sortir de là au plus vite. Vu la manière dont il s'était écroulé psychologiquement, il aurait dit n'importe quoi pour retrouver la liberté. Il aurait même pu admettre être Albert.

Mais cela n'aurait pas été la vérité.

Quand Boris le comprit, il sortit de la pièce, avec l'excuse de lui apporter un verre d'eau, et alla retrouver Goran et les autres dans la petite salle derrière le miroir.

– Il n'a rien à voir avec notre affaire, dit-il. Et il ne sait rien.

Goran acquiesça.

Sarah Rosa venait de revenir avec les résultats des analyses des ordinateurs et des portables prêtés à la famille Kobashi, qui n'avaient rien donné. Et il n'y avait aucun élément intéressant parmi leurs amitiés et fréquentations.

– Alors il s'agit certainement de la maison, conclut le criminologue.

L'habitation des Kobashi aurait-elle été le théâtre – comme dans le cas de l'orphelinat – de quelque chose de terrible et toujours ignoré ?

Mais cette théorie aussi était faible.

– La villa a été construite en dernier, sur le seul lot libre de l'ensemble. Elle a été terminée il y a environ trois mois, et les Kobashi sont les premiers et uniques propriétaires, dit Stern.

Goran ne s'avoua pas pour autant vaincu.

– Cette maison cache un secret.

Stern comprit tout de suite et demanda :

– Par où on commence ?

Goran y réfléchit un moment, puis ordonna :

– Commencez par creuser dans le jardin.


On amena d'abord les chiens dressés à flairer des restes humains, même à une grande profondeur. Puis ce fut le tour des radars, pour sonder le sous-sol, mais rien de suspect n'apparut sur les écrans verts.

Mila observait les hommes au travail et la succession des tentatives : elle attendait toujours que Chang lui fournisse l'identité de la fillette retrouvée dans la maison, en comparant l'ADN des parents des victimes.

Ils commencèrent à creuser vers trois heures de l'après-midi. Les petites pelles électriques enlevaient la terre du jardin, détruisant l'architecture extérieure savante qui avait dû coûter bien des efforts et de l'argent. Tout était empilé à la hâte et emporté sur des camions.

Le bruit des moteurs Diesel dérangeait la quiétude de Capo Alto. Comme si cela ne suffisait pas, les vibrations produites par les pelles déclenchaient en permanence l'alarme de la Maserati de Kobashi.

Après le jardin, les recherches se déplacèrent à l'intérieur de la villa. Une entreprise spécialisée fut contactée pour enlever les lourdes plaques de marbre du salon. Les murs intérieurs furent auscultés à la recherche de vides, puis attaqués à coups de pioche. Même les meubles connurent un sort malheureux : démontés et sectionnés, ils pouvaient désormais être jetés. Les fouilles avaient également continué à la cave et dans la zone des fondations.

Roche avait autorisé le massacre. Le département ne pouvait pas se permettre d'échouer une nouvelle fois, même au risque d'être attaqué en justice pour les dégâts, ce qui coûterait des millions. Mais les Kobashi n'avaient aucune intention de retourner vivre là. Leurs biens avaient été irrémédiablement contaminés par l'horreur. Ils allaient vendre la propriété à un prix inférieur à celui qu'ils l'avaient payée : de toute façon, avec le souvenir de ce qu'il s'était passé, leur vie dorée ne serait plus jamais la même dans ce lieu.

Vers six heures du soir, la nervosité était palpable sur la scène du crime.

— Quelqu'un veut bien faire cesser cette maudite alarme ? hurla Roche en indiquant la Maserati de Kobashi.

— Nous n'avons pas trouvé les télécommandes de la voiture, lui répondit Boris.

— Appelez le dentiste ! Est-il possible que je doive tout vous dire moi-même ?

Ils tournaient à vide. Au lieu de les unir, la tension les dressait les uns contre les autres, frustrés qu'ils étaient de ne pas venir à bout de l'énigme qu'Albert avait élaborée pour eux.

— Pourquoi a-t-il habillé la fillette comme une poupée ?

La question rendait Goran fou. Mila ne l'avait jamais vu comme ça. Il y avait quelque chose de personnel dans ce défi. Quelque chose dont le criminologue lui-même ne se rendait peut-être même pas compte. Et qui minait irrémédiablement sa capacité à raisonner avec lucidité.

Mila gardait ses distances, énervée par l'attente. Quel sens avait le comportement d'Albert?

Pendant la courte période où elle avait été en contact avec l'équipe et les méthodes du professeur Gavila, elle avait appris beaucoup de choses. Par exemple, qu'un tueur en série sévit à intervalles de temps variables – de quelques heures à quelques mois, voire années – avec une compulsion à répéter son comportement, qu'il n'est pas en mesure d'arrêter. Pour cette raison, la colère ou la vengeance ne font pas partie de son univers. Le tueur en série agit pour répéter une certaine motivation, qui peut être simplement le besoin ou le plaisir de tuer.

Mais Albert remettait totalement en cause cette définition.

Il avait enlevé les fillettes et ne les avait tuées qu'après, l'une après l'autre, pour n'en garder qu'une en vie. Pourquoi? Il ne tirait aucun plaisir du meurtre en tant que tel, il s'en servait juste pour attirer l'attention. Mais pas sur lui. Sur d'autres. Alexander Bermann, un pédophile. Ronald Dermis, un de ses semblables qui allait entrer en action.

Grâce à lui, ils avaient tous deux été arrêtés. Dans le fond, il avait rendu service à la société. Paradoxalement, on pouvait dire que *son mal visait au bien*.

Mais qui était vraiment Albert?

Un homme comme les autres – parce que c'était de cela qu'il s'agissait, pas d'un monstre ni d'une ombre – qui à cet instant précis évoluait dans le monde comme si de rien n'était. Il faisait ses courses, se promenait dans la rue, rencontrait des gens – des vendeuses, des passants, des voisins – qui n'imaginaient pas une seconde qui il était en réalité.

Il marchait parmi eux, invisible.

Derrière cette façade, il y avait la vérité. Et la vérité était faite de violence. Une violence qui permet aux tueurs en série de faire l'expérience d'une sensation de pouvoir qui efface, au moins temporairement, leur sentiment d'infériorité. La violence perpétrée leur consent d'arriver à un double résultat : obtenir le plaisir et se sentir puissants. Sans avoir besoin de relations avec les autres. Le meilleur résultat avec le minimum d'angoisse relationnelle.

« Comme si ces individus n'existaient qu'à travers la mort des autres », pensa Mila.

À minuit, l'alarme de la voiture de Kobashi scandait encore le temps qui passait, rappelant inexorablement à tous que leurs efforts jusqu'ici avaient été en gros inutiles.

Ils n'avaient rien trouvé au sous-sol. La villa avait été éventrée, mais ses murs n'avaient révélé aucun secret.

Mila était assise sur le trottoir devant la maison quand Boris s'approcha, un portable dans les mains.

– J'essaye de téléphoner, mais il n'y a pas de réseau...

Mila regarda son propre téléphone.

– C'est peut-être pour ça que Chang ne m'a pas appelée pour me donner les résultats de l'analyse ADN.

Boris regarda autour de lui.

– Au moins, c'est une petite consolation de savoir qu'il manque quelque chose aux riches, non?

Il sourit, remit son téléphone dans sa poche et s'assit près d'elle. Mila ne l'avait pas encore remercié pour son cadeau, la parka, elle en profita donc pour le faire.

– De rien, répondit-il.

À ce moment-là, ils remarquèrent que les vigiles de Capo Alto prenaient place autour de la villa pour former un cordon de sécurité.

– Que se passe-t-il?

– La presse arrive, lui annonça Boris. Roche a décidé d'autoriser les photos de la villa : quelques minutes au journal télévisé pour montrer que nous faisons tout notre possible.

Elle regarda les faux policiers prendre place : ils étaient ridicules, dans leurs uniformes bleus et orange faits sur mesure pour mettre en évidence leur musculature, leur expression dure sur le visage, et leur oreillette censée leur conférer un aspect très professionnel. Elle se rappela qu'Albert avait berné ces idiots en faisant un trou dans le mur et en neutralisant leurs caméras avec un simple court-circuit!

– Après toutes ces heures sans réponse, Roche doit bouillir...

– Il trouve toujours le moyen de s'en sortir, ne t'en fais pas pour lui.

Boris prit des feuilles à rouler et un sachet de tabac, et se prépara une cigarette en silence. Mila eut la nette sensation qu'il voulait lui demander quelque chose, mais pas de façon directe. Et si elle se taisait, cela n'allait pas l'aider.

Elle décida de lui tendre une perche.

– Qu'as-tu fait des vingt-quatre heures de liberté accordées par Roche ?

Boris fut évasif.

– J'ai dormi et j'ai réfléchi à l'affaire. Parfois, il est bon de s'éclaircir les idées... J'ai appris que tu étais sortie avec Gavila, hier soir.

« Ça y est, il l'a dit ! » Mais Mila se trompait, l'allusion de Boris n'était pas motivée par la jalousie. Ses intentions étaient tout autres, elle le comprit à ce qu'il dit après.

– Je crois qu'il a beaucoup souffert.

Il parlait de la femme de Goran. Et son ton était tellement affligé que cela laissait penser que, quoi qu'il soit arrivé au couple, cela avait fini par impliquer aussi l'équipe.

– Je ne suis pas au courant, dit-elle. Il ne m'en a pas parlé. Juste une allusion à la fin de la soirée.

– Alors mieux vaut que tu le saches dès maintenant...

Avant de continuer, Boris alluma sa cigarette, tira dessus et inspira profondément. Il cherchait ses mots.

– La femme du professeur Gavila était une femme magnifique, en plus d'être belle et gentille. Je ne compte pas les fois où nous avons mangé chez eux. Elle faisait partie de nous, c'était comme si elle avait un rôle dans l'équipe. Quand nous étions sur un cas difficile, ces dîners étaient notre seul répit après une journée passée au milieu du sang et des cadavres. Un rite de réconciliation avec la vie, si tu vois ce que je veux dire...

– Et que s'est-il passé, ensuite ?

– C'était il y a un an et demi. Sans aucun préavis, sans signe avant-coureur, elle est partie.

– Elle l'a quitté ?

– Pas seulement Gavila, mais aussi Tommy, leur fils unique. C'est un enfant très doux, maintenant il vit avec son père.

Mila avait senti chez le criminologue la tristesse d'une séparation, mais elle n'aurait jamais pu imaginer tout cela. Elle se demanda comment une mère peut abandonner son enfant.

– Pourquoi est-elle partie ?

– Personne ne l'a compris. Peut-être qu'elle avait quelqu'un d'autre, peut-être qu'elle était fatiguée de la vie, qui sait... Elle n'a même pas laissé un mot. Elle a fait ses valises et elle est partie, un point c'est tout.

– Moi je n'aurais pas résisté, sans savoir la raison.

– Ce qui est bizarre, c'est qu'il ne nous ait jamais demandé de découvrir où elle était, dit Boris en regardant autour de lui avant de continuer, pour vérifier que Goran n'était pas dans les parages. Et il y a quelque chose que Gavila ne sait pas, et ne doit pas savoir...

Mila acquiesça, lui faisant comprendre qu'il pouvait lui faire confiance.

– Bah... Quelques mois plus tard, Stern et moi avons retrouvé sa trace. Elle vivait sur la côte. Nous ne sommes pas allés la voir directement, nous nous sommes mis sur son chemin, avec l'espoir qu'elle vienne nous parler.

– Et elle...

– Elle a été surprise de nous voir. Mais ensuite, elle nous a salués d'un geste, elle a baissé les yeux et elle a continué son chemin.

Mila ne sut pas interpréter le silence qui suivit. Boris jeta son mégot, sans se soucier du regard mauvais de l'un des vigiles, qui alla immédiatement le ramasser dans le jardin.

– Pourquoi me dis-tu ça, Boris?

– Parce que le professeur Gavila est mon ami. Et toi aussi, même si ça fait moins longtemps.

Boris devait avoir compris quelque chose que ni elle ni Goran n'avaient encore perçu. Quelque chose qui les concernait. Il cherchait à les protéger tous les deux.

– Quand sa femme est partie, Gavila a tenu le coup. Il n'avait pas le choix, surtout à cause de son fils. De ce fait, rien n'a changé. Il était toujours le même : précis, ponctuel, efficace. Il s'est juste laissé aller au niveau vestimentaire. Ce n'était pas grand-chose, pas de quoi nous alarmer. Mais ensuite, il y a eu l'affaire « Wilson Pickett »...

– Comme le chanteur?

– Oui, nous l'avons appelée comme ça, dit-il en se repentant d'en avoir parlé. Cela s'est mal passé. Il y a eu des erreurs, et on a menacé de dissoudre l'équipe et de remercier le professeur Gavila. C'est Roche qui nous a défendus et nous a laissé à nos places.

Mila allait lui demander ce qu'il s'était passé, certaine que Boris aurait fini par le lui raconter, quand l'alarme de la Maserati de Kobashi se remit à sonner.

– Putain, ce son te perfore le cerveau!

À ce moment-là, Mila regarda par hasard vers la maison et, en un instant, elle catalogua une série d'images qui attirèrent son attention : la même expression de gêne était apparue sur le visage de tous les vigiles, qui avaient tous mis la main sur l'oreillette de leur talkie-walkie, comme s'il y avait eu une interférence soudaine et insupportable.

Mila regarda à nouveau la Maserati. Puis elle prit son portable dans sa poche : il n'y avait toujours pas de réseau. Elle eut une idée.

— Il y a un endroit où nous n'avons pas encore cherché… dit-elle à Boris.

— Où ça ?

Mila pointa son doigt vers le haut.

— Dans le ciel.


Moins d'une demi-heure plus tard, dans la nuit froide, les experts en électronique étaient déjà occupés à sonder la zone. Tous portaient des casques et tenaient dans leur main une petite parabole pointée vers le haut. Ils avançaient – très lentement et en silence, comme des fantômes – en essayant de capter d'éventuels signaux radio ou des fréquences suspectes, au cas où l'air aurait caché un quelconque message.

En effet, il y avait un message.

C'était *cela*, qui interférait avec l'alarme de la Maserati de Kobashi et qui brouillait le réseau des portables. Et qui s'était inséré dans le talkie-walkie des vigiles sous la forme d'un sifflement insupportable.

Quand les hommes de l'équipe électronique l'identifièrent, ils dirent qu'il était plutôt faible.

Juste après, la transmission fut transférée sur un récepteur.

Ils se rassemblèrent autour de l'appareil, pour écouter ce que l'obscurité avait à leur dire.

*Ce n'étaient pas des mots, mais des sons.*

Ils étaient perdus dans une mer de grincements où ils se noyaient parfois, pour émerger ensuite à nouveau. Mais il y avait une harmonie, dans cette succession de notes exactes. Brèves, puis prolongées.

— Trois points, trois lignes, et encore trois points, traduit Goran pour les présents. Dans la langue du code radio le plus célèbre au monde, ces sons élémentaires ont un sens univoque.

*S.O.S.*

– D'où cela vient-il ? demanda le criminologue.

Le technicien observa un instant le spectre du signal qui se décomposait et se recomposait sur l'écran. Puis il leva les yeux vers la route et indiqua :

– De la maison d'en face.

# 23

Ils l'avaient eue devant les yeux depuis le début.

La maison d'en face les avait observés, muette, pendant toute la journée, dans leurs tentatives vaines de trouver la solution de l'énigme. Elle était là, à quelques mètres, et elle les appelait, en répétant son appel au secours singulier et anachronique.

La villa à deux étages appartenait à une certaine Yvonne Gress. La peintre, comme la définissaient les voisins. Cette femme y vivait avec ses deux enfants, un garçon de onze ans et une fille de seize. Ils avaient emménagé à Capo Alto après le divorce d'Yvonne, et elle avait cultivé à nouveau sa passion pour l'art figuratif, abandonnée quand elle était jeune fille pour épouser un jeune et prometteur avocat.

Au début, les tableaux abstraits d'Yvonne n'avaient eu aucun succès. La galerie où ils étaient exposés n'avait pas vendu une seule toile. Mais, convaincue de son talent, elle n'avait pas laissé tomber. Et quand une amie lui avait commandé un portrait de sa famille à la peinture à l'huile, pour l'accrocher au-dessus de la cheminée, Yvonne avait découvert qu'elle possédait un trait naïf insoupçonnable. En très peu de temps, elle était devenue la portraitiste la plus convoitée de ceux qui, fatigués des habituelles photographies, voulaient immortaliser leur famille sur une toile.

Quand le message en morse attira l'attention sur la maison de l'autre côté de la route, l'un des vigiles remarqua que, en effet, cela faisait un bon moment qu'il n'avait pas vu Yvonne et ses enfants.

Les rideaux aux fenêtres étaient tirés. Impossible, donc, de regarder à l'intérieur.

Avant que Roche ne donne l'ordre d'entrer dans la villa, Goran fit appeler le numéro de téléphone de la femme. Juste après, dans le silence de la rue, on entendit une sonnerie, faible mais nette, qui provenait de l'intérieur de la maison. Mais personne ne répondit.

Ils essayèrent aussi de se mettre en contact avec l'ex-mari, dans l'espoir qu'au moins les enfants fussent avec lui. Quand ils le trouvèrent, il leur dit qu'il ne les avait pas vus depuis longtemps. Rien de surprenant, étant donné qu'il avait abandonné sa famille pour un mannequin de vingt ans et qu'il considérait que le versement d'une pension mensuelle suffisait à son devoir de père.

Les techniciens placèrent des capteurs thermiques autour de la villa pour relever d'éventuelles sources de chaleur.

— S'il y a quelque chose de vivant dans cette maison, nous le saurons très vite, dit Roche, qui avait une confiance aveugle dans la technologie.

Entre-temps, les consommations d'électricité, d'eau et de gaz avaient également été contrôlées. Les branchements n'avaient pas été coupés parce que les factures étaient réglées par prélèvement automatique, mais les compteurs s'étaient arrêtés de tourner trois mois plus tôt, signe que personne n'avait allumé une ampoule dans la maison depuis environ quatre-vingt-dix jours.

— C'est-à-dire plus ou moins depuis que la villa des Kobashi est terminée et que le dentiste a emménagé ici avec sa famille, fit remarquer Stern.

Goran demanda :

— Rosa, je veux que tu examines les enregistrements des caméras de surveillance : il y a un lien entre ces deux maisons, et il nous faut découvrir lequel.

— Espérons qu'il n'y ait pas eu d'autres black-out dans l'installation, souhaita la femme.

— Préparons-nous à entrer, annonça Gavila.

En attendant, Boris avait enfilé les protections en Kevlar de l'unité mobile.

— Je veux aller à l'intérieur, déclara-t-il quand il vit Mila sur le seuil du camping-car. Ils ne peuvent pas m'en empêcher, je veux y aller moi-même.

Il ne supportait pas l'idée que Roche puisse demander aux équipes spéciales d'entrer les premières.

— Ils vont faire n'importe quoi. Dans la maison, il va falloir avancer dans le noir…

– J'imagine qu'ils savent se débrouiller, commenta Mila, mais sans aucune intention de le contredire plus que ça.

– Et ils vont savoir protéger les preuves, aussi ? demanda-t-il sur un ton ironique.

– Alors je veux venir aussi. Je pense que je le mérite, en un sens c'est moi qui ai compris que le message se trouvait...

Boris s'arrêta un instant et posa le regard sur elle, sans rien dire. Puis il lui lança un autre blouson pare-balles.

Bientôt, ils sortirent ensemble du camping-car, décidés à faire valoir leurs raisons.

– Il n'en est pas question, trancha tout de suite l'inspecteur chef. Ceci est une opération pour les forces spéciales. Je ne peux pas me permettre une telle légèreté.

– Écoutez, inspecteur, dit Boris en se plantant face à Roche, de façon à ce que celui-ci ne puisse pas détourner le regard. Envoyez-nous, Mila et moi, en reconnaissance. Les autres n'entreront que s'il y a vraiment besoin. Je suis un ex-soldat, je suis entraîné pour ces choses-là. Stern a vingt ans d'expérience sur le terrain, il vous le confirmera, et si on ne lui avait pas enlevé un rein il se proposerait de venir avec moi, vous le savez très bien. Et puis, il y a l'agent Vasquez : elle est entrée seule dans la maison d'un maniaque qui gardait prisonniers un petit garçon et une jeune fille.

Mila pensa avec amertume que si Boris avait su comment cela s'était réellement passé, qu'elle avait failli y laisser sa peau et celle des otages, il n'aurait pas soutenu sa candidature avec autant d'enthousiasme.

– Bref, réfléchissez : il y a une fillette vivante quelque part, mais plus pour longtemps. Chaque scène de crime nous apprend quelque chose de plus sur son ravisseur. S'il y a quelque chose là-dedans qui peut nous rapprocher d'Albert, ajouta-t-il en indiquant la maison d'Yvonne Gress, il faut absolument s'assurer que cela ne soit pas détruit. Et la seule manière, c'est de nous envoyer, nous.

– Je ne crois pas, agent spécial, fut la réponse impassible de Roche.

Boris s'approcha d'un pas, le regardant droit dans les yeux.

– Vous voulez d'autres complications ? C'est déjà assez difficile comme ça...

« Cette phrase peut passer pour une menace dissimulée », pensa Mila. Elle était surprise que Boris s'adresse à son supérieur sur ce ton.

245

On aurait dit quelque chose entre eux deux, qui excluait aussi bien elle que Goran.

Roche regarda Gavila une seconde de trop : avait-il besoin d'un conseil, ou simplement de quelqu'un avec qui partager la responsabilité de la décision ?

Mais le criminologue ne fit aucun calcul, il se contenta d'acquiescer.

– J'espère que nous ne nous en mordrons pas les doigts.

L'inspecteur chef usa exprès le pluriel pour souligner la responsabilité de Goran.

À ce moment-là, un technicien s'approcha avec un écran pour les relevés thermiques.

– Monsieur Roche, les capteurs ont identifié quelque chose à l'étage… Quelque chose de vivant.

Ils regardèrent tous vers la maison.


– Le sujet est toujours au deuxième étage, il ne bouge pas, annonça Stern par radio.

Boris articula bien les chiffres du compte à rebours, avant de tourner la poignée de la porte d'entrée. Le commandant des vigiles lui avait fourni un double des clés : il en avait un exemplaire pour chaque villa, en cas d'urgence.

Mila observa la concentration de Boris. Derrière eux, les hommes des équipes spéciales étaient prêts à intervenir. L'agent franchit le seuil le premier, elle le suivit. Ils tenaient leurs armes en joue et, en plus des protections en Kevlar, ils portaient des casques avec oreillette, micro et une petite torche à la hauteur de la tempe droite. De dehors, Stern les guidait par radio, tout en tenant à l'œil sur un écran les mouvements du corps détecté par les capteurs thermiques. Il présentait de multiples gradations de couleurs qui indiquaient les différentes températures du corps, et qui allaient du bleu au jaune, en passant par le rouge. On ne pouvait pas en distinguer la forme.

*Mais cela semblait un corps étendu par terre.*

Il pouvait s'agir d'un blessé. Mais, avant de s'en assurer, Boris et Mila devaient faire une reconnaissance soignée, selon les procédures qui prévoyaient de mettre d'abord les lieux en sécurité.

À l'extérieur de la villa avaient été placés deux énormes projecteurs puissants qui éclairaient les deux façades. Mais la lumière ne pénétrait que faiblement à l'intérieur, à cause des rideaux tirés. Mila tenta d'habituer ses yeux à l'obscurité.

– Tout va bien ? lui demanda Boris à voix basse.

– Tout va bien, confirma-t-elle.

En attendant, Goran Gavila stationnait dans l'ancien jardin des Kobashi, mourant d'envie d'une cigarette comme cela ne lui était pas arrivé depuis longtemps. Il était inquiet. Surtout pour Mila. À côté de lui, Sarah Rosa visionnait les enregistrements des caméras de surveillance, assise à un bureau mobile, quatre écrans devant les yeux. S'il y avait vraiment un lien entre les deux maisons qui se faisaient face, ils le sauraient bientôt.

Ce que Mila remarqua en premier chez Yvonne Gress fut le désordre.

De l'entrée, on voyait tout le salon sur la gauche, et la cuisine sur la droite. Sur la table étaient amassées des boîtes de céréales ouvertes, des bouteilles de jus d'orange à moitié vides et des packs de lait rance. Il y avait aussi des canettes de bière vides. Le placard était ouvert et une partie de la nourriture était dispersée sur le sol.

Il y avait quatre chaises à la table. *Une seulement était déplacée.*

L'évier était plein d'assiettes sales et de casseroles où les restes avaient collé. Mila pointa sa lampe sur le réfrigérateur : accrochée par un aimant en forme de tortue, la photo d'une femme blonde, la quarantaine, qui souriait et tenait dans ses bras un petit garçon et une fille plus grande.

Dans le séjour, la table basse devant l'énorme écran plasma était recouverte de bouteilles d'alcools vides, d'autres canettes de bière et d'un cendrier qui débordait de mégots. Un fauteuil avait été tiré au centre de la pièce, et il y avait des traces de chaussures boueuses sur la moquette.

Boris attira l'attention de Mila et lui montra le plan de la maison, en lui faisant comprendre qu'ils allaient se séparer pour se retrouver en bas de l'escalier qui menait à l'étage supérieur. Il lui indiqua une pièce derrière la cuisine, se réservant la bibliothèque et le bureau.

– Stern, tout va bien, à l'étage du dessus ?

– Pas de mouvement, fut la réponse.

Ils se firent signe et Mila avança dans la direction qui lui avait été assignée.

– Nous y sommes, dit à ce moment-là Sarah Rosa devant l'écran. Regardez ça…

Goran se pencha sur son épaule : d'après les indications sur le côté de l'écran, ces images remontaient à neuf mois plus tôt. La villa des Kobashi n'était qu'un chantier. Sur la bande, qui passait en accéléré, les ouvriers s'activaient autour de la façade inachevée comme des fourmis frénétiques.

— Et regardez maintenant…

Rosa fit avancer un peu la bande, jusqu'au crépuscule, quand tout le monde quittait le chantier pour rentrer chez soi et revenir le lendemain. Puis elle repassa à vitesse normale.

À ce moment-là, on entrevit quelque chose par la porte d'entrée de la villa des Kobashi.

*C'était une ombre, immobile, comme en attente. Et qui fumait.*

Les braises intermittentes de la cigarette révélaient sa présence. L'homme était à l'intérieur de la villa du dentiste, et il attendait que la nuit tombe pour de bon. Quand il fit assez sombre, il sortit. Il regarda autour de lui, puis parcourut les quelques mètres qui le séparaient de la maison d'en face et entra sans frapper.

— Écoutez-moi…

Mila se trouvait dans l'atelier d'Yvonne Gress, entre les toiles amassées partout, les chevalets et les tubes de peinture traînant çà et là : quand elle entendit la voix de Goran dans son oreillette, elle s'arrêta.

— Nous avons compris ce qu'il s'est passé probablement dans cette maison. Nous avons affaire à un *parasite* : l'un des ouvriers embauchés pour la construction de la villa des Kobashi restait tous les soirs après la fermeture du chantier, pour aller ensuite s'introduire dans la maison d'en face. Nous craignons qu'il ait… (Le criminologue fit une pause pour mieux définir cette idée si terrifiante.)… séquestré la famille dans sa propre maison.

L'hôte prend possession du nid, et se comporte comme l'autre espèce. Par cette imitation grotesque, il se convainc d'en faire partie. Il justifie chaque chose par son amour infectieux. Il n'accepte pas d'être repoussé comme un corps étranger. Mais, quand il est fatigué de cette fiction, il se débarrasse de sa nouvelle famille, et il se cherche un autre nid à infecter.

En observant dans l'atelier d'Yvonne les signes putrides de son passage, Mila repensa aux larves de *Sarcophaga carnaria* qui faisaient ripaille sur le tapis des Kobashi.

Puis elle entendit Stern demander :

— Pendant combien de temps ?

– Six mois, répondit Goran.

Mila sentit son estomac se nouer. Pendant six mois, Yvonne et ses enfants avaient été prisonniers d'un psychopathe qui avait pu en faire ce qu'il voulait. Au beau milieu de dizaines d'autres maisons, d'autres familles, qui s'étaient isolées dans ce paradis pour riches en croyant échapper aux horreurs du monde, se fiant à un idéal absurde de sécurité.

Six mois. Et personne ne s'était rendu compte de rien.

Le jardin avait été tondu toutes les semaines et les roses avaient continué à recevoir les soins amoureux des jardiniers de la résidence. Les lumières du porche avaient été allumées tous les soirs, grâce au timer synchronisé sur l'horaire indiqué par le règlement de la copropriété. Les enfants avaient joué avec leurs vélos ou leurs ballons sur la route devant la maison, les femmes s'étaient promenées en parlant de la pluie et du beau temps et en s'échangeant des recettes de gâteaux, les hommes avaient fait leur jogging le dimanche matin et lavé leurs voitures devant leurs garages.

Six mois. *Et personne n'avait rien vu.*

Ils ne s'étaient pas demandé le pourquoi de ces rideaux fermés, même la journée. Ils n'avaient par remarqué le courrier qui s'accumulait dans la boîte aux lettres. Personne n'avait prêté attention à l'absence d'Yvonne et de ses enfants lors des mondanités du club, comme le bal d'automne ou la tombola du 23 décembre. Les décorations de Noël – les mêmes pour toute la résidence – avaient été disposées comme d'habitude par les employés sur la maison et autour, puis enlevées après les fêtes. Le téléphone avait sonné, Yvonne et ses enfants n'étaient pas venus ouvrir la porte quand quelqu'un avait sonné, mais personne ne s'en était inquiété.

Les parents d'Yvonne Gress habitaient loin. Mais eux non plus n'avaient pas trouvé étrange ce si long silence.

Pendant cette longue période, la petite famille avait invoqué, espéré, prié chaque jour pour une aide ou une attention qui n'étaient jamais arrivées.

– Il s'agit probablement d'un sadique. Et c'était son jeu, son divertissement.

« Sa maison de poupées », le corrigea mentalement Mila, en repensant à comment était habillé le cadavre qu'Albert avait laissé sur le canapé des Kobashi.

Elle pensa aux innombrables violences qu'Yvonne et ses enfants avaient subies pendant ce long laps de temps. Six mois de sévices. Six mois de torture. Six mois d'agonie. Mais, en regardant bien, il avait fallu bien moins pour que le monde entier les oublie.

Et les « tuteurs de la loi » non plus ne s'étaient rendu compte de rien, même en stationnant juste devant la maison pendant plus de vingt-quatre heures – en état d'alerte ! Eux aussi étaient en quelque sorte coupables, complices. Et même elle.

Encore une fois, Albert avait mis en évidence l'hypocrisie de cette fraction du genre humain qui se sent « normale » juste parce qu'elle ne tue pas les fillettes innocentes en leur tranchant un bras. Mais qui est capable d'un crime tout aussi grave : l'indifférence.

Boris interrompit les pensées de Mila.

– Stern, comment ça va, là-haut ?

– La voie est toujours libre.

– Alors on y va.

Ils se retrouvèrent comme convenu en bas de l'escalier qui menait à l'étage du dessus, celui des chambres à coucher.

Boris fit signe à Mila de le couvrir. À partir de là, ils devaient tous observer le silence radio le plus total, pour ne pas révéler leur position. Stern n'était autorisé à le briser que pour les avertir au cas où le corps bougerait.


Ils montèrent les marches. Même la moquette de l'escalier était couverte de taches, d'empreintes et de restes de nourriture. Sur le mur, des photos de vacances, d'anniversaires et de fêtes de famille et, en haut de l'escalier, un portrait à l'huile d'Yvonne et ses enfants. Quelqu'un avait creusé la peinture sur les yeux, sans doute dérangé par ce regard insistant.

Quand ils arrivèrent à l'étage, Boris se mit sur le côté pour permettre à Mila de le rejoindre. Puis il avança le premier : plusieurs portes mi-closes donnaient sur le couloir qui, au fond, tournait à gauche.

Derrière cet angle se trouvait la seule présence vivante de la maison.

Boris et Mila avancèrent lentement dans cette direction. En passant à côté de l'une des portes qui n'était que poussée, Mila reconnut le son cadencé du message en morse qu'ils avaient repéré. Elle ouvrit doucement la porte et découvrit la chambre du petit garçon de onze ans. Des posters de planètes recouvraient les murs et des livres d'astronomie trônaient sur les étagères. Devant la fenêtre barrée était placé un télescope.

Sur le petit bureau, elle vit un diorama de sciences : la reproduction à l'échelle d'une installation télégraphique du début du XXᵉ siècle. Cela consistait en une planche de bois avec deux piles sèches connectées par des électrodes et du fil de cuivre, un disque percé qui tournait sur une bobine à intervalles réguliers – *trois points, trois lignes, trois points.* Le tout était ensuite relié avec un petit câble à un talkie-walkie en forme de dinosaure. On y voyait aussi une petite plaque en laiton où il était écrit *1ᵉʳ Prix.*

C'était de là que provenait le signal.

Le petit garçon avait transformé son devoir en station émettrice, contournant les contrôles et les restrictions de l'homme qui les tenait prisonniers.

Mila déplaça le faisceau de la lampe sur le lit défait. En dessous, il y avait un seau en plastique sale. La policière remarqua aussi des signes de frottement au bord de la tête du lit.

De l'autre côté du couloir se trouvait la chambre de la jeune fille de seize ans. Sur la porte, des lettres colorées composaient un nom : Keira. Mila jeta un coup d'œil rapide depuis le seuil. Les draps étaient roulés en boule sur le sol. Un tiroir de l'armoire, qui contenait la lingerie, était renversé par terre. Le miroir de la commode avait été tourné face au lit. Il n'était pas difficile d'imaginer pourquoi. Là aussi, il y avait des signes de frottement sur les montants du lit.

« Des menottes, pensa Mila. La journée, il les attachait à leurs lits. »

Un autre seau en plastique sale était posé dans un coin. Il devait servir pour les besoins.

Deux ou trois mètres plus loin, la chambre d'Yvonne. Le matelas était crasseux, et il n'y avait qu'un drap. Sur la moquette, des taches de vomi et des tampons usagés. Sur un mur, pendue à un clou où avait été accroché un tableau, une ceinture en cuir, bien en évidence, rappelait qui commandait et comment.

« C'était ta salle de jeux, salaud ! Et peut-être que de temps à autre tu rendais aussi visite à la jeune fille ! Et quand tu te fatiguais d'elles, tu allais dans la chambre du petit garçon, juste pour le frapper un peu… »

La rage était le seul sentiment que la vie lui autorisait. Et Mila en profitait, puisant avidement dans ce puits sombre.

Combien de fois Yvonne Gress avait-elle été obligée d'être « gentille » avec ce monstre, ne serait-ce que pour le retenir avec elle dans cette chambre et éviter qu'il n'aille se défouler sur ses enfants ?

— Attention, quelque chose a bougé, dit Stern sur un ton alarmé.

Boris et Mila se tournèrent simultanément vers le coude du couloir. Le temps n'était plus à la reconnaissance. Ils pointèrent leurs armes et leurs torches dans cette direction, s'attendant à voir apparaître quelque chose d'un instant à l'autre.

— Arrêtez-vous ! intima Boris.

— Il vient vers vous.

Mila mit son index sur la détente et appuya très légèrement. Son cœur battait de plus en plus fort.

— Il est juste derrière le coin.

La présence émit un glapissement soumis. Elle pointa son museau poilu, puis les regarda. C'était un terre-neuve. Mila baissa son arme, suivie par Boris.

— Tout va bien, dit-il à la radio, ce n'est qu'un chien.

Il avait le poil rêche et collant, les yeux rouges, et il était blessé à une patte.

« Il ne l'a pas tué », pensa Mila en s'approchant.

— Viens, mon beau, viens ici…

— Il a résisté tout seul ici pendant au moins trois mois : comment a-t-il fait ? demanda Boris.

Plus Mila avançait vers lui, plus le chien reculait.

— Attention, il est effrayé, il pourrait te mordre.

Mila n'écouta pas les recommandations de Boris et continua d'avancer lentement vers le terre-neuve. Elle restait à genoux, pour le rassurer, et en même temps elle l'appelait.

— Viens, mon beau, viens ici.

Quand elle fut assez proche, elle vit une plaque accrochée à son collier. À la lueur de sa torche, elle put lire son nom.

— Terry, viens me voir, courage…

Le chien se laissa enfin approcher. Mila lui mit une main devant le museau, pour qu'il la renifle.

Boris était impatient.

— OK, on finit de contrôler l'étage et on fait entrer les autres.

Le chien leva une patte vers Mila, comme s'il voulait lui indiquer quelque chose.

– Attends...

– Quoi?

Mila ne répondit pas, mais elle se leva et vit que le terre-neuve s'était à nouveau tourné vers le coin sombre du couloir.

– Il veut que nous le suivions.

Ils lui emboîtèrent le pas. Après le coude, le couloir n'était long que de quelques mètres. Au fond à droite, il y avait une dernière pièce.

Boris contrôla sur le plan.

– Elle donne sur l'arrière, mais je ne sais pas ce que c'est.

La porte était fermée. Devant, des objets étaient entassés. Une courtepointe avec des dessins d'os, un bol, une balle colorée, une laisse et des restes de nourritures.

– Voilà qui a saccagé le garde-manger, dit Mila.

– Je me demande pourquoi il a apporté ses affaires ici...

Le terre-neuve s'approcha de la porte, comme pour confirmer que désormais sa niche était ici.

– Tu penses qu'il s'est installé ici tout seul... pourquoi?

Comme pour répondre à la question de Mila, le chien se mit à gratter le bois de la porte et à gémir.

– Il veut que nous entrions.

Mila prit la laisse et attacha le chien à un radiateur.

– Sois gentil, Terry.

L'animal aboya, comme s'il avait compris. Ils dégagèrent l'entrée et Mila saisit la poignée, pendant que Boris pointait la porte avec son arme : les capteurs thermiques n'avaient pas détecté d'autres présences dans la maison, mais on ne pouvait jamais savoir. Cependant, tous deux étaient convaincus que derrière cette faible barrière se cachait l'épilogue tragique de ce qui s'était passé pendant tous ces mois.

Mila appuya à fond pour faire jouer la serrure, puis poussa. La lumière des torches perça l'obscurité. Les rayons allèrent d'un côté à l'autre.

La pièce était vide.

Elle faisait environ vingt mètres carrés. Le sol était nu, et les murs peints en blanc. La fenêtre était cachée par un lourd rideau. Une ampoule pendait du plafond. C'était comme si cette chambre n'avait jamais servi.

— Pourquoi nous a-t-il emmenés ici ? demanda Mila, plus à elle-même qu'à Boris. Et où sont Yvonne et ses enfants ?

La question exacte était plutôt de savoir où étaient passés les corps.

— Stern.

— Oui ?

— Faites entrer l'équipe scientifique, nous on a fini.

Mila retourna dans le couloir et libéra le chien, qui échappa à son contrôle et se faufila dans la chambre. Mila lui courut après, il se tapit dans un coin.

— Terry, tu ne peux pas rester ici !

Mais le chien ne bougeait pas. Alors elle s'approcha, la laisse à la main. L'animal aboya à nouveau, mais il n'avait pas l'air menaçant. Puis il se mit à renifler le sol près de la plinthe. Mila se pencha à côté de lui, poussa son museau et éclaira l'endroit avec sa torche. Il n'y avait rien. Mais ensuite, elle la vit.

Une petite tache brune.

Elle faisait moins de trois millimètres de diamètre. Elle s'approcha encore, vit qu'elle était oblongue et que sa surface était légèrement ridée.

Mila n'avait aucun doute sur ce que c'était.

— C'est ici que ça s'est passé.

Boris ne comprit pas. Alors Mila se tourna vers lui :

— C'est ici qu'il les a tués.


— En réalité, nous nous étions aperçus que quelqu'un entrait dans cette maison… Mais vous savez, Mme Gress était une femme seule, séduisante… Il arrivait qu'elle reçoive la visite d'hommes du voisinage, à cette heure tardive.

Le commandant des vigiles fit un signe entendu auquel Goran réagit en se mettant sur la pointe des pieds pour mieux le regarder dans les yeux.

— Ne tentez plus jamais d'insinuer de telles choses…

Il le dit sur un ton neutre, mais qui contenait tout le sens de cette menace.

Ce faux policier aurait dû se justifier, ainsi que ses subalternes, pour cette grave défaillance. Au contraire, il tentait de jouer le jeu qu'il avait mis au point avec les avocats de Capo Alto. Leur stratégie consistait à faire passer Yvonne Gress pour une femme facile, simplement parce qu'elle était célibataire et indépendante.

Goran fit remarquer que l'*être* – parce qu'on ne pouvait pas le définir autrement – qui, pendant six mois, était entré et sorti de chez elle, avait saisi le même prétexte pour agir comme il l'entendait.

Le criminologue et Rosa visionnèrent presque tous les enregistrements relatifs à cette longue période. Ils passèrent les bandes en accéléré, la même scène se répétait plus ou moins chaque jour. Parfois, l'homme ne restait pas le soir, et Goran se disait que ceux-ci devaient être les meilleurs moments pour la famille séquestrée. Mais peut-être aussi les pires, vu qu'ils étaient attachés à leurs lits, et ne pouvaient recevoir ni eau ni nourriture, s'il ne s'occupait pas d'eux.

Être violé, cela signifie survivre. Perpétuellement tourmenté par la recherche du mal le moins terrible.

Sur les enregistrements, on voyait aussi l'homme de jour, pendant qu'il travaillait sur le chantier. Il portait toujours une casquette à visière, qui empêchait aux caméras de filmer son visage.

Stern interrogea le propriétaire de la société qui l'avait embauché comme saisonnier. Ils lui répondirent que l'homme s'appelait Lebrinsky, mais il s'avéra que c'était un faux nom. Cela arrivait souvent, notamment parce que sur les chantiers on embauchait des étrangers sans permis de séjour. Selon la loi, l'employeur a l'obligation de leur demander leurs papiers mais pas de vérifier qu'ils sont en règle.

Plusieurs des ouvriers qui avaient travaillé sur le chantier de la villa des Kobashi à cette période dirent que c'était un type taciturne, qui était toujours dans son coin. Ils mirent leurs souvenirs à disposition pour tracer un portrait-robot. Mais les reconstructions étaient trop différentes les unes des autres pour être utiles.

Quand il en eut fini avec le commandant des vigiles, Goran rejoignit les autres à l'intérieur de la villa d'Yvonne Gress qui, entretemps, avait été envahie par Krepp et son équipe.

Les piercings de l'expert en empreintes tintaient gaiement sur son visage, tandis qu'il se déplaçait dans les lieux comme un elfe dans un bois enchanté. Parce que c'est bien ce à quoi ressemblait la maison, désormais : la moquette avait été entièrement recouverte de bâches en plastique transparent et les lampes halogènes avaient fleuri çà et là pour éclairer une zone, ou même un détail. Des hommes en combinaison blanche et lunettes de protection en Plexiglas recouvraient toutes les surfaces de poudres et de réactifs.

— Notre homme n'est pas très malin, commença Krepp. En plus du désordre causé par le chien, il a laissé traîner des déchets en tous genres : canettes, mégots de cigarettes, verres utilisés. Il y a tellement d'ADN qu'on pourrait même le cloner !

— Des empreintes digitales ? demanda Sarah Rosa.

— À foison ! Mais malheureusement, il n'a jamais séjourné en prison, il n'est pas fiché.

Goran secoua la tête : une telle abondance de traces, et on ne pouvait même pas trouver un suspect. Le parasite était sans aucun doute beaucoup moins avisé qu'Albert, qui s'était inquiété d'interrompre les caméras avant d'entrer avec le cadavre de la fillette chez les Kobashi. Justement, à ce propos, quelque chose ne revenait pas à Goran.

— Et les corps ? Nous avons visionné toutes les bandes, et le parasite n'a jamais rien emporté hors de cette maison.

— Parce qu'ils ne sont pas sortis par la porte…

Tout le monde s'interrogea du regard, en essayant de comprendre le sens de cette phrase. Krepp ajouta :

— Nous contrôlons les égouts, je pense que c'est comme ça qu'il s'en est débarrassé.

Il les avait coupés en morceaux, conclut Goran. Ce maniaque avait joué au gentil petit mari et au petit papa adoré. Et puis, un jour, il en avait eu assez d'eux, ou peut-être qu'il avait simplement terminé son travail dans la maison d'en face, et il était entré là pour la dernière fois. Il se demanda si Yvonne et ses enfants avaient senti la fin approcher.

— Mais j'ai gardé le plus étrange pour la fin… dit Krepp.

— Quoi donc ?

— La chambre vide, à l'étage, là où notre amie policière a trouvé cette petite tache de sang.

Mila se sentit mise en cause par le regard de Krepp. Goran la vit se raidir, sur la défensive. L'expert faisait souvent cet effet.

— La pièce du premier sera ma « chapelle Sixtine », précisa-t-il. Cette tache nous fait supposer que c'est là que le massacre a eu lieu. Et qu'ensuite il a tout nettoyé, même s'il a oublié quelques détails. Mais il a été plus loin : il a repeint les murs.

— Et pour quelle raison ? demanda Boris.

— Parce qu'il est stupide, c'est évident. Après avoir laissé un tel foisonnement de preuves et s'être débarrassé des restes dans les égouts, il avait déjà gagné la perpétuité. Alors, pourquoi prendre la peine de repeindre une pièce ?

Pour Goran aussi, la raison restait assez obscure.

— Comment vas-tu faire ?

— Je vais enlever la peinture et regarder ce qu'il y a en dessous. Il faudra du temps, mais avec les nouvelles techniques je peux récupérer toutes les taches de sang que cet idiot a tenté d'occulter de façon si puérile.

Goran n'était pas convaincu.

— Pour l'instant, nous n'avons qu'une séquestration de personnes et une dissimulation de cadavres. Il sera condamné à perpétuité, mais cela ne signifie pas que nous aurons rendu justice. Pour faire éclater la vérité et lui coller aussi sur le dos l'accusation d'homicide, nous avons besoin de ce sang.

— Tu l'auras, professeur.

Pour l'instant, ils n'avaient qu'une description sommaire du sujet à rechercher. Ils la confrontèrent aux données recueillies par Krepp.

— Je dirais qu'il s'agit d'un homme entre quarante et cinquante ans, commença Sarah Rosa. De corpulence robuste, mesurant environ un mètre soixante-dix-huit.

— Les empreintes de chaussures sur la moquette sont un quarante-trois, ça correspond.

— Fumeur.

— Il roule ses cigarettes.

— Comme moi, dit Boris. Ça fait toujours plaisir d'avoir quelque chose en commun avec un type comme ça.

— Et je dirais qu'il aime les chiens, conclut Krepp.

— Juste parce qu'il a laissé le terre-neuve en vie ? lui demanda Mila.

— Non, ma chère. Nous avons trouvé des poils de bâtard.

— Mais qui dit que c'est l'homme qui les a apportés dans la maison ?

— Ils étaient dans la boue dont sont composées les empreintes de chaussures qu'il a laissées sur la moquette. Évidemment, il y a aussi le matériel de chantier, ciment, mastic, solvants, qui a servi de colle pour tout le reste. Y compris, donc, ce que le type rapportait de chez lui.

Krepp regarda Mila avec l'air de quelqu'un qui s'est senti soudain défié mais qui a su reprendre le dessus en rusant. Après cette parenthèse glorieuse, il détourna le regard et redevint le professionnel froid que tout le monde connaissait.

257

— Et il y a autre chose, mais je n'ai pas encore décidé si c'est digne d'attention…

— Dis-le tout de suite, lui ordonna Goran, lui manifestant tout son intérêt, parce qu'il savait que Krepp adorait qu'on le prie.

— Dans cette boue, sous ses chaussures, il y a une grande concentration de bactéries. J'ai demandé son avis à mon chimiste de confiance…

— Pourquoi un chimiste et pas un biologiste ?

— Parce que j'ai pensé qu'il s'agissait de bactéries « mange-déchets », qui existent dans la nature mais ont des fonctions différentes, comme dévorer le plastique et les dérivés du pétrole. En réalité, elles ne mangent rien, elles produisent une enzyme. On les utilise pour bonifier les anciennes décharges.

À ces mots, Goran remarqua que Mila et Boris s'étaient immédiatement regardés.

— Les anciennes décharges ? Putain… On le connaît.

# 24

Feldher les attendait.

Le parasite s'était barricadé dans son repaire, au sommet de la colline de déchets.

Il avait des armes en tous genres, qu'il accumulait depuis des mois pour se préparer à ce règlement de comptes. Il n'avait pas fait beaucoup d'efforts pour se cacher, en réalité. Il savait bien que, tôt ou tard, quelqu'un viendrait lui demander des explications.

Mila arriva avec le reste de l'équipe et une unité spéciale, dont les hommes se positionnèrent autour de la propriété.

Du haut de sa cachette, Feldher pouvait contrôler les routes qui menaient à l'ancienne décharge. En plus, il avait coupé les arbres qui le gênaient pour avoir une visibilité parfaite. Mais il n'ouvrit pas le feu tout de suite, il attendit qu'ils furent en place pour se mettre à tirer à vue.

Il visa d'abord son chien, Koch, le bâtard couleur rouille qui déambulait entre les débris en fer. Il l'abattit d'un coup sec, à la tête. Il voulait prouver aux hommes dehors qu'il ne plaisantait pas. Mais peut-être aussi épargner à l'animal une fin encore pire, se dit Mila.

Accroupie derrière l'un des blindés, la policière observait la scène. Combien de temps s'était-il écoulé depuis le jour où elle était venue dans cette maison avec Boris pour l'interroger sur l'institut religieux où il avait grandi ? En fait, il cachait un secret bien pire que celui de Ronald Dermis.

Il avait menti sur de nombreux points.

Quand Boris lui avait demandé s'il avait fait de la prison, il avait répondu que oui. Mais ce n'était pas vrai. La preuve, ils n'avaient trouvé aucune trace dans leurs fichiers des empreintes laissées chez

Yvonne Gress. Cependant, ce mensonge lui avait servi à s'assurer que les agents qui étaient venus lui rendre visite ne s'étaient pas documentés sur son compte. Et Boris n'y avait vu que du feu, parce que d'habitude on ne ment pas pour se dépeindre sous un mauvais jour.

Or c'était bien ce que Feldher avait fait. Il était malin, observa Mila.

Il avait tâté le terrain et il avait joué avec eux, certain qu'ils n'avaient aucun élément pour le relier à la maison d'Yvonne. S'il avait suspecté le contraire, ils n'en seraient probablement pas sortis vivants.

Ensuite, Mila s'était laissé berner par sa présence à l'enterrement nocturne de Ronald. Elle avait cru qu'il s'agissait d'un geste de pitié, mais en réalité Feldher était venu contrôler la situation.

— Foutus bâtards, venez me chercher!

Les coups séquentiels d'une mitraillette déchirèrent l'air, certains touchant les blindés avec un bruit sourd, d'autres résonnant sur la ferraille.

— Fils de putes! Vous ne m'aurez pas vivant!

Personne ne lui répondait, personne ne traitait avec lui. Mila regarda autour d'elle : pas de négociateur avec un mégaphone pour le convaincre de baisser les armes. Feldher avait signé sa condamnation à mort. Personne ne se souciait de lui laisser la vie sauve.

On attendait le premier faux pas pour l'éliminer de la surface de la terre.

Deux tireurs d'élite étaient déjà en place, prêts à tirer dès qu'il se pencherait un peu plus. Pour le moment, ils le laissaient se défouler. Ainsi, il y avait plus de chances pour qu'il commette une erreur.

— Elle était à moi, salauds! Je lui ai donné ce qu'elle voulait!

Il les provoquait. Et, vu la tension sur les visages qui le fixaient, sa tentative avait un succès certain.

— Il faut le capturer vivant, dit Goran à un moment. C'est le seul moyen pour trouver le lien entre lui et Albert.

— Je ne crois pas que les hommes des unités spéciales soient d'accord avec vous, professeur, dit Stern.

— Alors nous devons parler à Roche : il doit donner l'ordre de faire venir un négociateur.

— Feldher ne se laissera pas prendre : il a déjà tout prévu, y compris sa fin, lui fit remarquer Sarah Rosa. Il tentera un coup de théâtre pour s'en aller dignement.

Elle n'avait pas tort. Les artificiers qui les accompagnaient avaient identifié des variations dans le terrain qui entourait la maison.

— Des mines antipersonnel, dit l'un d'eux à Roche quand il arriva.

— Avec toutes les saletés qu'il y a là-dessous, ça pourrait être la fin du monde.

Un géologue fut consulté, qui confirma que la décharge qui formait la colline pouvait cacher des poches de méthane générées par la décomposition des déchets.

— Il faut vous éloigner immédiatement : un incendie risquerait d'être dramatique.

Goran insistait auprès de l'inspecteur chef pour qu'il le laisse au moins essayer de parlementer avec Feldher. Finalement, Roche lui accorda trente minutes.

Le criminologue pensait utiliser le téléphone, mais Mila se rappela que la ligne était coupée pour cause de retard de paiement : quand elle et Boris avaient tenté de contacter Feldher, quelque temps auparavant, elle était tombée sur une voix automatique. Il fallut sept minutes à la compagnie téléphonique pour rétablir le contact. Il n'en restait plus que vingt-trois pour convaincre l'homme de se rendre. Or quand le téléphone de la maison se mit à sonner, la réaction de Feldher fut de leur tirer dessus.

Goran ne s'avoua pas vaincu. Il se munit d'un mégaphone et se plaça derrière le blindé le plus proche de la maison.

— Feldher, je suis le professeur Gavila !

— Va te faire foutre ! répondit l'autre avant de tirer.

— Au contraire, vous allez m'écouter : je vous méprise, de même que tous ceux qui sont ici avec moi.

Mila comprit que Goran ne voulait pas tricher avec Feldher, parce que cela n'aurait servi à rien. Cet homme avait déjà décidé de son destin. Aussi le criminologue avait-il mit tout de suite cartes sur table.

— Connard, je ne veux pas t'écouter !

Un autre tir, à quelques centimètres de l'endroit où se trouvait Goran, cette fois. Bien qu'il fût protégé, le professeur sursauta.

— Mais vous allez le faire, parce que vous avez tout intérêt à écouter ce que je vais vous dire !

Quelle proposition pouvait-il donc lui faire, au point où ils en étaient ? Mila ne saisit pas le sens de la stratégie de Goran.

– Nous avons besoin de vous, Feldher, parce que vous connaissez probablement l'homme qui détient la sixième fillette. Nous l'appelons Albert, mais je suis certain que vous savez son vrai nom.

– J'en ai rien à foutre !

– Au contraire, ça vous intéresse, parce que cette information vaut cher, à l'heure qu'il est !

*La prime.*

Voilà donc quel était le jeu de Goran ! Les dix millions offerts par la fondation Rockford à quiconque fournirait des informations utiles pour sauver la fillette numéro six.

On aurait pu se demander quel avantage un homme condamné à perpétuité tirerait de cette somme. Mila le déduisit. Le criminologue avait voulu faire naître dans l'esprit de Feldher l'idée de s'en tirer, de pouvoir « arnaquer » ce système qui l'avait persécuté toute sa vie, faisant de lui ce qu'il était. Un misérable, un raté. Avec cet argent, il aurait pu se payer un grand avocat, qui aurait pu plaider l'infirmité mentale, une option généralement réservée aux accusés très riches, parce que difficile à soutenir et à prouver sans moyens financiers appropriés. Feldher aurait pu espérer une peine moins lourde – peut-être même juste une vingtaine d'années –, qu'il aurait purgée non pas en prison mais comme patient dans un hôpital judiciaire. Ensuite, une fois sorti, il aurait profité du reste de son argent. En homme libre.

Goran avait vu juste. Parce que Feldher avait toujours désiré être plus que ce qu'il était. C'était pour cela qu'il s'était introduit chez Yvonne Gress. Pour savoir, au moins une fois, ce qu'on ressentait en vivant comme un privilégié, dans un endroit pour riches, avec une belle femme, des enfants et de beaux objets.

Maintenant, il pouvait obtenir un double résultat : s'emparer de cet argent, et s'en tirer.

Il sortirait de cette maison sur ses deux jambes, en souriant, devant la centaine d'agents qui le voulaient mort. Mais, surtout, il en sortirait en homme riche. En un sens, il en sortirait même en *héros*.

Cette fois, Feldher ne proféra aucune insulte et ne tira pas. Il réfléchissait.

Le criminologue profita de ce silence pour alimenter ses attentes.

– Personne ne pourra vous enlever ce que vous aurez gagné. Et même si j'ai peine à l'admettre, on devra aussi vous remercier. Alors, déposez les armes, sortez et rendez-vous…

« Encore une fois, le mal en vue du bien », réfléchit Mila. Goran utilisait la même technique qu'Albert.

Plusieurs secondes passèrent, qui semblèrent interminables. Mais plus le temps passait, plus il y avait d'espoir que le plan fonctionne. De derrière le blindé qui la protégeait, Mila vit l'un des hommes des unités spéciales sortir une perche avec un petit miroir, pour contrôler la position de Feldher dans la maison.

Peu après, elle aperçut son reflet.

On n'apercevait que son épaule et sa nuque. Il portait une veste de camouflage et une casquette de chasse. L'espace d'un instant, elle entrevit aussi son profil, son menton mal rasé.

Cela ne dura que quelques dixièmes de seconde. Feldher leva son fusil, peut-être pour tirer, ou pour dire qu'il se rendait.

Un sifflement suffoqué passa rapidement au-dessus de leurs têtes.

Avant que Mila ne comprenne ce qu'il se passait, le premier projectile avait déjà touché Feldher au cou. Puis le second arriva, d'une autre direction.

– Non ! hurla Goran. Arrêtez ! Ne tirez pas !

Les tireurs d'élite de l'unité spéciale sortirent de leurs cachettes pour mieux viser.

Les deux trous que Feldher avait dans le cou crachaient du sang au rythme des battements de sa carotide. L'homme se traîna sur une jambe, la bouche grande ouverte. D'une main, il tenta inutilement de compresser ses blessures, tandis qu'avec l'autre il essayait de maintenir son arme en l'air pour répondre aux tirs.

Goran, en dépit du danger, sortit à découvert, dans une tentative désespérée d'arrêter le temps.

À ce moment-là, un troisième coup, plus précis que les autres, toucha la cible à la nuque.

Le parasite avait été abattu.

## 25

— Sabine aime bien les chiens, vous savez?

Mila remarqua qu'elle s'exprimait au présent. Bientôt la douleur assaillirait cette femme, et elle ne trouverait ni la paix ni le sommeil pendant des jours.

Mais pas maintenant, c'était trop tôt.

Dans des cas comme celui-ci, la douleur laisse un espace, un diaphragme entre elle et la nouvelle, une barrière élastique qui s'étire et revient en arrière, empêchant les mots « nous avons trouvé le corps de votre fille » de parvenir à destination. Les mots rebondissent sur un étrange sentiment de quiétude. Une courte pause de résignation avant de s'écrouler.

Deux heures plus tôt, Chang avait remis à Mila une enveloppe contenant les résultats des tests ADN. La fillette sur le canapé des Kobashi était Sabine.

La troisième enlevée.

Et la troisième retrouvée.

Il s'agissait désormais d'un schéma solide. Un *modus operandi*, aurait dit Goran. Même si personne n'avait hasardé d'hypothèse sur l'identité du cadavre, tout le monde s'attendait à ce que ce soit elle.

Mila avait laissé ses compagnons s'interroger sur le fiasco chez Feldher et à chercher, dans cette montagne de déchets, un élément permettant de remonter à Albert. Elle avait demandé une voiture au département, et elle se trouvait maintenant dans le salon de la maison des parents de Sabine, dans une zone rurale habitée essentiellement par des éleveurs de chevaux et des gens qui avaient choisi de vivre au contact de la nature. Elle avait parcouru presque cent cinquante kilomètres pour y arriver. Le soleil se couchait, et elle avait pu profiter du paysage, des bois traversés par de minces cours d'eau qui se jetaient ensuite dans de petits lacs ambrés. Elle s'était dit que, pour les parents de Sabine, recevoir sa visite, même à cette heure insolite, pouvait être rassurant, prouver que quelqu'un s'était occupé de leur fille. Elle ne se trompait pas.

La mère de Sabine était menue, le corps sec, le visage creusé par des petites rides qui lui donnaient une certaine force.

Mila observait les photos qu'elle lui avait mises entre les mains, l'écoutait raconter les sept premières et seules années de vie de Sabine. Le père, en revanche, restait debout dans un coin de la pièce, appuyé contre le mur, les yeux baissés et les mains derrière son dos : il se balançait, concentré sur sa respiration. Mila était convaincue que la femme était la personnalité dominante de la maison.

— Sabine est née prématurée : huit semaines avant le terme. Nous nous sommes dit que c'était parce qu'elle avait une envie folle de venir au monde. Et c'était un peu vrai, ajouta-t-elle en souriant et en regardant son mari, qui acquiesça. Les docteurs ont commencé par nous dire qu'elle ne survivrait pas, parce que son cœur était trop faible. Mais contre toute attente, Sabine résistait. Elle n'était pas plus grande que ma main et pesait à peine cinq cents grammes, mais elle luttait de toutes ses forces, dans sa couveuse. Et, semaine après semaine, son cœur devenait de plus en plus fort... Alors les médecins ont dû changer d'avis, ils nous ont dit qu'elle allait probablement survivre, mais que sa vie serait remplie d'hôpitaux, de médicaments et d'opérations chirurgicales. Bref, que nous aurions mieux fait de souhaiter qu'elle meure... (Elle marqua une pause.) Je l'ai fait. À un moment, j'étais tellement persuadée que mon bébé risquait de souffrir pour le restant de ses jours que j'ai prié pour que son cœur s'arrête. Sabine a été plus forte que mes prières : elle s'est développée comme une enfant normale et, huit mois après sa naissance, nous l'avons ramenée chez nous. (La femme s'interrompit. Pendant un instant, son expression changea, elle se fit plus méchante.) Ce fils de pute a détruit tous ses efforts !

Sabine était la plus jeune des victimes d'Albert. Elle avait été enlevée sur un manège. Un samedi soir. Devant sa mère et son père, et sous les yeux de tous les autres parents.

« En fait, chacun surveillait son enfant », avait dit Sarah Rosa lors de la première réunion au Pensoir.

265

Et Mila se rappelait qu'elle avait ajouté : « Les gens s'en fichent, c'est la réalité. »

Cependant, Mila ne s'était pas déplacée uniquement pour consoler les parents de Sabine. Elle voulait leur poser certaines questions, profiter de ce que la souffrance n'avait pas encore jailli de son refuge temporaire pour tout effacer, irrémédiablement. Elle était également consciente du fait que les deux époux avaient été interrogés des dizaines de fois sur les circonstances de la disparition de la petite. Mais ses collègues n'avaient pas son expérience en matière d'enfants disparus.

— Le fait est, commença la policière, que vous êtes les seuls qui puissiez avoir vu ou remarqué quelque chose. Toutes les autres fois, le kidnappeur a agi dans des endroits isolés, ou quand il était seul avec sa victime. Là, il a pris un risque. Et il est possible que quelque chose n'ait pas fonctionné.

— Vous voulez que je vous raconte tout depuis le début ?

— Oui, s'il vous plaît.

La femme rassembla ses idées, puis raconta :

— C'était un soir spécial, pour nous. Vous devez savoir que quand Sabine a eu trois ans, nous avons décidé de quitter notre travail à la ville pour venir ici. Nous étions attirés par la nature et la possibilité d'élever notre fille loin du bruit et de la pollution.

— Vous dites que le soir où votre fille a été enlevée était spécial, pour vous...

— En effet, répondit la femme en cherchant le regard de son mari. Nous avons gagné à la loterie. Une belle somme. Pas assez pour devenir vraiment riches, mais assez pour assurer un avenir à Sabine et à ses enfants... En fait, je n'avais jamais joué. Mais, un matin, j'ai acheté un billet, et j'ai gagné, dit-elle avec un sourire forcé. Je parie que vous vous êtes toujours demandé à quoi ressemble un gagnant à la loterie. (Mila acquiesça.) Maintenant, vous le savez.

— Alors vous êtes allés à la fête foraine pour célébrer ça ?

— Exactement.

— Je voudrais que vous reconstruisiez les moments exacts où Sabine était sur ce manège.

— Nous avions choisi ensemble le petit cheval bleu. Pendant les deux premiers tours, nous sommes restés avec elle, son père et moi. Ensuite, Sabine a insisté pour faire le troisième toute seule. Elle était très têtue, et nous avons voulu lui faire plaisir.

— Je comprends, c'est normal, avec les enfants, dit Mila pour l'absoudre à l'avance de tout sentiment de culpabilité.

La femme leva les yeux sur elle puis dit, sûre d'elle :

— Sur le manège, il y avait d'autres parents, tous à côté de leur enfant. Moi j'avais les yeux rivés sur la mienne. Je vous jure que je n'ai pas perdu un instant de ce tour. Sauf les quelques secondes où Sabine se trouvait du côté opposé au nôtre.

« Il l'a fait disparaître comme dans un tour de magie », avait dit Stern au Pensoir en se référant au petit cheval qui avait réapparu sans elle.

Mila expliqua :

— Notre hypothèse est que le ravisseur se trouvait déjà sur le manège : un parent parmi tant d'autres. Nous en avons conclu qu'il a l'aspect d'un homme normal : il s'est fait passer pour un père de famille, s'enfuyant tout de suite avec la fillette et se perdant dans la foule. Peut-être Sabine a-t-elle pleuré ou protesté. Mais personne ne s'en est inquiété parce que, aux yeux des autres, ce n'était qu'une petite fille qui faisait un caprice.

L'idée qu'Albert s'était fait passer pour le père de Sabine faisait probablement encore plus mal que tout le reste.

— Je vous assure, agent Vasquez, que s'il y avait eu un étranger sur ce manège, je m'en serais aperçue. Une mère a un sixième sens pour ces choses-là.

Elle le dit avec une telle conviction que Mila ne se sentit pas de lui donner tort, ni de répliquer.

Albert avait parfaitement réussi à se fondre dans le décor.

Vingt-cinq agents de police, enfermés dans une pièce pendant dix jours, avaient passé en revue des centaines de photos prises à la fête foraine ce soir-là. Ils avaient également visionné les films amateurs tournés avec les caméras des familles. Rien. Aucun cliché n'avait immortalisé Sabine avec son ravisseur, même pas rapidement. Ils n'apparaissaient sur aucune photo, même pas sous la forme de silhouettes lointaines.

N'ayant pas d'autres questions à poser, Mila prit congé. Avant qu'elle ne parte, la mère de Sabine insista pour qu'elle emporte une photo de sa fille.

— Comme ça, vous ne l'oublierez pas, dit-elle, sans savoir que Mila ne l'aurait de toute façon pas oubliée, et que quelques heures

267

plus tard elle aurait imprimé sur son corps un hommage à cette mort, sous la forme d'une nouvelle cicatrice.

– Vous allez l'attraper, n'est-ce pas ?

La question du père de Sabine ne la surprit pas. Elle s'y attendait. Ils demandaient tous ça. Vous allez trouver ma fille ? Vous allez capturer l'assassin ?

Et elle lui répondit ce qu'elle répondait toujours.

– Nous ferons tout notre possible.

La mère de Sabine avait souhaité que sa fille meure et avait été exaucée, avec sept ans de retard. Mila ne pouvait s'empêcher d'y penser, tout en conduisant pour rentrer au Bureau. Les bois, qui avaient égayé son voyage aller, étaient maintenant des ombres qui se hissaient vers le ciel, sous l'effet du vent.

Elle avait programmé le GPS pour rentrer par le chemin le plus court. Puis elle avait réglé l'écran sur le mode nocturne. La lumière bleue était relaxante.

L'autoradio ne captait que des fréquences AM et, après moult efforts, elle avait fini par trouver une station qui transmettait de vieux standards. Mila avait posé la photo de Sabine sur le siège à côté d'elle. Grâce au ciel, la douloureuse pratique de la reconnaissance du corps avait été épargnée aux parents, puisque les restes étaient déjà décomposés et rongés par la faune cadavérique. Elle bénit les avancées récentes en matière de test ADN.

La brève conversation lui avait laissé un sentiment d'inachevé. Quelque chose ne cadrait pas, quelque chose n'avait pas fonctionné, elle avait senti un blocage. C'était une simple considération. Un jour, cette femme avait acheté un billet de loterie, et elle avait gagné. Sa fille avait été la victime d'un tueur en série.

Deux événements improbables, dans une seule vie.

Cependant, le plus terrible était que les deux événements étaient liés.

S'ils n'avaient pas gagné à la loterie, ils ne seraient jamais allés à la fête foraine. Et Sabine n'aurait pas été enlevée et tuée sauvagement. La rétribution définitive de ce coup de chance avait été la mort.

« Ce n'est pas vrai, se dit-elle. Il a choisi les familles, pas les fillettes. Il l'aurait enlevée quand même. »

La route tournait entre les collines. De temps à autre apparaissaient les enseignes des éleveurs de chevaux. Ils étaient assez distants les uns des autres, et pour les rejoindre il fallait prendre des routes secondaires qui couraient souvent au beau milieu de nulle part pendant des kilomètres. Pendant tout le voyage, Mila n'avait croisé que deux ou trois voitures qui roulaient dans le sens inverse, et une moissonneuse-batteuse qui circulait les feux de détresse allumés pour signaler sa lenteur aux autres véhicules.

La radio passa un vieux tube de Wilson Pickett, *You Can't Stand Alone*.

Elle mit quelques secondes à faire le lien entre l'artiste et le nom de l'affaire à laquelle Boris avait fait allusion quand ils avaient parlé de Goran et de sa femme.

« Cela s'est mal passé. Il y a eu des erreurs, et on a menacé de dissoudre l'équipe et de remercier le professeur Gavila. C'est Roche qui nous a défendus et nous a laissé à nos places », lui avait-il expliqué.

Que s'était-il passé? Cela avait peut-être à voir avec les photos de la belle jeune fille qu'elle avait vues au Bureau? Était-ce depuis cette fois-là que ses compagnons n'avaient plus mis les pieds à l'appartement?

De toute façon, elle n'était pas en mesure de répondre à ces questions. Elle les chassa de son esprit. Puis elle baissa le chauffage d'un cran : il faisait moins trois dehors, mais l'habitacle était bien chaud. Elle avait même enlevé sa parka avant de se mettre au volant, et elle avait attendu que l'auto se réchauffe. Ce passage du froid intense à la chaleur avait fini par calmer ses nerfs.

Elle se laissa agréablement aller à la fatigue qui s'emparait d'elle peu à peu. Finalement, ce petit voyage en voiture lui faisait du bien. Dans un coin du pare-brise, le ciel, qui était recouvert depuis des jours d'un épais manteau nuageux, s'ouvrit soudain. Comme si quelqu'un en eût décousu un pan, dévoilant les étoiles éparses et laissant filtrer la lumière de la lune.

À ce moment-là, dans la solitude des bois, Mila se sentit privilégiée. Comme si ce spectacle inattendu n'était que pour elle. Lors d'un virage, le rayon lumineux se déplaça sur le pare-brise. Elle le suivit du regard. Mais quand ses yeux se posèrent un instant sur le rétroviseur, elle vit un reflet.

*La lumière de la lune se reflétait sur la carrosserie de la voiture qui la suivait tous feux éteints.*

Le ciel se referma sur elle, et il fit à nouveau sombre. Mila tenta de garder son calme. Encore une fois, quelqu'un se calait sur ses pas, comme au motel. Et si la première fois elle avait envisagé que cela puisse être le fruit de son imagination, là elle était absolument convaincue de la réalité des faits.

« Je dois garder mon calme et réfléchir. »

Si elle accélérait, elle révèlerait son état d'alerte. Et puis, elle ne savait rien de l'habileté de son poursuivant au volant : sur ces routes difficiles qu'elle ne connaissait pas, la fuite aurait pu être fatale. Il n'y avait aucune maison en vue et le premier village était au moins à une trentaine de kilomètres. En plus, son aventure nocturne à l'orphelinat, avec Ronald Dermis et son thé empoisonné, avait mis son courage à rude épreuve. Jusque-là, elle ne l'avait pas admis, elle avait même soutenu mordicus qu'elle se sentait bien, qu'elle n'était pas du tout choquée. Mais maintenant, elle n'était plus si sûre de pouvoir affronter une autre situation de danger. Elle sentit ses bras devenir rigides, la tension nerveuse monta. Son cœur accélérait, et elle ne savait pas comment l'arrêter. Elle était prise de panique.

« Je dois rester calme, rester calme et réfléchir. »

Elle baissa la radio pour mieux se concentrer. Elle comprit que le poursuivant se servait du point de repère que constituaient ses feux de position pour conduire tous feux éteints. Elle regarda un moment l'écran du GPS. Elle le décrocha et le posa sur ses jambes.

Puis elle tendit la main vers la commande des phares et elle les éteignit.

Elle accéléra d'un coup. Elle n'avait devant elle qu'un mur d'obscurité. Sans savoir où elle allait, elle se fiait à la trajectoire indiquée par le GPS. Virage à droite, quarante degrés. Elle obéit et vit le curseur dessiner son parcours sur l'écran. Ligne droite. Elle dérapa légèrement. Ses mains tenaient fermement le volant, parce que, sans orientation, la moindre déviation pouvait la projeter hors de la route. Virage à gauche, soixante degrés. Cette fois, elle dut rétrograder pour ne pas perdre le contrôle, et contre-braquer. Une autre ligne droite, plus longue que la précédente. Combien de temps pouvait-elle résister sans rallumer ses phares ? Avait-elle réussi à berner celui qui la suivait ?

Profitant de la ligne droite, elle jeta un coup d'œil au rétroviseur.

Les phares de la voiture qui la suivait s'allumèrent.

Son poursuivant avait fini par se montrer, et il ne la lâchait pas. Les phares de sa voiture projetaient leur rayon sur la sienne, et même plus loin, sur la route devant elle. Mila tourna juste à temps pour prendre le virage et, en même temps, ralluma ses phares. Elle accéléra et parcourut un peu plus de trois cents mètres à toute vitesse.

Puis elle pila d'un coup au beau milieu de la chaussée et regarda à nouveau dans le rétroviseur.

Elle n'entendit que le tic-tac du moteur et le tambour qu'elle avait dans la poitrine. L'autre voiture s'était arrêtée avant le virage. Mila apercevait le rayon blanc de ses phares sur l'asphalte. Le rugissement de son pot d'échappement faisait penser à une bête féroce prête à bondir pour dévorer définitivement sa proie.

« Viens, je t'attends. »

Elle prit son pistolet et fit glisser une balle dans le canon. Elle ne savait pas d'où venait ce courage dont elle s'était sentie privée si peu de temps auparavant. Le désespoir la poussait à un duel absurde, au beau milieu de nulle part.

Mais le poursuivant ne releva pas le défi. Derrière le virage, les phares disparurent, cédant la place à deux petites lumières rouges.

La voiture avait fait demi-tour.

Mila ne bougea pas. Elle retrouva une respiration normale.

Elle baissa un instant le regard sur le siège à côté d'elle, comme pour chercher du réconfort dans le sourire de Sabine.

C'est alors qu'elle s'aperçut que quelque chose n'allait pas, sur cette photo.


Elle arriva au Bureau juste après minuit. Elle était encore tendue, pendant tout le reste du trajet elle n'avait pensé qu'à la photo de Sabine, tout en regardant autour d'elle, s'attendant à ce que celui qui l'avait suivie surgisse d'un moment à l'autre d'une route secondaire ou lui tende un piège à la sortie d'un virage.

Elle monta quatre à quatre les marches qui menaient à l'appartement. Elle voulait parler à Goran et informer l'équipe de ce qu'il se passait. Peut-être était-ce Albert qui l'avait suivie. C'était très probable. Mais pourquoi elle ? Et puis, il y avait cette histoire de Sabine, mais cela pouvait aussi être une erreur de sa part...

Arrivée à l'étage, elle ouvrit la lourde porte blindée avec les clés que lui avait données Stern, franchit le seuil et se trouva immergée dans un profond silence. Le grincement de ses semelles en caoutchouc sur le sol en lino était le seul bruit, dans les pièces qu'elle passait rapidement en revue. D'abord la salle commune, où elle remarqua, sur le bord d'un cendrier, une cigarette qui s'était consumée en une longue bande de cendre grise. Sur la table de la cuisine, elle aperçut les restes d'un dîner – la fourchette posée à côté de l'assiette, un reste de flan à peine entamé – comme si quelqu'un avait dû interrompre brusquement son repas. Les lumières étaient toutes allumées, y compris celles du Pensoir. Mila accéléra le pas vers le dortoir : il s'était sûrement passé quelque chose. Le lit de Stern était défait, une boîte de pastilles de menthe traînait sur son oreiller.

Son portable émit un bip, annonçant l'arrivée d'un texto. Elle le lut.

```
Nous allons chez les Gress. Krepp veut nous mon-
trer quelque chose. Rejoins-nous. Boris.
```

# 26

Une fois chez Yvonne Gress, elle s'aperçut que tout le monde n'était pas encore entré : Sarah Rosa était en train de passer une combinaison et des protège-chaussures près du fourgon. Mila se fit la réflexion que sa collègue était beaucoup moins agressive avec elle, ces derniers jours. Elle était toujours dans son coin, absorbée dans ses pensées. Peut-être à cause de ses ennuis personnels.

Rosa leva les yeux sur elle.

— Putain ! T'en rates pas une, hein ?

« Je retire ce que j'ai dit… », pensa Mila.

Elle l'ignora et tenta de monter dans le fourgon pour prendre une combinaison. Mais Rosa se mit sur les marches, l'empêchant de passer.

— Eh, je te parle !

— Qu'est-ce que tu veux ?

— Ça te plaît tant que ça, de jouer les maîtresses d'école ?

Elle n'était qu'à quelques centimètres de son visage. Mila pouvait sentir son haleine de cigarette, de chewing-gum et de café. Elle aurait voulu soit l'ignorer, soit lui dire ses quatre vérités. Mais elle se rappela ce que Goran lui avait dit, au sujet de sa séparation avec son mari et des troubles alimentaires de sa fille, et elle choisit une autre solution.

— Pourquoi tu m'en veux autant, Rosa ? Je ne fais que mon travail.

— Dans ce cas, tu aurais déjà dû trouver la fillette numéro six, tu ne crois pas ?

— Je la trouverai.

– Tu sais, je ne crois pas que tu vas rester longtemps dans cette équipe. Pour l'instant, tu penses les avoir conquis, mais tôt ou tard ils comprendront qu'on peut très bien se passer de toi.

Rosa se poussa, mais Mila resta là où elle était.

– Si tu me détestes tant que ça, pourquoi, après l'histoire de l'institut, quand Roche a voulu me chasser, tu as voté pour que je reste ?

La femme se tourna vers elle, le regard amusé.

– Qui te l'a dit ?

– Le professeur Gavila.

Rosa laissa échapper un petit rire et secoua la tête.

– Tu vois, ma chère, c'est justement à cause de trucs comme ça, que tu ne vas pas faire long feu. Parce que, s'il te l'a révélé sur le mode de la confidence, en me le disant tu l'as trahi… Et puis, au passage, il t'a bien eue… Parce que j'ai voté contre toi.

Et elle la planta sur place, pétrifiée, pour se diriger vers la maison d'un pas assuré. Mila la suivit du regard, déboussolée par ce qu'elle venait de dire. Puis elle entra dans le fourgon pour se changer.


Krepp avait garanti que la pièce à l'étage de la villa d'Yvonne Gress serait sa « chapelle Sixtine ». Il ne croyait pas si bien dire.

À l'époque moderne, le chef-d'œuvre de Michel-Ange avait été entièrement restauré, ce qui avait rendu aux peintures leur splendeur d'origine, les libérant de l'épaisse couche de poussière, de fumée et de colle animale qui s'était accumulée au fil des siècles d'utilisation de bougies et de braseros. Les experts avaient commencé par travailler sur une toute petite partie, pas plus grande qu'un timbre-poste, pour avoir une idée de ce qui se cachait en dessous. Leur surprise avait été énorme : l'épaisse couche de suie cachait des couleurs extraordinaires, inimaginables auparavant.

Ainsi, Krepp avait commencé par une simple goutte de sang – celle que Mila avait repérée grâce au terre-neuve – pour réaliser son chef-d'œuvre.

– Dans les déchets de la décharge, il n'y avait pas de matériel organique, dit l'expert de la police scientifique. Mais la tuyauterie était usée, et il y avait des traces d'acide chlorhydrique. Nous supposons que Feldher s'en est servi pour dissoudre les restes et s'en débarrasser plus facilement. L'acide est très efficace sur les tissus osseux.

En arrivant à l'étage, Mila n'entendit que la dernière partie de la phrase. Krepp était au milieu du couloir et devant lui se tenaient Goran, Boris et Stern. Derrière eux, Rosa, appuyée contre le mur.

– Donc, le seul élément que nous avons pour attribuer le massacre à Feldher est cette petite tache de sang.

– Tu l'as déjà fait analyser?

– Chang affirme qu'il y a quatre-vingt-dix pour cent de chances qu'elle appartienne au petit garçon.

Goran se tourna pour regarder Mila, puis s'adressa à Krepp :

– Bien, nous sommes tous là. Nous pouvons commencer...

Ils l'avaient attendue. Elle aurait dû s'en sentir flattée, mais elle n'arrivait pas à avaler les paroles de Sarah Rosa. Qui croire? Cette folle hystérique qui la maltraitait depuis le début, ou bien Goran?

En attendant, avant de les introduire dans la pièce, Krepp les avertit :

– Nous ne pourrons rester qu'un quart d'heure au maximum, alors si vous avez des questions, posez-les tout de suite.

Personne ne dit mot.

– Bien, entrons.

La pièce était fermée par une double porte en verre avec une petite ouverture au milieu, qui ne permettait qu'à une seule personne de passer. Cela servait à préserver le microclimat. Avant d'entrer, l'un des collaborateurs de Krepp prit la température corporelle de chacun avec un thermomètre à infrarouges, semblable à ceux qu'on utilise habituellement pour les enfants. Puis il inséra les données dans un ordinateur relié aux humidificateurs présents dans la pièce, afin qu'ils corrigent leur propre apport de façon à maintenir les conditions thermiques du lieu.

Krepp, qui entra le premier, leur expliqua la raison de ces précautions.

– Le problème principal a été la peinture utilisée par Feldher pour recouvrir les murs. On ne pouvait pas l'enlever avec un solvant normal sans effacer ce qu'il y avait dessous.

– Alors comment tu as fait? demanda Goran.

275

– Nous l'avons analysée, et en fait il s'agissait d'une teinture à l'eau qui utilise une graisse végétale comme collagène. Il a suffi d'introduire dans l'air une solution d'alcool raffiné et de la laisser en suspension pendant quelques heures pour dissoudre le gras. En substance, nous avons réduit l'épaisseur de la peinture sur les murs. S'il y a du sang là-dessous, le Luminol devrait pouvoir le faire ressortir...

*3-aminophthalhydrazide, mieux connu sous le nom de Luminol.*

C'est sur cette substance que repose une grande partie de la technique de la police scientifique moderne. Elle se fonde sur l'activité de catalyseur du groupe hème contenu dans l'hémoglobine. Le Luminol, en réagissant avec cet élément du sang, produit une fluorescence bleue typique, visible uniquement dans le noir. Cependant, pour pouvoir être efficace, le produit doit être combiné avec un agent oxydant, généralement le peroxyde d'hydrogène, puis nébulisé dans l'air à travers une solution aqueuse.

Le Luminol a un seul inconvénient : la durée de l'effet fluorescent est d'à peine trente secondes. Ce qui fait qu'on ne peut pas répéter le test.

Pour cette raison, une série d'appareils photo avec pellicules à exposition lente allaient immortaliser les résultats avant qu'ils ne disparaissent.

Krepp distribua des masques munis de filtres spéciaux et des lunettes de protection, parce que – bien que cela n'ait pas encore été prouvé – on craignait que le Luminol puisse être cancérogène. Puis il s'adressa à Gavila.

– C'est quand vous voulez...

– Allons-y.

Dans son talkie-walkie, Krepp transmit l'ordre à ses hommes restés dehors.

Toutes les lumières s'éteignirent.

Mila eut une sensation de claustrophobie, dans le noir complet : elle n'arrivait à repérer que son souffle court qui, filtré par le masque, sonnait comme un râle. Il se superposait à la respiration mécanique et profonde des humidificateurs, qui envoyaient sans trêve leur vapeur dans la salle.

Elle essaya de rester calme, malgré l'angoisse qui montait dans sa poitrine, et elle avait hâte que l'expérience soit terminée.

Juste après, le bruit changea. Les pompes émirent dans l'air la solution chimique qui allait révéler le sang sur les murs. Leur léger sifflement s'accompagna d'une petite lueur bleuâtre, qui se composa autour d'eux. On aurait dit la lumière du soleil filtrée par les profondeurs marines.

Au début, Mila pensa que c'était une illusion d'optique, une sorte de mirage créé dans son esprit en réponse à un état d'hyperventilation. Mais quand l'effet se dilata, elle s'aperçut qu'elle distinguait à nouveau ses compagnons. Comme si quelqu'un avait rallumé les lumières, mais en remplaçant la couleur glaciale des halogènes par une tonalité indigo. Elle se demanda comment c'était possible, puis comprit.

Il y avait une telle quantité de sang sur les murs que l'effet du Luminol les éclairait tous.

Les éclaboussures allaient dans tous les sens, mais semblaient partir du centre exact de la pièce. Comme s'il y avait eu, en plein milieu, une sorte d'autel sacrificiel. Le plafond était une couverture étoilée. La magnificence de ce spectacle n'était altérée que par la conscience de ce qui avait produit cette illusion optique.

Feldher avait probablement utilisé une scie électrique pour réduire les corps à un amas de chair broyée, une bouillie facile à faire passer dans les toilettes.

Mila remarqua que les autres étaient aussi pétrifiés qu'elle. Ils regardaient autour d'eux, comme des automates, tandis que les appareils photos, placés le long du périmètre, continuaient d'immortaliser la scène, inexorablement, sans pitié. Quinze secondes avaient passé, et le Luminol faisait encore apparaître de nouvelles taches, de plus en plus secrètes.

Tous regardaient fixement cette horreur.

Boris leva le bras vers l'un des côtés de la pièce, pour indiquer ce qui apparaissait petit à petit sur le mur.

– Regardez... dit-il.

Sur une fraction du mur, le Luminol n'arrivait pas à prendre, il ne trouvait rien, la zone restait blanche. Elle était encadrée de petites taches bleues, qui dessinaient son contour. Comme quand on pulvérise de la peinture sur un objet contre un mur et qu'ensuite, derrière, son empreinte reste imprimée. Comme le négatif d'une photographie.

Ils se dirent que cette empreinte ressemblait vaguement à une ombre humaine.

Pendant que Feldher s'acharnait sur les corps d'Yvonne et de ses enfants avec une férocité terrifiante, dans un coin de la pièce quelqu'un assistait au spectacle, impassible.

# 27

*On l'a appelée.*

*Elle en est sûre. Elle n'a pas rêvé. Cette fois, c'est ça qui l'a arrachée à son sommeil, pas la peur, ni la conscience soudaine d'où elle se trouve, depuis un temps indéterminé.*

*L'effet de la drogue qui lui brouille les sens s'est dissipé au moment même où elle a entendu son nom retentir dans le ventre du monstre. Presque comme un écho venu la chercher d'on ne sait où, et qui l'a enfin trouvée.*

*« Je suis là ! »*, *voudrait-elle hurler, mais elle n'y arrive pas, sa bouche est trop pâteuse.*

*Maintenant, il y a des bruits, aussi. Des sons qu'elle n'entendait pas avant. S'agit-il de pas ? Oui, ce sont des grosses chaussures. Plusieurs chaussures, ensemble. Il y a des gens ! Où ? Ils sont au-dessus d'elle, autour d'elle. Partout, mais de toute façon loin, trop loin. Que font-ils ici ? Sont-ils venus la chercher ? Oui, c'est ça. Ils sont ici pour elle. Mais ils ne peuvent pas la voir, dans le ventre du monstre. Le seul moyen, c'est de se faire entendre d'eux.*

*« À l'aide »*, *essaye-t-elle de dire.*

*Sa voix est étouffée, infectée par des jours d'agonie, de sommeil violent et lâche, qui lui est administré au hasard, sans critère, juste pour qu'elle reste calme pendant que le monstre la digère dans son estomac en pierre. Et le monde, dehors, l'oublie lentement.*

*« Mais s'ils sont ici, c'est qu'on ne m'a pas encore oubliée ! »*

*Cette pensée lui insuffle une force qu'elle ne pensait pas avoir. Une réserve conservée dans son corps, dans une cachette profonde, à n'utiliser qu'en cas d'urgence. Elle réfléchit.*

*« Comment pourrais-je signaler ma présence ? »*

*Son bras gauche est toujours bandé. Ses jambes sont lourdes. sa seule possibilité est son bras droit, le lien qui la maintient en vie. La télécommande est* toujours accrochée à la paume de sa main. Connectée à ce dessin animé qui la rend folle, désormais. Elle la soulève, la dirige vers l'écran. Le volume est normal, mais peut-être qu'elle peut le monter. Elle essaye, mais elle ne trouve pas le bon bouton. Peut-être parce qu'ils actionnent tous la même commande ? En attendant, il y a toujours du bruit, au-dessus. Elle entend une voix de femme. Mais il y a un homme avec elle. Et même deux.

« Il faut que je les appelle ! Il faut qu'ils s'aperçoivent de ma présence, sinon je vais mourir ! »

C'est la première fois qu'elle évoque la possibilité de mourir. Jusque-là, elle a toujours évité d'y penser. Peut-être par superstition. Peut-être parce qu'une petite fille ne devrait pas penser à la mort. Mais, maintenant, elle se rend compte que, si personne ne vient la sauver, tel sera son destin.

Le plus absurde, c'est que celui qui mettra fin à ses jours est le même que celui qui la soigne, pour l'instant. Il lui a bandé le bras, il lui donne des médicaments, avec la perfusion. Il s'occupe scrupuleusement d'elle. Pourquoi le fait-il, si c'est pour la tuer ensuite ? La question ne la rassure nullement. Il n'y a qu'une seule raison : il veut la garder en vie. Et elle craint qu'il ne la fasse souffrir encore beaucoup.

Alors c'est peut-être la seule occasion pour elle de sortir d'ici, de rentrer chez elle et de revoir ses proches. Sa mère, son père, son grand-père, et même Houdini. Elle jure qu'elle s'occupera de ce maudit chat, si son cauchemar finit.

Elle soulève la main et se met à cogner très fort la télécommande contre les montants en acier du lit. Le son qu'elle produit est énervant, même pour elle, mais il est libératoire. Plus fort, de plus en plus fort. Jusqu'à ce qu'elle sente l'engin en plastique se casser. Elle s'en fiche. Les coups mécaniques se font de plus en plus rageurs. Un hurlement déchiré sort enfin de sa gorge.

– Je suis là !

La télécommande se détache de sa main, elle est obligée de s'arrêter. Mais elle entend quelque chose, au-dessus. Cela peut être positif, ou bien non. Un silence. Peut-être se sont-ils aperçus de quelque chose et tendent-ils l'oreille pour mieux entendre. Oui, c'est ça, ils ne peuvent pas être déjà partis ! Alors elle recommence à taper, bien que son bras droit lui fasse mal. Bien que la douleur lui traverse l'épaule, jusqu'à atteindre son côté gauche. Bien que ceci ne fasse qu'accroître son désespoir. Parce que, si personne ne l'entend, cela sera pire après, elle le sait. Quelqu'un se vengera sur elle. Et la fera payer.

Des larmes froides coulent sur ses joues. Mais les bruits recommencent, et elle reprend courage.

*Une ombre se détache sur le mur en pierre et vient vers elle.*

*Elle la voit, mais continue quand même. Quand l'ombre est assez proche, elle en distingue les mains délicates, la petite robe bleue, les cheveux châtains qui tombent sur ses épaules avec souplesse.*

*L'ombre s'adresse à elle avec la voix d'une petite fille.*

*— Maintenant, ça suffit, dit-elle, on va nous entendre.*

*Puis elle pose une main sur la sienne. Ce contact suffit à l'arrêter.*

*— Je t'en prie, ajouta-t-elle ensuite.*

*Et la supplication de la fillette est tellement triste qu'elle la convainc de ne pas recommencer. Elle ne sait pas pourquoi cette fillette désire une chose aussi absurde que de rester là-dedans. Mais elle lui obéit immédiatement. Elle ne sait pas si elle doit se mettre à pleurer à cause de cette tentative échouée, ou bien si elle doit être heureuse d'avoir découvert qu'elle n'est pas seule. Elle est tellement reconnaissante que la première présence humaine avec qui elle est en contact soit une petite fille comme elle, qu'elle ne veut pas la décevoir. Elle en oublie même qu'elle voudrait s'en aller d'ici.*

*Au-dessus, il n'y a plus de voix ni de bruits. Cette fois, le silence est définitif.*

*La fillette enlève sa main posée sur la sienne.*

*— Reste... la supplie-t-elle maintenant.*

*— Ne t'inquiète pas, nous nous reverrons...*

*Et elle s'éloigne, retourne dans l'obscurité. Elle, elle la laisse partir. Et elle s'accroche à cette petite promesse insignifiante pour continuer à espérer.*

## 28

– Le fauteuil d'Alexander Bermann !

Au Pensoir, toute l'équipe était concentrée sur les paroles de Gavila. Ils revinrent en pensée au quartier où le pédophile cachait sa tanière et l'ordinateur qui lui permettait d'aller chasser sur Internet.

– Krepp n'a relevé aucune empreinte sur le vieux fauteuil en cuir de l'entresol !

Ce fait apparaissait soudain à Goran comme une révélation.

– Sur tout le reste, oui, des centaines, mais pas là-dessus ! Pourquoi ? Parce que quelqu'un a pris la peine de les effacer !

Le criminologue se dirigea vers le mur où étaient accrochés avec des punaises tous les rapports, les photos et les conclusions de l'affaire de l'orphelinat. Il décrocha une feuille et lut. C'était la transcription de l'enregistrement sur lequel Ronald Dermis, enfant, se confessait auprès du père Rolf, retrouvée dans le magnétophone placé dans le cercueil de Billy Moore.

« Tu sais ce qui est arrivé à Billy, pas vrai, Ron ? – Dieu l'a emporté. – Ce n'est pas Dieu, Ron. Tu sais qui c'est ? – Il est tombé. Il est tombé de la tour. – Mais tu étais avec lui… – … Oui. » Et puis, plus loin, le prêtre affirme : « Personne ne te punira, si tu dis ce qui s'est passé. C'est une promesse. » Et écoutez ce que répond Ronald : « C'est lui qui m'a dit de le faire. » Vous comprenez ? Lui.

Goran passa en revue les visages qui l'observaient, perplexes.

– Maintenant, écoutez ce que demande le père Rolf : « Lui qui ? Billy ? Billy t'a demandé de le pousser ? – Non », répond Ronald. « Alors, un autre enfant ? » Et Ronald, à nouveau : « Non. – Alors qui ? Allez, réponds-moi. Cette personne dont tu parles n'existe pas, n'est-ce pas? Elle n'est que le fruit de ton imagination... » Et Ronald a l'air sûr de lui quand il nie encore, mais le père Rolf le coince : « Il n'y a personne d'autre, ici. Rien que toi et tes camarades. » Et Ronald finit par répondre : « Il ne vient que pour moi... »

Peu à peu, tout le monde comprend.

Goran, aussi excité qu'un petit garçon, court à nouveau vers les feuilles accrochées au mur et prend une copie de la lettre que Ronald, adulte, avait envoyée aux enquêteurs.

– Une phrase m'avait frappé : *« ensuite il est arrivé LUI. il me comprenait LUI. il m'a appris. »*

Il montre la lettre, leur indiquant le passage en question.

– Vous voyez? Le mot « lui » a volontairement été écrit en majuscules... J'y avais déjà réfléchi, mais j'en étais arrivé à une mauvaise conclusion. Je croyais qu'il s'agissait d'un exemple très clair de dédoublement de la personnalité, où le moi négatif est toujours séparé du moi agent. Et donc, devient lui... « C'est MOI. Mais c'est LUI qui m'a dit de le faire. C'est SA faute si je suis ce que je suis. » Je me trompais! J'ai commis la même erreur que le père Rolf trente ans plus tôt! Pendant la confession, quand Ronald évoquait ce « Lui », le prêtre pensait qu'il faisait référence à lui-même, qu'il cherchait simplement à extérioriser sa faute. C'est typique, chez les enfants. Mais le Ronald que nous avons connu n'était plus un enfant...

Mila vit l'énergie s'amenuiser dans le regard de Goran. Cela se produisait chaque fois qu'il commettait une erreur d'évaluation.

– Ce « Lui » à qui se réfère Ronald n'est pas une projection de sa psyché, un double à qui attribuer la responsabilité de ses propres actes! Non, c'est le même « Lui » qui s'installait dans le fauteuil d'Alexander Bermann chaque fois que celui-ci allait sur Internet chercher des enfants! Feldher laisse une myriade de traces chez Yvonne Gress mais s'inquiète de repeindre la pièce du massacre, parce que sur le mur il y a la seule chose qu'il faille occulter... ou peut-être mettre en évidence : l'image de l'homme qui assiste, immortalisée dans le sang! Donc, « lui », c'est Albert.

– Je suis désolée, mais ça ne tient pas, affirma Sarah Rosa avec un calme et une assurance qui surprirent les autres. Nous avons visionné tous les enregistrements du système de sécurité de Capo Alto et, à part Feldher, personne n'est entré dans cette maison.

Goran se tourna vers elle, un doigt pointé dans sa direction :

– Exact! Parce que, chaque fois, il a obstrué les caméras avec un petit black-out. En y réfléchissant bien, on aurait pu obtenir le même effet sur le mur avec une silhouette en carton ou un mannequin. Et donc, que cela nous enseigne-t-il ?

– Qu'il est excellent pour créer des illusions, dit Mila.

– C'est exact également ! Depuis le départ, cet homme nous met au défi de comprendre ses manœuvres. Par exemple, prenez l'enlèvement de Sabine sur le manège… Magistral ! Des dizaines de personnes, des dizaines de paires d'yeux, dans cette fête foraine, et personne n'a rien vu !

Goran donnait l'impression d'être vraiment exalté par l'habileté de celui qu'il affrontait. Non qu'il n'éprouve pas de pitié pour les victimes. Ce n'était pas de sa part une preuve de manque d'humanité. Albert était son objet d'étude. Comprendre les méandres de son esprit était un défi fascinant.

– Cependant, personnellement, je crois qu'Albert était réellement présent dans la pièce où Feldher massacrait ses victimes. J'exclus l'idée du mannequin, ou autre chose du genre. Et vous savez pourquoi ? dit-il en profitant, l'espace d'un instant, de l'expression d'incertitude sur leurs visages. Dans la disposition des taches de sang sur les murs autour de la silhouette, Krepp a repéré des « variations constantes » – c'est ainsi qu'il les a définies. Ce qui signifie que, quel qu'ait été l'obstacle entre le sang et le mur, il n'était pas immobile, il bougeait !

Sarah Rosa en resta bouche bée. Il n'y avait plus grand-chose à dire.

– Réfléchissons un peu, proposa Stern. Si Albert a connu Ronald Dermis quand celui-ci était enfant, quel âge pouvait-il avoir ? Vingt ans ? Trente ? Du coup, aujourd'hui, il en a bien cinquante ou soixante.

– Exact, dit Boris. Et d'après les dimensions de l'ombre qui s'est formée sur le mur de la pièce du massacre, je dirais qu'il mesure environ un mètre soixante-dix.

– Un mètre soixante-neuf, précisa Sarah Rosa, qui avait déjà vérifié.

– Nous avons une description partielle de l'homme que nous cherchons, c'est déjà quelque chose.

Goran reprit la parole :

– Bermann, Ronald, Feldher : des loups, en quelque sorte. Et les loups agissent en meute, bien souvent. Chaque meute a son chef.

Et c'est exactement ce qu'Albert veut nous dire : c'est lui, leur chef. Chacun de ces trois individus, à un moment de sa vie, l'a rencontré, séparément ou bien ensemble. Ronald et Feldher se connaissaient, ils avaient grandi dans le même orphelinat. Mais on peut supposer qu'ils ne savaient pas qui était Alexander Bermann... Le seul élément commun, c'est lui, Albert. C'est pour cela qu'il a laissé sa signature sur chaque scène de crime.

— Et maintenant, que va-t-il se passer ? demanda Sarah Rosa.

— Vous pouvez l'imaginer tout seuls... Deux. Il manque encore à l'appel deux cadavres de fillettes et, par conséquent, deux composantes de la meute.

— Il y a aussi la fillette numéro six, rappela Mila.

— Oui... Mais celle-là, Albert se la garde pour lui.

Depuis une demi-heure, elle était arrêtée sur le trottoir d'en face, sans trouver le courage de sonner. Elle cherchait les mots justes pour justifier sa présence. Elle avait tellement perdu l'habitude des relations humaines que même les approches les plus simples lui semblaient impossibles. En attendant, elle avait froid, et elle n'arrivait pas à se décider.

« À la prochaine voiture bleue, j'y vais, promis. »

Il était neuf heures passées, et il n'y avait presque pas de circulation. Les fenêtres de l'appartement de Goran, au troisième étage, étaient éclairées. La rue, mouillée par la neige fondue, était un concert de crissements métalliques, de gouttières qui crachaient et de tuyaux d'écoulement rauques.

« Bon : j'y vais. »

Mila sortit de l'ombre qui jusque-là l'avait protégée des possibles regards de voisins curieux, et alla rapidement jusqu'à la porte. Le vieil immeuble aux grandes fenêtres, aux larges corniches et aux cheminées ornant le toit, devait avoir abrité une usine, au milieu du XX$^e$ siècle. Il y en avait beaucoup, dans le coin. Tout le quartier avait probablement été rénové grâce à quelque architecte qui avait transformé les vieux laboratoires industriels en immeubles d'habitation.

Elle sonna à l'Interphone et patienta.

Elle attendit presque une minute avant d'entendre la voix de Goran, dans un grésillement.

285

— Qui est là ?

— C'est Mila. Excuse-moi, mais j'ai besoin de te parler et je préférerais ne pas le faire au téléphone. Tout à l'heure, au Bureau, tu étais très occupé, alors j'ai pensé que…

— Monte. Troisième étage.

Un bref déclic électrique suivit, et le portail s'ouvrit.

Un monte-charge tenait lieu d'ascenseur. Pour le mettre en marche, il fallait fermer à la main les portes coulissantes et actionner un levier. Mila monta lentement les étages, jusqu'au troisième. Sur le palier, l'unique porte était entrouverte à son attention.

— Entre.

La voix de Goran provenait de l'intérieur de l'appartement. Mila la suivit jusqu'à une vaste salle, sur laquelle donnaient plusieurs pièces. Le sol était en bois brut. Les radiateurs, en fonte, entouraient des piliers. Une grande cheminée, où un feu crépitait, créait une ambiance ambrée. Mila referma la porte derrière elle, se demandant où était Goran. Elle l'aperçut par la porte de la cuisine.

— Un instant, j'arrive.

— Prends ton temps.

Elle regarda autour d'elle. L'appartement, contrastant avec l'apparence toujours négligée du criminologue, était très ordonné. Il n'y avait pas un grain de poussière, et tout semblait refléter le soin que l'homme mettait pour offrir un peu d'harmonie à l'existence de son fils.

— Je suis désolée, j'arrive à l'improviste.

— Aucune importance, je me couche toujours tard. J'étais en train de coucher Tommy, dit-il en indiquant le verre d'eau qu'il tenait à la main. Cela ne prendra pas longtemps. Assieds-toi, ou bien sers-toi quelque chose à boire : le bar est là-bas, au fond.

Mila acquiesça et le regarda se diriger vers l'une des chambres. Pour dissiper un peu sa gêne, elle se prépara une vodka avec des glaçons. Debout près de la cheminée, elle contempla par la porte entrouverte de la chambre de son fils le criminologue qui, assis sur le lit du petit garçon, lui parlait tout en le caressant. Dans la pénombre de cette pièce, à peine éclairée par une veilleuse en forme de clown, Tommy n'était qu'une forme sous les couvertures, délimitée par les caresses de son père.

Dans ce contexte, Goran était très différent.

Elle repensa à la première fois où, petite fille, elle était allée au bureau de son père. Là-bas, l'homme en costume cravate qui sortait de chez elle tous les matins devenait un homme dur et sérieux, bien différent de son tendre papa. Mila se souvint qu'elle en avait été presque choquée.

Pour Goran, c'était le contraire. Le voir exercer son métier de père était très attendrissant.

Une telle dichotomie était étrangère à Mila. Il n'existait qu'une version d'elle. Aucune discontinuité, dans sa vie. Elle ne cessait jamais d'être la policière qui traquait les personnes disparues. Elle les cherchait toujours : pendant son temps libre, quand elle était en permission, en faisant ses courses. Scruter les visages des inconnus était devenu une habitude.

Les mineurs qui disparaissent ont une histoire, comme tout le monde. Mais à un moment, cette histoire s'interrompt. Mila parcourait leurs petits pas perdus dans le noir. Elle n'oubliait jamais leurs visages. Les années pouvaient passer, mais elle était toujours capable de les reconnaître.

« Parce que les enfants sont parmi nous. Parfois, il suffit de les chercher dans les adultes qu'ils sont devenus. »

Goran racontait une histoire à son fils. Mila ne voulut pas déranger cette scène si intime par le regard. Ce n'était pas un spectacle pour elle. Elle se tourna, mais croisa le sourire de Tommy sur une photo. Si elle l'avait rencontré, cela l'aurait mise mal à l'aise, et elle avait tardé à monter dans l'espoir qu'il soit déjà au lit. Tommy était une partie de la vie de Goran qu'elle n'était pas encore disposée à connaître.

Un peu plus tard, il vint la retrouver, et annonça en souriant :

— Il s'est endormi.

— Je ne veux pas te déranger. Mais c'est important.

— Tu t'es déjà excusée. Allez, dis-moi ce qu'il se passe…

Il prit place sur l'un des canapés et l'invita à s'asseoir à côté de lui. Le feu de la cheminée projetait sur le mur des ombres dansantes.

— Cela s'est produit à nouveau : on m'a suivie.

Le criminologue fronça les sourcils.

— Tu en es sûre ?

— L'autre fois, non, mais là oui.

Elle lui raconta, en essayant de n'oublier aucun détail. La voiture aux phares éteints, le reflet de la lune sur la carrosserie, le fait que le suiveur, une fois découvert, ait préféré faire demi-tour.

– Pourquoi quelqu'un aurait-il des raisons de te suivre ?

Il lui avait déjà posé la question quand, au restaurant, elle lui avait parlé de cette impression qu'elle avait eue au motel. Cette fois, Goran se la posait plutôt à lui-même.

– Je n'arrive pas à trouver de raison valable, conclut-il après une brève réflexion.

– Je pense qu'il est totalement inutile de me coller un garde du corps pour tenter de prendre mon suiveur sur le fait.

– Maintenant, il est sûr que tu sais, il ne le refera donc pas.

Mila acquiesça.

– Mais ce n'est pas pour ça que je suis venue.

Goran la regarda à nouveau.

– Tu as découvert quelque chose ?

– Plutôt que découvert, je pense avoir compris quelque chose. L'une des illusions d'Albert.

– Laquelle ?

– Comment il a fait pour enlever la petite fille sur le manège sans que personne ne s'en aperçoive.

Les yeux de Goran brillèrent d'intérêt.

– Vas-y, je t'écoute…

– Nous avons toujours supposé qu'Albert était le ravisseur. Donc, un homme. Mais s'il s'agissait d'une femme, au contraire ?

– Pourquoi penses-tu cela ?

– En fait, c'est la mère de Sabine qui m'a incitée à tenir compte de cette hypothèse. Sans que je le lui demande, elle m'a dit que s'il y avait eu un étranger sur ce manège – pas un père, donc –, elle s'en serait aperçue. Et elle a ajouté qu'une mère a une sorte de sixième sens pour ces choses-là. Je la crois.

– Pourquoi ?

– Parce que la police a visionné des centaines de photos prises ce soir-là, plus les films amateurs, et personne n'a remarqué d'homme suspect. Nous en avons même déduit que notre Albert a une apparence tout à fait banale… Alors je me suis dit que, pour une femme, il aurait été encore plus facile d'enlever la fillette.

– D'après toi, il a une complice… (L'idée ne lui déplaisait pas.) Mais nous n'avons aucun élément pour étayer cette thèse.

– Je sais. C'est bien le problème.

Goran se leva et se mit à déambuler dans la pièce. Il caressait sa barbe hirsute et réfléchissait.

– Ça ne serait pas la première fois. Ça s'est déjà produit, dans le passé. À Gloucester, par exemple, avec Fred et Rosemary West.

Le criminologue évoqua rapidement le cas de ce couple de tueurs en série. Il était maçon, elle femme au foyer. Dix enfants. Ensemble, ils attiraient et tuaient des jeunes filles innocentes, après les avoir invitées à participer à leurs petits jeux érotiques. Ensuite, ils les enterraient dans la cour de leur maison de Gloucester, au 25, Cromwell Street. On y avait même retrouvé une des filles du couple, âgée de seize ans, qui avait probablement osé se rebeller. D'autres victimes avaient été placées ailleurs, dans des lieux qu'on avait toujours pu relier à Fred. Douze cadavres, en tout. Mais la police avait arrêté de fouiller, par crainte que la petite villa ne s'écroule.

À la lumière de cet exemple, Gavila considéra que la théorie de Mila sur la complice d'Albert n'était pas totalement improbable.

– Peut-être que c'est la femme qui s'occupe de la sixième fillette.

Goran était très intrigué, mais il ne voulait pas se laisser emporter par son enthousiasme.

– Comprends-moi bien, Mila : ton intuition est excellente, mais nous devons la vérifier.

– Tu vas en parler aux autres ?

– Je vais y réfléchir. En attendant, je vais demander à l'un des nôtres de regarder les photos et les films de la fête foraine.

– Je pourrais m'en charger.

– D'accord.

– Il y a autre chose… C'est une curiosité de ma part. J'ai cherché la réponse toute seule, mais je ne l'ai pas trouvée.

– De quoi s'agit-il ?

– Lors de la décomposition, les yeux d'un cadavre subissent une transformation, pas vrai ?

– D'habitude, l'iris s'éclaircit avec le temps…

Goran la regarda fixement, il ne comprenait pas où elle voulait en arriver.

– Pourquoi tu me demandes ça ?

Mila sortit de sa poche la photo de Sabine que la mère lui avait donnée à la fin de sa visite. Celle qu'elle avait conservée pendant tout le voyage du retour sur le siège à côté d'elle. Celle que, après sa frayeur pendant la poursuite, elle avait regardée attentivement, et qui lui avait mis ce doute.

*Quelque chose n'allait pas.*

Goran la prit, la regarda.

– Le cadavre de la fillette que nous avons retrouvé chez les Kobashi avait les yeux bleus, lui fit remarquer Mila. Ceux de Sabine, en revanche, étaient marron.


Pendant le trajet en taxi, Goran n'avait pas dit un mot. Après lui avoir fait cette révélation, Mila l'avait vu changer subitement d'humeur. Et il avait dit quelque chose qui l'avait frappée.

– Nous fréquentons des gens dont nous pensons tout connaître, mais en fait nous ne savons rien d'eux… Il nous a bien eus.

Au départ, elle avait pensé que le criminologue se référait à Albert, mais en fait non.

Il avait ensuite rapidement téléphoné aux membres de l'équipe, et aussi à la baby-sitter de Tommy. Puis, sans rien expliquer, il lui avait annoncé :

– Nous sortons.

– Et ton fils ?

– Mme Runa sera là dans vingt minutes, de toute façon il dort.

Ils avaient appelé un taxi.

Le siège de la police fédérale était encore éclairé, à cette heure tardive. Dans l'immeuble, un va-et-vient d'agents qui se relayaient. Depuis des jours, désormais, on procédait à des perquisitions chez des suspects ou dans des lieux indiqués au téléphone par des citoyens pleins de bonne volonté, à la recherche de la prison de la sixième fillette.

Après avoir payé le taxi, Goran se dirigea vers l'entrée principale sans même attendre Mila qui peinait à le suivre. À l'étage du département des sciences comportementales, ils retrouvèrent Rosa, Boris et Stern qui les attendaient.

– Que se passe-t-il ? demanda ce dernier.

– Il faut clarifier la situation, lui répondit Goran. J'appelle immédiatement Roche.

L'inspecteur chef le vit débarquer au beau milieu d'une réunion, qui rassemblait depuis plusieurs heures déjà les hautes sphères de la police fédérale pour notamment évoquer l'affaire Albert.

– Nous devons te parler.

Roche se leva de son fauteuil :

— Messieurs, vous connaissez tous le professeur Gavila, qui collabore depuis des années avec mon département…

Goran lui murmura à l'oreille :

— Tout de suite.

Le sourire de circonstance s'éteignit sur le visage de Roche.

— Je vous demande pardon, il y a du nouveau, je dois partir.

Pendant qu'il ramassait ses affaires, Roche sentit tous les regards se braquer sur lui. Goran l'attendait, un peu en retrait, tandis que le reste de l'équipe était sur le seuil.

— J'espère que c'est vraiment important, dit l'inspecteur chef après avoir jeté sa chemise pleine de documents sur son bureau.

Goran attendit que tout le monde fût entré dans la salle pour fermer la porte et affronter Roche.

— Le cadavre trouvé dans le salon des Kobashi n'est pas celui de la troisième fillette disparue.

Le ton et la fermeté de la voix ne laissait aucune place à la contradiction. L'inspecteur chef s'assit et croisa ses mains.

— Continue…

— Ce n'est pas Sabine. C'est Melissa.

Mila se rappela la fillette numéro quatre. Elle était la plus âgée des six, mais son corps encore impubère pouvait prêter à confusion. *Et elle avait les yeux bleus.*

— Continue, je t'écoute, répéta Roche.

— Cela peut signifier deux choses. Qu'Albert a modifié son *modus operandi*, parce que jusqu'ici il nous a livré les fillettes dans l'ordre où il les a enlevées. Ou bien que Chang s'est trompé en analysant l'ADN…

— Je crois que les deux hypothèses sont possibles, affirma Roche, sûr de lui.

— Moi, en revanche, je pense que la première est quasi impossible… Et, en ce qui concerne la seconde, je crois que c'est toi qui lui as ordonné de falsifier les résultats avant de les donner à Mila !

Roche devint écarlate.

— Écoute, professeur, si tu crois que je vais rester tranquillement assis à écouter tes accusations !

— Où a été retrouvé le corps de la fillette numéro trois ?

— Quoi ?

L'inspecteur chef faisait son possible pour avoir l'air surpris.

– Il est évident que vous l'avez retrouvé, autrement Albert ne serait pas passé à la numéro quatre.

– Le cadavre était chez les Kobashi depuis plus d'une semaine ! Nous aurions peut-être dû trouver d'abord la numéro trois, comme tu dis. Ou bien, simplement, nous avons d'abord trouvé la numéro quatre et ensuite Chang s'est trompé, qu'est-ce que j'en sais, moi ?

Le criminologue le regarda droit dans les yeux.

– C'est pour cela que, après l'histoire de l'orphelinat, tu nous as donné vingt-quatre heures de liberté. Pour ne pas nous avoir dans les pattes !

– Goran, j'en ai assez, de ces accusations ridicules ! Tu ne peux rien prouver de ce que tu avances.

– C'est à cause de l'affaire Wilson Pickett, n'est-ce pas ?

– Ce qui s'est passé à l'époque n'a rien à voir là-dedans, sois-en certain.

– Non, en réalité tu ne me fais plus confiance. Et peut-être que tu n'as pas tort… Mais si tu penses que cette enquête aussi est en train de m'échapper, je préfère que tu me le dises en face et que tu m'évites tes petits jeux politiques. Dis-le, et nous ferons tous un pas en arrière, sans te mettre dans l'embarras et en prenant nos responsabilités.

Roche ne répondit pas tout de suite. Ses mains étaient croisées sous son menton, et il se balançait dans son fauteuil. Puis, très calmement, il commença :

– Honnêtement, je ne vois pas de quoi…

– Allez, dites-le-lui.

Stern l'avait interrompu. Roche l'incendia du regard.

– Restez à votre place, vous !

Goran se tourna vers lui. Puis il regarda aussi Boris et Rosa. Il comprit que tout le monde savait, sauf lui et Mila.

« Voici pourquoi Boris a été si évasif quand je lui ai demandé ce qu'il avait fait de sa journée de liberté », pensa cette dernière. Et elle se rappela aussi le ton légèrement menaçant sur lequel son collègue avait parlé à Roche devant chez Yvonne Gress, quand le chef refusait de l'envoyer à l'intérieur avant les équipes spéciales. La menace sous-entendait un chantage.

– Oui, inspecteur. Dites-lui tout et finissons-en, pressa Sarah Rosa, volant au secours de Stern.

— Vous ne pouvez pas l'exclure, ce n'est pas juste, ajouta Boris en désignant le criminologue.

Ils avaient tous trois l'air de vouloir s'excuser de l'avoir tenu à l'écart, et de se sentir coupables d'avoir obéi à un ordre qu'ils trouvaient injuste.

Roche laissa passer encore quelques instants, puis regarda successivement Goran et Mila.

— D'accord... Mais s'il y a la moindre fuite, vous êtes finis.

# 29

L'aube se levait timidement sur les champs.

Les collines, succession de gigantesques vagues de terre, étaient à peine éclairées. Le vert intense des prés libérés de la neige se détachait sur les nuages gris. Une bande d'asphalte glissait dans les vallées, dansante, en harmonie avec l'idée de mouvement qui était imprimée dans le paysage.

Le front posé contre la vitre arrière de la voiture, Mila était étrangement calme, peut-être à cause de la fatigue, ou bien de la résignation. Rien de ce qu'elle pourrait découvrir au terme de ce petit voyage ne pourrait la surprendre. Roche n'avait pas dit grand-chose. Après leur avoir ordonné, à elle et à Goran, de ne rien dévoiler, il s'était enfermé dans son bureau avec le criminologue pour une confrontation en tête à tête.

Elle était restée dans le couloir, où Boris lui avait expliqué les raisons pour lesquelles l'inspecteur chef avait décidé de ne pas les mettre dans la confidence.

– Lui, c'est un civil, et toi... Toi tu es ici comme consultante, donc...

Il n'y avait pas grand-chose à ajouter. Quel que fût le grand secret que Roche voulait garder, la situation devait rester sous contrôle. Il était donc vital d'éviter les fuites. Le seul moyen était de n'en parler qu'à ceux qui dépendaient directement de lui, et qui pouvaient donc être intimidés.

Mila ne savait rien de plus. Et elle n'avait pas posé de question.

Au bout de deux heures, la porte du bureau de Roche s'était rouverte et l'inspecteur chef avait ordonné à Boris, à Stern et à Rosa de conduire le professeur Gavila sur le troisième site. Sans la nommer explicitement, il avait accepté que Mila fasse partie de l'expédition.

Ils étaient sortis de l'immeuble et s'étaient rendus dans un garage non loin. Ils avaient pris deux berlines banalisées, pour éviter d'être suivis par les journalistes qui stationnaient en permanence devant le bâtiment.

Mila était montée dans une voiture avec Stern et Gavila, évitant volontairement celle de Sarah Rosa. Après sa tentative de brouiller ses relations avec Goran, elle ne pensait plus pouvoir la supporter et elle craignait d'exploser, tôt ou tard.

Ils avaient roulé pendant un bon moment et elle avait dormi un peu. Quand elle s'était réveillée, ils étaient presque arrivés.

La route n'était pas très fréquentée. Mila remarqua trois voitures garées au bord de la chaussée, chacune avec deux hommes à bord.

« Des sentinelles, pensa-t-elle. Placées pour bloquer les éventuels curieux. »

Ils longèrent un haut mur en briques rouges pendant un petit kilomètre, et arrivèrent à un lourd portail en fer.

La route s'arrêtait là.

Il n'y avait ni sonnette ni Interphone. Sur un poteau était placée une caméra de surveillance qui, quand ils s'arrêtèrent, posa sur eux son œil électronique. Au bout d'au moins une minute, le portail s'ouvrit automatiquement. La route continuait, avant de disparaître derrière une dénivellation. On ne voyait plus rien, au-delà de cette limite. Juste une étendue d'herbe.

Dix bonnes minutes passèrent avant qu'ils n'aperçoivent un vieux bâtiment. La maison apparut devant leurs yeux comme si elle émergeait des entrailles de la terre. Elle était immense et austère. Le style était typique des demeures du début du XX$^e$ siècle, construites par les magnats de l'acier ou du pétrole pour célébrer leur fortune.

Mila reconnut le blason en pierre qui dominait la façade. Un énorme R en bas-relief y figurait.

C'était la demeure de Joseph B. Rockford, le président de la fondation homonyme qui offrait une prime de dix millions à quiconque retrouverait la sixième fillette.

Ils dépassèrent la maison et se garèrent près des écuries. Pour atteindre le troisième site, qui se trouvait à la limite ouest du domaine de plusieurs hectares, ils durent prendre des voitures électriques semblables à des golfettes.

Mila monta dans celle conduite par Stern, qui lui fit un topo sur Joseph B. Rockford, les origines de sa famille et de son immense fortune.

La dynastie avait été fondée plus d'un siècle plus tôt avec Joseph B. Rockford Iᵉʳ, le grand-père. La légende racontait que celui-ci était le fils unique d'un coiffeur immigré. Peu attiré par les ciseaux et les rasoirs, il avait vendu la boutique paternelle pour tenter de faire fortune. Alors que tout le monde, à l'époque, investissait dans l'industrie naissante du pétrole, Rockford Iᵉʳ avait eu l'heureuse idée d'utiliser ses économies pour monter une entreprise de forage de puits artésiens. En partant du présupposé que le pétrole se trouvait presque toujours dans des terrains peu hospitaliers, Rockford était arrivé à la conclusion qu'un bien essentiel allait vite manquer aux hommes qui donnaient leur vie pour s'enrichir vite : l'eau. Extraite de puits artésiens creusés à côté des principaux gisements d'or noir, cette eau était vendue presque le double du prix du pétrole. Joseph B. Rockford Iᵉʳ était mort milliardaire, peu avant cinquante ans, d'une forme rare et fulgurante de cancer de l'estomac.

Joseph B. Rockford II avait hérité de son père un patrimoine colossal, qu'il avait doublé en spéculant sur tout ce qui lui tombait sous la main : du chanvre indien au bâtiment, de l'élevage de bovins à l'électronique. Pour couronner son ascension, il avait épousé une petite reine de beauté qui lui avait donné deux enfants. Mais, un peu avant de franchir le cap des cinquante ans, il avait eu les premiers symptômes du cancer à l'estomac qui allait l'emporter en moins de deux mois.

Son fils aîné, Joseph B. Rockford III, lui succéda très jeune à la tête du vaste empire. Son premier et unique acte de commandement fut d'éliminer de son nom l'appendice gênant des chiffres romains. N'ayant aucune ambition économique et pouvant se permettre n'importe quel luxe, Joseph B. Rockford menait une existence sans but.

La fondation de famille homonyme avait été une idée de sa sœur Lara. L'institution offrait de la nourriture, un toit, des soins médicaux et une instruction à des enfants moins chanceux qu'ils ne l'avaient été, elle et son frère. Elle avait immédiatement légué la moitié de la fortune de la famille à cette fondation. Malgré la générosité de cette disposition, selon les calculs de leurs conseillers les Rockford avaient encore de quoi vivre dans l'aisance pendant au moins un siècle.

Lara Rockford avait trente-sept ans, et cinq ans plus tôt elle avait miraculeusement survécu à un accident de voiture. Son frère Joseph en avait quarante-neuf. La forme génétique de cancer à l'estomac qui avait emporté son grand-père, puis son père, s'était manifestée chez lui à peine onze mois auparavant.

Depuis trente-quatre jours, Joseph B. Rockford était dans le coma, entre la vie et la mort.

Mila écouta l'exposé de Stern avec attention, tandis que la voiture électrique sursautait à cause des aspérités du terrain. Ils suivaient un sentier qui s'était formé de façon tout à fait spontanée, dans les deux jours précédents, au passage de nombreux véhicules comme le leur.

Au bout d'une demi-heure environ, ils arrivèrent en vue du périmètre du troisième site. Mila reconnut de loin les combinaisons blanches en plein labeur qui animaient toutes les scènes de crime. Avant même de voir de ses propres yeux le spectacle qu'Albert leur avait préparé, elle fut bouleversée par cette image.

Les techniciens au travail étaient plus d'une centaine.


Une pluie larmoyante tombait sans trêve. En se frayant un chemin entre les hommes qui remuaient de grandes portions de terre, Mila se sentit mal à l'aise. Au fur et à mesure que les os étaient découverts, quelqu'un les cataloguait et les glissait dans des sachets transparents qu'on étiquetait, avant de les placer dans des boîtes prévues à cet effet.

Dans l'une de ces boîtes, Mila compta au moins une trentaine de fémurs. Dans une autre, elle vit des bassins.

Stern s'adressa à Goran :

— La fillette a été retrouvée plus ou moins ici…

Il indiqua une zone recouverte de toiles en plastique, pour la protéger des intempéries. Au sol, le contour du corps avait été dessiné au latex. La ligne blanche en reproduisait les contours. Mais sans le bras gauche.

*Sabine.*

— Elle était allongée dans l'herbe, dans un état de détérioration avancé. Elle est restée exposée trop longtemps, les animaux ont flairé sa présence.

— Qui l'a trouvée ?

— L'un des gardes-chasse qui surveillent le domaine.

— Vous avez commencé à creuser tout de suite ?

– Nous avons d'abord amené les chiens, mais ils n'ont rien senti. Puis nous avons survolé la zone en hélicoptère pour vérifier si le terrain présentait des aspérités évidentes. Nous nous sommes aperçus que, autour de l'endroit où le corps a été retrouvé, la végétation était différente. Nous avons montré les photos à un botaniste, qui nous a confirmé que ces variations pouvaient indiquer que quelque chose était enterré en dessous.

Mila en avait déjà entendu parler : des techniques similaires avaient été utilisées en Bosnie pour trouver les fosses communes où reposaient les victimes de l'épuration ethnique. La présence de corps sous la terre a des effets sur la végétation qui la recouvre, parce que le terrain s'enrichit des substances organiques dérivées de la décomposition.

Goran regarda autour de lui.

– Il y en a combien?

– Trente, quarante corps, on ne peut pas dire…

– Et ils sont là-dessous depuis combien de temps?

– Nous avons retrouvé de très vieux os, d'autres semblent plus récents.

– À qui appartenaient-ils?

– À des hommes. Jeunes, pour la plupart, entre seize et vingt-deux, vingt-trois ans. L'analyse des arcades dentaires nous l'a confirmé, dans la plupart des cas.

– Un truc à faire oublier tout le reste, intervint le criminologue, qui pensait déjà aux conséquences, quand l'histoire serait rendue publique. Roche n'espère quand même pas étouffer l'affaire, si? Avec tout le monde qu'il y a ici…

– Non, l'inspecteur chef essaye seulement de reporter l'annonce, d'attendre que tout soit éclairci comme il se doit.

– En effet, personne ne s'explique encore ce que fait une fosse commune au beau milieu du domaine des Rockford, dit Goran avec une pointe d'indignation qui n'échappa à aucun des présents. En revanche, moi je pense que notre inspecteur chef a sa petite idée… pas vous?

Stern ne savait pas quoi répondre. Pas plus que Boris ni Rosa.

– Stern, une curiosité… On a retrouvé le corps avant ou après que la prime soit offerte?

– Avant, admit l'agent avec un filet de voix.

– Je m'en doutais.

Quand ils retournèrent aux écuries, Roche les attendait près de la voiture du département avec laquelle il était venu. Goran descendit de la golfette et alla à sa rencontre, l'air décidé.

— Alors, est-ce que je dois encore m'occuper de cette enquête?

— Bien sûr que oui! Qu'est-ce que tu crois, que ça a été simple, pour moi, de te tenir à l'écart?

— Simple, non, vu que j'ai fini par tout découvrir. Je dirais plutôt que c'était commode.

— Qu'est-ce que tu veux dire?

L'inspecteur chef était de plus en plus irrité.

— Que j'aurais déjà livré le fond de ma pensée.

— Comment peux-tu être aussi sûr de l'identité du coupable?

— Parce que si tu ne pensais pas, toi aussi, que Rockford est l'auteur de tout ceci, tu ne te serais pas donné autant de mal pour étouffer cette histoire.

Roche le prit par un bras.

— Écoute, Goran, tu penses que je suis seul à décider. Mais ce n'est pas le cas, crois-moi. Tu ne peux pas savoir les pressions que je subis d'en haut.

— Qui cherches-tu à couvrir? Combien de personnes sont impliquées dans cette horreur?

Roche se tourna pour faire signe au chauffeur de s'éloigner. Puis il s'adressa à nouveau à l'équipe.

— D'accord, tirons les choses au clair une fois pour toutes… J'ai envie de vomir, quand je pense à cette histoire. Et je n'ai même pas besoin de vous menacer pour que vous gardiez cela pour vous parce que, si vous laissez échapper ne serait-ce qu'un mot, vous ruinerez tout en un instant. Votre carrière et votre retraite. Et moi avec vous.

— Nous avons compris… Alors, de quoi il s'agit? le pressa Goran.

— Depuis sa naissance, Joseph B. Rockford n'a jamais quitté cet endroit.

— Comment est-ce possible? demanda Boris. Jamais?

— Jamais, confirma Roche. Au départ, apparemment, c'était une lubie de sa mère, l'ex-petite reine de beauté. Elle l'a nourri d'un amour morbide, l'empêchant de vivre normalement son enfance et son adolescence.

— Mais, quand elle est morte… tenta d'objecter Sarah Rosa.

— Quand elle est morte, il était déjà trop tard : ce garçon n'était plus en mesure d'établir le moindre contact humain. Jusque-là, il n'avait été entouré que de personnes déférentes, au service de sa famille. En plus, la soi-disant malédiction des Rockford, le fait que tous les héritiers doivent mourir à cinquante ans d'un cancer de l'estomac, planait au-dessus de sa tête.

— Peut-être sa mère cherchait-elle inconsciemment à le sauver de ce destin, suggéra Goran.

— Et sa sœur ? demanda Mila.

— Une rebelle, la définit Roche. Plus jeune que lui, elle a réussi à se dégager de l'obsession maternelle juste à temps. Puis elle a fait de sa vie ce qu'elle voulait : elle a voyagé, gaspillant ses biens, se consumant dans les relations les plus improbables et essayant tous genres de drogues et d'expériences. N'importe quoi, pour se démarquer de ce frère prisonnier de ces lieux… Jusqu'à son accident de voiture, il y a cinq ans, qui l'a pratiquement enfermée à la maison avec lui.

— Joseph B. Rockford était homosexuel, dit Goran.

— Oui, confirma Roche… Et les cadavres retrouvés dans la fosse commune ne le démentent pas. Tous des jeunes gens.

— Pourquoi les tuer, alors ? demanda Sarah Rosa.

C'est Goran qui répondit.

— L'inspecteur chef me corrigera si je me trompe, mais je crois que Rockford ne s'acceptait pas tel qu'il était. Ou alors peut-être que, quand il était jeune, quelqu'un a découvert ses préférences sexuelles, et il ne lui a jamais pardonné.

Tout le monde pensa à la mère, même si personne ne la nomma.

— Chaque fois qu'il passait à l'acte il se sentait coupable. Mais au lieu de se punir lui-même, il punissait ses amants… en les tuant, conclut Mila.

— Les cadavres sont ici et il n'a jamais bougé, dit Goran. Donc c'est ici qu'il les a tués. Est-il possible que personne – les domestiques, les jardiniers, les gardes-chasse – ne se soit jamais aperçu de rien ?

Roche avait une réponse, mais il les laissa deviner tout seuls.

— Je n'arrive pas à y croire, affirma Boris. Il les a payés !

— Il a acheté leur silence, pendant toutes ces années, ajouta Stern, écœuré.

« Combien coûte l'âme d'un homme ? » se demanda Mila. Parce que, dans le fond, c'est bien de cela qu'il s'agissait. Qu'un être humain découvre être de nature méchante, n'avoir de plaisir qu'en tuant ses semblables, passe encore. Pour lui, il y a un nom : assassin, ou tueur en série. Mais les autres, ceux qui sont près de lui et qui n'empêchent pas tout cela, qui vont même jusqu'à en tirer profit, comment les définir ?

— Comment se procurait-il les jeunes gens ? demanda Goran.

— Nous ne le savons pas encore. Nous avons lancé un mandat d'amener contre son secrétaire personnel, qui s'est évaporé dans la nature depuis que le cadavre de la fillette a été retrouvé.

— Et avec le reste du personnel, comment allez-vous vous comporter ?

— J'attends, tant que nous ne savons pas s'ils ont reçu de l'argent, ni ce qu'ils savaient exactement.

— Rockford ne s'est pas limité à corrompre ceux qui l'entouraient, n'est-ce pas ?

Goran avait lu dans les pensées de Roche, qui admit :

— Il y a quelques années, un policier a eu des soupçons : il enquêtait sur la disparition d'un adolescent qui s'était enfui de chez lui et qui avait braqué un grand magasin. Sa piste l'a amené jusqu'ici. Rockford s'est adressé à des amis haut placés, et l'homme a été muté... Une autre fois, un couple se promenait sur la route qui longe le mur d'enceinte du domaine lorsqu'ils ont vu quelqu'un qui escaladait : un jeune garçon à moitié nu, blessé à une jambe et en état de choc. Ils l'ont fait monter dans leur voiture et l'ont accompagné à l'hôpital. Il n'y est resté que quelques heures : quelqu'un est venu le chercher, prétendant être de la police. Depuis, on n'a plus entendu parler de lui. Les médecins et les infirmières ont été payés pour se taire. Le couple était illégitime, il a donc suffi de les menacer de tout dévoiler à leurs conjoints respectifs.

— C'est terrible, dit Mila.

— Je sais.

— Et la sœur, que peut-on en dire ?

— Je crois que Lara Rockford n'a pas toute sa tête. L'accident de la route lui a vraiment laissé des séquelles. Cela s'est produit non loin d'ici. Elle a tout fait toute seule : elle est sortie de la route et elle s'est écrasée contre un chêne.

— Il faudra quand même lui parler. Et à Rockford aussi, affirma Goran. Cet homme sait probablement qui est Albert.

— Comment diable pourras-tu lui parler ? Il est en coma irréversible !

— Il nous a bien eus, avec son cancer ! s'écria Boris avec rage. Non seulement il ne peut nous être d'aucune aide, mais en plus il ne fera pas un seul jour de prison, pour ce qu'il a fait !

— Oh non, tu te trompes, dit Roche. Si l'enfer existe, on l'y attend. Mais il s'y dirige très lentement et douloureusement : il est allergique à la morphine, le bâtard, il n'y a donc aucun moyen pour le calmer.

— Alors pourquoi le maintient-on en vie ?

Roche eut un sourire ironique, tout en levant les sourcils :

— C'est sa sœur qui le veut.

L'intérieur de la demeure des Rockford faisait intentionnellement penser à un château. Les sols et murs étaient en marbre noir, dont les veines absorbaient toute la lumière. De lourds rideaux de velours obstruaient les fenêtres. Les tableaux et les tapisseries reproduisaient pour la plupart des scènes bucoliques ou de chasse. Un énorme lampadaire en cristal pendait du plafond.

Dès qu'elle franchit le seuil, Mila sentit le froid s'emparer d'elle. Bien que lumineuse, la maison était habitée par une atmosphère décadente. En y prêtant attention, on pouvait entendre l'écho des silences passés, sédimentés dans le temps jusqu'à constituer ce calme granitique et oppressant.

Lara Rockford avait « accepté de les recevoir ». Elle savait bien qu'elle n'avait pas le choix, mais cette phrase, qu'on leur avait transmise, les renseignait sur le genre de personne qu'ils allaient rencontrer.

Elle les attendait dans la bibliothèque. Mila, Goran et Boris étaient chargés de l'interroger.

Mila la vit de profil, assise sur un canapé en cuir, son bras dessinant une élégante parabole tandis qu'elle portait une cigarette à ses lèvres. Elle était très belle. De loin, ils furent tous frappés par la courbe légère de son front, qui descendait le long de son nez fin jusqu'à sa bouche charnue. Ses yeux étaient d'un vert intense, magnétique, encadrés par de très longs cils.

Mais, quand ils se retrouvèrent devant elle, ils furent choqués à la vue de l'autre moitié de son visage. Elle était dévastée par une énorme cicatrice qui partait de la racine des cheveux et lui creusait le front pour s'immerger dans une orbite vide, plongeait comme le sillon d'une larme et finissait sous son menton.

Mila remarqua sa jambe rigide, qu'elle ne pouvait dissimuler, même en la croisant avec l'autre. Un livre était posé à côté d'elle. La couverture était tournée vers le bas, on ne pouvait voir ni le titre ni l'auteur.

– Bonjour, les accueillit-elle. Que me vaut votre visite ?

Elle ne les invita pas à s'asseoir. Ils restèrent debout sur le grand tapis qui recouvrait la moitié de la pièce.

– Nous voudrions vous poser quelques questions, dit Goran. Si c'est possible, naturellement…

– Je vous en prie, je vous écoute.

Lara Rockford éteignit ce qu'il restait de sa cigarette dans un cendrier en albâtre, puis elle en prit une autre dans l'étui en cuir posé sur ses genoux, qui contenait le paquet et aussi un briquet en or. Quand elle l'alluma, ses doigts fins tremblèrent imperceptiblement.

– C'est vous qui avez offert la prime de dix millions pour retrouver la sixième fillette, dit Goran.

– Cela me semblait la moindre des choses à faire.

Elle le défiait sur le terrain de la vérité. Peut-être voulait-elle les choquer, peut-être n'était-ce qu'à cause de son anticonformisme, qui contrastait nettement avec l'austérité de la maison où elle avait choisi de se terrer.

Goran décida d'accepter le défi.

– Vous saviez, pour votre frère ?

– Tout le monde savait. Tout le monde s'est tu.

– Pourquoi pas cette fois ?

– Que voulez-vous dire ?

– Le garde-chasse qui a trouvé le corps de la fillette : j'imagine qu'il avait été acheté, lui aussi…

Mila sentit ce que Goran avait déjà compris, à savoir que Lara aurait facilement pu étouffer toute l'affaire. Mais elle n'avait pas voulu.

– Vous croyez à l'existence de l'âme ?

En posant la question, Lara caressa le dos du livre posé à côté d'elle.

– Et vous ?

– J'y réfléchis…

– C'est pour cette raison que vous n'autorisez pas les médecins à débrancher les machines qui maintiennent votre frère en vie ?

La femme ne répondit pas tout de suite. Elle regarda le plafond. Joseph B. Rockford était à l'étage du dessus, dans le lit où il avait dormi depuis son enfance. Sa chambre avait été transformée en une salle de soins intensifs digne d'un hôpital moderne. Il était relié à des appareils qui respiraient pour lui, qui le nourrissaient de médicaments et de liquides, qui lui nettoyaient le sang et lui libéraient les viscères.

– Ne vous méprenez pas : je veux que mon frère meure.

Elle paraissait sincère.

– Votre frère a probablement connu l'homme qui a enlevé et tué les cinq fillettes, et qui garde la sixième prisonnière. Vous ne savez pas qui ça peut être...

Lara tourna son seul œil vers Goran : elle le regardait enfin. Ou, plutôt, elle se laissait ostensiblement regarder par lui.

– Qui sait, cela pourrait être un membre du personnel. L'un de ceux qui sont là en ce moment, ou bien quelqu'un qui était là dans le passé. Vous n'avez qu'à contrôler.

– Nous sommes déjà en train de le faire, mais je crains que l'homme que nous cherchons soit trop malin pour nous faire une telle grâce.

– Comme vous l'aurez compris, n'entraient dans cette maison que des gens que Joseph pouvait acheter. Engagés et payés, sous son contrôle. Je n'ai jamais vu aucun étranger.

– Et les jeunes gens qu'il recevait ? demanda soudain Mila.

La femme prit un long moment pour répondre.

– Il les payait, eux aussi. Parfois, surtout ces derniers temps, il s'amusait à leur proposer une sorte de contrat par lequel ils lui vendaient leur âme. Ils pensaient que c'était un jeu, une blague de milliardaire fou pour dilapider un peu d'argent. Alors ils signaient. Ils signaient tous. J'ai trouvé des exemplaires dans le coffre-fort du bureau. Les signatures sont assez lisibles, même s'ils n'utilisaient pas exactement de l'encre...

Elle rit de l'allusion macabre, mais c'était un rire étrange, qui dérangea Mila. Il avait jailli de très loin. Comme s'il avait longtemps macéré dans ses poumons, avant qu'elle ne le crache. Il était rauque de nicotine, mais aussi de douleur. Puis elle prit dans ses mains le livre posé à côté d'elle.

*Faust.*

Mila fit un pas vers elle.

— Vous n'êtes pas opposée au fait que nous essayions d'interroger votre frère?

Goran et Boris la regardèrent comme si elle avait perdu la tête. Lara rit à nouveau.

— Et comment comptez-vous faire? Il est plus mort que vivant, désormais. Il est trop tard, conclut-elle en reprenant son sérieux.

Mais Mila insista :

— Laissez-nous essayer.

## 30

À première vue, Nicla Papakidis avait l'air d'une femme fragile.

Peut-être parce qu'elle était de petite taille avec des hanches disproportionnées. Peut-être à cause de ses yeux qui dégageaient une joie triste et faisaient penser à une chanson de comédie musicale avec Fred Astaire, ou à une photo de vieux réveillon du jour de l'An, ou encore au dernier jour de l'été.

En réalité, c'était une femme très forte.

Elle avait constitué sa force peu à peu, au fil des années de petites et grandes adversités. Elle était née dans un petit village, aînée de sept enfants, seule fille. Elle n'avait que onze ans à la mort de sa mère. Elle avait dû tenir la maison, s'occuper de son père et élever ses frères. Grâce à elle, ils avaient obtenu des diplômes, trouvé un bon travail. Grâce à l'argent mis de côté à coups de renoncements tenaces et d'économies domestiques, ils n'avaient jamais manqué de rien. Elle les avait vus épouser de braves filles, créer un foyer et donner naissance à une vingtaine de neveux et nièces, qui étaient sa joie et son orgueil. Quand le plus jeune des frères avait lui aussi quitté le toit familial, elle était restée pour prendre soin de son père vieillissant, refusant de le mettre à l'hospice. Elle disait toujours : « Ne vous inquiétez pas pour moi. Vous avez vos familles, moi je suis seule. Ce n'est pas un sacrifice. »

Elle avait pris soin de son père comme d'un nouveau-né jusqu'à ce qu'il atteigne quatre-vingt-dix ans. À sa mort, elle avait réuni ses frères.

« J'ai quarante-sept ans, et je ne pense plus me marier, désormais. Je n'aurai jamais d'enfants mais mes neveux sont comme mes propres petits et cela me suffit. Je vous remercie de m'avoir tous offert de venir vivre avec vous, mais mon choix est fait depuis plusieurs années, même si je ne vous le révèle qu'aujourd'hui. Nous ne nous reverrons plus, mes chers frères… J'ai décidé de consacrer ma vie à Jésus, à partir de demain je m'enfermerai dans un couvent jusqu'à la fin de mes jours. »

— Alors c'est une religieuse ! dit Boris qui, tout en conduisant, avait écouté Mila raconter toute l'histoire.

— Nicla est beaucoup plus.

— Je n'arrive pas encore à croire que tu aies réussi à convaincre Gavila. Et surtout, qu'il ait réussi à convaincre Roche !

— Ce n'est qu'une tentative, qu'avons-nous à perdre ? Et puis, je pense qu'on peut faire confiance à Nicla pour garder le secret sur toute l'affaire.

— Ah, ça c'est sûr !

Sur le siège arrière était posée une boîte avec un grand ruban rouge.

— Les chocolats sont la seule faiblesse de Nicla, avait dit Mila quand elle lui avait demandé de s'arrêter devant une pâtisserie.

— Mais si elle est religieuse cloîtrée, alors elle ne peut pas venir avec nous.

— En fait, la réalité est un peu plus complexe…

— C'est-à-dire ?

— Que Nicla n'a passé que quelques années au couvent. Quand ils se sont aperçus de ce qu'elle savait faire, ils l'ont renvoyée dans le monde.

Ils arrivèrent peu après midi. Dans cette partie de la ville, le chaos régnait. Au bruit de la circulation se mêlaient la musique des chaînes, les hurlements des disputes sortant des appartements, ainsi que le son des activités, plus ou moins légales, qui se déroulaient dans les rues. Les gens qui y vivaient n'en sortaient jamais. Le centre, qui n'était pourtant qu'à quelques stations de métro – avec ses restaurants chic, ses boutiques et ses salons de thé –, était aussi loin pour eux que la planète Mars.

Le GPS de la voiture avait cessé de fournir des informations depuis qu'ils étaient sortis de la route principale. Les seules indications étaient fournies par les graffitis qui marquaient les frontières des territoires des gangs.

Boris prit une rue latérale qui se terminait en impasse. Depuis quelques minutes, une voiture était derrière eux, chargée de suivre leurs déplacements. Le véhicule, avec deux policiers à bord, n'était pas passé inaperçu des sentinelles qui surveillaient le moindre recoin du quartier.

– Roule lentement et garde les mains bien en vue, lui avait dit Mila, qui était déjà venue plusieurs fois.

L'immeuble où ils se rendaient se trouvait au fond de la ruelle. Ils se garèrent au milieu des carcasses de voitures brûlées. Ils descendirent, et Boris regarda autour de lui. Il s'apprêtait à actionner la télécommande de la fermeture centralisée, mais Mila l'arrêta.

– Ne fais pas ça. Et laisse les clés sur le tableau de bord. Ils seraient capables de forcer les portières par pure méchanceté.

– Mais qu'est-ce qui les empêchera de partir avec la voiture ?

Mila passa du côté du conducteur, fouilla dans sa poche et en sortit un chapelet en plastique rouge. Elle l'accrocha au rétroviseur.

– C'est le meilleur antivol qui soit, ici.

Boris la regarda, perplexe, puis la suivit vers l'immeuble.

Le panneau en carton à l'entrée indiquait : « La queue pour le repas commence à onze heures. » Et dans la mesure où tous les destinataires du message ne savaient pas lire, on avait ajouté à côté un petit dessin avec les aiguilles d'une horloge au-dessus d'une assiette fumante.

L'odeur qui flottait était un mélange de cuisine et de désinfectant. Dans l'entrée, quelques chaises en plastique dépareillées étaient disposées autour d'une petite table occupée par de vieilles revues. Il y avait aussi des dépliants informatifs sur différents thèmes, de la prévention des caries des enfants aux moyens pour éviter d'attraper certaines maladies vénériennes. Le but était de faire ressembler cet endroit à une salle d'attente. Au mur, des avis et des annonces débordaient d'un panneau d'affichage. On entendait des voix traverser la pièce, mais sans pouvoir identifier précisément d'où elles venaient.

Mila tira Boris par une manche.

– Allons-y, elle est là-haut.

Ils montèrent. Toutes les marches étaient abîmées et la balustrade jouait dangereusement.

– Mais où diable sommes-nous ?

Boris évitait de toucher à quoi que ce soit, par peur de la contagion. Il se plaignit jusqu'à ce qu'ils arrivent à l'étage.

Devant une porte en verre, une jeune fille d'une vingtaine d'années, très jolie, remettait un flacon de médicaments à un vieux monsieur vêtu de haillons, qui puait l'alcool et la sueur acide.

— Il faut en prendre un par jour, d'accord ?

La jeune fille ne donnait pas l'impression d'être gênée par la puanteur. Elle parlait avec douceur, à voix haute, en scandant bien les mots, comme on fait avec les enfants. Le vieux acquiesçait mais il n'avait pas l'air très convaincu.

— C'est très important, insista la fille : il ne faut pas l'oublier, jamais. Autrement, ça va se terminer comme l'autre fois quand on t'a amené ici, presque mort.

Elle prit un mouchoir dans sa poche et le noua autour du poignet du vieux.

— Comme ça, tu n'oublieras pas.

L'homme sourit, satisfait. Il prit le flacon et s'en alla, tout en admirant le cadeau à son bras.

— Je peux vous aider ? leur demanda la jeune fille.

— Nous cherchons Nicla Papakidis, dit Mila.

Boris regardait la jeune fille d'un air enchanté, il avait d'un coup oublié tous ses griefs contre l'endroit.

— Je crois qu'elle est dans l'avant-dernière chambre, au fond, répondit-elle en indiquant le couloir derrière elle.

Quand ils passèrent près d'elle Boris baissa les yeux pour examiner ses seins, et tomba sur la croix dorée que la jeune fille portait autour du cou.

— Mais c'est une...

— Oui, lui répondit Mila en essayant de ne pas rire.

— Dommage.

En longeant le couloir, ils jetèrent un coup d'œil dans les chambres. Des lits en acier, des lits pliants, ou même seulement des fauteuils roulants. Tous étaient occupés par des épaves humaines, jeunes ou vieilles, sans distinction. Ils étaient atteints du sida, toxicomanes, ou alcooliques, malades hépatiques au dernier degré, ou simplement séniles.

Ils avaient deux choses en commun : le regard fatigué et la conscience d'avoir vécu la vie qu'il ne fallait pas. Aucun hôpital ne les accueillait, dans ces conditions. Ils n'avaient pas de famille, ou bien ils avaient été chassés de chez eux.

Dans cet endroit, on venait mourir. C'était sa caractéristique. Nicla Papakidis l'appelait « Le Port ».

– C'est vraiment une belle journée, aujourd'hui, Nora.

La sœur coiffait avec soin les longs cheveux blancs d'une vieille dame allongée sur le lit face à la fenêtre, et elle accompagnait son geste de paroles relaxantes.

– Ce matin, en passant dans le parc, j'ai laissé du pain pour les oiseaux. Avec toute cette neige, ils passent leur temps dans leur nid, pour se réchauffer les uns les autres.

Mila frappa à la porte, qui était ouverte. Nicla se tourna et, quand elle la vit, son visage s'éclaira.

– Ma petite fille ! dit-elle en venant l'embrasser. Quel plaisir de te revoir !

Elle portait un pull bleu-gris, les manches retroussées jusqu'aux coudes, parce qu'elle avait toujours chaud, une jupe noire sous le genou et des chaussures de sport. Sa peau très blanche faisait ressortir ses yeux d'un bleu intense. De l'ensemble émanait une idée de candeur et de propreté. Boris remarqua qu'elle portait au cou un chapelet rouge, le même que celui que Mila avait accroché au rétroviseur de la voiture.

– Je te présente Boris, un collègue.

Boris avança, un peu timide.

– Enchanté.

– Vous venez de rencontrer sœur Mary, n'est-ce pas ? demanda Nicla en lui serrant la main.

– Euh, oui... rougit Boris.

– Ne vous inquiétez pas, elle fait cet effet à beaucoup de monde... Pourquoi es-tu venue ici, au Port, ma petite ? demanda-t-elle à Mila.

– Tu as dû entendre parler de l'histoire des fillettes disparues, répondit Mila, sérieuse.

– Nous prions pour elles tous les soirs. Mais ils ne disent pas grand-chose, aux informations.

– Moi non plus, je ne peux pas dire grand-chose.

Nicla la regarda droit dans les yeux.

– Tu es venue pour la sixième, c'est ça ?

– Que peux-tu me dire, à son sujet ?

Nicla soupira.

– J'essaye d'établir le contact, mais ce n'est pas facile. Je ne suis plus aussi douée qu'avant : mon pouvoir s'est beaucoup affaibli. Je devrais peut-être m'en réjouir, vu que si je le perdais complètement on m'autoriserait à revenir au couvent, avec mes sœurs adorées.

Nicla Papakidis n'aimait pas qu'on la qualifie de médium. Elle disait que ce n'était pas un mot approprié pour définir un « don de Dieu ». Elle ne se sentait pas spéciale. Son talent l'était. Elle n'était que l'intermédiaire choisi par le Seigneur pour accueillir ce don et faire le bien.

Pendant le trajet, entre autres choses, Mila avait raconté à Boris comment Nicla avait découvert qu'elle possédait des capacités sensorielles supérieures à la normale.

– À six ans, elle était déjà célèbre dans son village parce qu'elle pouvait retrouver des objets perdus : des alliances, des clés, des testaments trop bien cachés par les défunts... Un soir, le chef de la police locale s'est présenté chez elle : un enfant de cinq ans s'était perdu, sa mère était désespérée. On conduisit la fillette à la femme, qui la supplia de retrouver son fils. Nicla la regarda pendant un moment, puis dit : « Cette femme ment. Elle a enterré son fils dans le potager derrière la maison. » Et en effet, ils l'y retrouvèrent.

Boris avait été très troublé par cette histoire. À tel point qu'il s'assit un peu à l'écart, laissant Mila parler seule à la femme.

– Ce que je te demande est un peu différent de d'habitude, dit la policière. J'ai besoin que tu viennes avec nous et que tu essayes d'établir un contact avec un homme qui est en train de mourir.

Mila s'était servie plusieurs fois de Nicla, dans le passé. Parfois, cela l'avait aidée à résoudre des affaires.

– Ma petite, je ne peux pas bouger, tu le sais : ils ont besoin de moi, ici.

– Je sais, mais je ne peux éviter d'insister. C'est notre seul espoir de sauver la sixième fillette.

– Je te l'ai dit : je ne suis plus si sûre que mon « don » fonctionne.

– Moi, j'ai pensé à toi pour une autre raison... Une belle somme d'argent est promise à qui fournira des informations utiles pour retrouver la fillette.

– Oui, je suis au courant. Mais que veux-tu que je fasse de dix millions ?

Mila regarda autour d'elle, comme s'il était naturel d'utiliser l'argent de la prime pour refaire l'endroit.

– Crois-moi : quand tu connaîtras toute l'histoire, tu te rendras compte que ça serait la meilleure utilisation possible, pour cet argent. Alors, qu'en dis-tu ?

– Vera doit venir aujourd'hui.

C'était la vieille femme sur le lit qui avait parlé. Jusque-là, elle était restée immobile et muette, elle avait regardé fixement la fenêtre.

Nicla s'approcha d'elle.

– Oui, Nora, Vera viendra plus tard.

– Elle l'a promis.

– Oui, je sais. Elle l'a promis et elle tiendra parole, tu vas voir.

– Mais ce garçon est assis sur sa chaise, dit-elle en indiquant Boris, qui fit mine de se lever.

Nicla l'arrêta.

– Restez assis. Vera était sa sœur jumelle. Elle est morte il y a soixante-dix ans, quand elles étaient encore petites filles, expliqua-t-elle à voix basse.

La sœur vit Boris pâlir, et elle éclata de rire.

– Non, je ne suis pas capable de parler avec l'au-delà ! Mais Nora aime bien, de temps en temps, s'entendre dire que sa sœur viendra la voir.

Boris s'était laissé emporter par les histoires que Mila lui avait racontées, et il se sentit stupide.

– Alors, tu nous accompagnes ? insista Mila. Je te promets que quelqu'un te raccompagnera ici avant ce soir.

Nicla Papakidis réfléchit encore un moment.

– Tu m'as apporté quelque chose ?

Mila sourit.

– Les chocolats sont en bas, dans la voiture, ils t'attendent.

Nicla acquiesça, satisfaite, puis reprit son sérieux.

– Ce que je vais percevoir de cet homme ne va pas me plaire, pas vrai ?

– En effet, je ne crois pas.

Nicla serra le chapelet qu'elle portait au cou.

– D'accord, allons-y.

On appelle pareidolie la tendance instinctive à trouver des formes familières dans des images désordonnées. Dans les nuages, dans les constellations, ou même dans les flocons d'avoine qui flottent dans une tasse de lait.

De la même façon, Nicla Papakidis voyait des choses affleurer en elle. Elle ne les définissait pas comme des visions. Et puis, elle aimait ce mot, pareidolie, parce que – comme elle – il avait des origines grecques.

Assise à l'arrière de la voiture, elle expliqua cela à Boris, tout en avalant un chocolat après l'autre. Ce qui frappait l'agent n'était pas tant le récit de la sœur que le fait d'avoir retrouvé sa voiture au même endroit et sans la moindre égratignure, dans ce quartier mal famé.

– Pourquoi l'appelez-vous Le Port?

– Cela dépend de ce à quoi on croit, agent Boris. Certains y voient un point d'arrivée. D'autres, un point de départ.

– Et vous?

– Les deux à la fois.

Ils arrivèrent au domaine des Rockford en début d'après-midi.

Goran et Stern les attendaient devant la maison. Sarah Rosa était à l'étage, elle prenait les arrangements nécessaires avec le personnel médical qui s'occupait du moribond.

– Vous arrivez juste à temps, dit Stern. La situation s'est dégradée depuis ce matin. Les médecins affirment que c'est une question d'heures, maintenant.

Gavila se présenta à Nicla et lui expliqua ce qu'elle devait faire, sans réussir à dissimuler son scepticisme. Dans le passé, il avait déjà vu à l'œuvre des médiums en tous genres qui collaboraient avec la police. Très souvent, leur intervention n'apportait rien, ou pire elle troublait l'enquête, créant des fausses pistes et des attentes inutiles.

La sœur ne fut pas étonnée de la perplexité du criminologue; elle avait vu bien souvent cette expression d'incrédulité sur le visage des gens.

Stern, croyant comme il était, n'arrivait pas à se persuader du don de Nicla. Pour lui, ce n'était que de la charlatanerie. Mais il était troublé par le fait qu'elle soit bonne sœur. « Au moins, elle ne le fait pas pour l'argent », avait-il dit un peu plus tôt à une Sarah Rosa encore plus sceptique que lui.

— Il me plaît, le criminologue, confia Nicla à Mila tout bas pendant qu'elles montaient à l'étage du dessus. Il est méfiant et il ne cherche pas à le cacher.

Ce commentaire n'était pas le fruit de son talent. Mila comprit qu'il venait droit du cœur. En entendant ces mots dans la bouche d'une amie si chère, Mila fut soulagée. Cette affirmation chassait tous les doutes que Sarah Rosa avait tenté de semer en elle sur le compte de Goran.

La chambre de Joseph B. Rockford était au fond du large couloir orné de tapisseries.

Les grandes fenêtres étaient orientées à l'est, vers le soleil levant. Des balcons, on pouvait admirer la vallée.

Le lit à baldaquin trônait au centre de la pièce, entouré par les appareils médicaux qui accompagnaient les dernières heures du milliardaire. Ils scandaient pour lui un tempo mécanique, fait des bips du moniteur cardiaque, des soufflements et des halètements du respirateur, d'un égouttement répétitif et d'un murmure électrique bas et continu.

Rockford avait le buste soulevé par des coussins, les bras posés le long du corps sur le couvre-lit brodé, les yeux fermés. Il portait un pyjama en soie rouge clair, ouvert au niveau de la gorge, dans laquelle était introduit le stomatoscope pour l'intubation trachéale. Ses rares cheveux étaient complètement blancs. Son visage était creusé autour d'un nez aquilin, et le reste du corps formait un relief sous les couvertures. On aurait dit un centenaire, bien qu'il ait à peine cinquante ans.

Une infirmière était occupée à soigner sa blessure au cou, elle changeait la gaze autour de l'embout qui l'aidait à respirer. De tout le personnel qui se relayait auprès de lui vingt-quatre heures sur vingt-quatre, seuls son médecin privé et son assistante étaient autorisés à rester.

Lorsque les membres de l'équipe franchirent le seuil, ils trouvèrent Lara Rockford, qui n'aurait manqué la scène pour rien au monde. Elle était assise dans un fauteuil à l'écart et elle fumait, au mépris de toute règle d'hygiène. Quand l'infirmière lui avait fait remarquer que ce n'était peut-être pas une bonne idée, vu l'état critique de son frère, elle avait simplement répondu : « De toute façon, ça ne peut plus lui faire de mal. »

Nicla avança vers le lit d'un pas sûr, observant la scène de cette agonie privilégiée. Une fin si différente de celles, misérables et obscènes, auxquelles elle assistait quotidiennement au Port. Une fois à côté de Joseph B. Rockford, elle se signa, puis elle s'adressa à Goran :

– Nous pouvons commencer.

Aucun jury n'aurait jamais pris en compte une telle preuve. Il ne fallait pas non plus que la presse soit au courant de cette petite expérimentation. Tout devait rester entre ces murs.

Boris et Stern prirent place, debout, à côté de la porte fermée. Sarah Rosa alla se mettre dans un coin et s'appuya contre le mur, les bras croisés sur sa poitrine. Nicla s'installa sur une chaise, près du lit à baldaquin. Mila s'assit à côté d'elle. Goran, qui voulait observer à la fois la religieuse et Rockford, s'assit en face.

La médium se concentra.

Les médecins utilisent l'échelle de Glasgow pour évaluer le coma d'un patient. Grâce à trois simples tests – la réponse verbale, l'ouverture des yeux et la réaction motrice –, on peut établir le degré de compromission de la fonction neurologique.

Le recours à l'image d'une échelle pour se référer à l'état de coma n'est pas le fruit du hasard. Parce que l'état de conscience se dégrade progressivement, comme on descend des marches.

À part les témoignages de ceux qui se sont réveillés de ce *status* concernant la perception consciente du monde autour de soi et à l'état de calme sans souffrance dans lequel on fluctue, on ne sait pas ce qui se passe vraiment dans cet intervalle entre l'existence et la mort. À cela s'ajoute le fait que ceux qui se réveillent d'un coma ont descendu au pire deux ou trois marches de cette échelle. Certains neurologues soutiennent qu'il pourrait y en avoir une bonne centaine.

Mila ne savait pas où se trouvait réellement Joseph B. Rockford. Peut-être était-il là avec eux, peut-être même pouvait-il les entendre. Ou bien peut-être était-il déjà descendu assez pour se débarrasser de ses propres fantômes.

Pourtant, elle était certaine d'une chose : Nicla allait devoir se couler dans un abîme profond et insidieux, pour aller le chercher.

– Ça y est, j'entends quelque chose…

Nicla avait les mains posées sur ses genoux. Mila remarqua que ses doigts se contractaient sous l'effet de la tension.

– Joseph est encore ici, annonça la médium. Mais il est très… distant. Cependant, il peut percevoir quelque chose…

Sarah Rosa lança un coup d'œil perplexe à Boris. Celui-ci manqua de laisser échapper un sourire un peu gêné, mais il se retint.

– Il est très inquiet. Il est en colère… Il ne supporte pas d'être encore ici… Il voudrait s'en aller, mais il n'y arrive pas : quelque chose le retient… L'odeur le dérange.

– Quelle odeur ? lui demanda Mila.

– L'odeur des fleurs fanées. Il dit qu'elle est insupportable.

Ils reniflèrent l'air à la recherche d'une confirmation de ces mots, mais ils ne sentirent qu'un parfum agréable : sur l'appui de fenêtre trônait un grand vase avec des fleurs toutes fraîches.

– Essaye de le faire parler, Nicla.

– Je ne crois pas qu'il veuille le faire… Non, il ne veut pas me parler.

– Tu dois le convaincre.

– *Je suis désolé…*

– Quoi ?

Mais la médium ne termina pas sa phrase. Au contraire, elle dit :

– Je crois qu'il veut me montrer quelque chose… Oui, c'est ça… Il me montre une chambre… Cette chambre. Mais nous, nous n'y sommes pas. Lui non plus, et encore moins tout l'appareillage qui le maintient en vie… Il y a quelqu'un avec lui, ajouta-t-elle en se raidissant.

– Qui est-ce ?

– Une femme, très belle… Je crois que c'est sa mère.

Mila vit du coin de l'œil Lara Rockford s'agiter dans son fauteuil, tout en allumant sa énième cigarette.

– Que fait-elle ?

– Joseph est tout petit… Elle le tient sur ses genoux et elle lui explique quelque chose… Elle le prévient, le met en garde… Elle lui dit que le monde extérieur ne peut lui faire que du mal. En revanche, tant qu'il restera ici, il sera en sécurité… Elle lui promet de le protéger, de prendre soin de lui, de ne jamais le quitter…

Goran et Mila se regardèrent. La prison dorée de Joseph avait débuté ainsi, sa mère l'avait éloigné du monde.

– Elle lui dit que parmi tous les dangers du monde, les femmes sont le pire… Dehors, c'est plein de femmes qui veulent tout lui prendre… Elles ne l'aimeront que pour ce qu'il possède… Elles le mèneront en bateau, profiteront de lui… Je suis désolée, répéta ensuite la religieuse.

Mila regarda à nouveau Goran. Ce matin-là, devant Roche, le criminologue avait affirmé que l'origine de la rage de Rockford

– qui, avec le temps, allait le transformer en tueur en série – était qu'il n'acceptait pas d'être ce qu'il était. Parce que quelqu'un, vraisemblablement sa mère, avait un jour découvert ses préférences sexuelles, et ne lui avait jamais pardonné. Tuer son partenaire signifiait effacer la faute.

De toute évidence, Goran se trompait.

Le récit de la médium démentait en partie sa théorie. L'homosexualité de Joseph était liée aux phobies de sa mère. Peut-être savait-elle, pour son fils, mais ne disait rien.

Mais alors, pourquoi Joseph tuait-il ses partenaires ?

– Moi, je n'avais même pas le droit d'inviter une amie…

Tout le monde se tourna vers Lara Rockford. La jeune femme serrait sa cigarette entre ses doigts tremblants, et parlait en gardant les yeux rivés au sol.

– C'était sa mère, qui faisait venir les jeunes garçons ici, dit Goran.

– Oui, et elle les payait, confirma Lara.

Les larmes coulèrent de son œil sain, transformant son visage en un masque encore plus grotesque.

– Ma mère me détestait.

– Pourquoi ? lui demanda le criminologue.

– Parce que j'étais une femme.

– *Je suis désolé…* répéta Nicla.

– Tais-toi ! hurla Lara à son frère.

– *Je suis désolé, petite sœur…*

– Silence !

Elle le cria avec rage, et sauta sur ses pieds. Son menton tremblait.

– Vous ne pouvez pas imaginer. Vous ne pouvez pas savoir ce que signifie se tourner et sentir ces yeux sur vous. Un regard qui vous suit partout, dont vous comprenez très bien la signification. Même si vous ne voulez pas l'admettre, parce que rien que l'idée vous dégoûte. Je crois qu'il cherche à comprendre… Parce qu'il se sentait attiré par moi.

Nicla était toujours en transe, tremblante. Mila lui tenait la main.

– C'est pour cela que vous avez quitté la maison, n'est-ce pas ? dit Goran en regardant Lara Rockford avec l'intention d'obtenir coûte que coûte une réponse. C'est à ce moment-là qu'il s'est mis à tuer…

— Oui, je crois que c'est ce qu'il s'est passé.

— Et puis, vous êtes revenue, il y a cinq ans…

Lara Rockford rit.

— Je ne savais rien. Il m'a trompée en me disant qu'il se sentait seul et abandonné de tous. Que j'étais sa sœur et qu'il m'aimait, qu'il voulait faire la paix. Que tout le reste n'était que le fruit de mon imagination. Je l'ai cru. Quand je suis revenue ici, les premiers jours il s'est comporté normalement : il était doux, affectueux, il s'occupait de moi. Il ne ressemblait pas au Joseph que j'avais connu petite. Jusqu'à ce que…

Elle rit encore. Et ce rire décrivit, bien plus que les mots, toute la violence subie.

— Ce n'est pas un accident de la route qui vous a mise dans cet état… insinua Goran.

Lara secoua la tête.

— Comme ça, il était sûr que je ne m'en irais plus.

Ils sentirent une peine immense pour cette jeune femme, prisonnière non pas de cette maison mais de son propre aspect.

— Excusez-moi, dit-elle en se dirigeant vers la porte, traînant sa jambe blessée de son pas boiteux.

Stern et Boris se poussèrent pour la laisser passer puis ils regardèrent Goran, en attente de sa décision. Le professeur s'adressa à Nicla.

— Vous vous sentez de continuer ?

— Oui, dit la religieuse, même si la fatigue et l'effort qu'elle avait produit étaient évidents.

La question suivante était la plus importante de toutes. Il n'y aurait pas d'autre occasion pour la poser. De la réponse dépendaient non seulement la survie de la sixième fillette, mais aussi la leur. Parce que, s'ils ne parvenaient pas à trouver le sens de ce qu'il se passait depuis des jours, ils porteraient pour toujours les signes de cette histoire, comme une damnation.

— Nicla, faites-vous dire par Joseph quand il a rencontré l'homme qui était semblable à lui…

# 31

La nuit, on l'entendait hurler.

Ses migraines la torturaient et l'empêchaient de dormir. Désormais, même la morphine n'arrivait plus à calmer les élancements. Elle se démenait dans son lit et hurlait jusqu'à en perdre la voix. Sa beauté d'antan, qu'elle avait mis tant de soin à préserver de l'écoulement inexorable des ans, s'était évanouie. Et elle était devenue vulgaire. Elle, qui avait toujours été si attentive aux mots, si posée, était devenue d'une grossièreté imaginative. Elle avait des jurons pour tout le monde. Pour son mari, qui était mort trop tôt. Pour sa fille, qui s'était enfuie loin d'elle. Et pour le Dieu qui l'avait ainsi réduite.

Lui seul réussissait à la calmer.

Il allait dans sa chambre et lui nouait les mains au lit avec un foulard en soie, pour qu'elle ne puisse pas se faire de mal. Elle s'était déjà arraché tous les cheveux, et son visage était couvert de sang séché, en raison de toutes les fois où elle avait enfoncé ses ongles dans ses joues.

« Joseph, l'appelait-elle tandis qu'il lui caressait le front. Dis-moi que j'ai été une bonne mère. Dis-le-moi, je t'en prie. »

Et lui, en la regardant droit dans ses yeux pleins de larmes, le lui disait.

Joseph B. Rockford avait trente-deux ans. Il lui en restait dix-huit avant son rendez-vous avec la mort. Peu de temps auparavant, il avait fait appel à un généticien de renom pour savoir s'il connaîtrait le même destin que son père et son grand-père. Vu le peu de connaissances, à l'époque, sur l'hérédité des maladies, la réponse avait été vague : la probabilité qu'il soit atteint de ce syndrome rare depuis la naissance oscillait entre quarante et soixante-dix pour cent.

De ce jour, Joseph avait vécu avec cette échéance. Tout le reste n'était qu'un ensemble d'« étapes » vers cette fin. Comme la maladie de sa mère. Les nuits, dans la grande maison, étaient secouées par ses hurlements inhumains, transportés par l'écho entre les vastes pièces. Il était impossible d'y échapper. Après des mois d'insomnie forcée, Joseph avait pris l'habitude de se coucher avec des bouchons dans les oreilles, pour ne pas entendre ce supplice.

Mais cela ne suffisait pas.

Un matin, vers quatre heures, il s'était réveillé. Il avait fait un rêve, mais ne put s'en souvenir. Cependant, ce n'était pas cela. Il s'était assis sur son lit, cherchant à comprendre ce qui l'avait arraché au sommeil.

Dans la maison régnait un silence insolite.

Joseph comprit. Il se leva, enfila un pantalon, un pull à col roulé et son Barbour vert. Puis il sortit de la chambre, passant à côté de celle de sa mère, fermée. Il la dépassa. Il descendit les imposants escaliers en marbre et, quelques minutes plus tard, se retrouva dehors.

Il parcourut la longue allée du domaine jusqu'au portail de l'aile ouest, qui était généralement utilisé par les fournisseurs et les domestiques. Pour lui, c'était la frontière du monde. Enfant, il poussait jusque-là ses explorations avec Lara. Bien qu'elle fût beaucoup plus jeune que lui, sa sœur voulait aller plus loin, faisant preuve d'un courage enviable. Mais Joseph avait toujours reculé. Lara était partie depuis presque un an. Après avoir trouvé la force de franchir cette limite, elle n'avait plus donné de nouvelles. Elle lui manquait.

En cette froide matinée de novembre, Joseph resta quelques minutes immobile devant le portail, puis il l'escalada. Quand ses pieds touchèrent le sol de l'autre côté, une sensation nouvelle s'empara de lui, un frisson qui partait du torse et irradiait dans tout son corps. Il expérimentait la joie pour la première fois.

Il marcha le long de la route asphaltée.

L'aube s'annonçait par une lueur à l'horizon. La nature autour de lui était identique à celle du domaine, à tel point que l'espace d'un instant il se demanda s'il avait réellement quitté les lieux, si le portail n'était qu'un prétexte, parce que toute la Création débutait et finissait là, et chaque fois que l'on franchissait la limite elle repartait du commencement, toujours égale à elle-même, et ainsi de suite jusqu'à l'infini. Une série interminable d'univers parallèles, tous identiques. Tôt ou tard, il allait revoir sa maison surgir sur le sentier, et il aurait la certitude que tout ceci n'était qu'une illusion.

Mais cela ne se produisit pas. Plus la distance augmentait, plus il prenait conscience qu'il pouvait y arriver.

Il n'y avait personne dans les environs. Pas une voiture ni une maison en vue. Le son de ses pas sur l'asphalte était la seule note humaine au milieu du chant des oiseaux qui célébraient le lever du jour. Aucun vent ne faisait bouger les arbres, qui avaient l'air de le dévisager au passage, comme un étranger. Et lui, il avait la sensation de les saluer. L'air était vif et il avait une saveur. De givre, de feuilles sèches et d'herbe verte.

Désormais, le soleil était plus qu'une promesse. Il glissait sur les prés, s'allongeant et s'élargissant comme une mer d'huile. Joseph ne savait pas combien de kilomètres il avait parcourus. Il n'avait pas de but. Mais c'était ça qui était beau : il s'en fichait. L'acide lactique pulsait dans les muscles de ses jambes. Il ne se doutait pas que la douleur puisse être agréable. Il avait de l'énergie et de l'air. Ces deux variables décideraient du reste. Pour une fois, il ne voulait pas réfléchir. Jusqu'à ce jour-là, son esprit avait toujours eu le dessus, le bloquant chaque fois avec une peur différente. Et même si l'inconnu était encore aux aguets autour de lui, ces quelques moments avaient suffi à lui apprendre que, outre le danger, il pouvait receler quelque chose de précieux. Comme la stupeur, ou l'émerveillement.

C'est exactement ce qu'il ressentit quand il entendit un son nouveau. Il était faible et lointain mais se rapprochait, venant de l'arrière. Il reconnut le bruit d'une voiture. Il se tourna et en aperçut le toit, derrière une petite colline. Puis la voiture se replongea dans une descente, pour affleurer ensuite à nouveau. C'était un vieux break beige. Il venait vers lui. Le pare-brise sale ne permettait pas de distinguer les passagers. Joseph décida de l'ignorer, il se tourna et reprit sa marche. Quand l'auto fut très proche, il lui sembla qu'elle ralentissait.

– Eh !

Il hésita à se tourner. Peut-être quelqu'un était-il venu mettre fin à son aventure. Oui, c'était ça. Sa mère s'était réveillée et avait hurlé son nom. Ne le trouvant pas dans son lit, elle avait lancé les domestiques à sa poursuite, à l'intérieur et à l'extérieur du domaine. Peut-être l'homme qui l'appelait était-il l'un des jardiniers qui était venu le chercher avec sa voiture personnelle, appâté par une récompense.

— Eh, toi, où vas-tu ? Veux-tu que je te dépose ?

La question le rassura. Cela ne pouvait pas être quelqu'un de la maison. La voiture ralentit. Joseph ne pouvait pas voir le conducteur. Il s'arrêta, le véhicule l'imita.

— Je vais vers le nord, dit l'homme au volant. Je peux t'avancer un peu. Juste quelques kilomètres, mais tu n'auras pas beaucoup d'autres occasions, dans le coin.

Son âge était indéfinissable. Il pouvait avoir quarante ans, peut-être moins. Il portait une barbe roussâtre, longue et mal taillée. Ses cheveux aussi étaient longs, coiffés en arrière avec une raie au milieu. Il avait les yeux gris.

— Alors, tu fais quoi ? Tu montes ?

Joseph y réfléchit un instant avant de répondre :

— Oui, merci.

Il s'installa à côté de l'inconnu et la voiture repartit. Les sièges étaient recouverts d'un velours marron tellement usé que par endroits on voyait la toile en dessous. Il régnait une drôle d'odeur, un mélange des déodorants pour voiture qui s'étaient succédé au fil des ans, accrochés au rétroviseur. Le siège arrière avait été abaissé pour dégager de la place, afin d'héberger des boîtes en carton, des sacs, des outils et des bidons de toutes sortes. Tout était parfaitement rangé. Le tableau de bord en plastique sombre portait des traces de colle de vieux autocollants. L'autoradio, un vieux modèle à cassettes, passait de la musique country. Le conducteur, qui avait baissé le volume pour l'aborder, le remonta.

— Ça fait longtemps que tu marches ?

Joseph évitait de le regarder, par peur qu'il ne s'aperçoive qu'il allait mentir.

— Oui, depuis hier.

— Et tu n'as pas fait d'auto-stop ?

— Si. J'ai été pris par un camionneur, mais ensuite il allait dans une autre direction.

— Pourquoi, tu vas où, toi ?

Il ne s'y attendait pas, et dit la vérité.

– Je ne sais pas.

L'homme se mit à rire.

– Si tu ne sais pas, alors pourquoi tu n'es pas resté dans le camion ?

Joseph se tourna pour le regarder, l'air très sérieux.

– Parce qu'il posait trop de questions.

L'homme rit de plus belle.

– Mon Dieu, j'aime beaucoup tes manières directes, mon garçon.

Son coupe-vent rouge était trop court aux manches. Il portait un pantalon marron clair, un pull en laine à motifs en forme de losanges et des chaussures de chantier avec une semelle en caoutchouc renforcée. Il tenait le volant des deux mains. Une montre bon marché ceignait son poignet gauche.

– Écoute, je ne sais pas quels sont tes projets et je n'insisterai pas pour les connaître mais, si tu as envie, j'habite près d'ici, tu pourrais venir prendre le petit déjeuner. Qu'en dis-tu ?

Joseph allait lui répondre non. Il avait déjà été bien imprudent d'accepter de monter dans la voiture, maintenant il n'allait pas le suivre, au risque de se faire dévaliser, ou même pire. Mais ensuite, il se rendit compte que ce n'était qu'une autre de ses peurs. Le futur était *mystérieux*, pas *menaçant* – il l'avait justement découvert ce matin. Et pour en goûter les fruits, il fallait prendre des risques.

– D'accord.

– Œufs, bacon et café, promit l'inconnu.


Vingt minutes plus tard, ils quittèrent la route principale pour prendre un chemin de terre. Ils le parcoururent lentement, entre trous et secousses, et arrivèrent à une maison en bois au toit en pente. La peinture blanche était abîmée à plusieurs endroits. La porte était en piteux état et des touffes d'herbe pointaient çà et là entre les planches. Ils se garèrent à côté.

« Qui est ce type ? » se demanda Joseph quand il vit où il habitait, sentant toutefois que la réponse ne serait pas aussi intéressante que la possibilité d'explorer son univers.

– Bienvenue, dit l'homme lorsqu'ils franchirent le seuil.

La première pièce était de taille moyenne. Le mobilier était constitué d'une table avec trois chaises, d'un buffet auquel il manquait des montants et d'un vieux canapé déchiré. À l'un des murs était accroché un tableau sans cadre qui représentait un paysage anonyme.

À côté de l'unique fenêtre, une cheminée en pierre tachée de suie abritait des tisons noircis et froids. Sur un tronc d'arbre tenant lieu de tabouret étaient empilées des casseroles crasseuses de graisse brûlée. Au fond de la pièce, on apercevait deux portes fermées.

– Je suis désolé, il n'y a pas de toilettes. Mais il y a plein d'arbres dehors, ajouta le type en riant.

Il n'y avait pas non plus l'électricité ni l'eau courante, mais l'homme déchargea les bidons entreposés à l'arrière de la voiture que Joseph avait remarqués auparavant.

Avec de vieux journaux et du bois ramassé dehors, il alluma un feu dans la cheminée. Après avoir nettoyé au mieux l'une des poêles, il fit chauffer du beurre puis mit à frire les œufs et le bacon. Cette nourriture, aussi ordinaire fût-elle, dégageait une odeur qui ouvrait l'appétit.

Joseph le suivait du regard, intrigué, tout en le bombardant de questions, comme les enfants avec les adultes quand ils arrivent en âge de découvrir le monde. Mais l'homme n'avait pas l'air gêné, au contraire, il aimait parler.

– Ça fait longtemps que tu habites ici ?

– Depuis un mois, mais cette maison n'est pas à moi.

– Que veux-tu dire ?

– Ma vraie maison est là, dehors, dit-il en indiquant la voiture garée. Moi, je parcours le monde.

– Alors pourquoi t'es-tu arrêté ?

– Parce que j'aime cet endroit. Un jour, j'étais sur la route et j'ai vu le chemin. J'ai tourné et je suis arrivé ici. La maison était abandonnée depuis je ne sais combien de temps. Elle appartenait probablement à des agriculteurs : il y a une cabane avec des outils, à l'arrière.

– Que sont-ils devenus ?

– Je ne sais pas. Ils ont sans doute fait comme tant d'autres : au moment de la crise agraire, ils sont allés chercher une vie meilleure en ville. Dans la région, il y a pas mal de fermes abandonnées.

– Pourquoi n'ont-ils pas essayé de vendre la propriété ?

— Qui achèterait un endroit pareil? répondit le type en riant. Cette terre ne rapporte pas un centime, mon ami.

Il termina la cuisson et versa le contenu de la poêle directement dans les assiettes disposées sur la table. Sans attendre, Joseph planta sa fourchette dans la mixture jaune. Il avait très faim. C'était excellent.

— Ça te plaît, hein? Prends ton temps, il y en a autant que tu veux.

Le jeune homme dévorait. La bouche pleine, il demanda :

— Tu vas rester longtemps?

— Je pense partir à la fin de la semaine : l'hiver est rude, par ici. J'accumule des provisions et je fais le tour des fermes abandonnées, dans l'espoir de récupérer des objets qui puissent encore servir à quelque chose. Ce matin, j'ai trouvé un grille-pain. Je crois qu'il est cassé, mais je peux le réparer.

Joseph enregistrait tout, comme s'il composait une sorte de manuel avec des notions en tous genres : de comment se préparer un excellent petit déjeuner avec pour seuls ingrédients des œufs, du beurre et du bacon, à comment s'approvisionner en eau potable. Peut-être pensait il que cela pourrait lui servir, dans une nouvelle vie. L'existence de cet inconnu lui faisait envie. Bien que rude et difficile, elle lui plaisait infiniment plus que celle qu'il avait vécue jusque-là.

— Tu sais que nous ne nous sommes pas encore présentés?

Joseph s'arrêta, la fourchette suspendue en l'air.

— Si tu ne veux pas me dire comment tu t'appelles, ça me va. Tu m'es sympathique de toute façon.

Joseph se remit à manger. L'autre n'insista pas, mais il se sentit le devoir de le récompenser, d'une manière ou d'une autre, pour son hospitalité. Il décida de lui révéler quelque chose de lui-même.

— Je mourrai à cinquante ans, c'est quasi certain.

Et il lui expliqua la malédiction qui pesait sur les hommes de sa famille. L'autre écouta avec attention. Sans jamais citer de noms, Joseph lui expliqua qu'il était riche et lui raconta l'origine de sa richesse. Il lui parla de son grand-père courageux et visionnaire qui avait planté les graines d'une grosse fortune. Et de son père, qui avait su multiplier l'héritage grâce à son génie des affaires. Enfin il parla de lui, du fait qu'il n'avait plus d'objectif, parce que tout avait déjà été atteint. Il était venu au monde pour transmettre deux choses : un patrimoine considérable et un gène mortel.

– Je comprends que la maladie qui a tué ton père et ton grand-père soit inévitable, mais pour l'argent il y a toujours une solution : pourquoi ne renonces-tu pas à ta richesse, si tu ne te sens pas assez libre ?

– Parce que j'ai grandi avec de l'argent et je ne saurais pas vivre sans, même pas une journée. Comme tu vois, quel que soit mon choix, mon destin est toujours de mourir.

– Mensonges ! dit l'autre en se levant pour aller rincer la poêle.

Joseph tenta de s'expliquer plus clairement :

– Je pourrais avoir tout ce que je désire. Mais, justement à cause de ça, je ne sais pas ce qu'est le désir.

– Quel discours de merde ! L'argent ne peut pas tout acheter.

– Au contraire, crois-moi, il le peut. Si je voulais ta mort, je pourrais payer des hommes pour qu'ils te tuent, et personne n'en saurait jamais rien.

– Tu l'as déjà fait ? demanda l'autre, soudain sérieux.

– Quoi donc ?

– Tu as déjà payé quelqu'un pour qu'il tue à ta place ?

– Moi non, mais mon père et mon grand-père oui, je le sais.

Il y eut un silence.

– Mais la santé, tu ne peux pas l'acheter.

– C'est vrai. Mais, quand tu sais à l'avance que tu mourras, le problème est réglé. Tu vois : les riches sont malheureux parce qu'ils savent que, tôt ou tard, ils devront renoncer à tout ce qu'ils possèdent. Tu ne peux pas emporter ton argent dans la tombe. Moi, en revanche, je n'ai pas à perdre mon temps à penser à ma mort, quelqu'un l'a déjà fait pour moi.

L'homme s'arrêta pour réfléchir.

– Tu as raison, dit-il, mais c'est très triste, de ne rien désirer. Il y a bien quelque chose qui te plaît vraiment, non ? Alors commence par là.

– Eh bien, j'aime marcher. Depuis ce matin, j'aime aussi les œufs au bacon. Et j'aime les garçons.

– Tu veux dire que tu es…

– Je ne sais pas, en fait. Je vais avec eux, mais je ne peux pas dire que je le désire vraiment.

— Alors pourquoi n'essayes-tu pas avec une femme ?

— Je devrais probablement le faire. Mais, avant, il faudrait que je le désire, tu comprends ? Je ne sais pas comment l'expliquer.

— J'ai compris. Je te trouve très clair.

Il posa la poêle avec les autres sur le tabouret, puis il regarda la montre à quartz qu'il portait au poignet.

— Il est dix heures, je dois aller en ville : j'ai besoin de pièces de rechange pour réparer le grille-pain.

— Alors je vais y aller.

— Non, pourquoi ? Reste ici et repose-toi un peu, si tu as envie. Je reviendrai vite, peut-être que nous pourrions manger ensemble et bavarder encore un peu. Tu es une belle personne, tu sais ?

Joseph observa le vieux canapé déchiré. Il lui parut très engageant.

— D'accord, dit-il. Je vais dormir un peu, si cela ne te dérange pas.

L'homme sourit.

— Fantastique ! (Puis il ajouta, juste avant de sortir.) À propos, qu'est-ce qui te plairait, pour le dîner ?

— Je ne sais pas, répondit Joseph en le regardant. Surprends-moi.


Une main le secoua doucement. Joseph ouvrit les yeux et découvrit que c'était déjà le soir.

— Au diable la fatigue ! dit son nouvel ami en souriant. Tu as dormi neuf heures d'affilée !

Joseph se leva en s'étirant. Cela faisait longtemps qu'il ne s'était pas senti aussi reposé. Son estomac criait famine.

— C'est déjà l'heure du dîner ? demanda-t-il.

— Le temps de faire du feu et je m'y mets : j'ai pris du poulet à cuire à la braise avec des patates. Ça te va, comme menu ?

— Parfait, je meurs de faim.

— En attendant, ouvre-toi une bière, elles sont sur le rebord de la fenêtre.

Joseph n'avait jamais bu de bière, à part celle que sa mère mettait dans le punch de Noël. Il prit une canette dans le paquet de six et souleva la languette. Il posa ses lèvres sur le bord en aluminium et prit une longue gorgée. La boisson froide descendit rapidement le long de son œsophage. La sensation était agréable, rafraîchissante. Après la seconde gorgée, il rota.

— Santé! s'exclama son hôte.

Dehors, il faisait froid, mais à l'intérieur le feu diffusait une tiédeur plaisante. La lumière de la lampe à pétrole, posée au centre de la table, éclairait faiblement la pièce.

— Le quincaillier a dit que le grille-pain était réparable. Il m'a même donné quelques conseils. Tant mieux, je pourrai le revendre sur un marché.

— Alors c'est ça que tu fais, pour vivre?

— Oui, ça aussi, de temps en temps. Les gens jettent plein de choses qui sont encore utilisables. Moi je les récupère, je les répare et j'en tire un peu d'argent. Parfois je les garde, comme ce tableau, par exemple…

Il indiqua le paysage accroché au mur, sans cadre.

— Pourquoi justement celui-ci? demanda Joseph.

— Je ne sais pas, il me plaît. Je crois qu'il me rappelle l'endroit où je suis né, ou peut-être que je n'y suis jamais allé, je ne peux pas dire : je voyage tellement…

— Tu as vraiment voyagé dans tant d'endroits que ça?

— Oui, beaucoup, dit-il en se perdant dans ses pensées, avant de se reprendre. Mon poulet est spécial, tu verras. Et, à propos, j'ai une surprise pour toi.

— Une surprise? Quelle surprise?

— Pas maintenant. Après le dîner.

Ils se mirent à table. Le poulet et les patates étaient parfaitement assaisonnés et croquants. Joseph se resservit plusieurs fois.

Le type – désormais, c'était comme cela qu'il l'appelait dans sa tête – mangeait la bouche ouverte et avait déjà bu trois bières. Après le dîner, il sortit une pipe taillée à la main et du tabac. Tout en la préparant, il dit :

— Tu sais, j'ai beaucoup pensé à ce que tu m'as dit ce matin.

— À quoi, exactement?

— À ton discours sur le « désir ». Il m'a frappé.

— Ah oui? Et pourquoi?

— Tu vois, moi je ne pense pas que cela soit un mal, de connaître exactement le moment où arrivera la fin de la vie. Je crois au contraire que c'est un privilège.

— Comment peux-tu dire une chose pareille?

— Naturellement, ça dépend de comment tu vois les choses. Le verre à moitié plein ou à moitié vide. Bref : tu peux attendre en comptant le temps qu'il te reste. Ou bien tu peux déterminer le reste de ta vie en fonction de cette échéance.

— Je ne te suis pas.

— Je pense que le fait que tu saches que tu dois mourir à cinquante ans te fait penser que tu n'as aucun pouvoir sur ta vie. Mais c'est là que tu te trompes, mon ami.

— Qu'entends-tu par « pouvoir » ?

Le type prit une petite branche dans le feu et alluma sa pipe avec le bout ardent. Il prit une longue bouffée avant de répondre.

— Pouvoir et désir vont de pair. Ils sont faits de la même substance maudite. Le deuxième dépend du premier, et vice versa. Et ce n'est pas un philosophe de merde qui le dit, parce que c'est la nature elle-même qui le décide. Tu as dit quelque chose de juste, ce matin : nous ne pouvons désirer que ce que nous n'avons pas. Toi tu penses avoir le pouvoir de tout obtenir, alors tu ne désires rien. Mais cela est dû au fait que ton pouvoir dérive de ton argent.

— Pourquoi, il en existe d'autres sortes ?

— Bien sûr, celui de la volonté, par exemple. Il faut la mettre à l'épreuve, pour comprendre. Mais quelque chose me dit que tu ne veux pas le faire…

— Pourquoi dis-tu cela ? Je peux le faire, au contraire.

Le type l'observa.

— Tu en es sûr ?

— Certain.

— Bien. Avant le dîner, je t'ai dit que j'avais une surprise pour toi. Le moment est venu que je te la montre. Viens.

Il se leva et se dirigea vers l'une des portes fermées, au fond de la pièce. Joseph, titubant, le suivit sur le seuil.

— Regarde.

Il fit un pas dans l'obscurité et entendit quelque chose, dans la pièce, qui respirait très vite. Il pensa immédiatement à un animal et recula d'un pas.

— Courage, l'invita le type. Regarde bien.

Joseph mit quelques secondes pour s'habituer à l'obscurité. La faible lueur qui émanait de la lampe à pétrole posée sur la table était à peine suffisante pour éclairer le visage du garçon. Il était étendu sur le lit, les mains et les pieds liés aux montants avec de grosses cordes. Il portait une chemise à carreaux et un jean, mais il était pieds nus. Un mouchoir autour de la bouche l'empêchait de parler, il se limitait donc à émettre des sons incohérents, comme un grognement. Les cheveux sur son front étaient trempés de sueur. Il se démenait comme une bête prisonnière et avait les yeux écarquillés par la peur.

— Qui est-ce ? demanda Joseph.

— Un cadeau pour toi.

— Et que devrais-je en faire ?

— Ce que tu veux.

— Mais je ne sais pas qui c'est.

— Moi non plus. Il faisait du stop, je l'ai pris en revenant.

— Nous devrions peut-être le détacher et le laisser partir.

— Si c'est ce que tu veux.

— Pourquoi devrais-je vouloir autre chose ?

— Parce que c'est la démonstration de ce qu'est le pouvoir, et de comment il est relié au désir. Si tu désires le libérer, alors fais-le. Mais si tu veux autre chose de lui, tu es libre de choisir.

— Tu veux parler de sexe, c'est ça ?

Le type secoua la tête, déçu.

— Ton horizon est très limité, mon ami. Tu as à disposition une vie humaine, la plus grande et surprenante création de Dieu, et la seule chose à laquelle tu penses est la baiser...

— Que devrais-je faire d'une vie humaine ?

— Tu l'as dit toi-même aujourd'hui : si tu voulais tuer quelqu'un, il te suffirait de payer quelqu'un d'autre pour le faire à ta place. Mais tu crois vraiment que cela te donne le pouvoir d'enlever une vie ? C'est ton argent qui a ce pouvoir, pas toi. Tant que tu ne l'auras pas fait de tes propres mains, tu ne sauras pas ce que cela signifie.

Joseph regarda à nouveau le jeune garçon, visiblement terrorisé.

— Mais moi je ne veux pas le savoir, dit-il.

— Parce que tu as peur. Peur des conséquences, peur d'être puni ou de te sentir coupable.

— C'est normal d'avoir peur de certaines choses.

— Non, ce n'est pas normal, Joseph.

Il ne s'aperçut même pas qu'il l'avait appelé par son nom : il était trop occupé à faire la navette du regard entre lui et le garçon.

— Et si je te disais que tu peux le faire, que tu peux enlever la vie à quelqu'un, et que jamais personne ne le saura ?

— Personne ? Et toi, alors ?

— Moi je suis celui qui l'a enlevé et qui l'a amené ici, tu te rappelles ? Et puis, je serai aussi celui qui enterrera le cadavre.

Joseph baissa les yeux.

— Personne ne le saurait jamais ?

— Si je te disais que tu ne seras pas puni, cela susciterait-il le désir d'essayer ?

Joseph regarda ses mains pendant un long moment, sa respiration s'accéléra tandis qu'il sentait monter en lui une étrange euphorie, toute nouvelle pour lui.

— Je voudrais un couteau, dit-il.

Le type alla à la cuisine. En attendant, Joseph regarda le garçon, qui le suppliait du regard et pleurait. Devant ces larmes silencieuses, Joseph découvrit qu'il ne ressentait rien. Personne n'allait pleurer sa mort quand, à cinquante ans, la maladie de son père et de son grand-père l'emporterait. Pour le monde, il serait toujours riche et ne mériterait jamais aucune forme de compassion.

Le type revint avec un couteau tranchant. Il le lui mit entre les mains.

— Il n'y a rien de plus gratifiant que d'enlever une vie, lui dit-il. Pas à une personne en particulier, comme un ennemi, ou quelqu'un qui t'a fait du mal. Mais à un homme quelconque. Cela te confère le même pouvoir que Dieu.

Il le laissa seul et s'en alla, refermant la porte derrière lui.

La lueur de la lune glissait entre les volets cassés, faisant briller le couteau dans ses mains. Le garçon s'agitait et Joseph sentait son angoisse, sa peur, sous forme de sons mais aussi d'odeurs. Son haleine acide, la sueur sous ses aisselles. Il s'approcha du lit, lentement, laissant ses pas grincer sur le sol, de sorte que le garçon puisse lui aussi se rendre compte de ce qu'il se passait. Il posa la lame du couteau de cuisine sur son thorax. Devait-il lui dire quelque chose ? Rien ne lui passa par la tête. Un frisson le parcourut, et il se produisit quelque chose auquel il ne s'attendait vraiment pas : il eut une érection.

Il souleva le couteau de quelques centimètres puis le fit courir lentement le long du corps du garçon, jusqu'à l'estomac. Il s'arrêta. Il inspira et enfonça lentement la pointe de la lame à travers l'étoffe de la chemise, jusqu'à toucher la chair. Le garçon essaya de hurler, mais il n'émit que la pathétique imitation d'un cri de douleur. Joseph

331

enfonça le couteau de quelques centimètres, la peau se lacéra profondément, comme si elle se déchirait. Il reconnut le blanc de la graisse. Mais la blessure ne saignait pas encore. Alors il appuya sur la lame, jusqu'à sentir la chaleur du sang sur sa main et sentir une exhalaison piquante, libérée par les viscères. Le garçon arqua le dos, facilitant involontairement le travail. Il appuya encore, jusqu'à ce qu'il sente que la lame du couteau touchait la colonne vertébrale. En dessous de lui, le garçon n'était plus qu'un faisceau tendu de muscles et de chair. Il resta dans cette position, arqué, pendant quelques instants. Puis il retomba lourdement sur le lit, sans force, comme un objet inanimé. *Et, à ce moment-là, les alarmes…*

*… se mirent à sonner toutes ensemble.* Le médecin et l'infirmière accoururent auprès du patient avec le chariot d'urgence. Nicla, pliée en deux, essayait de reprendre son souffle : le choc de ce qu'elle avait vu l'avait arrachée à son état de transe. Mila avait posé ses mains sur son dos pour essayer de la faire respirer. D'un geste décidé, le médecin ouvrit le pyjama de Joseph B. Rockford au niveau du thorax en arrachant tous les boutons, qui roulèrent sur le sol. Boris manqua de tomber, en courant prêter main-forte à Mila. Puis le médecin disposa les plaques que lui avait apportées l'infirmière sur le torse du patient, en hurlant « Attention ! » avant chaque secousse. Goran s'approcha de Mila.

— Emmenons-la hors d'ici, dit-il en l'aidant à soulever la religieuse.

Tandis qu'ils quittaient la pièce avec Rosa et Stern, la policière se tourna une dernière fois vers Joseph B. Rockford. Son corps était secoué par les décharges mais, sous les couvertures, elle remarqua ce qui semblait être une érection.

« Maudit bâtard », pensa-t-elle.

Le bip du moniteur cardiaque s'immobilisa sur une note péremptoire. Mais, à ce moment-là, Joseph B. Rockford ouvrit les yeux.

Ses lèvres se mirent à bouger, sans émettre aucun son. Ses cordes vocales avaient été endommagées quand on avait pratiqué la trachéotomie pour lui permettre de respirer.

L'homme était mort. Les machines autour de lui disaient qu'il n'était plus qu'un morceau de chair sans vie. Et pourtant, il essayait de communiquer. Ses râles le faisaient ressembler à quelqu'un qui se noie et qui essaye, en se débattant, de prendre de l'air pour la dernière fois.

Cela ne dura pas longtemps.

À la fin, une main invisible l'entraîna à nouveau, et l'âme de Joseph B. Rockford fut comme déglutie par son lit de mort, ne laissant échoir qu'un corps vide.

## 32

Quand elle reprit ses esprits, Nicla se mit à la disposition d'un dessinateur de la police fédérale pour tracer le portrait-robot de l'homme qu'elle avait vu avec Joseph.

L'inconnu qu'il avait surnommé « le type » et qu'on supposait être Albert.

La barbe longue et la chevelure très fournie l'empêchaient d'indiquer avec exactitude les traits du visage. Elle ne savait pas comment était sa mâchoire, et le nez n'était qu'une ombre incertaine sur le visage. La forme des yeux lui échappait.

Elle pouvait seulement dire avec certitude qu'ils étaient gris.

Le résultat serait quand même distribué à toutes les unités de police, dans les ports, les aéroports, et aux postes de frontière. Roche réfléchissait à l'opportunité d'en fournir une copie à la presse, ce qui aurait nécessité d'expliquer la façon dont ils avaient obtenu ce portrait-robot. S'ils révélaient que c'était grâce à une médium, les journalistes en déduiraient que les policiers n'avaient plus rien entre les mains, qu'ils tâtonnaient et s'étaient adressés à elle par désespoir.

— C'est un risque à courir, lui suggéra Goran.

L'inspecteur chef avait à nouveau rejoint l'équipe chez les Rockford. Il n'avait pas souhaité rencontrer la religieuse, parce qu'il avait précisé depuis le début qu'il ne voulait rien savoir de cette tentative : comme toujours, la responsabilité retomberait sur Goran. Le criminologue avait accepté de bon gré, parce qu'il se fiait désormais à l'intuition de Mila.

— Ma petite, j'ai réfléchi à quelque chose, dit Nicla à sa protégée dans le camping-car de l'unité mobile, pendant qu'elles observaient Gavila et l'inspecteur chef discuter sur la pelouse devant la maison.

— Quoi donc ?

— Je ne veux pas l'argent de la prime.

— Mais, si c'est l'homme que nous cherchons, il te revient de droit.

— Je ne le veux pas.

— Pense à tout ce que tu pourrais faire pour les gens dont tu t'occupes tous les jours.

— Et de quoi ont-ils besoin qu'ils ne possèdent déjà ? Ils ont notre amour, nos soins et, crois-moi, quand une créature de Dieu arrive à la fin de ses jours, elle n'a besoin de rien de plus.

— Si c'était toi qui prenais cet argent, alors je pourrais penser que quelque chose de bon pourrait sortir de toute cette histoire…

— Le mal ne génère que du mal. Ça a toujours été sa caractéristique principale.

— Quelqu'un m'a dit que le mal peut toujours être prouvé. Le bien, jamais. Parce que le mal laisse des traces sur son passage. Tandis que le bien, on ne peut qu'en témoigner.

Nicla sourit enfin.

— C'est une bêtise, dit-elle. Tu vois, Mila, le fait est que le bien est trop fugace pour être enregistré. Et il ne laisse pas de déchets après son passage. Le bien est propre, le mal salit… Mais moi je peux le prouver, le bien, parce que je le vois tous les jours. Quand l'un de mes pauvres protégés approche de la fin, j'essaye de passer le plus de temps possible avec lui. Je lui tiens la main, j'écoute ce qu'il a à me dire, s'il me raconte ses fautes je ne le juge pas. Quand ils comprennent ce qui se passe, s'ils ont été bons dans leur vie et qu'ils n'ont pas fait de mal, ou s'ils en ont fait mais qu'ils se sont repentis… eh bien, ils sourient toujours. Je ne sais pas pourquoi mais c'est comme ça, je te l'assure. La preuve du bien est ce sourire avec lequel ils défient la mort.

Mila acquiesça, rassurée. Elle ne voulait pas insister pour que Nicla prenne la prime. Peut-être avait-elle raison.

Il était presque cinq heures du soir, la religieuse était fatiguée, mais il restait une chose à faire.

— Tu es sûre que tu réussiras à reconnaître la maison abandonnée ? lui demanda-t-elle.

— Oui, je sais où elle est.

Il devait s'agir d'une simple visite de routine avant de retourner au Bureau, pour avérer définitivement les informations de la médium.

Mais ils s'y rendirent quand même tous ensemble.

Dans la voiture, Sarah Rosa suivit les indications de Nicla. Les prévisions météorologiques annonçaient encore des chutes de neige. D'un côté, le ciel était dégagé et le soleil descendait rapidement. De l'autre, les nuages se condensaient déjà à l'horizon et on pouvait voir les premiers éclairs approcher.

Ils étaient exactement au milieu.

— Il faut nous dépêcher, dit Stern. Il fera bientôt nuit.

Arrivés à proximité du chemin de terre, ils quittèrent la grand-route. Les cailloux grésillaient sous les pneus. Après toutes ces années, la baraque en bois était encore là. La peinture blanche s'était complètement écaillée et ne subsistait qu'à quelques endroits. Le bois ainsi exposé aux intempéries pourrissait, ce qui donnait à la maison des airs de dent cariée.

Ils descendirent de voiture et se dirigèrent vers la porte.

— Attention, ça pourrait s'effondrer, prévint Boris.

Goran monta la première marche. L'endroit coïncidait avec la description de la religieuse. La porte était ouverte, le criminologue n'eut qu'à la pousser pour l'ouvrir. À l'intérieur, le sol était recouvert d'une couche de terreau et on entendait les rats se déplacer sous les planches, dérangés par leur présence. Gavila reconnut le canapé, bien qu'il n'en restât plus qu'un squelette de ressorts rouillés. Le buffet était toujours à la même place. La cheminée en pierre s'était en partie écroulée. Goran prit dans sa poche une petite lampe torche pour visiter les deux pièces du fond. Entre-temps, Boris et Stern étaient entrés et examinaient les lieux.

Goran ouvrit la première porte.

— Ici, c'est la chambre à coucher.

Mais il n'y avait plus de lit. Une ombre plus claire sur le sol indiquait sa présence passée. C'était là que Joseph B. Rockford avait reçu son baptême du sang. Qui pouvait bien être le garçon tué dans cette pièce vingt ans plus tôt ?

— Il faudrait creuser autour pour chercher des restes humains, dit Gavila.

— J'appellerai les fossoyeurs et les hommes de Chang dès que nous aurons terminé les repérages, s'offrit Stern.

En attendant, à l'extérieur de la maison, Sarah Rosa déambulait nerveusement, les mains dans les poches de son blouson à cause du froid. Nicla et Mila l'observaient depuis la voiture.

— Cette femme ne te plaît pas, dit la bonne sœur.

— C'est plutôt moi qui ne lui plais pas.

— Tu as essayé de comprendre pourquoi ?

Mila la regarda de biais.

— Tu veux dire que c'est ma faute, maintenant ?

— Non, je dis seulement qu'avant d'accuser il faut avoir des certitudes.

— Elle m'en veut depuis que je suis arrivée.

Nicla leva les mains en signe de renoncement.

— Alors, ne t'énerve pas. Ça passera quand tu seras repartie.

Mila secoua la tête. Parfois, le bon sens de la religieuse était insupportable.

À l'intérieur, Goran sortit de la chambre à coucher et se tourna automatiquement vers l'autre porte fermée.

La médium n'avait pas parlé d'une deuxième pièce.

Il pointa sa torche sur la poignée et ouvrit.

Elle était exactement aussi grande que celle d'à côté. Et elle était vide. L'humidité avait agressé les murs et une fine couche de mousse se nichait dans les coins. Goran fit courir le faisceau de la lampe. En passant sur l'un des murs, il s'aperçut que quelque chose reflétait la lumière.

Il arrêta le faisceau et vit cinq petits cadres brillants, larges chacun d'une dizaine de centimètres. Il s'approcha, puis se raidit. Accrochées au mur à l'aide de simples punaises, il y avait des photos.

Debby. Anneke. Sabine. Melissa. Caroline.

Sur ces photos, elles étaient encore en vie. Albert les avait amenées ici avant de les tuer et il les avait immortalisées dans cette pièce, devant ce mur. Elles étaient décoiffées. Un flash sans pitié avait surpris leurs yeux rougis par les larmes et leur regard terrifié.

*Elles souriaient et saluaient.*

Il les avait contraintes à prendre cette pose grotesque devant l'objectif. Cette joie forcée par la peur faisait horreur.

Debby avait la bouche déformée par une allégresse artificielle, on avait l'impression qu'elle allait fondre en larmes d'un moment à l'autre.

Anneke avait un bras levé et l'autre abandonné le long du corps dans une posture résignée et éteinte.

Sabine avait été immortalisée à un moment où elle regardait autour d'elle, en essayant de comprendre quelque chose que son cœur de petite fille n'arrivait pas à expliquer.

Melissa était tendue, combative. Mais il était évident qu'elle allait vite céder, elle aussi.

Caroline était immobile, les yeux écarquillés malgré son sourire. Incrédule.

Goran n'appela les autres qu'après avoir passé les photos en revue.


Absurde. Incompréhensible. Inutilement cruel.

On ne pouvait définir cela autrement. Personne n'osait briser le silence qui était tombé pendant le retour au Bureau.

La nuit allait être longue. Personne n'espérait trouver le sommeil, après une telle journée. Mila était réveillée depuis quarante-huit heures, sans interruption, pendant lesquelles s'étaient succédé trop d'événements.

La découverte de la silhouette d'Albert sur le mur de la villa d'Yvonne Gress. Sa conversation avec Goran chez lui, le soir, quand elle lui avait révélé qu'elle avait été suivie, ainsi que sa théorie sur le fait que leur homme se servait d'une complice. Et puis, il y avait eu cette question sur la couleur des yeux de Sabine, qui avait permis de découvrir la trahison de Roche. La visite au domaine des Rockford. La fosse commune. Lara Rockford. L'intervention de Nicla Papakidis. L'exploration de l'âme d'un tueur en série.

Et, pour finir, ces photos.

Mila en avait vu, des photos, dans son travail. Des images de mineurs, prises à la mer ou le jour d'un spectacle de fin d'année. Les parents ou la famille les lui montraient, quand elle allait les voir. Des enfants qui disparaissaient pour réapparaître sur d'autres photos – souvent nus ou vêtus d'habits d'adultes – dans les collections des pédophiles ou dans les fichiers de la morgue.

Mais, sur les cinq photos trouvées dans la maison abandonnée, il y avait quelque chose en plus.

Albert savait qu'ils arriveraient jusque-là. Il les attendait.

Avait-il prévu qu'ils sonderaient son élève Joseph avec l'aide d'une médium ?

« Il nous observe depuis le début, avait observé Goran laconiquement. Il a toujours un pas d'avance sur nous. »

Mila pensa que tous leurs mouvements avaient été contournés, éludés et neutralisés. Et maintenant, ils devaient aussi regarder derrière eux. C'était cela, le poids qui pesait sur ses compagnons dans la voiture, pendant qu'ils retournaient à leur quartier général.

Et il restait encore deux corps à découvrir.

Le premier était sans aucun doute un cadavre. Le deuxième, avec le temps, le deviendrait. Personne n'avait le courage de l'admettre, mais ils désespéraient de réussir à empêcher l'homicide de la fillette numéro six.

Quant à la petite Caroline, qui pouvait dire quelle horreur elle allait révéler. Pouvait-il y avoir pire que ce qu'ils avaient découvert jusque-là ? Si c'était le cas, Albert se préparait à un final grandiose, avec la sixième.

Il était onze heures passées quand Boris gara le monospace en bas du Bureau. Il les fit descendre, referma la voiture et s'aperçut qu'ils l'attendaient pour monter.

Ils ne voulaient pas le laisser seul.

L'horreur à laquelle ils avaient assisté avait renforcé leur unité. Parce que tout ce qu'il leur restait était l'équipe. Mila en faisait aussi partie, de même que Goran. Ils en avaient été exclus pendant un temps mais cela n'avait pas duré, et cela ne s'était produit qu'à cause de la lubie de Roche de tout contrôler. Désormais, la distance avait été comblée et le tort pardonné.

Ils montèrent lentement les marches. Stern passa un bras autour des épaules de Rosa.

— Rentre chez toi, ce soir, lui dit-il.

Mais elle se limita à secouer énergiquement la tête. Mila comprenait : Rosa ne pouvait briser cette chaîne. Si elle le faisait, le monde entier s'écroulerait, les barrières qui le protégeaient sauteraient et le mal se propagerait enfin. Ils étaient le dernier rempart dans cette lutte et, même si pour l'instant ils perdaient, ils n'avaient aucune intention de laisser tomber.

Ils franchirent le seuil du Bureau tous ensemble. Boris s'attarda pour fermer la porte, puis les retrouva immobiles dans le couloir, comme hypnotisés. Il ne comprit pas ce qu'il se passait avant d'apercevoir, entre leurs épaules, le corps étendu par terre. Sarah Rosa hurla. Mila se tourna, parce qu'elle ne pouvait plus regarder. Stern fit le signe de croix. Gavila ne put dire un mot.

*Caroline, la cinquième.*

Cette fois, le cadavre de la fillette était pour eux.

Prison de haute sécurité de XXXX
Quartier pénitentiaire n° 45.

Rapport n° 2 du directeur,
M. Alphonse Bérenger
16 déc. de l'année en cours

À l'attention du bureau du procureur
général J.-B. Marin

En la personne du vice-procureur
Matthew Sedris

Objet :<u>RÉSULTAT DE L'INSPECTION – CONFIDENTIEL</u>

Cher Monsieur Sedris,

Je vous écris pour vous informer que l'inspection de
la cellule d'isolement du détenu RK-357/9 a été effec-
tuée, par surprise, hier soir.
Les gardiens de la prison ont fait irruption pour
relever du matériel organique « fortuitement perdu ou
spontanément laissé par le sujet » dans le but d'en
tirer son empreinte génétique, le tout en suivant à
la lettre les recommandations de votre bureau.
Mes hommes se sont trouvés devant une cellule « imma-
culée ». À tel point que nous avons eu l'impression
que le détenu RK-357/9 nous attendait. Je suppose
qu'il est en état d'alerte permanente et qu'il a
prévu et calculé tous nos mouvements.

Je crains que, sans une erreur du détenu ou un changement des circonstances contingentes, il soit difficile d'arriver à des résultats concrets.

Il nous reste peut-être une unique possibilité pour percer le mystère. Nous nous sommes aperçus que le détenu RK-357/9, parfois, sans doute sous l'effet de l'isolement, parle tout seul. Il a l'air de divaguer, qui plus est à voix basse, mais quoi qu'il en soit nous jugeons opportun de cacher, avec votre consentement, un micro dans la cellule pour enregistrer ses paroles.

Évidemment, nous ne renoncerons pas à réitérer les inspections surprise dans le but de relever son ADN. Je soumets une dernière observation à votre attention : le sujet est toujours tranquille et disponible. Il ne se plaint jamais et ne semble pas gêné par nos tentatives de le pousser à la faute.

Il ne nous reste que peu de temps. Dans quatre-vingt-six jours, nous n'aurons pas d'autre choix que de le remettre en liberté.

Avec ma considération,

> Le directeur
> Alphonse Bérenger

# 33

Rien ne serait plus jamais comme avant.

Cette ombre planait désormais sur eux. Ils s'étaient repliés dans le dortoir en attendant que les équipes de Chang et de Krepp fassent leurs prélèvements dans l'appartement. Roche, immédiatement averti, s'entretenait avec Goran depuis plus d'une heure.

Stern était étendu sur son lit pliant, un bras derrière la tête et les yeux rivés au plafond. On aurait dit un cow-boy. Le pli parfait de son costume n'avait pas souffert du stress des dernières heures et il n'avait même pas senti le besoin de desserrer son nœud de cravate. Boris était allongé sur le côté, mais il était évident qu'il ne dormait pas. Son pied gauche battait nerveusement sur le couvre-lit. Rosa essayait de téléphoner à quelqu'un avec son portable, mais elle ne trouvait pas de réseau.

Mila observa tour à tour ses compagnons silencieux, avant de revenir à l'écran du portable qu'elle tenait sur ses genoux. Elle avait demandé le fichier avec les photos prises à la fête foraine le soir de l'enlèvement de Sabine. Elles avaient déjà été intégralement visionnées, mais elle voulait les voir à la lumière de la théorie qu'elle avait exposée à Goran, c'est-à-dire que le coupable puisse être une femme.

— Je voudrais bien savoir comment diable il a pu amener le cadavre de Caroline ici... admit Stern, formulant à haute voix la question qui les obsédait tous.

— Moi aussi je voudrais bien le savoir, renchérit Rosa.

Le bâtiment était presque vide et les systèmes de sécurité désactivés, mais la porte d'entrée de l'appartement était blindée.

— Il est passé par la porte principale, fit remarquer Boris laconiquement, émergeant de sa fausse léthargie.

Mais quelque chose, plus que tout le reste, les rendait nerveux. Quel était le message d'Albert, cette fois ? Pourquoi avait-il décidé de jeter une ombre aussi lourde sur ses poursuivants ?

— À mon avis, il cherche simplement à nous ralentir, supposa Rosa. Nous étions trop proches de lui, alors il a mélangé les cartes à nouveau.

— Non, Albert ne fait pas les choses au hasard, intervint Mila. Il nous a enseigné que tous ses mouvements sont prémédités.

Sarah Rosa la foudroya du regard.

— Et alors ? Tu veux dire quoi ? Qu'il y a un foutu monstre parmi nous ?

— Ce n'est pas ce qu'elle voulait dire, répondit Stern. Elle dit simplement qu'il doit y avoir une raison liée au dessein d'Albert : cela fait partie du jeu qu'il joue avec nous depuis le début... La raison pourrait être liée à cet endroit, à son utilisation dans le passé.

— Ça pourrait concerner une vieille affaire, ajouta Mila, s'apercevant que cette hypothèse tombait dans le vide.

Avant que la conversation ne reprenne, Goran entra dans la pièce et referma la porte derrière lui.

— J'ai besoin de votre attention.

Son ton était pressé. Mila lâcha le portable. Ils écoutèrent.

— Nous sommes toujours chargés de l'enquête, mais les choses se compliquent.

— Ce qui signifie ? gronda Boris.

— Vous le comprendrez tout seuls dans un moment, mais je vous invite dès maintenant à garder votre calme. Je vous expliquerai après...

— Après quoi ?

Goran n'eut pas le temps de répondre que la porte s'ouvrit. L'inspecteur Roche franchit le seuil. Il était accompagné d'un homme robuste, la cinquantaine, veste froissée, cravate trop fine pour son cou de taureau, un cigare éteint entre les dents.

— C'est bon, c'est bon, dit Roche, bien qu'aucun d'entre eux n'ait esquissé un salut. L'inspecteur chef avait un sourire tiré, de ceux qui voudraient rassurer mais qui ne génèrent que de l'anxiété.

344

— Messieurs, la situation est confuse, mais nous en sortirons : je ne laisserai pas un psychopathe semer le doute sur le travail de mes hommes ! dit-il en soulignant ses derniers mots avec trop d'emphase, comme toujours. C'est pourquoi j'ai pris quelques précautions, dans votre intérêt exclusif, en mettant quelqu'un sur l'affaire avec vous. Vous me comprendrez, je suis tenté, pour des raisons évidentes, de vous retirer l'affaire. C'est embarrassant : nous n'arrivons pas à trouver cet Albert, et il vient jusque chez nous ! Ainsi, en accord avec le professeur Gavila, j'ai confié au capitaine Mosca, ici présent, la tâche de vous assister jusqu'à la conclusion de l'enquête.

Personne ne dit mot, même s'ils avaient bien compris en quoi consistait « l'assistance » dont ils allaient bénéficier. Mosca allait prendre le contrôle, ne leur laissant qu'un seul choix : être de son côté et essayer de regagner un peu de crédibilité, ou bien s'en aller.

Terence Mosca était très connu dans les milieux de la police. Il devait sa réputation à une opération d'infiltration dans une organisation de trafiquants de drogue, qui avait duré plus de six ans. Il avait à son actif des centaines d'arrestations et plusieurs autres opérations sous couverture. Cependant, il ne s'était jamais occupé de tueurs en série ni de crimes pathologiques.

Roche ne l'avait appelé que pour une seule raison : des années plus tôt, Mosca lui avait disputé son fauteuil d'inspecteur chef. Vu comment évoluaient les choses, il lui avait semblé opportun d'impliquer son pire rival de façon à le charger d'une partie du poids d'un échec désormais plus que probable. Une décision risquée, qui montrait à quel point il se sentait sur la corde raide : si Terence Mosca résolvait l'affaire Albert, Roche allait devoir lui céder le pas dans la hiérarchie.

Avant de commencer à parler, le capitaine fit un pas en avant, se démarquant de Roche pour confirmer son autonomie.

— Le pathologiste et l'expert de la police scientifique n'ont encore rien relevé de significatif. La seule chose que nous savons est que, pour entrer dans l'appartement, le sujet a ouvert la porte blindée.

Quand il avait ouvert en arrivant, Boris n'avait remarqué aucun signe d'effraction.

— Il a veillé à ne laisser aucune trace : il ne voulait pas vous gâcher la surprise.

Mosca continuait à mâchonner son cigare et à les dévisager, les mains dans les poches. Il n'avait pas l'air d'être homme à vouloir sévir, mais c'était quand même l'effet qu'il faisait.

— J'ai chargé des agents de faire le tour du voisinage dans l'espoir de trouver un témoin. Peut-être réussirons-nous à obtenir un numéro de plaque… Quant aux motivations qui ont poussé le sujet à mettre le cadavre justement ici, nous sommes contraints d'improviser. Si vous pensez à quelque chose, n'hésitez pas. Pour le moment, c'est tout.

Terence Mosca tourna les talons et, sans laisser à quiconque le temps de réagir ni d'ajouter quelque chose, il rejoignit la scène du crime.

Roche, lui, s'arrêta.

— Il ne vous reste pas beaucoup de temps. Il faut trouver une idée, et vite.

Puis il quitta la pièce à son tour. Goran referma la porte, et les autres vinrent se placer autour de lui.

— Qu'est-ce que c'est que cette nouveauté ? demanda Boris, soupçonneux.

— Pourquoi avons-nous besoin d'un chien de garde, maintenant ? lui fit écho Rosa.

— Du calme, vous n'avez pas compris, dit Goran. Le capitaine Mosca est la personne la plus adaptée, à l'heure qu'il est. C'est moi qui ai demandé son intervention.

Ils n'en crurent pas leurs oreilles.

— Je sais ce que vous pensez, mais de cette manière j'ai pu offrir une échappatoire à Roche, et donc sauver notre rôle dans l'enquête.

— Officiellement nous sommes encore dans la course, mais tout le monde sait que Terence Mosca aime faire cavalier seul, fit remarquer Stern.

— C'est pour cela que j'ai suggéré son nom : le connaissant, il ne voudra pas nous avoir dans les pattes, il ne se souciera donc pas de savoir ce que nous faisons. Nous aurons seulement à le tenir au courant, c'est tout.

Cela semblait la meilleure des solutions, mais cela n'éliminait pas le poids des soupçons qui pesaient sur chacun d'entre eux.

— Tout le monde va avoir les yeux rivés sur nous, dit Stern en secouant la tête, agacé.

— Et nous, nous allons laisser Mosca continuer à s'occuper d'Albert, pendant que nous nous concentrerons sur la fillette numéro six…

Une bonne stratégie, en apparence : s'ils la retrouvaient encore en vie, ils balayeraient le climat de suspicion qui s'était créé autour d'eux.

— Je pense qu'Albert a laissé le corps de Caroline ici pour nous rouler. Parce que, même si rien ne doit sortir sur notre compte, il y aura toujours un doute à notre sujet.

Bien qu'il cherchât par tous les moyens à avoir l'air calme, Goran savait bien que ses affirmations ne suffiraient pas à détendre l'atmosphère : depuis que le cinquième cadavre avait été retrouvé, chacun s'était mis à regarder les autres sous un jour différent. Ils se connaissaient depuis très longtemps, mais personne ne pouvait exclure que l'un d'entre eux cache un secret. C'était cela, le véritable but d'Albert : les diviser. Le criminologue se demanda combien de temps il faudrait avant que la méfiance s'installe entre eux.

— Il ne reste pas beaucoup de temps à la dernière fillette, affirma-t-il ensuite, sûr de lui. Albert a presque complété son dessein. Il se prépare pour le final. Mais il avait besoin d'avoir le champ libre, aussi il nous a exclus de la course. À l'heure qu'il est, nous n'avons qu'une possibilité pour le trouver, et elle passe par la seule d'entre nous qui est à l'écart de tout soupçon, vu qu'elle s'est ajoutée à l'équipe quand Albert avait déjà tout planifié.

Sentant tous leurs regards sur elle, Mila se sentit mal à l'aise.

— Tu pourras agir beaucoup plus librement que nous, l'encouragea Stern. Si tu devais suivre ton intuition, que ferais-tu ?

En réalité, Mila avait bien une idée, mais elle l'avait gardée pour elle.

— Moi, je sais pourquoi il n'a choisi que des fillettes.

Ils s'étaient posé la question, au Pensoir, quand l'affaire n'en était qu'à ses débuts. Pourquoi Albert n'avait-il pas enlevé de garçons ? Son comportement n'avait aucune visée sexuelle, puisqu'il ne touchait pas les fillettes.

« Non, il se contente de les tuer. »

Alors, pourquoi cette préférence ?

Mila avait une hypothèse.

— Elles devaient toutes être de sexe féminin à cause de la numéro six. Je suis presque certaine qu'il l'a choisie en premier, et non en dernier comme il veut nous le faire croire. Le fait que les autres soient des filles sert à confondre ce détail. La numéro six a été le premier objet de ses fantasmes. Pourquoi, nous l'ignorons. Peut-être a-t-elle une qualité, quelque chose qui la distingue des autres. Voilà pourquoi il doit garder son identité secrète jusqu'à la fin. Il ne lui suffisait pas de nous faire savoir que l'une des fillettes enlevées était encore en vie. Non, il fallait absolument que nous ignorions qui elle était.

— Parce que cela nous permettrait de remonter à lui, conclut Goran.

Mais ces conjectures, bien que fascinantes, n'étaient d'aucune aide.

— À moins que… dit Mila, devançant la pensée des autres. À moins qu'il n'y ait toujours eu un lien entre nous et Albert. (Ils n'avaient plus grand-chose à perdre, et Mila n'eut plus d'hésitations, elle leur raconta à tous qu'elle avait été suivie.) C'est arrivé deux fois. Même si je ne suis absolument certaine que de la deuxième fois. Au motel, il s'est plutôt agi d'une impression…

— Et alors, demanda Stern, curieux. Quel rapport ?

— Quelqu'un m'a suivie. C'est peut-être arrivé d'autres fois, je ne pourrais pas dire, je ne m'en suis pas aperçue… Mais pourquoi ? Pour me contrôler ? Dans quel but ? Je n'ai jamais possédé aucune information d'importance vitale, et j'ai toujours été la dernière roue du carrosse, dans l'équipe.

— Peut-être pour brouiller les pistes, tenta Boris.

— Ça aussi : il n'y a jamais eu de véritable « piste », à moins que je ne me sois trop approchée de quelque chose, et qu'alors je sois devenue importante, à mon insu.

— Mais, au motel, tu venais d'arriver, dit Goran. Ce qui dément cette hypothèse.

— Il ne reste qu'une explication… Celui qui m'a suivie voulait m'intimider.

— Et pour quelle raison ? demanda Sarah Rosa.

Mila l'ignora.

— Dans les deux cas, mon suiveur n'a pas trahi sa présence involontairement. Je pense, au contraire, qu'il s'est manifesté exprès.

— D'accord, on a compris, insista Sarah Rosa. Mais pourquoi aurait-il fait cela ? Cela n'a pas de sens !

Mila se tourna brusquement vers elle, faisant valoir la différence de taille.

— Parce que, depuis le début, j'étais la seule parmi vous en mesure de trouver la sixième fillette. Ne le prenez pas mal, mais les résultats que j'ai obtenus jusqu'à aujourd'hui me donnent raison. Vous êtes très forts pour débusquer les tueurs en série. Mais moi, je trouve les personnes disparues : je l'ai toujours fait, et je sais le faire.

Personne ne la contredit. Dans cette perspective, Mila représentait la menace la plus concrète pour Albert, parce qu'elle était la seule capable de faire capoter ses plans.

— Récapitulons : il a enlevé la sixième fillette en premier. Si j'avais découvert tout de suite qui elle était, tout le dessein se serait écroulé.

— Mais tu ne l'as pas découvert, dit Rosa. Peut-être que tu n'es pas si forte que ça.

Mila ignora la provocation.

— En s'approchant autant qu'il l'a fait, au motel, Albert peut avoir commis une erreur. Il nous faut revenir à ce moment !

— Et comment ? Ne me dis pas que tu as une machine à remonter le temps !

Mila sourit : sans le savoir, Rosa était très proche de la vérité. Car il y avait un moyen pour revenir en arrière. Ignorant encore une fois son haleine de nicotine, elle se tourna vers Boris.

— Comment tu t'en sors, avec les interrogatoires sous hypnose ?


— Maintenant, détends-toi…

La voix de Boris était un murmure. Mila était allongée sur le lit pliant, les mains le long du corps, les yeux fermés. Il était assis à côté d'elle.

— Maintenant, je veux que tu comptes jusqu'à cent.

Stern avait posé une serviette sur la lampe, plongeant la pièce dans une agréable pénombre. Rosa s'était isolée sur son lit. Goran était assis dans un coin, il observait attentivement ce qu'il se passait.

Mila comptait lentement. Sa respiration prit un rythme régulier. Quand elle arriva à cent, elle était parfaitement détendue.

— Maintenant, je veux que tu voies des choses dans ta tête. Tu es prête ?

Elle acquiesça.

— Tu es dans un grand pré. C'est le matin, il y a un beau soleil qui te chauffe le visage, ça sent l'herbe et les fleurs. Tu marches, sans chaussures : tu peux sentir la fraîcheur de la terre sous tes pieds. La voix d'un ruisseau t'appelle. Tu t'approches et tu te penches sur le sol argileux. Tu plonges tes mains dans l'eau, puis tu les portes à ta bouche pour boire. Elle est délicieuse.

Le choix de ces images n'était pas un hasard : Boris avait évoqué ces sensations pour prendre le contrôle des cinq sens de Mila. Ainsi, il serait plus facile de la faire revenir au moment exact où elle se trouvait sur la place du motel.

– Maintenant que tu as étanché ta soif, je voudrais que tu fasses quelque chose pour moi. Reviens quelques jours en arrière, le soir...

– D'accord, répondit-elle.

– C'est la nuit, une voiture vient de te raccompagner au motel...

– Il fait froid, dit-elle immédiatement.

Goran eut l'impression qu'elle frissonnait.

– Quoi d'autre ?

– L'agent qui m'a raccompagnée me salue d'un signe de tête, puis fait demi-tour. Je suis seule au milieu de la place.

– Comment est-elle ? Décris-la.

– Il n'y a pas beaucoup de lumière. Juste cette enseigne au néon qui grince à cause du vent. Devant moi, il y a les bungalows, mais aucune fenêtre n'est éclairée. Je suis la seule cliente, cette nuit. Derrière les bungalows, il y a un rideau d'arbres très hauts qui ondulent. Par terre, des graviers.

– Avance...

– Je n'entends que mes pas.

On aurait presque pu entendre le bruit des graviers.

– Où es-tu, maintenant ?

– Je me dirige vers ma chambre, je passe devant le bureau du gardien. Il n'y a personne, mais la télé est allumée. Je porte un sachet avec deux sandwiches au fromage : c'est mon dîner. Mon souffle se condense dans l'air glacé, alors j'accélère. Mes pas sur le gravier sont le seul bruit qui m'accompagne. Mon bungalow est le dernier de la rangée.

– C'est très bien, continue.

– Je ne suis plus qu'à quelques mètres et je me concentre sur mes pensées. Il y a un petit trou dans le sol, je ne le vois pas, je trébuche... Et je l'entends.

Sans s'en rendre compte, Goran pencha instinctivement le haut de son corps en direction du lit de Mila, comme s'il pouvait la rejoindre sur la place, la protéger de la menace qui planait sur elle.

– Qu'as-tu entendu ?

— Un pas sur le gravier, derrière moi. Quelqu'un copie mes pas. Il veut s'approcher sans que je m'en aperçoive, mais il a perdu le rythme.

— Et que fais-tu ?

— J'essaye de rester calme, mais j'ai peur. Je continue à la même vitesse vers le bungalow, malgré mon envie de me mettre à courir. En même temps, je réfléchis.

— Que penses-tu ?

— Qu'il est inutile de sortir mon pistolet parce que, s'il est armé, il aura tout le temps d'ouvrir le feu le premier. Je pense aussi à la télévision allumée dans le bureau du gardien, et je me dis qu'il l'a déjà descendu. Et que maintenant, c'est mon tour... Je suis en panique.

— Oui, mais tu arrives à garder le contrôle.

— Je fouille dans ma poche pour chercher les clés, parce que la seule possibilité est d'entrer dans ma chambre... S'il me laisse faire.

— Tu es concentrée sur cette porte : il ne manque plus que quelques mètres, pas vrai ?

— Oui. C'est la seule chose dans mon champ de vision, le reste a disparu.

— Mais maintenant, il faut le faire revenir...

— J'essaye...

— Le sang bat vite dans tes veines, l'adrénaline court, tous tes sens sont en alerte. Je veux que tu me décrives le goût...

— Ma bouche est sèche, mais je sens le goût acide de ma salive.

— Le toucher...

— Le froid des clés de la chambre dans ma main moite.

— L'odorat...

— Le vent porte une drôle d'odeur de déchets décomposés. À ma droite, il y a les poubelles. Et d'aiguilles de pin, et de résine.

— La vue...

— Je vois mon ombre sur la place.

— Et puis ?

— Je vois la porte du bungalow, elle est jaune et décrépie. Je vois les trois marches qui conduisent à la porte.

Boris avait intentionnellement laissé en dernier le sens le plus important, parce que la seule perception que Mila avait eue de son suiveur avait été sonore.

— L'ouïe...

— Je n'entends rien, à part mes pas.

— Écoute mieux.

Goran vit une ride se former sur le visage de Mila, juste entre les deux yeux, sous l'effort de mémoire.

– Je les entends ! Maintenant, j'entends distinctement ses pas !

– Parfait. Mais je veux que tu te concentres encore plus…

Mila obéit. Puis elle dit :

– Qu'est-ce que c'était ?

– Je ne sais pas, répondit Boris. Tu es seule, là-bas, moi je n'ai rien entendu.

– Pourtant il y a eu quelque chose !

– Quoi donc ?

– Ce son.

– Quel son ?

– Quelque chose… de métallique. Oui ! Quelque chose de métallique qui tombe ! Qui tombe par terre, sur le gravier !

– Essaye d'être plus précise.

– Je ne sais pas…

– Allez…

– C'est… une pièce de monnaie !

– Une pièce de monnaie, tu es sûre ?

– Oui ! Une pièce jaune ! Il l'a laissé tomber, mais il ne s'en est pas rendu compte !

C'était une piste inespérée. Trouver la pièce au milieu de la place. La trouver et relever les empreintes. Pour remonter au suiveur. Avec l'espoir qu'il s'agisse d'Albert.

Mila gardait les yeux fermés, mais elle répétait sans cesse :

– Une pièce de monnaie ! Une pièce de monnaie !

Boris reprit le contrôle.

– Bien, Mila. Maintenant, je vais te réveiller. Je vais compter jusqu'à cinq, puis je vais taper dans mes mains et toi tu rouvriras les yeux. Un, deux, trois, quatre… et cinq !

Mila ouvrit grand les yeux. Elle avait l'air confuse, perdue. Elle essaya de se relever, mais Boris l'en empêcha en lui posant doucement une main sur l'épaule.

– Pas encore, dit-il. Tu pourrais avoir la tête qui tourne.

– Ça a marché ? demanda-t-elle.

Boris sourit.

– Il semble que nous ayons un indice.

« Il faut absolument que je la trouve, se dit-elle en passant la main sur le gravier. Ma crédibilité en dépend… Ma vie. »

Elle concentrait toute son attention sur le sol, mais elle devait faire vite. Il n'y avait pas beaucoup de temps.

Dans le fond, il n'y avait que quelques mètres carrés à passer au crible. Exactement ceux qui la séparaient du bungalow, comme ce soir-là. Elle était à quatre pattes, sans penser à son jean qu'elle salissait. Elle plongeait les mains dans les petits cailloux blancs, et avait déjà des blessures qui saignaient aux jointures des doigts, sous la poussière qui les recouvraient. Mais la douleur ne la gênait pas, elle l'aidait même à se concentrer.

« Une pièce de monnaie, continuait-elle à répéter. Comment ai-je pu ne pas m'en apercevoir ? »

Rien de plus probable que quelqu'un l'ait trouvée. Un client, ou peut-être le gardien.

Elle était venue au motel avant les autres, parce qu'elle n'avait plus personne à qui se fier. Et elle avait l'impression que même ses collègues n'avaient plus confiance en elle.

« Je dois faire vite ! »

Elle déplaçait les petits cailloux, les jetait derrière elle, tout en se mordant les lèvres. Elle était nerveuse. Elle s'en voulait, et en voulait au monde entier. Elle inspira et expira plusieurs fois, en essayant de combattre son agitation.

Étrangement, elle repensa à un épisode qui datait de sa sortie de l'école de police. Elle avait déjà un caractère fermé et des difficultés à lier avec les autres. On l'avait mise en patrouille avec un collègue plus âgé qui ne la supportait pas. Ils suivaient un suspect dans les ruelles du quartier chinois. Il allait trop vite, ils n'avaient pas réussi à l'attraper, mais il avait semblé à son collègue que, en passant derrière un restaurant, il avait jeté quelque chose dans un bassin à huîtres. Alors il l'avait forcée à se plonger jusqu'aux genoux dans cette eau stagnante et à fouiller parmi les mollusques. Évidemment, il n'y avait rien. Et il avait probablement fait ça pour la bizuter. Depuis, elle ne mangeait plus d'huîtres. Mais elle avait appris une leçon importante.

Les petits cailloux rugueux qu'elle déplaçait avec tant d'ardeur étaient également une mise à l'épreuve.

Quelque chose pour se prouver à elle-même qu'elle était encore capable de tirer le meilleur des choses. Cela avait été son talent, pen-

dant longtemps. Mais justement pendant qu'elle s'en félicitait intérieu--
rement, une pensée lui traversa l'esprit. Comme cette fois, avec son
coéquipier, aujourd'hui encore quelqu'un s'était joué d'elle.

Il n'y avait aucune pièce de monnaie, en réalité. Ce n'était qu'un
stratagème.

Au moment exact où Sarah Rosa le comprit, elle leva les yeux
et vit Mila approcher. Démasquée et impuissante, devant sa collègue
plus jeune, sa rage tomba et ses yeux se remplirent de larmes.

— Il a ta fille, n'est-ce pas? C'est elle, la fillette numéro six.

# 34

*Dans son rêve, sa mère est là.*

*Elle lui parle avec son sourire « magique » – c'est comme ça qu'elle l'appelle, parce qu'il est beau, quand elle n'est pas fâchée, et elle devient la personne la plus aimable au monde, mais cela arrive de plus en plus rarement.*

*Dans son rêve, sa mère lui parle d'elle, mais aussi de son père. Ses parents s'entendent bien à nouveau, ils ne se disputent plus. Sa maman lui raconte ce qu'ils font, comment va leur travail et la vie à la maison en son absence, elle lui fait même la liste des films qu'ils ont vus en vidéo. Mais pas ses préférés. Pour ceux-là, ils l'attendent. Cela lui fait plaisir. Elle voudrait demander quand elle rentrera. Mais dans son rêve, sa mère ne peut pas l'entendre. C'est comme si elle lui parlait à travers un écran. Elle a beau faire des efforts, ça ne change rien. Et le sourire sur le visage de sa maman a quelque chose de cruel.*

*Une caresse douce sur ses cheveux la réveille.*

*La petite main va de haut en bas, de sa tête à l'oreiller, et une voix tendre murmure une chanson.*

*– C'est toi !*

*Elle est si heureuse qu'elle en oublie où elle est. Ce qui compte, maintenant, c'est que cette petite fille n'était pas le fruit de son imagination.*

*– Je t'ai tant attendue, dit-elle.*

*– Je sais, mais je n'ai pas pu venir avant.*

*– Tu n'avais pas le droit ?*

*La petite fille la regarde avec ses grands yeux noirs.*

*– Non, j'avais à faire.*

*Elle se demande ce qui l'a occupée au point de ne pas pouvoir venir la voir. Mais, pour l'instant, cela n'a pas d'importance. Elle a mille questions à lui poser. Et elle commence par celle qui lui tient le plus à cœur.*

*– Que faisons-nous ici ?*

*Il est évident pour elle que l'autre petite fille est également prisonnière, même si elle était la seule à être attachée à un lit, alors que l'autre semble libre de se déplacer comme elle le voulait dans le ventre du monstre.*

— *Je suis chez moi, ici.*

*La réponse la trouble.*

— *Et moi ? Pourquoi je suis ici ?*

*La petite fille ne dit rien et se concentre à nouveau sur ses cheveux. Elle comprend qu'elle évite la question, alors elle n'insiste pas, le moment viendra pour ça aussi.*

— *Comment t'appelles-tu ?*

*La petite fille lui sourit.*

— *Gloria.*

*Mais elle la regarde plus attentivement.*

— *Non…*

— *« Non » quoi ?*

— *Je te connais… Tu ne t'appelles pas Gloria…*

— *Mais si.*

*Elle fait un effort pour se souvenir. Elle l'a déjà vue, elle l'a déjà vue, elle en est certaine.*

— *Tu étais sur les bouteilles de lait !*

*La petite fille l'observe sans comprendre.*

— *Oui : il y avait ton visage sur des affiches, aussi. La ville en était pleine. Dans mon école, au supermarché. C'était… (Combien de temps avait passé ? Elle était encore en CM1.) C'était il y a trois ans.*

*La petite fille ne comprend toujours pas.*

— *Je suis ici depuis pas longtemps. Quatre semaines, maximum.*

— *Je te dis que non ! Ça fait au moins trois ans.*

*Elle ne la croit pas.*

— *Ce n'est pas vrai.*

— *Si, et tes parents ont même lancé un appel à la télévision !*

— *Mes parents sont morts.*

— *Non, ils sont vivants ! Et toi, tu t'appelles… Linda ! Ton nom est Linda Brown !*

*La petite fille s'énerve.*

— *Mon nom est Gloria ! La Linda dont tu parles est une autre personne. Tu te trompes.*

*En entendant sa voix se tendre ainsi, elle décide de ne pas insister : elle ne veut pas qu'elle parte et qu'elle la laisse seule à nouveau.*

— *D'accord, Gloria, comme tu voudras. J'ai dû me tromper. Excuse-moi.*

356

La petite fille acquiesce, satisfaite. Puis, comme si de rien n'était, elle se remet à lui caresser les cheveux en chantant.

Alors, elle essaye autre chose.

— Je me sens très mal, Gloria. Je n'arrive pas à bouger le bras. J'ai de la fièvre. Et je m'évanouis souvent...

— Ça ira mieux bientôt.

— J'ai besoin d'un médecin.

— Les médecins ne sont que des charlatans.

Cette phrase sonne drôle, dans sa bouche. Comme si elle l'avait entendue dire tellement souvent qu'avec le temps elle se l'était appropriée. Et maintenant, elle la répète pour son propre compte.

— Je vais mourir, je le sens.

Deux énormes larmes lui échappent, Gloria les sèche sur sa joue. Puis elle regarde ses doigts, l'ignorant.

— Tu as compris ce que j'ai dit, Gloria ? Je vais mourir, si tu ne m'aides pas.

— Steve a dit que tu allais guérir.

— Qui est Steve ?

La petite fille est distraite, mais elle lui répond quand même :

— Steve, c'est lui qui t'a amenée ici !

— Qui m'a enlevée, tu veux dire !

La petite fille la regarde à nouveau.

— Steve ne t'a pas enlevée.

Malgré sa peur de la fâcher à nouveau, elle ne peut transiger sur ce point : il en va de sa survie.

— Si, et il a fait la même chose avec toi. J'en suis certaine.

— Tu te trompes. Il nous a sauvées.

La réponse l'agace.

— Mais qu'est-ce que tu racontes ? Sauvées de quoi ?

Gloria vacille. Elle voit ses yeux se vider, laissant place à une étrange crainte. Elle fait un pas en arrière, mais elle l'attrape par le poignet. Gloria voudrait s'enfuir, elle essaye de se dégager, mais elle ne la laissera pas partir sans une réponse.

— De qui ?

— De Frankie.

Gloria se mord les lèvres. Elle n'aurait pas dû le dire. Mais elle l'a fait.

— Qui est Frankie ?

Elle réussit à se dégager, elle est trop faible pour l'en empêcher.

— Nous nous reverrons une autre fois, d'accord ?

*Gloria s'éloigne.*

— *Non, attends. Ne pars pas !*

— *Il faut que tu te reposes, maintenant.*

— *Non, je t'en prie ! Tu ne reviendras pas !*

— *Mais si : je reviendrai.*

*La petite fille s'éloigne. Elle fond en larmes. Un caillot amer de désespoir lui monte dans la gorge et se diffuse dans sa poitrine. Elle est secouée de sanglots, sa voix se casse quand elle demande en criant dans le vide :*

— *Je t'en prie ! Qui est Frankie ?*

*Mais personne ne lui répond.*

# 35

— Elle s'appelle Sandra.

Terence Mosca l'écrivit en haut de sa page de notes. Puis il leva à nouveau les yeux vers Sarah Rosa.

— Quand a-t-elle été enlevée ?

Elle s'installa plus confortablement sur la chaise, avant de lui répondre, en tentant de bien organiser ses idées.

— Cela fait quarante-sept jours.

Mila avait raison : Sandra avait été enlevée *avant* les cinq autres. Puis Albert l'avait utilisée pour attirer Debby Gordon, sa sœur de sang.

Les deux fillettes s'étaient rencontrées au parc un après-midi, en observant les chevaux. Elles avaient échangé quelques mots et avaient sympathisé aussitôt. Debby était triste parce qu'elle était loin de chez elle, Sandra à cause de la séparation de ses parents. Unies par leurs peines respectives, elles étaient devenues amies.

Elles avaient toutes deux reçu en cadeau un bon pour faire une promenade à cheval. Ce n'était pas par hasard. C'est Albert qui avait orchestré leur rencontre.

— Comment s'est passé l'enlèvement de Sandra ?

— Pendant qu'elle allait à l'école, continua Rosa.

Mila et Goran virent Mosca acquiescer. Ils étaient tous présents — y compris Stern et Boris —, dans la grande salle des archives au premier étage de l'immeuble de la police fédérale. Le capitaine avait choisi ce lieu inhabituel pour éviter que la nouvelle ne s'ébruite et pour que cette conversation ne ressemble pas à un interrogatoire.

À cette heure, la salle était déserte. Ils se trouvaient à l'endroit d'où partaient les longs couloirs d'étagères chargées de documents.

La seule lumière provenait de la table de travail autour de laquelle ils étaient réunis. Les voix et les bruits se perdaient dans l'écho et l'obscurité.

– Que peux-tu nous dire d'Albert ?

– Je ne l'ai jamais vu ni entendu. Je ne sais pas qui c'est.

– Bien sûr… glosa Terence Mosca, comme si c'était une circonstance aggravante.

Formellement, Sarah Rosa n'avait encore été soumise à aucune mesure de restriction de ses libertés. Mais elle serait bientôt mise en examen pour complicité d'enlèvement et d'homicide de mineurs.

C'est Mila qui l'avait percée à jour, en enquêtant sur l'enlèvement de Sabine à la fête foraine. Après avoir parlé avec la mère de la fillette, elle s'était dit qu'Albert avait pu se servir d'une femme pour que l'enlèvement passe inaperçu devant tous ces gens. Mais pas n'importe quelle complice : une complice qu'il pouvait faire chanter. La mère de la fillette numéro six, par exemple.

Mila en avait eu la confirmation en parcourant les photos souvenirs de cette soirée à la fête foraine. Sur le fond d'un cliché pris par un père de famille, elle avait remarqué une masse de cheveux et un bout de profil qui avaient déclenché son frisson à la base du cou, suivi d'un nom sans équivoque : Sarah Rosa !

– Pourquoi Sabine ? lui demanda Mosca.

– Je ne sais pas, dit Rosa. Il m'a adressé une photo d'elle et il m'a fait savoir que je la trouverais là-bas, c'est tout.

– Et personne ne s'est aperçu de rien.

Au Pensoir, Rosa avait dit : « Chacun ne surveille que son propre enfant. Les gens s'en fichent, c'est la réalité. » Et Mila s'en était souvenue. La femme le savait bien, elle en avait fait l'expérience en personne.

– Alors il connaissait les déplacements des familles, continua Mosca.

– Je suppose que oui. Ses instructions étaient toujours très précises.

– Comment te transmettait-il les ordres ?

– Toujours par courrier électronique.

– Tu n'as pas essayé de trouver la provenance des messages ?

La question du capitaine avait déjà une réponse : Sarah Rosa était experte en informatique. Si elle n'y était pas arrivée, alors c'était impossible.

– Quoi qu'il en soit, j'ai conservé tous les mails. Il est très malin, vous savez ? Et il est fort, ajouta-t-elle comme pour se justifier. Et il a ma fille.

Son regard ne se posa pas sur Mila.

Elle lui avait témoigné de l'hostilité dès le premier jour parce qu'elle avait peur qu'elle ne découvre l'identité de la sixième fillette, mettant ainsi sa vie en danger.

– C'est lui qui t'a ordonné de te débarrasser tout de suite de Mila Vasquez ?

– Non, c'était mon initiative. Elle aurait pu être gênante.

Encore une fois, elle avait voulu lui manifester son mépris. Mais Mila lui pardonna. Elle pensa à Sandra, la fillette qui souffrait de troubles alimentaires – comme lui avait raconté Goran – et qui se trouvait maintenant entre les mains d'un psychopathe, avec un bras amputé, en proie à des souffrances indicibles. Pendant des jours, elle avait été obsédée par son identité. Maintenant, elle avait enfin un nom.

– Alors tu as suivi l'agent Vasquez par deux fois, pour lui faire peur et la contraindre d'abandonner l'enquête.

– Oui.

Mila se rappelait que, après avoir été suivie en voiture, elle était allée au Bureau, où il n'y avait personne. Boris l'avait prévenue par texto qu'ils étaient tous chez Yvonne Gress. Et elle les avait rejoints. Elle avait trouvé Sarah Rosa qui se préparait à côté du camping-car de l'unité mobile. Mila ne s'était pas demandé pourquoi elle n'était pas déjà avec les autres dans la maison. Elle n'avait pas trouvé son retard suspect. Ou peut-être sa collègue avait-elle été plus maligne, en l'attaquant pour ne pas lui donner le temps de réfléchir et en semant le doute sur le compte de Goran.

« *Et puis, au passage, il t'a bien eue… Parce que moi j'ai voté contre toi.* »

En vérité, elle ne l'avait pas fait, parce qu'elle aurait risqué d'attirer les soupçons.

Terence Mosca n'était pas pressé : il notait les réponses de Sarah Rosa sur son bloc et y réfléchissait avant de passer à la question suivante.

– Et qu'as-tu fait d'autre pour lui ?

– Je suis entrée en cachette dans la chambre de Debby Gordon, au collège. J'ai volé son journal dans la boîte en fer-blanc, en ouvrant discrètement le cadenas. Puis j'ai enlevé du mur les photos où ma fille apparaissait aussi. Et j'ai laissé l'émetteur GPS qui vous a ensuite conduits à la découverte du second cadavre, dans l'orphelinat…

— Tu n'as jamais pensé que, tôt ou tard, quelqu'un aurait pu te découvrir ? lui fit remarquer Mosca.

— Avais-je le choix ?

— C'est toi qui as amené le cadavre de la cinquième fillette dans le Bureau…

— Oui.

— Tu es entrée avec ta clé, et tu as simulé l'effraction de la porte blindée.

— Pour que personne ne se doute de rien.

Mosca la regarda longuement.

— Pourquoi t'a-t-il ordonné d'apporter le corps au Bureau ?

C'était la réponse qu'ils attendaient tous.

— Je ne sais pas.

Mosca inspira profondément par le nez. Ce geste semblait signifier que leur conversation était terminée. Puis le capitaine s'adressa à Goran :

— Je pense que cela peut suffire. À moins que vous n'ayez des questions, vous aussi…

— Aucune, dit le criminologue.

Mosca s'adressa à nouveau à la femme :

— Agent spécial Sarah Rosa, dans dix minutes j'appellerai le bureau du procureur, qui formulera officiellement les accusations contre toi. Comme prévu, cette conversation restera entre nous, mais je te conseille de n'ouvrir la bouche qu'en présence d'un bon avocat. Une dernière question : à part toi, quelqu'un d'autre est-il impliqué dans cette affaire ?

— Si vous faites allusion à mon mari, il ne sait rien. Nous sommes en instance de divorce. Quand Sandra a disparu, je l'ai chassé de la maison avec une excuse, pour le tenir à l'écart de tout ça. Nous nous sommes souvent querellés, ces derniers temps, parce qu'il voulait voir notre fille et il pensait que je l'en empêchais.

Mila les avait vus se disputer en bas du Bureau.

— Bien, dit Mosca en se levant, avant de s'adresser à Boris et à Stern, en indiquant Rosa. Je vais tout de suite appeler quelqu'un pour procéder à l'arrestation formelle.

Les deux agents acquiescèrent. Le capitaine se pencha pour ramasser sa serviette en cuir. Mila le vit remettre son bloc-notes à côté d'un dossier jaune ; sur la couverture, on apercevait quelques lettres tapées à la machine : « w »... « on » et « p ».

« Wilson Pickett », pensa-t-elle.

Terence Mosca se dirigea lentement vers la sortie, suivi par Goran. Mila resta avec Boris et Stern auprès de Rosa. Les deux hommes se taisaient, évitant de regarder leur collègue, qui ne leur avait pas fait confiance.

– Je suis désolée, dit-elle les larmes aux yeux. Je n'avais pas le choix...

Boris ne répondit pas, il avait du mal à contenir sa rage. Stern lui dit seulement :

– Ça va.

Mais il n'était pas très convainquant.

Alors Sarah Rosa les regarda, suppliante :

– Trouvez ma petite fille, je vous en prie...


Beaucoup de gens pensent – à tort – que les tueurs en série ont toujours une motivation sexuelle. Mila aussi le pensait, avant d'être confrontée au cas d'Albert.

En réalité, selon leur but final, il en existe de différentes sortes.

Il y a les « visionnaires », qui tuent dominés par un alter ego avec qui ils communiquent et dont ils reçoivent des instructions, parfois sous forme de visions ou de simples « voix ». Leur comportement est souvent considéré comme psychotique.

Les « missionnaires », eux, ont un but inconscient et sont dominés par la responsabilité, qu'ils s'imposent eux-mêmes, d'améliorer le monde qui les entoure, et cette mission passe inévitablement par l'élimination de certaines catégories de personnes : les homosexuels, les prostituées, les infidèles, les avocats, les agents du fisc, et ainsi de suite.

Les « assoiffés de pouvoir » ont une piètre estime d'eux-mêmes. Leur satisfaction dérive du contrôle de la vie et de la mort de leurs victimes. L'homicide s'accompagne de l'acte sexuel, mais seulement comme instrument d'humiliation.

Enfin, les « hédonistes ». Ils tuent pour le plaisir de le faire. Parmi eux – mais ce n'est qu'une sous-catégorie – on trouve ceux qui ont une motivation sexuelle.

Benjamin Gorka faisait partie de ces quatre catégories à la fois.

Il souffrait de visions qui le poussaient à tuer des prostituées après les avoir violées parce qu'il ne réussissait pas à avoir de relations sexuelles et ses actes lui procuraient un grand plaisir.

Il eut trente-six victimes reconnues, bien qu'il n'ait assumé la pleine responsabilité de la mort que de huit d'entre elles. On craignait qu'il n'en ait tué bien plus et qu'il ait habilement fait disparaître les restes. Il était resté en activité pendant vingt-cinq ans avant d'être capturé.

La difficulté à le localiser avait notamment été induite par la variété et l'éloignement des lieux où il frappait.

Gavila et son équipe l'avaient identifié après trois ans de chasse. Ils avaient inséré les données des différents homicides dans un ordinateur, qui avait élaboré un schéma circulaire. En le superposant à une carte routière, ils s'étaient aperçus que les lignes du schéma correspondaient exactement à un cycle de distribution de marchandises.

Benjamin Gorka était camionneur.

Il avait été appréhendé la nuit de Noël sur une aire d'autoroute. Mais, à la suite une erreur de l'accusation pendant le procès, il avait obtenu la déclaration d'irresponsabilité pénale pour cause de trouble mental et en avait été quitte pour un séjour dans un asile pénitentiaire. D'ailleurs, il n'en était jamais sorti.

Au moment de son arrestation, le pays découvrit le nom de l'un des criminels les plus sanguinaires de l'histoire. Quoi qu'il en soit, pour Goran et ses « hommes », il resterait toujours Wilson Pickett.

Après que deux policiers se furent présentés pour emmener Sarah Rosa, Mila avait attendu que Boris et Stern s'en aillent pour rester seule dans les archives. Elle avait consulté les fichiers et trouvé la copie du dossier.

En le feuilletant, elle n'avait pas découvert la raison pour laquelle le criminologue avait gratifié le tueur du nom du célèbre chanteur. En revanche, elle y avait trouvé la photo de la jeune fille dont elle avait remarqué le portrait accroché au mur, le jour où elle avait mis les pieds pour la première fois au Bureau.

Elle s'appelait Rebecca Springher. Elle avait été la dernière victime de Gorka.

En réalité, il n'y avait pas grand-chose d'autre, dans le dossier. Elle se demanda pourquoi cette affaire était encore une blessure ouverte pour les membres de l'équipe, et elle se rappela la réponse de Boris, quand elle lui avait demandé des explications.

« Ça s'est mal passé. Il y a eu des erreurs, et on a menacé de dissoudre l'équipe et de remercier le professeur Gavila. C'est Roche qui nous a défendus et nous a laissés à nos places. »

Quelque chose avait mal tourné. Mais le dossier qu'elle avait entre les mains ne mentionnait aucune erreur, au contraire il décrivait l'opération comme « exemplaire » et « parfaitement réussie ».

Cela ne devait pas être le cas, si Terence Mosca avait des raisons de s'y intéresser.

Mila dénicha le procès-verbal de la déposition de Goran devant le tribunal chargé de juger le tueur en série. À cette occasion, le criminologue avait défini Benjamin Gorka comme « un psychopathe pur, aussi rare dans la nature qu'un tigre albinos ».

Pour ajouter ensuite : « Ces individus sont difficiles à percer à jour. De l'extérieur, ils semblent complètement normaux, des hommes banals. Mais en grattant sous cette surface de normalité, leur "moi" intérieur apparaît. Ce que beaucoup d'entre eux appellent "la bête". Gorka l'a alimentée avec ses rêves, il l'a nourrie de ses désirs. Parfois, il a dû composer avec elle. Peut-être l'a-t-il même combattue, à certains moments de sa vie. Cependant, il a fini par céder. Il a compris qu'il n'y avait qu'un moyen pour la faire taire : la contenter. Autrement, elle l'aurait dévoré de l'intérieur. »

En lisant ces lignes, Mila pouvait presque entendre la voix de Goran.

« Un jour, il y a eu une fracture entre la réalité et le rêve. C'est là que Benjamin a commencé à projeter ce qu'il n'avait que fantasmé, jusque-là. L'instinct de tuer est en chacun de nous. Mais, grâce au ciel, nous sommes tous dotés d'un dispositif qui nous permet de le garder sous contrôle, de l'inhiber. Cependant, il existe toujours un point de rupture. »

Mila réfléchit à ce point de rupture. Puis elle continua sa lecture, et s'arrêta sur un autre passage.

« … mais très vite, l'acte doit être répété. Parce que l'effet s'atténue, le souvenir ne suffit plus, et un sentiment d'insatisfaction et de dégoût s'installe. Les fantasmes ne suffisent plus, il faut répéter le rituel. Le besoin doit être satisfait. À l'infini. »

À l'infini !

Elle le trouva dehors, assis sur une marche en acier de l'escalier anti-incendie. Il avait allumé une cigarette et la portait à sa bouche, la tenant en équilibre entre ses doigts.

— Ne le dis pas à ma femme, dit Stern quand il la vit sortir par la porte coupe-feu.

— Ne t'inquiète pas, je garderai le secret, le rassura Mila en venant s'asseoir à côté de lui.

— Alors, que puis-je faire pour toi ?

— Comment sais-tu que je suis venue te demander quelque chose ?

Stern lui répondit en levant un sourcil.

— Albert ne se laissera jamais prendre, tu le sais aussi bien que moi, lâcha alors Mila. Je pense qu'il a déjà planifié sa mort : elle fait également partie du dessein.

— Ça ne m'intéresse pas, qu'il crève. Je sais qu'il n'est pas très chrétien de dire certaines choses, mais c'est comme ça.

Mila le regarda d'un air sérieux.

— Il vous connaît, Stern. Il sait beaucoup de choses de vous, autrement il n'aurait jamais fait transporter le cinquième cadavre dans le Bureau. Il a dû suivre vos affaires, dans le passé. Il sait comment vous travaillez, c'est pour ça qu'il arrive toujours à nous précéder. Et je crois qu'il connaît surtout Gavila…

— Qu'est-ce qui te fait penser ça ?

— J'ai lu une disposition du tribunal relative à une vieille affaire, et Albert se comporte exactement comme s'il voulait démentir les théories de Goran. C'est un tueur en série *sui generis*. Il n'a pas l'air de souffrir d'un trouble narcissique de la personnalité, parce qu'il préfère attirer l'attention sur les autres criminels plutôt que sur lui-même. Il n'a pas l'air dominé par un instinct irrépressible, il sait très bien se contrôler. Ce qu'il fait ne lui procure pas de plaisir, il a l'air plutôt attiré par le défi qu'il nous lance. Comment l'expliques-tu ?

— Simple : je ne l'explique pas. Et ça ne m'intéresse pas.

— Comment fais-tu ? explosa Mila.

— Je n'ai pas dit que je m'en fichais, j'ai dit *ça ne m'intéresse pas*. C'est différent. En ce qui nous concerne, nous n'avons jamais relevé ses « défis ». Nous ne sommes sur des charbons ardents que parce qu'il y a encore une fillette à sauver. Et il n'est pas vrai qu'il n'a pas une personnalité narcissique, parce que ce qu'il veut est notre attention, pas celle de quelqu'un d'autre : la nôtre, tu comprends ? Les journalistes seraient fous, s'il leur faisait un signe, mais Albert s'en fiche. Du moins pour l'instant.

— Car nous ne savons pas ce qu'il prépare pour la fin.

— C'est vrai.

— Moi je suis convaincue qu'Albert cherche à attirer l'attention sur vous, en ce moment. Et je fais référence à l'affaire Benjamin Gorka.

— Wilson Pickett.

— Je voudrais que tu m'en parles…

— Lis le dossier.

— Boris m'a révélé qu'à l'époque quelque chose s'est mal passé…

Stern jeta ce qu'il restait de sa cigarette.

— Parfois, Boris ne sait pas ce qu'il dit.

— Allez, Stern, raconte-moi ! Je ne suis pas la seule à m'intéresser à l'affaire…

Elle lui parla du dossier dans la sacoche de Terence Mosca. Stern devint soucieux.

— Bon, d'accord. Mais ça ne va pas te plaire, crois-moi.

— Je suis prête à tout.

— Quand nous avons capturé Gorka, nous avons passé sa vie au crible. Ce type vivait pratiquement dans son camion, mais nous avons trouvé un reçu pour l'achat d'une certaine quantité de réserves de nourriture. Nous avons pensé qu'il s'était rendu compte que le cercle se resserrait autour de lui et qu'il se préparait à se cacher en lieu sûr, en attendant que les choses se calment.

— Mais ce n'était pas le cas…

— Environ un mois après son arrestation, on a découvert l'existence d'une plainte relative à la disparition d'une prostituée.

— Rebecca Springher.

— Exact. Les faits remontaient plus ou moins au moment de Noël…

— C'est-à-dire quand Gorka avait été arrêté.

— En effet. Et l'endroit où la femme travaillait était sur l'itinéraire du camion.

Mila en arriva seule à la conclusion.

— Gorka la gardait prisonnière, les provisions étaient pour elle.

— Nous ne savions pas où elle était, ni combien de temps elle pouvait encore résister. Alors nous lui avons demandé directement, à lui.

— Et évidemment il a nié.

— Non, pas du tout, dit Stern en secouant la tête. Il a tout admis. Mais pour révéler le lieu de la captivité, il a posé une petite condition : il ne voulait le faire qu'en présence du professeur Gavila.

Mila ne comprenait pas.

— Et alors, quel a été le problème ?

— Le problème, c'était que Gavila était introuvable.

— Et comment Gorka pouvait-il le savoir ?

— Il ne le savait pas, ce sadique ! Nous avons cherché le professeur et, en attendant, le temps passait pour cette malheureuse. Boris a soumis Gorka à toutes sortes d'interrogatoires.

— Et il n'a pas réussi à le faire parler ?

— Non, mais en réécoutant les enregistrements des interrogatoires précédents, il s'est aperçu que Gorka avait parlé d'un vieil entrepôt où il y avait un puits. C'est Boris qui a trouvé Rebecca Springher, tout seul.

— Mais elle était déjà morte d'inanition.

— Non. Elle s'est taillé les veines avec un ouvre-boîtes que Gorka lui avait laissé avec les réserves de nourriture. Mais le plus rageant, ce n'est pas ça... D'après le médecin légiste, elle s'est suicidée à peine deux heures avant que Boris ne la trouve.

Mila eut un frisson glacé. Mais elle demanda quand même :

— Et Gavila, pendant ce temps, qu'avait-il fait ?

Stern sourit, une manière de dissimuler ses sentiments réels.

— Nous l'avons trouvé une semaine plus tard dans les toilettes d'une station-service. Des automobilistes avaient appelé une ambulance : il était en coma éthylique. Il avait largué son fils à sa gouvernante et il était parti à la dérive pour oublier le départ de sa femme. Quand nous sommes allés le voir à l'hôpital, il était méconnaissable.

Ce récit expliquait sans doute le lien particulier entre les policiers de l'équipe et un civil comme Goran. Parce que, le plus souvent, ce sont les tragédies humaines qui créent les liens entre les personnes, pensa Mila. Et elle repensa à une phrase prononcée par Goran quand ils étaient chez lui et venaient de découvrir l'entourloupe de Roche à propos de Joseph B. Rockford : « Nous fréquentons des gens dont nous pensons tout connaître, mais en fait nous ne savons rien d'eux... »

C'était absolument vrai, pensa-t-elle. Même en se forçant, elle n'aurait jamais pu imaginer Goran dans l'état où ils l'avaient retrouvé.

Saoul et inconscient. Cette pensée la dérangeait. Elle changea de sujet.

— Pourquoi avez-vous appelé l'affaire Wilson Pickett?

— Un surnom sympathique, n'est-ce pas?

— D'après ce que j'ai compris, d'habitude, Gavila préfère donner un nom réel au sujet recherché, pour le rendre moins évanescent.

— D'habitude, répéta Stern. Mais, cette fois, il a fait une exception.

— Pourquoi?

L'agent spécial la dévisagea.

— Cela ne vaut pas le coup de se creuser la cervelle, je t'assure. Je pourrais te le dire. Mais si tu veux vraiment savoir, tu devras aller t'en rendre compte par toi-même...

— Je suis prête à le faire.

— Tu vois, dans l'affaire Gorka, il s'est passé quelque chose de très rare... Tu as déjà rencontré quelqu'un qui a survécu à un tueur en série?

# 36

On ne survit pas à un tueur en série.

Rien ne sert de pleurer, de désespérer ou de supplier. Au contraire, cela alimente le plaisir sadique du tueur. La seule possibilité pour la proie est la fuite. Mais la peur, la panique, l'incapacité de comprendre ce qui se passe jouent en faveur du prédateur.

Néanmoins, dans de très rares cas, il arrive que le tueur en série n'aille pas jusqu'au bout. Cela arrive quand, au moment où il s'apprête à agir, quelque chose – un frein qui est soudain activé par un geste ou une phrase de la victime – l'arrête.

Voilà pourquoi Cinthia Pearl avait survécu.

Mila la rencontra dans le petit appartement que la jeune femme louait près de l'aéroport. L'intérieur était modeste, mais constituait le plus grand succès de la nouvelle Cinthia. L'ancienne était un ensemble d'expériences négatives, d'erreurs répétées et de choix désastreux.

– Je me prostituais pour acheter ma drogue.

Elle s'exprimait sans la moindre hésitation, comme si elle parlait de quelqu'un d'autre. Mila ne pouvait pas croire que la jeune femme qui était devant elle avait subi une expérience aussi traumatisante.

Cinthia faisait à peine ses vingt-quatre ans. Elle avait reçu la policière en uniforme de travail. Depuis quelques mois, elle était caissière dans un supermarché. Son aspect humble, les cheveux roux attachés en queue-de-cheval et le visage sans une ombre de maquillage n'arrivaient pas à étouffer sa beauté sauvage, qui s'accompagnait d'un charme totalement involontaire.

– C'est l'agent Stern et sa femme qui m'ont trouvé cet appartement, dit-elle fièrement.

Mila regarda autour d'elle pour lui faire plaisir. Les meubles hétéroclites servaient plus à remplir l'espace et à assurer l'essentiel qu'à meubler à proprement parler. Mais on voyait qu'elle y tenait, et qu'elle prenait soin de cette maison. Tout était propre et en ordre. Elle avait disposé çà et là quelques bibelots, surtout des petits animaux en porcelaine.

— Ils sont ma passion. Je les collectionne, vous savez?

Il y avait aussi des photos d'un enfant. Cinthia avait été fille mère. Son fils lui avait été retiré par les services sociaux et confié à une famille d'accueil.

Pour le reprendre, elle avait entrepris un programme de désintoxication. En outre, elle était une fidèle de l'église que fréquentaient Stern et sa femme. Après toutes ces vicissitudes, elle avait enfin rencontré Dieu. Et elle était fière de sa foi toute récente, comme le prouvait la médaille de saint Sébastien qu'elle portait au cou. C'était son seul bijou, en plus d'une petite bague chapelet qu'elle portait à l'annulaire.

— Écoutez, mademoiselle Pearl, je ne veux pas vous forcer à me raconter comment les choses se sont passées avec Benjamin Gorka...

— Oh non, j'en parle facilement, maintenant. Au début, c'était difficile, mais je pense que ça va, maintenant. Je lui ai même écrit une lettre, vous savez?

Mila ne pouvait pas savoir comment Gorka avait réagi à la missive, mais connaissant le type elle était sûre qu'il l'avait utilisée pour inspirer ses masturbations nocturnes.

— Et il vous a répondu?

— Non. Mais j'ai l'intention d'insister : cet homme a un besoin désespéré de la Parole.

En parlant, elle tirait vers le bas la manche droite de son chemisier. Mila pensa qu'elle voulait cacher quelque tatouage faisant désormais partie du passé. Elle n'avait probablement pas encore économisé la somme nécessaire pour le faire effacer.

— Comment cela s'est-il passé?

Cinthia s'assombrit.

— Nous nous sommes rencontrés à la suite d'une série de coïncidences. Je ne faisais plus le trottoir, je préférais aller dans les bars. C'était plus sûr, et au moins j'étais au chaud. Nous, les filles, nous laissions toujours un pourboire au barman. Je suis née dans une petite ville où la beauté peut être une malédiction. J'ai compris très tôt que je pouvais m'en servir pour m'en aller, alors que beaucoup de mes amis ne partiraient jamais, se marieraient entre eux et seraient malheureux toute leur vie. Ils me regardaient comme si j'étais spéciale, ils plaçaient toutes leurs attentes en moi. J'étais leur espoir.

Mila la comprenait, et elle connaissait probablement toutes les étapes successives de l'histoire. Cinthia était partie après le lycée, elle avait débarqué dans une grande ville mais n'avait pas trouvé ce à quoi elle s'attendait. En revanche, elle avait fait la connaissance de plein de filles comme elle, avec le même air perdu et la même peur au cœur. La prostitution n'avait pas été un imprévu malchanceux, mais la conséquence naturelle de son parcours.

Ce qui la désolait le plus quand elle écoutait ce genre de récits, c'était la pensée qu'à seulement vingt-quatre ans une fille comme Cinthia Pearl avait déjà brûlé toute l'énergie de sa jeunesse. Elle s'était retrouvée très tôt sur une mauvaise pente, et Benjamin Gorka l'attendait simplement en bas de la descente.

— Ce soir-là, j'ai levé un type. Il avait une alliance, il avait l'air normal. Nous sommes allés dans sa voiture, hors de la ville. À la fin, il a refusé de me payer, il m'a même frappée. Il m'a laissée là, sur la route. Je ne pouvais pas faire de stop : personne ne prend les prostituées. Alors j'ai fait le tapin, en espérant que le client suivant me ramènerait en ville.

— Et Gorka est arrivé…

— Je me rappelle encore quand son énorme camion s'est arrêté. Avant que je ne monte, on a discuté un peu le prix. Il avait l'air gentil. Il m'a dit : « Qu'est-ce que tu fais dehors ? Monte, il fait froid. »

Cinthia baissa les yeux. Elle n'était pas gênée de parler de ce qu'elle avait fait pour vivre. Mais elle avait honte d'avoir été aussi naïve.

— Nous sommes allés derrière, dans la cabine où il dormait. C'était une véritable maison, vous savez ? Il y avait tout. Même ces posters… Ce n'était pas nouveau, tous les camionneurs en ont. Mais sur ces images, il y avait quelque chose de bizarre…

Mila se rappela un détail qu'elle avait lu dans le dossier : Gorka avait pris des photos de ses victimes dans des poses obscènes, puis en avait fait des affichettes.

La particularité de ses images étaient que les filles qui y figuraient étaient des cadavres. Mais ça, Cinthia ne pouvait pas le savoir.

– Il est monté sur moi et je l'ai laissé faire. Il puait, j'espérais qu'il en finisse vite. Il avait la tête dans mon cou, alors je pouvais éviter d'en faire trop. Je n'avais qu'à pousser quelques petits cris. En attendant, je gardais les yeux ouverts… (Elle marqua une longue pause pour reprendre son souffle.) Je ne sais pas combien de temps mes pupilles ont mis pour s'habituer à l'obscurité, mais à un moment j'ai vu cette inscription sur le plafond de la cabine…

Elle avait été écrite avec de la peinture phosphorescente. Mila en avait vu une reproduction.

Elle disait : *Je vais te tuer.*

– Je me suis mise à hurler… Lui, il s'est mis à rire. J'ai essayé de donner des coups de pied pour me dégager, mais il était plus fort que moi. Il a sorti son couteau et m'a frappée. J'ai paré le premier coup avec mon avant-bras, le deuxième m'a atteinte à la hanche, le troisième m'a traversé l'abdomen. J'ai senti le sang couler et je me suis dit que j'étais morte.

– Mais il s'est arrêté… Pourquoi ?

– Parce que, à un moment, j'ai dit quelque chose… C'est sorti tout seul, c'était peut-être la panique, je ne sais pas. Je lui ai dit : « Je t'en prie, quand je serai morte, prends soin de mon fils. Il s'appelle Rick et il a cinq ans… » (Elle sourit amèrement et secoua la tête.) Vous vous rendez compte ? J'ai vraiment demandé à cet assassin de s'occuper de mon petit… Je ne sais pas ce qui m'est passé par la tête, mais j'ai dû penser que c'était normal. Lui, il prenait ma vie, et moi j'étais prête à lui laisser, mais il devait me dédommager, en quelque sorte. C'est absurde : je pensais qu'il avait une dette envers moi !

– C'est peut-être absurde, mais ça a permis de bloquer sa fureur.

– Je sais, mais je n'arrive quand même pas à me le pardonner.

Cinthia Pearl ravala ses larmes.

– Wilson Pickett, dit alors Mila.

– Oui, je me rappelle… Moi j'étais à moitié morte, dans la cabine, et lui il s'est remis au volant. Peu après, il m'a abandonnée sur un parking. Mais je ne connaissais pas encore ses intentions. J'étais sonnée et faible à cause du sang que je perdais. Pendant le chemin, à la radio, ils passaient cette maudite chanson… *In the Midnight Hour…* Ensuite je me suis évanouie et réveillée à l'hôpital : je ne me souvenais de rien. La police m'a demandé comment j'avais été blessée, et je ne savais pas quoi répondre. Je suis sortie et j'ai passé quelque temps chez une amie. Un soir, au journal télévisé, j'ai vu qu'on avait arrêté Gorka.

Mais même quand ils ont montré sa photo, son visage ne m'a rien dit... Ça s'est passé un mardi après-midi : j'étais seule à la maison, et j'ai allumé la radio. Ils passaient cette chanson de Wilson Pickett. J'ai retrouvé la mémoire.

Mila comprit que ce surnom n'avait été attribué à Gorka par l'équipe qu'après qu'ils l'eurent capturé. Et ils l'avaient choisi pour se souvenir de leurs erreurs.

— Ça a été horrible, continua Cinthia. Comme le vivre une deuxième fois. Et puis, j'y pense, vous savez ? Si je m'étais souvenue plus tôt, j'aurais peut-être pu sauver d'autres filles...

Ces dernières paroles étaient de circonstance, Mila le sentit au ton que la jeune femme avait employé. Non que le sort de ces filles n'importe pas à Cinthia, mais elle avait placé une sorte de filtre entre elle et le destin des autres. C'était l'un des nombreux expédients pour continuer à vivre qu'on apprend après une telle expérience.

— Il y a un mois, j'ai rencontré les parents de Rebecca Springher, la dernière fille tuée, ajouta Cinthia, confirmant les pensées de Mila.

« Elle n'a pas été tuée, pensa Mila. C'est bien pire : il l'a forcée à se suicider. »

— Nous avons participé ensemble à un office à la mémoire des victimes de Benjamin Gorka. Vous savez, ils font partie de la même congrégation que moi. Ils m'ont observée pendant toute la cérémonie et je me suis sentie coupable.

— De quoi ? demanda Mila, qui le savait très bien.

— D'avoir survécu, je pense.

Mila la remercia et se dirigea vers la sortie. En la raccompagnant, Cinthia était étrangement silencieuse, comme si elle voulait lui demander quelque chose mais ne savait pas par où commencer. Alors Mila décida de lui donner encore quelques secondes et, entre-temps, demanda si elle pouvait utiliser les toilettes. La jeune femme les lui indiqua.

La salle d'eau était mal aérée. Des collants séchaient dans la douche. Le rose dominait, et il y avait là aussi des animaux en porcelaine. La policière se pencha sur le lavabo pour se rincer le visage. Elle était fatiguée, éprouvée. Elle avait acheté du désinfectant et le nécessaire pour se taillader. Elle devait commémorer la mort de la cinquième fillette. Elle avait repoussé le moment, mais ce soir elle le ferait.

Cette douleur lui était nécessaire.

En s'essuyant le visage et les mains avec une serviette, elle aperçut un flacon de collutoire sur une étagère. La couleur du liquide était trop foncée. Elle le renifla : c'était du bourbon. Cinthia Pearl avait un secret, elle aussi. Une mauvaise habitude, vestige de son ancienne vie. Mila se l'imaginait, enfermée dans cette petite pièce, assise sur la cuvette des toilettes, se concéder deux ou trois gorgées, le regard perdu sur le carrelage. Elle avait beaucoup changé, et en bien, mais elle gardait quand même son petit côté obscur.

« Cela fait partie de la nature humaine, pensa Mila. Mais mon secret à moi vient de beaucoup plus loin... »

Quand elle fut enfin prête à partir, sur le seuil Cinthia trouva le courage de lui demander si elles pouvaient se revoir pour aller au cinéma ou faire du shopping. Mila comprit qu'elle avait désespérément besoin d'une amie, et fut incapable de lui refuser cette petite illusion.

Pour lui faire plaisir, elle enregistra son numéro dans son portable, tout en sachant qu'elles ne se reverraient pas.


Vingt minutes plus tard, Mila arriva au siège de la police fédérale. Elle vit plusieurs agents en civil montrer leur badge à l'entrée, et des patrouilles qui rentraient toutes en même temps : quelqu'un les avait rappelées.

Il avait dû se passer quelque chose.

Elle prit les escaliers pour ne pas perdre de temps dans la queue qui s'était formée devant les ascenseurs. Elle atteignit rapidement le troisième étage, où leur quartier général avait été déplacé après que le corps avait été retrouvé dans le Bureau.

— Mosca a convoqué tout le monde, entendit-elle un détective dire au téléphone.

Elle se dirigea vers la salle de réunion. La foule se pressait devant l'entrée pour prendre place. Quelqu'un la laissa poliment passer.

Mila trouva une place libre au dernier rang. Devant elle, mais moins au centre, étaient assis Boris et Stern. Ce dernier s'aperçut de sa présence et lui fit un signe de tête. Mila essaya de lui dire de loin comment cela s'était passé avec Cinthia, mais il lui fit comprendre qu'il préférait en parler après.

Le sifflement aigu d'un haut-parleur interrompit un instant les bavardages : un technicien préparait le micro sur l'estrade et tapotait dessus pour s'assurer de son bon fonctionnement. Le tableau lumineux et la machine à café avaient été écartés pour permettre d'ajouter des chaises. Cela ne suffisait tout de même pas, et des policiers s'installaient déjà, debout, le long des murs.

Ce rassemblement n'était pas normal, et Mila se dit que cela devait être quelque chose de gros. En plus, elle n'avait vu ni Goran ni Roche. Elle imaginait qu'ils étaient avec Terence Mosca, enfermés dans un bureau pour se mettre d'accord sur la version publique.

L'attente était insupportable. Enfin, elle vit l'inspecteur chef apparaître sur le seuil : il entra, mais ne se dirigea pas vers l'estrade. Il s'assit au premier rang, à la place que lui libéra un détective diligent. Rien ne transparaissait sur le visage de Roche. Il avait l'air tranquille : il croisa les jambes et attendit, comme tous les autres.

Goran et Mosca arrivèrent ensemble. Les agents près de la porte se poussèrent, et ils se dirigèrent vers l'estrade. Le criminologue alla s'appuyer contre le bureau adossé au mur, tandis que le capitaine ôta le micro de son pied et, en libérant le fil, annonça :

– Messieurs, un peu d'attention, s'il vous plaît... (Le silence se fit.) OK... Alors... nous vous avons convoqués parce que nous avons une communication importante à vous faire. (Mosca parlait au pluriel, mais c'était lui la star.) Cela concerne l'affaire de la fillette retrouvée au Bureau. Malheureusement, comme nous l'imaginions, la scène du crime est propre. Mais notre homme nous a habitués à cette conduite. Aucune empreinte digitale, aucun fluide corporel, aucune trace extérieure...

Il était évident que Mosca prenait son temps. Mila ne fut pas la seule à s'en rendre compte : autour d'elle, on s'impatientait. Le seul qui avait l'air tranquille était Goran qui, les bras croisés, fixait l'auditoire. Désormais, sa présence n'était plus qu'une façade. Le capitaine avait pris le contrôle de la situation.

– Cependant, continua Mosca, nous avons peut-être compris la raison pour laquelle le tueur en série a placé le corps là-bas. Cela a à voir avec une affaire dont vous vous souvenez tous : l'affaire Benjamin Gorka...

Un bourdonnement traversa la salle comme une vague soudaine. Mosca écarta les bras pour inviter tout le monde à se taire et à le laisser conclure. Puis il mit une main dans sa poche, et son ton de voix changea.

— Apparemment, il y a des mois, nous nous sommes trompés. Une grave erreur a été commise.

Il avait employé une expression générique, sans nommer le responsable de l'erreur, mais en soulignant exprès ses mots.

— Heureusement, nous sommes encore en mesure de remédier...

À ce moment-là, Mila entrevit quelque chose d'étrange, du coin de l'œil. Stern regardait toujours droit devant lui, mais il avait lentement mis une main sur sa hanche droite, faisant sauter la pression de son étui et libérant son pistolet.

Pendant un instant, elle crut comprendre, et elle eut peur.

— Rebecca Springher, la dernière victime de Gorka, n'a pas été tuée par lui... mais par l'un des nôtres.

Le grondement se transforma en confusion, et Mila vit le capitaine indiquer quelqu'un au milieu de l'assemblée. Stern. L'agent spécial se leva et sortit son arme. En proie à l'incertitude, elle s'apprêta à en faire autant, quand Stern se tourna vers la gauche et pointa son pistolet sur Boris.

— Mais qu'est-ce qui te prend? demanda son collègue, désarçonné.

— Je veux que tu mettes les mains bien en vue, mon garçon. Et ne me le fais pas répéter, s'il te plaît.

**37**

— Tu as intérêt à nous dire comment les choses se sont vraiment passées.

Ils avaient appelé trois experts en interrogatoire de l'armée, qui devaient se relayer sans interruption pour faire parler Boris. Il connaissait toutes les techniques pour obtenir des aveux, mais ils avaient l'intention de l'épuiser de questions, sans lui laisser de répit : le manque de sommeil agirait sur lui mieux que n'importe quelle stratégie.

— Je t'ai dit que je ne sais rien.

Mila observait son collègue à travers le miroir sans tain. Elle était seule dans la petite salle. À côté d'elle, une caméra numérique renvoyait les images de l'interrogatoire à un système fermé, évitant ainsi aux gros bonnets du département – dont Roche – d'assister directement au massacre de l'un de leurs meilleurs hommes. Ils pouvaient le faire tout en restant confortablement assis dans leurs bureaux.

Mila, elle, avait tenu à être présente. Parce qu'elle ne croyait pas encore à cette lourde accusation.

« C'est Boris qui a trouvé Rebecca Springher, tout seul. »

Stern lui avait raconté que, dans une salle d'interrogatoire semblable à celle qu'elle avait devant les yeux, Benjamin Gorka avait involontairement fourni à Boris des indications sur un vieil entrepôt où il y avait un puits.

Selon la version officielle, qu'il avait soutenue jusque-là, l'agent spécial était arrivé seul sur les lieux, et l'avait trouvée morte.

« Elle s'est taillé les veines avec un ouvre-boîtes que Gorka lui avait laissé avec les réserves de nourriture. Mais le plus rageant, ce n'est pas ça… D'après le médecin légiste, elle s'est suicidée à peine deux heures avant que Boris ne la trouve », avait-il dit.

Deux heures.

Mais Mila avait bien lu le dossier et, déjà à l'époque, le médecin légiste, en analysant les résidus de nourriture présents dans l'estomac de la jeune fille et l'interruption du processus de digestion après la mort, avait établi qu'on ne pouvait pas remonter exactement au moment du décès. Et que, en réalité, cela aurait pu se produire après les deux heures fatidiques.

Aujourd'hui, cette incertitude était définitivement levée.

On accusait Boris d'être arrivé quand Rebecca Springher était encore en vie. Et d'avoir eu un choix à faire. La sauver et devenir un héros. Ou bien réaliser la plus grande utopie de tout assassin.

Le crime parfait. Celui qui restera impuni, parce qu'il n'a pas de mobile.

Ressentir, pour une fois, l'ivresse du contrôle sur la vie et la mort d'un semblable. Tout en ayant la certitude de s'en tirer, parce que la faute sera attribuée à un autre. Ces considérations avaient tenté Boris, selon ceux qui l'accusaient.

Dans sa déposition devant le tribunal qui jugeait Benjamin Gorka, le professeur Gavila avait affirmé : « L'instinct de tuer est en chacun de nous. Mais, grâce au ciel, nous sommes aussi dotés d'un dispositif qui nous permet de le garder sous contrôle, de l'inhiber. Cependant, il existe toujours un point de rupture. »

Boris avait atteint ce point quand il s'était retrouvé face à cette pauvre fille sans défense. Rien qu'une prostituée, au fond. Mais Mila ne pouvait s'en convaincre.

Et pourtant, ce qui au départ n'était qu'une piste d'enquête avait ensuite été confirmé par la découverte, au cours d'une perquisition chez Boris, d'un fétiche. Un souvenir, grâce auquel le jeune agent spécial se rappelait cet épisode : la petite culotte en dentelle de la fille, dérobée au dépôt après la clôture de l'enquête.

— Tu n'as pas d'échappatoire, Boris. Nous resterons ici toute la nuit, s'il le faut. Et aussi demain, et après-demain.

L'agent qui l'interrogeait postillonnait en parlant. Cela servait également à anéantir moralement la personne interrogée.

La porte de la petite salle s'ouvrit, et Mila vit entrer Terence Mosca. Il avait une grosse tache de graisse sur le revers de sa veste, résidu répugnant d'un déjeuner à base de fast-food.

— Comment ça se passe ? demanda le capitaine, les mains dans les poches comme à son habitude.

Mila répondit sans le regarder.

— Toujours rien.

— Il craquera.

Il avait l'air très sûr de lui.

— Qu'est-ce qui vous fait croire ça ?

— Ils craquent tous, tôt ou tard. Il le sait bien. Il faudra peut-être plus de temps, mais il finira par choisir le moindre mal.

— Pourquoi l'avez-vous fait arrêter devant tout le monde ?

— Pour ne pas lui laisser la possibilité de réagir.

Mila n'oublierait pas de sitôt les yeux brillants de Stern quand il avait mis les menottes à celui qu'il considérait comme son troisième fils. Quand il avait été mis au courant des résultats de la perquisition dans l'appartement de Boris, le vieil agent spécial avait proposé de procéder lui-même à l'arrestation. Et il n'avait pas voulu entendre raison quand Roche avait tenté de l'en dissuader.

— Et si Boris n'avait rien à voir là-dedans ?

Mosca s'interposa entre elle et la vitre, et enleva ses mains de ses poches.

— En vingt-cinq ans de carrière, je n'ai pas arrêté un seul innocent.

Mila laissa échapper un sourire ironique.

— Mon Dieu, vous êtes le meilleur policier du monde, alors.

— Les jurys ont toujours conclu mes affaires par une condamnation. Et pas parce que je fais bien mon travail. Vous voulez connaître la vraie raison ?

— J'en meurs d'envie.

— Le monde est dégoûtant, agent Vasquez.

— Cette certitude vous vient d'une expérience en particulier ? Je suis vraiment curieuse…

Mosca ne s'offusqua pas, ce genre de sarcasmes lui plaisait.

— Ce qui se passe ces jours-ci, ce que nous fait découvrir votre… Comment l'avez-vous appelé, déjà ?

— Albert.

— C'est ça. Eh bien, ce que ce maniaque a réalisé si magistralement ressemble beaucoup à une petite Apocalypse… Vous savez ce qu'est l'Apocalypse, n'est-ce pas, agent Vasquez ? Dans la Bible, c'est le moment, à la fin des temps, où les péchés des hommes sont révélés pour pouvoir être jugés. Cet enfoiré d'Albert nous fait assister à tant d'horreur qu'à cette heure-ci le monde entier – et pas seulement cette nation – aurait dû s'arrêter pour réfléchir, au moins... Et au contraire, vous savez ce qu'il se passe ?

Mosca ne continuait pas, alors Mila le lui demanda :

– Que se passe-t-il ?

– Rien. Absolument rien. Les gens, dehors, continuent de tuer, de voler, d'accabler leur prochain comme si de rien n'était ! Vous croyez que les assassins se sont arrêtés, ou que les voleurs font leur examen de conscience ? Je vais vous donner un exemple concret : ce matin, deux gardiens de prison frappent à la porte d'un repris de justice sorti depuis peu pour bonne conduite. Ils sont là parce que ce monsieur a oublié de se présenter au commissariat de son secteur pour son rendez-vous habituel. Et vous savez ce qu'il fait, le type ? Il se met à tirer. Comme ça, sans raison. Il blesse gravement un des deux gardiens, et maintenant il est barricadé chez lui et il fait feu sur quiconque tente de s'approcher. Et pourquoi, d'après vous ?

– Je ne sais pas, admit Mila.

– Moi non plus. Mais l'un des nôtres lutte entre la vie et la mort à l'hôpital, et moi, avant demain matin, je dois inventer une justification pour une pauvre veuve qui me demandera pourquoi son mari est mort, et de façon si stupide ! Le monde est dégoûtant, agent Vasquez. Et Klaus Boris est coupable. Fin de l'histoire. Si j'étais vous, je me ferais une raison.

Terence Mosca lui tourna le dos, remit ses mains dans ses poches et sortit en claquant la porte.

– Je ne sais rien, et ce ne sont que des conneries, disait Boris.

Mais il était calme. Après sa fureur initiale, il avait entrepris d'économiser ses forces pour les heures difficiles qui l'attendaient.

Mila était fatiguée de cette scène. Fatiguée de devoir toujours réviser son opinion sur les gens. Ce Boris était le même que celui qui lui avait fait la cour quand elle était arrivée. Qui lui avait apporté des croissants chauds et du café, et qui lui avait offert la parka quand elle avait froid. De l'autre côté du miroir, c'était toujours le collègue avec lequel elle avait résolu une grande partie des mystères d'Albert. Le grand gaillard sympathique et un peu maladroit qui était capable de s'émouvoir en parlant de ses compagnons.

L'équipe de Goran Gavila avait volé en éclats. Et l'enquête avec elle. Ainsi que l'espoir de sauver pour de bon la petite Sandra qui, maintenant, quelque part, épuisait le peu d'énergie qui la maintenait encore en vie. Au final, elle mourrait non pas à cause d'un tueur en série au nom inventé, mais de l'égoïsme et des péchés d'autres hommes et femmes.

*Ceci était le meilleur final qu'Albert puisse imaginer.*

Tout en formulant ses pensées, Mila vit apparaître le visage de Goran dans le miroir. Il était derrière elle. Mais il ne regardait pas la salle d'interrogatoire. Dans le reflet, il cherchait ses yeux.

Mila se tourna. Ils se regardèrent longuement, en silence. Ils étaient unis par le même abattement, la même affliction. Il fut naturel de se pencher vers lui, fermer les yeux et chercher ses lèvres. Enfoncer les siennes dans sa bouche, et sentir qu'il lui répondait.

De l'eau sale tombait sur la ville. Elle inondait les rues, suffoquait les bouches d'égout, les gouttières la déglutissaient et la recrachaient sans trêve. Le taxi les avait déposés à un petit hôtel près de la gare. La façade était noircie par la pollution et les volets toujours fermés, parce que ceux qui s'y arrêtaient n'avaient pas le temps de les ouvrir.

Les gens allaient et venaient. Les lits étaient refaits jour et nuit. Dans les couloirs, des femmes de chambre fatiguées poussaient des chariots grinçants remplis de linge et de savonnettes. Les plateaux du petit déjeuner arrivaient à toute heure. Certains clients s'arrêtaient pour se rafraîchir et changer de vêtements. D'autres venaient faire l'amour.

Le gardien leur remit la clé de la 23.

Ils montèrent par l'ascenseur, sans dire un mot, en se tenant par la main. Mais pas comme des amants. Comme deux personnes qui ont peur de se perdre.

Dans la pièce, des meubles dépareillés, du désodorisant en spray et une vieille odeur de nicotine. Ils s'embrassèrent encore. Avec plus de force, cette fois. Comme s'ils voulaient se débarrasser de leurs pensées avant leurs vêtements.

Il posa une main sur l'un de ses petits seins. Elle ferma les yeux.

La lumière de l'enseigne d'un restaurant chinois filtrait, luisante de pluie, et découpait leurs ombres dans le noir.

Goran la déshabilla.

Mila le laissa faire, attendant sa réaction.

Il découvrit d'abord son ventre plat, puis remonta en l'embrassant vers le thorax.

La première cicatrice apparut à la hauteur de la hanche.

Il lui enleva son pull avec une délicatesse infinie.

Et il vit les autres.

Mais ses yeux ne s'y arrêtèrent pas. Ses lèvres s'en chargeaient.

À la grande surprise de Mila, il parcourut ses vieilles coupures de très lents baisers. Comme s'il voulait les guérir, en quelque sorte.

Quand il lui enleva son jean, il répéta l'opération sur ses jambes. Là où le sang était encore frais, ou tout juste coagulé. Là où la lame avait pénétré récemment, s'enfonçant dans la chair vivante.

Mila ressentit à nouveau sa souffrance chaque fois qu'elle avait infligé cette punition à son âme à travers son corps. Mais, en plus de cette vieille douleur, il y avait aussi quelque chose de doux.

Comme un chatouillement sur une blessure qui se referme, à la fois piquant et agréable.

Puis ce fut son tour de le déshabiller. Elle le fit comme on enlève les pétales d'une fleur. Lui aussi portait les signes de sa souffrance. Des flancs trop maigres, creusés lentement par le désespoir. Et les os saillants, là où la chair avait été consumée par la tristesse.

Ils firent l'amour avec une étrange impétuosité. Pleine de rage, de colère, mais aussi d'urgence. Comme si chacun avait voulu, avec cet acte, se déverser dans le corps de l'autre. Et l'espace d'un instant, ils réussirent même à oublier.

Quand tout fut fini, ils restèrent côte à côte – séparés mais encore unis. Alors la question arriva, travestie de silence. Mila pouvait la voir planer sur eux comme un oiseau noir.

Elle concernait les origines du mal, de son mal.

Ce qu'elle imprimait sur sa chair, et qu'elle cherchait ensuite à dissimuler avec ses vêtements.

Fatalement, l'interrogatoire s'entrecroisait avec le destin d'une fillette, *Sandra*. Tandis qu'ils échangeaient ce sentiment, elle – quelque part, près ou loin – était en train de mourir.

Mila devança ses questions :

– Mon travail consiste à retrouver les personnes disparues. Surtout les enfants. Certains restent absents pendant des années, et ensuite ne se rappellent rien. Je ne sais pas si c'est un bien ou un mal. Mais c'est sans doute l'aspect de ma profession qui me pose le plus de problèmes...

— Pourquoi? demanda Goran.

— Parce que quand je plonge dans l'obscurité pour en sortir quelqu'un, il faut toujours trouver une raison, une raison forte qui me ramène à la lumière. C'est une sorte de cordon de sécurité pour revenir en arrière. Si j'ai appris quelque chose, c'est que l'obscurité nous appelle, nous séduit par son côté vertigineux. Et il est difficile de résister à la tentation… Quand je ressors avec les gens que j'ai sauvés, je m'aperçois que nous ne sommes pas seuls. Il y a toujours quelque chose qui nous suit, de ce trou noir, qui reste accroché à nos basques. Et il est difficile de s'en débarrasser.

Goran la regarda dans les yeux.

— Pourquoi tu me le racontes?

— Parce que je viens de l'obscurité. Et de temps en temps, je dois retourner à l'obscurité.

# 38

*Elle est appuyée au mur, les mains derrière le dos, dans l'ombre. Depuis combien de temps la regarde-t-elle ainsi ?*

*Alors elle décide de l'appeler.*

— *Gloria…*

*L'autre s'approche.*

*Elle a toujours son regard curieux, mais cette fois il est un peu différent. Un doute.*

— *Je me suis rappelé quelque chose… J'avais un chat, avant.*

— *Moi aussi j'en ai un : il s'appelle Houdini.*

— *Il est beau ?*

— *Il est méchant. (Mais elle comprend que ce n'est pas la réponse que la petite fille attend d'elle, et elle se corrige.) Oui. Il a le poil blanc et marron, il dort toute la journée et il a toujours faim.*

*Gloria réfléchit, puis demande encore :*

— *D'après toi, pourquoi j'avais oublié le mien ?*

— *Je ne sais pas.*

— *Je pensais… si je l'avais oublié, alors c'est qu'il y a aussi d'autres choses dont je ne me souviens pas. Peut-être même de mon vrai nom.*

— *Moi j'aime bien « Gloria », la rassure-t-elle en pensant à sa réaction quand elle lui a dit que son vrai nom était Linda Brown.*

— *Gloria…*

— *Oui ?*

— *Tu veux me parler de Steve ?*

— *Steve nous aime bien. Et toi aussi tu l'aimeras bien, tu verras.*

— *Pourquoi tu dis qu'il nous a sauvées ?*

— *Parce que c'est vrai. Il l'a fait.*

— *Moi je n'avais pas besoin d'être sauvée par lui.*

— *Tu ne le savais pas, mais tu étais en danger.*

— *C'est Frankie, le danger ?*

*Gloria a peur de ce nom. Elle est indécise. Elle ne sait pas si elle doit parler ou non. Elle évalue la situation, puis elle s'approche du lit et parle à voix très basse.*

— *Frankie veut nous faire du mal. Il nous cherche. C'est pour cela que nous devons nous cacher ici.*

— *Moi je ne sais pas qui est Frankie, ni pourquoi il m'en veut.*

— *Il ne nous en veut pas à nous, il en veut à nos parents.*

— *Mes parents ? Et pourquoi ?*

*Elle n'y croit pas, cela lui semble une histoire absurde. Gloria, elle, est très convaincue.*

— *Nos parents se sont payés sa tête, une histoire d'argent.*

*Encore une fois, la phrase qui est sortie de sa bouche a l'air d'avoir été prononcée par quelqu'un d'autre et apprise passivement par cœur.*

— *Mes parents ne doivent d'argent à personne.*

— *Moi, ma mère et mon père sont morts. Frankie les a déjà tués. Maintenant, il me cherche pour finir le travail. Mais Steve est sûr qu'il ne me trouvera jamais, si je reste ici.*

— *Gloria, écoute-moi…*

*De temps en temps, Gloria a des absences, et il faut aller la chercher là où ses pensées l'ont amenée.*

— *Gloria, je te parle…*

— *Oui, qu'y a-t-il ?*

— *Tes parents sont vivants. Je me rappelle, je les ai vus à la télé il y a quelque temps : ils participaient à un talk-show, ils parlaient de toi. Ils te souhaitaient un bon anniversaire.*

*Elle n'a pas l'air bouleversée par cette révélation. Mais elle commence quand même à se demander si tout cela n'est pas vrai.*

— *Moi je ne peux pas voir la télé. Juste les cassettes de Steve.*

— *Steve. C'est Steve, le méchant, Gloria. Frankie n'existe pas. C'est juste une invention pour te garder prisonnière ici.*

— *Il existe.*

— *Réfléchis : tu l'as déjà vu ?*

— *Non, admet-elle.*

— *Alors comment tu peux y croire ?*

*Gloria a le même âge qu'elle, mais elle fait beaucoup moins que ses douze ans. C'est comme si son cerveau avait arrêté de grandir, qu'il s'était arrêté à quand elle avait neuf ans, c'est-à-dire à quand Steve avait enlevé Linda*

Brown. C'est pour cela qu'elle a toujours besoin de réfléchir un peu plus long-temps.

— Steve m'aime bien, répète-t-elle, mais plus pour se convaincre elle-même.

— Non, Gloria. Il ne t'aime pas.

— Alors tu dis que si j'essaye de sortir d'ici, Frankie ne me tuera pas ?

— Non, jamais. Et puis, nous sortirons ensemble, tu ne seras pas seule.

— Tu viendras avec moi ?

— Oui. Mais nous devons trouver un moyen pour échapper à Steve.

— Mais tu es malade.

— Je sais. Et je ne peux plus bouger mon bras.

— Il est cassé.

— Comment c'est arrivé ? Je ne me rappelle pas…

— Vous êtes tombés dans l'escalier quand Steve t'a amenée ici. Il était très fâché : il ne veut pas que tu meures. Si tu meurs, il ne pourra pas t'apprendre à l'aimer. C'est très important, tu sais ?

— Je ne l'aimerai jamais.

Gloria réfléchit quelques secondes.

— J'aime bien le prénom Linda.

— Je suis contente qu'il te plaise, parce que c'est ton vrai nom.

— Alors tu peux m'appeler comme ça…

— D'accord, Linda… (Elle articule bien, l'autre sourit.) Nous sommes amies, maintenant.

— Vraiment ?

— Quand on se dit les prénoms, on devient amis, personne ne te l'a jamais dit ?

— Moi je sais déjà comment tu t'appelles… Tu es Maria Eléna.

— Oui, mais tous mes amis m'appelaient Mila.

# 39

— Ce salopard s'appelait Steve, *Steve Smitty*.

Mila prononça ce nom avec mépris ; Goran lui tenait la main, sur le lit à une place et demie de l'hôtel.

— Ce n'était qu'un voyou qui n'avait jamais rien fait de sa vie. Il passait d'un emploi stupide à un autre, il était toujours viré en moins d'un mois. La plupart du temps, il était au chômage. À la mort de ses parents, il avait hérité d'une maison – celle où il nous gardait prisonnières – et de l'argent d'une assurance-vie. Pas beaucoup, mais assez pour pouvoir enfin réaliser son « grand plan » !

Elle prononça ces derniers mots avec emphase. Puis elle secoua la tête sur l'oreiller, en repensant à l'absurdité de cette histoire.

— Steve aimait les femmes, mais il n'osait pas les approcher parce que son pénis était aussi fin que son petit doigt et il avait peur qu'elles se moquent de lui. (Un sourire railleur et vindicatif apaisa un instant les traits de son visage.) Alors il s'est intéressé aux petites filles, convaincu qu'avec elles il aurait plus de succès.

— Je me rappelle l'affaire Linda Brown, dit Goran. Je venais d'obtenir mon premier poste à l'université. Je m'étais dit que la police avait fait des erreurs.

— Des erreurs ? Ils en ont fait de belles, oui ! Steve était un tire-au-flanc sans expérience, il avait laissé derrière lui plein d'indices et de témoins ! Ils n'ont même pas réussi à le trouver tout de suite, et ensuite ils ont dit qu'il était plutôt dégourdi. Mais ce n'était qu'un crétin ! Un crétin très chanceux…

— Qui avait réussi à convaincre Linda…

— Il l'avait charmée en utilisant sa peur. Il s'était inventé ce type malintentionné, Frankie, et lui avait attribué le rôle du méchant,

388

juste pour pouvoir passer pour le gentil, le « sauveur ». Cet imbécile n'avait même pas beaucoup d'imagination : il l'avait appelé Frankie parce que c'était le nom d'une tortue qu'il avait dans son enfance !

— Et ça a marché.

Mila se calma.

— Avec une petite fille terrifiée et choquée. Il est facile de perdre le sens de la réalité, dans ces conditions. Quand je pense que je me trouvais dans un putain de sous-sol, mais que moi je l'appelais « le ventre du monstre ». Au-dessus de moi, il y avait une maison, et cette maison se trouvait dans une banlieue avec plein d'autres maisons autour, toutes semblables, toutes normales. Les gens passaient devant et ne savaient pas que j'étais là-dessous. Le plus atroce, c'est que Linda – ou Gloria, comme il l'avait rebaptisée, en choisissant le nom de la première fille qui l'avait repoussé – pouvait se déplacer librement. Mais elle n'avait même pas l'idée de sortir, bien que la porte d'entrée soit pratiquement toujours ouverte ! Il ne fermait pas à clé, même pas quand il sortait, tellement il était sûr de l'efficacité de l'histoire de Frankie !

— Tu as eu de la chance d'en sortir vivante.

— Mon bras était presque nécrosé. Pendant longtemps, les médecins ont désespéré de le sauver. Et puis, j'étais en état de dénutrition. Ce malade me donnait des petits pots et me soignait avec des médicaments périmés qu'il récupérait dans la poubelle d'une pharmacie. Il n'avait pas besoin de me droguer : mon sang était tellement empoisonné par ces saletés, c'était un vrai miracle que je sois consciente !

Dehors, la pluie tombait à verse, lavant les rues des résidus de neige. Des rafales soudaines frappaient les volets.

— Une fois, je me suis réveillée de cette sorte de coma parce que j'avais entendu quelqu'un prononcer mon nom. J'ai même cherché à attirer l'attention, mais à ce moment-là Linda est venue me convaincre d'arrêter. J'ai donc troqué mon salut contre la petite joie de ne pas être seule. Mais je ne m'étais pas trompée : au-dessus, il y avait vraiment deux agents de police qui passaient le secteur au crible. Ils me cherchaient encore ! Si j'avais hurlé plus fort, ils m'auraient peut-être entendue. Nous n'étions séparés que par un fin plancher en bois. Il y avait une femme avec eux, c'était elle qui avait appelé mon nom. Cependant, elle ne l'avait pas fait avec la voix, mais avec son esprit.

– C'était Nicla Papakidis, pas vrai? C'est comme ça que tu l'as rencontrée…

– Oui. Mais, bien que je ne lui aie pas répondu, elle avait quand même entendu quelque chose. Alors, les jours suivants, elle était revenue, elle avait tourné un peu autour de la maison, dans l'espoir de percevoir encore quelque chose…

– Alors ce n'est pas Linda qui t'a sauvée?

– Elle? soupira Mila. Elle allait toujours tout rapporter à Steve. Désormais, elle était sa petite complice involontaire. Pendant trois ans, il avait été tout son univers. Pour ce qu'elle savait, il était le seul adulte resté sur terre. Et les enfants font toujours confiance aux adultes. Mais, contrairement à Linda, Steve avait déjà pensé à se débarrasser de moi : il était convaincu que j'allais bientôt mourir, alors il avait creusé un trou dans la cabane à outils derrière la maison.

Les photos de cette fosse publiées dans les journaux l'avaient marquée, plus que tout le reste.

– Quand je suis sortie de cette maison, j'étais plus morte que vivante. Je n'avais pas conscience des infirmiers qui m'emmenaient sur un brancard, en parcourant le même escalier que celui où Steve m'avait fait tomber. Je ne voyais pas les dizaines de policiers qui se pressaient autour de la maison. Je n'entendais pas les applaudissements de la foule qui s'était rassemblée et qui fêtait ma libération. Mais la voix de Nicla m'accompagnait, dans ma tête elle me décrivait tout et me disait de ne pas aller vers la lumière…

– Quelle lumière? demanda Goran, curieux.

Mila sourit.

– Elle était convaincue qu'il y avait une lumière. Peut-être à cause de sa foi. Elle avait lu quelque part, je pense, que quand on meurt on se détache de son corps et, après avoir parcouru un tunnel, on voit une lumière magnifique… Moi, je ne lui ai jamais dit qu'en fait je n'ai rien vu. Seulement du noir. Je ne voulais pas la décevoir.

Goran se pencha sur elle et lui embrassa l'épaule.

– Ça a dû être terrible.

– J'ai eu de la chance, dit-elle. (Puis sa pensée alla à Sandra, la fillette numéro six.) J'aurais dû la sauver. Mais je ne l'ai pas fait. Combien de chances a-t-elle de survivre?

– Ce n'est pas de ta faute.

« Si. C'est de ma faute. »

Mila se releva et resta assise au bord du lit. Goran tendit à nouveau le bras vers elle, mais il ne pouvait plus la toucher. Cette caresse resta à la surface de la peau, sans l'atteindre, parce qu'elle était redevenue distante.

Il s'en aperçut et la lâcha.

– Je vais prendre une douche, dit-il. Je dois rentrer, Tommy a besoin de moi.

Elle resta immobile, toujours nue, jusqu'à ce qu'elle entende l'eau couler dans la salle de bains. Elle voulait vider son esprit de ces mauvais souvenirs, avoir à nouveau un blanc à combler de pensées aussi légères que celles des enfants, un privilège dont elle avait été privée par la force.

La fosse dans la cabane à outils derrière la maison de Steve n'était pas restée vide. Elle y avait laissé sa faculté d'empathie.

Elle tendit la main vers la table de nuit, prit la télécommande de la télévision. Elle l'alluma avec l'espoir que, comme l'eau de la douche de Goran, les bavardages et les images insignifiants la rincent de tous les restes de mal dans sa tête.

À l'écran, une femme s'accrochait à un micro que le vent et la pluie tentaient d'emporter. À sa droite, il y avait le logo du journal télévisé. En dessous, les titres d'une édition spéciale défilaient. Dans le fond, au loin, une maison entourée de dizaines de voitures de police, leurs gyrophares allumés fendant la nuit.

« … et d'ici à une heure l'inspecteur Roche fera une déclaration officielle. En attendant, nous pouvons vous confirmer que la nouvelle est réelle : le maniaque qui a terrorisé et bouleversé le pays en enlevant et en tuant des fillettes innocentes a été identifié… »

Mila ne bougeait pas, ses yeux étaient rivés à l'écran.

« … il s'agit du repris de justice en liberté surveillée qui a ouvert le feu ce matin sur les deux gardiens de prison qui s'étaient présentés chez lui pour un contrôle… »

C'était l'histoire que lui avait racontée Terence Mosca dans la petite salle à côté de la pièce où Boris était interrogé. Elle n'arrivait pas à y croire.

« … à la suite de la mort à l'hôpital du gardien blessé, les unités spéciales envoyées sur les lieux ont décidé de faire irruption. Après avoir tué le repris de justice et être entrés chez lui, ils ont fait cette découverte inattendue et surprenante… »

La fillette, parlez-moi de la fillette !

« … nous le rappelons pour ceux qui viennent de nous rejoindre : le nom du repris de justice était Vincent Clarisso… »

« Albert », corrigea Mila intérieurement.

« … des sources provenant du département nous informent que la sixième fillette se trouve encore dans la maison qui est derrière moi : elle serait, à l'heure qu'il est, assistée par une équipe de secours qui lui fait les premiers soins nécessaires. Nous n'avons pas confirmation, mais il semblerait que la petite Sandra soit encore en vie. »

Enregistrement n° 7
du 23 déc. de l'année en cours
3 h 25

Durée : 1 mn 35 s

Détenu RK-357/9
*… savoir, être prêt, se préparer [suit mot incompréhensible pour le transcripteur]… qui mérite notre colère… faire quelque chose… confiance avant tout… [phrase incompréhensible] trop bon, condescendant… il ne faut pas se faire berner… savoir, être prêt, se préparer [mot incompréhensible] il y a toujours quelqu'un pour profiter de nous… la punition nécessaire… purger sa peine… il ne suffit pas de comprendre les choses, parfois il faut agir en conséquence… savoir, être prêt, se préparer [mot incompréhensible]… même à tuer, tuer, tuer, tuer, tuer, tuer, tuer, tuer, tuer, tuer, tuer, tuer, tuer, tuer.*

# 40

*Département des sciences comportementales, 25 février.*

Vincent Clarisso était Albert.

L'homme était sorti de prison depuis moins de deux mois, après avoir purgé une peine pour vol à main armée.

Une fois en liberté, il avait entrepris son dessein.

Aucun précédent pour crimes violents. Aucun symptôme de maladie mentale. Rien qui laisse penser qu'il soit un tueur en série en puissance.

Le vol à main armée avait été un « accident de parcours », selon les avocats qui avaient défendu Vincent à son procès. La bêtise d'un jeune homme très dépendant à la cocaïne. Clarisso était issu d'une famille bourgeoise, son père était avocat et sa mère enseignante. Il avait fait des études et obtenu un diplôme d'infirmier. Pendant un temps, il avait travaillé dans une clinique, comme instrumentiste en salle d'opération. C'est probablement là qu'il avait acquis les connaissances nécessaires pour maintenir Sandra en vie après l'avoir amputée d'un bras.

L'hypothèse de l'équipe de Gavila, selon laquelle Albert pourrait être médecin, n'était pas loin de la vérité.

Vincent Clarisso avait laissé toutes ces expériences sédimenter dans une couche embryonnaire de sa personnalité, pour ensuite devenir un monstre.

Mais Mila n'y croyait pas.

« Ce n'est pas lui », se répétait-elle dans le taxi qui la conduisait à la police fédérale.

Après avoir appris la nouvelle à la télé, Goran avait parlé une vingtaine de minutes au téléphone avec Stern, qui l'avait mis au courant des derniers événements. Le criminologue avait déambulé dans la chambre d'hôtel sous le regard anxieux de Mila. Puis ils s'étaient séparés. Il avait appelé Mme Runa pour qu'elle reste avec Tommy cette nuit encore et il s'était précipité sur le lieu où Sandra avait été retrouvée. Mila aurait voulu l'accompagner, mais sa présence n'était plus justifiée. Alors ils s'étaient donné rendez-vous plus tard au département des sciences comportementales.

Il était plus de minuit mais la ville était un embouteillage géant. Les gens étaient sortis dans les rues, malgré la pluie, pour fêter la fin du cauchemar. On se serait cru le soir du nouvel An, les Klaxon hurlaient et tout le monde s'embrassait. La circulation était encore plus compliquée du fait des barrages pour bloquer d'éventuels complices de Clarisso en fuite, mais aussi pour tenir à distance les curieux du secteur où l'histoire avait connu son épilogue.

Dans le taxi, qui roulait au pas, Mila écouta un nouveau compte-rendu à la radio. Terence Mosca était l'homme du jour. L'affaire avait été réglée grâce à un coup de chance. Mais, comme cela arrivait souvent, cela ne profitait directement qu'à celui qui était à la tête des opérations.

Fatiguée d'attendre que la file de voitures avance, elle décida d'affronter la pluie battante et descendit du taxi. L'immeuble de la police fédérale n'était qu'à deux pâtés de maisons, elle avait mis la capuche de sa parka sur sa tête et marchait, absorbée dans ses pensées.

La personnalité de Vincent Clarisso ne correspondait pas au profil d'Albert tracé par Gavila.

Selon le criminologue, leur homme avait utilisé les cadavres des six fillettes comme des indicateurs. Il les avait placés dans des lieux spécifiques pour révéler des horreurs dont il avait connaissance. Ils avaient supposé qu'il était une sorte d'associé occulte de ces criminels, et que tous l'avaient rencontré durant leur vie.

« Ce sont des loups. Et les loups agissent en meute, bien souvent. Chaque meute a son chef. Et c'est exactement ce qu'Albert veut nous dire : c'est lui, leur chef », avait affirmé Goran.

La conviction de Mila que Vincent n'était pas Albert s'était formée quand elle avait entendu l'âge du tueur en série : trente ans. Trop jeune pour connaître Ronald Dermis enfant à l'orphelinat, et aussi

Joseph B. Rockford – en effet, l'équipe avait déduit qu'il devait avoir entre cinquante et soixante ans. En outre, il ne ressemblait pas du tout à la description de Nicla.

Et, en marchant sous la pluie, Mila trouva une autre raison qui renforça son scepticisme : Clarisso était en prison pendant que Feldher trucidait Yvonne Gress et ses enfants dans la villa de Capo Alto, il ne pouvait donc pas assister au massacre en laissant sa silhouette dans le sang sur le mur !

« Ce n'est pas lui, ils commettent une grave erreur. Mais Goran a dû s'en rendre compte, il doit être en train de leur expliquer. »

En arrivant à la police fédérale, elle remarqua une certaine euphorie dans les couloirs. Les agents se tapaient dans le dos, beaucoup arrivaient de la scène du crime, portant encore l'uniforme de l'unité d'intervention, et racontaient les dernières nouvelles. Ensuite, le téléphone arabe enrichissait le compte-rendu de nouveaux détails.

Mila fut interceptée par une policière qui l'informa que Roche voulait la voir d'urgence.

– Moi ? demanda-t-elle, étonnée.

– Oui, il vous attend dans son bureau.

En montant les escaliers, elle se dit que Roche l'avait convoquée parce qu'ils s'étaient aperçus que quelque chose ne cadrait pas avec les faits. Peut-être l'excitation ambiante serait-elle bientôt désamorcée ou relativisée.

Au département des sciences comportementales, il n'y avait que peu d'agents en uniforme, et personne ne faisait la fête. L'atmosphère était celle d'un jour de travail normal, sauf que c'était la nuit et que tout le monde était encore en service.

Elle attendit un bon moment avant que la secrétaire de Roche ne la fasse entrer dans son bureau. De l'extérieur, Mila avait entendu l'inspecteur chef, qui était probablement au téléphone. Mais quand elle franchit le seuil, elle découvrit avec surprise qu'il n'était pas seul. Goran Gavila était avec lui.

– Entrez, agent Vasquez.

Roche l'invita à s'asseoir. Goran et lui étaient debout, de l'autre côté du bureau.

Mila avança, s'approchant de Gavila. Il se tourna à peine vers elle et lui fit un vague signe de la main. L'intimité partagée une heure plus tôt avait définitivement disparu.

– Je disais justement à Goran que je voudrais que vous soyez tous deux présents à la conférence de presse qui se tiendra demain matin. Le capitaine Mosca est d'accord avec moi. Nous ne l'aurions jamais retrouvée sans votre aide. Nous tenons à vous remercier.

Mila ne put cacher sa stupeur. Et Roche fut troublé par sa réaction.

– Monsieur, avec tout mon respect… Je pense que nous commettons une grave erreur.

Roche s'adressa à Goran :

– Mais qu'est-ce qu'elle raconte, celle-là ?

– Mila, tout va bien, lui dit calmement le criminologue.

– Non, tout ne va pas bien. Ce type n'est pas Albert, il y a trop d'incohérences, moi…

– Vous n'allez quand même pas dire ça à la conférence de presse ? protesta l'inspecteur chef. Sinon, votre participation est exclue.

– Stern sera d'accord avec moi.

Roche brandit une feuille qui était sur son bureau.

– L'agent spécial Stern vient de présenter sa démission irrévocable et à effet immédiat.

– Quoi ? Mais que se passe-t-il ? demanda Mila, qui n'était toujours pas convaincue. Ce Vincent ne correspond pas au profil.

Goran tenta de lui expliquer, et l'espace d'un instant elle revit dans ses yeux la même douceur que quand il avait embrassé ses cicatrices.

– Des dizaines de preuves nous confirment que c'est notre homme. Des cahiers pleins de notes sur l'enlèvement des fillettes et sur comment placer successivement leurs cadavres, des copies des projets du système de sécurité de Capo Alto, un plan du collège de Debby Gordon et des manuels d'électronique et d'informatique que Clarisso avait commencé à étudier quand il était en prison…

– Et vous avez aussi trouvé toutes les ramifications avec Alexander Bermann, Ronald Dermis, Feldher, Rockford et Boris ? demanda Mila, exaspérée.

– Une équipe d'enquêteurs travaille dans cette maison, et nous continuons à recueillir des preuves. Tu verras que quelque chose sortira sur ces connexions, aussi.

– Cela ne suffit pas, et je crois que…

– Sandra l'a identifié, l'interrompit Goran. Elle nous a dit que c'était lui qui l'avait enlevée.

Mila se calma un peu.

— Comment va-t-elle ?

— Les médecins sont optimistes.

— Vous êtes contente, maintenant ? intervint Roche. Si vous avez l'intention de créer des problèmes, mieux vaut rentrer tout de suite chez vous.

À ce moment-là, la secrétaire l'informa dans l'Interphone que le maire voulait le voir d'urgence et qu'il avait intérêt à se dépêcher. Roche prit sa veste sur le dossier d'une chaise et avertit Goran :

— Explique-lui que la version officielle, c'est celle-là : soit elle y souscrit, soit elle débarrasse le plancher !

Puis il sortit en claquant la porte.

Mila espérait que, une fois seuls, il lui dise quelque chose de différent. Mais il insista :

— Malheureusement, nous sommes les seuls à avoir commis des erreurs.

— Comment peux-tu dire une chose pareille ?

— C'est un échec total, Mila. Nous avons créé une fausse piste et nous l'avons suivie aveuglément. Et je suis le principal responsable : toutes ces conjectures étaient les miennes.

— Pourquoi ne te demandes-tu pas comment Vincent Clarisso pouvait être au courant, pour les autres criminels ? C'est lui qui nous a mis sur leur voie !

— Ce n'est pas le problème... Le problème, c'est que nous sommes passés à côté d'eux pendant tout ce temps.

— Moi je pense que tu n'es pas objectif, à l'heure qu'il est, et je crois savoir pourquoi. À l'époque de l'affaire Wilson Pickett, Roche a sauvé ta réputation et t'a aidé à maintenir l'équipe sur pied alors que ses chefs voulaient la dissoudre. Là, tu lui rends la pareille : si tu acceptes cette version des faits, tu diminues un peu le mérite de Terence Mosca, et Roche conserve son poste d'inspecteur chef !

— Ça suffit ! explosa Goran.

Pendant quelques secondes, ils ne dirent pas un mot. Puis le criminologue se dirigea vers la porte.

— Dis-moi une chose... Boris a avoué ? eut tout juste le temps de lui demander Mila.

— Pas encore, dit-il sans se retourner.

Elle resta seule dans la pièce, les poings serrés sur les hanches. Elle se maudissait elle-même et maudissait ce moment. Ses yeux se posèrent sur la lettre de démission de Stern. Elle la lut. Dans ces quelques lignes, il n'y avait pas trace des raisons réelles de sa décision. Mais pour elle, il était évident que l'agent spécial avait dû se sentir trahi, en quelque sorte, d'abord par Boris, puis par Goran.

En reposant la lettre sur le bureau, elle remarqua un listing téléphonique où figurait le nom de Vincent Clarisso. Roche en avait probablement fait la demande pour vérifier si parmi les fréquentations du maniaque il n'y avait pas un gros bonnet à couvrir. Vu que l'affaire avait déjà impliqué quelqu'un d'aussi en vue que Joseph B. Rockford, on ne pouvait jamais savoir.

Mais le tueur en série n'avait pas beaucoup de vie sociale, parce qu'il n'y avait qu'un seul appel, et il datait de la veille.

Mila lut le numéro, qui lui sembla étrangement familier.

Elle sortit son portable de sa poche, le composa. Un prénom et un nom apparurent.

# 41

Le téléphone sonnait, mais personne ne répondait.

« Allez, réveille-toi, zut! »

Les roues du taxi soulevaient l'eau qui s'était accumulée sur l'asphalte, mais heureusement il avait cessé de pleuvoir. Les routes étaient aussi luisantes que la scène d'une comédie musicale, on aurait dit que des danseurs en smoking, les cheveux enduits de gel, allaient apparaître d'un moment à l'autre.

La ligne fut coupée, et Mila refit le numéro. C'était la troisième fois qu'elle essayait. À la quinzième sonnerie, quelqu'un répondit enfin.

— Qui est-ce, à cette heure-ci?

La voix de Cinthia Pearl était tout ensommeillée.

— Je suis Mila Vasquez, vous vous souvenez? Nous nous sommes vues avant-hier...

— Oui, je me souviens de vous... Mais on ne pourrait pas se parler demain? J'ai pris un somnifère, vous savez.

Rien de surprenant à ce qu'une femme ayant échappé à un tueur en série, en plus de l'alcool, ait besoin de médicaments pour trouver le sommeil. Mais Mila ne pouvait pas attendre : elle devait obtenir tout de suite des réponses à ses questions.

— Non, Cinthia, je suis désolée : j'ai besoin de vous tout de suite. Mais ça ne prendra pas longtemps...

— Alors d'accord.

— Hier, vers huit heures du matin, vous avez reçu un appel...

— Oui, je partais au travail. À cause de ce type, je me suis fait réprimander par mon chef parce que j'étais en retard.

— Qui vous a appelée?

– Il a dit qu'il enquêtait pour le compte de l'assurance. Vous savez, j'ai demandé des indemnités, pour ce qui m'est arrivé…

– Il ne vous a pas dit son nom ?

– Spencer, je crois. J'ai dû le noter.

C'était inutile : Vincent Clarisso s'était présenté sous un faux nom et avait utilisé un prétexte pour qu'elle ne se doute de rien. Mila continua :

– Ce n'est pas grave. Que voulait cet homme ?

– Que je lui raconte mon histoire par téléphone. Et que je lui parle de Benjamin Gorka.

Mila fut étonnée : pourquoi Vincent Clarisso voulait-il se renseigner sur l'affaire Wilson Pickett ? Dans le fond, il avait déposé le cinquième cadavre au Bureau pour révéler au monde que c'était Boris, et non Benjamin Gorka, le véritable assassin de Rebecca Springher…

– Pourquoi voulait-il connaître votre histoire ?

– Pour compléter le rapport, m'a-t-il dit. Ils sont très méticuleux, dans les assurances.

– Et il ne vous a rien demandé d'autre ?

Cinthia ne répondit pas tout de suite. Mila craignit qu'elle ne se soit rendormie, mais elle réfléchissait.

– Non, rien d'autre. Mais il a été très gentil. À la fin, il m'a dit que mon dossier avançait. Je vais peut-être l'avoir, cet argent, vous savez ?

– Je suis contente pour vous, et je suis désolée de vous avoir dérangée à cette heure tardive.

– Si ce que je vous ai dit peut servir à retrouver la fillette que vous cherchez, alors ce n'était pas un dérangement.

– En fait, elle a déjà été retrouvée.

– Comment ça ? Vraiment ?

– Vous ne regardez pas la télé ?

– Le soir, je me couche à neuf heures.

La fille voulait en savoir plus, mais Mila n'avait pas le temps. Elle fit semblant d'avoir un appel en attente, et raccrocha.

Avant de parler à Cinthia, elle avait pris conscience d'autre chose.

Peut-être Boris avait-il été piégé.

– À partir d'ici, on ne peut plus passer, lui dit le chauffeur en se tournant vers elle.

— Ça ne fait rien, je suis arrivée.

Elle paya et sortit de la voiture. Elle se retrouva face à un cordon de policiers et des dizaines de voitures aux gyrophares allumés. Les camionnettes de plusieurs chaînes de télévision étaient alignées le long de la route. Les cameramen avaient disposé leur matériel de façon à toujours avoir la maison en arrière-plan.

Mila était arrivée là où tout avait commencé. La scène du crime était appelée « site zéro ».

La maison de Vincent Clarisso.


Elle ne savait pas encore comment elle allait franchir les contrôles pour s'introduire dans l'habitation. Elle se limita à sortir son badge et à le passer autour de son cou, dans l'espoir que personne ne s'aperçoive qu'elle était une intruse.

En avançant, elle reconnut les visages des collègues qu'elle avait vus dans les couloirs du département. Certains improvisaient des réunions autour du coffre d'une voiture. D'autres prenaient une pause, mangeaient un sandwich en buvant un café. Elle aperçut aussi la camionnette du médecin légiste : Chang écrivait son rapport, assis sur le marchepied, et il ne leva pas les yeux quand elle passa devant lui.

— Eh, où allez-vous ?

Elle se tourna et vit un policier rondouillard qui tentait de la rattraper en soufflant. Elle n'avait pas préparé d'excuse, elle aurait dû mais elle ne l'avait pas fait, et maintenant il était probablement trop tard.

— Elle est avec moi.

Krepp avançait vers eux. L'expert de la police scientifique avait un pansement au cou, d'où dépassaient la tête et les piques d'un dragon ailé, sans doute son dernier tatouage. Il s'adressa au policier :

— Laissez-la entrer, elle est autorisée.

L'agent le crut sur parole et tourna les talons.

Mila regarda Krepp sans savoir quoi dire. L'homme lui décocha un clin d'œil, puis continua son chemin. Au fond, il n'était pas si surprenant qu'il l'ait aidée, pensa Mila. Tous deux — même si c'était de manière différente — portaient une partie de leur histoire personnelle sur leur peau et dans leur chair.

Le chemin qui menait à l'entrée de la maison était en pente. Sur les pavés, on voyait encore les douilles de la fusillade qui avait coûté la vie à Vincent Clarisso. La porte d'entrée avait été enlevée de ses gonds pour faciliter l'accès.

Dès qu'elle mit le pied à l'intérieur, Mila fut assaillie par une forte odeur de désinfectant.

Le mobilier du séjour était en Formica, style années 1960. Un canapé tout en arabesques, encore recouvert du plastique de protection. Une cheminée avec un faux feu. Un meuble bar dans le même ton que la moquette jaune. Un papier peint avec d'énormes fleurs marron stylisées, semblables à des gueules de lion.

À la place des habituelles lampes halogènes, des lampes à abat-jour éclairaient la pièce. Un autre signe du nouveau style imposé par Terence Mosca. Pour le capitaine, pas de « scène ». Tout devait rester sobre. La chère école des policiers de la génération d'avant, pensa Mila. Et elle aperçut justement Mosca dans la cuisine, qui s'entretenait avec ses plus proches collaborateurs. Elle évita d'aller dans cette direction : elle devait passer inaperçue, dans la mesure du possible.

Tout le monde portait des protège-chaussures et des gants en latex. Mila en enfila aussi puis regarda autour d'elle, se mêlant aux présents.

Un inspecteur s'occupait de sortir tous les livres d'une bibliothèque. Un à la fois. Il les prenait, les feuilletait rapidement et les posait par terre. Un autre fouillait dans les tiroirs d'une commode. Un troisième classait les bibelots. Là où les objets n'avaient pas encore été déplacés et éliminés, tout avait l'air parfaitement en ordre, à la limite du maniaque.

Il n'y avait pas un grain de poussière, et on pouvait tout cataloguer du regard, comme si la place assignée à chaque chose était « exactement » celle-là. On se serait cru dans un puzzle assemblé.

Mila ne savait pas quoi chercher. Elle n'était venue que parce que c'était le point de départ naturel. Elle était motivée par le doute lié à l'étrange coup de téléphone de Vincent Clarisso à Cinthia Pearl.

S'il avait voulu se faire raconter l'histoire par la seule survivante, peut-être Clarisso ne savait-il pas qui était Benjamin Gorka. Et s'il ne le savait pas, peut-être le cinquième cadavre retrouvé au Bureau n'était-il pas pour Boris.

Cette constatation logique ne suffirait pas à disculper son collègue, parce qu'il y avait quand même un lourd indice contre lui : la petite culotte de Rebecca Springher soustraite au dépôt judiciaire et retrouvée pendant la perquisition à son domicile.

Quoi qu'il en fût, quelque chose ne cadrait pas.

Mila comprit d'où venait l'odeur de désinfectant quand elle vit la chambre au fond du petit couloir.

L'atmosphère était aseptique, comme un lit d'hôpital dans une tente à oxygène. Il y avait beaucoup de médicaments, des blouses stériles et du matériel médical. C'était la salle d'opérations où Vincent avait amputé ses petites patientes, qui avait ensuite été transformée en salle d'hospitalisation pour Sandra.

En passant devant une autre pièce, elle remarqua un agent aux prises avec un téléviseur plasma où était branchée une caméra numérique. Devant l'écran était placé un fauteuil, avec autour les haut-parleurs d'un système audio surround. Sur les côtés du téléviseur, un mur entier de MiniDV, classés par date. Le détective les glissait un à un dans la caméra pour en visualiser le contenu.

À ce moment précis défilaient les images d'un terrain de jeux. Des rires d'enfants sous un soleil d'hiver. Mila reconnut Caroline, la dernière fillette enlevée et tuée par Albert.

Vincent Clarisso avait méticuleusement étudié ses victimes.

— Eh, quelqu'un vient m'aider, avec ce truc ? Je suis nul en électronique ! dit l'agent qui essayait de mettre le film sur pause.

Quand il s'aperçut de sa présence à la porte, il eut pendant un instant l'heureuse sensation d'avoir été entendu, avant de se rendre compte qu'il ne l'avait jamais vue auparavant. Avant qu'il puisse dire un mot, Mila passa son chemin.

La troisième pièce était la plus importante.

À l'intérieur, il y avait une haute table en acier, et les murs étaient recouverts de tableaux d'affichage plein de notes, sur des Post-it de différentes couleurs et autres papiers. On se serait cru au Pensoir. Tous les plans de Vincent étaient reportés en détail. Des cartes routières, des horaires et des déplacements. La planimétrie du collège de Debby Gordon, ainsi que celle de l'orphelinat. Il y avait la plaque de la voiture d'Alexander Bermann et les étapes de ses voyages professionnels. Les photos d'Yvonne Gress et de ses enfants et un cliché de la décharge de Feldher. Des coupures de revues qui parlaient de Joseph B. Rockford. Et, évidemment, les photos de toutes les fillettes enlevées.

Sur la table en acier, il y avait d'autres diagrammes, accompagnés d'annotations confuses. Comme si le travail avait été interrompu à l'improviste. L'épilogue imaginé par le tueur en série pour son dessein était probablement caché parmi ces feuilles – peut-être pour toujours.

Mila se tourna et resta pétrifiée. Le mur auquel elle avait jusquelà tourné le dos était entièrement tapissé de photos des membres de l'unité d'investigation pour les crimes violents, en plein travail. Elle y figurait aussi.

« Voilà, maintenant je suis vraiment dans le ventre du monstre. »

Vincent avait suivi attentivement tous leurs mouvements. Mais, dans ce lieu, rien ne renvoyait à Wilson Pickett, ni à Boris.

– Merde! Quelqu'un se décide à venir m'aider? protesta l'agent dans la pièce d'à côté.

– Que se passe-t-il, Fred?

Quelqu'un lui venait enfin à l'aide.

– Comment je fais, pour savoir ce que je regarde? Et surtout, comment je les classe, si je ne sais pas ce que c'est?

– Fais voir…

Mila détourna les yeux du mur de photos et s'apprêta à quitter la maison. Elle était satisfaite, mais pas tant par ce qu'elle avait vu que par ce qu'elle n'avait pas vu.

Il n'y avait pas Benjamin Gorka. Ni Boris. Cela lui suffisait.

Avec la cinquième fillette, ils s'étaient trompés. Ou alors, il s'était agi d'une fausse piste en bonne et due forme. La preuve en était que Vincent Clarisso, quand il s'était rendu compte que les enquêtes prenaient une direction différente de celle qu'il avait prévue, avait appelé Cinthia Pearl pour en savoir plus.

Mila pensait apporter cet élément à Roche et elle était sûre que l'inspecteur chef allait trouver le moyen d'exploiter cette information pour disculper Boris et redimensionner la gloire de Terence Mosca.

En repassant devant la pièce du téléviseur, elle remarqua quelque chose sur l'écran. Un lieu que l'agent nommé Fred et son collègue n'arrivaient pas à identifier.

– C'est un appartement, qu'est-ce que je peux te dire d'autre?

– Oui, mais j'écris quoi, dans le rapport?

– Écris « lieu inconnu ».

– Tu es sûr?

– Oui. Quelqu'un s'occupera de comprendre où ça se trouve.

Mais Mila le connaissait.

Ils s'aperçurent de sa présence et se tournèrent vers elle, qui n'arrivait pas à détacher le regard du film qui passait sur l'écran.

— Vous désirez?

Elle ne répondit pas et s'éloigna. En traversant le salon à bonne allure, elle prit son portable dans sa poche. Elle chercha le numéro de Goran dans les contacts.

Quand il lui répondit, elle était déjà sur le chemin pavé.

— Que se passe-t-il?

— Où es-tu?

Son ton était alarmé. Il ne s'en rendit pas compte.

— Je suis encore au bureau, j'essaye d'organiser une visite de Sarah Rosa à sa fille à l'hôpital.

— Qui est chez toi, en ce moment?

Goran s'inquiéta.

— Mme Runa est avec Tommy. Pourquoi?

— Tu dois y aller tout de suite!

— Pourquoi? répéta-t-il, anxieux.

Mila dépassa le rassemblement de policiers.

— Vincent avait un film de ton appartement!

— Qu'est-ce que cela signifie? Un film?

— Il avait fait des repérages… Et s'il avait un complice?

Goran marqua une pause.

— Tu es encore sur la scène du crime?

— Oui.

— Alors tu es plus proche que moi. Demande à Terence Mosca de te confier deux agents et va chez moi. Moi, en attendant, j'appelle Mme Runa et je lui dis de se barricader.

— D'accord.

Mila raccrocha, puis fit demi-tour pour retourner dans la maison et parler à Mosca.

« Et espérons qu'il ne pose pas trop de questions. »

# 42

— Mila, Mme Runa ne répond pas au téléphone !

L'aube pointait.

— Ne t'inquiète pas, nous y sommes presque.

— Je suis en route, je vous rejoins dans quelques minutes.

Le conducteur arrêta la voiture de police en faisant crisser ses pneus dans la petite rue tranquille de ce beau quartier. Les voisins dormaient encore. Seuls les oiseaux saluaient le jour nouveau, perchés sur les arbres et les appuis de fenêtres.

Mila courut vers la porte de l'immeuble. Elle sonna plusieurs fois à l'Interphone. Personne ne lui répondit. Elle essaya chez quelqu'un d'autre.

— Oui, qui est là ?

— Monsieur, nous sommes de la police : ouvrez tout de suite, s'il vous plaît.

La porte s'ouvrit. Mila se précipita vers le troisième étage, suivie par les deux agents qui l'accompagnaient. Ils n'utilisèrent pas le monte-charge qui servait d'ascenseur, ils prirent l'escalier pour aller plus vite.

« Faites qu'il ne se soit rien passé... Faites que l'enfant aille bien... »

Mila invoquait une entité divine à laquelle elle avait cessé de croire depuis longtemps, bien que ce soit le même Dieu qui l'ait libérée de son geôlier par le truchement de Nicla Papakidis. Parce qu'elle s'était trop souvent retrouvée face à un enfant moins chanceux qu'elle pour pouvoir conserver la foi.

« Fais que cela n'arrive pas à nouveau, fais que cela n'arrive pas cette fois... »

Quand ils arrivèrent à l'étage, Mila frappa avec insistance à la porte close.

« Peut-être que Mme Runa a le sommeil lourd, pensa-t-elle. Elle va venir nous ouvrir, maintenant, et tout ira bien... »

Mais rien ne se passait.

L'un des deux policiers s'approcha d'elle.

– Vous voulez que nous enfoncions la porte ?

Incapable de répondre, elle se contenta d'acquiescer. Elle les regarda prendre un peu d'élan et envoyer ensemble un coup de pied. La porte s'ouvrit.

Silence. Mais pas un silence normal. Un silence vide, opprimant. Un silence sans vie.

Mila sortit son pistolet et précéda les policiers.

– Madame Runa !

Sa voix résonna dans les pièces, mais sans réponse. Elle fit signe aux deux agents de se séparer. Elle avança lentement vers la chambre à coucher.

Elle sentait sa main droite trembler autour de la crosse du pistolet. Ses jambes étaient lourdes et les muscles de son visage contractés, et ses yeux la brûlaient.

Elle arriva à la petite chambre de Tommy. La porte était poussée. Elle l'ouvrit juste assez pour voir la pièce. Les volets étaient fermés, mais la lampe en forme de clown tournait sur la table de nuit en projetant sur les murs des images d'animaux du cirque. Dans le lit appuyé au mur, on entrevoyait un petit corps sous les couvertures.

Il était en position fœtale. Mila s'approcha à petits pas.

– Tommy, dit-elle à voix basse. Tommy, réveille-toi...

Mais le corps ne bougeait pas.

Arrivée près du lit, elle posa le pistolet à côté de la lampe. Elle se sentait mal. Elle ne voulait pas déplacer les couvertures, elle ne voulait pas découvrir ce qu'elle savait déjà. Elle avait envie de tout laisser tomber et de sortir de cette chambre. De ne pas avoir à affronter ça aussi, malédiction ! Parce qu'elle l'avait vu trop de fois, et désormais chaque fois elle craignait que cela se passe comme ça.

Mais elle se força à avancer la main vers le bord des couvertures. Elle l'attrapa et tira d'un coup sec.

Elle resta quelques secondes le pan de couverture à la main, à regarder dans les yeux un ours en peluche qui lui souriait avec une expression béate et immobile.

— Excusez-moi…

Mila, hébétée, sursauta. Les deux agents étaient à la porte, ils l'observaient.

— Là-bas, il y a une porte fermée à clé.

Mila allait leur ordonner de la forcer, quand elle entendit la voix de Goran qui entrait dans l'appartement en appelant son fils :

— Tommy! Tommy!

Elle alla à sa rencontre.

— Il n'est pas dans sa chambre.

Goran était désespéré.

— Comment ça, il n'y est pas? Alors où est-il?

— Il y a une porte fermée à clé là-bas, c'est normal?

Confus et aux prises avec l'angoisse, Goran ne comprenait pas.

— Quoi?

— La pièce qui est fermée à clé…

Le criminologue s'arrêta…

— Tu as entendu?

— Quoi donc?

— C'est lui…

Mila ne comprenait pas. Goran l'écarta et se dirigea à toute allure vers le bureau.


Quand il vit son fils sous le bureau en acajou, il ne put retenir ses larmes. Il se pencha sous la table, le prit dans ses bras et le serra fort.

— Papa, j'ai eu peur…

— Oui, je sais, mon chéri. Mais tout est fini, maintenant.

— Mme Runa est partie. Je me suis réveillé, et elle n'était plus là…

— Mais je suis là, maintenant, non?


Mila était restée sur le seuil et avait remis son pistolet dans son étui, rassurée par les mots de Goran accroupi sous le bureau.

— Je vais t'emmener prendre ton petit déjeuner. Qu'est-ce qui te ferait plaisir? Des beignets?

Mila sourit. La frayeur était passée.

Goran ajouta :

— Viens, je te prends dans mes bras.

Alors elle le vit sortir de sous le bureau, faisant un effort pour se remettre debout.

Mais il n'y avait aucun enfant dans ses bras.

— Je te présente une amie. Elle s'appelle Mila.

Goran espérait qu'elle plaise à son fils. D'habitude, il était un peu rétif avec les inconnus. Tommy ne dit rien, il se limita à montrer le visage de la femme. Alors Goran la regarda plus attentivement : elle pleurait.

Les larmes arrivèrent de nulle part, sans crier gare. Mais, cette fois, la douleur qui les avait provoquées était d'origine mécanique. La blessure qui s'était ouverte n'était pas dans la chair.

— Que se passe-t-il? Qu'y a-t-il? lui demanda Goran, en se comportant comme s'il avait vraiment un poids humain dans les bras.

Elle ne savait pas quoi lui répondre. Il n'avait pas l'air de faire semblant. *Goran pensait vraiment qu'il tenait son fils dans ses bras.*

Les deux policiers, arrivés entre-temps, les regardaient avec stupeur, prêts à intervenir. Mila leur fit signe de ne pas bouger.

— Attendez-moi en bas.

— Mais nous ne…

— Descendez et appelez le département, dites-leur d'envoyer ici l'agent Stern. Si vous entendez un coup de feu, ne vous inquiétez pas : ça sera moi.

Ils obéirent à contrecœur.

— Que se passe-t-il, Mila?

Dans le ton de la voix de Goran, il n'y avait plus de défenses. Il avait l'air tellement effrayé par la vérité qu'il n'était plus capable de réagir.

— Pourquoi veux-tu que Stern vienne?

Mila porta un doigt à ses lèvres, lui faisant signe de se taire.

Puis elle retourna dans le couloir. Elle se dirigea vers la pièce fermée à clé. Elle tira un coup dans la serrure, qui vola en éclats, puis poussa le battant.

La pièce était sombre, et on sentait encore les résidus des gaz de décomposition. Sur le grand lit, il y avait deux corps.

410

*Un grand, l'autre plus petit.*

Les squelettes noircis, encore enveloppés de restes de peau qui tombaient comme de l'étoffe, étaient enlacés.


Goran entra dans la pièce. Il sentit l'odeur. Vit les corps.

– Oh, mon Dieu... dit-il sans comprendre à qui appartenaient les deux cadavres dans sa chambre à coucher.

Il se tourna vers le couloir pour empêcher Tommy d'entrer... *mais il ne le vit pas.*

Il regarda à nouveau le lit. Ce petit corps. La vérité lui tomba dessus avec force, sans pitié. Alors tout lui revint en mémoire.


Mila le trouva près de la fenêtre. Il regardait dehors. Après des jours de neige et de pluie, le soleil brillait à nouveau.

– C'était cela, qu'Albert voulait nous dire, avec la cinquième fillette.

Goran ne dit rien.

– Et toi tu as détourné l'enquête sur Boris. Il t'a suffi de suggérer à Terence Mosca dans quelle direction avancer : c'est toi qui lui avais donné le dossier sur Wilson Pickett que j'ai vu dans sa sacoche... Et c'était encore toi qui avais accès aux preuves de l'affaire Gorka, alors tu as dérobé la petite culotte de Rebecca Springher au dépôt judiciaire pour la mettre chez Boris avant la perquisition.

Goran acquiesça.

Chaque respiration était comme du verre qui se brisait quand elle essayait de le faire remonter des poumons.

– Pourquoi ? dit Mila avec un filet de voix qui se bloqua dans sa gorge.

– Parce que, après être partie, *elle* était revenue dans cette maison. Parce qu'elle n'était pas revenue pour rester. Parce qu'elle voulait me prendre la seule chose qui me restait à aimer. Et parce que *lui*, il voulait partir avec elle.

– Pourquoi ? répéta Mila sans retenir ses larmes, qui coulaient désormais librement.

– Un matin, je me suis réveillé et j'ai entendu la voix de Tommy qui m'appelait de la cuisine. J'y suis allé et je l'ai trouvé assis à sa place

411

habituelle. Il me demandait le petit déjeuner. Et moi j'étais si heureux que j'en ai *oublié* qu'il n'était pas là…

— Pourquoi? supplia-t-elle.

Cette fois, il réfléchit bien avant de répondre :

— Parce que je les aimais.

Avant qu'elle puisse l'en empêcher, il ouvrit la fenêtre et se jeta dans le vide.

# 43

Elle avait toujours voulu avoir un poney.

Elle se rappelait qu'elle avait tourmenté ses parents pour qu'ils lui en achètent un. Là où ils habitaient, il n'y avait même pas d'endroit pour le garder. La cour arrière était trop petite, et à côté du garage il n'y avait qu'une bande de terre où son grand-père faisait son potager.

Pourtant elle insistait. Ses parents pensaient qu'elle finirait par se lasser de ce caprice absurde, mais à chaque anniversaire et à chaque lettre au Père Noël, elle demandait la même chose.

Quand Mila sortit du ventre du monstre pour rentrer chez elle, après vingt et un jours de captivité et trois mois d'hôpital, un superbe poney blanc et marron l'attendait dans la cour.

Son vœu avait été exaucé. Mais elle n'arriva pas à en profiter.

Son père avait négocié, fait jouer ses modestes connaissances pour l'avoir à un bon prix. Sa famille ne roulait pas sur l'or, ils avaient toujours fait de gros sacrifices, et c'était surtout pour des raisons économiques qu'elle était restée fille unique.

Ses parents ne pouvaient pas se permettre de lui donner un petit frère ou une petite sœur, en revanche ils lui avaient acheté un poney. Et elle n'en était pas heureuse.

Elle avait maintes fois rêvé d'obtenir ce cadeau. Elle en parlait tout le temps. Elle s'imaginait prendre soin de lui, mettre des rubans colorés dans sa crinière, le brosser. Elle forçait souvent son chat à subir les mêmes traitements. Peut-être était-ce pour cela qu'Houdini la détestait et gardait ses distances.

Il y a une raison pour laquelle les poneys plaisent tant aux enfants. Parce qu'ils ne grandissent jamais, ils sont figés dans l'enfance. Une condition enviable.

En revanche, après sa libération, Mila ne rêvait que de grandir, pour mettre une distance entre elle et ce qui lui était arrivé. Et avec un peu de chance, elle arriverait peut-être à oublier.

Ce poney, avec son impossibilité absolue de grandir, représentait pour elle un insoutenable pacte avec le temps.

Quand ils l'avaient sortie, plus morte que vivante, du sous-sol fétide de Steve, une nouvelle vie avait commencé pour elle. Après trois mois d'hôpital pour récupérer l'usage de son bras gauche, elle avait dû reprendre confiance en les choses du monde, non seulement avec la quotidienneté de sa maison, mais aussi avec la routine des sentiments.

Graciela, sa meilleure amie, avec qui, avant de disparaître dans le néant, elle avait célébré le rituel des sœurs de sang, se comportait désormais avec elle de façon étrange. Elle n'était plus celle avec qui elle partageait toujours le dernier chewing-gum du paquet, celle devant qui elle n'était pas gênée de faire pipi, celle avec qui elle avait échangé un baiser « à la française » pour s'entraîner avant de le faire avec un garçon. Non, Graciela était différente. Elle lui parlait avec un sourire immobile sur le visage, et Mila craignait que, si elle continuait comme ça, elle en ait mal aux joues. Elle se forçait à être gentille, elle avait même cessé de dire des gros mots, alors que jusqu'à pas si longtemps auparavant elle ne l'appelait jamais par son prénom – les surnoms qu'elles utilisaient entre elles étaient « vache puante » ou « petite pute pleine de taches de rousseur ».

Elles s'étaient piqué le gras de l'index avec un clou rouillé pour rester amies pour toujours, pour qu'aucun garçon ou fiancé ne les sépare jamais. Mais en fait, quelques semaines avaient suffi pour creuser un fossé insurmontable.

En réfléchissant bien, cette piqûre au doigt avait été la première blessure de Mila. Mais elle avait eu plus mal quand elle avait complètement cicatrisé.

« Arrêtez de me traiter comme si je revenais de la lune ! » aurait-elle voulu crier au monde entier. Et cette expression sur le visage des gens ! Elle ne la supportait pas. Ils penchaient la tête d'un côté et plissaient les lèvres. Même à l'école, où elle n'avait jamais brillé, ses erreurs étaient maintenant tolérées avec bonhomie.

Elle était fatiguée de la condescendance des autres. Elle se sentait comme dans un film en noir et blanc, ceux qui passent à la télé dans la nuit, où les habitants de la terre ont été remplacés par des clones martiens, et elle seule aurait été sauvée, parce qu'elle était restée dans le ventre chaud de cette tanière.

Il y avait donc deux possibilités. Soit le monde avait vraiment changé, soit après vingt et un jours de gestation le monstre avait accouché d'une nouvelle Mila.

Autour d'elle, personne ne parlait de ce qu'il s'était passé. On la faisait vivre comme dans une bulle, comme si elle était en verre et qu'elle risquait de se briser d'un moment à l'autre. Ils ne comprenaient pas que ce qu'elle aurait voulu, au contraire, c'était un peu d'authenticité, après toutes les tromperies qu'elle avait subies.

Onze mois plus tard, le procès de Steve avait débuté.

Elle avait longtemps attendu ce moment. La presse et la télévision en parlaient, même si ses parents ne la laissaient pas regarder – pour la protéger, disaient-ils. Mais elle s'informait en cachette, dès qu'elle pouvait.

Linda et elle allaient devoir témoigner. Le procureur comptait beaucoup plus sur elle, parce que sa compagne de captivité continuait à défendre son geôlier, imperturbable. Elle voulait qu'on l'appelle Gloria. Les médecins disaient que Linda souffrait de graves troubles mentaux. C'était donc à Mila de confondre Steve.

Les mois suivant son arrestation, Steve avait tout fait pour plaider l'irresponsabilité pénale. Il s'était inventé d'absurdes théories sur des complices hypothétiques à qui il disait avoir obéi. Il essayait aussi de se servir de l'histoire qu'il avait racontée à Linda. Celle de Frankie, le méchant associé. Mais il avait perdu toute crédibilité quand un policier avait découvert que c'était le nom de la tortue qu'il avait dans son enfance.

Pourtant, les gens voulaient croire à cette histoire. Steve était trop « normal » pour être un monstre. Trop semblable à eux. Paradoxalement, l'idée qu'il y ait quelqu'un d'autre derrière lui, un être encore mystérieux, un vrai monstre, les rassurait.

Mila était arrivée au procès déterminée à faire porter toutes ses fautes à Steve, ainsi qu'un peu du mal qu'il lui avait fait. Il finirait en prison, pour cela elle était prête à jouer le rôle de pauvre victime qu'elle avait obstinément refusé d'interpréter jusque-là.

Elle s'assit sur le banc des témoins, face à la cage où Steve était menotté, avec l'intention de tout raconter sans jamais le quitter des yeux.

Mais quand elle le vit – cette chemise verte boutonnée jusqu'au col, trop grande pour lui qui n'avait plus que la peau sur les os, ses mains qui tremblaient quand il essayait de prendre des notes sur un bloc, ses cheveux qu'il s'était coupés tout seul et qui étaient plus longs d'un côté –, elle ne se serait jamais attendue à ce qu'elle ressentit : de la peine, mais aussi de la rage pour ce misérable, justement parce qu'il lui faisait de la peine.

Ce fut la dernière fois que Mila eut de l'empathie pour quelqu'un.


Au moment où elle avait découvert le secret de Goran, elle avait pleuré.

Pourquoi ?

Une mémoire perdue en elle lui disait que c'étaient des larmes d'empathie.

Soudain, une digue s'était rompue quelque part, libérant une gamme surprenante d'émotions. Maintenant, elle avait même l'impression d'arriver à comprendre ce que ressentaient les autres.

Quand Roche était arrivé sur les lieux, elle avait perçu à quel point il était conscient que ses heures étaient comptées, parce que son meilleur homme, sa « pointe de diamant », lui avait servi le pire des mets empoisonnés.

Terence Mosca, lui, semblait partagé entre la joie liée à l'avancement certain de sa carrière et la gêne liée aux raisons de cet avancement.

Elle perçut nettement la confusion et la tristesse de Stern quand il franchit le seuil de l'appartement. Et elle comprit immédiatement qu'il allait se retrousser les manches pour régler cette terrible affaire.

*Empathie.*

La seule personne pour laquelle elle ne ressentait rien, c'était Goran.

Elle n'était pas tombée, comme Linda, dans le piège de Steve : Mila n'avait jamais cru à l'existence de Frankie. En revanche, elle avait cru qu'un enfant, Tommy, vivait dans cette maison. Elle avait entendu parler de lui. Elle avait assisté aux coups de téléphone que son père passait à la gouvernante pour s'assurer qu'il aille bien et lui donner des instructions. Elle avait même eu l'impression de le voir,

416

quand Goran le mettait au lit. Tout cela, elle n'arrivait pas à lui pardonner, parce qu'elle se sentait stupide.

Goran Gavila avait survécu à une chute de douze mètres, et maintenant il était entre la vie et la mort sur un lit en soins intensifs.

La maison était surveillée, mais seulement à l'extérieur. À l'intérieur, seules deux personnes s'activaient. L'agent spécial Stern, qui avait momentanément gelé sa démission, et Mila.

Ils ne cherchaient rien, ils essayaient seulement de remettre les événements dans l'ordre chronologique. À quel moment un être humain aussi équilibré et tranquille que Goran Gavila avait-il mûri son projet de mort? Quand s'était déclenché en lui le ressort de la vengeance? Quand avait-il commencé à transformer sa rage en dessein?

Mila était dans le bureau, elle entendait Stern inspecter la pièce d'à côté. Elle avait effectué beaucoup de perquisitions, dans sa carrière. Elle trouvait incroyable tout ce qu'elles pouvaient révéler comme détails sur la vie de quelqu'un.

En explorant le refuge de Goran, elle réfléchissait, essayait de garder un certain détachement, notait des détails, des petites habitudes susceptibles de dévoiler accidentellement quelque chose d'important.

Goran rangeait les trombones dans un cendrier en verre. Il taillait les crayons directement dans la corbeille à papiers. Et il avait un cadre photo vide sur son bureau.

Ce cadre vide était une fenêtre sur l'abîme de l'homme que Mila avait cru pouvoir aimer.

Elle détourna le regard, comme si elle avait peur d'être engloutie. Puis elle ouvrit un des tiroirs du bureau. Dedans, il y avait un dossier. Elle le prit et le posa sur la pile de ceux qu'elle avait déjà examinés. Celui-ci était différent, parce que, vu la date, il s'agissait de la dernière affaire dont Gavila s'était occupé avant l'histoire des fillettes disparues.

En plus des documents écrits, il contenait une série de cassettes audio.

Elle lut les papiers : elle écouterait les bandes si cela en valait la peine.

Il s'agissait d'une correspondance entre le directeur d'un pénitencier – un certain Alphonse Bérenger – et le bureau du procureur. Et cela concernait le comportement singulier d'un détenu qui n'était identifié que par son numéro de matricule.

*RK-357/9.*

Le sujet avait été trouvé quelques mois auparavant par deux policiers, errant, la nuit, seul et sans vêtements, dans la campagne. Il avait refusé de décliner son identité. L'examen de ses empreintes digitales avait mené à la conclusion qu'il n'était pas fiché. Mais un juge l'avait condamné pour entrave à la justice.

Il purgeait toujours sa peine.

Mila prit une des cassettes et essaya d'imaginer ce qu'il pouvait y avoir dessus. Sur l'étiquette, seules une date et une heure étaient précisées. Elle appela Stern et lui résuma rapidement ce qu'elle avait lu.

— Écoute ce qu'écrit le directeur de la prison… « Depuis qu'il est entré au pénitencier, le détenu RK-357/9 n'a jamais fait preuve d'indiscipline, il s'est toujours montré respectueux du règlement carcéral. En outre, l'individu est de nature solitaire et peu enclin à sociabiliser. Peut-être est-ce également pour cette raison que personne n'a jamais remarqué son comportement singulier, que l'un de nos geôliers n'a constaté que récemment. Le détenu RK-357/9 essuie avec un chiffon en feutre chaque objet avec lequel il entre en contact, ramasse tous les poils et cheveux qu'il perd quotidiennement, astique à la perfection les couverts et les WC à chaque fois qu'il les utilise. » Qu'en penses-tu ?

— Je ne sais pas. Ma femme aussi est obsédée par le ménage.

— Mais écoute la suite : « Nous avons donc affaire soit à un maniaque de l'hygiène, soit, beaucoup plus probable, à un individu qui veut à tout prix éviter de laisser du "matériel organique". Nous soupçonnons donc sérieusement que le détenu RK-357/9 a commis un crime particulièrement grave et veut nous empêcher de prélever son ADN pour l'identifier… » Alors ?

Stern lui prit la feuille des mains et la lut.

— Cela s'est passé en novembre… Mais il n'y a pas écrit s'ils ont fini par découvrir quelque chose sur son ADN ?

— Apparemment, ils ne pouvaient pas l'obliger à se soumettre au test, ni le prélever arbitrairement, parce que cela aurait violé ses droits constitutionnels…

— Alors, qu'ont-ils fait ?

— Ils ont essayé de récupérer un poil ou un cheveu en inspectant sa cellule par surprise.

— Ils le gardaient en isolement ?

Mila parcourut les feuilles pour rechercher l'endroit où elle avait lu quelque chose à ce sujet.

— Voilà, c'est ici, le directeur écrit : « Jusqu'à aujourd'hui, le sujet a pu partager sa cellule avec un autre détenu, ce qui l'a certainement aidé à faire disparaître ses propres traces biologiques. Cependant, je vous informe que comme première mesure nous l'avons retiré de cette condition de promiscuité et mis en isolement. »

— Alors, ils ont réussi à prélever son ADN, oui ou non ?

— Apparemment, le détenu était plus malin qu'eux, ils ont toujours trouvé sa cellule parfaitement propre. Mais ils se sont aperçus qu'il parlait tout seul, et ils ont placé un micro pour comprendre ce qu'il disait...

— Quel rapport avec le professeur Gavila ?

— Ils ont dû lui demander un avis d'expert, je ne sais pas...

Stern y réfléchit un instant.

— Nous devrions peut-être écouter les cassettes.

Ils trouvèrent un vieux magnétophone, sur un meuble du bureau, que Goran utilisait probablement pour dicter des notes. Mila passa une cassette à Stern qui, s'approchant de l'appareil, l'introduisit dans le poste et s'apprêta à appuyer sur le bouton lecture.

— Attends.

Surpris, Stern se tourna pour la regarder : elle était livide.

— Merde !

— Que se passe-t-il ?

— Le nom.

— Quel nom ?

— Le nom du détenu qui partageait sa cellule avec lui avant qu'ils ne le mettent en isolement...

— Et alors ?

— Il s'appelait Vincent... *C'était Vincent Clarisso.*

## 44

Alphonse Bérenger avait la soixantaine et un air enfantin.

Son visage rubicond était comme retenu par une fine maille de capillaires. Quand il souriait, ses yeux se plissaient pour ne devenir plus que deux petites fentes. Il dirigeait le pénitencier depuis vingt-cinq ans et il lui restait quelques mois avant la retraite. Il était passionné de pêche, une canne et une boîte contenant des hameçons et des appâts traînaient dans un coin de son bureau. Bientôt, cela constituerait la seule préoccupation de ses journées.

On le considérait comme un brave homme, Bérenger. Pendant les années où il l'avait dirigée, la prison n'avait pas connu de gros épisode de violence. Il était humain avec les détenus et ses geôliers avaient rarement recours à la force.

Alphonse Bérenger lisait la Bible et il était athée. Mais il croyait à la deuxième chance, et il disait que chaque individu, s'il le veut, mérite le pardon. Quelle que soit la faute qu'il ait commise.

Il avait la réputation d'être un homme probe et il se sentait en paix avec le monde. Cependant, depuis quelque temps, il n'arrivait plus à dormir la nuit. Sa femme lui disait que c'était dû à l'approche de la retraite, mais ce n'était pas cela. Ce qui le tourmentait dans son sommeil, c'était l'idée de devoir remettre en liberté le détenu RK-357/9 sans savoir qui il était et s'il avait commis un crime atroce.

— Ce type est... absurde, dit-il à Mila pendant qu'ils franchissaient les barrières de sécurité pour se diriger vers les cellules d'isolement.

— Comment ça?

— Il est absolument imperturbable. Nous lui avons retiré l'eau courante, en espérant qu'il arrête de tout laver. Il a continué à nettoyer avec des chiffons. Nous lui avons retiré les chiffons. Il a utilisé son uniforme. Nous l'avons contraint à utiliser les couverts de la prison. Il a arrêté de manger.

— Et vous?

— Nous ne pouvons quand même pas le laisser mourir de faim! Toutes nos initiatives se sont heurtées à une ténacité désarmante... ou une douce détermination, comme vous voudrez.

— Et la police scientifique?

— Ils ont passé trois jours dans cette cellule mais ils n'ont pas trouvé assez de matériel organique pour extraire son ADN. Et je me demande : comment est-ce possible? Nous perdons tous des milliers de cellules chaque jour, sous la forme de cils ou de pellicules de peau...

Bérenger avait fait preuve de toute sa patience de pauvre pêcheur, en espérant que cela suffise. Mais cela n'avait pas suffi. Sa dernière ressource était cette policière qui s'était présentée par surprise ce matin-là, en lui racontant une histoire tellement absurde qu'elle lui avait semblé vraie.

Ils parcoururent un long couloir et arrivèrent devant une porte métallique peinte en blanc. C'était la cellule d'isolement numéro quinze.

Le directeur regarda Mila.

— Vous êtes sûre?

— Dans trois jours, cet homme sortira, et j'ai l'impression que nous ne le reverrons jamais. Donc, oui, je suis absolument sûre.


La lourde porte fut ouverte puis immédiatement refermée derrière elle. Mila fit un pas dans le petit univers du détenu RK-357/9.

Il était différent de ce qu'elle avait imaginé d'après le portrait-robot tracé par Nicla Papakidis après son expérience avec Joseph B. Rockford. Sauf un détail. Les yeux gris.

Il était de petite taille. Il avait les épaules étroites, les os des clavicules saillants. L'uniforme orange de la prison était trop grand pour lui, à tel point qu'il devait faire des revers aux manches et au bas du pantalon. Il avait peu de cheveux, concentrés sur les côtés de la tête.

Il était assis sur le lit, un bol en acier posé sur ses genoux. Il le nettoyait avec un chiffon en feutre jaune. À côté de lui, sur le lit, étaient rangés des couverts, une brosse à dents et un peigne en plastique. Il venait probablement de les lustrer. Il leva à peine les yeux pour regarder Mila, sans s'arrêter de frotter.

421

Mila eut la certitude que l'homme savait pourquoi elle était là.

— Bonjour, dit-elle. Je peux m'asseoir ?

Il acquiesça poliment, indiquant un tabouret contre le mur. Mila s'installa.

Le frottement insistant et régulier du chiffon sur le métal était le seul bruit dans la petite pièce. Le fond sonore habituel de la prison avait été banni de la section d'isolement, pour alourdir la solitude de l'esprit. Mais cela ne semblait pas déranger le détenu RK-357/9.

— Ici, tout le monde se demande qui vous êtes, commença Mila. C'est devenu une sorte d'obsession, il me semble. En tout cas pour le directeur du pénitencier. Et aussi pour le bureau du procureur. Les autres détenus se racontent votre légende.

Il continua à la regarder, imperturbable.

— Moi je ne me le demande pas. Je le sais. Vous êtes la personne que nous avons appelée Albert. La personne que nous pourchassons.

L'homme ne réagit pas.

— Vous étiez dans le fauteuil d'Alexander Bermann dans sa tanière de pédophile. Et vous avez rencontré Ronald Dermis à l'institut religieux, quand il n'était encore qu'un enfant. Vous étiez présent dans la villa d'Yvonne Gress pendant que Feldher la massacrait, elle et ses enfants : votre silhouette est visible dans le sang sur le mur. Vous étiez avec Joseph B. Rockford quand il a tué pour la première fois, dans cette maison abandonnée… Ils étaient vos disciples. Vous avez instigué leur abjection, inspiré leur méchanceté, toujours en restant tapi dans l'ombre…

L'homme frottait, sans perdre le rythme un seul instant.

— Ensuite, il y a un peu plus de quatre mois, vous avez décidé de vous faire arrêter. Parce que vous l'avez fait exprès, je n'en doute pas. En prison, vous rencontrez Vincent Clarisso, votre compagnon de cellule. Vous avez presque un mois pour l'instruire, avant qu'il ne finisse de purger sa peine. Ensuite, Clarisso, dès qu'il sort, met votre plan en œuvre : enlever six fillettes, les amputer du bras gauche, placer les cadavres pour révéler toutes ces horreurs que personne n'avait jamais découvertes… Pendant que Vincent accomplissait votre travail, vous étiez ici. Personne ne peut donc vous incriminer. Ces quatre murs constituent un alibi parfait… Mais votre chef-d'œuvre reste Goran Gavila.

Mila prit dans sa poche une des cassettes trouvées dans le bureau du criminologue, et la lança sur le lit. L'homme observa la parabole qu'elle fit avant d'atterrir à quelques centimètres de sa jambe gauche. Il ne bougea pas, ne fit même pas mine de l'éviter.

— Le professeur Gavila ne vous a jamais vu, il ne vous connaissait pas. Mais vous, vous le connaissiez.

Le cœur de Mila se mit à battre plus vite. C'était la rage, le ressentiment, et aussi autre chose.

— Vous avez trouvé un moyen d'entrer en contact avec lui en restant ici. Vous êtes génial : quand on vous a mis en isolement, vous vous êtes mis à parler tout seul, comme un pauvre fou, en sachant parfaitement qu'on placerait un micro pour ensuite faire écouter les enregistrements par un expert. Pas n'importe lequel, le meilleur dans son domaine...

Mila indiqua la cassette.

— Je les ai toutes écoutées, vous savez ? Des heures et des heures d'enregistrement... Ces messages n'étaient pas adressés dans le vide. Ils étaient pour Goran... « Tuer, tuer, tuer »... Il vous a écouté, il a tué sa femme et son fils. Cela a été un long travail sur son mental. Mais dites-moi une chose : comment faites-vous ? Comment réussissez-vous ? Vous êtes très fort.

L'homme ne releva pas le sarcasme, ou ne le montra pas. Au contraire, il avait l'air curieux d'écouter la suite de l'histoire, parce qu'il ne la quittait pas des yeux.

— Mais vous n'êtes pas le seul à pouvoir entrer dans la tête des gens... Dernièrement, j'ai beaucoup appris sur les tueurs en série. J'ai appris qu'ils se divisent en quatre catégories : visionnaires, missionnaires, hédonistes et assoiffés de pouvoir... Mais il y a une cinquième sorte : on les appelle tueurs en série subliminaux.

Elle fouilla dans sa poche, en sortit une feuille pliée en quatre, l'ouvrit.

— Le plus célèbre est Charles Manson, qui poussa les membres de sa « Famille » à réaliser le massacre de Cielo Drive. Mais je pense qu'il y a deux cas encore plus emblématiques. (Elle lut.) « En 2005, un Japonais nommé Fujimatzu réussit à convaincre dix-huit personnes, rencontrées sur des chats et vivant dans le monde entier, de se suicider le jour de la Saint-Valentin. D'âges, de sexes, de situations économiques et d'origines sociales différents, il s'agissait d'hommes et de femmes tout à fait normaux, apparemment sans problèmes. » (Elle leva les yeux sur le détenu.) Comment il a réussi à les asservir, cela reste encore aujourd'hui un mystère… Mais écoutez celle-ci, c'est ma préférée : « En 1999, Rocher Glest, de Akron, Ohio, tue six femmes. Quand il est arrêté, il raconte aux enquêteurs que cela lui a été "suggéré" par un certain Rudolf Migby. Le juge et les jurés pensent qu'il veut se faire passer pour un malade mental et le condamnent à l'injection mortelle. En 2002, en Nouvelle-Zélande, un ouvrier analphabète nommé Jerry Hoover tue quatre femmes, puis déclare à la police que c'est un certain Rudolf Migby qui le lui a "suggéré". Le psychiatre de l'accusation se souvient de l'affaire de 1999 et – étant improbable que Hoover puisse lui-même la connaître – découvre qu'un compagnon de travail de l'homme s'appelle en effet Rudolf Migby et qu'en 1999 il résidait à Akron, Ohio. » Qu'en dites-vous ? Vous trouvez des similitudes ?

L'homme ne dit rien. Son bol brillait, mais il n'était pas encore satisfait du résultat.

– Un « tueur subliminal » ne commet pas matériellement les crimes. Ils ne lui sont pas imputables, il ne peut pas être puni. Pour juger Charles Manson, on a utilisé un artifice juridique, d'ailleurs sa condamnation à mort a été commuée en plusieurs perpétuités… Certains psychiatres vous appellent « chuchoteurs », pour votre capacité à agir sur la personnalité des plus faibles. Moi, je préfère vous appeler « loups »… Les loups agissent en meute. Chaque meute a son chef, et souvent les autres loups chassent pour lui. »

Le détenu RK-357/9 termina de nettoyer le bol et le posa à côté de lui. Puis il mit ses mains sur ses genoux en attendant la suite.

– Mais vous, vous êtes le meilleur… (Mila se mit à rire.) Rien ne prouve votre implication dans les crimes commis par vos disciples. Sans preuve pour vous confondre, vous serez bientôt à nouveau un homme libre… Et personne ne pourra rien y faire.

Mila poussa un profond soupir. Ils se regardèrent droit dans les yeux.

– Dommage : si seulement nous connaissions votre véritable identité, vous deviendriez célèbre et vous entreriez dans l'histoire, croyez-moi.

Elle se pencha vers lui, prit un ton subtil et menaçant :

– De toute façon, je découvrirai qui tu es.

Elle se releva, se nettoya les mains d'une poussière inexistante et s'apprêta à sortir de la cellule. Mais, avant, elle s'accorda encore quelques secondes avec l'homme.

— Ton dernier élève a failli : Vincent Clarisso n'a pas réussi à achever ton dessein, parce que la fillette numéro six est encore vivante… Cela veut dire que toi aussi tu as failli.

Elle étudia sa réaction, et l'espace d'un instant elle eut l'impression que quelque chose avait bougé sur le visage de l'homme, jusque-là impénétrable.

— Nous nous reverrons dehors !

Elle lui tendit la main. Il en fut étonné, comme s'il ne s'y attendait pas. Il l'observa pendant un long moment. Puis il leva mollement le bras et la lui serra. Au contact de ces doigts mous, Mila eut un sentiment de répulsion.

Il laissa glisser sa main de la sienne.

Elle lui tourna le dos et se dirigea vers la porte en fer. Elle frappa trois fois et attendit, consciente que le regard de l'homme était encore sur elle, planté entre ses omoplates. Quelqu'un, dehors, entreprit d'ouvrir les verrous. Avant que la porte ne s'ouvre, le détenu RK-357/9 parla pour la première fois.

— C'est une fille, dit-il.

Mila se tourna vers lui, pensant avoir mal entendu. Le détenu était revenu à son chiffon, il frottait méticuleusement un autre bol.

Elle sortit, la porte en fer se referma dans son dos et Bérenger vint à sa rencontre. Krepp était avec lui.

— Alors… ça a marché ?

Mila acquiesça. Elle lui tendit la main qui avait serré celle du détenu. L'expert de la police scientifique prit une pincette et détacha délicatement de sa paume la fine patine transparente où avaient été capturées les cellules de l'épiderme de l'homme. Pour la préserver, il la plaça immédiatement dans une cuvette de solution alcaline.

— On va enfin savoir qui est ce fils de pute.

Le ciel était traversé par des nuages blancs qui en exaltaient le bleu pur. Regroupés, ils auraient irrémédiablement caché le soleil. Mais ils se laissaient tranquillement porter par le vent.

La saison avait été très longue. L'hiver avait cédé la place à l'été, sans transition aucune. Il faisait encore chaud.

Mila conduisait toutes vitres baissées, profitant de la brise dans ses cheveux. Elle les avait laissé pousser, et ce n'était qu'un des multiples petits changements, ces derniers temps. Une autre nouveauté était sa tenue. Elle avait troqué son jean contre une jupe à fleurs.

Sur le siège à côté d'elle, il y avait une boîte avec un gros ruban rouge. Elle avait choisi ce cadeau sans trop y réfléchir, parce que désormais elle se fiait à son instinct.

Elle avait découvert l'imprévisibilité de l'existence.

Ce nouvel état des choses lui plaisait. Mais le problème, maintenant, était que sa sphère émotionnelle faisait des caprices. Il lui arrivait, parfois, de s'arrêter au beau milieu d'une conversation, ou alors qu'elle était occupée, de se mettre à pleurer. Sans raison, une étrange et agréable nostalgie s'emparait d'elle.

Pendant longtemps, elle s'était demandé d'où venaient ces émotions qui l'envahissaient régulièrement, par vagues ou par spasmes.

Maintenant, elle le savait. Mais elle n'avait quand même pas voulu connaître le sexe de l'enfant.

« C'est une fille. »

Mila évitait d'y penser, elle essayait d'oublier cette histoire. Elle avait d'autres priorités. Il y avait la faim, qui la prenait trop souvent

426

et sans qu'elle s'y attende, et qui avait rendu un peu de féminité à ses formes. Et puis, il y avait le besoin soudain et urgent d'uriner. Enfin, il y avait ces petits coups dans son ventre, qu'elle sentait depuis déjà un moment.

Grâce à tout cela, elle avait appris à ne regarder que de l'avant.

Pourtant, inévitablement, le souvenir de ces événements lui envahissait l'esprit de temps à autre.

Le détenu RK-357/9 était sorti de prison un mardi de mars. Sans nom.

Le truc de Mila avait tout de même fonctionné.

Krepp avait extrait l'ADN de ses cellules épithéliales, qui avait ensuite été inséré dans toutes les bases de données disponibles. Il avait même été confronté au matériel organique non identifié relevé dans des affaires en cours.

Il n'en était rien sorti.

« Peut-être n'avons-nous pas encore découvert tout le dessein », se disait Mila. Et cette prévision lui faisait peur.

Quand l'homme sans nom avait retrouvé la liberté, au début les policiers l'avaient constamment gardé sous surveillance. Il vivait dans un logement mis à sa disposition par les services sociaux et – ironie du sort – il travaillait comme technicien de surface dans un grand magasin. Il ne laissait rien transparaître de lui qu'ils ne sachent déjà. Ainsi, avec le temps, la surveillance de la police s'était relâchée. Leurs chefs n'étaient plus disposés à payer les heures supplémentaires, et les rondes volontaires n'avaient duré que quelques semaines.

Mila avait continué à le tenir à l'œil, mais pour elle aussi, cela devenait de plus en plus fatigant. Après avoir appris qu'elle était enceinte, elle avait raréfié ses contrôles.

Un jour, vers la mi-mai, il avait disparu.

Il n'avait laissé aucune trace de lui, ni rien qui puisse laisser deviner sa destination. Au départ, Mila s'était fâchée, puis elle avait découvert qu'en fait elle était étrangement soulagée.

Dans le fond, la policière qui retrouvait les personnes disparues désirait que cet homme disparaisse.

Le panneau de signalisation indiquait qu'il fallait tourner pour aller dans le quartier résidentiel. Elle s'exécuta.

C'était un bel endroit : les rues étaient bordées d'arbres et les plantes répétaient toujours la même ombre, comme si elles ne voulaient faire de tort à personne. Les petites villas, toutes similaires, étaient assez proches les unes des autres, avec un beau jardin devant.

Les indications sur le papier que lui avait donné Stern se terminaient à la fourche qu'elle avait devant elle. Elle ralentit pour regarder autour d'elle.

— Stern, où diable êtes-vous ? lui demanda-t-elle au téléphone.

Avant qu'il ne réponde, elle l'aperçut, le portable à la main, qui lui faisait signe de loin.

Elle gara la voiture là où il lui indiqua et descendit.

— Comment vas-tu ?

— À part les nausées, les pieds gonflés et les courses aux toilettes... Bien, je dirais.

Il lui passa un bras autour des épaules.

— Viens, tout le monde est derrière.

Cela faisait un drôle d'effet de le voir sans costume ni cravate, en short bleu et chemise à fleurs ouverte sur le torse. S'il n'avait pas eu à la bouche une de ses immanquables pastilles de menthe, il aurait été méconnaissable.

Mila se laissa conduire vers le jardin, où la femme de l'ex-agent spécial mettait le couvert. Elle courut l'embrasser.

— Bonjour Marie, tu as l'air en forme.

— Forcément : elle m'a à la maison toute la journée ! s'exclama Stern en riant.

Marie tapa dans le dos de son mari.

— Va plutôt t'occuper du repas.

Tandis que Stern s'éloignait vers le barbecue pour y faire griller des saucisses et des épis de maïs, Boris s'approcha, une bouteille de bière à moitié vide à la main. Il serra Mila dans ses bras puissants et la souleva de terre.

— Ce que tu as grossi !

— Parle pour toi !

— Mais tu as mis combien de temps, pour venir ?

— Tu t'inquiétais pour moi ?

— Non, mais j'avais faim.

Ils rirent. Boris était toujours plein d'attentions pour elle, et pas seulement parce qu'elle lui avait évité la prison. Ces derniers temps, il avait pris un peu de poids, à cause de la vie sédentaire liée à la promotion que lui avait accordée Terence Mosca. Le nouvel inspecteur chef avait tout de suite voulu effacer sa petite « bévue », et lui avait fait une offre impossible à refuser. Roche avait démissionné juste après la clôture officielle de l'enquête, non sans avoir d'abord mis au point avec le département une procédure de sortie qui prévoyait une cérémonie avec remise de médaille et un éloge solennel. On disait qu'il pensait à se lancer dans la politique.

— Quelle idiote : j'ai oublié la boîte dans la voiture! se rappela soudain Mila. Tu irais me la chercher, s'il te plaît?

— Bien sûr, j'y vais tout de suite.

Quand Boris enleva son imposante silhouette, elle aperçut les autres convives.

Sandra, dans sa chaise roulante, se tenait sous un cerisier. Elle n'arrivait pas à marcher. Cela s'était produit un mois après sa sortie de l'hôpital. Les médecins disaient que le blocage neurologique était dû au choc. Elle suivait un programme très strict de rééducation.

Une prothèse avait pris la place de son bras manquant.

À côté de la fillette se tenait son père, Mike. Mila l'avait connu en allant rendre visite à Sandra et elle l'avait trouvé sympathique. Malgré la séparation avec sa femme, il avait continué à prendre soin d'elle et de sa fille avec affection et dévouement. Sarah Rosa était avec eux. Elle avait beaucoup changé. Elle avait perdu du poids en prison et ses cheveux avaient blanchi en très peu de temps. La condamnation avait été lourde : sept ans, à quoi s'ajoutait le congé pour faute grave, ce qui lui faisait perdre son droit à la retraite. Elle était là grâce à une permission spéciale. Un peu plus loin, Mila aperçut Doris, le gardien de prison qui l'accompagnait, et qui salua Mila d'un signe de tête.

Sarah Rosa se leva pour venir à sa rencontre. Elle s'efforçait de sourire.

— Comment vas-tu? La grossesse se passe bien?

— Le plus gros inconvénient, ce sont les vêtements : je n'arrête pas de changer de taille, et je ne gagne pas assez pour changer de garde-robe aussi souvent. Un de ces jours, je vais devoir sortir en peignoir!

— Crois-moi : profite de ces moments, parce que le pire est encore à venir. Pendant les trois premières années, Sandra ne nous a pas laissé dormir. Pas vrai, Mike?

Et Mike acquiesça.

Ils s'étaient déjà retrouvés en d'autres occasions, mais personne n'avait demandé à Mila qui était le père. Comment auraient-ils réagi, s'ils avaient su qu'elle portait en elle l'enfant de Goran?

Le criminologue était toujours dans le coma.

Mila n'était allée le voir qu'une fois. Elle l'avait vu de derrière une vitre, mais elle n'avait résisté que quelques secondes, elle s'était enfuie en courant.

La dernière chose qu'il lui avait dite, avant de se jeter dans le vide, était qu'il avait tué sa femme et son fils *parce qu'il les aimait*. C'était la logique incontestable de qui justifie le mal par l'amour. Et Mila ne pouvait pas l'accepter.

Une autre fois, Goran lui avait affirmé : « Nous fréquentons des gens dont nous pensons tout connaître, mais en fait nous ne savons rien d'eux… »

Goran aussi avait souvent plongé dans ces ténèbres. Mais un jour, quand il en était ressorti, quelque chose l'avait suivi. Quelque chose qui ne l'avait plus abandonné.

Boris lui apporta le cadeau.

— Tu en as mis, du temps.

— Je n'arrivais pas à refermer cette ruine. Tu devrais t'offrir une voiture neuve.

Mila lui prit la boîte des mains et l'apporta à Sandra.

— Eh, bon anniversaire !

Elle se pencha pour l'embrasser. La fillette était toujours contente de la voir.

— Maman et papa m'ont offert un iPod.

Elle le lui montra. Et Mila dit :

— Il est fantastique ! Maintenant, il va falloir le remplir de bon vieux rock.

Mike n'était pas d'accord :

— Moi, je préférerais Mozart.

— Et moi Coldplay, dit Sandra.

Ils déballèrent ensemble le cadeau de Mila. C'était une veste en velours, avec des clous et des fioritures de toutes sortes.

— Ouaouh ! s'exclama Sandra quand elle reconnut la marque d'une célèbre styliste.

— Ce « ouaouh » signifie qu'elle te plaît ?

La fillette acquiesça en souriant, sans quitter la veste des yeux.

— On mange ! annonça Stern.

Ils se mirent à table à l'ombre d'un petit kiosque. Mila remarqua que Stern et sa femme se cherchaient et se touchaient souvent, comme deux jeunes amoureux. Elle les envia un peu. Sarah Rosa et Mike jouaient aux bons parents avec leur fille. Mais Mike était également attentionné envers Sarah. Boris raconta des blagues, et ils rirent tellement que l'agent Doris avala de travers. Ce fut une journée agréable, sans soucis. Sandra en oublia sans doute son état, pendant un petit moment. Elle reçut beaucoup de cadeaux et souffla ses treize bougies sur un gâteau au chocolat et à la noix de coco.

Il était trois heures passées quand ils finirent de déjeuner. Un petit vent s'était levé, qui invitait à s'allonger sur la pelouse pour un petit somme. Les femmes débarrassèrent la table, mais Mila fut dispensée par l'épouse de Stern, à cause de son gros ventre. Elle en profita pour rester auprès de Sandra, sous le cerisier. Elle réussit même à s'asseoir par terre, à côté du fauteuil roulant.

— C'est très beau, ici, dit la jeune fille en regardant sa mère emporter les assiettes sales. Je voudrais que cette journée ne finisse jamais. Maman me manquait beaucoup... ajouta-t-elle en souriant.

L'emploi de l'imparfait était symptomatique : Sandra avait évoqué une nostalgie différente de celle qu'elle ressentait quand sa mère était en prison. Elle parlait de ce qui lui était arrivé.

Mila savait bien que ces brèves allusions faisaient partie de l'effort que la fillette faisait pour mettre de l'ordre dans le passé. Elle devait fixer ses émotions et prendre en compte une peur qui, bien que tout soit terminé, l'attendrait parfois au tournant pendant encore de nombreuses années.

Un jour, elles parleraient de ce qu'il s'était passé. Mila pensait d'abord lui raconter son histoire. Peut-être que cela pourrait l'aider. Elles avaient tant en commun.

« Trouve d'abord tous les mots, ma petite, nous avons tout notre temps... »

Mila éprouvait une grande tendresse pour Sandra. D'ici à une heure, Sarah Rosa allait devoir retourner au pénitencier. Et, chaque fois, cette séparation était douloureuse pour la mère et la fille.

— J'ai décidé de te confier un secret, dit-elle pour la distraire de cette pensée. Mais je ne le dirai qu'à toi... Je veux te dire qui est le père de mon enfant.

Sandra laissa échapper un sourire impertinent.

— Tout le monde le sait.

Mila en fut paralysée de stupeur, puis elles éclatèrent de rire.

Boris les regarda de loin, sans comprendre ce qu'il se passait.

— Les femmes, dit-il à l'attention de Stern.

Quand elles se calmèrent enfin, Mila se sentait beaucoup mieux. Une fois encore, elle avait sous-estimé ceux qui lui voulaient du bien, se créant des problèmes inutiles. En fait, les choses étaient souvent terriblement simples.

– Il attendait quelqu'un… dit Sandra, sérieuse.

Mila comprit qu'elle parlait de Vincent Clarisso.

– Je sais, dit-elle simplement.

– Il devait arriver pour se joindre à nous.

– Cet homme était en prison. Mais nous ne le savions pas. Nous lui avons même choisi un nom, tu sais ? Nous l'appelions Albert.

– Non, Vincent ne l'appelait pas comme ça…

Le vent fit bouger les feuilles du cerisier, mais cela n'empêcha pas Mila de sentir un frisson glacé, soudain, qui grimpait le long de son dos. Elle se tourna lentement vers Sandra et rencontra ses grands yeux qui la fixaient, totalement inconscients de ce qu'elle venait de dire.

– Non… répéta calmement la fillette. Il l'appelait Frankie…

Le soleil brillait, en cet après-midi parfait. Les oiseaux chantaient dans les arbres, et l'air était chargé de pollen et de parfums. L'herbe de la pelouse était invitante. Mila n'oublierait jamais l'instant précis où elle avait découvert avoir bien plus de choses en commun avec Sandra que ce qu'elle imaginait. Et pourtant, ces correspondances avaient toujours été là, devant ses yeux.

*Il n'a pris que des petites filles, pas de petits garçons.*

Steve aussi aimait les petites filles.

*Il a choisi les familles.*

Elle aussi, comme Sandra, était fille unique.

*Il leur a coupé le bras gauche.*

Elle s'était cassé le bras gauche en tombant dans l'escalier avec Steve.

*Les deux premières étaient sœurs de sang.*

Sandra et Debby. Comme elle et Graciela, des années plus tôt.

« Les tueurs en série, par leurs actes, essayent de nous raconter une histoire », avait dit un jour Goran.

*Mais cette histoire était son histoire.*

Tous les détails la renvoyaient avec force au passé, l'obligeant à regarder en face la terrible vérité.

« *Ton dernier élève a failli : Vincent Clarisso n'a pas réussi à achever ton dessein, parce que la fillette numéro six est encore vivante… Cela veut dire que toi aussi tu as failli.* »

En fait, rien n'était le fruit du hasard. C'était cela, le véritable final de Frankie.

*Tout cela était pour elle.*

Un mouvement à l'intérieur de son abdomen la ramena en arrière. Alors Mila baissa les yeux sur son ventre déjà rond. Elle se força à ne pas se demander si ça aussi faisait partie du dessein de Frankie.

« Dieu se tait, pensa-t-elle. Le diable murmure... »

En effet, le soleil continuait de resplendir, en cet après-midi parfait. Les oiseaux n'étaient pas fatigués de chanter dans les arbres, et l'air était toujours chargé de pollen et de parfums. L'herbe de la pelouse était toujours invitante.

Autour d'elle, et partout, le monde portait le même message.

Que tout était semblable à avant.

Tout.

Même Frankie.

Revenu, pour disparaître à nouveau dans les vastes étendues de l'ombre.

# Note de l'auteur

La littérature criminelle s'est occupée des « chuchoteurs » en réaction à l'évolution du phénomène des sectes. Un sujet complexe, qui soulève de nombreux problèmes. La plus grosse difficulté est justement de fournir une définition du « chuchoteur » utilisable dans un procès, parce qu'elle met directement en cause la responsabilité pénale et les éventuelles poursuites.

En effet, si l'on ne parvient pas à établir de lien de cause à effet entre les actes du coupable et un chuchoteur, ce dernier ne peut pas être accusé de crime. Le recours à la notion d'instigation au crime suffit rarement pour le faire condamner. Parce que, dans le cas des chuchoteurs, il ne s'agit pas simplement de soumission. Ces individus agissent à un niveau subliminal qui *ne crée pas* d'intention criminelle dans l'esprit du sujet : ils *font émerger* son côté obscur – présent de manière plus ou moins latente en chacun de nous –, qui le poussera au crime.

L'affaire Offelbeck, en 1986, en est emblématique : une ménagère reçoit des appels anonymes puis, un jour, de but en blanc, assassine sa famille en mettant de la mort aux à rats dans la soupe.

Il faut ajouter à cela que les auteurs de crimes atroces ont souvent tendance à partager la responsabilité morale avec une voix, une vision ou un personnage issu de leur imagination. Il est donc particulièrement délicat de distinguer quand ces manifestations sont le fruit de comportements psychotiques ou quand, au contraire, elles sont réellement imputables à l'œuvre occulte d'un tiers.

Parmi les sources utilisées dans ce roman, outre les manuels de criminologie et de psychiatrie judiciaire et les textes de médecine légale, il faut citer les études du FBI qui a le mérite d'avoir constitué une base de données unique en matière de tueurs en série et de crimes violents.

De nombreuses affaires citées dans ces pages sont réelles. Pour certaines, les noms et les lieux ont été volontairement changés parce que les enquêtes et les procès ne sont pas encore tout à fait terminés.

Les techniques d'investigation et de la police scientifique décrites dans le roman sont réelles, même si dans certaines circonstances l'auteur a pris la liberté de les adapter aux nécessités narratives.

# Remerciements

Beaucoup de gens pensent qu'écrire est une aventure solitaire. En fait, de nombreuses personnes contribuent, même involontairement, à créer une histoire. Ce sont elles qui m'ont nourri, appuyé et encouragé pendant les mois de gestation de ce roman et qui, d'une façon ou d'une autre, font partie de ma vie.

Avec l'espoir qu'elles restent auprès de moi pour longtemps, je veux leur dire merci.

À Luigi et Daniela Bernabò, pour le temps et le dévouement qu'ils ont dédiés à cette histoire et à son auteur. Pour leurs conseils précieux qui m'ont permis de mûrir en tant qu'écrivain, en m'aidant à soigner le style et l'efficacité de ces pages. Et pour y avoir mis leur cœur. Si ces mots arrivent à vos yeux, c'est surtout à eux que je le dois. Merci. Merci. Merci.

À Stefano et Cristina Mauri, qui ont investi leur nom dans le mien, en y croyant jusqu'au bout.

À Fabrizio, mon « souffleur », pour ses conseils sans pitié, pour sa gentille fermeté, pour avoir aimé fortement chaque page, chaque mot.

À Ottavio, l'ami qu'on voudrait avoir pour toute la vie. À Valentina, qui est vraiment spéciale. Aux petites Clara et Gaia, pour l'affection dont elles me comblent.

À Gianmauro et Michela, avec l'espoir qu'ils soient près de moi dans tous les moments importants. Et à Claudia, ma lumière.

À Massimo et Roberta, pour leur soutien, leur appui et leur sincère amitié.

À Michele. Mon premier meilleur ami. Il est beau de savoir qu'il sera toujours là quand j'aurai besoin de lui. Et il est beau qu'il sache que moi aussi je suis là.

À Luisa, pour ses sourires contagieux et pour les chansons chantées à haute voix la nuit, en voiture, dans les rues de Rome.

À Daria, et au destin qui me l'a offerte. Pour comment elle voit le monde et pour comment elle me fait le regarder avec ses yeux.

À Maria De Bellis, qui a pris soin de mes rêves d'enfant. Si je suis écrivain, c'est aussi à elle que je le dois.

À Uski, mon irremplaçable « associée ».

À Alfredo, compagnon volcanique de mille aventures.

À Achille, qui n'est pas là… mais est toujours là.

À Pietro Valsecchi et Camilla Nesbit, et à toute la Taodue.

Un merci à toutes les collaboratrices de l'agence Bernabò qui ont suivi les pas de ce roman. Et à tous les amis qui ont lu cette histoire en avant-première et qui m'ont aidé à la faire grandir, grâce à leurs précieuses suggestions.

À toute ma grande famille. Ceux qui sont, ceux qui ont été… et ceux qui seront.

À mon frère Vito. Les premiers yeux qui ont rencontré cette histoire, et tant d'autres, depuis toujours. Même si vous ne pouvez pas l'entendre, la musique que recèlent ces pages lui appartient. Et à Barbara, qui le rend heureux.

À mes parents. Pour ce qu'ils m'ont enseigné et pour ce qu'ils m'ont permis d'apprendre seul. Pour ce que je suis et ce que je serai.

À ma sœur Chiara. Qui croit en ses rêves, et en les miens. Sans elle, ma vie serait terriblement vide.

À ceux qui sont allés au bout de ces pages. Avec l'espoir de leur avoir offert une émotion.

Donato Carrisi.

*Photocomposition Asiatype*

*Impression réalisée par*

*La Flèche*

*pour le compte des Éditions Calmann-Lévy*
*31, rue de Fleurus 75006 Paris*
*en mars 2010*

*Imprimé en France*
Dépôt légal : mai 2010
N° d'éditeur : 14861/01 – N° d'impression : 56898